LIVRE D'OR

DE LA

MUNICIPALITÉ AMIÉNOISE

PAR

A. JANVIER

MEMBRE DE LA SOCIÉTÉ DES ANTIQUAIRES DE PICARDIE.

PARIS
ALPHONSE PICARD, LIBRAIRE-ÉDITEUR
82, RUE BONAPARTE, 82

1893

LIVRE D'OR

DE LA

MUNICIPALITÉ AMIÉNOISE

LIVRE D'OR

DE LA

MUNICIPALITÉ AMIÉNOISE

PAR

A. JANVIER

MEMBRE DE LA SOCIÉTÉ DES ANTIQUAIRES DE PICARDIE.

AMIENS

TYPOGRAPHIE DE PITEUX FRÈRES

32, RUE DE LA RÉPUBLIQUE, 32

1892

INTRODUCTION.

Amiens, *Samarobriva Ambianorum*, *Ambianum*, dans la Province Romaine désignée sous le nom de Seconde Belgique, et qu'Ammien Marcellin appelait, au IVe siècle, « *une ville éminente entre les autres villes* » demeura soumis, sous la domination des maîtres du monde, au système d'administration municipale qui régissait, d'une manière uniforme, toutes les parties de l'Empire. Il possédait, comme toutes les cités où avait été importé le régime romain, une Curie chargée du soin de la police et des affaires locales. La chute de l'Empire, les envahissements des Barbares, les époques mérovingienne et carolingienne amenèrent successivement des modifications plus ou moins profondes dans les relations civiles et sociales des citoyens de cette ville, jusqu'à l'établissement de la commune d'Amiens. Sortie, par l'insurrection victorieuse du XIIe siècle, des entraves du pouvoir tyrannique de ses comtes, se gouvernant par ses propres lois, ayant et exerçant les droits de haute, moyenne et basse justice, personnifiée par un corps électif d'échevins, ayant à sa tête un Mayeur ou Maire, la ville d'Amiens conserva la plupart de ses franchises jusqu'en 1597, époque où s'achève la décadence et l'amoindrissement de sa magistrature municipale de près de cinq cents ans d'existence.

Que la commune d'Amiens ait dû sa naissance au Romanisme ou au Germanisme, peu nous importe ; cette question a été assez souvent débattue pour ne pas y revenir, mais ce fut une tradition inaltérablement conservée par les Amiénois, que leur indépendance municipale était de toute perpétuité. C'est la thèse que soutiennent les nombreux Mémoires rédigés à l'occasion des non moins nombreux procès que la ville eut à soutenir pour la conservation de ses droits et de ses privilèges. Suivant leurs auteurs, la charte communale ne fut pas une concession, mais la reconnaissance solennelle et la confirmation d'un ordre de choses antérieur. « La ville d'Amiens, dit l'un d'eux, non plus » que celles de Tours, de Reims et autres anciennes cités, » n'ont jamais eu de charte constitutive de leur droit mu- » nicipal. Elles jouissaient de ce droit là, auparavant » l'érection d'aucune commune. » A leurs yeux, ces chartes ne sont que la consécration de coutumes bien antérieurement observées. C'est le sentiment vivace de l'antiquité primordiale de ce régime, qui explique l'attachement des Amiénois au peu de libertés locales que la centralisation à outrance leur a laissé de leurs anciennes franchises, et leur susceptibilité, si elles sont mises en question. Il est rare, et nous en avons eu de récents exemples, qu'en cas de conflit entre les administrations préfectorale et municipale, la population ne prenne hautement parti pour cette dernière.

L'Institution du Maïeur et des Échevins d'Amiens ne datera cependant pour nous que de l'érection de la commune en 1117. La charte originale et ses confirmations par le roi Philippe-Auguste, en 1190 et 1209, sont les premiers titres, qui, historiquement, indiquent leur existence.

Si quis de communione alicui jurato res suas abstulerit, a preposito nostro submonitus, justitiam prosequitur, si vero prepositus de justitia defecerit, a Majore vel scabinis, submonitus, in presentia communionis veniet et quando scabini inde judicaverint, salvo juro nostro, ibi faciet.

Dans une charte de 1159, contenant donation de la terre de Glatigny à l'abbaye de Saint-Martin aux Jumeaux (*Archives départementales de la Somme*, Cartulaire de cette abbaye, p. 13 v°), l'on trouve au nombre des signataires de cet acte deux témoins : Arnoul et Milon, tous deux se qualifiant de Maire de la commune. Y aurait-il eu dans ces premières années, deux personnes revêtues en même temps de cette même fonction, comme cela aurait eu lieu à Abbeville, au commencement du XIVe siècle, suivant l'autorité du P. Ignace de Jésus Maria, ou plutôt faut-il penser avec Augustin Thierry que le premier était le seul maire en exercice, et ne voir dans Milon qu'un ancien maire, jaloux, en prenant ce titre honorifique, de rappeler qu'il avait autrefois été promu, par le choix de ses concitoyens à la plus éminente des fonctions municipales. Plus tard, dans les documents officiels, les noms des anciens maïeurs seront toujours précédés de la qualification de Sire, perpétuant le souvenir de leur passage à la Mairie.

Les chartes ne nous apprennent rien sur le genre de nomination et les conditions d'éligibilité du Maire et des Echevins dès l'origine de la commune, mais les anciens *Usages d'Amiens*, rédigés dans le cours du XIIIe siècle et qui présentent dans tout leur développement un code des lois municipales et des usages locaux qui régissaient la ville, nous édifieront complètement à ce sujet. Nous nous contenterons d'en extraire les passages suivants :

« *Nus ne puet estre maires d'Amiens II anéez ensievant l'une après l'autre. Ne nulz frères, seronges* [1] *ne*

(1) Seronge ou mieux Serouge et Serourge, beau-frère.

pères ne fieulz ne genres ne cousins germains ne poent estre esquevin ensanble en une anée » [1].

« *Cascune baniere fait sen maieur, fors li waides et li mesureur et li maires et li esquevin d'Amiens font de ches II bannièrez maieur* ».

« *Li Maires et li esquevin nomment par leur serment III personnes de leur esquevinage ou de dehors leur esquevinage, pour faire maieur de la chité de l'un de ches III et portent as maieurs de banières ches III personnes et li maieur des banières en prendent I par leurs sermens, le plus souffisant et ne le poent li maieur des banièrez refuser que li uns de ches III ne soit pris, et convient que chis qui pris est, faiche serment de le mairie, et se il ne veult faire, on abatera se maison et demourra en le merchi du roy au jugement des esquevins.* »

« *Li maieur de banierez font XII esquevins et maieur nouviaus et chil douze esquevin en font XII autres* » [2].

(1) Jusqu'à l'édit de 1597, les Maires d'Amiens ayant exercé exceptionnellement leurs fonctions plusieurs années consécutives furent :
Bertremieu du Caurel 1255, 1256.
Nicole Bergnier 1262, 1263.
Liénard le Sec 1308, 1309.
Mile de Berry 1429, 1430, 1431, 1432.
Philippe de Morviller 1459, 1460.
Antoine Clabaut 1478, 1479, 1480, 1481, 1482, — 1491, 1492, 1493, 1494, 1495.
Nicolas le Rendu 1485, 1486.
Pierre de May 1498, 1499, 1500, — 1507, 1508.
Nicolas Caignet 1514, 1515.
Jean de Saint-Fuscien 1518, 1519.
Antoine de Saint-Delis 1524, 1525.
Firmin de Canteleu 1551, 1552.
Jean de Collemont 1587, 1588.

(2) Le texte donné par M. Marnier et M. Bouthors, de ce document, porte IV autres. C'est XII qu'il faut lire, car cette énonciation est simplement une faute de copiste ou d'impression.

« *Li maieur des banierez font IV conteurs qui les deniers de la ville et les rentes et les présens et les cauchies de la ville font et wardent.* »

« *Et li maire el li esquevin donnent a cascun son office de ches officines et s'il y en avoit aucun rebelle qui l'office ne vausist prendre, on abateroit sa maison et l'amenderoit au jugement de esquevins.* »

« *Si li maires qui eslus seroit refusoit la mairie et vausist souffrir le damage, jà pour che ne demoureroit mie qu'il ne fesist l'office. Et se aucun refusoit l'esquevinage, on abateroit se maison et l'amenderoit au jugement de esquevins et pour che ne demourroit mie que il ne fesist l'office de lesquevinage. Se li IV conteur ou li 1 d'aus estoient rebelle de faire leur office, il seroit pugni aussi comme li esquevin et pour che ne demourroit mie qu'il ne fesissent leur office.* »

On le voit, tout mandat municipal était obligatoire, et comme le fait justement remarquer Luchaire, dans son excellente étude sur les Communes françaises à l'époque des Capétiens directs, dans ces charges obligatoires, on dirait qu'ici le moyen âge s'était souvenu de l'antique législation romaine qui rivait, bon gré mal gré, à la Curie les notables des grandes cités. Mais en revanche le Maire du moyen âge n'était point, comme celui d'aujourd'hui, un fonctionnaire dépendant du pouvoir central, destituable et révocable à volonté, faisant exécuter les ordonnances de ce pouvoir, et bornant son autorité à la simple gestion des intérêts communaux dans les étroites limites que lui assigne la loi moderne. Il avait à Amiens l'administration, la justice, la police, le commandement de la cité. Administrateur, dès le premier jour de son entrée en charge, il maintenait ou révoquait les sergents à masses, qui devaient déposer leurs masses devant lui en signe de résignation de leurs offices ;

avec le concours de l'Echevinage, il nommait aux emplois de sergents et de jaugeurs, seul, à tous les autres. Justicier et policier, avec l'Echevinage, il connaît et décide de tous débats de marchandise, marchés ou conventions dans l'enclave de la banlieue, des forfaits, violences ou mêlées, sauf du rapt et du meurtre, réservés comme cas royaux. Comme chef de la commune, il avait le droit de haute justice, et comme emblème de ce droit, il faisait porter devant lui, par deux sergents nommés espadrons, deux glaives, la pointe en l'air. L'un de ces glaives est encore conservé au Musée de Picardie. Comme commandant militaire, il garde les clefs des portes de la ville, que les portiers vont, le matin, prendre à son hôtel pour les ouvrir et doivent rapporter le soir après la fermeture. Vingt hommes du guet l'accompagnent la nuit lorsqu'il veut aller faire sa ronde sur les remparts ou se faire ouvrir l'une des portes de la ville. Deux agents spéciaux, nommés petits portiers, veillent chaque nuit sous le porche de l'huis de sa demeure.

Comme insigne de sa dignité le Maire portait une longue robe de taffetas moitié rouge et moitié bleue ; à sa ceinture était suspendue une bourse de velours azurée et vermeille, semée de fleurs de lys d'or et armoyée des armes de la ville, dans laquelle il renfermait les sceaux de la commune [1].

(1) A David de Herselaines broudeur VI livres parisis pour sa paine, salaire et desserte d'avoir fait de broudure aux armes de la ville d'Amiens, la bourse de velours vermeille et bleue que chacun jour a à sa chainture Monseigneur le maieur d'Amiens en laquelle il met les seaulx d'icelle ville et pour ce y compris le velours et estoffe a ce servant comme il appert par mandement cy rendu. . . . . VI l. X s.
Comptes Y 3, 46, 1462-1463.

Cette bourse fut fournie jusqu'en 1597, époque de la suppression de la Mairie. Une délibération échevinale du 21 juin 1625, que l'on verra plus loin, demanda que le premier eschevin pût porter une tasse semée de fleurs de lys pour se distinguer de ses collègues. Pagès nous apprend que dans un tableau de N.-D. du Puy de 1596 figurait le maire Pierre de Famechon en robe de maïeur portant à sa ceinture une bourse ou tasse d'étoffe rouge.

Il avait droit à un palefroi, pour lequel la ville lui payait annuellement la somme de 20 livres [1], enfin, détail caractéristique qui indiquait la haute importance attachée à sa fonction, il ne pouvait porter le deuil à la mort de ses parents, pendant toute la durée de sa charge [2].

En 1889, à la première page des Clabault, nous écrivions ces lignes [3] :

Un chapitre intéressant de notre histoire nationale, serait certainement celui qui aurait trait, à l'origine, au développement, et à l'influence, durant plusieurs siècles, des grandes familles de la bourgeoisie française. Nées avec l'émancipation des communes, au moyen âge, prenant leur essor à la faveur des libertés politiques et sociales qu'elles consa-

(1) A Sire Jehan de Saint-Fuscien maieur d'Amiens XX livres à cause de son palefroy, le gros tournois pour XVIII deniers la pièce, comme à son prédécesseur chacun an qui sont exercans led office sont accoustumé prendre sur ladite ville, payé pour lan de ce present compte par sa quittance cy rendue XX l. et pour ce . . . . XX liv.
Comptes Y 3, 46, 1462-1463.

Cette redevance fut toujours payée au premier magistrat de la cité jusqu'à la Révolution. Voir *Registre aux comptes* 1787-1788. Elle s'étendait même jusqu'au lieutenant de maieur pour 10 livres, ibid.

(2) Voici un exemple de cet usage, à propos de Pierre de Famechon tiré du registre aux délibérations à la date du 19 décembre 1596 :

Monsieur le maieur a dict que Dieu la visité par la perte de Mᵉ Anthoine Grébert son beau-père et pour honorer sa mémoire il avoit faict apprester des habitz de doeul touttefois estant prest de les mectre, il a esté adverty par quelqu'un que jamais le mayeur d'Amiens ne porte le doeul et que de fresche mémoire sire Francois Bigant, la première fois (1570) qu'il fust maieur perdit son père, la seconde fois (1579) sa mère et la troisième fois (1583) sa belle-mère desquelz il ne feyt le doeul, priant à ceste occasion mesdis sieurs d'adviser, sil est descent pour la charge du magistrat qu'il porte le doeul ou non, parce qu'en cela il se voeult du tout conformer à le volonté de messieurs. Sur quoy, par advis de toute la compagnie a esté ordonné que ledit sieur maieur durant sa mairie ne portera le doeul.

(3) Les Clabault, famille municipale amiénoise, 1359-1539. Amiens, in-4°, Douillet et Cⁱᵉ, 1889.

craient, puisant à l'aide de ces libertés concédées ou conquises, suivant les circonstances, dans leurs nombreuses relations commerciales, ou dans leurs alliances entre elles, l'indépendance de la fortune, qui les conduisit successivement à l'exercice des plus hautes fonctions municipales, qui se perpétuaient et s'éternisaient pour ainsi dire dans leurs mains, cette situation privilégiée leur assignait naturellement le grand rôle politique et financier que nous leur voyons jouer dans toutes les grandes villes du royaume. Consuls, Capitouls, Jurats, Prud'hommes du Midi, Rewarts, Jurés, Maïeurs ou Échevins du Nord, formaient, à côté de la noblesse représentant les anciens conquérants du sol, une seconde aristocratie qui rivalisait parfois d'ostentation et de somptuosité avec la royauté elle-même. On se rappelle le vif désappointement éprouvé par la reine Jeanne de Navarre, femme de Philippe le Bel, quand, venue à Bruges en 1301, à la vue du luxe d'atours des femmes des bouchers et des brasseurs qui se pressaient à ses côtés, elle s'écriait dans son dépit : « Je croyais être la seule Reine ici, et j'en vois plus de six cents ». Si les Flandres et la Belgique conservent avec une fierté toute patriotique les noms honorés de leurs vieux bourgmestres, la ville d'Amiens peut citer aussi avec un légitime orgueil celui des familles des Firmin Leroux, des Cocquerel, des Du Gard, des Saint-Fuscien, des Du Cange, des Picquet, des l'Orfèvre et des Clabault. Mais nous n'écrivons pas l'histoire de la Municipalité d'Amiens et notre unique ambition se borne à donner aujourd'hui la nomenclature complète et jusqu'à présent inédite de toutes les personnes ayant pris part à la gestion de nos affaires communales comme maires ou échevins, à publier en un mot le *Livre d'Or* des familles municipales de la vieille cité picarde. Les Républiques italiennes du moyen âge, Lucques, Florence, Milan, Gênes, Venise, inscrivaient avec orgueil sur les leurs, les noms illustres de leurs oligarques. Les registres aux chartes F et F *bis* de l'Hôtel-de-Ville d'Amiens sont le véritable *Livre d'Or* de sa municipalité, durant une période de plus de quatre siècles. Quelques villes de France ont recueilli pieusement les noms de leurs anciens administrateurs, notamment dans le département de la Somme, Abbeville et Péronne. D'autres villes les ont inscrits sur des tables de marbre dans leurs palais municipaux. Ce qu'elles ont fait, nous le faisons à notre tour, parce que les nomenclatures de La Morlière et du Père Daire sont incomplètes et quelquefois fautives, et que ces auteurs, devenus rares en raison de leur prix élevé, ne sont pas à la facile portée du public, enfin par ce qu'il n'est peut-être pas indifférent à bon nombre de familles encore existantes de connaître quelle part ont prise autrefois leurs ancêtres à la vie communale.

Notre travail comprend trois parties distinctes.

La première, qui est notre œuvre personnelle, va des premiers temps connus de la commune à l'année 1345, époque où se rencontre la première liste officielle des Maires et échevins d'Amiens.

La seconde, de 1345 à 1597, date de la reprise d'Amiens par Henri IV et de la suppression des privilèges de la ville.

La troisième, de 1597 à 1830, date du régime municipal que nous pratiquons encore, sauf quelques modifications de détails.

Pour faciliter les recherches dans cet index si étendu de noms propres, nous avons cru devoir reléguer à la fin de l'ouvrage, les notes que nous avons jugé utile d'ajouter aux textes des registres municipaux.

LIVRE D'OR

DE LA

MUNICIPALITÉ AMIÉNOISE

PREMIÈRE PARTIE

1117-1345.

C'est à partir de 1345, nous venons de le dire, que le registre aux chartes, coté F, commence à donner la liste officielle des Maires et des Échevins d'Amiens. Peut-être un registre antérieur, aujourd'hui disparu, contenait-il aussi les noms des Magistrats municipaux des XIIe, XIIIe et XIVe siècles, mais à son défaut, nos guides, pour cette première partie, seront forcément le chanoine Adrien de La Morlière et le Père Daire. Nous compléterons ou rectifierons, quand il y aura lieu, leurs assertions à l'aide des documents officiels qui auraient pu échapper à leurs investigations, ou des monuments épigraphiques dont les divers historiens de notre ville ont eu le soin de conserver la trace.

1140. — BERNARD.

Daire, *Hist. de la ville d'Amiens*, t. I.

1152. — BERVARE.

Paraît dans un titre de l'abbaye de Saint-Martin-aux-Jumeaux. Daire, *Hist.*, etc.

Ces deux indications paraissent s'appliquer au même personnage, mais le P. Daire ne s'est-il pas trompé dans sa citation? On trouve dans la ratification d'une acquisition faite par l'abbaye de Saint-Jean-lès-Amiens, d'une pièce de terre dépendant de la Maladrerie, cette mention :

Ego Bernardus communie ambianensis major..... et impressione sigilli communie nostre munio.

1153. — RAINIER.

De laicis autem Rainerus major communie. (Archives départementales de la Somme ; Cartulaire de Saint-Martin-aux-Jumeaux, f° 18 r°).

1159. — ARNOUL.

Daire, *Hist.*, etc. C'est dans une charte de l'évêque Thierry, par laquelle un prêtre nommé Etienne donne à l'abbaye de Saint-Martin-aux-Jumeaux, la terre de Glatigny, qu'il figure au nombre des témoins. *Arnulfus major Ambianensis communie.* (Arch. dép. de la Somme, Cartul. de S.-Martin-aux-Jumeaux, f° 13 v°). C'est dans ce même acte qu'on rencontre avec la même qualification le Milon dont nous avons parlé dans l'introduction.

1166. — FIRMIN.

Le P. Daire tombe ici dans la plus grande confusion ; citons-le : 1170, Firmin, lequel se dit aussi « coadjuteur de l'abbaye de Saint-Jean-d'Amiens. » Cette même année, Bernard de la Croix se qualifie : *major communie.*

Que signifie ce mot de coadjuteur ?

Le cartulaire de Saint-Jean-d'Amiens, transaction entre la commune et l'abbaye au sujet de contestations sur le droit de pâturage dans les marais de Longpré et de Saint-Maurice en 1166, et non 1170, porte : *Ego Firminus, major communie ambianensis, communicato cum civibus nostris consilio, etc.*, *et confirmatum sigillo ambianensis communie et sigillo prefate ecclesie.*

Il n'y est nullement parlé de Bernard de la Croix. Quant à la coadjutorerie de l'abbaye de Saint-Jean, le P. Daire a très mal compris le sens de la phrase si simple : *Preterea si quis in res ecclesie forisfacerit quemadmodum ecclesie Sancti Martini sic et ecclesie Sancti Johannis auxilio erimus et malefactori pro posse nostro resistemus.* C'est une simple promesse de secours comme maire de la commune.

Au cartulaire de Saint-Martin-aux-Jumeaux, f° 30 r°, anno 1167, il prend cette qualification : *Ego Firminus electione concivium nostrorum, Ambianensis communie major vocatus.*

1170. — Bernard de la Croix.

Acte de vente passé devant l'échevinage. *Anno incarnati Verbi MCLXX,* (Cartulaire de Saint-Martin-aux-Jumeaux, f° 29 v°), *Ego Bernardus Ambianensis communie major et omnes scabini nostre civitatis, omnibus juratis nostris, notum facimus quod,* etc.

Le P. Daire, on le voit, a donc confondu et Firmin et Bernard, et les cartulaires de Saint-Martin et de Saint-Jean.

1177. — Roger.

Ce nom que donne Daire, se rencontre dans une transaction entre le chapitre et la commune, au sujet de la porte dite du Cloître. *Rogero majore.* (Archives de l'hôtel-de-ville d'Amiens, registre aux chartes G 28, E 7 ; A. Thierry, Recueil de documents inédits, I, 97 et suiv.).

Cette charte de 1177 donne les noms de 18 échevins : Bernardo de Cruce, Symon Sancti Fusciani, Tainfrido, Emelino, Roberto de Mes, Russellino, Ogero, Ingerranno, Symone, Guillelmo, Milone, Drocone, Herveio, Mainero, Huberto, Rainoldo, Bernardo, magistro Ingerranno Lemingre, scabinis.

Ceux qui l'ont suivi, dit-il, sont inconnus.

1186. — Bernard de la Croix.

Per manum Bernardi de Cruce, tunc temporis majoris Ambianensis et per manum Petri de Bestiseio prepositi domini Philippi regis francorum. (Cartul. de Saint-Jean d'Amiens, col. 134).

1191. — Bernard de la Croix.

Recordata est in placito generali coram Petro de Bestisiaco preposito ambianensi et Bernardo de Cruce majore communie et scabinis, (Cartul. de Saint-Jean, col. 109, 110).

1195. — Bernard de la Croix.

Et hoc recognitum fuit sollempniter coram Bernardo majore ambianensi et scabinis..... actum anno gracie M° C° XC quinto, mense augusto, (Archives de la ville, regist. E, f° 13 v°).

Acte passé en août 1195 devant Bernard, maire, Robert d'Espagny, Jean, son fils, Guy le Masson, Vincent et Jean de la Croix, Giraud Leroux, eschevins. (Regist. aux chartes A, f° 138).

Cette famille de la Croix paraît ancienne et nombreuse. Outre ce maire, on trouve encore dans les cartulaires de Saint-Jean, de Saint-Martin et du Chapitre de la Cathédrale : en 1151, Jean de la Croix qui établit sur la Somme un pont et un quai pour les navires et les marchandises, en 1156 un Jean de la Croix, chanoine de Notre-Dame, et Guibert de la Croix, frère du maire Bernard.

1209. — Gérold.

Dans un registre de Philippe-Auguste (?) dit le P. Daire sans plus ample renseignement. Ce registre c'est le cartulaire de Philippe-Auguste, Bibliothèque nationale, fonds des Cartulaires n° 172, f°s 71 et 82. Les deux actes dans lesquels on trouve cité le nom de ce maire ont été donnés par A. Thierry, I, p. 188 et suiv.

1228. — Firmin le Monnoyer ou le Mongnier.

Il portait de gueules à 3 besans d'or.

Firminus Monetarius. C'est sans doute de sa profession de monétaire que cette famille a tiré son nom. On trouve déjà en 1152, au cartulaire de Saint-Jean, un Ulardus Monetarius, Oilardus Monetarius à celui de Saint-Martin, f° 29, année 1170, qui paraît avoir été scabin. Firmin, est le premier maire dont fasse mention La Morlière.

On battait en effet monnaie à Amiens, et les numismates connaissent de son atelier monétaire des tiers de sols d'or mérovingiens, des deniers de Charlemagne avec la légende *S. Firmini* au revers, une pièce au monogramme de Charles le Chauve, et les deniers d'argent avec la devise : *Pax civibus tuis.*

1229. — Firmin Leroux.

Portait d'or à 2 fasces de gueules.

« Il est fait mention, dit La Morlière, ès concordats d'entre le chapitre d'Amiens, des maisons du four Sire Firmin le Roux où le mesme chapitre a toute seigneurie et justice, commençant au dehors et depuis la porte du Cloître iusque à la grant maison qui fut audit Fremin le Roux que l'on nomme à présent la cour Sainct *(sic)* Firmin le Roux. »

La rue Sire Firmin-le-Roux, qui conduit de la rue des Trois-Cailloux aux cloîtres, existe encore sur cet emplacement. Elle fut ouverte lors de la démolition de la vieille forteresse, au xve siècle.

On trouve déjà dans la charte de 1177, citée plus haut, au nombre des témoins, *Magistro Guiberto Rufo.*

1230. — FIRMIN LE MONNOYER.

1231. — FIRMIN DE SORCHY.

Firminus Sorcheius ou de Sorchy, seigneur dudit lieu (?) (La Morlière). Il portait d'argent à la croix de gueules.

1232. — FIRMIN LE ROUX.

Acte de décembre 1232 passé devant le maire Firmin le Roux, en présence des échevins Jean de Cocquerel, Guy Lemoine (?) Firmin de Sorchy, Jean Mouses (?) Pierre Malherbe, Milon Rapine, Jacques Boles, Nicolas le Monnier, Foubert, Philippe Decays, Gille le Tonloyer, Riquier Ravins. (Registre aux chartes E).

1233. — MATHIEU DE CROY.

Beaucoup de noms de famille tirent, on le sait, leur origine du lieu de naissance d'un de leurs auteurs, le nom de Croy vient de Crouy, canton de Picquigny, arrondissement d'Amiens.

Nous indiquerons successivement les diverses localités qui nous paraissent avoir servi à dénommer plus tard, d'une manière incommutable, la plupart de nos familles municipales amiénoises. Ces remarques ne nous semblent pas inutiles puisqu'elles permettront, dans une certaine mesure, de préciser de quelle partie du territoire avaient émigré ceux qui s'étaient fait recevoir bourgeois d'Amiens et étaient venus jouir des franchises et des libertés que leur présentaient la commune et ses privilèges.

Mathieu de Croy portait d'argent à trois fasces de gueules, à un lambel à 4 pendants en chef d'azur.

1234. — FIRMIN LE ROUX.

1235. — FIRMIN DE SORCHY.

Sa fille, Marie de Sorchy, a son obit fondé en nostre église par charte du mois de février 1264 (La Morlière).

1236. — FIRMIN LE ROUX.

1237. — MATHIEU DE CROY.

Suivant La Morlière ce maire fit rendre une ordonnance pour réduire les dépenses exagérées qui se faisaient à l'occasion des mariages.

1238. — FIRMIN LE ROUX.

1239. — MATHIEU DE CROY.

1240. — FIRMIN LE ROUX.

1241. — JEAN DE COCQUEREL [1].

D'une des plus notables familles commerçantes des XIIIe et XIVe siècles qui donna plusieurs maires à la ville d'Amiens et un chancelier de France au roi Philippe VI.

« Celle-ci fut autrefois une très notable famille, dit La Morlière,
» et dont les armes se trouvent apposées en ordre de massonnerie
» au milieu de la rose qui est au dessus du grand portail de Notre-
» Dame, chose rare et que ie nay pu remarquer ailleurs du pre-
» mier dessein de ce grand édifice. D'elle issit messire Firmin
» de Cocquerel chanoine d'Amiens et doyen de Paris, depuis
» euesque de Noyon, environ lan 1355 ou 60 [2], ce dit la fondation
» de deux chappelles quil ordonna par testament estre érigées au
» pillier rouge et dont ceux de sa race sont encore aujourdhuy
» les présentateurs. »

J'ai signalé, dans mes Clabault, que Jean de Cocquerel avait été député en 1237, avec d'autres négociants amiénois, à Londres pour y conclure un traité de commerce, et que le maire de cette industrielle capitale était un Andrew Kokerel, appelant l'attention sur cette coïncidence de nom.

L'on retrouvera plus loin cette famille [3].

1242. — FIRMIN DE SORCHY.

1243. — FIRMIN LE ROUX.

1244. — Mathieu Lemongnier.

C'est sous sa mairie qu'arriva l'événement suivant :

Le vendredi après la Saint-Martin d'été, des clercs au nombre de dix-sept furent arrêtés, on ne sait à quelle occasion, par le prévôt royal, maltraités de la façon la plus violente et jetés au beffroi. L'un des prisonniers mourut le jour même des suites de ses blessures. Le lendemain cinq autres furent conduits par le prévôt sur l'ordre du bailli d'Amiens, Geoffroy de Milly, aux fourches patibulaires et pendus après avoir souffert des affronts épargnés jusque-là aux pires malfaiteurs. L'évêque Arnoul, qui avait à défendre les droits de sa justice méconnue en cette circonstance, excommunia les officiers royaux et maintint l'anathème jusqu'au moment où ils déclarèrent se soumettre à telle peine temporelle qu'il lui plairait leur infliger. La commune qui avait participé indirectement à l'abus de pouvoir des officiers royaux, en laissant incarcérer les clercs dans son beffroi, fut également impliquée dans l'affaire, et l'évêque condamna le maire à une amende considérable, bien qu'il eût déclaré, tant en son nom qu'en celui de la cité, qu'il était innocent de la mort de ces clercs. Celui-ci ayant consenti cependant à un acte d'expiation pour apaiser la colère de Dieu et honorer l'Église outragée dans la personne de ses ministres, intervint une transaction par sept arbitres, quatre membres du chapitre et trois bourgeois, qui, sous la caution de douze notables citoyens garants des engagements du maire, le condamnèrent à fonder six chapelles d'un revenu annuel de 20 livres parisis, dont deux dans le cimetière Saint-Denis. Le même jugement portait que Mathieu dit Madouillart, gardien du beffroi, qui avait été la cause ou l'occasion du crime, serait exclu à jamais de tout emploi communal. Le bailli, Geoffroy de Milly, ne s'en tira pas à si bon compte et la sévère sentence portée contre lui par l'évêque et exécutée dans toute sa rigueur, se trouve tout au long relatée dans l'*Histoire d'Amiens* du P. Daire, T. I, pièces justificatives, p. 528, à laquelle nous ne pouvons que renvoyer le lecteur.

1245. — MATHIEU DE CROY.

Mars 1245. Echevins : Jehan de Coquerel, Firmin le Roux, Mathieu le Monnoyer, Nicolas le Monnoyer, Jean Moinet, Ricard Ravin, Wilard Hérant, Philippe Cais, Barthélemy Du Quarel. (Archives de l'Hôtel-Dieu).

1246. — JEAN DE COCQUEREL.

1247. — FIRMIN LEROUX.

1248. — MATHIEU DE CROY.

1249. — FIRMIN LE ROUX.

1250. — JEAN DE COCQUEREL.

1251. — MATHIEU LE MONGNIER.

1252. — JEAN DE CROY.

1253. — FIRMIN LEROUX.

Un acte de mai 1253 nous donne les noms suivants d'échevins : Mahieu le Monnier, Jean le Tonloyer, Firmin Dippre, Thibaut Darc, Christophe Coffin, Thibaut d'Espaigny. (Regist. aux chartes E).

1254. — MATHIEU LE MONGNIER.

1255. — BERTREMIEU DU CAUREL.

Il portait d'argent à la bande fuselée de gueules.

1256. — BERTREMIEU DU CAUREL, continué.

Nous ne pouvons, à défaut de documents authentiques, attribuer cette dérogation aux usages de la cité qui voulaient que nul ne pût être maire deux ans de suite, qu'à l'ordonnance de saint Louis sur les élections municipales et l'administration financière des communes. Il y eut sans doute à cette époque un motif plausible pour justifier cette violation des règles.

1257. — JEAN DE CROY.

1258. — MATHIEU LE MONGNIER.

L'ordonnance de saint Louis, dont nous venons de parler, avait pour principales dispositions que l'élection des maires aurait lieu dans toutes les villes le lendemain de la fête de saint Simon saint Jude, 28 octobre, que chaque année le nouveau et l'ancien maire viendraient à Paris dans l'octave de la saint Martin pour rendre compte des recettes et des dépenses de leur ville. Les Archives nationales, Trésor des chartes, carton 385, pièce 14, conservent le document suivant relatif à l'état financier de la ville d'Amiens.

« Quent Mahix li Monnier essi de la mairie d'Amiens l'an de » l'incarnation Nostre seigneur M CC et chinquante et nuef au » terme de le Paske, le vile d'Amiens devoit III^{m} IIII^{c} IIII^{xx} XVII » livres III^{s} et VIII d., se les detes ke un devoit à le vile chest à » savoir li cuens d'Anjou et autres gens fussent venus ens.

» Et si a le vile pardonné au conte le tiers de se dete, ki monte » à XII^{c} et XXXVII livres et che doit le vile auvec la somme » devant dite.

» Et d'autre part le vile devoit adonc au roi XII^{c} livres et LVI^{l} » et XIII^{s} et IIII d. du don ke le vile li avoit fait pour le pais » d'Engleterre.

» Et si devoit ad onc le vile d'Amiens XVIII^{c} et XV livres de » rentes à vie.

» Et en tel estat estoit le vile d'Amiens quand Jehan de Croix » entra en le mairie le mardi de Paskeres en l'an devant dit. »

Ces dettes nécessitées par la contribution fournie par la ville d'Amiens à l'occasion du traité de paix conclu entre saint Louis et Henri III d'Angleterre, et par la remise faite au comte d'Anjou, frère de Louis, sur l'emprunt qu'il lui avait fait, comme à beaucoup d'autres communes picardes, à l'occasion des affaires de Flandre, d'après les calculs les plus exacts, représenteraient 175,455 fr. 50 en monnaie actuelle, mais ce n'est là qu'une valeur nominale et matérielle et le pouvoir de l'argent étant au XIIIe siècle, six fois plus fort qu'aujourd'hui, la dette de la ville d'Amiens équivalait en réalité à 1,052,733 fr. 3. (Voir A. Th. I, 222. — *Mémoires de la Société des Antiquaires de Picardie*, XV, p. 594 et suiv.).

Ce qu'il nous faut encore relever de ce document c'est que l'ordonnance de saint Louis ne recevait point encore son exécution et que le renouvellement de la Mairie à Amiens se faisait encore suivant les anciennes traditions dans la semaine de Pâques ; l'élection le jour de saint Simon saint Jude ne commença donc à être pratiquée que postérieurement à 1260, sans que nous sachions en quelle année précise.

1259. — JEAN DE CROY.

1260. — FIRMIN LE ROUX.

1261. — JEAN PRIEUX LE ROUX.

1262. — NICOLE LE BERGNIER.

Il portait d'or à la bande d'azur chargée de 3 croix potencées d'argent et accompagnée de 2 cotices de même.

Sa veuve Marie de Betisi et sa belle-sœur Elisabeth de Betisi sont au nombre des bienfaitrices de l'Hôtel-Dieu. (Voir La Morlière, Daire, II, p. 383, Arch. municipales, Registre aux chartes A f° 139, E f° 18).

1263. — NICOLE LE BERGNIER continué.

1264. — JEAN PRIEUX LE ROUX.

Suivant Villers de Rousseville il était fils de Firmin le Roux.

1265. — JEAN DE CROY.

1266. — PIERRON D'ARRAS.

Il portait de gueules au chef d'hermines.

1267. — PRIEUX LE ROUX.

1268. — FIRMIN LE ROUX.

1269. — JEAN PRIEUX LE ROUX.

Mars 1269. Maire Jehan de Saint-Fuscien. Echevins : Pierre le Rous, Fremin le Rous, Jake de Coquerel, Jehan le Franchois, Thiébaut de Henrissart. (Arch. de l'Hôtel-Dieu).

1270. — JEAN DE SAINT-FUSCIEN, seigneur de Coisy [1].

1271. — JEAN GODRIS.

Il portait d'azur à trois chevrons de vair.

1272. — JEAN DE COCQUEREL.

1273. — JEAN PRIEUX LE ROUX.

Janvier 1273. Maire Jean Prieux le Roux. Echevins : Simon du Gart, Gillon de Montdisdier. (Arch. de l'Hôtel-Dieu).

1274. — NICHOLON DU CAUREL.

1275. — JEAN PRIEUX LE ROUX.

1276. — JEAN DE SAINT-FUSCIEN.

1277. — NICHOLON DU CAUREL.

1278. — JEAN GODRIS.

1279. — NICHOLON DU CAUREL.

1280. — JEAN GODRIS.

1281. — JEAN DE SAINT-FUSCIEN.

1282. — JEAN LE NORMANT, seigneur de Tronville [5].

1283. — JEAN GODRIS.

1284. — NICOLAS DU CAUREL.

Il mourut et Simon du Gard acheva l'année. Les du Gard portaient d'azur à trois jars d'argent becqués et membrés de gueules.

1285. — JEAN LENORMANT.

1286. — ADRIEN LEMONGNIER.

1287. — JEAN DE SAINT-FUSCIEN.

1288. — JEAN GODRIS.

1289. — ADRIEN (ANDRIEU) LE MONGNIER.

Le Musée de Picardie conserve la pierre tombale, H. 1 m.20, L. 0,850, provenant de l'ancienne église Saint-Remi, du fils de ce magistrat. Il est représenté à la fleur de l'âge, couché sur un lit de roses, sous une arcade ogivale, on y lit :

Chi gist Janest qui fu fiex sire Andrieu Lemonier,
Priès pour li.

C'est à cette année qu'il faut rapporter un procès intenté au maire d'Amiens, sans que nous connaissions la date exacte de sa cause.

Un écuyer, Robert Latruie, résidant à Amiens, sans être membre de la commune, avait commis envers le maire des actes de violence. L'article 27 des coutumes portait : « *Quiconques par ire faite, le maieur ferra, le poing perdera.* » Traduit devant l'échevinage et condamné, la sentence fut exécutée dans toute sa rigueur.

Robert Latruie, privé de sa main droite, porta plainte devant le Parlement. La commune paraît avoir promptement desespéré de gagner sa cause et proposé un accord, sans attendre le jugement de la cour du roi. De la part du maire et des échevins incriminés, des personnes notables, entre autres le bailli d'Amiens, Guillaume de Hangest, s'entremirent auprès des amis de Robert Latruie. Deux cents livres furent promises à son frère, Guy Latruie, autant à Jean de Beaumont, sire d'Ons, pour arriver à un accommodement. Les parties choisirent pour arbitre et amiable compositeur Pierre, seigneur de Chambly. Celui-ci ayant pouvoir *de prononchier, ordener et deffinir de haut et de bas à sa volonté,* décida que le maire, les échevins et la commune, pour le bien de la paix et pour se réconcilier avec le plaignant, lui compteraient 1,000 livres parisis, somme qui équivalait à environ 22,400 francs de notre monnaie actuelle, mais représentait pour l'époque une valeur réelle de 134,318 francs. Les Archives municipales contiennent un certain nombre de pièces relatives à cette affaire, transcrites dans les cartulaires A et E : la quittance du mois de mars 1289, par Robert Latruie, de cette somme de 1,000 livres reçue *en boine monnoie secque bien comptée et bien nombrée,* les quittances de février et de mars de Jean de Beaumont et de Guy Latruie pour prix de leur intercession, les lettres données à Paris « le vendredi devant la Cathèdre saint Pierre 1289 », par lesquelles le roi entérine l'accommodement fait entre les parties, les lettres enfin du même prince qui, reconnaissant la bonne foi *(simplicitatem)* des magistrats municipaux, et ne voulant pas user contre eux de toutes les rigueurs du droit qu'il avait d'exiger une amende pour avoir jugé dans un cas qui n'était pas de leur ressort, leur fait remise de toute amende à l'occasion de cet incident.

Mais nul de ces documents ne nous donne le nom du maire, occasion de ce débat, et nous ne savons s'il s'agit d'Adrien Le Mongnier ou de son prédécesseur, Jean Godris.

1290. — Robert du Caurel.

1291. — Jean Godris.

1292. — Andrieu Malherbe.

Il portait semé de France, à la fasce d'argent chargée de 4 tourteaux d'azur. Sa femme s'appelait Maroie. Registre B.

Drieu Malherbe, riche bourgeois d'Amiens, avait acquis en 1291 de Pierre de Machaut, chambellan du roi Philippe-le-Bel, moyennant 1,000 livres parisis une fois payées, le tonlieu de la guède, plante tinctoriale dont on faisait alors un commerce des plus étendus [6] et, moyennant 520 livres parisis, une rente de 30 livres tournois à prendre sur les revenus de la prévôté d'Amiens. Dreux Malherbe, décédé en 1295, laissa par son testament, qui n'est pas parvenu jusqu'à nous, ce tonlieu qui, dit La Morlière, « estoit » alors de revenu non petit pour le grand trafic qui se faisoit de » cette marchandise en la ville d'Amiens, » cette rente et divers autres biens à la charge de fonder deux chapelles, l'une dans l'église Notre-Dame d'Amiens, l'autre dans celle de Saint-Nicolas des Pauvres-Clercs [7].

Nous citerons ces passages des registres aux comptes qui montrent ce que la ville payait annuellement pour l'aumône de sire Drieu Malherbe :

A Saint-Ladre annuellement, au jour de Mi-Carême . .	XXX^{s}
A l'hospital devant Saint-Leu, au jour saint Jean-Baptiste.	XX^{s}
A l'hostel Dieu d'Amiens, au jour de Mi-Carême . . .	LX^{s}
Au couvent des frères mineurs, au même jour	LX^{s}
Au couvent des frères prescheurs, au même jour . . .	XXX^{s}
Au chaplain de la chapelle des Pauvres-Clercs annuellement, au jour de saint Christophe	XXX^{l}
Au chapelain de la chapelle Saint-Agnès en l'église N.-D. d'Amiens au jour de saint Jean-Baptiste	XXX^{l}
Au Maire d'Amiens pour l'aumône qu'on donne en gros .	

draps et souliers aux pauvres pour Dieu à la Toussaint et au jour des âmes. . . . . XII[1]

C'est en 1292 que la prévôté royale de la ville d'Amiens et de sa banlieue fut concédée à l'échevinage à titre de ferme perpétuelle, avec tous les produits et revenus qui en dépendaient. Par cette concession faite à Vincennes, au mois de mai 1292, la ville n'entrait pas seulement en jouissance de tous les revenus de la prévôté, mais elle accroissait encore sa juridiction et ses prérogatives politiques, par les droits régaliens qu'elle allait exercer au lieu du Souverain.

L'histoire de la ferme de la prévôté n'est pas un des chapitres les moins intéressants de l'histoire municipale d'Amiens. Concédée en 1292, comme nous venons de le dire, elle fut retirée en 1307, restituée en 1311, enlevée de nouveau en 1322, restituée ou plutot revendue en 1337, moyennant 6,000 livres une fois payées, et une rente annuelle de 700 livres. Sous le roi Jean, cette juridiction fut de nouveau l'objet de vicissitudes diverses, mais elle fut enfin rendue à l'échevinage en vertu de lettres du 11 septembre 1364 et incorporée au patrimoine municipal, et ce ne fut plus qu'en 1532, qu'un édit de François Ier dépouilla pour toujours le corps de ville et la seigneurie qu'il avait dans Amiens, à cause de la prévôté qu'il exerçait au nom du roi, en instituant un prévôt royal au lieu et place de celui que désignaient annuellement dans leur sein les 24 échevins.

Voici les principaux actes qui ont trait à cette question et dont les registres aux chartes nous ont conservé les textes.

1. Lettres de Philippe-le-Bel, datées de Vincennes du mois de mai 1292, par lesquelles la prévôté d'Amiens est affermée à l'échevinage. (Registre aux chartes, A f° 38, E f° 2, P f° 1).

2. Lettres de Philippe-le-Bel, datées de Paris du mois de janvier 1296, portant don à Gui de Chatillon, comte de Saint-Pol, grand bouteiller de France, de domaines appartenant à l'abbaye de Saint-Lucien de Beauvais moyennant, au profit des religieux, une rente de 160 livres parisis payable par la com-

mune d'Amiens en déduction du fermage de la prévôté. (Registre E, f° 15).

3. Lettres du même roi, du mois d'avril 1296, portant qu'au cas où la ferme de la prévôté cesserait d'appartenir à la ville, celle-ci serait indemnisée des sommes qu'elle devrait à l'abbaye de Saint-Lucien sur les revenus de cette ferme, quel qu'en soit le titulaire. (Registre A, 48, E, f° 15).

4. Lettres de Renaud du Canech, garde de la Mairie et de la prévosté d'Amiens, à ce temps député de par le roi de France nostre seigneur, de 1307 après la feste N.-D. à la mi aoust. (Registre G, f° 43-44).

5. Lettres du roi Philippe-le-Bel, datées de Paris du mois de décembre 1307, portant levée de la suspension des officiers municipaux d'Amiens. (Registre E, f° 3).

6. Lettres du même roi, de Paris 7 avril 1307, portant réintégration de la commune d'Amiens dans la jouissance des droits aliénés ou supprimés pendant l'administration temporaire de l'administrateur royal. (Registre E, f° 3).

7. Lettre de jussion, du même, au bailli d'Amiens, d'exiger du prévôt le serment d'observer les privilèges de la commune, à Chinon, (*apud Caynonem*), 24 mai 1308. (Registre E, f° 16).

8. Lettres du même, du 23 mai 1311, faisant mention d'un arrêt du Parlement décidant que la prévôté d'Amiens serait remise, comme précédemment, hors la main du roi. (A 120, E 3).

9. Lettres du même, du 2 août 1311, acceptant de la commune d'Amiens, en pure libéralité, le don d'une somme de 2,000 livres tournois, moyennant la concession à perpétuité du bail à ferme de 1292, s'obligeant à regarder ce don comme un simple prêt, restituable en cas de non exécution de cette promesse. (E 3°).

10. Contestation entre la Commune, l'Evêque et le Vidame au sujet de la prévôté, 9 janvier 1313. (E, f° 16).

11. Lettres de Philippe VI, roi de France, données à Paris au mois de juin 1332, portant rémission des faits et annulation du procès intenté à leur sujet, à l'échevinage, sous condition de résiliation du bail de la prévôté. (A 46, E 45, P 9).

12. Lettres du même, de Paris le 3 mai 1337, portant restitution de la prévôté à l'échevinage, moyennant une rente annuelle de 700 livres parisis, la quittance des 2,000 livres de la transaction de 1311, et 6,000 livres tournois payées comptant. (Registre E 84, P 1).

13. Lettres du 27 janvier 1361 à Paris, du roi Jean, confirmant à l'échevinage la ferme de la prévôté. (A, f° 43).

14. Lettres du même roi, datées du bois de Vincennes, du 3 mars 1361, portant main mise sur la prévôté d'Amiens. (A 43).

15. Autres du même, Paris, 26 mars 1361, levant cette mainmise et restituant la prévôté à la ville. (A 43-44).

16. Nouvelle saisie de la prévôté, lettre de Jehan Barreau, bailli d'Amiens, 29 août 1364. (A, f° 44).

17. Restitution de la prévôté et lettres du roi Charles VI datées de Paris, des 11 septembre et 16 octobre 1364. A 45, 53-54-55.

Dans la seconde moitié du XVIe siècle, les officiers du présidial s'opposèrent à ce que le prévôt royal continuât à exercer la juridiction dont il était investi, sous prétexte qu'il n'était pas pourvu en titre d'office. Le Conseil d'Etat décida, par arrêt du 16 janvier 1572, qu'à l'avenir le prévôt élu chaque année jouirait pleinement de la juridiction qui lui était attribuée, à l'exception de la justice civile, conformément à l'édit de Moulins, auquel il ne pouvait être dérogé, « de laquelle lesdicts prévosts ont toujours jouy sans » contredit, même depuis l'édict de restablissement des prévosts » et déclaracion par nous faicte, etc. » A. Thierry, II, 802.

La ville reçut encore une nouvelle satisfaction. Malgré l'édit d'Amboise, de 1572, elle fut déclarée exempte de son exécution, contre les prétentions contraires des officiers du bailliage, et maintenue dans ses attributions de police. « Nous n'avons entendu et » n'entendons, disent des lettres royales données à Paris le 21 » août 1572, innover ni changer aucune chose en l'exercice de la » justice et jurisdiction politique appartenant auxdits maire, pré- » vost et eschevins d'Amiens, voulons et nous plaist qu'ilz y » soyent maintenuz et conservez pour en jouyr tout ainsi qu'ils ont » faict cy devant, etc. » A. Thierry, II, 806 et suiv.

1293. — JACQUES DE SAINT FUSCIEN.

Suivant Villers de Rousseville, il était fils du maire Jean de Saint Fuscien et aurait épousé Alips de Montdidier.

1294. — JEAN GODRIS.

1295. — JACQUES LE MONGNIER.

1296. — LIÉNARD LE SECQ.

Cette famille était déjà ancienne à Amiens quand Liénard fut appelé à la mairie. On trouve en 1151 un Villardus Siccus, en 1153 Oelardus Siccus, 1177 Oilardo Sicco, Roberto filio ejus. Liénard le Sec portait échiqueté d'argent et d'azur de 25 pièces au chef coupé de 3 traits, au 1 et 3 de sinople, endouché d'argent, au 2 de sinople à 5 besans d'argent. Villers de Rousseville remarque que ces armes sont celles d'Enguerran de Picquigny dont Liénard pourrait descendre. Le Sec était un surnom.

1297. — JEAN GODRIS.

1298. — JACQUES DE SAINT FUSCIEN.

1299. — LIÉNARD LE SECQ.

1300. — JEAN GODRIS.

1301. — JACQUES DE SAINT FUSCIEN.

1302. — FIRMIN DE COCQUEREL.

1303. — LIÉNARD LE SECQ.

1304. — JEAN LE BORGNE.

Il portait d'or à l'aigle de sable.

1305. — JEAN LE FRUICTIER.

Il portait d'argent à un pommier de sinople chargé de pommes d'or.

1306. — PIERRE D'ARRAS.

1307. — JEAN LE BORGNE.

Nous trouvons dans une ordonnance sur la fabrication des draps, Registre aux chartes N, les noms de quelques échevins :

« Et fut ceste ordonnance faicte par Jehan Leborgne maieur d'Amiens présens et consentans Maistre Jehan de Fauquenbergue, Juste de Rue, Jacquemon de Cocquerel, Esteve le Monnier, Jehan

Rabuisson, Jehan le Normant, Bertoul de l'abbeye et Jehan Fruictier eschevins et plusieurs autres en l'an de grâce mil CCC et VIII ou mois de may le jœudy devant le Pentecouste ».

1308. — Liénard le Secq.

1309. — Liénard le Secq, continué.

1310. — Jean le Fruictier.

Ordonnance sur le métier de pelleterie, registre N. « Ce fut fait par devant Jehan Fruictier maieur d'Amiens présens et consentant Jehan Rabuisson, Jehan Lemonnier, Milon de Bonneville, Bertoul de l'abeye et Laurens de Ricquebourg eschevins et plusieurs autres en l'an de grâce mil CCC et unze, le vigille de la feste saint Mathieu. »

1311. — Liénard le Secq.

Cinq fois maire d'Amiens, Liénard le Secq fonda par son testament l'hôpital Saint-Jacques, situé devant Saint-Leu presque vis-à-vis le pont *où Dieu ne passast oncques,* ainsi nommé parce qu'il formait la limite de cette paroisse avec celle de Saint-Sulpice.

La ville d'Amiens payait annuellement pour les aumônes de sire Liénart le Secq :

A l'hostel Dieu d'Amiens au jour de la Madeleine.	C^s parisis
Au curé de Saint Martin aux waides au 1er août .	XL^s
Au chapelain de la chapelle des Trépassés au cimetière Saint Denis au jour saint Christophe . .	XVI^s
Au chapelain de l'autre chapelle fondée dans cette chapelle des trespassés au jour saint Jean-Baptiste	XVI^s
Au couvent des frères mineurs au jour de mi-carême	C^s

Il avait été maire de la bannière des waidiers. On lisait en effet sur l'une des verrières de la cathédrale : *En l'an de grace MCCIIIJ^{xx} Hugans Liénart le Sec, Robert de Sit Fuscien maieurs des waidiers firent ches verieres.*

Lundi de la Purification 1311. Liénard le Sec, maire ; eschevins : Jehan Rabuisson, Millon de Bonneville. (Arch. de l'Hôtel-Dieu). — Thomam de Croy *unum de scabinis dicte ville.* (Arch. de la ville, registre E, f° 3).

1312. — Jean des Rabuissons.

Cette famille qui a donné son nom à la rue des Rabuissons, tour à tour, suivant les vicissitudes politiques, appelée rue de la Préfecture, Royale, de la République, etc., portait pour armes : d'argent au buisson de sinople, accompagné de deux rats rampants de sable sur une terrasse de sinople.

9 avril 1313. Jehan Rabuisson, maieur, Jehan Fruitier, Jehan le Monnier, eskevins. (Arch. H.-D.).

1313. — Jean le Fruictier.

1314. — Milon de Bonneville.

Pallé d'argent et de gueules de 6 pièces au chef d'azur chargé d'un lion d'or passant.

1315. — Jean de Faukenbergue.

D'argent au lion à queue fourchée passée en sautoir de gueules.

1316. — Jacques de Saint-Fuscien.

Il mourut en exercice et Jean Leborgne le remplaça.

1317. — Jean des Rabuissons.

Jehan de Fauquembergue, Milon de Bonneville, Thomas de Croy et Jehan Laguillier paraissent avec ce maire dans l'ordonnance sur la boucherie, du vendredi prochain après la feste saint Martin d'esté, l'an de grace mil trois cens et dix sept. (Registre N, f°s 23 et 24).

1318. — Pierre le Mongnier.

On trouve encore pour cette année quelques noms d'échevins. Ce fut fait par devant Pierron le Monnier, maieur d'Amiens, présens Maistre Jehan de Fauquembergue, Jehan dit Mouton de Cocquerel, Bernard le fruictier, Jehan de Sorchy, Gillon Beaupigne, Jehan de l'Ouseignol, Jacques de Mès, Robert du Blanc fossé, Jehan Laguillier et Jacquemon de l'abbeye, eschevins, en l'an de grâce mil CCC et XVII, le lundi prochain, après le Candellier. (Registre N, f° 105. Ordonnance sur les couteliers).

1319. — Jean de Cocquerel.

1320. — Jean des Rabuissons.

3

1321. — PIERRE LE MONGNIER.

Pierron le Monnier, maieur d'Amiens, Jehan Rabuisson, Jehan de Cocquerel, Jehan du Lousseignol, Robert du Blanc fossé, Jehan Laguillier, Jacque de Salouet, Fremin Grimault et Hue Waignet, échevins, l'an de grace mil CCCXXI, le tiers jour du mois d'avril. (Règlement des serruriers. Registre N).

1322. — MATHIEU BOIVIN.

D'azur à la fasce d'or accompagnée de 3 croix de même. V. R. Suivant Villers de Rousseville il avait épousé Jeanne, fille de Liénard le Sec.

1323. — JEAN DE SORCHY.

On trouve son nom indiqué dans une lettre du bailli d'Amiens du mois de juin 1318, comme fils de Maisnier de Sorchy et de Jehenne Delacroix, chitoyens d'Amiens. (Registre aux chartes, C, f° 83).

Sous sa mairie le registre N, Statuts des vaniers, pelletiers et fourreurs nous indique les échevins suivants : Pierron le Monnier, Jehan de l'Ouseignol, Millon de Bonneville, Bernard le Fruictier, Jehan le Monnier, Jehan Laguillier, Thomas de Croy, Fremin Grimault, Jehan Frotorie, Thomas Alavaine, Jehan de Poix et Simon Leconte (?)

1324. — JEAN DES RABUISSONS.

1324, lundi après la mi aoust, le registre aux chartes E constate une séance de l'échevinage ou assistent le maire Jean des Rabuissons et les échevins Mile de Bonneville, Pierre Lemonnier, Jean de Sorchy, Mahieu Boivin, Jehan Laguille, Jaque de Mez, Jehan de Louseignol, Colart de Villers, Robert du Blancfossé, Jaque de Salouel, Pierre Darras, Pierre du Gard, Adam de Biauval, Jehan Lorfèvre, Jehan Heduys, Fremin Grimaut.

1325. — PIERRE LE MONGNIER.

1326. — MATHIEU BOIVIN.

Mahieu Boinvin, maieur, échevins Jehan Rabuisson, Bernard d'Ippre et plusieurs autres. (A. H.-D.).

1327. — JEAN DES RABUISSONS.

Sous sa mairie une ordonnance sur le métier de boucherie donne également les noms d'échevins suivants: Pierre Lemonnier, Bernard Fruictier, Jehan Lorfèvre, Jacques du Mès, Jehan Petit, Dippre, Honnoré de Franche, Jehan Marbot, Andrien Audeluie et Jehan de Poix.

Il avait épousé Alips de Poix. (Registre aux comptes 1385).

1328. -- PIERRE LE MONGNIER.

1329. — MATHIEU BOIVIN.

1330. — JEAN DE SORCHY.

1331. — JEAN DU CANGE.

Jean Ducange portait dans son sceau un chevron chargé de trois besans ou tourteaux accompagnés de trois têtes de femme de face. Le P. Daire donne ainsi ses armes : d'or au lion passant d'azur armé et lampassé de gueules à la queue fourchue passée en saultoir. (I, 77).

1332. — VINCENT BOINNAVEL [8].

La Morlière et Daire l'appellent, par erreur, Bournavel. Il portait d'or à trois tourteaux de gueules.

On trouve, en 1332, comme échevins : Jehan de Sorchy, Pierre d'Arras, Jehan de Cokerel, Gille de Croy, Jehan de St Quentin, Ernoul le Monnier, Firmin Pié de Leu, Jehan de Moustiers, Pierre de Saint Fuscien, Jehan de Rue.

1333. — JEAN DE SORCHY.

1334. — JEAN DUCANGE.

1335. — MATHIEU BOIVIN.

1336. — JEAN DE SORCHY.

1337. — JEAN DUCANGE.

1338. — JEAN DE CROY.

1339. — JEAN DE SAINT QUENTIN.

Portait d'hermine pleine.

1340. --- JEAN DE SORCHY.

1341. — Pierre de Saint Fuscien.

Fils de Jacques, suivant Villers.

1342. — Jean de Saint Quentin.

1343. — Jean de Sorchy.

20 avril 1343. « Chirographe passé devant Jehan de Rue qui estoit adonc ou lieu Jehan de Saint Quentin maieur, échevins, Jehan de Sorchy, Fremin Pié de Leu. A. H.-D.

1344. — Jean Ducange.

Le règlement des boursiers, fait sous sa mairie le 10 décembre l'an de grâce 1344, registre N, nous donne les noms de dix-sept échevins : Mahieu Boivin, Jehan de Cocquerel, Firmin Pié de Leu, Jehan de Tourné, Willame du Blancfossé, Pierre de Saint Fuscien, Jehan Demoustiers, Jacque de Bonneville, Jehan l'Orfevre, Willame Rabuisson, Jacques le Monnier, Simon le coincte, Pierre Darras, Gille de Lousseignol, Fremin de Cocquerel, Simon de Mès, Colart Grimaut.

Un document du 11 mai 1345 nous révèle encore, au sujet d'une sentence en matière de draperie, outre ces noms, ceux de Jehan de Sorchy, Miles Ravin, Philippe de Morvillers, échevins.

« Le jour Notre Dame en march que l'an de l'Incarnation Nostre seigneur, l'an mil CCC XLV commencha, commencha-on à user du scel as causes nouvellement ordoné en la ville d'Amiens, à une grant fleur de lys et deux escuchons des armes de la ville, et le contre scel à un escu des armes de la ville et cessa-on à user du scel de cuivre à une grant fleur de lys seulement, ouquel temps sire Jehan Ducange estoit maire de ladicte ville. » (Registre aux Chartes coté E, f° 6 v°).

Le plus ancien sceau connu de la commune représentait une rosace autour de laquelle rayonnaient six têtes humaines alternant avec autant de fleurs de lys et la légende *Sigillum civium Ambianensium,* le type du contre-sceau présentait une unique fleur de lys avec cette légende entre deux filets : *Secretum meum michi.* On l'appelait le sceau des Marmousets en raison de ces six têtes qui, sans doute, représentaient des magistrats municipaux.

Les sceaux communaux de Dijon, Troyes, Meulan, Nîmes, l'Isle (Vaucluse), Doullens, représentaient également des images analogues, au nombre de 12 ou 20. Pourquoi l'artiste qui a gravé le sceau des Marmousets n'a-t-il mis que six têtes quand la mairie se composait d'un maire et de 24 échevins? Sans doute le défaut de place.

Suivant A. Thierry, la plus ancienne empreinte du sceau de la commune conservée jusqu'à nous est de 1228. Il est à croire, dit-il, qu'en 1190, lorsque Philippe-Auguste eut révisé et confirmé la charte communale d'Amiens, la ville, abandonnant le sceau dont elle s'était servie jusque-là, en adopta un nouveau sur lequel les fleurs de lys figurent pour la première fois.

La Morlière affirme qu'on se servait encore au XVIIe siècle du sceau des Marmousets pour authentiquer les actes importants.

Ici commence le registre F. C'est un volume grand in-folio sur parchemin, comprenant 265 feuillets non numérotés, allant de 1345 à 1483. Il est aujourd'hui, dans l'Inventaire sommaire des archives communales antérieures à 1790, T. I, série A, par M. Georges Durand, archiviste de la Somme, 1891, in-f°, coté AA, 6. Outre la liste des officiers municipaux, il contient un grand nombre de pièces relatives à des ventes d'offices communaux, réceptions de maîtrises, adjudications d'étaux ou de places, etc., etc., que nous avons dû omettre comme ne rentrant pas dans le cadre de notre travail.

DEUXIÈME PARTIE

1345-1597.

Registre F.

Lestat de le ville damiens commenchant lan mil cccxlv le iour Saint Simon et Saint Jude. lan mil cccxlv furent portés pour estre maire sire Pierre de Saint Fuscien, sire Jacques picquet et sire Jehan lorfeuvre.

Sire Pierre de Saint Fuscien nommé maire.

Jaque de Bonneville grant compteur [9].
Oudert du cange receveur des rentes.
Pierre lorfeuvre faiseurs des présens.
Philippe de Morviler faiseur de cauchies.

Echevins :

Sire Jehan du Cange.
Sire Mahieu Boivin.
Sire Jehan de Sorchy.
Sire Jaque Picquet.
Sire Jehan lorfèvre.
Colart Grimault.
Gille Ravin.
Jehan Audeluye [10].
Jehan de Ricqueboure lainé.
Jehan de Pois [11].
Jehan de Rue [12].
Willaume Rabuisson.

Esleus eschevins par le maieur et XII eschevins dessus dis :

Symon de Mes.
Jaque le monnier.
Jehan de Coquerel.
Symon lecomte.
Fremin pié de leu.
Jehan de Hangart [13].
Jehan de moustiers.
Willaume du Blancfossé.
Jehan de Tournay.
Gilles de lOurseignol.
Jacque du blancfossé.
Fremin de Coquerel.

Gilles Ravin prévost damiens.

Maieurs de bannières :

Fremin Rabuisson maieurs des waidiers.
Jehan le monnier de le rue as fromages.
Jehan le monnier de lestaple maires des taverniers.
Jehan fil Regnart de Conti [14].
Jehan darras des vairiers.
Jaque de Manchon.
Jehan du rondel des merchiers.
Bernart de Corbie [15].
Jehan fil de feu Colart de Coquerel, des hérengiers et poissonniers.
Robert le Magnier.
Jehan de Riqbourc des taneurs.
Jehan le maire.
Robert de Floxicourt [16] des viesiers.
Jehan de fransures [17].
Raoul Tousseren des cambiers.
Bertremieu Boutet.
Jehan de Mareul [18] des pareurs.
Fremin Parent.
Ernoul le normant des fourniers.
Henri de Belli.
Jehan dalbeville [19] des boulenguiers.
Henri de Cavelières.
Richart Grison des cordoniers.
Willaume de le crois.
Jehan de Polainville [20], des sueurs.
Guerart le lavendier.
Thomas du louxel(?) des porteurs.
Jehan Avannier.
Mahieu de Revelle [21] des tisserans de drap.
Raoul de Caveillon.
Eurart as Quevaulx des carpentiers.
Jaque Waidiaux.
Evrart de la riviere [22] des tainturiers.
Ferrant du Quesnoy [23].
Pierre Batel des pissoniers de doulce ieaue.
Manesse Putefil.
Mahieu de Mousons des tailleurs.
Henri doisemont [24].
Pierre l'orfevre des feures.
Jehan de Betembos [25].
Jaque Cinq Tournois des tisserans de linge.
Pierre de Cotenchy [26].

LESTAT DE LA VILLE lan mil cccxlvi.

Le jour S. Symon et S. Iude lan cccxlvi furent portés pour estre maieur Jaque Picquet, Gille Ravins, et Willaume Rabuissons.

GILLES RAVINS esleu maieur [27].

Jehan Audeluye, grant compteur.
Jaque du Gard, recepveur des rentes.

Jehan de Saint Fuscien des Rouges Caperons, faiseur des présens.
Wille du Blancfossé, faiseur des ouvrages.

Esquevins faits par les maieurs des bannières :	*Esquevins fais par lesquevinage :*
Sire Pierre de Saint Fuscien.	Jehan de Coquerel.
Sire Jehan du cange.	Mahieu de Moustiers.
Sire Jehan de Sorchy.	Jaque du Blancfossé.
Sire Jaque Picquet.	Symon lecomte.
Wille Rabuisson.	Jehan de Hangart.
Jaque de Bonneville.	Fremin de Coquerel.
Sire Mahieu Bonvin.	Jaque le monnier.
Jehan lorfevre.	Jehan de Tournay.
Philippe de Morviller.	Jehan de Pois.
Bernart dippre.	Jehan de Riqbourc lainsné.
Symon de Mes.	Pierre lorfevre.
Jehan de Rue.	Gile du loursignol.

Nouveaux maieurs de banières : [28]

Jaques de Hourges [29] des waidiers.
Liénart de Conti.
Jehan dippre, fil Benart, des taverniers.
Symon Cauchiet.
Gille de buillon des pareurs.
Colart de hornoy [30].
Ricart le cordier des teliers de linge.
Engueran du Candas [31].
Jaque compère des viésiers.
Jehan de Vaulx [32].
Jehan Estouppart des sueurs.
Bernart Boutet.
Jehan le grant des pissoniers de douce yaue.
Jehan peu dargent.
Ricart d'Envremeu [33] des tainturiers.
Jehan Buguedet.
Thomas de Fontaines [34] des cordoaniers.
Regnault de Flers.
Jehan Cachepaine des bouchiers.
Andrieu de Rumainil [35].
Jehan le bautisié des cambiers.
Willaume Cardon.
Jehan Paien des taneurs.
Thomas de Pois.
Fremin le normant des fourniers.
Jaque de Flers.
Jehan Revel des boulengiers.
Bertran de Maucourt [36].
Enguerran de Rumegni [37] des porteurs.
Jehan le rat.
Jehan Bosquerie des carpentiers.
Bertaut de Rogi [38].

Mahieu Grimaut des poisonniers de mer.
Jehan de Bailleul[39].
Willaume de Moreul des merchiers.
Jehan le feron.
Willaume de Cavellon[40] des tisserans de drap.
Regnaut de Clari[41].
Jehan Potier des Wagnes de chà la ville.
Andrieu le moine.
Pierre de Naours[42] des tailleurs.
Gille Ravin le iosne.
Collart de Hanchies[43] des Wagnes de le ville.
Michiel du Puchot.
Jehan le Monnier des vairiers.
Jaque darras.
Quantin le fevre des fevres.
Pierre de Calais[44].

LESTAT DE LE VILLE de lan xlvij.

Le iour S. Symon et S. Jude lan cccxlvij furent présentés pour estre maieur : sire Jehan du Cange sire Jaques Picquet et Jehan lorfevre.

JEHAN DU CANGE fu fais et esleus maires et trespassa au mois de juing xlviii[45] ou lieu duquel JAQUES PICQUET fu esleus maires[46].

Symon de Mes, grant compteur.
Fremin Fruictie, faiseur des présens.
Regnault le courant, faiseur des ouvrages.

Esquevins fais par les maieurs des bannières :

Sire Gille Ravin.
Sire Jaque picquet.
Sire Jehan lorfevre.
Sire Mahieu Bonvin.
Sire pierre de Saint Fuscien.
Jehan Audeluie.
Wille du blancfossé.
Jehan de Saint Fuscien, du Hocquet[47].
Colart Grimaut.
Wille Rabuisson.
Bernart Dippre.
Esteule de Conti.

Esquevins fais par lesquevinage :

prévost — Jehan de Rue.
Jehan de Coquerel.
Mahieu de Moustiers.
Jaque du Blancfossé.
Simon lecomte.
Fremin de Coquerel.
Jaque le monnier.
Philippe de Morviller.
Gille de Lourseignol[48].
Pierre lorfevre.
Jehan de Tournay[49].
Jehan de Riquebourc.

Nouveaux maieurs des banières :

Jehan de Sorchy des waidiers.
Jehan, fil de feu Jehan de Saint Fuscien.
Jehan lemonier de lestaple, des taverniers.
Hue de Creuses [50].
Jehan Cinq Tournois des teliers de linge.
Jehan de la capelle [51].
Jehan de Plachi [52] des tisserans de linge.
Ricart de Duri [53].
Oudart du cange des merciers.
Jehan de Villers [54].
Colart daubeviller [55] des pareurs,
Gobert de Duri.
Symon le Testu des porteurs.
Fremin le Maignen.
Jehan Job des poissonniers de doulce yaue.
Jehan de Hen le maisné.
Jehan Dore des boulengiers.
Thiébault de Bonneul [56].
Jaque Chevalier des fourniers.
Geffroy le Flamenc.
Gille Quillet des poissoniers de mer.
Wille de Creuses.
Ernoul de Saint Leurens des cambiers.
Jehan de Naours des tainturiers.
Robert Moret.
Jehan de Pois des taneurs.
Jehan Marbot le josne.
Jehan le prevost des bouchiers.
Pierre de Naours.
Adan de Tournay des viésiers.
Clément le grant.
Hue le caucher, des carpentiers.
Willart de Linières [57].
Nicaise Grison, des cordoaniers et selliers.
Willart Planchon.
Jehan Aourie des machons.
Robert Glaiolet.
Jehan du Hocquet des sueurs.
Jehan du Cahon.

LESTAT DE LE VILLE ordené à la saint Symon et saint Jude lan xlviii.

Sire JAQUE PICQUET fu fait maire [58].

Jaque de Bonneville, grant compteur.
Jehan de labie, recepveur des rentes.
Thumas de Hangart, faiseur des présens et paieur des rentes à vie.
Phelippe de Morviller, faiseur des ouvrages.

Esquevins fais par les maieurs des banières :

Esteule de Conti.
Jehan lorfevre.
Sire Mahieu Bonvin.
Sire Pierre de Saint Fuscien.
Sire Gille Ravin.
Simon de Mès [59].
Fremin Froiterie.
Jehan de Rue.
Ville Rabuisson.
Fremin de Coquerel, fil Mahieu.
Colart Grimault.
Jaque du Blancfossé [60].

Esquevins fais par le maieur et eschevinage :

Jehan Audeluye.
Ville du Blancfossé.
Mahieu de Moustiers.
Jehan de Saint Fuscien du Ho quet.
Pierre lorfevre.
Jaque le Monier.
Bernart Dippre.
Sire Jehan de Coquerel.
Jehan de Tournay.
Symon Lecomte.
Gille de Loursignol.
Jehan de Riquebourc lainsné.

Maieurs des bannières fais par lesquevinage :

Jaque de Montdidier [61] des waidiers.
Liénart de Saint Fuscien.
Jehan de Conti gaugeur, des taverniers.
Jehan Bosquier.

Autres maieurs nouvaux fais et esleus :

Jehan de Baillœul des poissoniers de mer.
Mahieu Quillet.
Jehan de Croy des cambiers.
Raoul Tenserag.
Evrart de le rivière, des tainturiers.
Robert Mausergant.
Guffroy du manoir, des machons.
Jehan Grisleu.
Mahieu Ravin, des Wagneurs delà le ville.
Colart de le haie.
Michiel le bouchier des Wairiers.
Jehan d'Arras.
Jehan du Guard des tailleurs.
Henri dOisemont.
Ernoul le Normant, mort, des fourniers.
Henri de Bresli en lieu [62].
Jehan dAbbeville pasticier, des boulengiers.
Henri de Caouliers.
Jehan de Mareul des pareurs.
Fremin Parent.
Honoré de Clari des tisserans de drap.
Jehan Blondel.
Willaume de le crois des cordouaniers.

Jehan de Buissi.
Riquier de Naours, des bouchiers.
Andrieu de Rumaisnil.
Jehan de Fransures des viésiers.
Fremin du Bosquel.

LESTAT DE LE VILLE ordene à le Saint Simon et S. Jude cccxlix.

le maieur et esquevins fais par les maieurs de banière :

Sire SIMON DE MÈS maieur[63].
Sire Gille Ravin.
Sire Jehan Lorfevre.
Sire Mahieu Bonvin.
Sire Pierre de Saint Fuscien.
Wille des Rabuissons.
Bernart Dippre.
Jaque le Monier.
Fremin de Coquerel.
Philippe de Morviler.
Jehan de Saint Fuscien, guarde de la prévosté.
Mahieu de Moustiers.
Colart du Guard.

Esquevins fais par les maieurs et esquevins :

Colart Grimaut.
Jehan Audeluie.
Wille du Blancfossé.
Fremin Froiterie.
Gille de lourseignol.
Jehan de Ham.
Pierre Darras.
Pierre de Coquerel.
Jehan de Pois.
Fremin de le ville.
Pierre Fouquere.
Jehan de Tilloy[64].

fait par les maieurs des banières :

Oudart du cange, grant compteur.
Enguerran de Rumegni, recepveur des rentes.
Jehan Corbelin, faiseur des présens.
Jaque Malin, cauchieur.

Mayeurs de banières fais par le maieur et esquevins :

Thumas de Hangart.
Jehan de Saint Fuscien, de le bourse.
Jaque darras.
Jean Dippre.

Autres maieurs de banières nouvaux fais et esleus :

Bauduin de Pinquigny des vairiers
Jehan dAilli.
Honnoré de Clari des tisserans.
Jehan Godart.

Jehan de Fransures des viésiers.
Fremin du Bosquel [65].
Jehan Paien, des taneurs.
Colart de Pois.
Colart de Hornoy, des pareurs de draps.
Esteule de Vaulx.
Jehan de Buissi, des cordoaniers.
Thomas de Vilers.
Pierre Clabault, des drapiers.
Jehan de Hailles [66].
Jehan Baudelot, des sueurs.
Jehan de Loncpré.
Robert le Boulenguier, des porteurs.
Jehan Rumault.
Mahieu Grimaut, des poissoniers.
Gille Quillet.
Pierre Mouret, des boulengiers.
Thomas de Bovelle.
Jehan de Bonneul, des fourniers.
Evrart le boulenguier.
Jehan le prevost, des bouchiers.
Jehan Choquel.
Mahieu de Camps [67], des teliers.
Jehan Grant.
Bertaud de Rogi, des carpentiers.
Jehan de Bovelle.
Pierre Batel, des poissoniers de doulce yaue et des naveliers.
Manessier Peufille.
Andrieu de Pinkeigni, des fevres.
Pierre Roussel.
Robert du cange, des merciers.
Jehan Feron, corier.
Maistre Pierre Roussel [68], des machons et couvreurs.
Pierre Mouton.
Bertremieu de Rainchevaux [69], des cambiers.
Jehan de Saveuses [70].
Robert Mouret, des tainturiers.
Jehan de Saint Fuscien.

LESTAT DE LE VILLE ordené à la Saint Symon et S. Jude mil cccl.

Sire GILLE RAVIN maieur.

Sire Symon de Mes [71].
Sire Pierre de Saint Fuscien.
Jehan de Saint Fuscien.
Sire Jehan lorfevre.
Fremin de Coquerel.
Wille des Rabuissons.
Colart Grimaut.
Jehan de Moustiers.
Oudart du cange.
Jaque Malin.
Jehan Corberi.
Enguerran de Rumegny.

Esquevins fais par le maieur et esquevins :

Bernart Dippre.
Jaque le monnier.
Philippe de Morviler.
Wille de Blancfossé.

Fremin Froitterie.
Gille du Loursignol.
Pierre Darras.
Pierre de Coquerel.
Jehan de Pois.
Fremin De le ville.
Jehan de Han.
Fremin du Quarrel.

Jehan Audeluie, grant compteur.
Colart du Gart, receveur des rentes.
Jehan de Tilloy, faiseur des présens.
Pierre Fouquere, cauchieur.

Maieurs de banières fais par le maieur et esquevins :

Jehan Pié de leu, du Barillet[72].
Pierre Fouquere le joule.
Jaque le Monnier le joule.
Fremin de Coquerel, fil Paris.

Autres maieurs de banière nouvaux fais :

Jehan de Courcheles des merchiers.
Fremin Goric.
Jehan Milet des cambiers.
Wille de Creuses.
Jehan Savyn des sueurs.
Jehan de Cahon.
Mahieu Magret des fourniers.
Martin de le Feriere.
Honnoré de le cauchie des boulenguiers.
Jehan Roussel.
Jehan le monnier, de le rue au lin, des vairiers.
Jehan Haterel.
Symon Marbot des taneurs.
Willaume de Riquebourc.
Symon de Bonneville des teliers de linge.
Ligier des sertiaux[73].
Jaque de Mareul des pareurs.
Jehan Brécart.
Ricart de Bettembos des tisserans.
Pierre Rohart.
Robert Gelée des cordouaniers.
Enguerran de Vergies[74].
Collart le Messier des waigneurs de St Pierre.
Jehan le Gorrelier.
Enguerran de Corbie des viésiers.
Thumas de Rumainil.
Fremin Audeluie des poissoniers de mer.
Jehan le Mangnier.
Jehan Peudargent des poissoniers de doulce yaue et des naveliers.
Miquiel Gauguet.
Simon le Testu, des porteurs.
Jehan Lavainier.
Jaque de Mes des tailleurs de draps.
Jehan du Gart.
Fremin Leschaullier des carpentiers.
Jehan le Toucher.
Ernoul de Camons des fevres.
Pierre dOissy.
Jehan Brécart des bouchiers.
Robert Mittet.

Jehan de Naours des tainturiers.
Robert Pinguet.
maistre Jehan Bize[75] des machons et couvreurs.
Jehan de Sarton.
Miquiel Potier des Waigneurs de chà le ville.
Jehan Potier.

LESTAT DE LE VILLE ordené à la saint Symon et S. Jude lan mil cccl et 1.

Sire FREMIN KOQUEREL maieur.

Sire Gille Ravin.
Sire Fremin Grimaut.
Jaque le Monnier.
Sire Pierre de Saint Fuscien.
Sire Symon de Mès.
Jehan Audeluie.
Colart du Guard.
Pierre Fouquère.
Ville des Rabuissons.
Jehan de Tilloy.
Sire Jehan lorfevre.
Jehan de Moustiers.

Eschevins fais par le maieur et eschevinage :

Jehan de Saint Fuscien.
Oudart du cange.
Jaque Malin.
Jehan Corberi.
Wille du Blancfossé.
Fremin Froiterie.
Pierre dArras.
Pierre de Coquerel.
Jehan de Pois.
Fremin de le ville.
Jehan de Han.
Fremin du Quarrel.

Jehan du Guard, grant compteur.
Jehan de Saint Fuscien, fil Liénart, petit compteur
Jaque darras, faiseur des présens.
Philippe de Morvillier, maistre des ouvrages.

Maieurs de banière fais par le maieur et eschevins :

Gille de loursignol des taverniers.
Jehan Dippre.
Thumas de Hangart des waidiers.
Jaque de St Fuscien fil Lyenart.
Jehan de Coquerel des pissonniers
Henry de Croissy[76].
Jehan de Bovelle des viésiers.
Wistace du Boquel[77].
Symon Barbette des vairiers.
Jehan Ducroquet.
Jehan de Creuses dit Dari, des cambiers.
Mahieu Dantan.
Andrieu de Caigni des merchiers.
Ricart Grévin.
Wast de dari des tisserans.

Jehan le bis.
Pierre le Siégier des sueurs.
Symon de Mailli [78].
Jehan le tourbier des cordouaniers.
Wyllart Planchon.
Robert Mouret des tainturiers.
Gille leureux.
Jehan Saillant des carpentiers.
Jehan de Rogi.
Mahieu de Moustiers des drapiers.
Pierre Clabaut.
Jaque Cinqtournois des teliers de linge.
Ernoul de Cornehote.
Jehan leduc des porteurs.
Colart de Rumegni.
Jehan le Prévost des bouchiers
Riquier de Naours.
Jehan Rache des poissonniers de douche yaue.
Hébert le marié.
Maistre Renaut Sauvache, des machons.
Colart de Camons.
Guérart de Pinquegni des fevres.
Jehan de Saukeuses [79].
Jaque Marbot des taneurs.
Henri de Bonneul.
Andrieu de Dari des fourniers.
Thibaut Wyart.
Jehan dAbbeville des boulenguiers.
Symon Roue.

Lestat de le ville ordené à le saint Symon et S. Jude lan mil ccclij.

Sire Fremin Grimaut maieur [80].

Sire Fremin de Coquerel.
Sire Symon de Mès.
Sire Gille Ravin.
Jehan de Saint Fuscien, fil Lyénart.
Jaque du Gard.
Philippe de Morviller.
Pierre Darras.
Wille des Rabuissons.
Sire Jehan de Coquerel,
Jaque Lemonnier.
Jehan de Saint Fuscien, des rouges caperons [81].
Jehan de Ham.

Esquevins fais par le maieur et esquevins :

Sire Jehan lorfevre.
Jehan Audeluie.
Willaume du Blancfossé.
Fremin Deleville.
Jehan de Moustiers.
Jaque Malin.
Pierre Fouquère.
Jehan de Pois.
Fremin Froiterie.
Fremin du quarrel.
Jehan Dippre.
Mahieu Ravin.

Jehan Corberi, grant compteur.

Jehan du Gart, recepveur des rentes.

Fremin Audeluie, faiseur des présens et paieur de la rente à vie.

Fremin de Coquerel, fil Jaque, maistre des ouvrages.

Maieurs de banières fais par le maire et eschevins :

Pierre de Coquerel des waidiers.
Wille des Rabuissons le joule.
Jaque Darras des Taverniers.
Jehan Bargoul.
Jehan des Rabuissons, des poissonniers de mer.
Pierre Were.
Jehan de Franssures des viésiers.
Fremin du Boquel.
Wautier Darras des vairiers.
Jehan du Bosquel.
Ville de Creuses des cambiers.
Jehan Boylyaue.
Jehan Devreuses des merchiers.
Jehan le Féron.
Honneré de Clari des tisserans.
Andrieu de Camons.
Huc Baudelot dit Bailli, des sueurs.
Jehan de Loncpré.
Thomas de Vilers des cordoaniers.
Jehan de Buissy.
Jehan de Naours des tainturiers.
Philippe de labeye.
Maistre Jean de Bovelle des carpentiers.
Jehan Cailleu.
Jehan de Saint Fuscien, fil Jaque, des drapiers.
Colart du Gard.
Mahieu de Camps des teliers de linge.
Jehan Guéraut.
Regnier de Breneus des pareurs.
Colart de Hornoy.
Fremin le Coutelier des porteurs.
Robert Lavainier.
Jehan Choquel des bouchiers.
Jehan Brehart.
Jehan Paien des taneurs.
Raoul le Goulier.
Pierre Roussel des waignieurs.
Wille Choquel.
Thomas de Bovelle des boulengiers.
Jehan Karue.
Pierre de Bonneul des fourniers.
Erart Fouquet.
Jehan Job des poissonniers de doulce yaue.
Manessier Peufile.
Pierre Mon des machons.
Jehan Duprier.
Andrieu de Pinquigny des fevres.
Pierre Roussel.

Lestat de le ville ordonné à la saint Symon et S. Jude mil cccl et iii.

Sire Symon de Mès maieur.

Sire Fremin Grimault.
Sire Gille Ravin.
Wille des Rabuissons.
Jehan Corberi.
Jehan Audeluye.
Jaque du Gard, prevost.
Jehan lorfevre.
Jehan de Saint Fuscien, des rouges Caperons.

Esquevins fais par maieurs et esquevins :

Ville du Blancfossé.
Jehan de Ham.
Philippe de Morviller.
Fremin de la ville.
Jehan de Moustiers.
Jaque Malin.
Pierre Fouquère.
Fremin Froitterie.
Fremin du Quarrel.
Mahieu Ravin.
Jaque Darras.
Jehan de Tilloy.

Pierre Darras, grant compteur.
Jehan de Coquerel, fil Colart, petit compteur.
Thomas de Hangart, faiseur des présens.
Jehan Dippre, maistre des ouvrages.

Maieurs de banières fais par maieur et esquevins :

Jehan Pié de leu des taverniers.
Pierre Fouquère.
Fremin de Coquerel, fil Jaque des waidiers.
Fremin de Coquerel, fil Paris.
Fremin Audeluye des poissonniers.
Jehan Le Manier.
Jehan Discu [82] des viésiers.
Manessier de Coquerel.
Jehan Lemounier des vairiers.
Bauduin de Pinqgni.
Colart Burnel des cambiers.
Sire Asse Boulet.
Robert du cange des merchiers.
Fremin Gorre.
Jehan Godart des tisserans.
Ricart de Bethembos.
Jehan Baudelot des sueurs.
Jehan de Cahon.
Enguerran de Vergies des cordonniers.
Symon de Bécourt [83].
Robert le Machon des tainturiers.
Robert Pinguet.
Fremin Leschaul des carpentiers.
Jehan le Tonnellier.
Jehan du Gard des drapiers.
Jaque de Mes.
Ligier des Sartiaus des teliers de linge.

Jehan Tiessart.
Jaque de Mareul des pareurs.
Jehan Brécart.
Pierre le Testu des porteurs.
Jehan Lavainier.
Jehan le prevost des bouchers.
Warnier Cardel.
Symon Marbot des tanneurs.
Thomas Marbot, pour W. de Riquebourc trespassé.
Colart le Messier des waigneurs de S. Pierre.
Wille le Messier.
Honnoré de le cauchie des bolengiers.
Pierre Moret.
Mahieu Maigret des fourniers.
Robert Chopin.
Pierre Batel des poissoniers de doulce yaue.
Paris le noir.
Maistre Pierre Rousel des machons
Maistre Jehan Boquet.
Ernoul de Camons des fèvres.
Pierre dOissy.

Lestat de le ville ordené à la S. Symon et S. Jude lan mil cccliiii.

Sire Fremin de Coquerel maieur.

Sire Symon de Mès.
Sire Firmin Grimaut.
Sire Gille Ravin.
Wille des Rabuissons.
Sire Jehan lorfevre.
Sire Jehan de Coquerel.
Jaque le Monnier.
Jaque du Gard.
Jehan de Saint Fuscien, des rouges caprons,
Jehan de Saint Fuscien, fil Liénard.
Pierre Darras.
Jean Dippre.

Esquevins fais par maieur et eschevins :

Jehan de Moustiers.
Wille du blancfossé.
Firmin de le ville.
Firmin Froiterie.
Jaque Malin.
Jehan de Tilloy.
Jehan Corberi.
Pierre Fouquere.
Mahieu Ravin.
Jehan le monnier, de la rue au lin
Philippe de labeye [84].
Enguerran de Rumegny.

Jehan Audeluye, grant compteur.
Colart du Gard, receveur des rentes.
Jaque Darras, faiseur des présens.
Philippe de Morviller, maitre des ouvrages.

Maieur de banières :

Gille du lourseignol des taverniers.
Gille Dippre.
Jaque de Saint Fuscien des waidiers.
Thumas de Hangart.
Jaque Marbot des taneurs.
Henry de Bonneul.
Thomas de Rumainil des viésiers.
Jehan de Drouarville.
Regnier de Berneux des pareurs.
Jehan le Machon.
Vaast de Clari des tisserans.
Jehan le bis.
Robert Mouret des tainturiers.
Jehan de Saint Fuscien des Pourcelets [85].
Jehan Choquel des bouchiers.
Riquier de Naours.
Jehan le Boutelier des waigneurs de delà le ville.
Colart de le haie.
M. Guérart de Puil des fèvres.
Jehan de Saukeuses.
Mahieu de Moustiers des drapiers.
Pierre Clabaut.
Jehan de Creuses dit Dari, des cambiers.
Jaque bon blé.
Miquiel Martin des merchiers.
Ricart Grévin.
Hebert le Marié des poissonniers de doulce yaue.
Jehan Roche.
Pierre le Siégier, des sucurs.
Warin de Cavellon.
Jehan dailli des pelletiers.
Jehan Hasterel.
Colart Picavet des carpentiers.
Gille de Croyssi.
Ernoul de Cornehote des teliers de linge.
Jaque Cinq tournois.
Jehan dAlbeville, des boulengiers.
Jehan Leconte.
Andrieu de Clari des fourniers.
Jehan de Rogi.
Jehan de Coquerel des poissonniers de mer.
Henry de Croissi.
Maistre Jehan Bize des manchons.
Jehan de Sarton.
Jehan le normant des porteurs.
Jehan Lavainnier.
Robert Gellé des cordoanniers.
Willart Planchon.

LESTAT DE LE VILLE ordené à le S. Symon et S. Jude mccclv.

Sire GILLE RAVIN maieur.

Sire Fremin de Coquerel.
Sire Fremin Grimaut.
Sire Simon de Mes.
Jehan lorfevre.
Wille des Rabuissons.
Jaque Lemonnier.
Jaque du Gart.
Jehan de St Fuscien, fil Liénart.

Jehan de S. Fuscien, des rouges caperons.
Jehan Audeluye.
Pierre Darras.
Philippe de Morviller.

Esquevins fais par maieur et esquevins :

Jehan de Moustiers.
Wille du blancfossé.
Fremin de le ville.
Jehan de Han.
Fremin Froiterie.
Jehan Dippre.
Jehan du Tilloy.
Jaque Malin.
Jean le Monnier.
Mahieu Ravin.
Enguerran de Rumegny.
Pierre Fouquere.

Jehan Corberi, grant compteur.
Jehan des Rabuissons, fil de Jehan, receveur de rentes.
Miquiel Potier, faiseur de présens.
Philippe de labeye, maistre des ouvrages.

Maieurs des banières :

Jaque Darras des taverniers.
Pierre Soyvaut.
Wille des Rabuissons le joule, des waidiers.
Pierre de Hangart.
Jehan Paien des taneurs.
Esteule du blancfossé.
Jehan le Prévost des bouchers.
Wargnier Cardel.
Pierre Roussel des fèvres.
Pierre Bourgois.
Ligier le Mesureur des waigneurs delà le ville.
Wille Choquel.
Thumas de Bovelle des boulengiers.
Miquiel Leconte.
Symon de Bon œil des fourniers.
Mahieu Dieux aieue.
Jehan de Moreul [86] des poissonniers de mer.
Jaque Audeluye.
Jehan de Saint Fuscien fil Jaque, des drapiers.
Symon Clabaut.
Thumas de Villers des cordoanniers.
Jehan de Buissi.
Wille de Creuses des cambiers.
Symon Lalbe.
Robert de Camons des machons.
Pierre Mouton.
Andrieu de Caigny [87] des merchiers.
Jehan le Féron.
Manessier Peufille des poissonniers de doulce yeaue.
Jehan de Franssures des viésiers.
Enguerran de Corbie.
Jaque de Mareul des pareurs.
Jehan de Beauval [88].
Honneré de Clari des tisserans.

Jehan de Naours des tainturiers.
Gille Leureux.
Hue Baudelot dit bailli, des sueurs.
Jehan de Loncpré.
Jehan Darras des pelletiers.
Symon Barbate.
Jehan Saillant des carpentiers.
Jehan de Rogi.
Fremin le Cordier des teliers de linge.
Mahieu des camps.
Jehan le Normant des porteurs
Rohault Lavainier.

LESTAT DE LE VILLE ordené à le saint Symon lan mcccl et vi.

Sire SYMON DE MÈS maieur.

Sire Gille Ravin.
Sire Fremin Grimaut.
Sire Fremin de Coquerel.
Jehan lorfevre.
Wille des Rabuissons.
Jehan de Saint Fuscien, des rouges caperons.
Jehan de Saint Fuscien, fil Liénart.
Jaque du Guart.
Wille du Blancfossé.
Fremin de le ville.
Jehan Corberi.
Philippe de Labeie.

Esquevins fais par maieur et esquevins :

Jaque le Monnier.
Jehan de Moustiers.
Jehan de Han.
Jehan Audeluye.
Fremin Froitterie.
Jehan de Tilloy.
Jehan Dippre.
Philippe de Morviller.
Jaque Malin.
Mahieu Ravin.
Enguerran de Rumegni.
Pierre Fouquère.

Pierre Darras, grant compteur.
Jehan Baupigne, paieur des rentes à vie.
Thumas de Hangart, recepveur des rentes.
Jaque de Saint Fuscien, fil Liénart.

Maieurs de banières :

Fremin de Coquerel, fil Jaque des waidiers.
Jehan des Rabuissons, fil Wistace.
Jehan pié de Leu, du Barillet des taverniers.
Pierre Fouquère le iosule.

Thumas Marbot des taneurs.
Hue le Gorrelier.
Jehan Choquel des bouchers.
Andrieu Frérot.
Pierre d'Oissi[89] des fèvres.
Collart le Maignen.
Colart de Beauvoir des waigneur delà la ville.
Colart le Messier.
Honneré de le cauchie des boulengiers.
Symon Ronel.
Mahieu Maigret des fourniers.
Robert Chopin.
Jehan le magnier des poissonniers de mer.
Fremin de Naours.
Jehan du Gard des drapiers.
Jaque de Mes.
Jehan de le Marche des cordoanniers.
Enguerran des Vergiez.
Wille de Creuses des cambiers.
Jehan Boileaue.
Pierre rousel le ioule des machons.
Collart de Camons.
Symon Bacheler des merchiers.
Enguerran Godart.
Jehan Ravin des poissoniers de doulce yeaue.
Berthault Moullier.
Jehan de Bovelle, mésier, des viésiers.
Witasce du Bosquel.
Jehan Brécart de Dari des pareurs.
Collart Gallet.
Jehan Godart des tisserans.
Richart de Bethembos.
Robert le Machon des tainturiers.
Wy le roy.
Jehan de Cahon des sueurs.
Guérart de Saleu[90].
Jehan le Monnier des pelletiers.
Bernart Marbot.
Jehan Boquerie des carpentiers.
Jehan le Tonnelier.
Fremin le coustelier des porteurs.
Jehan Lavainier.
Jehan Tiessart des telliers de linge.
Ligier de Sartiaus.

LEstat de le ville ordené à le S. Symon et S. Jude lan mil ccc et lvij.

Sire Fremin de Coquerel maieur.

Sire Symon de Mès.
Sire Fremin Grimaut.
Sire Gille Ravin.
Jehan de Saint Fuscien, fil Liénart.
Jaque du Gard.
Jehan de Saint Fuscien, des rouges caperons.
Jaque Lemonnier laisné.
Jehan de Ham.
Jehan Audeluye.
Jehan Corberi.
Wille du Blancfossé.
Jehan Baupigne.

Esquevins fais par maieur et esquevins :

Wille des Rabuissons.
Fremin de le ville.
Mahieu de Moustiers.
Fremin Froiterie.
Philippe de Morviller.
Jehan Lemonnier[91] eschoihier.
Philippe de labeie.
Jaque Malin.
Pierre Fouquère.
Mahieu Ravin.
Pierre de Coquerel.
Enguerran de Rumeigni.

Jehan de Tilloy, grant compteur.
Jehan Dippre, maistre des ouvrages.
Jehan de Courchelles[92] recepveur de rentes.
Jaque Marbot, paieur des présens.

Maieur des banières :

Jaque de Saint Fuscien, fil Liénart des waidiers.
Thumas de Hangart.
Jehan Hauchepié des taverniers.
Oudart de Luilly.
Jehan le Prévost des bouchers.
Warnier Garetel.
Maistre Guérart de Pinkegny des fèvres.
Jehan de Saukeuses.
Colart de le Haie des Waigneurs delà la ville.
Wille le Messier.
Jehan dAlbeville des boulengiers.
Jehan Leconte.
Andrieu de Clari des fourniers.
Pierre de Bonneul.
Fremin Audeluye des poissonniers de mer.
Henri de Croissi.
Colart du Gard des drapiers.
Wille le Messier.
Estienne du Blancfossé, des tanneurs.
Jehan Courtois.
Jehan de Clari des goudaliers.
Sur Asse de Namps[93].
Robert Gelée des cordouaniers.
Symon de Boncourt.
Maistre Pierre Rousel des machons.
Jehan Bosquet.
Jehan Devreuses des merchiers.
Fremin Gorre.
Robert Sabouret des poissonniers.
Jehan Roche.
Jehan le Machon des pareurs.
Régnier de Breneux.
Thomin de rumaisnil des viésiers.
Jehan de Drouarvile.
Honneré de Clari des tisserans.
Pierre Cuignet.
Jehan Estoupart des sueurs.
Warin de Caveillon.
Bauduin de Pinkegni des pelletiers.
Jehan dAilli.
Robert Mouret des tainturiers.

Jehan de Saint Fuscien, des pourcelcz.
Berthault de Rogi des carpentiers.
Fremin Leschaullier.
Jehan Dippre fil Thibault, des parcurs (lire *porteurs*).
Jehan Busquet.
Pierre de Cotenchi [94] des telliers de linge.
Jaque Cinqtournois.

L'Estat de le ville au commandement de Monseigneur de St Pol, lieutenant du roy et de nos seigneurs le régent le royaulement de France, ordené et fait pour cause de l'emprisonnement de sire Fremin de Coquerel maieur [95].

Esquevins fais par les maieurs de banières :

Sire Jehan du Gard maieur.

Jehan de Saint Fuscien, fil liénart.
Fremin de Coquerel, fil Jaque.
Fremin de Coquerel, fil Paris.
Fremin Audeluye.
Jehan lenormant.
Robert Baupigne.
Colart de Riquebourc.
Jehan des Rabuissons, fil Wistace.
Robert Mouret.
Pierre Clabaut.
Colart de le Haie.
Bauduin de Pinquegni.

Esquevins fais par maieur et esquevins :

Sire Gille Ravin.
Jehan Beaupigne.
Jaque de Mes.
Wille du blancfossé.
Mahieu Ravin.
Fremin Froiterie.
Jehan Corberi.
Philippe de Morviller.
Philippe de labbeie.
Enguerran de Rumegni.
Martin de Savières.
Henri de Bonneul.

Lestat de le ville ordené à le S. Symon et S. Jude lan mil ccclviii.

Sire Fremin de Coquerel, fil Jaque, maieur.

Sire Jehan du Gard.
Jehan Baupigne.
Wille du Blancfossé.
Thumas de Hangart.
Jean Dippre laisné.
Jehan de Tilloy.
Fremin de Coquerel, fil Paris.
Fremin Audeluie.
Jehan Lenormant.
Pierre Clabaut.
Colart de la Haie.
Robert Mouret.

Esquevins fais par maieur et eschevins :

Sire Gille Ravin.
Jehan de Saint Fuscien, fil Liénart.
Jehan Lesene.
Adam Prevet.
Firmin Froiterie.
Maistre Jehan Boitoire [96].
Mahieu Ravin.
Jaque de Mès.
Robert Baupigne.
Martin de Savières.
Colart de Riquebourc.
Enguerran de Rumegny.

Jehan Corberi, grant compteur.
Philippe de Labeie, maistre des ouvrages.
Jehan des Rabuissons, fil Wistace, receveur des rentes.
Gille Beaupigne, paieur des présens et de le rente à vie.

Maieurs de banières :

Pierre Soviaut des taverniers.
Gille Dippre.
Pierre Lecointe des waidiers.
Liénart de Hangart.
Henri de Bonneul des taneurs.
Jaque Marbot.
Jehan Choquel des bouchers.
Andrieu Frérot.
Jean de Creuses, fourbisseur, des fèvres.
Raoul Le bourg.
Andrieu de Cagni des merchiers.
Vincent de Beaurepaire.
Thomin de Bovelle des boulengers
Miquiel lecomte.
Thibault Wiart des fourniers.
Colart de Bonneul.
Jaque Audeluye, des poissonniers de mer.
Pierre Were.
Symon Clabaut, des drappiers.
Pierre du Gard.
Robert Geléc, des cordoanniers.
Symon de Bécourt.
Wille de Creuses, des cambiers.
Jehan Boileaue.
Jehan de Pinniers, des machons.
Pierre Mouton.
Jehan de Montdidier, des pelletiers
Jehan Haterel.
Manesier Peufile, des poissonniers de douce yaue.

Pierre Batel.
Jehan de Bovelle des viésiers.
Jehan Diseu.
Honneré Courtois, des pareurs.
Jaque de Moreul.
Jehan Godart, des tisserans.
Germain de Revelle.
Jehan de Naours, des tainturiers.
Fremin de labeie.
Jehan de Duri, des sueurs.
Jehan de Loncpré.
Jehan le Gorrelier, des Wagneurs.
Clément le Messier.
Jehan de Rogi, des carpentiers.
Jehan Saillant.
Rohaut Lavainier, des porteurs.
Gille le Grenu.
Ernoul de Cornehote, des telliers.
Jehan Grant.

LESTAT DE LE VILLE ordene à le S. Symon et S. Jude mil ccclix.

Sire JEHAN DIPPRE maieur *fais par les maieurs de banières* [97].

Sire Fremin de Coquerel.
Sire Jehan Du Gard.
Fremin Audeluye.
Jehan Corberi.
Philippe de Labeie.
Jehan Beaupigne.
Thumas de Hangart.
Fremin de Coquerel, fil Paris.
Jaque Darras.
Martin de Savières.
Fremin Froiterie.
Mahieu Ravin.

Fais par maieur et esquevins :

Jehan de Saint Fuscien, fil Liénart.
Wille du Blancfossé.
Jehan de Tilloy.
Jehan Lenormant.
Adam Prévet.
Maistre Jehan Boitoire.
Robert Beaupigne.
Robert Apret.
Enguerran de Rumegni.
Oudart de Luilli [98].
Thomas Marbot.
Andrieu de Caigni.

Jaque de Mès, grant compteur.
Miquiel Potier, receveur des rentes de le ville.
Pierre de Croy, paieur des présens et de le rente à vie.
Colart de le Haie, maistre des ouvrages.

Maieurs des banières :

Jehan Pié de leu, du Barillet, des taverniers.
Jehan lorfevre.
Jehan des Rabuissons, fil Wistace, des waidiers.
Gille Beaupaigne.
Colart de Riquebour des taneurs.
Huc le Gorrelier.
Jehan le prévost des bouchiers.
Warnier Daraines.
Lorens Alixandre des fèvres.
Pierre de Saint Saulieu.
Jehan le feron des merchiers.
Thibault as coutiaux [99].
Symon Ronel des boulengiers.
Jehan du ruissel.
Jehan de Rogi des fourniers.
Mahieu Maigret.
Henri de Croissy des poissonniers de mer.
Fremin Grimault.
Raoul Lemaire des drapiers.
Fremin Lemaire.
Enguerran des Vergiez, des cordoanniers.
Willart Planchon.
Mahieu Dautan des cambiers.
Gille Saillant.
Jehan Grisleu des machons.
Jehan Sauvage.
Regnault Boistel des pelletiers.
Bertoul dAilli.
Bauduin Fouquère des poissonniers de douce yaue.
Jehan le caron de leaue.
Jehan de Fransures des viésiers.
Jehan du Bosquel.
Jehan le Machon des pareurs.
Mille de Bullon.
Honneré de Clari des tisserans.
Aléaume de Ver.
Wy le roy des tainturiers.
Robert Pinguet.
Jehan de Cahon des sueurs.
Guérart de Saleu.
Colart de Beauvair des waigneurs de S. Pierre.
Jehan Barberi.
Jehan le lonc des carpentiers.
Jehan le Caron.
Jehan Lavainnier des porteurs.
Jehan de Quauviler.
Esteule de Renauval des telliers de linge.
Jehan Porée.

Lestat de le ville ordené à le S. Symon et S. Jude lan mil ccclx.

Sire Fremin Grimaut maieur.

Sire Jehan Dippre [100].
Sire Fremin de Coquerel.
Sire Jehan du Gard.
Fremin de Coquerel, fil Paris.
Jaque de Mès.
Miquiel Potier.

Pierre de Croy.
Andrieu de Caigni.
Jehan Beaupigne.
Jehan Corberi.
Martin de Savières.
Wille du Blancfossé.

Esquevins fais par lesquevinage :

Philippe de labeie.
Thumas de Hangart.
Adam Prévet.
Mahieu Ravin.
Jehan de Tilloy.
Jehan le Normant.
Maistre Jehan Boitoire.
Robert Beaupigne.
Robert Mouret.
Enguerran de Rumegni.
Oudart de Lully.
Collart de Riquebourc [101].

Fremin Froitterie, grant compteur.
Jaque Darras, receveur des rentes et mourut, et depuis fut ordoné Symon Clabaut pour ledit office.
Jaque Marbot, paieur des présens et des rentes à vie.
Jaque de Mareul, maistre des ouvrages.

Maieurs fais par les maieurs des banières :

Wautier le flamenc des taverniers.
Bernart le Bouchier.
Ville de Conti des waidiers.
Colart de Naours.
Esteule du Blancfossé des taneurs.
Hue Poillebos.
Mahieu de Quauviler des bouchiers
Wi de Naours.
Colart le Maignen des fèvres.
Pierre le Bourgois.
Jehan Devreuses des merchiers.
Miquiel Lesavient.
Pierre Mouret, des boulengiers.
Honneré de le cauchie.
Pierre Wiart des fourniers.
Robert Chopin.
Fremin Audeluye, des poissonniers de mer.
Jehan des Rabuissons, fil sire Jaque.
Colart de Linières, des drappiers.
Wille le roy.
Gille de Saus, des cordoanniers.
Wille Moret.
Sire Asse de lancre des cambiers.
Martin de le Rose [102].
Robert de Camons, des machons.
Raoul Grisleu.
Jaque de Lully des pelletiers.
Jehan Gridaine.
Jehan Peu dargent des poissonniers de douce yeaue.
Jehan de Roche.
Jehan de Drouarville, des viésiers.
Manessier de Coquerel.
Nicholas Galet, des pareurs.

Pierre dOresmaux.
Wautier Avisart des tisserans.
Jehan le Joule.
Jaque Malin des tainturiers.
Jehan de S. Fuscien, des pourceles.
Warin de Caveillon, des sueurs.
Jehan le lavendier.
Jehan Machuart, des waigneurs de St Pierre.
Witasse Thiborel.
Pierre de Langlet, des carpentiers.
Jehan Andrieu.
Jehan Dippre le joule, des porteurs.
Jehan de le warde.
Pierre de Cotenchi, des telliers de linge.
Jehan le Cordier.

LESTAT DE LE VILLE ordené à le S. Symon lan mil ccclxi.

Sire FREMIN DE COQUEREL maieur [103].

Sire Jehan du Gard.
Sire Clément Grimaut.
Sire Jehan Dippre.
Jehan Beaupigne.
Jaque de Mès.
Fremin Froitterie.
Jehan Lenormant.
Mahieu Ravin.
Colart de Riquebourc.
Jehan de Tilloy.
Symon Clabaut.
Jaque de Mareul.

Esquevins fais par lesquevinage :

Maistre Jehan Boitoire.
Martin de Savières.
Thumas de Hangart.
Miquiel Potier.
Pierre de Croy.
Andrieu de Cagni.
Robert Mouret.
Jehan des Rabuissons, fil sire Jehan.
Wille de Conti.
Jehan Piquet [104].
Jaque du Blancfossé.
Estenne du Blancfossé.

Philippe de labeie, grant compteur.
Jehan Pié de leu, du Barillet, recepveur des rentes.
Fremin Grimault, paieur des présens de vins et des rentes à vie.
Gille Beaupigne, maistre des ouvrages.

Maieurs des banières :

Oudart de Lully des taverniers.
Pierre Sauviot.
Pierre Lecointe des waidiers.
Robert de Hangart.

Jaque Marbot des tanneurs.
Henri de Bonneul.
Andrieu Frérot des bouchiers.
Robert Mittet.
Raoul le Bourgois des fevres.
Jehan Fusée.
Tallart du Bos des waigneurs.
Ligier le Mesureur.
Thomas de Bovelle des boulengiers.
Jehan Lecomte.
Thibaut Wiart des fourniers.
Mahieu dieux aie.
Jaque Audeluye des poissonniers de mer.
Pierre Were.
Colart du Gard, des drapiers.
Colart Clabaut.
Thumas de Villers, des cordoaniers.
Jehan de Buissi.
Jehan Boileaue [105] des cambiers.
Wille le Bautisie.
Maistre Pierre Rousel, des machons.
Pierre Mouton.
Enguerran Godart des merchiers.
Mille Rabuisson.
Manessier Peufille, des poissonniers de douce yeaue.
Enguerran Fuiret.
Jehan de Beauval, des pareurs.
Honneré Courtois.
Enguerran de Corbie des viésiers.
Jehan de Bovele.
Jehan Godart des tisserans.
Germain de Revelle.
Jehan de Duri des sueurs.
Jehan de Loncpré.
Pierre de Romelle des pelletiers.
Pierre du quay.
Jaque Maton des carpentiers.
Jehan Denis.
Pierre Le sene des porteurs.
Rohaut Lavainnier.
Jehan Thiessart des telliers de linge.
Jaque Cinqtournois.
Jehan de Naours des tainturiers.
Robert le Machon.

LESTAT DE LE VILLE ordené à le saint Symon lan mil ccclxii.

Sire JEHAN DE SAINT FUSCIEN maieur.

Sire Jehan Dippre.
Sire Clément Grimaut.
Sire Jehan du Gard.
Jaque de Mez.
Philippe de Labeie.
Jehan le Normant.
Jehan Beaupigne.
Thumas de Hangart.
Mahiet Ravin.
Wille de Conti.
. . . .
Jehan de Tilloy.

Esquevins fais par lesquevinage:

Sire Wille du Blancfossé.
Sire Jehan Pié de Leu.
Maistre Jehan Boitoire.
Gille Ravin.
Collart de Riquebourc.
Jehan Piquet.
Jaque du Blancfossé.
Symon Clabaut.
Pierre de Croy.
Andrieu de Caigni.
Robert Mourot.
Jaque de Mareul.

Jehan des Rabuissons, grant compteur.
Pierre Bride, receveur des rentes.
Jehan Grisleu, paieur des présens de vin et de rentes à vie.
Miquiel potier, maistre des ouvrages.

Jehan Pié de leu, du Barillet, des taverniers.
Jehan lorfevre.
Gille Beaupigne des waidiers.
Lyénart de Hangart.
Huc le Gorrelier des tanneurs.
Jehan Caulier.
Jehan Choquel des bouchiers.
Warnier Cardel.
Jehan de Sauqueuses des fèvres.
Maistre Huc de le Hautoie.
Jehan de le haie des waigneurs.
Henrry de Puchot.
Maistre Ruisse des boulengers.
Miquiel Lecomte.
Lorens le paticier des fourniers.
Thibaut des quesnois [106].
Gille le Grenu des porteurs.
Robert de Coisi [107].
Andrieu du Quarrel des drapiers.
Pierre du Guard.
Enguerran de Vergies, des cordoanniers.
Symon de Bécourt.
Mahieu Dantan, des cambiers.
Thumas dOrival.
Gille le Paintre des maçons.
Guy Ravine.
Miquiel Martin des merciers.
Jehan le Féron.
Bauduin Fouquère, des poissonniers deaue doulce.
Jehan Ravin.
Jehan le Machon, des pareurs.
Jehan de Berneux.
Warin de Vaulx des viésiers.
Jehan de Drouarvile.
Honneré de Clari des tisserans.
Jehan de Gouy [108].
Guérart de Saleu, des sueurs.
Jehan de Cahon.
Bertoul dAilli, des pelletiers.
Jehan Haterel.
Wy le roy des tainturiers.
Robert Pinguet.
Firmin Leschaulier, des carpentiers.
Jehan le Tonnelier.

Ligier Chartelois, des telliers de linge.

Jehan Franchois.

De la banière des waigneurs de chà le ville qui cesse.

Lestat de le ville ordené à le S. Symon mil ccclxiii.

Sire Jehan Dippre maieur [109].

Sire Jehan de St Fuscien.

Sire Jehan du Gard.

Jehan Piédeleu.

Wille du Blancfossé.

Jehan Baupigne.

Jehan des Rabuissons.

Fremin Froitterie.

Miquiel Potier.

Fremin Audeluye.

Wille de Conti.

Pierre Bude.

Jehan Grisleu.

Eschevins fais par les maieurs de banières :

Philippe de Labeie.

Jehan le Normant.

Mahieu Ravin.

Jehan de Tilloy.

Maistre Jehan Boittoire.

Gille Ravin.

Jehan Piquet.

Jaque du Blancfossé.

Pierre de Croy.

Robert Mouret.

Jaque de Mareul.

Robert de Hangart [110].

Escevins fais par lesquevinage :

Andrieu de Caigni, grant compteur.

Jaque de Hangard, recepveur des rentes.

Colart du Gard, paieur des présens et rentes à vie.

Symon Clabaut, maistre des ouvrages.

Maieurs de banières :

Wautier le Flamenc des taverniers

Bénart le Boucher.

Jaque Lecomte Liguot, des waidiers.

Colart de Naours.

Colart de Riquebourc des tanneurs.

Colart le Gorrelier.

Thumas de Beauquesne des bouchiers.

Bernart Acart.

Pierre le Bourgois des fèvres.

Maistre Pierre le Mareschal.

Jehan Baudry des waigneurs.

Witace Tyborel.

Symon Ronel des boulengiers.

Jehan Magot.
Pierre Wiart des fourniers.
Colart de Bonneul.
Jehan le Sene, des poissonniers de mer.
Pierre Dupont.
Jehan de Moustiers des drapiers.
Jehan Asson.
Gille de Sains des cordoanniers.
Jehan de Morliens.
Colart Milet, des cambiers.
Martin de le rose.
Mahieu de Dari, des machons.
Wille Gabel.
Miquiel Lescrivent des merchiers.
Jehan Beden.
Ernoule le Vignon des poissonniers de doulce yaue.
Jehan Liesce.

Nicholas Galet, des pareurs.
Pierre doresmaux.
Manessier de Coquerel des viésiers.
Witasse du Bosquel.
Wautier Avisart des tisserans.
Aléaume de Ver.
Warin de Caveillon des sueurs.
Jehan Gridaine.
Waultier Darras des pelletiers.
Jehan le Bouchier.
Colart Leroy des tainturiers.
Maistre Nichaise de Cambray des carpentiers.
Jaque Lecomte des Escos, des porteurs.
Jehan Lavainnier.
Pierre de Costenchi des telliers de linge.
Jehan le Grant cordier.

LESTAT DE LE VILLE ordené à le S. Symon lan mil ccclxiiii.

Sire JEHAN DES RABUISSONS maieur [111].

Sire Jehan Dippre.
Sire Jehan Du Gard.
Jehan Pigne.
Sire Jehan de Saint Fuscien.
Sire Jehan Pié de Leu.
Andrieu de Caigni.

Fremin Audeluye.
Symon Clabault.
Jehan Lenormant.
Robert de Hangart.
Jehan Piquet.
Philippe de Labeie.

Fremin Froitterie.
Maistre Jehan Boittoire.
Jehan Lesene.
Pierre de Croy.
Gille Ravin.
Miquiel Potier.

Jehan de Tilloy.
Mahieu Ravin.
Jaque du Blancfossé.
Crestien Du cange.
Jaque Le comte.
Jaque de Mareul.

Willaume de Conti, grant compteur.
Jehan lorfevre, receveur des rentes.
Jehan Pié de leu, fil sire J, paieur des présens et des rentes à vie.
Gille Baupigne, maistre des ouvrages.

Pierre Soviaut des taverniers.
Oudart de Lully.
Pierre Lecomte des waidiers.
Jaque de Hangart.
Jaque Marbot des taneurs.
Henrri de Boneul.
Jehan Brécart des bouchiers.
Mahieu de Quauviler [112].
Raoul le Bourgois, des fèvres.
Jehan Fusée.
Ligier le mesureur, des waigneurs
Fremin le Gorrelier.
Pierre Moret des boulengiers.
Thomas de Bovelle.
Mahieu Maigret des fourniers.
Jehan Forestier.
Jaque Audeluye des poissonniers de mer.
Pierre Were.
Colart Clabault des Drapiers.
Raoul Lemaire.
Jehan de Buissi des cordoaniers.
Jehan Gruier.
Gille Saillant des cambiers.
Pierre Sabourc.
Jehan de Camons, des machons.
Pierre Mouton.
Thibaud ad coutiaux des merchiers.
Gille Boileaue.
Pierre Batel des poissonniers de douce yaue.
Menessier Peufille.
Jehan de Pissi des pareurs.
Honneré Courtois.
Martin Bigan des viésiers.
Martin Lemaignier.
Jehan Godert des tisserans.
Germain de Revelle.
Jehan de Dury des sueurs.
Jehan de Loncpré.
Pierre du Quay des pelletiers.
Henrri Mantel.
Jehan de Naours des tainturiers.
Enguerran de Beauval.
Pierre de Langlet des carpentiers.
Simon Du manoir.
Pierre Le sene des porteurs.
Rohault Lavainnier.
Jehan Tiessart des telliers de linge.
Jehan Guéraut.

LESTAT DE LE VILLE ordené à le S. Symon lan mil ccclxv.

Sire JEHAN DE SAINT FUSCIEN maieur.

Sire Jehan des Rabuissons.
Sire Jehan Du Gard.
Wille de Conti.
Jehan Beaupigne.

Jehan Lenormant.
Jehan Piédeleu.
Fremin Froitterie.
Jehan de Tylloy.
Mahieu Ravin.
Jehan Piquet.
Colart de Riquebourc.
Pierre de Croy.

Sire Honneré Dippre.
Maistre Jehan Boittoire.
Gille Ravin.
Robert de Hangart.
Jaque du Blancfossé.
Crestien Ducange.
Symon Clabault.
Jaque Lecomte, sergent d'armes
Andrieu de Caigny.
Esteule du Blancfossé.
Jaque de Mareul.
Jaque Lecomte, huchier.

Philippe de Labeie, grant compteur.

Jehan des Rabuissons, fil Wistasse, receveur des rentes.

Pierre du Gard, paieur des présens de vin et des rentes à vie.

Jehan de Moustiers, maistre des ouvrages.

Jehan Lorfevre des taverniers.
Pierre Fouquère le joule.
Gille Beaupigne des waidiers.
Liénart de Hangart.
Colart du Blancfossé des taneurs.
Andrieu de Bonneul.
Mahieu de Semcourt des bouchiers.
Warnier Cardel.
Jehan de Fauqueuses des fèvres.
Jehan Le maire.
Jehan le Gorrelier, des waigneurs.
Pierre Hanoque.
Jehan Bouffel, des boulengiers.
Jehan du Ruissel.
Thibault Desquennois, des fourniers.
Mahieu Dieux aie.
Fremin Grimault des poissonniers de mer.
Henrri de Croissi.
Andrieu du Quarrel des drapiers.
Colart du Gard.
Wille Mouret des cordoanniers.
Hurtaut Le couvreur.
Mahieu Dantan des cambiers.
Jehan Millet.
Jehan Grisleu des machons.
Jehan le Verrier.
Jehan le Féron des merchiers.
Miloys Rabuisson.
Bauduin Fouquère des poissonniers de doulce yeaue.
Robert Sabouret.
Jehan le Machon des pareurs.
Pierre le Joule.
Jehan de Fransures des viésiers.
Jehan de Drouarvile.
Maynier de Creuses des tisserans.
Jehan Le françois.

Guérart de Saleu des sueurs.
Pierre le Flamenc.
Bertoul Dailly des pelletiers.
Regnault Boistel.
Jaque Malin des tainturiers.
Robert Pinguet.
Jehan le Caron des carpentiers.
Jaque Maton.
Robert de Coisi des porteurs.
Jaque de Fauquembergue.
Ligier de Sartiaux des telliers de linge.
Jehan Le françois.

LEstat de le ville ordené à le S. Symon lan mil ccclxvi.

Sire Wille de Conti maieur [113].

Sire Jehan de Saint Fuscien.
Sire Jehan des Rabuissons.
Sire Jehan du Gard.
Philippe de Labeie.
Jehan Beaupigne.
Fremin Froiterie.
Jehan Lenormant.
Jehan Piquet.
Andrieu de Caigni.
Jehan de Tilloy.
Jaque Le comte, sergent d'armes
Jehan de Moustiers.

Sire Honneré Dippre.
Maistre Jehan Boittoire.
Pierre de Croy.
Jehan Pié de Leu.
Crestien Du cange.
Mahieu Ravin.
Gille Ravin.
Robert de Hangart [114].
Colart de Riquebourc.
Jaque du Blancfossé.
Jaque Lecomte, le huchier.
Jaque de Mareul.

Jaque de Hangard, grant compteur.
Estienne du Blancfossé.
Jaque Marbot, paieur des présens et des rentes à vie.
Symon Clabault, maistre des ouvrages.

Jaque de S. Fuscien de le bourse [115] des taverniers.
Bernart le boucher.
Jehan des Rabuissons, fil Wistace des waidiers.
Jehan de Conti fil Jehan.
Hue le Gorrelier des taneurs.
Jehan Caulier.
Thomas de Beauquesne des bouchiers.
Robert Mittet.
Robert de Goy des fèvres.

Pierre Lebourg.
Jehan De le Haie des wagneurs.
Colart le Gorrelier.
Symon Ronel des boulengiers.
Symon Courtois.
Lorens le paticier des fourniers.
Pierre de Bonneul.
Symon de Coquerel des poissonniers de mer.
Jehan Le Maigner.
Pierre du Gard des drapiers.
Jehan Asson.
Gille de Sains, des cordoanniers.
Jehan de Morliens.
Sire Asse Boulet des cambiers.
Enguerran, du Bras copé.
Jehan de Saint Pierre des machons.
Jehan Buffart le ioule.
Jehan Radin des merciers.
Hue Bernart.
Jehan Rabin des poissonniers de doulce yeaue.
Jehan Rache.
Pierre d'Oresmaux des pareurs.
Mahieu de Bovelle.
Wistace du Bosquel des viésiers.
Alléaume de Ver.
Wautier Avisart des tisserans.
Jehan de Cahon.
Régnier Parceval des sueurs.
Wautier Darras.
Jehan Gridaine des pelletiers.
Andrieu de Naours.
Adam du Croquet des tainturiers.
Pierre le Normant des carpentiers.
Jehan Warniclet.
Jehan Dippre des porteurs.
Jehan Lavainier.
Jehan le Cordier de Grant pont des telliers de linge.
Jaque de Cornehote.

LESTAT DE LE VILLE ordené à le S. Symon l'an mil ccclxvij.

Sire JEHAN DES RABUISSONS maieur.

Sire Jehan de Saint Fuscien.
Sire Jehan du Gard.
Sire Wille de Conti.
Jehan Beaupigne.
Jehan Lenormant.
Mahieu Ravin.
Fremin Froiterie.
Philippe de Labeie.
Pierre le Sene.
Jaque de Hangart.
Symon Clabaut.
Estienne du Blancfossé.

Sire Honneré Dippre.
Pierre de Croy.
Maistre Jehan Boittoire.
Jehan de Tilloy.
Jaque Le comte, sergent d'armes
Crestien Du cange.
Gille Ravin.
Jaque du Blancfossé.

Jehan de Moustiers.
Jaque de Saint Fuscien.
Jaque Lecomte, huchier.
Jaque de Mareul.

Jehan Pié de Leu, grant compteur.
Jehan Lorfevre, maistre des ouvrages.
Jehan Piquet, receveur des rentes.
Fremin Grimaut, paieur des présens.

Pierre Soyvaut, des taverniers.
Pierre de Morviller.
Pierre Lecomte, des waidiers.
Pierre Audeluye.
Colart de Riquebourc, des taneurs.
Jaque Marbot.
Bénart Acart des bouchers.
Brécart le boucher.
Maistre Leuren le Mareschal, des fèvres.
Fremin lorfevre.
Jehan Machuart des wagneurs.
Ligier le mesureur.
Thomas de Bovelle des boulengiers.
Colart de Bonneul.
Pierre Moret des fourniers.
Jehan le Pasticier.
Wille des Rabuissons des poissonniers de mer.
Philippe le Maignen.
Colart Clabaut des drapiers.
Crestien de Hanchies.
Jehan de Buissi des cordoanniers.
Jehan Gruier.
Ricart de Goy des cambiers.
Pierre Sagourt.
Robert de Camons des machons.
Pierre Mouton.
Enguerran Godert des merchiers.
Jehan Beden.
Enguerran Furet des poissonniers de douce yaue.
Bertaud le Mouller.
Jehan de Pissi des pareurs.
Raoul Pyas.
Martin le Maignier des viésiers.
Symon de Nampti.
Germain de Revelle des tisserans.
Jehan de Goy.
Jehan de Duri des sueurs.
Jehan le Lavendier.
Henri Martel des pelletiers.
Colart Dernencourt [116].
Jehan de Naours des tainturiers.
Honneré de Vaulx.
Maistre Philippe Gadifer des carpentiers.
Rivières Caron.
Jaque Lecomte, des Escos [117], des porteurs.
Jehan Pauchet.
Pierre de Costenchi des telliers de linge.
Wistace Hustin.

LESTAT DE LE VILLE ordené à le S. Symon lan mil ccclxviii.

Sire JEHAN DE SAINT FUSCIEN maieur.

Sire Jehan Du Gard.
Sire Jehan des Rabuissons.
Sire Wille de Conti.
Jehan Lenormant.
Jehan Beaupigne.
Fremin Froitterie.
Philippe de Labeie.
Mahieu Ravin.
Pierre de Croy.
Jehan Pié de Leu.
Jehan Piquet.
Fremin Grimaut.

Maistre Jehan Boittoire.
Gille Ravin.
Symon Clabault.
Jehan du Tilloy.
Jaque Lecomte, sergent d'armes
Colart de Riquebourc.
Crèstien Ducange.
Jaque du Blancfossé.
Jaque de Saint Fuscien.
Pierre de Morviller.
Jehan de Conti fil Jehan.
Jehan Dyppre.

Colart du Gart, grant compteur.
Jehan des Rabuissons, fil Wistace, maitre des ouvrages.
Jaque Lecomte le Huchier, receveur des rentes.
Jehan de Moustiers, paieur des rentes à vie.

Jehan Lorfevre des Taverniers.
Pierre Fouquère le joule.
Jaque de Hangart des waidiers.
Gille Beaupigne.
Estenne du Blancfossé des taneurs.
Henrri de Bonneul.
Warnier Garetel des bouchiers.
Jaque le Normant.
Jehan de Saukeuses des fèvres.
Gille Dillande.
Fremin le Gorrellier des waigneurs.
Raoul Waitant dit Maitton.
Maistre Ruisse des boulengiers.
Jehan Magot.
Thibault des quennoys des fourniers.
Mahieu Dieux aie.
Henrri de Croissi des poissonniers de mer.
Fremin Audeluye.
Jaque Clabaut des drapiers.
Estenne de Moustiers.
Symon de Boncourt des cordoanniers.
Robert Gelée.
Mahieu Dantan des cambiers.
Jehan de Morliens.
Maistre Baudin de Hamel des machons.
Jehan Buffart.

Guérart de Beauquesne des merchiers.
Gille Boileaue.
Bauduin Fouquère des poissonniers de douce yeaue.
Pierre Batel.
Raoul de Ramfrouville des pareurs.
Jehan de Mirvault [118].
Jehan de Franssures des viésiers.
Jehan de Drouarville.
Mainier de Creuses des thisserans.
Jehan le Joule.
Guérart de Saleu des sueurs.
Robert Dalonvile [119].
Regnault Boistel des pelletiers.
Bertoul Daylly.
Robert Pinguet des tainturiers.
Pierre Compère.
Jehan de Pierregot des carpentiers.
Jehan Denis.
Pierre le Sene des porteurs.
Jaque de Fauquebergue.
Ligier de Sarteaux des telliers de linge.
Jehan Le francois.

LESTAT DE LE VILLE ordené à le S. Symon lan mil ccclxix.

Sire JAQUE DE HANGART maieur [120].

Sire Jehan de Saint Fuscien.
Sire Jehan du Gard.
Sire Jehan des Rabuissons.
Sire Wille de Conti.
Philippe de Labeie.
Jehan Beaupigne.
Jehan Lenormant.
Fremin Froitterie.
Pierre de Croy.
Jaque Le comte, sergent d'armes
Jaque Lecomte du Berch [121].
Jehan de Moustiers.

Maistre Jehan Boittoire.
Mahieu Ravin.
Gille Ravin, prévost.
Jehan de Tilloy.
Colart de Riquebourc.
Créstien Ducange.
Jaque du Blancfossé.
Jehan de Conti.
Jaque de Saint Fuscien.
Fremin Grimaut.
Jehan Dippre.

Symon Clabaut, grant compteur.
Jaque Marbot, receveurs des rentes.
Pierre de Morviller, paieur des présens et des rentes à vie.
Pierre du Gard, maistre des ouvrages.

Pierre Darras des taverniers.
Jehan Beaupigne de le Kaière.
Jehan Pié de leu des waidiers.
J. fil Wistace des Rabuissons.
Jehan Cavelier des taneurs.
Colart Conin.
Andrieu Frérot des bouchiers.
Mahieu de Qauviller.
Pierre le Bourgois des fèvres.
Pierre Limozin.
Collart le Gorrellier des waigneurs.
Colart de Poulainville.
Lorens le paticier des boulengiers.
Jehan de Rogi.
Symon Ronel des fourniers.
Jehan dAlbeville.
Symon de Coquerel des poissonniers de mer.
Jehan Quillet.
Colart du Gard des drapiers.
Jehan Asson.
Jehan Hurtaut des cordoanniers.
Gille de Sains.
Sire Asse de lancre [122] des cambiers.
Pierre de Flaissières.
Maistre Gille le paintre [123] des machons.
Gui Ravine.
Jehan le Féron des merciers.
Jehan Radin.
Jehan Ravin, du quay, des poissonniers de doulce yeaue.
Jehan Roche.
Pierre d'Oresmaux des pareurs.
Nicolas Galet.
Eustache du Boquel des viésiers.
Wille d'Albeville.
Wautier Avisart des tisserans.
Jehan de Corbie.
Symon de Mailli des sueurs.
Raoul Lion.
Jehan Gredaine des pelletiers.
Jehan le Marcant.
Adam du Croquet des tainturiers.
Wille de Breneux.
Pierre Cordelier des carpentiers.
Symon Du manoir.
Jehan de Quauviller des porteurs.
Jehan Lavainier.
Jehan Thiessart des telliers de linge.
Jehan le Cordier.

LESTAT DE LE VILLE ordené à le S. Symon lan mil ccclxx.

Sire JEHAN DES RABUISSONS maieur.

Sire Jehan de Saint Fuscien.
Sire Jehan du Gard.
Sire Wille de Conti.
Sire Jaque de Hangard.
Jehan Beaupigne.
Fremin Froitterie.
Philippe de Labeie.
Jehan Piquet.
Mahieu Ravin.
Sire Honneré Dippre.
Simon Clabaut.
Pierre de Morviller.

Sire Pierre de Croy.
Maistre Jehan Boittoire.
Jehan le Normant.
Jaque Le comte, sergent d'armes
Créstien Du cange.
Gille Ravin.
Colart de Riquebourc.
Jaque du Blancfossé.
Jehan de Moustiers.
Jaque Lecomte, du berch.
Jehan de Conti.
Fremin Grimaut.

Jehan Lorfevre, grant compteur.
Jehan Dippre, receveur des rentes.
Pierre Audeluye, paieur des présens de vin et des rentes à vie.
Gille Beaupigne, maistre des ouvrages [124].

Jaque de Saint Fuscien des taverniers.
Pierre de Faukenbergue.
Hue de Saint Fuscien des waidiers.
Jehan de Conti fil Esteul.
Jaque Marbot des Taneurs.
Andrieu de Bonneul.
Bernart Acart des bouchiers.
Jehan Brécart.
Maistre Hue le Tourneur des fevres.
Fremin Lorfevre.
Jehan De le haie des waigneurs.
Regnault Warin.
Robert du Val, du Bos, des boulengiers.
Symon Courtois.
Colart de Bonneul des fourniers.
Enguerran Du baille.
Wille des Rabuissons des poissonniers de mer.
Philippe le Maignen.
Pierre du Gard des drapiers.
Colart Clabaut.
Jehan de Buissi des cordoaniers.
Enguerran Hurtaut.
Pierre Sagourt des cambiers.
Jehan de Beauquesne.
Pierre Mouton des machons.
Jehan de Saint Pierre.
Thibaut as coutiaux des merchiers [125].
Miquiel Lescripvent.
Raoul Fremin des poissonniers de douce yaue.
Pierre Marcassin.
Raoul Pyas des pareurs.
Pierre le joule.
Martin le Maignier des viésiers.
Symon de Nanti.
Jehan Ourselin des tisserans.
Germain de Revelle.
Jehan de Dury des sueurs.
Jehan le lavendier.
Pierre du Quay des pelletiers.
Colart Dernencourt.
Jehan de Naours des tainturiers.
Jehan Le normant dit sire Jehan.
Jehan de Morliens des carpentiers.
J. de Rivières caron.
Jaque Le comte des Escos des porteurs.
Jaque De fer.
Hustace Hustin des telliers de linge.
Jaque de Cornehote.

LESTAT DE LE VILLE ordené à le S. Symon lan mil ccclxxi.

Sire WILLE DE CONTI maieur.

Sire Jehan de Saint Fuscien.
Sire Jehan du Gard.
Sire Jehan des Rabuissons.
Sire Jaque de Hangard.
Jehan Beaupigne.
Philippe de Labeie.
Jehan le Normant.
Jehan Piquet.
Jehan Lorfevre.
Jehan Dippre.
Jehan de Tilloy.
Pierre le Sene.

Fremin Froitterie.
Mahieu Ravin.
Symon Clabault.
Pierre de Morviller.
Pierre de Croy.
Maistre Jehan Boittoire.
Jaque Le comte, sergent d'armes
Créstien Ducange.
Colart de Riquebourc.
Jaque du Blancfossé.
Jehan de Conti Coullon.
Fremin Grimaut.

Colart du Gard, grant compteur.
Jaque Le comte du berch, recepveur des rentes.
Jehan de Moustiers, paieur des présens et rentes à vie.
Jehan des Rabuissons fil Wistace, maitre des ouvrages.

Pierre Fouquere le joule des taverniers.
Raoul de Morviller.
Pierre Audeluye des waidiers.
Pierre de Conti.
Estienne du Blancfossé des Tanneurs.
Henrri de Bonneul.
Warnier Cardel des bouchiers.
Regnault de Quauviller.
Gille Dillande des fevres.
Jehan le Normant fevre.
Fremin le Gorrelier des waigneurs.
Mouton de Rainneville.
Maistre Ruisse des boulengiers.
Pierre Poillebos.
Thibault Des quesnois des fourniers.
J. Lecomte pasticier.
Mahieu de Mes des poissonniers de mer.
Henri de Croissi.
Jaque Clabaut des drapiers.
Créstien de Hanchies.
Symon de Boncourt des cordoanniers.
Jehan de Morliens.
Mahieu Dantan des cambiers.
Jaque de Thilloy.
Hue Andrieu des machons.
Jehan Courtois.
Guérart de Beauquesne des merchiers.

Henrri Binet.
Bauduin Fouquère des poissonniers de douce yaue.
Robert Sabouret.
Jehan de Pissi des parcurs.
Jehan Faussart.
Jehan de Drouarville des viésiers.
Fremin Boullye.
Jehan le joule des tisserands.
Jehan Artus.
Guérart de Saleu des sueurs.
Ernoul le boulengier.
Jehan de Saint Quentin des pelletiers.
Bertoul D'ailly.
Robert Pinguet des tainturiers.
Jehan de Berneux.
Jehan Denis des carpentiers.
Jehan de Pierregot [126].
Jaque de Fauquenbergue des porteurs.
Jehan Pauchet.
Jehan Franchois des telliers de linge.
Mahieu Lyétard.

LESTAT DE LE VILLE ordené à le S. Symon lan mil ccclxxii.

Sire JEHAN DU GARD maieur [127].

Sire Jehan de Saint Fuscien.
Sire Jehan des Rabuissons.
Sire Wille de Conti.
Sire Jaque de Hangart.
Jehan Beaupigne.
Fremin Froiterie.
Philippe de Labeie.
Jehan Piquet.
Pierre le Sene.
Symon Clabaut.
Jaque Lecomte.
Jehan de Moustiers.

Jehan le Normant.
Maistre Jehan Boittoire.
Jaque Le comte sergent d'armes
Mahieu Ravin.
Jehan de Tilloy.
Créstien Ducange.
Jaque du Blancfossé.
Pierre de Morviller.
Jehan Lorfevre.
Jehan de Conti Coullon.
Fremin Grimaut.
Jehan Dippre.

Sire Pierre de Croy, grant compteur.
Pierre Darras ,receveur des rentes.
Jehan Marbot, paieur des présens et rentes à vie.
Colart Clabaut, maistre des ouvrages.

Jehan Beaupigne de le Kaière, des taverniers.
Hue le Trenquie.
Jehan Piédeleu des waidiers.
Jehan des Rabuissons fil Wistace.
Colart de Riquebourc des taneurs.
Hue le Gorelier.
Mahieu de Quauviler des bouchiers.
Thumas de Beauquesne.
Pierre de Saint Saulieu des fevres.
Crestien Lefevre.
Pierre Hanoque des waigneurs.
Jehan Gasquere.
Symon Ronel des boulengiers.
Regnault Lostelier.
Lorens le paticier des fourniers.
Mahieue Dieux aieue.
Pierre de Thalemars des poissonniers de mer.
Jehan Quillet.
Jehan Asson des drapiers.
Andrieu du Quarrel.
Gille de Sains des cordoanniers.
Hue de Hameri.
Sire Asse de lancre des cambiers.
Gille Sail'ant.
Gille le paintre des machons.
Raoul Grisleu.
Jehan le Féron des merchiers.
Jehan Radin.
Jehan Roche des poissoniers de douce yaue.
Pierre dOresmaux.
Jehan de Berneux des pareurs.
Wistace du Boquel.
Wille d'Albeville des viésiers.
Mainier de Creuses.
Bauduin le Mainier des tisserans.
Régnier Percheval.
Raoul Lyon des sueurs.
Jehan Gridaine.
Jehan le Marcant des pelletiers.
Adam Du croquet des tainturiers.
Tassart de Mareul.
Jehan de Boneul des carpentiers.
Pierre le Normant, tonnelier.
Jehan Lavainier des porteurs.
Ricart le Rique.
Pierre de Cotenchi des telliers de linge.
Jehan le cordier de Grant Pont.

LESTAT DE LE VILLE ordené à le S. Symon lan mil ccclxxiij.

Sire JEHAN DES RABUISSONS maieur.

Sire Jehan du Gard.
Sire Jehan de Saint Fuscien.
Sire Wille de Conti.
Sire Jaque de Hangart.
Jehan Piquet.
Jehan Beaupigne.
Jehan Lenormant.
Fremin Froitterie.
Sire Pierre de Croy.
Pierre Darras.
Colart Clabaut.
Jehan Marbot.

Pierre le Sene.
Jaque Lecomte du Berch.
Jehan de Moustiers.
Maistre Jehan Boitoire.
Jaque Le comte sergent d'armes
Mahieu Ravin.
Créstien Ducange.
Jaque du Blancfossé.
Jehan Lorfevre.
Jehan de Conti Coullon.
Fremin Grimaut.
Jehan Dippre.

Symon Clabaut, grant compteur.
Estienne le Petit, receveur des rentes.
Pierre Audeluye, paieur des présens et des rentes à vie.
Pierre de Morviller, maistre des ouvrages.

Jaque de Saint Fuscien des taverniers.
Pierre de Fauquenbergue.
Hue de Saint Fuscien des waidiers.
Jehan de Conti fil Estenne.
Jaque Marbot des taneurs.
Jaque Caoulier.
Jehan Brécart des bouchers.
Bernart Acart.
Jehan de Saukeuses des fevres.
Lorens Alixandre.
Colart De le porte des waigneurs.
Jehan de le Haie.
Symon Courtois des boulengiers.
Jehan Jourdain.
Colart de Boneul des fourniers.
Robert Boulet.
Ville des Rabuissons des poissonniers de mer.
Philippe le Maingneu.
Pierre du Gard des drapiers.
Estienne de Moustiers.
Jehan de Buissi des cordoaniers.
Jehan Hurtault.
Fremin Maille des cambiers.
Enguerran De lattre.
Mahieu de Clari des machons.
Pierre Mouton.
Thibault aux coustiaux des merchiers.
Hue Bernart.
Pierre Marcassin des poissonniers de douce yaue.
Pierre Lefevre boquillon.
Jaque de Mareul des pareurs.
Pierre le joule.
Jehan de Franssures des viésiers.
Jehan Cornu.
Jaque Sallemon des tisserans.
Jehan Ourselin.
Wisse de Mailly des sueurs.
Symon le nouvellier.
Pierre du Quay des pelletiers.
Colart Dernencourt.
Wille de Berneux des tainturiers.
Jehan le Machon.
Jaque Maton des carpentiers.
Roger de Fretemeule.
Jaque Le comte des Esquos des porteurs.
Jaque De fer.
Jehan le cambier cordier des telliers de linge.
Symon Faverel.

Lestat de le ville ordené à le saint Symon lan mil ccclxxiiii.

Sire Jehan de Saint Fuscien maieur.

Sire Jehan des Rabuissons.
Sire Jehan du Gard.
Sire Wille de Conti.
Sire Jehan de Hangart.
Jehan Beaupigne.
Jehan Lenormant.
Jehan Piquet.
Symon Clabaut.
Pierre de Morviller.
Fremin Froitterie.
Mahieu Ravin.
Pierre le Sene.

Maistre Jehan Boittoire.
Sire Pierre de Croy.
Créstien Ducange.
Jaque du Blancfossé.
Jaque Le comte du Berch.
Jaque Le comte sergent d'armes
Jehan de Moustiers.
Jehan de Conti Coullon.
Fremin Grimaut.
Jehan Dippre.
Jehan Marbot.
Pierre Darras.

Jehan Lorfevre, grant compteur.
Colart de Riquebourc, receveur des rentes.
Pierre de Conti, paieurs des présens et des rentes à vie.
Jehan des Rabuissons fil Wis, maistre des ouvrages.

Pierre Fouquère des taverniers.
Raoul de Morviller.
Pierre Audeluye des waidiers.
Esteule le Petit.
Henry de Bonoeil des taneurs.
Colart Connin.
Warnier Garetel des bouchiers.
Regnault de Kevauviller.
Jehan le Normant fèvre, des fevres.
Mahieu Tiessart.
Fremin le Gorelier des waigneurs.
Raoul Waitaut.
Maistre Ruisse des boulengiers.
J. Petit de Bonneil.
Thibault Des quesnois des fourniers.
Jehan Lecomte paticier.
Mahieu de Mes des poissonniers de mer.
Henri de Croissi.
Colart du Gard des drapiers.
Colart Clabault.
Symon de Roucourt des cordoaniers.

Jehan Gelée.
Pierre de Rainchevaux des cambiers.
Jehan Milet.
Jehan Grisleu des machons.
Hue Andrieu.
Henrri Binet des merchiers.
Guérart de Beauquesne.
Raoul Fremin des poissonniers de douce yaue.
Jehan Laloe.
Jehan de Mirvuaut des pareurs.
Jehan du Trinok.
Fremin Boulie des viésiers.
Wille Thiessart.
Jehan le joule des tisserans.
Wautier Avisart.
Colart de Saleu des sueurs.
Ernoul le boulengier.
Bertoul Dailly des pelletiers.
Jehan Daoust.
Robert Pingüet des tainturiers.
Jehan Leureux.
Jaque de Fauquenbergue des porteurs.
Jehan Franchois des telliers de linge.
Jehan Porée.

L'ESTAT DE LE VILLE ordené à le S. Symon lan mil ccclxxv.

Sire JEHAN DU GARD maieur.

Sire Jehan de Saint Fuscien.
Sire Jehan des Rabuissons.
Sire Wille de Conti.
Sire Jaque de Hangart.
Jehan le Normant.
Jehan Beaupigne.
Jehan Piquet.
Sire Honneré Dippre.
Symon Clabaut.
Jehan Lorfevre.
Pierre de Conti.
Colart de Riquebourc.

Fremin Froitterie.
Mahieu Ravin.
Pierre le Sene.
Pierre de Croy.
Crestien Du cange.
Jaque du Blancfossé.
Jaque Lecomte du berch.
Jaque Le comte sergent darmes.
Pierre de Morviller.
Jehan de Conti coullon.
Fremin Grimaut.
Esteule du Blancfossé.

Pierre de Thalemars, grant compteur.
Jehan Dippre, receveur des rentes.
Wille des Rabuissons, paieur des présens et des rentes à vie.
Jehan Marbot, maistre des ouvrages.

Pierre Darras des taverniers.
J. Beaupigne de le Kaière.
Jehan Pié de leu des waidiers.
Jehan des Rabuissons fil Wistace.
Wille de Saint Aubin [128] des taneurs.
Andrieu de Boneul.
Mathieu de Quauviller des bouchiers.
Gille de Mallers.
Pierre de Saint Saulieu des fevres.
Créstien Le fevre.
Pierre Hanoque des waigneurs.
J. de Saint Fuscien des pourcelez.
Symon Ronel des boulengiers.
Pierre Paillebos.
Lorens le paticier des fourniers.
Mahieu Dieu aie.
Symon de Coquerel des poissonniers de mer.
Jehan Quillet.
Jehan de Moustiers des drapiers.
Jaque Clabaut.
Gille de Sains des cordoanniers.
Colart le Rat.
Ricart de Goy des cambiers.
Jehan le Prévost des machons.
Jehan de Saint Pierre.
Pierre de Mallers des merchiers.
Jehan le Féron.
Mahieu de Hardicourt [129] des poissonniers de douce yaue.
Jehan Ravin.
Jehan Roche des pareurs.
Jehan de Berneux.
Jehan de Faloise [130] des viésiers.
Jehan de Bovelle.
Jehan Capelain des sueurs.
Germain de Revelle.
Pierre De le court des pelletiers.
Régnier Perceval.
Jehan Lavendier des tainturiers.
Jehan Gridaine.
Jehan Lemarcant des carpentiers.
Adam du Croquet.
Jehan Cosette.
Jehan Dodo.
Jehan de Chépy [131].
Jehan Lavainier.
Ricart le Rique.
Ligier Cartellois des telliers de linge.
Jaque de Cornehotte [132].

L'Estat de le ville ordené à le S. Symon lan mil ccclxxvi.

Sire Jehan des Rabuissons maieur.

Sire Jehan de Saint Fuscien.
Sire Jehan du Gard.
Sire Wille de Conti.
Sire Jaque de Hangart.
Jehan Marbot.
Jehan Beaupigne.
Jehan Piquet.
Sire Honneré Dippre.
Fremin Froitterie.
Jehan Lorfevre.
Pierre de Thalemars [133].
Jehan Marbot.

Mahieu Ravin.
Pierre le Sene.
Pierre de Croy.
Pierre de Conti.
Colart de Riquebourc.
Jaque de Blancfossé.
Jaque Lecomte du berch.
Jaque Lecomte sergent d'armes.
Pierre de Morviller.
Esteule du Blancfossé.
Jehan de Conti coullon.
Jaque Du Gard.

Maieurs de banières :

Pierre de Fauquenbergue des taverniers.
Philippe le Maire.
Hue de S. Fuscien des waidiers.
Jehan le Monier de Baiart [134].
Hue le Gorrelier des tanneurs.
Fremin de Riquebourc.
Jehan Brécart des bouchers.
Colart de Rumainil.
Maistre Leurens Alixandre des fevres.
Jehan le Maignen.
Jehan de le Haie des waigneurs.
Collart de le Porte, gorrelier.
Symon Courtois des boulengiers.
Robert du Val, du bos.
Colart de Boneul des fourniers.
Robert Boulet.
Wille des Rabuissons des poissonniers de mer.
Philippe le Maigneu.
Jehan Asson des drapiers.
Estienne de Moustiers.
Jehan Hurtault des cordoaniers.
Godefroy de Perrousel [135].
Gille Saillant des cambiers.
Maisne de Goy.
Regnault de Mes des machons.
Pierre Mouton.
Gille Boileaue des merciers.
Jehan Mille.
Enguerran Fuiret des poissonniers de douce eaue.
Mahieu Fournier.
Pierre le joule des pareurs.
Jehan Abatel.
Jehan de Fransures des viésiers.
Jehan de Drouarville.
Jehan Artus des sueurs.
Jaque Salemon.
Jehan Fleurie des pelletiers.
Pierre Flamenc.
Pierre du Kay des tainturiers.
Collart Dernencourt.
Regnault Malin des carpentiers.
Wille de Berneux.
Pierre Le normant.
Jehan de Boneul.
Jehan du Presil Thibault.
Jaque Le comte des Escos.
Pierre de Cotenchi des telliers de linge.
Jehan Le cordier.

L'ESTAT DE LE VILLE ordené à le S. Symon lan mil ccclxxvij.

Sire WILLE DE CONTI maieur.

Sire Jehan de Saint Fuscien.
Sire Jehan du Gard.
Sire Jehan des Rabuissons.
Sire Jaque de Hangart.
Sire Honneré Dippre.
Jehan le Normant.
Jehan Beaupigne.
Jehan Piquet.
Symon Clabaut.
Fremin Grimaut.
Fremin Froitterie.
Pierre Darras.

Fais par maieur et eschevins :

Mahieu Ravin.
Pierre le Senc.
Jaque du Blancfossé.
Pierre de Thalemars.
Jaque Le comte sergent d'armes
Pierre de Conti.
Jehan Marbot.
Pierre de Croy.
Jaque Lecomte du berch.
Estenne du Blancfossé.
Jehan de Conti Coullon.
Jaque Du Gard.

Jehan Lorfevre, grant compteur.
Colart de Riquebourc, receveur des rentes.
Pierre de Morviller, paieur des présens et de rente à vie.
Jehan des Rabuissons, fil Wistace, maistre des ouvrages.

Pierre Fouquere des taverniers.
Raoul de Morviller.
Pierre Audeluye des waidiers.
Jehan de Conti fil Estenne.
Colart Connin des tanneurs.
Jehan Caoullier.
Warnier Gartel des bouchers.
Regnault de Kevauviller.
Jehan le Normant fevre, des fevres.
Rogier le Bourgois.
Raoul Wartant des waigneurs.
Aubin Hardi.
Maistre Ruisse des boulengiers.
Jehan Lapostole.
Thibault Des quesnois des fourniers.
Jehan de Lille.
Mahieu de Mes des poissonniers de mer.
Henrri de Croissi.
Colart Clabault des drapiers.
Créstien de Hanchies.
Enguerran Hurtaut des cordcaniers.
Jehan de Morliens.
Sire Asse Boulet des cambiers.
Pierre Sagoul de Rainchevaux.
Jehan Roussel des machons.

Raoul Grisleu.
Henrri Binet des merciers.
Millois Rabuisson.
Raoul Fremin des poissonniers de douce yeaue.
Jehan Laloe.
Raoul Pyas des pareurs.
Pierre Levasseur.
Wille d'Albeville des viésiers.
Jehan Cornu.
Wautier Avisart des sueurs.
J. le Joule.
Wille De le porte des tainturiers.
Ernoul le boulengier.
Bertoul Dailly des pelletiers.
Regnault Boitel.
Robert Pinguet des tainturiers.
Jehan Leureux.
Jehan de Rivières des carpentiers.
Symon Du manoir.
Jaque de Fauqenbergue des porteurs.
Jaque De fer.
Jehan Franchois des telliers de linge.
Jehan Porée.

L'ESTAT DE LE VILLE ordené à le S. Symon lan mil ccclxxviii.

Sire HONNERÉ DIPPRE maieur [136].

Sire Jehan de Saint Fuscien.
Sire Jehan du Gard.
Sire Jehan des Rabuissons.
Sire Wille de Conti.
Sire Jaque de Hangart.
Jehan Beaupigne, prévost.
Jehan le Normant.
Jehan Piquet.
Fremin Froitterie.
Jehan Lorfevre.
Colart de Riquebourc.
Pierre de Morviller.

Mahieu Ravin.
Pierre le Sene.
Symon Clabaut.
Jaque du Blancfossé.
Pierre de Thalemars.
Jaque Lecomte, sergent d'armes
Jaque Lecomte, du Berch.
Estenne du Blancfossé.
Jaque Du Gard.
Mahieu de Mes.
Crestien de Hanchies.

Jehan Pié de leu, grant compteur.
Pierre Darras, receveur des rentes.
Wille des Rabuissons, paieur des présens et rentes a vie.
Jehan Marbot, maistre des ouvrages.

Jehan Dippre fil sire Jehan, des taverniers.
Jehan Beaupigne de le Kaiere [137].
Jehan des Rabuissons, fil Wistace, des waidiers.
Wille Pié de leu.
Wille de Saint Aubin des taneurs.
Andrieu de Bonneul.
Mahieu de Kevauviller des bouchiers.
Gille de Malers.
Fremin Lorfevre des fevres.
Pierre Limozin.
Jehan de Fauqenbergue des waigneurs.
Fremin le Gorrelier.
Symon Ronel des boulengiers.
Tassart de Meteigni [138].
Lorens le paticier des fourniers.
Mahieu Dieux aie.
Fremin Audeluye des poissonniers de mer.
Jehan Quillet.
Pierre Du Gard des drapiers.
Jaque Clabaut.
Gille de Sains des cordoanniers.
Hue de Hameri.
Jehan le Prevost des cambiers.
Mahieu, des Sarrazins [139].
Mainier Guillebert des machons.
Pierre de Malers.
Miquiel Lescrivent des merciers.
Symon le Bourguignon.
Jehan Ravin des poissonniers d'ieaue douce.
Jehan Roche.
Jean de Berneux des pareurs.
Jaque d'Oresmaux.
Guerart Le sage des tisserans.
Pierre De le court.
Jehan de Bovelle des viésiers.
Jehan Capelain.
Jehan de Duri des sueurs.
Jehan le Lavendier.
Jehan Gridaine des pelletiers.
Jehan le Marcant.
Adam Du croquet des tainturiers.
Jehan Cosette.
Adam le Huchier des carpentiers.
Jehan Dodo.
Jehan Lavainier des porteurs.
Ricart le Rique.
Jaque de Cornehotte des telliers de linge.
Wille Le fevre, tapissier.

L'ESTAT DE LE VILLE ordené à le S. Symon lan mil ccclxxix.

Sire JAQUE DE HANGART maieur.

Sire Jehan de Saint Fuscien [140].
Sire Jehan du Gard.
Sire Jehan des Rabuissons.
Sire Wille de Conti.
Sire Honneré Dippre.
Jehan Beaupigne.
Jehan Piquet.
Jehan Lenormant.
Fremin Froitterie.
Pierre de Thalemars.
Pierre Darras.
Jehan Marbot.

Mahieu Ravin.
Pierre le Sene.
Jaque du Blancfossé.
Jaque Lecomte sergent d'armes
Jaque Le comte du berch.
Estienne du Blancfossé.
Fremin Grimault.
Jaque Du Gard.
Pierre de Morviller.
Mahieu de Mes.
Crestien de Hanchies.
Colart Du Gard [141].

Symon Clabaut, grant compteur.
Jehan de Conti, fil Estienne, receveur des rentes.
Pierre Audeluye, paieur des présens et des rentes à vie.
Regnault Malin, maistre des ouvrages.

Jehan Lorfevre des taverniers.
Pierre de Fauquenbergue.
Jehan de Pié de Leu des waidiers.
Hue de Saint Fuscien.
Colart de Riquebourc des tanneurs.
Colart Connin.
Thomas de Beauquesne des bouchiers.
Miquiel Accateblé.
Maistre Pierre le Mareschal des fevres.
Pierre de Saint Saulieu.
Jehan de le Haie des waigneurs.
Clabaut le pipeur.
Symon Courtois des boulengiers.
Robert du Val, du Bos.
Colart de Bonneul des fourniers.
Robert Boulet.
Wille des Rabuissons des poissonniers de mer.
Jehan Le fevre.
Estenne de Moustiers des drapiers.
Jehan Asson.
Colart le Rat des cordoanniers.
Jehan de Brailli.
Jehan de Morliens des cambiers.
Bauduin Plantehaie.
Gille de Caigni des machons.
Gui Ravine.
Thibault Aux coutiaux des merciers.
Hue Bernart.
Enguerran Furet des poissonniers de douce ieaue.
Mahieu le Fournier.
Nicholas Galet des pareurs.
Pierre le ioule.
Jaque Salemon des tisserans.
Pierre de Becloy.
Jehan de Franssures des viésiers.
Martin le Maingnier.
J. de Jumelles dit Blarel des sueurs.
Jaque Dacheu.
Colart Dernencourt des pelletiers.
Jehan du Boquel escoier.
Wille de Berneux des tainturiers.
Collart Gouvion.
Rogier le Tonnelier, des carpentiers.

Jehan Candas.
Jehan Dippre des porteurs.
Jaque Lecomte.
Jehan le cordier de grand pont, des telliers de linge.
Jehan Finoq.

L'ESTAT DE LE VILLE ordené à le S. Symon lan mil cciiii^{xx}.

Sire WILLE DE CONTI maieur.

Sire Jehan de Saint Fuscien.
Sire Jehan des Rabuissons.
Sire Jaque de Hangard.
Sire Honneré Dippre.
Jehan Beaupigne.
Jehan Piquet.
Symon Clabaut.
Jaque Lecomte sergent d'armes
Pierre Darras.
Fremin Froitterie.
Colart Du Gard.
Regnault Malin.

Pierre le Sene.
Jehan Marbot.
Jaque du Blancfossé.
Fremin Grimault.
Estenne du Blancfossé.
Pierre de Morviller.
Jaque Du Gard.
Mahieu de Mes.
Crestien de Hanchies.
Gille de Saint Fuscien.
Jaque d'Embremeu.
Jehan Ravin.

Pierre de Thalemars, grant compteur.
Jehan Dippre le joule recepveur des rentes.
Wille Pieu de leu, paieur des présens et des rentes à vie.
Jehan des Rabuissons, fil Wistace, maistre des ouvraiges.

Pierre Audeluye des waidiers.
Jehan de Conti fil Estienne.
Robert Du Quarrel des taverniers.
Philippe Le Maire.
Hue le Gorrellier des taneurs.
Henry de Roye.
Andrieu Frérot des bouchiers.
Gille de Villers.
Jehan Lenormant fevre, des fevres.
Jehan le Maignen.
Mouton Vartaut des waigneurs.
Jehan de Saint Fuscien des Pourcelez.
Pierre Lemaire des boulengiers.
Jehan Lapostole.
Thibault De le barre, des fourniers.

Robert Le convenancie.
Henrry de Croyssy des poissonniers de mer.
Bertran Le comte.
Colart Clabault des drapiers.
Thomas de Henault.
Mahieu Grivel des cordoanniers.
Gedois de Perrousel.
Pierre de Rainchevaulx, des cambiers.
Ricart de Goy.
Maistre Hue Andrieu des machons.
Pierre Mouton.
Gille Violette des merciers.
Jaque de Mes corier.
Jehan Leclerc des poissonniers de douce ieaue.
Jehan Séguin.
Jehan Garnier des pareurs.
Jehan Abatel.
Wautier Avisart des tisserans.
Jehan de Caubere.
Jehan de Drouarville des viésiers.
Fremin Boullie.
Wille De le porte des sueurs.
Jehan Lotin.
Bertoul d'Ail'i des pelletiers.
Pierre du Kay.
Jehan Leureux des tainturiers.
Colart Le maire.
Pierre Lenormant des carpentiers.
Symon Du manoir.
Jaque de Fer des porteurs.
Andrieu du Marais.
Jehan Tiessart des telliers de linge.
Bertremieu le Maistre.

LESTAT DE LE VILLE ordenné à le S. Symon lan mil ccciiii^{xx} i.

Sire JEHAN LORFEVRE maieur [148].

Sire Jehan des Rabuissons.
Sire Wille de Conti.
Sire Honneré Dippre.
Jehan Beaupigne.
Pierre Darras.
Jaque d'Embremeu.
Regnault Malin.
Pierre de Thalemars.
Raoul de Morviller.
Colart Grimault.
Andrieu le Massier.
Robert Pinguet.

Jehan Piquet.
Pierre le Sene.
Jaque du Blancfossé.
Fremin Grimault.
Colart Du Gard.
Estenne du Blancfossé.
Jaque Du Gard.
Mahieu de Mes.
Crestien de Hanchies.
Pierre Audeluye.
Estienne de Moustiers.
Jehan de le Haie.

Jehan Marbot, grant compteur.

Jehan Lermitte, recepveur des rentes.

Wille de Breneux, paieur des présens et des rentes à vie.

Thomas de Courchelles, maistre des ouvraiges.

Maieurs des banières :

Jehan des Rabuissons fil Wistace des waidiers.

Wille Pié de leu.

Jehan Dippre dit sire Jehan, des taverniers.

Jehan Pigne de le Kaière.

André de Bonneul des tanneurs.

Colart Maillart.

Mahieu de Kevauviller des bouchers.

Gille de Malers.

Pierre Limozin des fevres.

Wille Senaut.

Jehan de Fauquenbergue des waigneurs.

Colart De le porte gorrelier.

Symon Ronel des boulengiers.

Thassart de Monteigni.

Mahieu Dieu aie des fourniers.

Mahieu Salemon.

Fremin Audeluye des poissonniers de mer.

Jehan Quillet.

Jaque Du Gard fil sire Jehan des drapiers.

Jehan de Hénault.

Jehan de Morliens craissier, des cordoanniers.

Jehan Emaurri.

Jehan Le prévost laisné des cambiers.

Pierre Daumont.

Pierre Grisleu des machons.

Jehan Courtois.

Jehan de Moreul espicier, des merciers.

Pierre Lamaurri.

Jehan Roche des poissonniers de douce ieaue.

Ernoul Boulet.

Jehan Faussart des pareurs.

Jaque d'Oresmaux.

Pierre Delecourt des tisserans.

Jehan Ourselin.

Jehan Deledoie des viésiers.

Jehan de Morliens.

Jehan le Lavendier des sueurs.

Robert De le sale.

Jehan Gridaine des pelletiers.

Symon Langle.

Jehan le Machon des tainturiers.

Jehan Cosette.

Jehan De le haie des carpentiers.

Jehan Coku le maisné.

Jaque de Fauquenbergue des porteurs.

Ricart le Rique.

Wille Le fevre tapissier des telliers de linge.

Jaque de Cornehote.

LESTAT DE LE VILLE ordené à le S. Symon lan mccciiii^{xx}ii.

Sire HONNERÉ DIPPRE maieur.

Sire Jehan des Rabuissons.
Sire Wille de Conti.
Sire Jaque de Hangart.
Sire Jehan Lorfevre.
Jehan Beaupigne.
Symon Clabault.
Pierre Audeluye.
Jehan Marbot.
Robert Pinguet.
Hue le Gorelier.
Thomas de Courchelles.
Wille de Berneux.

Jehan Piquet.
Jaque du Blancfossé.
Pierre Darras.
Estenne du Blancfossé.
Pierre de Morviller.
Fremin Grimaut.
Pierre de Thalemars.
Jaque d'Embremeu.
Jaque Du Gard.
Crestien de Hanchies.
Estenne de Moustiers.
Jehan de le Haye.

Henrri de Roye, grant compteur osté de par le roy.
Jehan de Beauval, grant compteur mis de par le roy.
Pierre Daoust, receveur des rentes.
Jehan Ducange, fil Oudart, paieur des présens et rente à vie.
Jehan Du cange de l'Aguiller [143], maistre des ouvrages.

Colart Grimaut des waidiers.
Fremin Pié de leu.
Jaque Lecomte de l'Andoulle [144] des taverniers.
Philippe de Morviller.
Jaque Marbot des taneurs.
Jehan Ernaut.
Thomas de Beauquesne des bouchiers.
Michiel Acateblé.
Robert de Gouy des fevres.
Jehan Douchet.
Wille Buignet des waigneurs.
Jehan de Tylloy le joule.
Michiel Lecomte des boulengiers.
Jehan Jourdain.
Jehan Lecomte pasticier, des fourniers.
Robert Boulet.
Nichodemus des poissonniers de mer.
Jehan Le fevre dit Potus.
Jaque Clabaut des drapiers.
Jehan de Ramburelcs.
Jehan de Bresli des cordoanniers.
Hue de Hameri.

Jehan de Morliens cambier, des cambiers.
Jehan Aoustin cambier.
Pierre de Mallers des machons.
Guérart d'Essarteaux.
Jehan Mille des merchiers.
Jehan à le hache.
Jehan Ravin des poissonniers d'yaue douce.
Jehan Laloe.
Jehan de Berneux des pareurs.
Pierre le joule.
Pierre de Belloy des tisserans.
Guerart Le sage.
Jehan Capellain des viésiers.
Philippe de Seri [145].
Jehan de Ham des sueurs.
Pierre Flamenc.
Jehan le Marcant, des pelletiers.
Jehan du Bosquel escoier.
Adam Du Croquet des tainturiers.
Jehan Gobert.
Jehan du Candas des carpentiers.
Jehan Rivière caron.
Jehan Dippre, fil Thibaut, des porteurs.
Jaque Le comte des Escos.
Jehan Porée des telliers de linge.
Jehan Finoq.

Nonobstant que Henri de Roie a le dicte S. Simon eust esté par les maieurs de banières només grant compteur, pour cause quil estoit homme de petite chevance et ne savoit lire ne escripre, et que oudit office estoit acoustumé à y mettre gens notables, vaillans hommes et riches et qu'il s'efforchoit de faire procès contre le ville affin de demourer oudit office, le ville, du roy nostre sire, empetra lettres par vertu desquelles le bailli d'Amiens comist de par le roy Jehan de Beauval grant compteur [146].

Lestat de le ville ordené à le S. Symon lan mccciiii^{xx}iii.

Fais par vertu d'un certain mandement du roy nostre sire adrecié à Monsr le gouverneur du bailliage damiens ou à son lieutenant lequel fist commandement à Jehan Emry receveur de le baillie d'Amiens que feist et enterinast les choses contenues oudit mandement et les executa, apelé avec luy le conseil du roy nostre sire et pluseurs des bourgois de le ville et oudit jour de S. Symon furent fais le maieur et xii esquevins chi aclos avec les iiii officiers qui ci après lesquevinage complet sont desclairié [147].

Sire Wille de Conti maieur.

Sire Jehan des Rabuissons.
Sire Jaque de Hangart.
Sire Honneré Dippre.
Sire Jehan Lorfevre.
Jehan Piquet.
Jaque du Blancfossé.
Pierre de Morviller.
Jehan de Beauval [148].
Estenne du Blancfossé.
Pierre Darras.
Pierre Audeluye.
Crestien de Hanchies.

Fais par le maieur et XII premiers esquevins :

Jehan Beaupigne.
Jehan Marbot.
Fremin Grimault.
Jaque d'Embremeu.
Jaque du Gard.
Estenne de Moustiers.
Jehan de le Haie.
Colart Clabault.
Gille de Saint Fuscien.
Jehan de May.
Adam Du Croquet [149].
Thomas de Courchelles.

Fais par vertu dudit mandement avec le maieur et les XII premiers esquevins :

Pierre de Thalemars, grant compteur.
Wille des Rabuissons, paieur des présens de vin et des rentes à vie.
Jehan Dippre, fil Thibault, receveur des rentes.
Jehan des Rabuissons, fil Wistace, maistre des ouvrages.

LESTAT DE LE VILLE ordené à le S. Symon lan mil ccciiii^{xx} et iiii.

Fais par vertu de certain mandement de mons^{r} les dux de Berry et de Bourgogne lieutenants du roy nostre sire adrecie à Mons. le gouverneur du baillage damiens ou à son lieutenant par vertu duquel Jehan Emry son lieutenant et receveur de la baillie damiens appelle avec luy le conseil du roy et pluseurs bourgois fist le maieur et xii eschevins et les iiii compteurs officiers. Et fut ledit mandement donné le xiiie jour de septembre lan mil ccciiii^{xx} et iiii.

Sire JEHAN PIQUET maieur [150].

Sire Jehan des Rabuissons.
Sire Wille de Conti.
Sire Jehan de Hangart.
Sire Honneré Dippre.
Sire Jehan Lorfevre.
Jehan Lenormant.

Jehan Beaupigne.
Jaque du Blancfossé.
Pierre de Morviller [151].
Pierre Darras.
Pierre de Thalemars.
Jaque d'Embremeu.

Fais par le maieur et XII eschevins :

Estenne du Blancfossé.
Fremin Grimaut.
Pierre Audeluye.
Jaque du Gard.
Jehan de Beauval.
Jehan De le haie.
Colart Clabaut.
Gille de Saint Fuscien.
Estenne de Moustiers.
Jehan de May.
Crestien de Hanchies.
Adam du Croquet.

Jehan Marbot, grant compteur.
Wille Pié de leu, paieur des présens de vin et des rentes à vie.
Fremin Audeluye, receveur des rentes de le ville.
Jehan Dippre, maistre des ouvrages.

LESTAT DE LE VILLE ordené à le S. Symon lan mccciiii^{xx} et v.

Fais par vertu de certain mandement du roy nostre sire adrecié à Monseigneur le gouverneur du bailliage damiens ou à son lieutenant, lequel exécuta Jehan Emry son lyeutenant et receveur de le baillie damiens appelé avec luy le conseil du roy et pluseurs bourgois et fist le maieur et xii esquevins et iiii compteurs officiers. Et fu ledit mandement du roy donné le xxvie jour d'aoust, lan mil ccciiii^{xx} et vi.

Sire JAQUE DE HANGART maieur.

Sire Jehan des Rabuissons.
Sire Wille de Conti.
Sire Honneré Dippre.
Sire Jehan Lorfevre.
Sire Jehan Piquet.
Jehan Beaupigne.
Pierre de Morviller.
Estenne du Blancfossé.
Pierre Audeluye.
Fremin Grimaut.
Jaque d'Embremeu.
Jehan Marbot.

Jehan le Normant.
Jaque du Blancfossé.
Pierre de Thalemars.
Jehan de le Haye.

Colart Clabaut.
Estenne de Moustiers.
Jehan de May.
Créstien de Hanchies.
Adam Du Croquet.
Colart du Guart.
Colart Grimaut.
Thibault Aux couteaux.

Jehan de Beauval, grant compteur.
Jehan de Conti, fil Estenne, receveur des rentes de le ville.
Fremin de Labeie, paieur des présens de vin et des rentes.
Pierre Darras, maistre des ouvrages.

LESTAT DE LE VILLE ordené à le S. Symon lan de grâce mccciiii^{xx} et vi.

Fais par vertu de certain mandement du roy nostre sire, adrechant à Monsr le gouverneur du bailliage damiens ou à son lieutenant, donné le desrain jour de juillet mccciiii^{xx} et vi, lequel executa ledit Monsr le gouverneur appellé avec luy le conseil du roy nostre sire et pluseurs des bourgois de le ville, et fist le maieur et xii esquevins et les iiii compteurs officiers

Sire WILLE DE CONTI maieur.

Sire Jehan des Rabuissons.
Sire Jaque de Hangart.
Sire Jehan Piquet.
Sire Jehan Lorfevre.
Jehan Beaupigne.
Sire Pierre de Morviller.
Jaque du Blancfossé.
Pierre Darras, prevost.
Pierre de Thalemars.
Jehan de Beauval.
Jehan Dippre.
Estenne de Labeie.

Fais par le maieur et XII eschevins dessus dis :

Jehan Le Normant.
Pierre Audeluye.
Colart du Gard.
Estenne du Blanc [fossé].
Jehan Marbot.
Jehan de le Haie.
Colart Clabaut des Flagos [152].
Estienne du Moustier.
Jehan de May.
Créstien de Hanchies.
Adam Du Croquet.
Thibault Aux coutiaux.

Fais par vertu dudit mandement :

Jaque Clabaut, grant compteur [153] et auquel seront baillé pour convertir au fait de son office toutes les debtes que on doibt à le ville présentement et sera tenus de les recouvrer et recevoir.
Fremin Pié de leu, paieur des présens de vin et des rentes à vie.
Jaque d'Embremeu, receveur des rentes de la ville.
Jehan des Rabuissons, fil Wistace, maistre des ouvrages et cauchieur.

Lestat de le ville damiens ordené à le S. Symon lan mil ccciiii^xx et vii et finant lan mil ccciiii^xx et viii.

Fais par vertu de certain mandement du roy nostre sire adrechant à Monsr le gouverneur du bailliage damiens ou à son lieutenant, donné le xiie jour d'aoust lan mil ccciiii^xx et vii, lequel exécuta ledit mons. le gouverneur appellé avec luy le receveur de le baillie, le procureur et conseil du roy nostre sire, et pluseurs des bourgois de le ville, et fist le maieur et xii eschevins et iii compteurs officiers.

Sire Jehan Lorfevre maieur.

Sire Wille de Conti.
Sire Jaque de Hangart.
Sire Jehan Piquet.
Jaque Clabaut.
Jaque d'Embremeu.
Pierre Darras.
Pierre de Thalemars.
Jehan Beaupigne.
Jaque du Blancfossé.
Wille des Rabuissons.
Pierre Audeluye.
Jehan de May.

Fais par le maieur et XII eschevins dessus dis :

Jehan le Normant.
Colart Du Gard.
Estienne du Blancfossé.
Sire Pierre de Morviller.
Estienne de Moustiers.
Colart Grimaut.
Créstien de Hanchies.
Thibaut Aux coutiaux.
Jehan de le Haie.
Adam Du Croquet.
Fremin de Coquerel, fil Paris.
Philippe Bacheler.

Fais par vertu dudit mandement :

Jehan Dippre, grant compteur.

Jehan Du Cange, de l'Aguiller, paieurs des présens de vin et des rentes à vie.

Fremin Audeluye, receveur des rentes de la ville.

Fremin de Labeie, maistre des ouvrages et cauchiez.

LESTAT DE LE VILLE D'AMIENS ordené à le S. Symon lan mil ccciiii^{xx} et viii et finant lan mil ccciiii^{xx} et ix.

Fais par vertu de certain mandement du roy nostre sire adreschant à Mons. le gouverneur du bailliage damiens ou à son lieutenant donné le ixe jour de juillet lan mil ccciiii^{xx} et viii lequel exécuta en sa personne ledit mons. le gouverneur appelé avec luy le conseil du roy nostre sire et plusieurs des bourgois de le ville et firent le maieur et xii eschevins et les iiii compteurs officiers.

Sire PIERRE DARRAS maieur [154].

Sire Wille de Conti.
Sire Jaque de Hangart.
Sire Jehan Lorfevre.
Sire Jehan Piquet.
Jehan Beaupaigne.
Pierre de Morviller qui trespassa le ixe jour de septembre lan mccciiii^{xx}, et ix après fut fait prévos Wille des Rabuissons.
Jaque du Blancfossé.
Pierre de Thalemars.
Jehan Dippre.
Fremin de Labeie.
Jehan Ducange.
Jehan de May.

Fais par le maieur et XII eschevins dessus dis :

Wille des Rabuissons fait prévost après le trespas de feu Pierre de Morviller.
Pierre Audeluye.
Estienne du Blancfossé.
Jaque d'Embremeu.
Estienne de Moustiers.
Jaque Clabault.
Fremin de Beauval.
Thibaut Aux couteaux.
Jehan De le haie.
Fremin de Cokerel.
Philippe Bacheller.
Adam Ducroquet.

Fais par vertu dudit mandement :

Colart Du Gard, grant compteur.
Wille de St Aubin, paieur des présens et des rentes à vie.
Créstien de Hanchies, receveur des rentes de le ville.
Jaque Le Monnier, maistre des ouvrages et des cauchiez.

LEstat de le ville damiens ordené à le saint Symon lan mccciiii^{xx} et ix et finant lan mil iiii^{xx} et x [155].

Fais par vertu de certain mandement du roy nostre sire adreschant à Monsr le bailli d'Amiens ou à son lieutenant, donné le iiiie jour daoust lan mil ccciiii^{xx} et ix, lequel exécuta Aléaume Féret receveur de le baillie damiens, appelé avec luy, Pierre de Thalemars lieutenant dudit bailli, Vinchent de Guisi procureur du roy et maistre Jehan Aloul advocat et autres du conseil du roy et pluseurs des bourgois de laditte ville, lesqueux le jour saint Symon lan mil ccciiii^{xx} et ix firent le maieur et xii eschevins.

Sire Wille de Conti maieur.

Sire Jaque de Hangart.
Sire Jehan Lorfevre.
Sire Jehan Piquet.
Sire Pierre Darras.
Jehan Beaupigne.
Jaque du Blancfossé.
Wille des Rabuissons, prévost.
Pierre de Thalemars.
Colart Du Guard.
Estienne du Blancfossé.
Jehan Dippre.
Créstien de Hanchies.

Fais par le maieur et XII eschevins dessus dis :

Pierre Audeluye.
Estienne de Moustiers.
Jehan Marbot.
Fremin de Beauval.
Jehan de May.
Jaque Clabaut.
Thibault Aux couteaux.
Jehan De le haie.
Fremin de Coquerel.
Philippe Bacheler.
Fremin de Labeie.
Adam Du Croquet.

Fais par vertu dudit mandement :

Jaque d'Embremeu, grant compteur.
Fremin Pié de Leu, paieur des présens de vin et des rentes à vie.

Colart de Riquebourc, receveur des rentes de le ville.
Colart Clabault, des Flagos, maistre des ouvrages et des cauchiez.

LESTAT DE LE VILLE DAMIENS ordené à le S. Symon lan mccciiii^{xx} et x et finant lan m iiii^{xx} et xi.

Fais par vertu de certain mandement du roy nostre sire adreschant à Mons. le bailli damiens ou à son lieutenant, donné le derrain iour de may lan mccciiii^{xx} et x, lequel exécuta par vertu du mandement dudit bailli, Aléaume Féret receveur de le baillie et Thomas Cobillart son lieutenant avec luy appelé Pierre de Thalemars lieutenant dudit bailli, Vinchent de Guisy procureur du roy avec le conseil du roy nostre dit seigneur, et pluseurs bourgois de ledicte ville, lesquieux ledit jour S. Symon lan mil ccciiii^{xx} et diz firent le maieur et xii eschevins.

Sire JEHAN LORFEVRE maieur.

Sire Wille de Conti.
Sire Jehan Piquet.
Sire Jaque de Hangart.
Sire Pierre Darras.
Wille des Rabuissons.
Jehan Beaupigne.
Jaque d'Embremeu.
Colart Clabaut.
Maistre Jehan Lenormant.
Collart Du Gard.
Estienne du Blancfossé.
Jehan de May.

Fais par le maieur et les XII eschevins :

Jehan Dippre.
Créstien de Hanchies.
Pierre Audeluye.
Jehan Marbot.
Thibault Aux couteaux.
Jehan De le haie.
Fremin de Coquerel.
Philippe Bacheler.
Fremin de l'Albeie.
Adam Du Croquet.
Jaque de Fauquembergue.
Pierre Daoust.

Fais par vertu dudit mandement :

Pierre de Thalemars, grant compteur.
Jehan de St Fuscien, paieur des présens de vin et des rentes à vie.
Jehan Ducange, receveur des rentes de le ville.
Wille de Saint Aubin, maistre des ouvrages et des cauchies.

L'ESTAT DE LE VILLE ordené à le S. Symon lan mil ccciiii^{xx} et xi finant lan iiii^{xx} et xii.

Fais par vertu du certain mandement du roy nostre sire adreschant à Mons. le bailli damiens ou à son lieutenant, donné le ixe jour de juing lan mil ccciiii^{xx} et xi, lequel executa par vertu du mandement dudit mons. le bailli ou son lieutenant, Aléaume Féret receveur de le baillie damiens et Thomas Cobillart son lieutenant, appelé avec luy led. mons. le bailli, Pierre de Thalemars son lieutenant, Vinchent de Guisi procureur du roy, Pasquier Dumont advocat et conseiller dudit seigneur et pluseurs bourgois de leditte ville, lesqueux ledit jour firent le maieur et xii eschevins.

Sire PIERRE DARRAS maieur.

Sire Jehan Lorfevre.
Sire Jaque de Hangard.
Sire Jehan Piquet.
Jehan Beaupigne.
Pierre de Thallemars.
Jehan Ducange.
Wille des Rabuissons.
Estienne du Blancfossé.
Pierre Audeluye.
Collart Du Gard.
Jehan Dippre.
Collart Clabault.

Fais par le maieur et XII eschevins :

Jaque d'Embremeu.
Jehan de May.
Jehan Marbot.
Thibault Aux couteaux.
Jehan De le Haie.
Fremin de Coquerel.
Philippe Bacheler.
Adam Ducroquet.
Jaque de Fauquembergue.
Pierre Daoust,
Fremin de Beauval.
Jehan de Conti, fil Estienne.

Fais par vertu dudit mandement :

Fremin Audeluye, grant compteur.
Fremin de Labeie, maistre des ouvrages.
Jehan Plantehaie, receveur des rentes de le ville.
Jaque Du Quarel, paieur des présens de vin et des rentes à vie.

L'ESTAT DE LE VILLE DAMIENS ordené à le S. Symon lan mil cccііii^{xx} et xii pour lan iiii^{xx} et treze.

Fais par vertu de certain mandement du roy nostre sire.

Sire WILLE DE CONTI maieur.

Sire Jaque de Hangart.
Sire Jehan Lorfevre.
Sire Jehan Piquet.
Sire Pierre Darras.
Jehan Beaupigne [156].
Pierre Audeluie.
Jaque du Blancfossé.
Jaque d'Embremeu.
Pierre de Thalemars.
Fremin De labeie.
Jaque de Coquerel.
Estenne du Blancfossé.

Fais par le maieur et XII eschevins :

Collart Du Gart.
Jehan Dippre.
Jehan Du cange.
Fremin de Beauval.
Jehan de May.
Jehan Marbot.
Thibault Aux couteaux.
Jehan De le Haie.
Fremin de Coquerel.
Philippe Bacheler.
Jaques de Fauquenbergue.
Pierre Daoust.

Fais par vertu dudit mandement du roi nostre sire :

Jehan Pié de Leu, grant compteur.
Fremin Du Gard, paieur des présens de vin et des rentes à vie.
Jehan de Conti, fil Estienne, receveur des rentes de le ville.
Colart Clabault, des Flagos, maistres des ouvrages et de cauchies.

L'ESTAT DE LE VILLE DAMIENS ordené à le S. Symon lan mccciiii^{xx} xiii pour lan finant iiii^{xx} xiiij.

Sire JEHAN PIQUET maieur.

Sire Wille de Conti.
Sire Jaque de Hangard.
Sire Jehan Lorfevre.
Sire Pierre Darras.
Estenne du Blancfossé.
Pierre Audeluie.
Jaque du Blancfossé.
Jaque d'Embremeu.
Jehan Dippre.
Pierre de Thalemars.
Robert de Saint Fuscien.
Fremin de Beauval.

Fais par le maieur et XII eschevins :

Jaque Clabaut.
Jehan Marbot.
Jehan De May.
Jehan Ducange.
Thibaut Aux couteaux.
Jehan De le haie.
Fremin de Coquerel.
Fremin de Labeie.
Philippe Bacheler.
Jaque de Coquerel.
Jaque de Fauquenbergue.
Pierre Daoust.

Fais par vertu dudit mandement du roy nostre sire :

Symon le Bourguignon, grant compteur.
Jehan de Vaux, receveur des rentes de le ville.
Wille de St Aubin, maistre des ouvrages et des cauchies.
Jaque Du Gard, paieur des présens de vin et des rentes à vie.

L'ESTAT DE LE VILLE DAMIENS ordené à le S. Symon lan de grâce mccciiii[xx] xiiii.

Sire PIERRE DARRAS maieur.

Sire Jehan Piquet.
Sire Jaque de Hangart.
Sire Wille de Conti.
Sire Jehan Lorfevre.
Jehan Dippre.
Pierre Audeluie.
Jaque du Blancfossé.
Jaque d'Embremeu.
Symon le Bourguignon.
Robert de Saint Fuscien.
Jehan de Vaulx.
Estienne du Blancfossé.

Fais par le maieur et XII esquevins :

Fremin de Beauval.
Jaque Clabault.
Jehan Marbot.
Jehan de May.
Jehan Du cange.
Thibault Aux couteaux.
Jehan De le haie.
Philippe Bacheler.
Jaque de Coquerel.
Jaque de Fauquenbergue.
Pierre Daoust.
Fremin Audeluye.

Fais par vertu dudit mandement du roy nostre sire :

Pierre de Thalemars, grant compteur.
Jehan de Conti, paieur des présens de vin et des rentes à vie.

Jaque Du Quarrel, receveur des rentes de le ville.

Fremin de Labeie, maistre des ouvrages et des cauchies.

L'estat de le ville Damiens ordené à le S. Symon lan mccc iiii^{xx} et xv.

Sire Willaume de Conti maieur.

Sire Jehan Piquet.
Sire Jehan Lorfevre.
Sire Pierre Darras.
Pierre Audeluye.
Pierre de Thalemars [157].
Jaque Du Quarrel.
Fremin de Labeie.
Jehan Dippre.
Estenne du Blancfossé.
Jaque du Blancfossé.
Jaque d'Embremeu.
Jehan Plantehaie.

Fais par le maieur et XII eschevins lendemain du jour S. Symon :

Jaque Clabaut, prévost.
Jehan du Cange.
Jehan Marbot.
Jehan de May.
Fremin Audeluye.
Jehan de le Haye.
Symon le Bourguignon.
Jaque de Fauquenbergue.
Jaque de Coquerel.
Pierre Daoust.
Jehan de Hangart.
Climent le Normant.

Fremin Pié de Leu, grant compteur.

Jehan de Vaulx, paieur des présens et des rentes à vie.

Wille de Saint Aubin, receveur des rentes de le ville et maistre des ouvrages et des cauchies ordené à faire ces ii offices.

L'estat de le ville ordené à le S. Symon lan mccciiii^{xx} xvi.

Fais par vertu de certain mandement du roy nostre sire :

Sire Jehan Dippre maieur.

Sire Wille de Conti.
Sire Jehan Lorfevre [158].
Sire Jehan Piquet.
Jaque Clabault.
Pierre Audeluye.
Estienne du Blancfossé.

Pierre de Thalemars.
Jaque d'Embremeu.
Jaque du Blancfossé.
Fremin Audeluye.
Jehan Plantehaie.
Philippe Bacheler.

Fais par le maieur et XII eschevins lendemain du iour saint Symon :

Jaque Du Quarrel.
Fremin de Labeie.
Jehan Du cange.
Jehan Marbot.
Jehan de May.
Symon le Bourguignon.
Jaque de Fauquenbergue.
Jaque de Coquerel.
Jehan de Hangard.
Climent Le normant.
Pierre Waignet.
Jehan Beaupigne dit Bruiant.

Pierre Daoust, grant compteur.
Wille de Berneux, paieur des présens de vin et des rentes à vie.
Jaque Du Gard, receveur des rentes de le ville.
Jaque le Monnier, maistre des ouvrages et cauchie de le ville.

L'ESTAT DE LE VILLE ordené à le S. Symon lan mccciiii^{xx} xvii.

Fais par vertu de certain mandement du roy nostre sire et par le commissaire de Monseigneur le bailly damiens adrechant à Aleaume Feret receveur de le baillie damiens.

Sire JEHAN PIQUET maieur.

Sire Wille de Conti.
Sire Jehan Dippre.
Estienne du Blancfossé.
Pierre de Thalemars.
Jaque du Blancfossé.
Pierre Audeluye.
Jaque d'Embremeu.
Jaque Clabaut.
Fremin Audeluye.
Jehan de May.
Fremin Pié de Leu.
Pierre Daoust.

Fais par Jaque Clabault, lieutenant du maieur, ordéné, présent ledit receveur de le baillie, lieutenant du maieur (lire du bailli):

Jehan Plantehaie.
Philippe Bacheler.
Fremin de Labeie.
Jehan Du cange.

Jehan Marbot.
Jaque de Fauquenbergue.
Jaque de Coquerel.
Jehan de Hangard.
Clément Lenormant.
Pierre Waignet.
Wille de Berneux.
Thumas de Hénault.

Jaque Du Quarrel, grant compteur.
Jehan Audeluye, receveur des rentes de le ville.
Fremin Du Gard dit Froissard, paieur des présens de vin et des rentes à vie.
Jehan de Vaux, maistre des ouvrages et des cauchiez de le ville.

L'ESTAT DE LE VILLE ordené à le S. Symon lan mccciiii^{xx}xviii.

Fais par vertu du mandement du roy nostre sire donné le ij^{e} jour de septembre lan de grâce mccciiii^{xx} xviii.

Sire WILLE DE CONTI maieur.

Sire Jehan Piquet.
Sire Jehan Dippre.
Fremin Pié de Leu.
Jaque Clabaut.
Pierre Audeluye.
Jaque Du Quarrel.
Pierre de Thalemars.
Estienne du Blancfossé.
Jehan Plantehaie.
Pierre Daoust.
Jaque d'Embremeu.

Fais par le maieur et XII eschevins lendemain du jour S. Symon :

Jehan de May.
Philippe Bacheler.
Jehan Ducange.
Jehan Marbot.
Jaque de Fauquenbergue.
Jaque de Coquerel.
Jehan de Hangard.
Climent Le normant.
Pierre Waignet.
Thumas de Henault.
Nicole Achar.
Symon le Bourguignon.

Fremin Audeluye, grant compteur.
Pierre Du Gard, receveur des rentes de le ville.
Jehan de Wailly, paieur des présens de vin et des rentes à vie.
Wille de Breneux, maistre des cauchies et des ouvrages de le ville.

L'ESTAT DE LE VILLE ordené à le S. Symon lan mccciiii^{xx} xix.

Fais par vertu du mandement du roy nostre sire, donné.....

Sire JEHAN DIPPRE maieur.

Sire Wille de Conti.
Sire Jehan Piquet.
Fremin Pié de Leu.
Jaque Clabaut.
Pierre de Thalemars.
Jaque d'Embremeu.
Fremin Audeluie.
Pierre Audeluie.
Estienne du Blancfossé.
Wille de Berneux.
Pierre Du Gard.
Jehan de Walli.

Fais par le maieur et XII eschevins lendemain du jour Saint Symon lan mccciiii^{xx} et xix :

Jehan de May.
Philippe Bacheler.
Jehan du Cange.
Jehan Marbot.
Jaque de Fauquenbergue.
Jaque de Coquerel.
Jehan de Hangart.
Climent Le Normant.
Thumas de Henault.
Symon le Bourguignon.
Jehan Plantehaie, prévost.
Jaque Du Quarrel.

Pierre Daoust, grant compteur.
Jaque Du Gard, receveur des rentes de le ville.
Symon Lorfevre, paieur des présens de vin et des rentes à vie.
Thumas de Courchelles, maistre des ouvrages et des cauchies.

L'ESTAT DE LE VILLE ordené lan m et cccc au jour S. Symon et S. Jude.

Fais par vertu du mandement du roy nostre sire donné le..... iour..... lan de grâce mil.....

Sire FRÉMIN PIÉ DE LEU maieur [159].

Sire Willaume de Conti.
Sire Jehan Piquet.
Sire Jehan Dippre.
Pierre de Thalemars, lieutenant dudit sire Fremin Pié de Leu.
Jehan Plantehaie.
Estene du Blancfossé.
Pierre Daoust.
Thumas de Courchelles.
Symon Lorfevre.

Jaque Du Gard.
Fremin Audeluye.
Jehan de Hangard.

Fais par le maieur et XII eschevins lendemain du jour S. Symon lan de grâce mil et cccc :

Jaque Clabaut, prévost.
Pierre Du Gard.
Jehan de Wailli.
Philippe Bacheler.
Jehan Du Quarrel.
Jehan Ducange.
Jehan Marbot.
Jaque de Fauquenbergue.
Jaque de Coquerel.
Climent Le Normant.
Thumas de Hénault.
Symon le Bourguignon.

Fais par vertu du mandement du roy nostre sire :

Jehan de May laisné, grant compteur.
Jehan Liesce, receveur des rentes de le ville.
Robert Aux couteaux, paieur des présens de vin et des rentes à vie.
Jehan de Vaux, maistre des ouvrages et des cauchiez[160].

L'ESTAT DE LE VILLE DAMIENS pour lan commenchant au iour Saint Symon et S. Jude lan mil cccc et i.

Fait et renouvelé par vertu de certaines lettres et mandement du roy nostre sire.

Sire JEHAN PIQUET maieur[161].

Sire Wille de Conti, lieutenant dudit maieur.
Sire Jehan Dippre.
Sire Fremin Pié de Leu.
Pierre de Thalemars prévost, fait lendemain dud. iour.
Estienne du Blancfossé.
Jaque Clabaut.
Jehan Plantehaie.
Jehan de May laisné.
Jehan Liesse.
Robert Aux coutiaux.
Jehan de Hangart.
Fremin Audeluye.

Fais par vertu dudit mandement :

Pierre Daoust.
Symon Lorfèvre.
Jaque Du Quarrel.
Philippe Bacheler.
Pierre Du Gard.
Jehan de Walli.

Jehan Marbot.
Jaque de Fauquenbergue.
Jaque de Coquerel.
Symon le Bourguignon.
Climent le Normant.
Thumas de Hainau.

Fais ledit iour S. Symon par vertu dudit mandement :

Jehan Du Cange, grant compteur.
Fremin Du Gard, dit Froissart, cauchieur.
Jehau Audeluye, receveur des rentes.
Jehau Beaupigne, dit Acarot, faiseur des présens.

L'ESTAT DE LE VILLE DAMIENS renouvelé au iour S. Symon lan mcccc et deux.

Fait par vertu de certain mandement du roy nostre sire pour lan finant à le S. Symon mil cccc et trois.

Sire JAQUE D'EMBREMEU maieur [162].

Sire Jehan Piquet.
Sire Wille de Conti.
Sire Jehan Dippre.
Sire Fremin Pié de Leu.
Pierre de Thalemars.
Jehan Plantehaie.
Estienne du Blancfossé.
Jaque Clabault.
Jehan Du Cange.
Froissart Du Gard.
Jehan de Hangard, prévost.
Climent Le normant.

Aultres eschevins fais lendemain par vertu dudit mandement :

Jehan de Hangard.
Jehan de May laisné.
Robert Aux coustiaux.
Fremin Audeluye.
Symon Lorfevre.
Jaque Du Quarrel.
Philippe Bacheler.
Jehan de Wailli.
Jehan Marbot.
Jaque de Fauquenbergue.
Jaque de Coquerel.
Symon le Bourguignon.
Thumas de Hainaut.

Pierre Daoust, grant compteur.
Jaque de Hangart, receveur des rentes.
Jaque Lemonnier, cauchieur.
Jehan de Mai le ioule, faiseur des présens.

L'ESTAT DE LE MAIRIE ET ESQUEVINAGE DE LE VILLE DAMIENS pour lan commenchant au iour Saint Symon mil cccc et iij et finant au iour saint Symon mil cccc et iiii renouvellé par certain mandement du roy nostre sire.

Sire FEMIN PIÉ DE LEU maieur.

Sire Jehan Dippre son lieutenant.
Sire Jaque D'Embremeu.
Sire Wille de Conti.
Sire Jehan Piquet.
Jehan de Hangart.
Jaque Clabaut, prévost.
Pierre de Thalemars.
Jehan Plantehaie [163].
Pierre Daoust.
Climent Le normant.
Estienne du Blancfossé.
Jaque Du Quarrel.

Fais lendemain par lesd. maieur et eschevins :

Jehan Du Cange.
Symon le Bourguignon.
Jaque de Coquerel.
Robert Aux coutiaux.
Philippe Bacheler.
Jehan Marbot.
Jehan de Wailli.
Jaque de Fauquenbergue.
Thumas de Henaut.
Fremin Du Guard.
Symon Lorfevre.
Thumas de Courchelles.

Jehan de May laisné grant compteur.
Jehan Liesse, receveur des rentes.
Jehan de May, cauchieur.
Jehan de Coquerel, faiseur des présens.

L'ESTAT DE LE MAIRIE DAMIENS pour lan commenchant au jour S. Symon mcccc et iiii et finant audit iour mcccc et v renouvellé par vertu de certain mandement du roy nostre sire.

Sire JEHAN DIPPRE maieur.

Fais ledit jour :

Jehan de Hangart son lieutenant
Sire Fremin Pié de Leu.
Sire Wille de Conti.
Sire Jehan Picquet.
Sire Jaque D'Embremeu.
Jehan de May laisné.

Jehan Liesse.
Pierre de Thalemars.
Jehan Plantehaie.
Jaque Clabaut.
Jehan de Coquerel.
Climent Le normant, prévost.

Fais le lendemain :

Estienne du Blancfossé.
Jaque Du Quarrel.
Symon le Bourguignon.
Robert Aux coutiaux.
Philippe Bacheler.
Jehan Marbot.
Jehan de Wailli.
Jaque de Fauquenbergue.
Thumas de Hainaut.
Fremin Du Gard dit Froissart.
Thumas de Courchelles.
Pierre Waignet.

Jehan Du Cange, grant compteur.
Jehan Audeluye, receveur des rentes.
Symou Lorfevre, cauchieur.
Jehan de Morviller, faiseur des présens.

L'ESTAT DE LE VILLE DAMIENS pour lan commenchant au jour S. Symon mcccc et v et finant au iour S. Symon mcccc et vi renouvellé par certain mandement du roy nostre sire.

Sire JEHAN DE HANGARD maieur.

Climent Le normant son lieutenant
Sire Jehan Dippre.
Sire Wille de Conti.
Sire Jehan Piquet.
Sire Fremin Pié de Leu.
Pierre de Thalemars.
Jehan Plantehaie.
Jehan Du Cange.
Symon Lorfevre.
Jehan Audeluye.
Jaque de Coquerel.
Jaque Du Gard.

Eschevins fais lendemain :

Jaque Clabault.
Jehan de May laisné.
Jehan Liesse.
Jehan de Wailly.
Robert Aux coutiaux.
Philippe Bacheler.
Thumas de Courchelles.
Symon le Bourguignon.
Jaque Du Quarrel.
Jehan Marbot.
Thumas de Hainaut.
Fremin Du Gard.

Hue Daust [164], grant compteur et seront mises les kanes de le ville en son hostel.

Pierre Du Gard, receveur des rentes.

Nicole Acart, maistre des ouvrages.

L'ESTAT DE LE VILLE DAMIENS pour lan commenchant au iour S. Symon mcccc et vi et finant au iour S. Symon mcccc et vij.

Sire FRÉMIN PIÉ DE LEU maieur.

Jaque Clabaut, son lieutenant, prévost.
Sire Jehan de Hangard.
Sire Wille de Conti.
Sire Jehan Piquet.
Sire Jehan Dippre.
Jehan Plantehaie.
Climent Le Normant.
Pierre de Thalemars
Jehan Ducange.
Pierre Du Gard.
Jehan de May laisné.
Pierre Waignet.

De lendemain :

Jaque Du Gard.
Estienne du Blancfossé.
Symon Lorfevre.
Jehan Liesse.
Symon le Bourguignon.
Thumas de Courchelles.
Jehan Marbot.
Jehan Lecomte.
Thumas de Hainaut.
Jehan de Wailly.
Jaque Du Quarrel.
Jaque de Coquerel.

Jehan de May le ioule, grant compteur et faiseur de présens.

Jehan de Vaux, maistre des ouvrages.

Robert Aux coutiaux, receveur des rentes.

L'ESTAT DE LE VILLE DAMIENS pour lan commenchant au iour S. Symon et S. Jude mcccc et vij.

Renouvellé par vertu de certaines lettres du roy nostre sire.

Sire CLIMENT LE NORMANT maieur [165].

Sire Wille de Conti son lieutenant.
Sire Jehan Piquet.
Sire Jehan Dippre.
Sire Fremin Pié de Leu.
Sire Jehan de Hangart.
Jaque Clabaut.
Pierre de Thalemars.
Jehan Plantehaie.
Jehan Ducange.
Jehan de May laisné.
Estienne du Blancfossé.
Maistre Robert Aux couteaux.

De lendemain dudit jour :

Pierre Du Gard.
Jaque Du Guard.
Pierre Waignet.
Symon Lorfevre.
Jehan Liesce.
Symon le Bourguignon.
Thumas de Courchelles.
Jehan Marbot.
Jehan Lecomte.
Jehan de Wailli.
Jaque Du Quarrel.
Jaque de Coquerel.

Thumas de Hainaut, grant compteur et faiseur des présens et paieur de le rente à vie.
Jaque de Hangart, maistre des ouvrages.
Jehan Audeluye, receveur des rentes.

L'ESTAT DE LE VILLE DAMIENS renouvellé au jour S. Symon et S. Jude mil cccc et viii.

Sire JEHAN DE HANGART maieur [166].

Jaque Clabaut son lieutenant.
Sire Wille de Conti.
Sire Jehan Piquet.
Sire Jehan Dippre.
Sire Fremin Pié de Leu.
Sire Clement Le normant.
Jehan Ducange.
Thumas de Hainaut.
Jaque Clabaut.
Jehan Audeluye.
Pierre de Thalemars.
Jehan Plantehaie, prévost.
Jaque Du Quarrel,

Eschevins fais lendemain :

Estienne du Blancfossé.
Jehan de May laisné.
Jaque Du Gard,
Symon Lorfèvre.

Jehan Marbot.
Pierre Waignet.
Thumas de Courchelles.
Jehan Lecomte.
Jaque de Coquerel.
Jehan Liesse.
Robert Aux coutiaux.
Jaque Boittoire.

Jehan de Wailli, grant compteur.
Nicole Acart, maistre des ouvrages.
Pierre Du Gard, receveur des rentes.

L'ESTAT DE LE VILLE DAMIENS pour lan commenchant au jour S. Symon et S. Jude mcccc et ix et finant au jour devant dit mcccc et dix [167].

Renouvelé par vertu du mandement du roy nostre sire adressant à Mons. le bailly ou son lieutenant.

Sire FREMIN PIÉ DE LEU maieur [168].

Jaque Clabault son lieutenant.
Sire Wille de Conti.
Sire Climent Le Normant.
Sire Jehan Picquet.
Sire Jehan Dippre.
Jaque Clabaut, prévost.
Jehan Plantehaie.
Jehan Du cange.
Jehan de Wailly.
Thumas de Hainaut.
Pierre Du Gart.
Pierre de Thalemars.
Sire Jehan de Hangard.

De lendemain :

Jehan de May laisné.
Jaque Du Quarrel.
Jehan Audeluye.
Jaque Du Gard.
Symon Lorfevre.
Jehan Marbot.
Pierre Waignet.
Thumas de Courchelles.
Jehan Le comte.
Jaque de Coquerel.
Jehan de Labie.
Jaque de Lully.

Jehan De May le Joule, grant compteur, paieur des rentes à vie et faiseur des présens.
Robert Aux coutiaux, maistre des ouvrages.
Jaque Boittoire, receveur des rentes.

L'ESTAT DE LE VILLE DAMIENS pour lan commenchant à le S. Symon et S. Jude mcccc et x finant au iour S. Symon et S. Jude mcccc et xi renouvelé par vertu du mandement du roy nostre sire adreschant à Mons. le bailli damiens où à son lieutenant.

Sire CLIMENT LE NORMANT maieur lequel excersa l'office de mairie jusques au viiie jour d'octobre mil iiii et xi qu'il ala de vie à trespas et lendemain par vertu dudit mandement et par ledit mons. le bailli, sire JAQUE CLABAUT fut comis maieur pour le remenant dudit an.

Esquevins fais ledit jour :

Jaque Clabaut laisné, son lieutenant.
Sire Wille de Conti.
Sire Jehan Piquet.
Sire Fremin Pié de Leu.
Sire Jehan Dippre.
Sire Jehan de Hangart.
Pierre de Thalemars.
Jehan Plantehaie.
Jehan Ducange.
Jaque Du Gard.
Maistre Robert Aux coustiaux.
Jaque Boitoire.

De lendemain :

Jehan de Wailly.
Pierre Du Gard.
Jehan de May.
Jaque Du Quarrel.
Jehan Audeluie.
Jehan Marbot.
Pierre Waignet.
Thumas de Courcheles.
Jehan Le comte.
Jaque de Coquerel.
Jehan de Labeie.
Jaque de Lully.

Thumas de Hainaut, grant compteur.
Jaque de Hangard, maistre des ouvrages.
Jaque Aux coutiaux, receveur des rentes.

L'ESTAT DE LE VILLE DAMIENS pour lan commenchant au jour S. Symon mcccc et xi.

Renouvellé par vertu de certain mandement du roy nostre sire adreschant à Mons. le bailli damiens ou à son lieutenant.

Sire Jaque Clabaut maieur[169].

Sire Jehan de Hangart son lieutenant.
Sire Wille de Conti.
Sire Jehan Picquet.
Sire Fremin Pié de Leu.
Sire Jehan Dippre.
Pierre de Thalemars.
Jehan Plantehaie, prévost.
Thumas de Hainaut.
Jehan Ducange.
Jehan de May.
Maistre Robert Aux coustiaux.
Jehan Marbot.

De lendemain :

Jaque Du Gard.
Jaque Boitoire.
Jehan de Wailli.
Pierre Du Gard.
Jehan Audeluye.
Pierre Waignet.
Thumas de Courchelles.
Jehan Lecomte.
Jaque de Coquerel.
Jaque de Lulli.
Honneré Du Croquet.
Jehan le Cat.

Jaque Du Quarrel, grant compteur.
Jehan de Vaux, maistre des ouvrages.
Jehan de Labeie, receveur des rentes.

L'estat de le ville damiens pour lan commençant au jour S. Symon et S. Jude mil iiii^{c} et douze.

Renouvellé par vertu de certaines lettres et mandemens du roy nostre sire.

Sire Fremin Pié de Leu maieur.

Sire Jehan de Hangart son lieutenant.
Sire Jaque Clabaut.
Sire Wille de Conti.
Sire Jehan Piquet.
Sire Jehan Dippre.
Jehan Plantehaie.
Pierre de Thalemars.
Jehan Du Cange.
Jaque Du Quarrel.
Jehan de Labie.
Jehan de Lesmes.
Jehan Audeluye.

Esquevins fais lendemain :

Jaque Du Gard.
Pierre Du Gard.
Jehan de Walli.
Jehan Lecomte.
Jaque de Coquerel.
Thumas de Hainaut.
Thumas de Courchelles.
Jehan le Cat.
Jaque Boitoire.
Jehan Marbot.
Jaque de Lully.
Jaque Aux coutiaux.

Maistre Robert Aux coustiaux grand compteur et paieur de le rente à vie.
Lorens Sauvale, maistre des ouvrages.
Jehan de Beauval, receveur des rentes.

LESTAT DE LE VILLE DAMIENS pour lan commenchant au jour S. Symon et S. Jude mil cccc et xiii.

Renouvellé par vertu des letres et mandemens du roy nostre sire.

Sire JEHAN DE HANGART maieur.

Sire Jehan Picquet son lieutenant.
Sire Guille de Conti.
Sire Fremin Pié de Leu.
Sire Jehan Dippre.
Sire Jaque Clabault.
Jehan Ducange.
Jaque Du Gard.
Jaque Du Quarrel ; pour ce qu'il fu mis à drois d'acepter l'escange ou d'estre gaugeurs, se tint à l'office de gaugeur et pour ce ne fist point le serment d'escange.
Jehan Audeluye.
Jehan de Beauval.
Maistre Robert Auxcousteaux.
Jehan de Vaux.

Eschevins fais de lendemain :

Jehan de Wailli, prévost.
Jehan Lecomte.
Jehan Marbot.
Jehan Lecat.
Thumas de Hainaut.
Thumas de Courchelles.
Jaque Boittoire.
Jehan de Labbie.
Pierre Du Gard.
Jaque de Lully.
Jehan Capelain.
Thumas de Hangard dit Massart

Jehan de Lesmes, grant compteur.
Mile de Beri, receveur des rentes.
Nichole Acart, maistre des ouvrages.

L'ESTAT DE LE VILLE DAMIENS pour lan commençant au jour S. Symon mcccc xiiii.

Renouvellé par vertu de lettres du roy nostre sire adreschans à monseigneur le bailli damiens et au receveur.

Sire JAQUE CLABAUT maieur.

Sire Jehan Picquet son lieutenant.	Jaque Du Quarrel.
Sire Jehan de Hangart.	Mille de Beri.
Sire Fremin Pié de Leu.	Jehan de Lesmes.
Sire Jehan Dippre.	Jehan de Koquerel.
Jehan de Wailli.	Thumas de Hainaut.
Jaque Du Gard.	Maistre Robert Au coustiaux.

Eschevins fais lendemain :

Jehan Marbot	Jaque Boitoire.
Jehan Lecomte.	Jaque de Lully.
Thumas de Courchelles.	Thumas de Hangart.
Pierre Du Gard.	Jehan Lorfevre.
Jehan de Beauval.	Symon Mile [170].
Jehan Lecat.	Lorens Sauvale.

Jehan de Vaux, grant compteur.
Jehan Audeluye, cauchieur.
Jaque Aux coutiaux, receveur des rentes.

L'ESTAT DE LE VILLE DAMIENS pour lan commenchant au jour S. Symon et S. Jude mil cccc et quinze renouvellé par vertu de lettres et mandement du roy nostre sire et par Phelipe Le maire lieutenant de mons^{r} le bailli damiens et receveur dudit bailliage lendemain dudit jour, pour ce que il ne le pooit estre fait led. jour pour les gens d'armes qui estoient à Amiens.

Sire Fremin Pié de Leu maieur.

Sire Jehan Picquet son lieutenant.
Sire Jaque Clabaut.
Sire Jehan de Hangart.
Mille de Beri, prévost.
Jehan de Beauval.
Simon Mille.
Thumas de Hangart.
Jehan de May.
Ernoul Frérot.
Jaque Boitoire.
Froissart Du Gard.
Jehan de Vaux.

Eschevins fais lendemain :

Jaque Du Gard.
Jehan de Wailli.
Thumas de Hainaut.
Thumas de Courchelles.
Jehan de Lesmes.
Jehan Lecat.
Jehan Marbot.
Maistre Robert Aux coustiaux.
Jaque de Lulli.
Jehan Lorfevre.
Jehan Dippre le ioule.
Jehan de Conti le ioule.

Jehan de Morviller, grant compteur.

Jehan Audeluye, maistre des ouvrages pour cette année et pour l'autre année ensuivant sans prendre gages et rendera conte chacun an.

Jaque Aux coustiaux qui avoit esté receveur des rentes l'an passé l'est ordoné de requief pour cest an et pour l'autre année ensuivant sans prendre de gages et rendera comptes chacun an.

L'estat de le ville d'Amiens pour lan commenchant au iour S. Symon et S. Jude mil iiij et xvi renouvelé par vertu des lettres du roy nostre sire données le xxixe jour de juillet lan dessus dit.

Sire Jaque Du Quarrel maieur.

Mille de Beri son lieutenant.
Sire Jehan Picquet.
Sire Fremin Pié de Leu.
Sire Jehan de Hangart.
Philippe le Maire.
Jehan Audeluye.
Pierre Du Gard.
Maistre Robert Aux coustiaux.
Jaque Du Gard.
Simon Mille.
Colart Clabaut.
Jehan Castelain laisné.

Aultres eschevins fais lendemain :

Jehan de Wailly.
Jehan de Vaux.
Thumas de Hainaut.
Jaque Boitoire.
Thumas de Hangart.
Jehan de Beauval.
Jehan Lorfevre.
Jehan de Lesmes.
Jehan Lecat.
Jehan de Conti le ioule.
Henri Cardon.
Jehan Marbot.

Ernoul Frérot, grant compteur.
Lorens Sauval, maistre des ouvrages.
Jehan de Courchelles, receveur des rentes.

L'ESTAT DE LE VILLE DAMIENS renouvellé du consentement du lieutenant de mons^{r} le bailli, du procureur du roy nostre sire et de son conseil ou bailliage damiens le iour S. Andrieu derain iour de novembre mil iiii^{c} et xvii entretenu du jour S. Symon et S. Jude precedent pour ce que ledit estat et loy n'avoit peu estre renouvellée ledit iour S. Symon pour loccupacion des guerres et des gens darmes qui lors estoient sur le pais, lequel estat a à durer jusques au jour S. Symon et S. Jude prochain venant, auquel iour ledicte loy ou estat se renouvellera en la manière accoustumée d'anchienneté. (Voir A. Thierry, II, 75 et suiv.).

Sire MILE DE BERI maieur [171].

Jaque Du Gard son lieutenant, prévost.
Sire Jaque Du Quarrel.
Sire Jehan Picquet.
Sire Fremin Pié de Leu.
Jehan de Wailly.
Jehan de Morviller.
Simon Mille.
Jehan de Beauval.
Leurens Sawale.
Ernoul Frérot.
Thumas de Hangard.
Jehan de Courchelles [172].

Aultres eschevins fais lendemain :

Maistre Robert Aux coustiaux.
Jehan Audeluie.
Colart Clabaut.
Thumas de Henault.

Jehan de Vaux.
Jaque Boitoire.
Jehan Lorfevre.
Jehan de Lesmes.
Jehan Marbot.
Henri Cardon.
Jehan Lecat.
Jehan Dippre le ioule.

Miquiel de Henau, grant compteur.
Nichole Acart, maistre des ouvrages.
Robert Grisel, receveur des rentes.

Lestat de le ville damiens pour lan commenchant au jour S. Symon et S. Jude mil cccc xviii, renouvelé par vertu des lettres du roy nostre sire.

Sire Jehan de Beauval maieur [173].

Sire Fremin Pié de Leu son lieutenant.
Sire Jehan Picquet.
Sire Jehan de Hangart.
Sire Mille de Beri.
Sire Jaque Du Quarrel.
Thumas de Hénaut.
Jehan de Walli.
Jehan Audeluye.
Jehan de Morviller.
Henri Cardon.
Simon Mille.
Jaque Boitoire.

Aultres eschevins fais lendemain :

Thumas de Hangart.
Ernoul Frérot.
Jehan de Vaulx.
Jehan Lecat.
Jehan Lorfevre.
Jehan de Lesmes.
Jehan le Carpentier.
Wille de S. Aubin [174].
Pierre Clabault.
Henri le Maistre [175].
Jehan de Courchelles.
Lorens Sauvale.

Maistre Robert Aux coustiaux, grant compteur.
Pierre Du Gard, maistre des ouvrages.
Jehan Du Cange, receveur des rentes.

Lestat de le ville damiens pour lan commenchant au jour S. Symon et S. Iude mil cccc et xix, renouvelé par vertu des lettres du roy nostre sire.

Sire Jaque Du Quarrel maieur [176].

Sire Fremin Pié de Leu, son lieutenant.
Sire Jehan de Beauval.
Sire Jehan de Hangart.
Sire Mille de Beri.
Jehan de Morviller.
Maistre Robert Aux coustiaux.
Nichole Acart.
Phelippe Le Maire.
Miquiel de Hénaut [177].
Simon Mille.
Henrri Cardon.
Jehan Ducange.

Aultres eschevins fais lendemain :

Jehan de Wailli, prévost.
Jaque Boitoire.
Thumas de Hangart.
Ernoul Frérot.
Jehan de Vaulx.
Jehan Lorfevre.
Pierre Clabaut.
Jehan de Lesmes.
Jehan le Carpentier.
Henrri Lemaistre.
Jehan de Courcheles.
Jehan Audeluye.

Wille de Conti, grant compteur.
Robert Grisel, maistre des ouvrages.
Pierre le Cat, receveur des rentes.

L'estat de le ville damiens pour lan commenchant au jour S. Symon et S. Jude lan mil cccc et xx, renouvelé par vertu des lettres et mandemens du roy nostre sire.

Sire Mile de Beri maieur.

Sire Jehan de Hangart son lieutenant.
Sire Fremin Pié de Leu.
Sire Jaque Du Quarrel.
Jehan de Wailli.
Jaque Boittoire.
Maistre Jehan Du Gard.
Henri Cardon.
Jehan de Morviller.
Jehan Audeluye.
Pierre Lecat.
Nicole Acart, prévost.
Sire Jehan de Beauval.

Eschevins fais lendemain :

Maistre Robert Aux coustiaux.
Simon Mille.
Michiel de Henault.
Thomas de Hangart.
Ernoul Frérot.
Jehan Lorfevre.
Jehan de Lesmes.
Pierre Clabault.
Jehan le Carpentier.
Jehan Du Cange.
Henri Le maistre.
Guille de S. Aubin.

L'ESTAT DE LE VILLE DAMIENS pour lan commenchant au jour Saint Symon et Saint Jude mil iiij^c xxi par vertu des lettres et mandemens du roy nostre sire.

Sire JEHAN DE MORVILLER maieur [178].

Nicole Accar son lieutenant.
Sire Mile de Beri.
Sire Jaque Du Quarrel.
Sire Jehan de Beauval.
Guillaume de Conty.
Jaque de Hangart.
Jaque Boitoire.
Jehan de Vaulx, prévost.
Jehan de Labbie.
Jehan de Berneux.
Jaque de Cocquerel laisné.
Henry Cardon.

Eschevins fais lendemain :

Maistre Jehan Du Gart.
Maistre Robert Aux coustiaux.
Henry Le maistre.
Pierre Clabaut.
Jehan le Carpentier.
Jehan de Lesmes.
Thibault Du Gart.
Guillaume de Saint Aubin.
Jehan de Courchelles.
Jaque de Gouy [179].
Crestien de Hanchies.
Miquiel de Hainault.

Pierre Lecat, grant compteur.
Leurens Sauvalle, maistre des ouvrages.
Jehan de Bery, recepveur des rentes.

L'ESTAT DE DE VILLE DAMIENS pour lan commenchant au jour saint Simon et saint Jude mil iiii^{c} xxij renouvelé par vertu des lettres et mandemens du roy nostre sire donnés le xxviiie jour daoust dessusdit.

Sire PIERRE CLABAUT maieur [180].

Nicole Accar son lieutenant.
Sire Mile de Bery.
Sire Jehan de Beauval.
Sire Jehan de Morvillier.
Jehan de Vaulx.
Pierre Le cat.
Ernoul Frérot.
Jehan de May.
Jaque Boitoire.
Henry Cardon.
Jehan Lorfevre, prévost.
Maistre Robert Aux coutiaux.

Eschevins fais lendemain :

Jaque de Hangart.
Maistre Jehan Du Gart.
Jehan de Labbeye.
Jehan de Berneux.
Henry le Maistre.
Jehan le Carpentier laisné.
Thibault Du Gart.
Jaque de Gouy.
Crestien de Hanchies.
Jehan Du Cange.
Mahieu Du Quarrel.
Jehan de Lesmes.

Miquiel de Hénault, grant compteur.
Simon Dippre, recepveur des rentes.
Leurens Sauwalle, maistre des ouvrages.

L'ESTAT DE LE VILLE DAMIENS pour lan commenchant au jour Saint Symon et Saint Jude mil cccc xxiii, renouvelé par vertu des lettres du roy nostre sire adreschans à Monsr le bailli damiens et au recepveur du roy nostre sire oudit bailliage.

Sire MILE DE BERY maieur.

Sire Jehan de Beauval son lieutenant.
Sire Pierre Clabaut.
Nicole Accar, prévost.
Jehan Lorfevre.
Miquiel de Hénault.
Jehan de Vaulx laisné.
Jaque Boitoire.
Jehan de Berneux laisné.
Pierre Du Gart laisné.

Jehan de Conty.
Henry Cardon.
Jaque de Hangart.

Eschevins fais lendemain :

Ledit jour de lendemain ledit sire Mile de Bery maieur fist à mons^r maistre Robert le Jole, bailli damiens le serment de le prévosté [181]

Jehan de May.
Ernoul Frérot.
Pierre Le cat.
Maistre Jehan Du Gard.
Thibault Du Gard.
Jehan le Carpentier.
Jaque de Gouy.
Jehan de Labbeye.
Jehan de Lesmes.
Jehan Du Cange.
Crestian de Hanchies.
Henry Le maistre.

Maistre Robert As coutiaux, grant compteur.
Mahieu Du Quarrel, recepveur des rentes.
et Leurens Sauwalle, cauchieur.

L'ESTAT DE LE VILLE DAMIENS pour lan commenchant au jour Saint Simon et Saint Jude mil cccc xxiiii, renouvelé par vertu des lettres du roy nostre sire.

Sire JEHAN LORFEVRE maieur [182].

Sire Jehan de Morviller son lieutenant.
Sire Mile de Bery.
Sire Jehan de Beauval.
Nicole Accar.
Jehan de Vaulx.
Jaque Boitoire.
Maistre Robert As coutiaux.
Mahieu Du Quarrel.
Henry Cardon.
Miquiel de Hénault.
Jehan de Conty.
Jaque de Hangart, prévost.

Eschevins fais lendemain :

Ernoul Frérot.
Maistre Jehan Du Gart.
Jehan de Lesmes.
Pierre Lecat.
Jehan de Berneux.
Thibaut Du Gart.
Jehan Ducange.
Henry Le Maistre.

Créstien de Hanchies.
Jehan le Carpentier laisné.
Jaque de Gouy.
Robert de Labbeye [183].

Jehan de Conty, grant compteur.

Robert de Hangart, recepveur des rentes.

Leurens Sauwale, maistre des ouvrages, auquel par le commun fu ordenné par courtoisie et par rémuneracion lx livres parisis.

L'ESTAT DE LE VILLE DAMIENS pour lan commenchans au jour Saint Simon et Saint Jude mil cccc xxv, renouvelé par vertu des lettres et mandemens du roy nostre sire.

Sire PIERRE CLABAUT maieur [184].

Nicole Accar son lieutenant.
Sire Mile de Bery.
Sire Jehan de Beauval.
Sire Jehan Lorfevre.
Jaque de Hangart.
Miquiel de Hénault.
Jehan de Vaulx laisné.
Jaque Boitoire.
Henry Cardon.
Jehan de Labbeye.
Jehan de Conty.
Pierre Du Gart laisné.

Eschevins fais lendemain :

Ernoul Frérot.
Jehan de Lesmes.
Pierre Le cat.
Jaque de Gouy.
Jehan de Berneux.
Thibault Du Gart.
Jehan Du Cange.
Henry Le maistre.
Jehan le Carpentier laisné.
Mahieu Du Quarrel.
Maistre Robert As coutiaux.

Jehan de May, grant compteur.

Robert de Hangart, recepveur des rentes pour deux ans.

Leurens Sauwalle, maistre des ouvrages.

L'ESTAT DE LE VILLE D'AMIENS pour lan commenchans au jour saint Symon et saint Jude mil cccc et xxvi, renouvelé par vertu des lettres de mandement du roy nostre sire.

Sire MILE DE BERY maieur [185].

Sire Pierre Clabaut.
Sire Jehan de Beauval.
Sire Jehan Lorfevre.
Jehan de Conty.
Nicole Accard, prévost.
Jaque Boitoire.
Jehan de Vaulx laisné.
Jaque de Hangart.
Pierre Du Gart laisné.
Jehan de Labbeye.
Miquiel de Hainaut.
Maistre Robert Aux coustiaux.

Et le iour de lendemain furent commis et ordonnez eschevins ceulx qui s'ensuivent fait par ledit eschevinage :

Ernoul Frérot.
Maistre Jehan Du Gart.
Henry Cardon.
Jehan de Lesmes.
Pierre Le cat.
Jehan de Berneux.
Jaque de Goy.
Thibault Du Gard.
Jehan Du Cange.
Henry Le Maistre.
Jehan le Carpentier [186].
Mahieu Du Quarrel, tous eschevins.

Jehan de Courchelles, grant compteur.
Robert de Hangart, recepveur des rentes.
Leurens Sauwalle, maistre des ouvrages.

L'ESTAT DE LE VILLE DAMIENS pour lan commenchant au iour sainct Simon et saint Iude mil cccc et xxvii, renouvellé par vertu des lettres du roy nostre sire adrechant à Monsr le bailly damiens ou son lieutenant, par vertu desquelles Pierre Jouglet comme lieutenant dud. mons. le bailly pour l'absence d'icellui mons[r] le bailly, fist ledit renouvellement.

Sire JEHAN LORFEVRE maieur.

Sire Mile de Bery, eschevins.
Sire Pierre Clabaut.
Sire Jehan de Beauval.
Jehan de Conty.
Nicole Accard.
Jaque de Hangard, prévost.
Pierre Du Gard laisné.
Jaque Boitoire.
Miquiel de Hénau.
Jehan de Labbeye.
Leurens Sauwalle.
Jehan de Courchelles.

Fais le lendemain :

Maistre Robert Aux coustiaux.
Ernoul Frérot.
Maistre Jehan Du Gard.
Henry Cardon.
Jehan de Lesmes.
Jehan de Berneux laisné.
Jaque de Gouy.
Thiebault Du Gard.
Jehan Du Cange.
Henry Le Maistre.
Jehan le Carpentier laisné.
Mahieu Du Quarrel.

Guille de Conti, grant compteur.
Fremin Le Normant, recepveur des rentes.
Simon Dippre, cauchieur et maistre des ouvrages de le ville pour ledit an.

L'Estat de le ville d'Amiens pour lan commenchant au jour saint Simon et saint Iude lan mil cccc et xxviii, renouvellé ledit jour par mons^r maistre Robert le Jone lors bailly damiens par vertu des lettres du roy nostre sire à lui adreschans impétrées par les maieur et eschevins damiens, donné en date le xxvj^e jour daoust mil cccc xxviii dessusd.

Sire Pierre Clabaut maieur.

Jehan de Conty son lieutenant.
Sire Jehan Lorfevre.
Sire Mile de Bery.
Sire Jehan de Beauval.
Nicole Accard.
Jaque de Hangart, prévost.
Jaque Boitoire.
Pierre Du Gard laisné.
Henry Cardon.
Miquiel de Hénaut.
Ernoul Frérot.
Jehan de Labbeye.

Eschevins fais lendemain dudit jour saint Simon :

Maistre Jehan Du Gard.
Maistre Robert Aux coutiaux.
Henry Le Maistre.
Jehan le Carpentier laisné.
Jehan de Lesmes.
Jehan de Breneux laisné.
Jaque de Gouy.
Jehan Du Cange.
Jaque de Coquerel.
Mahieu Du Quarrel.
Thibault Du Gard.
Jehan de Courchelles.

Pierre Le Cat, grant compteur.
Jehan de Saint Fuscien le jone, recepveur des rentes.
Robert Grisel, maistre des ouvrages.

L'ESTAT DE LE VILLE DAMIENS pour lan commenchant au jour S. Simon et S. Iude mil cccc et xxix, renouvelé ledit jour par mons. maistre Robert le jone bailly damiens par vertu des lettres du roy nostre sire à luy adrechans impétrés par les maieur et eschevins damiens données le iiie jour d'octobre oudit an mil cccc et xxix.

Sire MILE DE BERY maieur.

Sire Pierre Clabaut.
Sire Jehan de Beauval.
Sire Jehan Lorfevre.
Jehan de Conty.
Nicole Accard, prévost.
Jaque de Hangard.
Pierre Du Gard laisné.
Jaque Boitoire.
Henry Cardon.
Maistre Jehan Du Gard.
Pierre Lecat.
Ernoul Frérot.

Eschevins fais lendemain dudit iour Saint Simon :

Jaque de Coquerel.
Mahieu Du Quarrel.
Thibault Du Gard.
Maistre Robert As coustiauts.
Ricart le Rique.
Robert de Labbeie.
Jehan le Carpentier laisné.
Henry Le Maistre.
Jehan de Berneux.
Jehan Du Cange.
Jaque de Gouy.
Jehan de Lesmes.

Jehan de Labbeye, grant compteur.
Pierre Du Gard le jone, receveur des rentes.
et Wille de S. Obin, maistre des ouvrages.

L'ESTAT DE LE VILLE DAMIENS pour le temps commenchant lan mil cccc et xxx [187] fait pour estre et demourer en la manière qui s'ensuit, cest assavoir que le lundi vi[e] iour de novembre oudit an mil cccc et xxx proroguie par mons. maistre Robert le Jone conseiller du roy nostre sire et son bailly damiens et le conseil du roy nostre dit sire du iour Saint Simon derrain passé jusques audit vi^{e} iour pour loccupacion de la guerre auquel vi^{e} iour sire Mile de Bery maieur et les eschevins qui avoient eu le gouvernement de ledite ville pour lannée finant audit iour Saint Simon estoient assemblé en le sale de la Malemaison pour eslire trois personnes pour de lun deulx faire maieur en le manière accoustumé, led. mons. le bailli, maistres Tristan de Fontaines, Pierre Jouglet advocas et conseillers du roy nostre sire à Amiens et tout le commune assemblé en le hale pour faire led. maieur et eschevins et autres officiers qui appartiennent à nommer et eslire audit commun vinrent en led. halle et requièrent aud. s. Mile que pour lannée présente finant au jour saint Simon prochain avenir il voulsist demourer audit estat et office de maieur et le exercer dont il se excusa par plusieurs fois et moiens et finablement furent dacort que ledit sire Mile, Nicole Accart et tous les eschevins et officiers commis et ordonnés pour lesdis estats et offices pour année présente et ce sans préjudicier aux drois usages estatuts et ordonnances franchises et libertés d'icelle ville, que ledit mons. le bailli accorda et a en baillier ses lettres lesquels eschevins et officiers sont cy après només.

Même liste que l'année précédente.

La estat de la ville damiens pour lan commenchant au jour Saint Simon Saint Jude lan mil cccc et xxxj pour estre et demourer en la manière et comme chy après sera déclaré. Cest assavoir que le xxve jour d'octobre oudit an mil cccc et xxxj furent assemblez en l'ocurieul de la maison des Cloquiers : maistre Robert le jone seigneur de Forest, conseiller du roy nostre sire et son bailly damiens, sire Mile de Bery maieur, sire Pierre Clabaut, Pierre Le cat, Jaque Boitoire, Jehan de Conti, Pierre Du Gard, Jehan de Lesmes, Ernoul Frérot, Maistre Robert Aux cousteaux, Nicole Accard, Henry Cardon, Mahieu Du Quarrel, Thiébaut Du Gard. Jehan Du Cange, Ricart le Ricque, eschevins, Jehan de Labie grant compteur de ladite ville, en la présence desquels et de plusieurs autres pour ce assemblez, ledit mons[r] le bailly exhiba et monstra lettres patentes du roy nostre sire desqueles la teneure ensieut :

« Henri par la grâce de Dieu Roy de France et Dengleterre au bailli d'Amiens ou à son lieutenant, salut : Pour certaines causes et considéracions ad ce mouvans, vous mandons commandons et enioignons exprèssement en commettant se mestier est par ces présentes que la mairie loy eschevinage et officiers de notre ville dudit lieu damiens que on a accoustumé renouveler chacun an le jour saint Simon saint Jude, vous continuez et ferés continuer en lestat quelle est à présent et a esté lan derenierement? passé depuis le jour Saint Simon et Saint Jude prochain venant, jusques au jour Saint Simon et Saint Jude après ensieuvant qui sera lan mil cccc et xxxij, sans renouveler ne souffrir estre renouvelé maieur eschevins grant compteur aux autres officiers que ceulz qui y ont esté ledit an passé, et saucuns d'iceulz estoient reffusans ou contredisans de excerser les estas et offices à quoy ils sont comis, contraigniez-les et ferés contraindre à ce faire, et pugnissiez tous ceulz qui, en ce, vouldront mettre contredit ou empeschement par toutes voies deues et raisonnables, telement que nostre présente volonté et désir soit mis à exécution et effect, et ce, sans préjudice ausdis maire et eschevins, à leur loy, chartres, privilèges, usaiges, franchises et anchiennes coustumes, et de ce voulons que leur bailliez lettres, se ilz le requièrent et quelles soient dautel effet et valeur que se baillies le avions, car ainsi nous plaist-il estre fait, de ce faire, vous donnons pooir, auctorité et mandement espécial. Mandons et commandons à tous nos justiciers, officiers et subgez que à vous en ce faisant, obéissent et entendent diligemment Donné à Rouen le ve jour d'octobre lan de grâce mil cccc xxxj et le ixe de nostre règne. Ainsi signé par le roy, à la rellacion du grant conseil, J. de Ruel. Et par vertu desdittes lettres, led. mons. le bailly fist commandement de par le roy nostre sire audis maieur eschevins et officiers de ladicte ville, que laditte mairie, loy, eschevinage et officiers dicelle, en lestat que tout ce estoit et avoit esté lan derain passé, ils entretinssent depuis le iour saint Simon et saint Jude prochain venant, jusques au jour saint Simon et saint Jude prochain aprez ensuivant, qui sera lan mil cccc xxxii, sans aultrement renouveler ladite loy. A quoy lesdis maire et eschevins, en obtempérant ausdittes lettres, obéirent et de leur consentement par vertu dicelles lettres royaulx, ledit mons[r] le bailli continua lad. mairie, loy et eschevinage et officiers dicelle ville, jusqu'audit jour Simon dudit an mil iiii[c] et xxxij, sans renouveler maieur, eschevins ne autres officiers, sauf que ledit monsieur le bailly ottroia ausdis maire et eschevins que ou lieu de Jehan de Berneux laisné, Jaque de Hangart du présent absens, Henri Le maistre et Jehan le Carpentier laisné exemps par appellacion de ladite loy, qui estoient eschevins de ladite ville, ils puissent par leur eschevinage, faire et renouveler quatre autres eschevins, ainsy qu'ilz ont accoustumé faire et renouveler. Et ce que dit est dessus sans préjudice à iceulz maire et eschevins, à leur loy, chartres, privilèges, franchises et anchiennes coustumes dont ledit Mons[r] le bailli accorda et bailla ses lettres qui sont devers lesdis maire et eschevins données le xxv[e] jour d'octobre lan mil iiij[c] xxxi.

Sensievent les noms desdis maire eschevins et autres officiers :

Sire Mille de Bery maieur.

Sire Jehan de Beauval.	Jaque Boitoire.
Sire Pierre Clabaut.	Henry Cardon.
Sire Jehan Lorfevre.	Maistre Jehan Du Gard.
Jehan de Conty.	Pierre Le cat.
Nicole Accard, prévost.	Ernoul Frérot.
Pierre Du Gard.	Jaque de Coquerel.
Mahieu Du Quarrel.	Jaque de Gouy.
Thiebaut Du Gard.	Jehan de Lesmes.
Maistre Robert Aux coustiaux.	Robert de Hangard.
Robert de Labeye.	Symon Dippre.
Ricard le Rique.	Pierre de May.
Jehan Du Cange.	Jehan de Vaulx le Jone.

Jean de Labie, grant compteur.
Pierre Du Gard le Jone, receveur des rentes.
Guille de Saint Aubin, maistre des ouvrages.

L'ESTAT DE LE VILLE DAMIENS pour lan commenchans au jour sainct Simon et sainct Jude mil cccc xxxii, pour estre et demourer en le manière et comme cy-aprez sera déclairié. Est assavoir que le xxiie jour d'octobre oudit an, furent assamblez en lhostel des Cloquiers, Monseigneur maistre Robert le Jone, conseiller du roy nostre sire et son bailli damiens, Nicole Accart, qui pour labsence de sire Mile de Bery occupé de la maladie de sa femme [158], estoit lieutenant, maistre Robert Aux coustiaux, Jehan de Lesmes, Ernoul Frérot, maistre Jehan Du Gard, Pierre Le cat, Thiébaut Du Gard, Jaque de Cocquerel, Mahieu Du Quarrel, Jehan de Conty, Ricart le Rique, Jehan de Vaux, Symon Dipre eschevins, Jehan de Cambrin, lieutenant de mondit seigneur le bailly, maistre Jaques le Cordier, maistre Jehan Jouglet, maistre Mahieu Malicorne, Jehan de Labie grant compteur, Pierre Du Gard receveur des rentes, Hue Harlé, en le présence desquelz et de plusieurs aultres là assamblez, ledit monseigneur le bailly monstra et exiba unes lettres patentes du roy nostre sire, desquelles la teneure sensieut: Henry par la grâce de Dieu roy de France et d'Angleterre, au bailly damiens où à son lieutenant salut. Pour certaines causes et considéracions à ce nous mouvans, vous mandons commandons et enjoignons expressément, en commettant, se mestier est par ces présentes, que la mairie, loy, eschevinage et officiers de nostre ville dudit lieu damiens qui ont accoustumé renouveler cascun an, le jour sainct Symon et sainct Jude, vous continueres et faittes continuer et entretenir en lestat que elle a présent et a esté lan derain passé, depuis le iour sainct Symon et sainct Jude prochain venant, jusques au jour sainct Symon et sainct Jude après ensuivant, qui sera lan mil cccc xxxiii, sans souffrir renouveller ne faire renouveller maieur, eschevins, grant compteur ne autres officiers, que ceulx qui y ont esté ledit an passé, et se aulcuns diceux estoient refusans ou contredisans de excercer les offices et estas à quoy ils sont commis, contraignés les et faittes contraindre par toutes voyes deues ou raisons, tellement que nostre présente volonté et désir soit mise à exécution et effet, et ce, sans préjudice ausdis maire et eschevins, à leur loy chartres privilèges usages, franchises et anchiennes coustumes, et de ce volons que leur baillez lettres se ils le requièrent et quelles soient dautel effect et valeur que se bailler les avions, car ainsy nous plaist il estre fait. De ce faire, vous donnons pooir auctorité et mandement espécial, mandons et commandons à tous nos justichiers officiers et subgez, que à vous, en ce faisant, obéissent et entendent dilligemment. Donné à Paris le viiie jour de septembre lan de grâce mil cccc xxxij et de nostre règne le xe signé par le roy à le relation de Monseigneur le gouverneur et régent de France duc de Bedford, J. Ruel. Et par vertu desdites lettres, ledit mons[r] le bailly fit commandement de par le roy, ausdis maieur eschevins et officiers de ladite ville, que laditte mairie, loy, eschevinage et officiers dicelle, en lestat que tout ce estoit et avoit esté lan derain passé, ils entretinssent depuis le jour sainct Symon et sainct Jude prochain venant jusque au jour sainct Symon et sainct Jude prochain ensievant, qui sera lan mil et cccc xxxiij, sans aultrement renouveller ladicte loy. Et de fait monseigneur le bailly continua ladicte loy, mairie eschevinage et officiers et ce, sans préjudice ausdis maieurs eschevins ne à leur loy usages ou coustumes selon la teneure d'icelles lettres dont ledit monseigneur le bailly accorda lettres. Et le second jour de novembre oudit an, ledit monseigneur le bailly, fist de rechief lesdis commandemens audit sire Mile et à plusieurs eschevins et meismes ausdis Jehan de Labbie et Willame de Sainct Aubin qui après plusieurs excuses desdis sire Mile, Jehan de Labbie et Guille de Sainct Aubin emprinrent lesdis estas et offices, toutes voies disoit toudis ledit de Labbie que de lestat de grant compteur ne feroit recepte ne mise. Desquels, maieur le prévost eschevins et officiers sont nommés et déclairiés en la page précédente de cest livre.

Item le xie jour de novembre oudit an, furent assamblés oudit hostel, mons^r le bailly, maieur, Jehan de Cambrin escuiers, sire Pierre Clabaut, Nicole Accart, Pierre Du Gard, Jehan de Lesmes, Mahieu Du Quarrel, Pierre le Cat, Symon Dyppre, Ricart le Ricque eschevins, sire Jehan de Morviller, Jehan de May et aultres habitans et pour ce que lesdis Jehan de Labbie et Pierre Du Gard avoient refusé et ne voloient entreprendre lesdis offices et estas de grant compteur et recepveur des rentes, lesdis maieur et eschevins y esleurent et comirent cest assavoir : ledit Pierre Lecat loffice et estat de grant compteur, et Jehan de Béry recepveur des rentes, desquels présens et comparans et chacun deulz les emprinrent et les y commirent lesdis maire et eschevins et ledit monseigneur le bailly y mist son consentement de par le roy nostre sire.

Le jour de Sainct Symon et Sainct Jude xxviiie jour d'octobre lan mil cccc xxxiii que les habitans d'amiens estoient assamblez en le hale au son de le cloque pour faire et renouveler le loy de leditte ville en la manière accoustumé, est assavoir sire Mile de Bery maieur lors pour lannée finant, sire Pierre Clabaut, maistre Jehan Du Gard, maistre Robert Aux coustiaulx, Thiébaut Du Gard, Pierre Lecat, Robert de Labbie, Jaques de Coquerel, Pierre Du Gard eschevins, ledit Pierre Du Gard grant compteur, Jehan de Bery receveur des rentes, Guillaume de Saint Aubin cauchier et maistre des ouvrages, Alphonse Le Mire, Jehan de Courcelles, Pierre Lecomte, Jehan de Vaulx laisné, Archenbaut Piquet, Jehan de Saint Fuscien le jone, Jehan Leclerc, Pierre de Machy, Jehan Du Bos, Guy Levaasseur, Jehan Dobé, Jehan Castell, Liénard De le croix, Symon Poilesot, Jehan Baujois, Thomas de le Porte, Jehan Manchion, Jehan Lamy, Hue Harlé, Rifflart le Vaasseur, Jehan Balet, Jehan Dailly, Jehan de Wailly, Jehan Mouret, Andrieu de Cohen, Pierre Le clerc prévost, Chrétien de Hanchies, Thomas Philippe, Guillaume Desquesnois, Pierre Faverel, Fremin Plouvier, Guy Grisel, Jehan Labbiette,

Jehan Bignet, Miquiel Haucornu, Jaques Loeurieul, Jehan le Canu, Jehan Pauquet, Jaques de Vauchelles, Jehan Hochecorne, Pierre Ledieu, Jehan de Morienne, Jehan Grenet, Jehan Albiette, Guillaume de Colmes, Jehan de Colmes, Jehan de Bihais, Jehan Leboucher cervoisier, Jehan Fère, Symon Moullart, Gamot Merlin, Pierre le Boucher sextier, Jaques De le croix, Jehan Havée, Jehan Cangepot, Martin Lagace, Quentin Cruel, Mahieu Artus, Enguerran de la Warde, Jehan Esrachecoeur, Gille de Vaulx, Colard de Wailly, Colard de Leures, Jaques Damiens, Nicaise Judas, Jehan de Sorel, Thomas de Hénau, Jehan Mayoquel, Fremin Fouquerre, Mahieu de Cayeu, Jehan Bouffel, Fremin Douchet, Thomas Lenglet, Colard Bouvet, Guille Canche, Jehan le Fruictier, Jehan de Berneux boucher, Jaques Belet, Bauduin Estocart, Jaques de Blangy, Jehan Du Sauchoy, Jaquet Lenglés, Jehan Coulouet, Pierre Le cambier, Jaques Bilot, Denis Lefeuvre, Mahieu de Saint Pol, Clément Olive, Mahieu de Cheppy, Raoul le Cappelier, Pierre Putefin, Vincent Petit, Pierre le Cordier, Bauduin à le cappe, Guérard de Monteigny, Colard Lefevre, Vincent Frias, Pierre Hochecorne, Fremin Le prévost, bourgois et habitans dicelle ville, lesdis maieur et eschevins en le présence des dessus nommés et aultres remonstrèrent que d'anchienneté et tousjours le loy de ledicte ville avoit esté et debvoit estre renouvellée chacun an ledit jour, et combien que par plusieurs fois et divers messages eussent envoyé devers monseigneur le chancelier et le conseil de ladicte ville d'Amiens à Paris depuis l'entrée du mois d'aoust derain passé, pour avoir lettres pour faire ledit renouvellement et aussy lettres pour les aides de ladicte ville, pour lan commenchant au jour Saint Remy derain passé, et que ledit conseil eut plusieurs fois escript de le diligence qui fait en avoit fait devers ledit monseigneur le chancelier, lequel avoit escript que lesdictes lettres estoient mises devers les notaires est assavoir ledit monseigneur le chancellier requérans lesdis maieur et échevins avoir advis quelle chose estoit à faire sur ce et après lesdictes lettres dudit monseigneur le chancelier et aulcunes de maistre Galois du Ploys procureur pour ladicte ville à Paris oyes en audience, et oyes les opinions et conseil diceulx maieur et eschevins et habitans eulx tous assamblez d'un commun accord et consentement et meismes à la prière et requeste diceulx habitans, ont continué et mis en délay ledit renouvellement de ledicte loy et ce qui pour ledit jour estoit à faire jusques au jour Saint Andrieu prochain venant pour lors et anchois, si aulcunes lettres ou mandement du roy nostre sire viennent touchans ceste matère faire et procéder oudit renouvellement comme ou cas appartendra. Et le jour Sainct Andrieu derrain jour dudit mois de novembre, les habitans de ladicte ville assemblés en leditte hale à son de cloque pardevant Jehan de Cambryn lieutenant de monseigneur le bailly d'Amiens, Hue de Lesme recepveur :

Leditte loy fut renouvellée par vertu de certaines lettres du roy nostre seigneur là leus, pour ledit an commenchant au jour Sainct Symon, nommés esleux et institués en le manière accoustumé d'anchienneté le mayeur eschevins et officiers cy après déclairiés.

Sire PIERRE CLABAUT mayeur [189].

Sire Mile de Bery.	Nicole Accart.
Hue de Lesmes [190].	Maistre Robert Aux coustiaux.
Pierre Du Gard laisné.	Jehan Le carpentier le jone.
Sire Jehan de Biaval.	Robert Grisel.
Sire Jehan Lorfevre.	Pierre Lecat.
Jehan de Conty, prévost.	Jaque de Gouy.
Maistre Jehan Du Gard.	Ricart le Ricque.
Ernoul Frérot.	Jehan Ducange.
Jaque de Cocquerel.	Robert de Hangart.
Mahieu Du Quarrel.	Symon Dippre.
Thiébaut Du Gard.	Jehan de Vaulx le jone.
Robert de Labbeye.	Chrétien de Hanchies.

Guillaume de Conty, grant compteur.
Pierre de May, recepveur des rentes.
Robert Du Fresnoy, maistre des ouvrages.

L'ESTAT DE LE VILLE DAMIENS pour lan commenchant au jour sainct Symon et sainct Jude lan mil cccc xxxiiij renouvellé ledit jour par monsg^r maistre Robert le Jone bailly damiens par vertu des lettres du roy nostre sire à luy adreschiés impétrées par les maire et eschevins damiens.

Sire JEHAN DE CONTY maieur.

Sire Pierre Clabaut.
Sire Mile de Bery.
Pierre Du Gard laisné.
Maistre Robert Aux coustiaux.
Guillaume de Conty, prévost.
Robert de Fresnoye.
Jehan de Labbeye.
Jehan de Courcelles.
Jehan de Vaulx le Jone.
Jehan Picquet dit Archembaut [191].
Maistre Jehan Du Gard.
Ernoul Frérot.

Eschevins du lendemain :

Hue de Lesmes.
Robert Grisel.
Jaques de Gouy.
Jaques de Cocquerel.
Mahieu Du Quarrel.
Thiébaut Du Gard.
Ricart le Rique.
Jehan Du cange.
Robert de Hangart.
Symon Dippre.
Chrétien de Hanchies.
Thomas de Hénault.

Jehan Le carpentier, grant compteur.
Jehan de Wailly, recepveur des rentes.
Robert de Labbeye, maistre des ouvraiges.

L'ESTAT DE LA VILLE DAMIENS pour lan commenchant au jour S. Symon mil cccc xxxv renouvellé ledit jour par noble et puissant seigneur Jehan de Brimeu seigneur de Humbercourt, conseiller chambellan et maistre d'ostel de Monseigneur le duc de Bourgogne bailly damiens et juge commis oudit bailliage pour le roy nostre sire et mondit seigneur le duc par vertu des lettres à luy adréchié impétrées par les maire et eschevins damiens [192].

Sire JEHAN DE LABBYE maieur [193].

Sire Jehan de Conty.
Sire Pierre Clabaut.
Sire Jehan Lorfevre.
Philippe le Maire.
Guillaume de Lespierre.
Jehan Le carpentier.
Hue Daoust.
Pierre Du Gard laisné, prévost.
Jehan Picquet dit Arch[enbaut].
Jehan de Bery.
Nicole Accard.
Maistre Robert Aux coustiaux.

De lendemain :

Jehan de Courcelles.
Jehan de Vaux le jône.
Pierre Du Gard le jône.
Robert Grisel.
Thiébaut Du Gart.
Jehan Du cange.
Robert de Hangard.
Ricart le Rique.
Robert de Fresnoy.
Jaques de Cocquerel.
Chrétien de Hanchies.
Jaques de Gouy.

Hue de Lesmes, grant compteur.
Jaque Du Gard, recepveur des rentes.
Colard Grisel, maistre des ouvrages.

L'estat de le ville damiens pour lan commenchant le iour Sainct Symon mil cccc xxxvj sire Jehan Lorfevre maieur, renouvellé par vertu de lettres du roy nostre sire.

Sire Jehan Lorfevre maieur.

Sire Pierre Clabaut.
Sire Jehan de Conty.
Sire Jehan de Labbie.
Nicole Accart.
Pierre Du Gard laisné.
Pierre Du Gard le josne.
Hue de Lesmes.
Ernoul Frérot.
Archembaut Piquet, prévost.
Maistre Robert Aux coustiaux.
Jehan de Courcelles.
Symon Dippre.

Jehan Le Carpentier.
Robert Grisel.
Jehan Ducange.
Thiébaut Du Gard.
Robert de Hangard.
Ricart le Rique.
Robert de Fresnoye.
Jaques de Cocquerel.
Chrétien de Hanchies.
Jaques de Gouy.
Jehan de Bery.
Jehan de Vaux le Jône.

Pierre Le Cat, grant compteur.
Hus de Courcelles, recepveur des rentes.
Jehan de Wailly, maistre des ouvrages.

L'estat de le ville damiens pour lan commenchant le iour sainct Symon mil cccc xxxvij renouvellé ledit iour par noble homme Jaques de Biauvoir lieutenant de Jehan de Brimeu bailly damiens par vertu des lettres du roy nostre sire impétrées par les maire et eschevins.

Sire Pierre Clabaut maieur.

Sire Jehan Lorfevre.
Sire Jehan de Conty.
Sire Jehan de Labie.
Guillaume de Lespière.
Pierre Lecat.
Jehan de Wailly.
Archembaut Picquet.
Pierre Du Gard laisné.
Maistre Robert Aux coustiaux, prévost.
Symon Dippre.
Nicole Accart.
Ernoul Frérot.

De lendemain :

Jehan Le Carpentier.
Robert de Hangart.
Jehan Du Cange.
Jaques de Cocquerel.
Jaques de Gouy.
Robert de Fresnoye.
Jehan de Vaulx le jône.
Ricart le Rique.
Mahieu Du Quarrel.
Hue de Lesmes.
Pierre Du Gard le jone.
Chrétien de Hanchies.

Pierre de May, grant compteur.
Jehan de May, recepveur des rentes.
Thomas de Henau, maistre des ouvrages.

L'estat de le ville damiens pour ung an commenchant au jour sainct Symon mil cccc xxxviii renouvellé par noble homme Jaques de Biauvoir lieutenant de monseigneur le bailly damiens par vertu des lettres du roy nostre sire impétrées par lesdis maieur et eschevins.

Sire Guilleaume de Conty maieur [194].

Sire Pierre Clabaut.
Sire Jehan de Conty.
Sire Jehan de Labbye.
Pierre Du Gard laisné, prévost.
Thomas de Hénau.
Maistre Robert Aux coustiaux.
Jehan de Courcelles.
Guille de Lespière.
Jehan de Cocquerel dit Butor.
Jehan Picquet dit Archembaut.
Robert Grisel.

De lendemain :

Symon Dippre.
Ernoul Frérot.
Jehan Le carpentier.
Robert de Hangart.
Jehan Du cange.
Jaques dĕ Gouy.
Robert de Fresnoy.
Jehan de Vaulx le jone.
Mahieu Du Quarrel.
Hue de Lesmes.
Pierre Du Gard le jone.
Ricart le Rique.

Jehan de Bery, grant compteur.
Jehan Lorfevre, recepveur des rentes.
Thiébault Du Gart, maistre des ouvrages.

L'estat de la ville d'Amiens pour lan commenchant le jour Sainct Symon mil cccc xxxix renouvellé ledit jour par vertu des lettres royaux impétrées par les maire et eschevins par maistre Jehan Lorfevre lieutenant de monseigneur le bailly damiens avoeuc luy le conseil du roy nostre sire et de nostre très redoubté seigneur monseigneur le duc de Bourgongne.

Sire Jehan Lorfevre maieur.

Maistre Jehan Lorfevre.
Maistre Jehan Jouglet.
Maistre Jehan Charlet.
Alphonse le Mire [195].
Guille de Lespière, prévost.
Jaques de Gouy.
Pierre Lecat.
Thiébaut Du Gard.

Hue de Lesmes.
Jehan de Bery.
Jehan Le prévost laisné.
Andrieu Fasconnel.

De lendemain :

Sire Pierre Clabaut.
Sire Jehan de Conty.
Sire Jehan de Labbye.
Maistre Robert Aux coustiaux.
Symon Dippre.
Jehan Du cange.
Jehan Le Carpentier.
Robert de Fresnoy.
Pierre Du Gard laisné.
Robert Grisel.
Jehan de Vaulx le jône.
Thomas de Hénaut.

Fremin Le Normant, grant compteur.
Jaques A Coustiaux, recepveur des rentes.
Jehan de Saint Fuscien le jone, maistre des ouvrages.

L'ESTAT DE LE VILLE DAMIENS pour ung an commenchant le jour Sainct Symon et Sainct Jude xxviij^e jour d'octobre lan mil cccc xl renouvellé ledit jour par vertu des lettres du roy nostre sire impétrées par les maire et eschevins damiens par Jaques de Biauvoir lieutenant de Monseigneur le bailly damiens avoeuc le conseil du roy nostre sire et de nostre très redoubté seigneur, monseigueur le duc de Bourgongne.

Sire GUILLAUME DE BERY maieur.

Sire Jehan Lorfevre.
Sire Pierre Clabaut.
Sire Jehan de Conty.
Sire Jehan de Labbie.
Guille de Lespière.
Pierre Du Gard laisné.
Pierre de May,
Jaques Aux coustiaux.
Ernoul Frérot.
Jehan de Cocquerel.
Mahieu Du Quarrel.
Pierre Du Gard le Jône.

Symon Dippre, prévost.
Jehan Du Cange.
Jehan Le carpentier.
Robert Grisel.
Hue de Lesmes.
Thiébaut Du Gard.
Jaques de Gouy.
Maistre Jehan Charlet.

Jehan Le prévost.
Alphonse Lemire.
Andrieu Fasconnel.
Thomas de Hénault.

Jehan de Saint Fuscien laisné, grant compteur.
Nicole de Lully, recepveur des rentes.
Jehan de Wailly, maistre des ouvrages.

L'ESTAT DE LA VILLE DAMIENS pour ung an, commenchant au jour Sainct Symon et Sainct Jude xxviii jour doctobre lan mil cccc xlj, renouvellé ledit jour par vertu des lettres du roy nostre sire impétrées par les maire et eschevins damiens par Liénard Danquesnes seigneur de Sapegny, lieutenant général de monseigneur le bailly damiens, avoeuc le conseil du roy nostre sire et de nostre très redoubté seigneur Monseigneur le duc de Bourgongne.

Sire PIERRE CLABAUT maieur [196].

Sire Guille de Bery.
Sire Jehan de Conty.
Sire Jehan de Labbye.
Guille de Lespiere.
Pierre de May.
Jehan de Saint Fuscien laisné, prévost.
Jehan de Cocquerel.
Jehan de Wailly.
Nicole de Lully.
Guille de Sainct Aubin.
Hue de Courcelles.
Pierre Du Gard.

Eschevins fais lendemain dudit jour Sainct Simon et Sainct Jude par l'eschevinage précédent :

Maistre Jehan Charlet.
Jehan Le Prévost laisné.
Andrieu Fasconnel.
Mahieu Du Quarrel.
Ernoul Frérot.
Thomas de Hénaut.
Jaques de Gouy.
Jehan Lorfevre.
Robert de Fresnoy.
Jehan de Vaulx le jone.
Jehan Du Bos.
Bauduin Estocart.

L'ESTAT DE LA VILLE DAMIENS pour un an commenchant au jour S. Symon et S. Jude lan mil cccc xlij renouvellé ledit jour par vertu des lettres du roy nostre sire par Liénard Danquasnes lieutenant général de monseigneur le bailly d'Amiens avoeuc luy le conseil du roy nostre sire et de monseigneur le duc de Bourgongne oudit bailliage.

Sire JEHAN LORFEVRE maieur.

Sire Pierre Clabaut.
Sire Jehan de Conty.
Sire Jehan de Labbie.
Sire Guille de Bery.
Pierre Demay, prévost.
Guille de Lespiere.
Jehan Du cange.
Jehan Le Carpentier.
Pierre Du Gard.
Jaque Aux coustiaux.
Jehan de S. Fuscien le maisné.
Jehan Picquet.

Eschevins fais lendemain dudit jour Saint Simon xxixe jour d'octobre oudit an par lesdits maieur et eschevins :

Maistre Jehan Charlet.
Ernoul Frérot.
Mahieu Du Quarrel.
Jehan de Cocquerel dit Butor.
Thomas de Hénaut.
Jaque de Gouy.
Jehan Le prévost laisné.
Robert de Fresnoy.
Jehan Du Bos.
Jehan de Vaux le jone.
Bauduin Estocart.
Andrieu Fasconnel.

Jehan de Wailly, grant compteur.
Jehan Aux coustiaux, recepveur des rentes.
Hue de Courcelles, maistre des ouvrages.

L'ESTAT DE LA MAIRIE ET ESCHEVINAGE DAMIENS pour ung an commenchant au jour Sainct Symon et S. Jude lan mil cccc xliij renouvellé par vertu des lettres du roy nostre sire par Liénart Danquasnes lieutenant de monseigneur le bailly damiens, présent le conseil du roy nostre dit seigneur et de monseigneur le duc de Bourgongne.

Sire GUILLAUME DE BERY maieur.

Sire Jehan Lorfevre.
Sire Jehan de Conty.
Sire Jehan de Labbie.
Pierre de May.
Ernoul Frérot.
Jaque de Gouy.
Jehan Le Carpentier.
Jehan de Wailly.
Jehan Aux coustiaux.
Hue de Courcelles.
Symon Dippre, prévost.
Pierre Du Gard.

Guille de Lespiere.
Jehan Piquet.
Maistre Jehan Charlet.
Mahieu Du Quarrel.
Jehan de Cocquerel.
Thomas de Hénaut.
Jehan Le prévost laisné.
Robert de Frénoy.
Jehan Du Bos.
Jehan de Vaux le jône.
Baudin Estocart.

Jehan de Saint Fuscien dit Hanotin, grant compteur.
Jehan Leclerc dit Murgale, recepveur des rentes.
Thibaut Du Gard, maistre des ouvrages.

L'ESTAT DE LA MAIRIE ET ESCHEVINAGE DAMIENS pour ung an commenchant au jour S. Symon et S. Jude lan mil cccc xliiij renouvellé par vertu des lettres du roy nostre sire par Liénart Danquasnes seigneur de Sapegny lieutenant général de monseigneur le bailly damiens présent le conseil du roy et de monseigneur le duc de Bourgongne dudit jour S. Simon xxviij jour doctobre lan mil cccc xliiij.

Sire PIERRE DE MAY maieur [197].

Sire Jehan de Conty.
Sire Jehan de Labie.
Sire Guille de Bery.
Symon Dippre.
Guille Lespiere.
Maistre Jehan Charlet.
Me Jehan de Fontaines.
Jehan de S. Fuscien dit Hanotin
Jehan Leclerc dit Murgale.
Thiébaut Du Gard.
Pierre Du Gard.
Jehan de Wailly.

Eschevins fais lendemain dudit jour saint Symon xxviij^e jour dudit mois par lesdits maire et eschevins :

Ernoul Frérot, prévost.
Hue de Courcelle.
Jehan le Carpentier.
Jehan Du cange.
Mahieu Du Quarrel.
Jehan de Cocquerel.
Thomas de Hénaut.
Jehan Le prévost laisné.
Robert de Fresnoy.
Jehan Du Bos.
Jehan de Vaulx le jone.
Bauduin Estocart.

Jaques de Gouy, grant compteur.
Guille Frérot, recepveur des rentes.
Guille Cardon, maistre des ouvrages.

L'ESTAT DE LE VILLE DAMIENS pour ung an commenchant au jour saint Symon et saint Jude lan mil cccc xlv et finant audit jour saint Symon et saint Jude lan mil cccc xlvi renouvellé par Liénard Danquesnes seigneur de Sapegny lieutenant général de monseigneur le bailly damiens.

Sire JEHAN DE CONTY maieur.

Sire Jehan de Labbeye.
Sire Guille de Bery.
Sire Pierre de May.
Ernoul Frérot.
Jehan de Saint Fuscien le jone, prévost.
Jaques de Gouy.
Pierre Du Gard.
Jehan Le Carpentier.
Maistre Jehan de Fontaines.
Guille de Lespiere.
Jehan Le prévost laisné.
Thomas de Hénaut.

Jehan Leclerc dit Murgale.
Guille Cardon.
Jaque Aux coustiaux.
Jehan de Vaulx le jone.
Thiébaut Du Gard.
Philippe de Morviller.
Robert de Fresnoy.
Jehan de Wailly.
Jehan Du Bos.
Mahieu Du Quarrel.
Symon Dippre.
Jehan Lorfevre.

Hue de Courchelles, grant compteur.
Jaque de Bery, recepveur des rentes.
Jehan de Cocquerel, cauchieur.

L'ESTAT DE LA VILLE DAMIENS commenchant au jour sainct Symon et sainct Jude lan mil cccc xlvi renouvellé par Liénard Danquasnes seigneur de Sapegny, lieutenant général de monseigneur le bailly damiens présens le poeuple de la ville et les advocas et procureurs du roy.

Sire JEHAN LORFEVRE maieur.

Sire Jehan de Conty.
Sire Jehan de Labbeye.
Sire Guille de Bery.
Sire Pierre de May.
Ernoul Frérot.
Pierre Du Gard, prévost.
Jehan Du cange.
Jaques de Gouy.
Jehan de Wailly.
Jehan de Cocquerel.
Hue de Courcelles.
Jaque Clabaut.

Eschevins fais lendemain xxixe jour doctobre par lesdits maire et eschevins :

Symon Dippre.
Jehan Le Carpentier.
Mahieu Du Quarrel.
Jehan Du Bos.
Thiébaut Du Gard.
Guille de Lespiere.
Thomas de Hénaut.
Robert de Fresnoy.
Jehan Le prévost laisné.
Guille Cardon.
Philippe de Morviller.
Jehan Leclerc dit Murgale.

Jehan de May le jône, grant compteur.
Honneré Du croquet, receveur des rentes.
Jehan de Vaulx le jone, m^e des ouvrages.

L'ESTAT DE LA VILLE DAMIENS pour ung an commenchant au jour saint Simon et saint Jude lan mil iiij et xlvii.

Sire PIERRE DE MAY maieur.

Sire Jehan Lorfevre.
Sire Jehan de Conty.
Sire Jehan de Labye.
Sire Guille de Bery.
Pierre Du Gard.
Jehan de Vaux le jone.
Guillaume de Lespiere.
Nicole de Lully.
Jaque Aux coustiaux.
Jaque de Gouy.
Maistre Jehan Charlet.
Thibaut Du Gard, prévost.

Jehan de Cocquerel dit Butor.
Simon Dipre.
Jehan Le prévost laisné.
Jehan Murgale.
Robert de Fresnoy.
Jehan Le Carpentier.
Thomas de Hénaut.
Jehan Du Bos.
Jehan de Wailly.
Ernoul Frérot.
Guillaume Cardon.
Jaque Clabaut.

Jehan de Saint Fuscien le maisné, grant compteur.
Philippe de Morviller, receveur des rentes.
Pierre Estocart, maistre des ouvrages.

L'ESTAT DE LA VILLE DAMIENS pour ung an commenchant au jour saint Symon et saint Jude lan mil cccc xlviij et finant au jour saint Symon et saint Jude lan mil cccc xl et noeuf.

Sire GUILLAUME DE CONTY maieur.

Sire Jehan de Conty.
Sire Jehan de Labye.
Sire Pierre de May.
Thibaut Du Gart.
Jehan de Saint Fuscien le Josne.
Philippe de Morviller.
Jaque de Bery.
Jaque de Gouy.
Guillaume de Lespiere, prévost.
Bauduin Estoquart.
Robert Grisel.
Jehan de Wailly.

Pierre Du Gart.
Jehan de Vaulx le josne.
Nicole de Lully.
Jaque Aux cousteaux.
Jehan de Coquerel dit Butor.
Jehan Le prévost laisné.
Jehan Lorfevre.
Robert de Fresnoy.
Jehan le Carpentier.
Thomas de Hénaut.
Ernoul Frérot.
Guillaume Cardon.

Jaque Clabaut, grant compteur.
Fremin Le clerc, receveur des rentes.
Pierre Estoquart, maistre des ouvrages.

L'ESTAT DE LA VILLE DAMIENS pour ung an commenchant au our saint Simon et saint Jude lan mil iiij^{c} xlix et finant au jour saint Simon et saint Jude mil cccc cinquante.

Sire JEHAN LORFEVRE maieur.

Sire Jehan de Conty.
Sire Jehan de Labbeye.
Sire Guillaume de Bery.
Sire Pierre de May.
Jaque Clabaut.
Pierre Estocart.
Ernoul Frérot.
Symon Dipre.
Guillaume de Saint Obin.
Thibaut du Gart.
Honneré Du croquet.
Fremin Leclerc.

Eschevins fais le lendemain dudit jour saint Symon et saint Jude xxix du mois doctobre par lesdis maire et eschevins en leur eschevinage :

Robert Grisel.
Nicole de Lully.
Jehan Le prévost laisné.
Jehan de Wailly.
Philippe de Morviller.
Pierre Du Gard, prévost.
Jaque de Gouy.
Jehan de Cocquerel dit Butor.
Guillaume Cardon.
Jaque Aux cousteaux.
Robert de Fresnoy.
Jehan de Vaulx le Jône.

Jaque de Bery, grant compteur.
Colart le Rendu, receveur des rentes.
Guérard de Hémonlieu, m^{e} des ouvrages.

L'ESTAT DE LA VILLE D'AMIENS pour ung an commenchant le jour saint Symon et saint Jude lan mil cccc et cinquante et finant au jour saint Simon et saint Jude mil iiij^{c} cinquante et ung.

Sire PIERRE DE MAY maieur.

Sire Jehan de Conty.
Sire Jehan Lorfevre.
Sire Jehan de Labye.
Sire Guillaume de Bery.
Simon Dipre, prévost [198].
Thomas de Hénaut.
Pierre Lecomte.
Jehan Murgale.
Colart le Rendu.
Guérard de Hémonlieu.
Bauduin Estocart.
Jehan Du Bos.

Eschevins fais en l'eschevinage le lendemain dudit jour saint Symon et saint Jude xxixe jour doctobre :

Jaque Clabaut.
Thibaut Du Gart.
Robert Grisel.
Nicole de Lully.
Jehan Le Prévost laisné.
Jehan de Wailly.
Philippe de Morviller.
Jehan Le carpentier.
Pierre Du Gart.
Jehan de Coquerel dit Butor.
Jaques Aux cousteaux.
Jehan de Vaux le jône.

Jaque de Gouy, grant compteur.
Jehan le Sénescal, receveur des rentes.
Guille Cardon, m^e des ouvrages.

L'ESTAT DE LA VILLE DAMIENS pour ung an commenchant au jour sainct Symon et sainct Jude lan mil cccc l et ung et finant au jour sainct Symon et sainct Jude mil cccc cinquante et deux.

Sire JEHAN DE SAINT FUSCIEN maieur [199].

Sire Jehan de Conty.
Sire Guillaume de Bery.
Sire Pierre de May.
Robert de Labye.
Jaque de Gouy, prévost.
Jehan le Sénescal.
Guérart de Hémonlieu.
Guillaume Cardon.
Jehan Du Cange.
Jehan de Saint Fuscien le jone.
Ernoul Frérot.
Pierre Du Gart.

Jehan de Coquerel dit Butor.
Jehan Le carpentier.
Thomas de Hénaut.
Thibaut Du Gard.
Jehan Murgale.
Colart Le rendu.

Bauduin Estocart.
Robert Grisel.
Jehan Le prévost laisné.
Jehan de Wailly.
Philippe de Morviller.
Jehan de Vaux le jône.

Jaque Aux cousteaux, grant compteur.
Jehan Aux cousteaux, receveur des rentes.
Mahieu Du Quarrel, m[e] des ouvrages.

L'ESTAT DE LA VILLE DAMIENS pour ung an commenchant au jour saint Symon et saint Jude lan mil cccc lij et finant au jour Saint Simon et Saint Jude mil cccc cinquante trois.

Sire GUILLAUME DE CONTY maieur.

Sire Jehan de Conty.
Sire Pierre de May.
Jaque de Gouy.
Simon Dippre.
Jaque Aux cousteaulx.
Pierre Lecomte.
Jaque de Coquerel.
Jaque de Bery.
Jaque Clabaut.
Honneré Du croquet.
Pierre Estocart.
Mahieu Du Quarrel.

Eschevins fais le lendemain dudit jour saint Simon et saint Jude par lesdis maire et eschevins :

Philippe de Morviller, prévost.
Robert de Labie.
Pierre Du Gard.
Thibaut Du Gard.
Jehan Le prévost laisné.
Guillaume Cardon.
Jehan Murgale.
Colard Le rendu.
Jehan le Carpentier.
Jehan Du cange.
Jehan de Wailly.
Jehan de Vaux le jône.

Jehan de St Fuscien le jône, grant compteur.
Hue Houchart, recepveur des rentes.
Nicole de Lully, maistre des ouvrages.

L'ESTAT DE LA VILLE DAMIENS pour lan commenchant au iour sainct Symon et sainct Jude lan mil cccc liij et finant au jour sainct Symon et sainct Jude lan mil cccc liiij.

Sire PIERRE DE MAY maieur.

Eschevins fais en hale :

Sire Guillaume de Conty.
Philippe de Morviller.
Jehan de Coquerel dit Butor.
Jehan Dubos.
Pierre Du Gard.
Robert de Labbie.
Jehan de Sainct Fuscien le jone, prévost.
Hue Houchart.
Pierre Lecomte.
Guillaume Cardon.
Jacques de Gouy.
Thomas de Hénaut.

Eschevins fais lendemain :

Jaques Aux coustiaulx.
Jaques de Bery.
Pierre Estoquart.
Mahieu Du Quarrel.
Thiébaut Du Gard.
Jehan Murgale.
Jehan le Carpentier.
Jehan Du Cange.
Jehan de Wally.
Jehan de Vaux le jône.
Aubert Fauvel [200].
Gille de Laon.

Colard le Rendu, grant compteur.
Pierre Pertrisel, receveur des rentes.
Nicole de Lully, maistre des ouvrages.

L'ESTAT DE LA VILLE DAMIENS pour ung an commenchant au jour sainct Symon et sainct Jude lan mil iiij^c liiij et finant au jour sainct Symon et sainct Jude mil iiij^c lv.

Sire PHILIPPE DE MORVILLER maieur [201].

Eschevins :

Sire Pierre de May.
Sire Guillaume de Bery.
Sire Jehan de Saint Fuscien.
Nicole de Lully.
Colard Le rendu.
Hue de Lesmes.

Pierre Pertrisel [202].
Jaques de Coquerel.
Honneré Du croquet.
Jehan Du Bos marchant.
Guillaume Cardon.
Pierre Du Gard.

Robert de Labbye, prévost.
Hue Houchart.
Pierre Lecomte.
Jaques de Gouy.
Jaques Aux coustiaulx.
Mahieu Du Quarrel.
Jehan Murgale.
Jehan Le carpentier.
Jehan de Wally.
Jehan de Vaulx.
Gille de Laon.

Aubert Fauvel, grant compteur.
Jehan Du cange le jone, receveur des rentes.
Pierre Estoquart, maistre des ouvrages.

L'estat de la ville damiens pour ung an commenchant au jour sainct Symon et sainct Jude lan mil cccc lv.

Sire Guillaume de Bery maieur.

Eschevins fais en hale :

Sire Pierre de May.
Sire Jehan de Sainct Fuscien.
Sire Philippe de Morviller.
Robert de Labbie.
Maistre Jehan Legris.
Jehan de Saint Fuscien.
Pierre Du Gard, prévost.
Pierre Estoquart.
Jehan de Coquerel dit Butor.
Jehan Du Cange laisné.
Aubert Fauvel.
Jehan Du Bos.

Eschevins fais lendemain :

Mahieu Du Quarrel.
Jaque de Gouy.
Hue de Lesmes.
Colart Le rendu.
Jehan Murgale.
Jehan Le Carpentier.
Pierre Pertrisel.
Guillaume Cardon.
Thomas de Hénaut.
Gille de Laon.
Pierre Lecomte.
Jaque Aux coustiaux.

Jaque de Bery, grant compteur.
Jehan Warnier, receveur des rentes.
Jehan le Sénescal, maistre des ouvrages.

L'ESTAT DE LA VILLE D'AMIENS pour ung an commenchant au jour sainct Symon et sainct Jude lan mil cccc chincquantes iv. *(Il faut lire VI).*

Sire PIERRE DE MAY maieur.

Eschevins fais en hale :

Sire Jehan Lorfevre.
Sire Guillaume de Bery.
Sire Philippe de Morviller.
Jehan le Sénescal.
Jehan Warnier.
Jaque Clabaut, prévost.
Jaque de Gouy.
Jehan de Coquerel dit Butor.
Thiébault Du Gard.
Nicole de Lully.
Hue de Lesmes.
Robert de Labye.

Eschevins fais lendemain :

Pierre Du Gard.
Pierre Estoquart.
Aubert Fauvel.
Jehan Du Bos.
Mahieu Du Quarrel.
Jehan Murgale.
Jehan Le carpentier.
Gille de Laon.
Thomas de Hénaut.
Jaques Aux coustiaulx.
Pierre Lecomte.
Jehan de Vaulx le Jône.

Colart Le Rendu, grant compteur.
Jehan le Normant, receveur des rentes.
Guillaume Cardon, maistre des ouvrages [203].

Le Joeudy xiiij^{e} jour de janvier lan mil cccc lvj, sire Pierre de May maieur ala de vie à trespas, après lequel trespas mess^{rs} les eschevins envoierrent querre à Paris ung mandement du roy pour renouveller ledit office de mairie de l'ung d'eulx oudit eschevinage et pour auctoriser ce qui avoit esté faict par sire Guillame de Bery, que ledit feu sire Pierre de May avoit esleu son lieutenant durant sa maladie. Et aussy que ledit sire Guillaume feroit à cause dudit office tant qu'il y en seroit pourveu ung aultre. Lequel mandement fut obtenu adrechant à monseigneur le bailly damiens ou son lieutenant, par vertu duquel mess^rs les eschevins esleurent en leur eschevinage tous d'ung accord et consentement, ledit sire Guillame de Bery maieur pour le surplus de l'année finant au jour sainct Symon et sainct Jude prochain venant, et ce fait présentèrent ledit mandement à Hue de Courchelles lieutenant de mons^r le bailly. En le présence duquel ledit maieur fist serement.

Mesdis s^rs les eschevins furrent à l'enterrement dudit feu, chascun ung mantel de noir vestu, et sy le portèrent en terre viii des eschevins. Et sy ot douze torsses armoiées des armes de la ville. Et en pareil estat furent à l'obsèque dudit feu et lesd. torsses ardans aux frais de la ville comme au registre de l'eschevinage est plus au long contenu et déclairié [204].

L'ESTAT DE LA VILLE DAMIENS pour ung an commenchant au jour sainct Symon et sainct Jude lan mil quatre cens et chincquante sept.

Sire PHILIPPE DE MORVILLER maieur [205].

Eschevins fais en hale :

Sire Jehan Lorfevre.	Robert de Labbeye.
Sire Guillaume de Bery.	Pierre Du Gard.
Jaques Clabaut.	Jaques de Coquerel.
Colard Le rendu.	Pierre Pertrisel.
Jaques de Gouy, prévost.	Gille de Laon.
Jehan Du Bos.	Jehan Le carpentier.

Eschevins fais lendemain :

Hue Daoust.	Jehan de Vaulx le Jone.
Jehan Leclerc.	Hue Houchart.
Jehan le Brasseur.	Jehan le Sénescal.
Thomas de Hénault.	Nicole de Lully.
Jaques Aux coustiaux.	Hue de Lesmes.
Pierre Lecomte.	Aubert Fauvel.

Jehan Murgale, grant compteur.
Jehan le Hérenguier, recepveur des rentes.
Jehan de Coquerel, maistre des ouvrages.

L'ESTAT DE LA VILLE D'AMIENS pour lan commenchant au jour sainct Symon et sainct Jude mil cccc lviii.

Sire GUILLAUME DE BERY maieur.

Eschevins fais en hale :

Sire Jehan Lorfevre.
Sire Philippe de Morviller.
Hue de Courcelles, prévost.
Hue d'Aust.
Hue de Lesmes.
Pierre Du Gard.
Jaques de Gouy.
Jehan Du Bos.
Maistre Jehan Le gris.
Jehan Murgale.
Honneré Du croquet.
Jehan Herenguiel.

Eschevins fais en l'eschevinage :

Jaques Clabaut.
Colart le Rendu.
Robert de Labbie.
Gille de Laon.
Jehan Le carpentier.
Jehan Leclerc.
Pierre Lecomte.
Aubert Fauvel.
Nicole de Lully.
Jehan de Vaulx.
Hue Houchart.
Pierre Pertrisel.

Jaques Aux cousteaulx, grant compteur.
Jehan de Coquerel dit Butor, maistre des ouvrages.
Jehan de May le Jone, receveur de rentes.

L'ESTAT DE LA VILLE D'AMIENS pour ung an commenchant au jour sainct Simon et sainct Jude mil cccc lix.

Sire PHILIPPE DE MORVILLER maieur.

Eschevins fais en la hale :

Sire Guille de Bery.
Hue de Courcelles.
Hue d'Aut, prévost.
Jacques Clabault.

Jehan de May le jone.
Jehan de Coquerel dit Butor.
Hue de Lesmes.
Pierre Du Gard.
Pierre Pertrisel.
Jaques de Gouy.
Maistre Jehan Legris.
Gille de Laon.

Eschevins fais en l'eschevinage :

Sire Jehan Lorfevre.
Jehan Le carpentier.
Robert de Labbeye.
Jehan Murgale.
Pierre Lecomte.
Maistre Anthoine Caignet.
Fremin Leclerc.
Thomas de Haynault.
Jehan de Vaulx.
Aubert Fauvel.
Jehan Leclerc.
Mahieu le Jone.

Colart le Rendu, grant compteur.
Fremin le Normant le jone, recepveur des rentes.
Nicole de Lully, maistre des ouvrages.

L'ESTAT DE LA VILLE DAMIENS pour ung an commenchant au jour sainct Simon et sainct Jude lan mil cccc lx renouvelé par sire Guille de Bery lieutenant général de monseigneur le bailly damiens, laquelle renovation fut faite en la hale par ledit lieutenant, les gens et officiers du roy et grant quantité du poeuple de ladite ville, qui y estoit adjourné comme il est accoustumé faire chascun an et fust dit par eulx tous et d'ung commun accord et consentement sans contredit, qu'ils renouveleront ladite loy tant du maieur du prévost, des eschevins comme du grant compteur du recepveur des rentes et du maistre des ouvrages qui l'avoient esté l'année passée et la cause se fut pour ce, que ladite année passée, ladite ville avoit eu plusieurs grans affaires qui avoient esté commenchiés à aschever, mais ils n'estoient pas ancores achevés et par ainsi il leur semble à tous estre bon et conclurent de renouveler de ceulx mesmes qui estoient ladicte année passée[206].

La liste est la même que l'année précédente, sauf l'ordre des noms.

L'ESTAT DE LA VILLE DAMIENS renouvelé le jour sainct Symon et sainct Jude lan mil iiij^{c} lxi pour ung an commenchant audit jour.

Sire HUE DE COURCHELLE maieur [207].

Eschevins fais en le hale :

Sire Philippe de Morviller [208].
Jacques Clabault.
Colart Le rendu.
Nicole de Lully.
Raoul de Bery.
Hue de Lesmes.
Maistre Jehan Legris.
Thibault Du Gard.
Hue d'Aut.
Gille de Laon.
Aubert Fauvel.
Pierre Du Gart, prévost.

Eschevins fais lendemain :

Sire Jehan Lorfevre.
Jacque de Gouy.
Jehan Le carpentier.
Robert de Labbeye.
Thumas de Hénault.
Jehan Murgale.
Jehan de May le jone.
Jehan Leclerc.
Jehan de Vaulx.
Maistre Anthoine Caignet.
Jehan de Coquerel dit Butor.
Guérard de Hémontlieu.

Honneré Du croquet, grant compteur.
Fremin Le clerc, recepveur des rentes.
Jehan Aux coustiaux, maistre des ouvrages.

L'ESTAT DE LA VILLE DAMIENS pour ung an commenchant au jour saint Simon et saint Jude lan mil cccc lxii.

Sire JEHAN DE SAINT FUSCIEN maieur.

Eschevins fais en hale :

Sire Guillaume de Bery.
Sire Philippe de Morviller.
Sire Hue de Courchelles.
Maistre Jehan Vilain.
Maistre Jehan Jouglet [209].
Maistre Jehan de Fontaines [210].
Maistre Jehan Du Caurrel.
Pierre Du Gard.
Fremin Leclerc.
Honneré Du crocquet.
Erart Aubert.
Jaque Clabaut.

Eschevins fais en l'eschevinage lendemain dudit jour saint Simon et saint Jude :

Jaque de Gouy.
Jehan Le carpentier.
Gille de Laon.
Jehan Murgale.
Hue de Lesmes.
Maistre Anthoine Caignet.
Maistre Jehan Legris.
Jehan de May le jône, prévost.
Jehan de Vaulx.
Jehan de Coquerel dit Butor.
Guérard de Hémonlieu.
Jehan Leclerc.

Colart Le rendu, grant compteur.
Jehan Aux Cousteaux, maistre des ouvrages.
Henri le Chirier, receveur des rentes.

Renouvellement de la loy damiens pour ung an commenchant au jour saint Simon et saint Jude lan mil cccc et lxiij.

Sire Jehan de May maieur.

Eschevins fais en hale :

Sire Jehan de Saint Fuscien.
Maistre Jehan de Fontaines.
Maistre Jehan Du Caurrel.
Maistre Jehan Legris.
Hue d'Aut.
Jehan Queullu.
Jehan Du Gard.
Jehan Aux cousteaulx.
Colart le Rendu.
Henry le Chirier.
Jehan Lenormant, prévost.
Jehan Du Candas.

Eschevins fais en l'eschevinage lendemain dudit jour :

Sire Hue de Courchelles.
Jaque Clabaut.
Gille de Laon.
Maistre Anthoine Caignet.
Jehan Le carpentier.
Aubert Fauvel.
Robert de Labeye.
Nicole de Lully.
Honneré Du crocquet.
Hue Houchart.
Jehan de Coquerel dit Butor.
Jehan de Vaulx.

Fremin Le normant le jone, grant compteur.
Jehan le Rendu, receveur des rentes.
Jehan le Sénescal, maistre des ouvrages.

L'ESTAT DE LA VILLE D'AMIENS pour ung an commenchant au jour saint Simon et saint Jude an mil iiij^{c} lxiiii [211].

Sire PHELIPE DE MORVILLER maieur pour trois ans commenchans audit jour saint Simon et saint Jude, par vertu de certaines lettres du roy nostre sire [212].

Eschevins pour ung an commenchant audit jour.

Eschevins fais en hale :

Sire Jehan de Saint Fuscien.
Sire Hue de Courchelles.
Sire Jehan de May.
Jaque Clabaut.
Maistre Jehan de Fontaines.
Pierre Du Gard.
Hue de Lesmes, prévost.
Robert de Labye.
Jehan Murgale laisné.
Jehan Le clerc.
Henry le Chirier.
Jehan Le rendu.

Eschevins fais lendemain de le saint Simon et saint Jude en l'eschevinage :

Maistre Anthoine Caignet.
Gille de Laon.
Maistre Jehan de Saint Delys.
Fremin Le clerc.
Jehan Lorfevre.
Guérard de Hémonlieu.
Aubert Fauvel.
Jehan de Vaulx.
Nicole de Lully.
Honneré Du croquet.
Jehan de Coquerel dit Butor.
Simon Pertrisel [213].

Jaque Aux coustiaux, grant compteur.
Vuillaume de Conty le jone, receveur des rentes.
Jehan le Sénescal, maistre des ouvrages.

L'ESTAT DE LA VILLE DAMIENS pour ung an commençant au jour saint Simon et saint Jude lan mil cccc et lxv et se deporta sire Philippe de Morviller qui l'année passée avoit esté ordonné maieur pour trois ans par vertu de certaines lettres du roy nostre sire et déclara qu'il estoit contend que nouvelle ellection feust faite dudit office de maieur, nonobstant ses lettres desquelles il ne se vouloit aidier néant plus avant que ladite première année. Et pour ce fut lad. loy renouvellé de par le roy nostre dit seigneur par la manière qui s'ensieut, diemence troisième jour de novembre audit an mil iiij^c lxv [214].

Sire JAQUE CLABAUT maieur [215].

Eschevins fais en hale :

Sire Jehan de Saint Fuscien.
Sire Phelippe de Morviller.
Sire Hue de Courchelles.
Sire Jehan de May.
Jehan Murgale.
Colart le Rendu.
Hue Houchart.
Jehan Aux cousteaux.
Guillaume de Conty.
Jehan Du Candas.
Aubert Fauvel.
Jehan le Sénescal.

Eschevins fais lendemain dudit iij^e jour de novembre iiij^e dudit mois :

Pierre Du Gard, prévost.
Jehan Lorfevre.
Fremin Le clerc.
Maistre Anthoine Caignet.
Honneré Du Croquet.
Henry le Chirier.
Maistre Jehan de Saint Delyes.
Robert de Labye.
Jehan de Coquerel dit Butor.
Jehan de Vaulx.
Gille de Laon.
Maistre Tristan Fasconnel.

Jehan Hérenguier, grant compteur.
Anthoine Clabaut, receveur des rentes.
Guérard Sare, maistre des ouvrages.
Mille de Coquerel, faiseur des présens [216].

Ordonnance :

En renouvellant laquelle loy a esté baillié à mess^rs maieur et eschevins damiens une cédulle dont la teneur s'ensuit : Aujourd'huy iiie jour de novembre mil cccc lxv en renouvellant la loy et eschevinage damiens par maistre Jehan Du Caurrel licencié ès loix, lieutenant de mons^r le bailly damiens assemblé en la hale avec les advocas, procureur et conseillers du roy nostre sire et grant multitude du peuple d'icelle ville a esté ordonné et conclud que lad. loy et eschevinage se renouvelleroit doresnavant chacun an selon la teneur de la chartre anciennement ottroyée à ladite ville touchant la consanguinité, parenté et affinité de ceulx qui y sont congnus et dénommés.

Item et avec ce que dorésnavant ceulx qui se seront entremis de l'administracion et recepte des deniers d'icelle ville ne seront ne porront estre receus ne ordonnés eschevins que préalablement ils n'ayent rendu leurs comptes et qu'ils soient deuement cloz et passez, excepté toutesvoies ceulx qui en la mesme année de leur dites receptes finies seroient esleux esdiz offices d'eschevins.

Item et pareillement que nul ne soit receu ne mis oudit eschevinage s'il ne veult demourer subget à la commune en tous cas comme les autres habitans de la ville et sy longuement qu'il sera oudit office d'eschevinage.

Item est ordonné que doresenavant le maistre des présens se renouvelera chascun an en ladite hale comme les autres officiers et ne pourra présenter vin à quelqüe personne que premièrement il n'ait le signet du maieur portant la datte du jour et les noms des personnes à qui il sera présenté. Et sera tenu le grant compteur d'en tenir compte selon la teneur desdis briefnetz et non autrement.

RENOUVELEMENT DE LA LOY DAMIENS pour ung an commençant au jour saint Simon et saint Jude lan mil iiii^{c} et lxvi qui fut faite par vertu des lettres du roy nostre sire en la maniere accoustumée et fut ledit renouvellement fait par monseigneur le bailly.

Sire JEHAN DE SAINT FUSCIEN maieur.

Eschevins fais en hale :

Sire Jaque Clabaut.
Sire Guillaume de Bery.
Sire Jehan de May.
Sire Hue de Courchelles.
Jehan Le normant, prévost.
Jehan Hérenguier.
Pierre Du Gard.
Colart Le rendu.
Maistre Jehan Le gris.
Nicole de Lully.
Henry le Chirier.
Jehan Du Candas.

Eschevins fais en l'eschevinage lendemain de le saint Simon et saint Jude :

Gille de Laon.
Aubert Fauvel.
Maistre Anthoine Caignet.
Maistre Tristan Fasconnel.
Honneré Du croquet.
Jehan Lorfevre.
Fremin Leclerc.
Jehan Warnier.
Hue Daut.
Robert de Labeye.
Jehan de Coquerel dit Butor.
Hue Houchart.

Fremin Le Normant, grant compteur.
Jehan Du croquet, receveur des rentes.
Robert de Coquerel, maistre des ouvrages.
Pierre Delesseau, maistre des présens.

L'ESTAT DE LA VILLE DAMIENS pour la loy renouvellée au jour saint Simon et saint Jude lan mil iiii^{c} lxvij pour ung an commençant audit jour.

Sire JEHAN LE NORMANT maieur [217].

Eschevins fais en hale :

Sire Jehan de Saint Fuscien.
Sire Hue de Courchelles.
Sire Jehan de May.
Guillaume de Conty.
Anthoine Clabaut.
Jehan Du croquet.
Robert de Coquerel.
Jehan Le rendu.
Nicole de Lully.
Henry le Chirier.
Fremin Le clerc.
Pierre Du Gard.

Eschevins fais lendemain de le saint Simon et saint Jude :

Jehan Hérenguier.
Jehan Du Candas.
Gille de Laon.
Me Anthoine Caignet, prévost.
Maistre Tristan Fasconnel.
Jehan Warnier.
Robert de Labeye.
Hue Houchart.
Thomas de Hénault.
Jehan Lorfevre.
Jehan de Wailly.
Hue d'Aut.

Aubert Fauvel, grant compteur.
Jehan Murgale le jone, receveur des rentes.
Jehan le Sénescal, maistre des ouvrages.
Jehan Du croquet, maistre des présens.

L'ESTAT DE LA LOY ET ESCHEVINAGE DAMIENS renouvellée par vertu de lettres du roy nostre sire adressans à monseigneur le bailly damiens ou son lieutenant pour ung an commençant au jour saint Simon et saint Jude lan mil quatre cens soixante huit.

Sire PHILIPPE DE MORVILLER maieur.

Eschevins fais en hale :

Sire Guillaume de Bery.
Sire Jehan de Saint Fuscien.
Sire Hue de Courchelles.
Sire Jehan de May.
Maistre Jehan de Fontaines.
Maistre Anthoine Caignet.
Aubert Fauvel.
Colart Le rendu.
Jaque de Lesmes.
Jehan Hérenguier.
Simon Pertrisel.
Maistre Jehan Leclerc.

Eschevins fais lendemain :

Sire Jaque Clabaut.
Jehan Leclerc.
Pierre Du Gard, prévost.
Jehan Cochet.
Jehan de Coquerel dit Butor.
Nicole de Lully.
Fremin Le clerc.
Gille de Laon.
Guérard de Hémonlieu.
Maistre Tristan Fasconnel.
Henrry le Chirier.
Hue Houchart.

Jehan Murgale laisné, grant compteur.
Pierre le Sénescal, receveur des rentes.
Jehan le Sénescal, maistre des ouvrages.

L'estat de la mairye loy et eschevinage damiens renouvellée par vertu des lettres du roy nostre sire pour ung an commençant au jour saint Simon et Saint Jude lan mil iiij^{c} lxix et finant au jour saint Simon et saint Jude lan mil iiij^{c} lxx.

Sire Fremin Le Normant maieur.

Eschevins fais en hale :

Sire Guillaume de Bery.
Sire Hue de Courchelles.
Sire Jaque Clabaut.
Sire Jehan de May.
Robert de Labeie.
Jehan Leclerc.
Jehan le Séneschal.
Jehan Lorfevre.
Estienne de Vendueil.
Hue de Lesmes.
Simon Pertrisel.
Pierre Du Gard.

Eschevins fais lendemain du jour saint Simon et saint Jude en l'eschevinage :

Sire Jehan de Saint Fuscien.
Sire Philippe de Morviller.
Me Anthoine Caignet, prévost.
Aubert Fauvel.
Colart Le Rendu.
Jehan Crochet.
Maistre Bernard d'Aut.
Maistre Tristan Fasconnel.
Fremin Le clerc.
Jehan de Coquerel dit Butor.
Gille de Laon.
Jehan Hérenguier.

Anthoine Clabaut, grant compteur.
Jaque de May, receveur des rentes.
Henry le Chirier, maistre des ouvrages.

L'estat de la ville mairie et eschevinage damiens pour ung an commençant au jour saint Simon et saint Jude lan mil iiii^{c} lxx et finant au jour saint Simon et saint Jude lan mil iiij^{e} lxxi renouvellé par vertu des lettres du roy nostre sire.

Sire Guillaume de Bery maieur [218].

Eschevins fais en hale :

Sire Philippe de Morviller.
Sire Hue de Courchelles.
Sire Jaque Clabaut.
Maistre Anthoine Caignet.

Hue de Lesmes.
Jehan Crochet.
Jaque de May.
Jehan Du Croquet.
Aubert Fauvel.
Jehan Hérenguier.
Simon Pertrisel.
Nicole de Lully.

Eschevins fais lendemain du jour saint Simon et saint Jude :

Sire Jehan de Saint Fuscien.
Jehan Murgale laisné, prévost.
Colart le Rendu.
Jehan le Sénescal.
Maistre Jehan Leclerc.
Estienne de Vendueil.
Pierre Du Gard.
Maistre Tristan Fasconnel.
Fremin Leclerc.
Gille de Laon.
Guérard de Hémonlieu.
Hue Houchart.

Guillaume de Conty, grant compteur.
Jehan Féron, receveur des rentes.
Henry le Chirier, continué maistre des ouvrages.
Jehan Du Flos, faiseur des présens [219].

L'ESTAT DE LA VILLE LOY ET ESCHEVINAGE D'AMIENS renouvellé le jour saint Simon et saint Jude lan mil iiiie soixante et unze pour ung an par Monsr le bailly damiens en la halle ou le peuple estoit assemblé en grant nombre.

Sire ANTHOINE CLABAUT maieur [220].

Eschevins fais en hale :

Maistre Jehan Du Caurrel.
Guillaume de Conty.
Henry le Chirier.
Jehan Féron.
Hue de Lesmes.
Sire Fremin Le Normant.
Maistre Jaque Groul.
Philippe de la Porte.
Jehan le Hérenguier.
Colart le Rendu.
Me Anthoine Caignet, prévost.
Maistre Bernard Daut.

Eschevins fais lendemain :

Sire Jehan de Saint Fuscien.
Jehan le Sénescal.
Nicole de Lully.
Jaque de May.
Jehan Crochet.
Maistre Jehan Le clerc.

Maistre Tristan Fasconnel.
Gille de Laon.
Guérard de Hémonlieu.
Hue Houchart.
Jehan de Wailly.
Jaque Lenglés le jeune.

Jehan le Rendu, grant compteur.
Estienne de Vendueil, receveur des rentes.
Jehan Warnier, maistre des ouvrages.
Jehan Duflos sergent, faiseur des présens.

Renouvellement de la loy damiens pour ung an commençant au jour saint Simon et saint Jude lan mil quatre cens soixante douze.

Sire Anthoine Caignet maieur [221].

Eschevins fais en hale :

Sire Anthoine Clabaut.
Sire Jehan Le normant.
Jaque Aux cousteaulx.
Maistre Robert de Hangart.
Jehan le Sénescal.
Maistre Jaque Groul.
Jehan le Hérenguier.
Philippe de la Porte.
Estienne de Vendueil.
Jehan Murgale laisné.
Guillaume de Bery.
Nicole de Lully, prévost.

Eschevins fais lendemain en l'eschevinage :

Gille de Laon.
Colart le Rendu.
Jaque Lenglés le jeune.
Maistre Jehan Leclerc.
Jehan Du Candas.
Henry le Chirier.
Maistre Tristan Fasconnel.
Jehan Féron.
Jehan de Wailly.
Tristan Dippre.
Guérard de Hémonlieu.
Jehan Crochet.

Simon Pertrisel, grant compteur.
Robert de Barly, receveur des rentes.
Jehan Warnier, maistre des ouvrages.

L'estat de la ville damiens pour ung an commençant au jour saint Simon et saint Jude lan mil quatre cens soixante treize et finant audit jour lan mil iiiie soixante quatorze.

Sire Fremin Le Normant maieur [222].

Eschevins fais en hale :

Sire Hue de Courchelles.
Sire Jaque Clabaut.
Sire Anthoine Caignet.
Nicole de Lully.
Simon Pertrisel.
Jehan Warnier.
Robert de Barly.
Henry le Chirier.
Maistre Jehan Leclerc, prévost.
Maistre Jaque Groul.
Jehan le Sénescal.
Aubert Fauvel.

Eschevins fais en l'eschevinage :

Maistre Robert de Hangard.
Estienne de Vendueil.
Raoul de Bery.
Jaque Lenglés le jeune.
Jehan Du crocquet.
Maistre Tristan Fasconnel.
Jehan Féron.
Jehan de Wailly.
Guérard de Hémonlieu.
Hue Houchart.
Colart le Rendu.
Jehan Crochet.

Jehan Hérenguier, grant compteur.
Pierre Le couleur, receveur des rentes.
Phelippe de la Porte, maistre des ouvrages.

L'estat de la ville d'Amiens pour ung an commençant au jour saint Simon saint Jude lan mil quatre cens soixante quatorze et finant au jour saint Simon et saint Jude lan mil quatre cens soixante quinze.

Sire Anthoine Clabaut maieur.

Eschevins fais en hale :

Sire Fremin Le normant.
Sire Hue de Courchelles.
Sire Anthoine Caignet.
Maistre Jehan de Saint Delyes.
Maistre Robert de Hangard.
Maistre Jaque Groul.
Jehan Du Candas.
Pierre Le couleur.

Simon Pertrisel.
Jehan le Rendu.
Maistre Tristan Fasconnel.
Jehan de Saint Fuscien.

Eschevins fais lendemain :

Maistre Jehan Leclerc, prévost.
Jehan de Wailly.
Jehan Warnier.
Jehan de Vaux.
Jehan Du Gard.
Jaque Lenglés le jeune.
Guérard de Hémonlieu.
Henry le Chirier.
Jehan le Sénescal.
Nicole de Lully.
Robert de Barly.
Jehan Crochet.

Jehan le Hérenguier, grant compteur.
Philippe de la Porte, maistre des ouvrages.
Jehan le Riche, receveur des rentes.

L'ESTAT DE LA VILLE DAMIENS pour ung an commençant au jour saint Simon et saint Jude lan mil iiii^{c} lxxv et finant au jour saint Simon et saint Jude lan mil iiij^{c} soixante seize.

Sire ANTHOINE CLABAUT maieur [223].

Eschevins fais en hale :

Sire Hue de Courchelles.
Sire Jehan Le Normant.
Sire Fremin Le Normant.
Sire Philippe de Morviller.
Sire Jaque Clabaut.
Sire Anthoine Caignet.
Colart Le Rendu, prévost.
Jehan Le riche.
Jaque Lenglés le jeune.
Jaque de May.
Henry le Chirier.
Maistre Jaque Groul.

Eschevins fais lendemain :

Jehan Du Candas.
Maistre Tristan Fasconnel.
Maistre Tristan de Fontaines.
Jehan Murgale laisné.
Aubert Fauvel.
Maistre Jehan Leclerc.
Jehan Du Gard, receveur.
Nicole de Lully.
Jaques de Saint Fuscien.
Simon Pertrisel.
Jehan Warnier.
Jehan Crochet.

Jehan le Hérenguier, grant compteur.
Phelippe de la Porte, maistre des ouvrages.
Jehan de Bery, receveur des rentes.

ESTAT DE LA VILLE DAMIENS pour ung an commençant au jour saint Simon et saint Jude lan mil quatre cens soixante seize et finant au jour saint Simon et saint Jude lan mil iiii^{c} soixante dix-sept.

Sire ANTHOINE CAIGNET maieur.

Eschevins fais en halle :

Sire Anthoine Clabaut.
Jehan le Hérenguier.
Jehan de Bery.
Maistre Robert de Hangard.
Jaque Aux cousteaux.
Simon Pertrisel.
Riquier de Saint Fuscien.
Robert de Coquerel.
Jehan de Wailly.
Loys d'Aut.
Jehan de Vaulx.
Hue Houchart.

Eschevins fais lendemain en l'eschevinage :

Sire Jaque Clabaut.
Sire Fremin Le Normant.
Colart Le rendu.
Jehan Murgale laisné.
Henry le Chirier, prévost.
Jaques Lenglés le jeune.
Nicole de Lully.
Maistre Tristan Fasconnel.
Aubert Fauvel.
Jehan Bertin.
Jehan Féron.
Geffroy le Vaasseur.

Estienne de Vendueil, grant compteur.
Nicolas le Rendu, receveur des rentes.
Robert de la Porte, maistre des ouvrages.

L'ESTAT DE LA VILLE DAMIENS pour ung an commençant au jour saint Simon et saint Jude mil iiii^{c} soixante dix sept et finant audit jour saint Simon et saint Jude lan mil iiii^{c} soixante dix huit.

Sire JEHAN DE MAY maieur.

Eschevins fais en halle :

Sire Anthoine Caignet.
Estienne de Vendueil.
Nicolas le Rendu.
Robert de la Porte.
Jehan de Saint Fuscien.
Maistre Bernard d'Aut.
Maistre Jehan de Machy.
Maistre Jehan Le clerc.
Jehan Rohaut.
Fremin Leclerc.
Maistre Jehan de Saint Delys.
Jehan le Hérenguier.

Eschevins fais lendemain en l'eschevinage :

Sire Fremin Le Normant.
Sire Anthoine Clabaut.
Henry le Chirier, prévost.
Nicole de Lully.
Jehan de Vaulx.
Jehan de Wailly.
Hue Houchart.
Maistre Tristan Fasconnel.
Jehan Bertin, grenetier.
Me Robert Aux cousteaulx [224].
Robert de Coquerel.
Pierre le Sénescal.

Pierre le Couleur, grant compteur.
Riquier de Saint Fuscien, receveur des rentes.
Robert de Bailly, maistre des ouvrages.

L'ESTAT DE LA VILLE DAMIENS pour ung an commençant au jour saint Simon et saint Jude mil cccc soixante dix huit et finant audit jour mil cccc soixante dix neuf.

Sire ANTHOINE CLABAUT maieur d'Amiens.

Eschevins fais en hale :

Sire Jehan de May.
Sire Fremin Le Normant.
Sire Anthoine Caignet.
Riquier de Saint Fuscien.
Hue d'Aut.
Gaudefroy de Chaule.
Jehan le Hérenguier.
Pierre Rimache.
Jehan de Saint Fuscien.
Jehan Du Gard, receveur.
Jehan Du Candas.
Jehan de Vaulx.

Eschevins fais lendemain en l'eschevinage :

Me Tristan Fasconnel, prévost.
Henry le Chirier.
Nicole de Lully.
Jehan Bertin, grenetier.

Maistre Jehan Le clerc.
Maistre Jehan de Machy.
Pierre le Sénescal.
Robert de Coquerel.
Jehan Rohaut.
Maistre Robert de Hangard.
Hue Houchart.
Estienne de Vendueil.

Pierre le Couleur, grant compteur.
Maistre Bernard d'Aut, receveur des rentes.
Robert de Barly, maistre des ouvrages.

L'ESTAT DE LA VILLE DAMIENS pour ung an commençant au jour saint Simon et saint Jude lan mil cccc soixante dix neuf et finant audit jour qui sera lan mil cccc quatre vingt.

Sire ANTHOINE CLABAUT maieur continué [225].

Les échevins et les officiers sont également continués, (voir la la liste de 1478-1479).

ESTAT DE LA VILLE DAMIENS pour ung an commençant au jour saint Simon et saint Jude lan mil cccc quatre vingtz et finant audit jour qui sera lan mil iiii^c iiii^{xx} et ung.

Sire ANTHOINE CLABAUT, maieur.

Eschevins fais en hale :

Sire Fremin le Normant.
Sire Anthoine Caignet.
Maistre Tristan Fasconnel.
Maistre Jehan Le clerc.
Maistre Jaque Groul.
Maistre Bernard d'Aut.
Jaque de May.
Jehan de Vaulx.
Robert de Bailly.
Nicolas le Rendu.
Jehan de Saint Fuscien.
Pierre de Monchy.

Eschevins fais en l'eschevinage :

Henry le Chirier, prévost.
Jaque de Saint Fuscien.
Jehan Du Gard, receveur.
Jehan Bertin, grenetier.
Maistre Jehan de Machy.
Pierre le Sénescal.
Maistre Robert de Hangard.
Hue Houchart.

Robert de Coquerel.
Nicole de Lully.
Jehan Murgale le jeune.
Jehan de Haynau.

Pierre le Couleur, grant compteur continué.
Geffroy le Vaasseur, receveur des rentes.
Jehan Leriche, maistre des ouvrages.

Estat de la ville damiens pour ung an commençant au jour saint Simon et saint Jude lan mil cccc iiii^{xx} et ung et finant audit jour qui sera lan mil iiij^{c} quatre vingtz et deux.

Sire Anthoine Clabaut maieur.

Eschevins fais en halle :

Sire Jehan le Normant.
Sire Anthoine Caignet.
Jehan Damiette.
Jehan Murgale laisné.
Jehan Bertin.
Fremin Le clerc.
Maistre Robert Aux cousteaux.
Loys d'Aut.
Jehan Du Gard dit petit Gard[226].
Geffroy le Vaasseur.
Thomas de Pernois.
Pierre Delessau.

Eschevins fais en l'eschevinage :

Me Tristan Fasconnel, prévost.
Sire Jehan de May.
Henry le Chirier.
Maistre Jehan Leclerc.
Maistre Jehan de Machy.
Jehan de Vaulx.
Robert de Barly.
Simon Pertrisel.
Nicolas Le rendu.
Riquier de Saint Fuscien.
Maistre Jaque Groul.
Pierre de Monchy.

Pierre le Couleur, grant compteur continué.
Robert Aux cousteaux, receveur des rentes.
Jehan le Riche, maistre des ouvrages continué.

Estat de la ville d'Amiens pour ung an commençant au jour saint Simon et saint Jude lan mil cccc iiii^{xx} et deux et finant audit jour qui sera lan mil iiii^{c} quatre vingt trois.

Sire ANTHOINE CLABAUT maieur coutinué[227].

Même liste que l'année précédente.

Registre F *bis,* liste des maires et échevins. 1482 à 1787 inclus.

Ce registre commence ainsi :

Renouvellement de la loy, mairye prévosté et eschevinage de la ville et cité damiens depuis le jour sainct Simon et sainct Jude an mil quatre cens quatre vingts deux.

POUR L'ANNÉE COMMENÇANT an mil iiii^c iiii^xx ii.

Sire Anthoine Clabaut maieur.

Même liste que la précédente. (Double emploi avec la dernière liste du registre F).

POUR LANNÉE COMMENÇANT an mil iiii^c iiii^xx iij.

Sire JEHAN LE NORMANT maieur.

Eschevins du jour :

Sire Anthoine Clabaut.
Sire Jehan de May.
Jehan Murgalle.
Nicolas Rendu.
Jehan Du Gard dit petit Gard.
Pierre le Couleur.
Jehan le Riche.
Robert Aux cousteaux.
Me Bernard d'Aut.
Henry le Chirier.
Jehan Bertin.
Estienne de Vendeul.

Eschevins du lendemain :

Jehan Murgalle, prévost.
Me Jehan de Machy.
Me Jehan Le clercq.
Me Jacques Groul.
Riquier de Sainct Fussien.
Jacques Du croquet.
Thomas de Pernois.
Laurent Judas.
Pierre de Barly.
Pierre de Monchy.
Jehan Cretu.
Jehan Pinguerel.
Nicolas Dainval.

Robert de Barly, grant compteur.
Jehan de Hénault, recepveur des rentes.
Jehan de Vaux, maistre des ouvrages.

POUR LANNÉE COMMENÇANT an mil quatre cens quatre vingt quatre.

Sire ANTHOINE CLABAUT maieur.

Eschevins du jour :

Sire Fremin Lenormant.
Sire Jehan de May.
Me Robert de Fontaines.
Jehan Bertin.
Robert de Barly.
Jehan de Hénault.
Nicolas Le rendu, prévost.
Hue d'Aut.
Riquier de Saint Fussien.
Thomas de Pernois.
Pierre Delessau.
Jehan de Wailly.

Eschevins du lendemain :

Henry le Chirier.
Me Jehan Leclerc.
Jehan Du Gard dit Petit Gard.
Jehan Murgalle.
Me Robert Aux cousteaux.
Aubert Fauvel.
Raoul de Bery.
Simon Pertrisel.
Jehan de Lully.
Jehan Delattre.
Laurent Judas.
Jehan Carpentier.

Pierre Sénescal, grant compteur.
Jehan Peredieu, receveur des rentes.
Jehan de Vaux, maistre des ouvrages.

POUR UN AN COMMENÇANT an mil quatre cens quatre vingt et cinq.

Sire NICOLAS LE RENDU maieur [228].

Eschevins du jour :

Sire Anthoine Clabaut.
Sire Firmin le Normant.
Sire Jehan de May.
Sire Jaque Clabaut.
Me Jehan Leclerc.
Henry le Chirier, prévost.
Me Jacques Groul.
Louis d'Aut.
Pierre Sénescal.
Me Guy le Borgne.
Jehan Delattre.
Jehan Damiette.

Eschevins du lendemain :

Jehan Bertin.
Jehan de Hénault.
Jehan de Wailly.
Jehan Murgalle.
Jehan de Lully.
Simon Pertrisel.
Raoult de Bery.
Me Robert Aux coustiaux.
Thomas de Pernois.
Laurent Judas.
Jehan Martin.
Jehan Le carpentier.

Robert de Barly, grant compteur.
Me Nicolas Fauvel, receveur des rentes.
Jehan de Vaux, M^{e} des ouvrages.

POUR LANNÉE COMMENÇANT m $iiij^{c}$ $iiij^{xx}$ vi.

Sire NICOLAS LE RENDU maieur.

Eschevins du jour :

Sire Jehan de May.
Sire Firmin Le Normant.
Sire Anthoine Clabaut.
Robert de Barly.
Mr Nicole Fauvel.
Jehan de Vaux.
Jehan Damiette.
Me Jehan Leclerc.
Riquier de Saint Fuscien.
Jehan Bertin.
Hue d'Ault.
Pierre Sénescal.

Eschevins du lendemain :

Ledict Bertin, prévost.
Henry le Chirier.
Jehan Murgalle.
Louis d'Aut.
Me Robert Aux cousteaux.
Me Jehan Du Gard.
Jehan de Lattre [229].
Jehan de Lully.
Jehan de Hénault.
Robert Faverel [230].
Thomas de Pernois.
Jehan Le Carpentier.
Jehan de Wailly.

Robert Aux cousteaux, grant compteur.
Pierre de May, receveur des rentes.
Pierre de Barly, M^{e} des ouvrages.

POUR LANNÉE COMMENÇANT m iiii^{c} iiii^{xx} vii.

Sire ANTHOINE CLABAUT maieur.

Eschevins du jour :

Sire Nicolas Le rendu.
Robert Aux cousteaux.
Pierre de May.
Pierre le Sénescal.
Pierre de Barly.
Sire Jehan le Normant.
Me Bernard Daut.
Richier de St Fuscien, prévost.
Jehan Cosette.
Jehan Wailly.
Jehan de Vaulx.
Robert Faverel.

Eschevins du lendemain :

Jehan Bertin.
Henry le Chirier.
Me Jehan Leclerc.
Jehan de Lully.
Jehan de Hénault.
Me Jacques Groul.
Jehan Du Gard dit petit Gard.
Jehan Damiette.
Simon Pertrisel.
Thomas de Pernois.
Pierre Le couleur.
Pierre Platel.

Me Nicole Fauvel, grant compteur.
Nicolas Houchart, receveur des rentes.
Jehan Leriche, M^{e} des ouvrages.

POUR LANNÉE COMMENÇANT m iiii^{c} iiii^{xx} viii.

Sire NICOLAS FAUVEL maieur [231].

Eschevins du jour :

Sire Firmin le Normant.
Sire Anthoine Clabault.
Richier de Saint Fussien.
Jehan le Riche.
Nicolas Houchart.
Hue d'Aut.
Me Robert Aux cousteaux.
Me Jehan Desprez.
Me Jehan Leclerc.
Jacques de May.
Me Jaque Groul.
Thomas de Pernois.

Eschevins du lendemain :

Jehan Bertin, prévost.
Sire Nicole le Rendu.
Henry le Chirier.
Jehan de Lully.

Pierre Sénescal.
Robert de Barly.
Simon Pertrisel.
Jehan de Hénault.
Jehan Du Gard.
Jehan de Vaux.
Nicolas Platel.
Jehan Cosette.

Jehan Peredieu, grand compteur.
Hue le Rendu, recepveur des rentes.
Pierre de Barly, M^e^ des ouvrages.

Pour lannée commençant m iiii^c^ iiii^xx^ ix.

Sire Jehan Pèredieu maieur [232].

Eschevins du jour :

Sire Nicolas Fauvel.
Sire Jehan de May.
Sire Jehan le Normant.
Jehan Bertin.
Me Robert Aux cousteaux.
Me Jehan Le clerc.
Hue le Rendu.
Jehan de Wailly.
Me Bernard d'Aut.
Jehan Damiette.
Nicolas de Rocourt.
Jehan Martin.

Eschevins du lendemain :

Jehan de Lully, prévost.
Riquier de Saint Fussien.
Henry le Chirier.
Simon Pertrisel.
Thomas de Pernois.
Pierre Sénescal.
Jehan de Hénault.
Robert de Barly.
Jehan Du Gard [233].
Pierre Couleur.
Me Jehan Desprez.
Jehan Cosette.

Jehan Peredieu.
Hue le Rendu, recepveur.
Pierre de Barly.

12

POUR LANNÉE COMMENÇANT m iiij^{c} iiii^{xx} x.

Sire NICOLAS LE RENDU maieur.

Eschevins du jour :

Sire Fremin Le normant.
Sire Nicolas Fauvel.
Sire Jehan Peredieu.
Me Robert Aux cousteaux.
Me Robert de Fontaines [234].
Me Jehan Le clerc.
Pierre de May.
Hue d'Aut.
Jehan de May.
Jehan de Vaulx.
Jehan Le riche.
Jehan Rohault marchand [235].

Eschevins du lendemain :

Jehan Bertin, prévost.
Jehan de Lully.
Henry le Chirier.
Richer de Saint Fussien.
Me Jehan Desprez.
Pierre Sénescal.
Simon Pertrisel.
Jehan de Hénault.
Nicolas Platel.
Thomas de Pernois.
Jehan Cosette.
Robert de Barly.

Nicolas Houchart, grant compteur.
Jehan de Saisseval, recepveur des rentes [236].
Pierre de Barly, continué M^{e} des ouvrages.

POUR LANNÉE COMMENÇANT m iiij^{c} iiii^{xx} xi.

Sire ANTHOINE CLABAULT maieur.

Eschevins du jour :

Sire Firmin le Normant.
Sire Nicolas Le rendu.
Nicolas Houchart.
Jehan de Saisseval.
Pierre de Barly.
Louis d'Aut.
Richer de Sainct Fussien.
Me Jehan Desprez.
Jehan Muguet.
Vincent Lecat. [237].
Martin Martin [238].
Me Louis Scorion.

Eschevins du lendemain :

Pierre de May.
Me Robert Aux cousteaux.
Henry le Chirier.
Jehan de Lully.
Jehan Rohault.
Jehan Le riche.
Pierre Sénescal.
Simon Pertrisel.
Nicolas Platel.
Jacques Hérenguier.
Jehan Cosette.
Jehan de Hénault.

Me Bernard d'Aut, grant compteur.
Anthoine Lorfevre, recepveur des rentes.
Jehan de Vaulx, Me des ouvrages.

Pour lannée commençant m iiij^c iiii^xx xij.

Sire Anthoine Clabault maieur.

Eschevins du jour :

Sire Jehan Le normant.
Sire Nicolas Le rendu.
Sire Nicolas Fauvel.
Pierre de May.
Richer de Saint Fussien.
Jehan Bertin.
Me Bernard d'Aut.
Jehan de Vaulx.
Anthoine Lorfevre.
Robert de Bailly.
Me Jehan Desprez.
Robert Faverel.

Eschevins du lendemain :

Jehan de Lully, prévost.
Henry le Chirier.
Me Robert Aux cousteaux.
Jehan de Saisseval.
Pierre Sénescal.
Jehan Leriche.
Jehan de Hénault.
Jehan de May.
Martin Martin.
Raoul Sacquespée.
Jehan Frachicourt.
Jehan Muguet.

Simon Pertrisel, grand compteur.
Nicolas de Saisseval, recepveur des rentes.
Pierre de Bailly, Me des ouvrages.

Pour lannée commençant m iiii^{c} iiii^{xx} xiii.

Sire Anthoine Clabault maieur.

Eschevins du jour :

Sire Jehan Lenormant.	Colart Féron.
Sire Nicolas le Rendu.	Simon Pertrisel.
Pierre de May, prévost.	Jehan Cosette.
Louis d'Aut.	Jehan Bertin.
Robert Faverel.	Anthoine Lorfevre.
Martin Martin.	Anthoine de Bery.

Eschevins du lendemain :

Sire Nicole Fauvel.	Pierre le Sénescal.
Jehan de Lully.	Jehan Le Riche.
Henry le Chirier.	Robert de Bailly.
Richier de Saint Fussien.	Jehan Muguet.
Me Jehan Desprez.	Jehan de Saisseval.
Me Robert Aux cousteaux.	Estienne Le Vaasseur [239].

Jehan de Saisseval, grant compteur.
Jacques de Barly, recepveur des rentes.
Pierre de Barly, M^{e} des ouvrages.

Pour lannée commençant m iiij^{c} iiii^{xx} xiiij.

Sire Anthoine Clabault maieur.

Eschevins du jour :

Sire Jehan Lenormant.	Robert Aux cousteaux.
Sire Nicolas Le rendu.	Nicolas Feron.
Sire Nicolas Fauvel.	Robert Faverel.
Pierre de May.	Jehan Arrachecœur.
Jehan Bertin.	Jehan Rohault.
Louis Daut.	Nicolas de Saisseval.

Eschevins du lendemain :

Richier de St Fussien, prévost.	Jehan Leriche.
Pierre le Sénescal.	Robert de Barly.

Anthoine Lorfevre.
Jehan Muguet.
Jehan Cosette.
Thibault Cagnet.
Jehan de Hénault.
Nicolas Platel.
Anthoine Louvel [240].
Jehan Judas.

Jehan de Saisseval, grant compteur.
Jaque de Barly, recepveur des rentes.
Pierre de Barly, M^e des ouvrages.

POUR LANNÉE COMMENÇANT m iiii^c iiii^{xx} xv.

Sire ANTHOINE CLABAULT maieur.

Même liste que la précédente, seulement au lieu de feu Jehan Rohault, décédé : Nicaise Judas.

Les trois officiers pareillement continués.

POUR LANNÉE COMMENÇANT m iiii^c iiii^{xx} xvi.

Sire PIERRE DE MAY maieur [241].

Eschevins du jour :

Sire Anthoine Clabault.
Sire Jehan Lenormant.
Sire Nicolas Fauvel.
Richier de Saint Fussien.
Jehan Bertin.
Jehan de Saisseval, prévost.
Louis d'Aut.
Nicolas Féron.
Jehan le Caron.
Jehan Delattre.
Jacques de Barly.
Robert Faverel.

Eschevins du lendemain :

Robert Aux cousteaux.
Jehan de May.
Pierre Sénescal.
Martin Martin.
Jehan de Hénault.
Jehan Muguet.
Jehan Leriche.
Jehan Cosette
Lambert Joly.
Estienne Levasseur.
Nicolas Platel.
Thibault Cagnet.

Anthoine Lorfevre, grand compteur.
Jacques de May, recepveur des rentes.
Nicolas de Saisseval, maistre des ouvrages.

POUR LANNÉE COMMENÇANT M IIIIc IIIIxx XVII.

Sire JEHAN BERTIN maieur [242].

Eschevins du jour :

Sire Anthoine Clabault.
Sire Nicolas Fauvel.
Sire Pierre de May.
Richer de St Fussien, prévost.
Anthoine Lorfevre.
Nicolas de Saisseval.
Me Jehan Du Gard.
Nicolas Féron.
Robert de Bailly.
Jehan le Caron.
Anthoine Louvel.
Nicolas Cagnet.

Eschevins du lendemain :

Robert Aux cousteaux.
Pierre le Sénescal.
Jehan Leriche.
Jehan de Hénault.
Jehan Muguet.
Nicolas Platel.
Louis Dequen [243].
Estienne Le Vaasseur.
Jehan Cosette.
Jehan Delattre.
Regnault Lesueur.
Lambert Joly.

Anthoine Lorfevre, grand compteur.
Jaques de May, recepveur des rentes.
Nicolas de Saisseval, maistre des ouvrages.

POUR LANNÉE COMMENÇANT M IIIIc IIIIxx XVIII.

Sire PIERRE DE MAY maieur.

Eschevins du jour :

Sire Anthoine Clabault.
Sire Jehan Bertin.
Richer de Saint Fussien.
Pierre de Bailly.
Jehan de May.
Jehan Daut.
Me Jehan Du Gard, prévost.
Nicolas Féron.

Anthoine Louvel.
Jehan de Saisseval.
Me Pierre Vilain [244].
Pierre d'Aut.

Eschevins du lendemain :

Sire Nicolas Fauvel.
Robert Faverel.
Jehan Le caron.
Robert Aux cousteaux.
Pierre le Sénescal.
Louis Dequen.
Jehan Muguet.
Anthoine Lorfevre.
Jehan Leriche.
Jehan Cosette.
Jehan de Hénault.
Nicolas Platel.

Nicaise Judas, grand compteur.
Pierre Le Normant, recepveur des rentes.
Jacques de May laisné, Me des ouvrages.

POUR LANNÉE COMMENÇANT m iiiic iiiixx xix.

Sire PIERRE DE MAY maieur.

Eschevins du jour :

Sire Anthoine Clabault.
Richer de Saint Fussien.
Nicaise Judas.
Pierre Lenormant.
Me Anthoine Le clerc.
Jacques Couillu.
Me Pierre Vilain [245].
Anthoine Lorfevre.
Raoul Sacquespée [246].
Anthoine Louvel.
Regnault le Sueur.

Eschevins du lendemain :

Sire Nicolas Fauvel.
Jehan de Saisseval, prévost.
Jehan le Caron.
Jehan Cosette.
Louis Dequen.
Jehan de May.
Jehan Daut.
Robert Faverel.
Jehan Muguet.
Pierre le Sénescal.
Robert Aux cousteaux.

Estienne le Vaasseur, recepveur des rentes.
Jacques de Bailly, Me des ouvrages.
Jacques de May, grand compteur.

Pour lannée commençant m cincq cent.

Sire Pierre de May maieur.

Eschevins du jour :

Sire Nicolas Fauvel.	Raoul Sacquespée.
Sire Jehan Bertin.	Jehan Forestier.
Jehan de Saisseval.	Jehan le Caron.
Richer de Saint Fussien.	Robert Aux cousteaux, prévost.
Estienne Levasseur.	Nicaise Judas.
Jacques de Bailly.	Jehan de Rocourt.

Eschevins du lendemain :

Sire Anthoine Clabault.	Jehan Muguet.
Simon Leclerc.	Anthoine Lorfevre.
Pierre Sénescal.	Jehan Cosette.
Jehan de Hénault.	Jehan de May.
Jehan Daut.	Regnault Lesueur.
Louis Dequen.	Jehan Judas.

Anthoine Louvel, recepveur des rentes.
Jehan Du Cloy, maistre des ouvrages.
Nicolas Platel, grand compteur.

Pour lannée commençant mil cincq cent ung.

Sire Richer de Saint Fussien maieur.

Eschevins du jour :

Sire Anthoine Clabault.	Robert Aux cousteaux.
Sire Nicolas Fauvel.	Pierre Sénescal, prévost.
Sire Pierre de May.	Jehan le Caron.
Sire Jehan Bertin.	Anthoine Lorfevre.
Nicolas Platel.	Jacques Caullu.
Anthoine Louvel.	Jehan de Saisseval.

Eschevins du lendemain :

Jehan Judas.
Nicaise Judas.
Jehan le Forestier.
Jehan Hénault.
Hue Canesson.
Me François Fasconnel.
Robert de Bailly.
Jehan le Riche.
Nicolas Caignet.
Nicolas de Rocourt.
Guillaume Lemattre.
Jehan Matissart [247].

Raoul Sacquespée, grand compteur.
Adrien de Chaules, recepveur des rentes.
Jehan Ducloy, Me des ouvrages.

POUR LANNÉE COMMENÇANT mil cincq cens deux.

Sire NICOLAS FAUVEL maieur.

Eschevins du jour :

Sire Anthoine Clabault.
Sire Pierre de May.
Sire Jehan Bertin.
Sire Richer de Saint Fussien.
Adrien de Chaules.
Hue Rendu.
Pierre Sénescal.
Jehan le Caron.
Me Anthoine de Saint Delitz [248].
Jacques Le normant.
Anthoine Louvel.
Anthoine Lorfevre.

Eschevins du lendemain :

Jehan de Saisseval.
Jehan de Courllu.
Jehan de Hénault.
Jehan Leriche.
Robert de Bailly.
Jehan Forestier.
Jehan Judas.
Nicolas de Rocourt.
Hue Canesson.
Me François Fasconnel.
Nicolas Cagnet.
Jehan Matissart.

Raoul Sacquespée, grand compteur.
Me Philippe de Conty, recepveur des rentes.
Jehan Du Cloy, maistre des ouvrages.

POUR LANNÉE COMMENÇANT mil cincq cens trois.

Sire ANTHOINE CLABAULT maieur [249].

Eschevins du jour :

Sire Nicolas Fauvel.
Sire Richer de Saint Fussien.
Sire Pierre de May.
Pierre Sénescal, prévost.
Me Philippe de Conty.
Raoult Sacquespée.
Me Anthoine Leclercq.
Firmin le Parmentier.
Nicolas Daynval.
Me Jehan Rendu.
Anthoine Lorfevre.
Jehan de Saisseval.

Eschevins du lendemain :

Anthoine Louvel,
Jehan le Riche.
Robert de Bailly.
Jehan le Forestier.
Jehan Judas.
Hue Canesson.
Nicolas Cagnet.
Louis Dequen.
Guillaume le Mattre.
Me François Fasconnel.
Jehan le Chirier.
Nicolas de Rocourt.

Jehan Matissart, grand compteur.
Jehan Du Cloy, Me des ouvrages.
Simon Leclercq, recepveur des rentes.

POUR LANNÉE COMMENÇANT m vc iiii.

Sire PIERRE DE MAY maieur.

Eschevins du jour :

Sire Nicolas Fauvel.
Pierre Sénescal.
Me Anthoine Leclercq.
Me Philippe de Conty.
Nicolas Daynval
Jehan le Chirier.
Jacques Danglés.
Jehan Matissart.
Simon Le clercq.
Regnault Le sueur.
Jehan Daut fils Louis.
Jehan Dardre, procureur.

Eschevins du lendemain :

Sire Richer de Saint Fussien.
Anthoine Lorfevre, prévost.
Jehan de Saisseval.
Me François Fasconnel.
Me Jehan le Rendu.
Raoult Sacquespée.
Robert Faverel.
Anthoine Louvel.
Firmin Parmentier.
Nicolas de Rocourt.
Guillaume Le Mattre.
Jehan d'Aut, procureur.

Jehan Muguet, grand compteur.
Louis Dequen, Me des ouvrages.
Jehan Rimace, recepveur des rentes.

POUR LANNÉE COMMENÇANT m vc cincq.

Sire ANTHOINE LORFEVRE maieur.

Eschevins du jour :

Sire Pierre de May.
Sire Jehan Bertin.
Sire Richer de Sainct Fussien.
Pierre Sénescal.
Jehan Muguet.
Louis Dequen.
Jehan Rimache.
Jehan Forestier laisné
Jehan d'Aut fils Louis.
Jehan Daut, procureur.
Me Jehan Auxcousteaux, advocat.
Nicolas Daynval.

Eschevins du lendemain :

Sire Nicolas Fauvel.
Jehan de Saisseval.
Me François Fasconnel.
Anthoine Louvel.
Nicolas de Rocourt.
Jehan Dardre [250].
Regnault Lesueur.
Jehan Matissart.
Simon Leclerc.
Jehan le Chirier.
Fremin le Parmentier.
Jehan Laloyer.

Me Philippe de Conty, grand compteur.
Robert Faverel, Me des ouvrages.
Fremin de Saisseval, recepveur des rentes.

POUR LANNÉE COMMENÇANT m v^{e} vi.

Sire NICOLAS FAUVEL maieur.

Eschevins du jour :

Sire Pierre de May.
Sire Jehan Bertin.
Sire Richer de Saint Fussien.
Sire Anthoine Lorfevre.
Me Philippe de Conty.
Robert Faverel.
Jehan d'Aut laisné.
Louis Dequen.
Anthoine Louvel.
Me Jehan Aux cousteaux, médecin.
Me Jehan Du Gard le joeune.
Fremin de Saisseval.

Eschevins du lendemain :

Pierre Sénescal.
Jehan Daut sire de Rumegny, prévost.
Jean le Forestier laisné.
Jehan Muguet.
Firmin le Parmentier.
Nicole de Rocourt.
Raoult Sacquespée.
Me François Fasconnel.
Estienne Le vasseur.
Jehan Rimache.
Me Jehan Normant.
Jehan Matissart.

Me Jehan Auxcousteaux, advocat, grand compteur.
Jacques de Mailly, M^{e} des ouvrages.
Pierre Auxcousteaux, recepveur des rentes.

POUR LANNÉE COMMENÇANT m v^{c} vii.

Sire PIERRE DE MAY maieur.

Eschevins du jour :

Sire Jehan Bertin.
Sire Jehan Lorfevre.
Pierre Sénescal.
Jehan de Saisseval.
Jehan Daut laisné.
Jehan Cosette.
Me Jehan Aux cousteaux, prévost.
Raoult Sacquespée.
Estienne Levasseur.
Jehan Rimache.
Me Jehan Normant.
Jehan Matissart.

Eschevins du lendemain :

Sire Nicolas Fauvel.
Sire Richer de Saint Fussien.
Firmin le Parmentier,
Jehan Le Forestier.
Nicolas Cagnet.
Me François Fasconnel.
Me Jehan Du Gard le joeune.
Nicolas de Rocourt.
Robert Faverel.
Lucas Le Carpentier.
Simon Leclercq.
Regnault Le sueur.

Nicaise Judas, grand compteur.
Louis Dequen, Me des ouvrages.
Jehan Daut, procureur, recepveur des rentes.

POUR LANNÉE COMMENÇANT m vc viii.

Sire PIERRE DE MAY maieur [251].

Eschevins du jour :

Sire Jehan Bertin.
Sire Anthoine Lorfevre.
Pierre Sénescal.
Jehan de Saisseval.
Jehan d'Aut laisné.
Jehan Cosette.
MeJehan Auxcousteaux, prévost
Raoul Sacquespée.
Philippes Canesson.
Anthoine Louvel.
Jacques Bailly.
Anthoine Dardre.

Eschevins du lendemain :

Sire Nicolas Fauvel.
Sire Richer de Saint Fussien.
Me François Fasconnel.
Simon Leclercq.
Nicolas Cagnet.
Me Jehan Du Gard le Joeune.
Nicolas de Rocourt.
Firmin Parmentier.
Jehan Forestier.
Robert Faverel.
Regnault Lesueur.
Lucas Carpentier.

Pierre Aux cousteaux, grant compteur.
Louis Dequen, maistre des ouvrages, continué.
Jehan d'Aut, procureur, recepveur des rentes, continué.

Pour lannée commençant m v^e ix.

Sire Pierre de May maieur.

Eschevins du jour :

Sire Anthoine Lorfevre.
Me François Fasconnel.
Me Jehan Rendu.
Raoult Sacquespée.
Louis Dequen.
Jehan Muguet.
Me Anthoine Leblond.
Philippe Normant.
Ferry Harlé.
Jehan d'Aut, procureur.
Pierre Louvel.
Nicolas Leclerc fils Liénard.

Eschevins du lendemain :

Sire Jehan Bertin.
Me Jehan Aux cousteaux.
Me Jehan Du Gard, prévost.
Jehan Cosette.
Lucas Carpentier.
Robert Faverel.
Nicolas Cagnet.
Pierre Sénescal.
Firmin Parmentier.
Jehan de Saisseval.
Jacques de Bailly.
Pierre de Rouvelle.

Philippe Canesson, grand compteur.
Jehan Rimache, M^e des ouvrages.
Hector de la Porte, recepveur des rentes.

Pour lannée commençant m v^e dix.

Sire Jehan de Saisseval maieur [252].

Eschevins du jour :

Sire Nicolas Fauvel.
Sire Pierre de May.
Sire Richer de Saint Fussien.
Sire Anthoine Lorfevre.
Hector de la Porte.
Jehan Rimache.
Nicolas Leclercq.
Raoult Sacquespée.
Hue Canesson.
Pierre Louvel.
Jehan Daut laisné.
Nicolas Cagnet.

Eschevins du lendemain :

Me Jehan Du Gard.
Pierre Aux cousteaux.
Jehan Matissart.
Louis Dequen.
Jehan Muguet, prévost.
Jehan Defer.
Firmin Parmentier.
Jacques de Barly.
Jehan Bugnet.
Jehan Molet.
Nicolas de Collemont.
Me François Fasconnel.

Jehan Daut, Me des ouvrages.
Anthoine Dippre, recepveur des rentes.
Jehan Le prévost, grand compteur.

POUR LANNÉE COMMENÇANT m vc xj.

Sire PIERRE DE MAY maieur.

Eschevins du jour :

Sire Nicolas Fauvel.
Sire Richer de Saint Fussien.
Sire Anthoine Lorfevre.
Sire Jehan de Saisseval.
Jehan Muguet.
Pierre Sénescal.
Louis Dequen.
Philippe de Conty.
Jehan Daut.
Jehan Leprévost [253].
Me Anthoine Leblond.
Ferry Harlé.

Eschevins du lendemain :

Me François Fasconnel.
Nicolas Cagnet, prévost.
Guillaume Le Mattre.
Raoult Sacquespée.
Me Jehan Du Gard.
Pierre de Rouville.
Hector De la porte.
Pierre Louvel.
Me Anthoine de Soissons.
Anthoine Dardre.
Jehan Laloyer.
Jehan Cosette.

Anthoine Louvel, Me des ouvrages.
Anthoine Tarisel, recepveur des rentes.
Jehan Rimache, grand compteur.

POUR LANNÉE COMMENÇANT m v^e^ xij.

Sire ANTHOINE L'ORFEVRE maieur.

Eschevins du jour :

Sire Pierre de May.
Nicolas Cagnet.
Jehan Muguet.
Pierre Sénescal.
Me Jehan Du Gard.
Me Philippe de Conty, prévost.
Firmin Parmentier.
Louis Dequen.
Jehan Daut laisné.
Hector de la Porte.
Anthoine Tarisel.
Simon Clabault.

Eschevins du lendemain :

Sire Nicolas Fauvel.
Sire Richer de Saint Fussien.
Sire Jehan de Saisseval.
Me François Fasconnel.
Raoult Sacquespée.
Jehan Cosette.
Jehan le Prévost.
Anthoine Dardre.
Regnault Le sueur.
Pierre de Rouville.
Jehan Laloyer.
Pierre Louvel.

Laurent Judas, recepveur des rentes.
Anthoine Louvel, Me des ouvrages continué.
Jehan Matissart, grand compteur.

POUR LANNÉE COMMENÇANT m v^e^ xiii.

Sire PHILIPPES CLABAULT maieur [254].

Eschevins du jour :

Sire Nicolas Fauvel.
Sire Pierre de May.
Sire Anthoine Lorfevre.
Sire Richer de Saint Fussien.
Me Philippe de Conty.
Jehan Le prévost, prévost.
Me Anthoine Leblond.
Jehan Matissart.
Adrien de Chaules.
Nicolas Cagnet.
Anthoine Louvel.
Laurent Judas [255].

Eschevins du lendemain :

Sire Jehan de Saisseval.
Me Jehan Aux cousteaux, mé-
decins.
Hector Delaporte.
Anthoine Tarisel.
Jehan Rimache.
Jehan Carpentier sieur de
Courcelles
Jehan Daut laisné.
Jehan Defer.
Me François Fasconnel.
Nicolas de Collemont.
Nicolas Leclercq.
Nicolas Rache.

Pierre Aux cousteaux, grant compteur.
Jehan Laloyer, Me des ouvrages.
Me Jehan de Rely, licencié ès loix, recepveur des rentes.

POUR LANNÉE COMMENÇANT m vc xiiij.

Sire NICOLAS CAIGNET maieur.

Eschevins du jour :

Sire Nicolas Fauvel.
Sire Pierre de May.
Sire Jehan de Saisseval.
Sire Philippe Clabault.
Pierre Aux cousteaux.
Me Jehan de Rely.
Me Anthoine Lalement.
Me Robert Du Gard, prévost.
Jehan Cosette.
Pierre de Soissons.
Anthoine Louvel [256].
Raoult Sacquespée.

Eschevins du lendemain :

Sire Richer de Saint Fussien.
Sire Anthoine Lorfevre.
Jehan Le prévost.
Me François Fasconnel.
Jehan Carpentier.
Pierre le Maistre.
Hector Delaporte.
Guillaume Blanchamp.
Jacques Daynval.
Jehan D'Aut laisné.
Vincent Judas.
Firmin Parmentier.

Salomon de Rincheval, grand compteur.
Jehan Laloyer, Me des ouvrages.
Me Nicole Lorfèvre, recepveur des rentes.

Pour lannée commençant m v^c^ xv.

Sire Robert Du Gard maieur.

Eschevins du jour :

Sire Nicolas Fauvel.
Sire Pierre de May.
Sire Nicolas Caignet, prévost.
Me Mathieu Lalemant.
Jehan Cosette.
Salomon de Rincheval.
Me Nicole Lorfevre.
Pierre Aux cousteaux.
Simon Parmentier.
Jehan Le Normant.
Anthoine Louvel.
Pierre de Soissons.

Eschevins du lendemain :

Sire Richer de Saint Fussien.
Sire Jehan de Saisseval.
Me François Fasconnel.
Raoult Sacquespée.
Me Jehan de Rély.
Pierre Le maistre.
Bernard D'aut.
Jehan Defer.
Ferry Harlé.
Guillaume Blanchamp.
Vincent Judas.
Jehan Boitel.

Pas d'indication d'officiers.

Pour lannée commençant m v^c^ xvi.

Sire Jehan le Prévost maieur [257].

Eschevins du jour :

Sire Pierre de May.
Sire Robert Du Gard.
Me François Fasconnel.
Me Mathieu Lalemant.
Me Philippes de Conty.
Adrien de Saint Deliz.
Pierre Louvel.
Me Pierre Du Gard.
Me Anthoine Le clerc.
Jacques d'Aynval.
Louis Dequen.
Jehan Laloyer.

Eschevins du lendemain :

Sire Philippe Clabault.
Sire Nicolas Fauvel.
Sire Jehan de Saisseval.
Sire Nicolas Caignet.
Me Jehan de Saint Fussien, prévost.

Me Anthoine Leblond.
Me Nicole Lorfevre.
Bernard Daut.
Raoul Sacquespée.
Jehan le Normant.
Hector De la porte.
Pierre Langlés.

Pour lannée commençant m vc xvii.

Sire Philippes Clabault maieur.

Eschevins du jour :

Sire Pierre de May.
Sire Jehan Le prévost.
Sire Jehan le Sénescal.
Me Anthoine Le Clerc.
Jehan Cosette.
Pierre Lemaistre.
Pierre Louvel.
Ferry Harlé.
Louis Dequen.
Jehan Forestier.
Simon Clabault.
Firmin le Cat.

Eschevins du lendemain :

Sire Nicolas Fauvel.
Sire Nicolas Caignet.
Me François Fasconnel.
Me Jehan de Saint Fussien.
Me Anthoine Leblond.
Me Nicole Lorfevre.
Andrieu de Monssures.
Bernard D'Aut.
Raoult Sacquespée.
Me Pierre Du Gard.
Guillaume Lemattre.
Nicolas de Collemont.

Pour lannée commençant m vc xviii.

Sire Jehan de Saint Fussien maieur [258].

Eschevins du jour :

Sire Philippe Clabault.
Sire Nicolas Caignet.
Pierre Louvel.
Me Pierre Du Gard, prévost.
Me Philippe de Conty.
Me Mathieu Lalemant.
Me Anthoine Le clerc le joeune.
Jehan Sénescal.
Laurent George.
Ferry Harlé.
Jehan Castelet.
Gilles Damourettes [259].

Eschevins du lendemain :

Sire Pierre de May.
Sire Jehan de Saisseval.
Sire Jehan Le prévost.
Me François Fasconnel.
Andrieu de Monssures.
Louis Dequen.
Raoul Sacquespée.
Me Augustin de Saisseval.

Laurent Judas, grand compteur.
Nicolas Boulanger?

POUR LANNÉE COMMENÇANT m vc xix

Sire JEHAN DE SAINT FUSSIEN maieur.

Eschevins du jour :

Sire Nicolas Caignet.
Pierre Louvel.
Me Pierre Du Gard.
Me Philippe de Conty.
Me Anthoine Leclercq le joeune.
Me Anthoine Leblond.
Jehan Sénescal.
Firmin Parmentier.
Laurent George.
Ferry Harlé.
Jehan Castelet.
Gilles Damourettes.

Eschevins du lendemain :

Sire Pierre de May.
Sire Jehan de Saisseval.
Sire Jehan Le prévost.
Andrieu de Monsures.
Louis Dequen.
Raoult Sacquespée.
Me Augustin de Saisseval.
Claude de Fontaines.
Nicolas de Collemont.
Jehan Forestier.
Vincent Judas.
Jehan Laloyer.

POUR LANNÉE COMMENÇANT m vc xx.

Sire PIERRE DU GARD maieur [260].

Eschevins du jour :

Sire Pierre de May.
Sire Jehan de Saisseval.
Sire Jehan Prévost.
Sire Jehan de Saint Fussien.

Me Philippes de Conty.
Me Anthoine Leclerc, prévost.
Me Anthoine Leblond.
Me Augustin de Saisseval.
Pierre Louvel.
Ferry Harlé.
Jehan Castelet.
Jehan Laloyer.

Eschevins du lendemain :

Louis Dequen.
Claude de Fontaines.
Raoul Sacquespée.
Firmin Parmentier.
Bernard Daut.
Pierre le Maistre.
Simon Clabault.
Vincent Judas.
Laurent Judas.
Me Simon Broquet.
Nicolas Boullanger.
Gilles Damourette.

Pour lannée commençant m vc vingt ung.

Sire Jacques de May maieur.

Eschevins du jour :

Sire Jehan de Saisseval.
Sire Jehan Prévost.
Sire Jehan de Sainct Fussien.
Sire Pierre Du Gard.
Me Philippes de Conty.
Pierre Louvel.
Me Jehan Le Clerc.
Jehan Castelet.
Nicolas Ducloy.
Pierre le Maistre.
Me François Bidare [261].
Henry Cosette.

Eschevins du lendemain :

Me Augustin de Saisseval, prévost.
Me Anthoine Leblond.
Me Simon Broquet.
Me Hugues De la Rue [262].
Louis Dequen.
Raoult Sacquespée.
Bernard Daut.
Simon Clabault.
Firmin Parmentier.
Ferry Harlé.
Vincent Judas.
Gilles Damourettes.

Jehan Laloyer, recepveur du domaine.
Jehan Forestier laisné, recepveur des aides.
Aux cousteaux, Me des ouvrages.

POUR LANNÉE COMMENÇANT M Ve XXII.

Sire PHILIPPE DE CONTY maieur [263].

Eschevins du jour :

Sire Jacques de May.
Sire Jehan de Saint Fussien.
Sire Pierre Du Gard.
Me Augustin de Saisseval.
Louis Dequen.
Me Simon Broquet.
Me François Bidaire.
Anthoine Louvel.
Henry Cosette.
Nicolas Cosette.
Gilles Damourettes.
Jehan Laloyer.

Eschevins du lendemain :

Sire Jehan Prévost.
Simon Clabault, prévost.
Me Hugues De la rue.
Me Jehan Le clercq.
Bernard Daut.
Raoul Sacquespée.
Pierre Le Maistre.
Jehan Castelet.
Firmin Parmentier.
Anthoine Dippre.
Vincent Judas.
Robert le Val.

Jehan Rohault, recepveur du domaine.
François Louvel, recepveur des aides.
Adrien de Chaules, M^e des ouvrages.

POUR LANNÉE COMMENÇANT M Ve XXIIJ.

Sire PIERRE DU GARD maieur.

Eschevins du jour :

Sire Pierre de May.
Sire Robert Du Gard.
Sire Jehan de Saint Fussien.
Sire Philippes de Conty.
Aubert Fauvel, prévost,
Jacques Le normant.
Me Adrien Vilain.
Jehan Canteleu.
Jehan de Soissons.
Louis Dequen.
Me Anthoine Leblond.
Me Simon Broquet.

Eschevins du lendemain :

Sire Jehan Prévost.
Me Augustin de Saisseval.
Bernard D'Aut.
Simon Clabaut.
Raoult Sacquespée.
Me François Bidaire.
Me Jehan de Rely [264].
Jehan Boitel.
Anthoine Louvel.
Jehan Castelet.
Jehan Laloyer.
Jehan Harlé.

Nicolas de Colmont, recepveur du domaine.
Salomon Haudiguet, recepveur des aides.
Me Jehan Auxcousteaux, Me des ouvrages.

Pour lannée commençant m vc xxiiij.

Sire Anthoine de S. Delys maieur [265].

Eschevins du jour :

Sire Pierre de May.
Sire Pierre Du Gard.
Sire Jehan Du Gard.
Sire Philippes de Conty.
Louis Dequen.
Jehan de Soissons.
Me Jehan de Rély.
Me Hugues de la Rue.
Philippes Canesson.
Me Simon Broquet.
Raoult Sacquespée.
Anthoine Louvel.

Eschevins du lendemain :

Sire Jehan Prévost.
Sire Jehan de Saint Fussien.
Me Pierre Vilain [266].
Jacques le Normant.
Jehan le Caron, prévost [267].
Aubert Fauvel.
Jehan de Canteleu.
Me Augustin de Saisseval.
Simon Clabault.
Jehan Boitel.
Nicolas Leroy [268].
Jehan Laloyer.

POUR LANNÉE COMMENÇANT m v^c xxv.

Sire ANTHOINE DE St DELIZ maieur.

Eschevins du jour :

Sire Pierre de May.
Sire Robert Du Gard.
Sire Pierre Du Gard.
Sire Philippes de Conty.
Louis Dequen.
Jehan de Soissons.
Me Jehan de Rély.
Me Hugues De la rue.
Philippes Canesson.
Me Simon Broquet.
Raoult Sacquespée.
Anthoine Louvel.

Eschevins du lendemain :

Sire Jehan Prévost.
Sire Jehan de Saint Fussien.
Me Pierre Vilain.
Jacques Lenormant.
Jehan le Caron
Aubert Fauvel.
Jehan de Canteleu.
Me Augustin de Saisseval.
Simon Clabault.
Jehan Boitel.
Nicolas Leroy.
Jehan Laloyer.

Pierre Tarisel, recepveur du domaine.
Pierre Louvel, recepveur des aydes.
Me Jehan Auxcousteaux, M^e des ouvrages, continué.

POUR LANNÉE COMMENÇANT m v^c xxvi.

Sire PIERRE VILAIN maieur [269].

Eschevins du jour :

Sire Pierre de May.
Sire Robert Du Gard.
Sire Pierre Du Gard.
Jehan de Soissons, prévost.
Jehan de Canteleu.
Louis Dequen.
Me Hugues De la Rue.
Me Simon Broquet.
Pierre le Maistre.
Jehan Boitel.
François Louvel.
Gilles Damourettes.

Eschevins du lendemain :

Sire Philippes de Conty.
Aubert Fauvel.
Me Augustin de Saisseval.
Simon Clabault.
Jehan le Caron.
Me Jehan de Rély.
Philippe Canesson.
Nicolas Du Cloy.
Raoult Sacquespée.
Antoine Piquet.
Me Jehan de Rocourt.
Jehan Laloyer.

Vincent Judas, recepveur du domaine.
Anthoine Louvel, recepveur des aydes.
Simon Auxcousteaux, Me des ouvrages.

POUR LANNÉE m vc xxvij.

Sire SIMON CLABAULT maieur [270].

Eschevins du jour :

Sire Pierre de May.
Sire Jehan Prévost.
Sire Pierre Du Gard.
Sire Philippe de Conty.
Sire Pierre Vilain.
Me Augustin de Saisseval.
Aubert Fauvel.
Louis Dequen.
Me Nicole Lorfèvre.
Me Hugues De la Rue.
Henry Cosette.
Anthoine Cosette.

Eschevins du lendemain :

Sire Jehan de Saint Fussien.
Jehan le Caron.
Me Jehan de Rely.
Me Anthoine Leblond.
Me Simon Broquet.
Jehan de Rocourt.
Me Jehan Auxcousteaux, prévost.
Bernard D'Aut.
Anthoine Piquet.
Raoult Sacquespée.
Jehan Laloyer.
Nicolas Leroy.

Charles de Louvancourt, recepveur du domaine.
Michel Thierry, receveur des aides.
Nicolas Tiserand, Me des ouvrages.

Pour lannée commençant m v^c xxviii.

Sire Jehan Prévost maieur.

Eschevins du jour :

Sire Pierre de May.
Sire Jehan de Saint Fussien.
Sire Philippes de Conty.
Sire Simon Clabault.
Aubert Fauvel.
Jehan de Canteleu.
Jehan le Caron.
Me Augustin de Saisseval.
Bernard Daut.
Nicolas Ducloy.
Henry Cosette.

Eschevins du lendemain :

Sire Pierre Du Gard.
Sire Pierre Vilain.
Me Pierre Sacquespée, prévost.
Me Nicole Lorfevre.
Louis Dequen.
Me Anthoine Leblond.
Me Simon Broquet.
Me Jehan Aux cousteaux.
François Louvel.
Jehan Laloyer.
Nicolas Leroy.
Laurent George.

Claude D'Aynval, recepveur du domaine.
Anthoine Piquet, receveur des aydes.
Anthoine Cardon, M^e des ouvrages.

Pour lannée commençant m v^c xxix.

Sire Pierre Louvel, maieur [271].

Eschevins du jour :

Sire Jacques de May.
Sire Jehan Le prévost.
Sire Jehan de Saint Fussien.
Sire Pierre Vilain.
Sire Simon Clabault.
Bernard D'Aut, prévost.
Me Augustin de Saisseval.
Jehan de Canteleu.
Me Jehan Forestier.
Nicolas Du Cloy.
Jehan Sacquespée.
Ferry Harlé.

Eschevins du lendemain :

Sire Pierre Du Gard.
Me Nicole Lorfevre.
Aubert Fauvel.
Louis Dequen.
Jehan le Caron.
François Louvel.
Pierre de Prouville?
Jehan Laloyer.
Laurent George.
Nicolas Leroy.
Anthoine Fouquier.
Nicaise de Bailly.

Claude d'Aynval, recepveur du domaine.
Anthoine Piquet, recepveur des aydes.
Anthoine Cardon, M^e des ouvrages.

POUR LANNÉE COMMENÇANT m v^c XXX.

Sire AUBERT FAUVEL maieur.

Eschevins du jour :

Sire Jacques de May.
Sire Jehan de Saint Fussien.
Sire Simon Clabault.
Me Augustin de Saisseval.
Jehan le Caron.
Jehan Forestier.
Me Jehan de Rély.
Nicolas Du Cloy.
Anthoine Louvel.
Claude D'Aynval.
Ferry Harlé.

Eschevins du lendemain :

Sire Jehan Prévost.
Sire Pierre Du Gard.
Sire Philippes de Conty.
Sire Pierre Vilain.
Bernard Daut.
Me Nicole Lorfevre, prévost.
Louis Dequen.
Jehan de Canteleu.
Pierre de Prouville?
Jehan Laloyer.
Nicolas Leroy.
Laurent Boullanger [272].

Nicaise de Bailly, recepveur du domaine.
Me Jehan Aux cousteaux, recepveur des aydes.
Anthoine Cardon, M^e des ouvrages.

Pour lannée commençant m v^{c} xxxi.

Sire Bernard D'Aut maieur [273].

Eschevins du jour :

Sire Jehan de Sainct Fussien.
Sire Pierre Vilain.
Sire Simon Clabault.
Sire Aubert Fauvel.
Nicolas Du Cloy, prévost.
Anthoine Louvel.
Me Jehan Aux cousteaux.
Jehan Sénescal.
Jehan Forestier.
Nicaise de Bailly.
Nicolas de Rocourt.
Anthoine Cardon.

Eschevins du lendemain :

Sire Jacques de May
Sire Pierre Du Gard.
Sire Philippes de Conty.
Jehan le Caron.
Me Augustin de Saisseval.
Me Nicole Lorfevre.
Louis Dequen.
Jehan de Canteleu.
Anthoine Piquet.
Nicolas Leroy.
Jehan Laloyer.
Laurent Boullanger.

Anthoine de Mons, recepveur du domaine.
Jehan de Riolan, recepveur des aydes.
Nicolas de Haynault, M^{e} des ouvrages.

Pour lannée commençant m v^{c} xxxii.

Sire Jehan de Saint Fussien maieur.

Eschevins du jour :

Sire Jacques de May.
Sire Simon Clabault.
Sire Bernard D'Aut.
Me Pierre Sacquespée.
Anthoine Louvel, prévost.
Me Pierre Caignet.
Pierre Louvel.
Jehan Forestier.
Nicolas de Haynault.
Laurent Boulanger.
Anthoine Demons.
Jehan Riolan.

Eschevins du lendemain :

Sire Pierre Du Gard.	Louis Dequen.
Sire Philippes de Conty.	Jehan de Canteleu.
Sire Aubert Fauvel.	Jehan Laloyer.
Jehan le Caron.	Jehan de Saisseval.
Me Nicole Lorfevre.	Nicolas de Rocourt.
Nicolas Ducloy.	Nicaise de Bailly.

Pierre Croquoison, receveur du domaine.
Nicolas Leroy, receveur des aydes.
Nicolas Tisserand, maistre des ouvrages.

Pour lannée commençant m v^e^ xxxiii.

Sire Simon Clabault maieur.

Eschevins du jour :

Sire Jacques de May.	Me Jehan de Rely, prévost.
Sire Jehan de Saint Fussien.	Nicolas Ducloy.
Sire Pierre Du Gard.	Nicolas Leroy.
Sire Philippes de Conty.	Jehan Houchart.
Sire Bernard Daut.	Laurent Boulanger.
Anthoine Louvel.	Pierre Croquoison.

Eschevins du lendemain :

Sire Aubert Fauvel.	Me Charles Piquet.
Me Nicole Lorfevre.	Jehan Laloyer.
Louis Dequen.	Jehan de Saisseval.
Me Pierre Sacquespée.	Nicolas de Haynault.
Me Pierre Caignet.	Nicaise de Bailly.
Jehan de Canteleu.	Jehan Riolan.

Nicolas de Rocourt, recepveur du domaine.
Nicolas de Fontaines, recepveur des aydes.
Louis Dupuis, Me des ouvrages.

POUR LANNÉE COMMENÇANT M V^{c} XXXIIIJ.

Sire BERNARD DAUT maieur [274].

Eschevins du jour :

Sire Jacques de May.	Anthoine Louvel.
Sire Jehan de Saint Fussien.	Pierre de Rouville.
Sire Aubert Fauvel.	Claude D'Aynval.
Sire Simon Clabault.	Laurent Boulanger.
Me Jehan de Rely.	Nicolas de Rocourt.
Nicolas Ducloy.	Nicolas de Fontaines.

Eschevins du lendemain :

Sire Philippes de Conty.	Jehan Laloier.
Sire Pierre Du Gard.	Jehan de Saisseval.
Me Pierre Sacquespée.	Nicolas Hénault.
Me Nicole Lorfevre.	Charles de Raincheval.
Jehan de Canteleu, prévost.	Jehan Houchart.
Louis Dequen.	Nicaise de Bailly.

Anthoine de Mons, recepveur du domaine.
Anthoine Cardon, recepveur.
Pierre de Paris, M^{e} des ouvrages.

POUR LANNÉE COMMENÇANT M V^{c} XXXV.

Sire PIERRE SACQUESPÉE maieur [275].

Eschevins du jour :

Sire Jacques de May.	Me Jehan de Rely.
Sire Jehan de St Fussien.	François Louvel, prévost.
Sire Pierre Du Gard.	Laurent Boulanger.
Sire Aubert Fauvel.	Anthoine Demons.
Sire Simon Clabault.	Jehan Forestier.
Sire Bernard d'Aut.	Anthoine Cardon.

Eschevins du lendemain :

Sire Philippes de Conty.
Jehan Caron.
Me Nicole Lorfevre.
Jehan de Canteleu.
Louis Dequen.
Pierre Louvel.
Me Pierre Laignet.
Jehan Laloyer.
Nicolas de Hénault.
Me Charles Piquet.
Charles de Rincheval.
Me Nicaise de Bailly.

Jehan Houchart, recepveur du domaine.
Nicolas Leroy, recepveur des aides.
Louis Dupuis, Me des ouvrages.

POUR LANNÉE COMMENÇANT M Vc XXXVI.

Sire JEHAN DE SOISSONS maieur [276].

Eschevins du jour :

Sire Jehan de Saint Fussien.
Sire Aubert Fauvel.
Sire Pierre Sacquespée.
François Louvel.
Nicolas Ducloy.
Me Adrien Pecoul.
Me Adrien Gorain.
Me Louis Caignel.
Jehan Houchart.
Nicolas Le roy.
Pierre Dupuis.
Gaudefroy Le dieu.

Eschevins du lendemain :

Sire Jacques de May.
Sire Pierre Du Gard.
Sire Philippes de Conty.
Sire Simon Clabault.
Sire Bernard d'Aut.
Jehan le Caron.
Jehan de Canteleu.
Me Jehan de Rely.
Pierre Louvel, prévost.
Jehan Laloyer.
Laurent Boulanger.
Anthoine de Mons.

Nicolas Maloisel recepveur du domaine.
Pierre Tarisel, recepveur des aydes
Nicolas Tisserand, Me des ouvrages.

Pour lannée commençant m v^c xxxvii.

Sire Simon Clabault, maieur.

Eschevins du jour :

Sire Jacques de May.
Sire Aubert Fauvel.
Sire Pierre Sacquespée.
Sire Jehan de Soissons.
Jehan le Caron.
François Louvel.
Pierre Louvel.
Me Jehan Forestier, prévost.
Me Adrien Pécoul.
Me Adrien Gorin.
Laurent Boulanger.
Pierre Cosette.

Eschevins du lendemain :

Sire Jehan de Saint Fussien.
Sire Pierre Du Gard.
Sire Philippes de Conty.
Sire Bernard d'Aut.
Nicolas Le roy.
Jehan de Canteleu.
Me Pierre Cagnet.
Me François Bidare.
Charles de Rincheval.
Jehan Laloyer.
Anthoine Demons.
Guillaume Lemattre [277].

François de Canteleu, recepveur du domaine.
Nicolas de Fontaynes, recepveur des aides.
Gaudefroy Ledieu, M^e des ouvrages.

Pour lannée commençant m v^c xxxviij [278].

Sire Aubert Fauvel maieur [279].

Eschevins du jour :

Sire Jehan de Saint Fussien.
Sire Philippes de Conty.
Sire Simon Clabault.
Me Adrien Pécoul, prévost.
Me Jehan Leclerc.
Me Pierre Cagnet.
Me Adrien Gorin.
Me François Aux cousteaux.
François de Canteleu.
Me Anthoine de Rely.
Jehan Pinte.
Pierre Croquoison.

Eschevins du lendemain :

Sire Bernard Daut.
Me François Bidare.
Me François de Saisseval.
Me Robert de Louvencourt.
Charles de Monsures.
Nicolas de Fontaynes.
Jehan Laloyer.
Guy Bauduin.
Anthoine Demons.
Nicolas Leroy.
Guillaume Lemattre.
Raoult Forestier.

Pierre Cosette, recepveur du domaine.
Jehan de Saisseval, recepveur des aydes.
Gaudefroy Ledieu, Me des ouvrages.

POUR LANNÉE COMMENÇANT m vc xxxix.

Sire PIERRE LOUVEL maieur.

Eschevins du jour :

Sire Jehan de Saint Fussien.
Sire Aubert Fauvel.
Sire Bernard D'Aut.
Sire Jehan de Soissons.
Me Anthoine Pécoul, mort ladite année, prévost.
François de Canteleu.
Me Jehan de Rely.
Jehan de Saisseval.
Pierre Cosette.
Pierre Croquoison.
Raoult Forestier.
Nicolas de Fontaynes.

Eschevins du lendemain :

Sire Philippe de Conty.
Me François Auxcousteaux.
Me Pierre Boileaue.
Nicolas Du Cloy.
Pierre de Rouville.
Jehan Laloyer.
Jehan Sacquespée.
Anthoine Demons.
Jehan Houchart.
Guillaume Lemattre.
Jehan Harlé.
Claude D'Aynval.

Nicolas de Collemont, recepveur du domaine.
Jehan de Maucourt, recepveur des aydes.
Gaudefroy Ledieu, Me des ouvrages.

Pour lannée commençant m v^c quarante.

Sire Bernard d'Aut maieur.

Eschevins du jour :

Sire Philippes de Conty.
Sire Pierre Louvel.
Me François Aux cousteaux, prévost.
Me Jehan de Rely.
François de Canteleu.
Nicolas de Hénault.
Henry Cosette.
Jehan Pinte.
Pierre Croquoison.
Pierre Tarisel.
Raoult Defer.
Gaudefroy Ledieu [280].

Eschevins du lendemain :

Sire Jehan de Saint Fussien.
Sire Aubert Fauvel.
Sire Jehan de Soissons.
Nicolas Ducloy.
Me Jehan Du Gard.
Me Charles Caron.
Me François Bidaire.
Jehan de Saisseval.
Nicolas de Fontaines.
Anthoine Demons.
Me Pierre Boileaue.
Jehan Harlé.

Anthoine de Louvencourt, recepveur du domaine.
Jehan Pollet, recepveur des aydes.
Michel Laloyer, M^e des ouvrages.

Pour lannée commençant m v^c quarante un.

Sire Adrien Vilain maieur [281].

Eschevins du jour :

Sire Bernard D'Aut.
Pierre Louvel.
François de Canteleu, prévost.
Me Jehan Du Gard.
Me François Bidare.
Pierre Croquoison.
Me Jehan Aux cousteaux [282].
Henry Cosette.
Raoult Defer.
Jehan Pollet.
Claude Daynval.
Anthoine de Mons.

Eschevins du lendemain :

Sire Jehan de Saint Fussien.	Nicolas de Fontaines.
Sire Jehan de Soissons.	Jehan Pinte.
Me Pierre Boileaue.	Pierre Tarisel.
Jehan Harlé.	Guillaume Lemattre.
Me François Bigaut.	Jehan Houchart.
Me Nicole de Nibat.	Gaudefroy Ledieu.

Jacques Mouret, recepveur du domaine.
Nicolas Féret, recepveur des aydes.
Michel Laloyer, maistre des ouvrages.

Pour lannée commençant m vc xlij [283].

Sire Jehan de Rély maieur [284].

Eschevins du jour :

Me Jehan Du Gard, prévost.	Pierre Aux cousteaux.
Me Nicole de Nibat.	Anthoine Demons.
Me François Bidare.	Pierre Croquoison.
Jehan Harlé.	Nicolas Féret.
Me Jehan Carpentier.	Jacques Mouret.
Jehan Pinte.	Gaudefroy Ledieu.

Eschevins du lendemain :

Sire Jehan de Saint Fussien.	Jehan de Saisseval.
Sire Bernard d'Aut.	Tristend Piet.
Sire Pierre Louvel.	Nicolas de Fontaynes.
Me Jehan Leclerc.	Pierre Tarisel.
Me Jehan des Essars.	Jehan Houchart.
Claude Daynval.	Nicolas Leroy laisné.

Achilles de Collemont, recepveur du domaine.
Raoult Defer, recepveur des aydes.
Michel Laloyer, Me des ouvrages.

POUR LANNÉE COMMENÇANT m v^e^ xliij.

Sire JEHAN DU GARD maieur [285].

Eschevins du jour :

Sire Jehan de Rely.
François Louvel.
Claude Daynval.
Me François Bidaire.
Me Hugues d'Aut.
Me Nicolas de Nibat, prévost.
Me Jehan Leroy.
Me Jehan de Thérouanne.
Me Jehan Carpentier.
Jehan Harlé.
Raoult Defer.
Anthoine Demons.

Eschevins du lendemain :

Sire Jehan de Saint Fuscien.
Sire Philippes de Conty.
Sire Jehan de Soissons.
Me François Bigant.
François de Canteleu.
Me Jehan des Essars.
Pierre Tarisel.
Jehan Pinte.
Pierre Croquoison.
Pierre Brahier.
Jacques Mouret.
Nicolas Feret.

Jehan Fauquier, recepveur du domaine.
Raoult Forestier, recepveur des aydes.
Michel Laloyer, M^e^ des ouvrages.

POUR LANNÉE COMMENÇANT m v^e^ xliiii.

Sire FRANÇOIS LOUVEL maieur [286].

Eschevins du jour :

Sire Jehan de Saint Fussien.
Sire Jehan de Rely.
Sire Jehan Du Gard.
François de Canteleu.
Me François Bidaire.
Me Hugue d'Aut.
Me Jehan des Essars.
Jehan Harlé.
Pierre Croquoison.
Jehan de Maucourt.
Pierre de Louvencourt.
François Gauguier.

Eschevins du lendemain :

Sire Philippes de Conty.
Me Jehan Leroy, prévost.
Me Nicole de Nibat.
Me François Bigant.
Me Jehan Carpentier.
Henry Cosette.
Pierre Brahier.
Robert Du Béguin.
Anthoine de Mons.
Jacques Mouret.
Michel Laloyer [287].
Guillaume Gonnet.

Jehan Blairye, recepveur du domaine.
Pierre Carpentier, recepveur des aydes.
Nicolas Maloisel, Me des ouvrages.

POUR LANNÉE COMMENÇANT m vc xlv.

Sire JEHAN FORESTIER maieur [288].

Eschevins du jour :

Sire Jehan de Saint Fussien.
Sire Philippes de Conty.
Sire Jehan de Rely.
Sire François Louvel.
Jehan Harlé, prévost.
Pierre de Canteleu.
Me Jehan Leroy.
Anthoine de Mons.
Me Hugues d'Aut.
Pierre de Louvencourt.
Jehan Pinte.
Nicolas Achimel.

Eschevins du lendemain :

Sire Jehan Du Gard.
Me François Aux cousteaux.
Me Nicole de Nibat.
Me François Bigant.
Me Jehan Carpentier.
Me Jehan des Essars.
Me François Bidare.
Me Jehan de Saisseval.
Pierre Croquoison.
Pierre Brahier.
Michel Laloyer.
Philippes de Collemont.

Julien Legay, recepveur des domaines.
Pierre Carpentier, recepveur des aydes.
Nicolas Maloisel, Me des ouvrages.

Pour lannée commençant m vᶜ xlvi.

Sire Jehan Du Gard maieur.

Eschevins du jour :

Sire Jehan de Saint Fuscien.
Sire Jehan de Rely.
Sire Jehan Forestier.
Mᶜ Nicole de Nibat.
François de Canteleu.
Mᵉ Jehan Leroy.
Mᶜ Jehan Carpentier, prévost.
Mᵉ Anthoine Legrand.
Jehan Harlé.
Anthoine Demons.
Jehan Pinte.
Nicolas Achimel.

Eschevins du lendemain :

Sire Bernard d'Aut.
Sire François Louvel.
Mᵉ Pierre Cagnet.
Mᶜ Jehan des Essars.
Anthoine le Maistre.
Pierre Cosette.
Pierre de Louvencourt.
Pierre Croquoison.
Pierre Brahier.
Michel Laloier.
Jehan Le dieu, procureur.

François Deslaviers, recepveur du domaine.
Pierre Carpentier, receveur des aydes.
Philippes de Collemont, Mᶜ des ouvrages.

Pour lannée commençant m vᶜ xlvij.

Sire Claude d'Ainval maieur [289].

Eschevins du jour :

Sire Jehan de Rely.
Sire Jehan Du Gard.
François de Canteleu.
Mᶜ Jehan Leclerc.
Mᶜ François Bidaire.
Mᶜ Anthoine Legrand.
Jehan Harlé.
Jehan Pinte.
Raoult Defer.
Jehan de Saisseval.
Jehan Ledieu.
Michel Laloier.

Eschevins du lendemain :

Sire Jehan Forestier.
Sire François Louvel.
Me Jehan Carpentier.
Me Pierre Cagnet.
Me François Hanique.
Me François Bigant.
Pierre Cosette.
Guy Bauduin.
Me Thomas du Souich.
Me Jehan Rohault.
Anthoine Demons.
Jehan Leguay.

Jehan Tancart, recepveur du domaine.
Pierre de Louvencourt, recepveur des aydes.
Philippes de Collemont, Me des ouvrages continué.

POUR LANNÉE COMMENÇANT M Vc XLVIIJ.

Sire ANTHOINE LOUVEL maieur [290].

Eschevins du jour :

Sire Bernard d'Aut.
Sire Claude Daynval.
Claude de Fontaines.
Jehan le Normant.
Nicolas Leroy, prévost.
Me Jehan Louvel.
Nicolas Pastureau.
Julien Leguay.
Jacques de Berny.
Jehan Blairie.
Pierre Carpentier.
Jehan le Maire.

Eschevins du lendemain :

Jehan de Saisseval.
Anthoine de Mons.
Jehan Dippre.
Jehan Murgalle.
Nicolas de Rocourt.
Raoult Forestier.
Fremin Deslaviers.
François Gauguier.
Philippe de Colemont.
Renaud Pièce.
Guillaume Gonnet.
Michel Hernequin.

Jehan Ledoux, recepveur du domaine.
Jehan Norquet, receveur des aydes.
Aubert Gorin, Me des ouvrages.

Pour lannée commençant m vᶜ xlix.

Sire Claude de Fontaines maieur [291].

Eschevins du jour :

Sire Bernard d'Aut.	Michel Hanequin.
Sire Claude Daynval.	Guillaume Gonnet.
Sire Anthoine Louvel.	Jacques de Berny.
Jehan Dippre, prévost.	Pierre Carpentier.
Firmin Lecat.	Jehan le Maire.
Pierre de Louvencourt.	Jehan Tancart.

Eschevins du lendemain :

Jehan de Saisseval.	Julien Leguay.
Nicolas Leroy.	François Gauguier.
Jehan Lenormant.	Jehan Blairie.
Anthoine Demons.	Pierre Daire.
Jehan Murgalle.	Lienard Pièce.
Nicolas de Rocourt.	Guillaume Davyn.

Louis Dufresne, recepveur du domaine [292].
Jehan Louvel, recepveur des aides.
Aubert Gorain, Mᵉ des ouvrages continué.

Pour lannée commençant m vᶜ cinquante.

Sire Firmin Lecat maieur [293].

Eschevins du jour :

Sire Claude Daynval.	Jehan Blairye.
Sire Anthoine Louvel.	Julien Legay.
Jehan Dippre.	Jacques de Berny.
Charles Du Chastelet.	Guillaume Gonnet.
Jehan de Saisseval.	Pierre Daiz.
Jehan Murgalle, prévost.	Estienne Cardon.

Eschevins du lendemain :

Jehan le Normant.
Pierre de Louvencourt.
Nicolas de Rocourt.
Pierre Watel.
Fremin Deslaviers.
François Gauguier.
Jehan Tancart.
Michel Henequin.
Jehan Joron.
Claude Croquoison.
Jehan de Mons [294].
Jehan Fauquel.

Anthoine Piquet, recepveur du domaine.
François Scellier, recepveur des aydes.
Aubert Gorain, Me des ouvrages continué.

POUR LANNÉE COMMENÇANT m vc cinquante ung.

Sire FRANÇOIS DE CANTELEU maieur [295].

Eschevins du jour :

Sire Jehan Du Gard, sieur de Fresneville.
Sire Firmin Le cat, sieur de Fontaines.
Sire Jehan Leclerc, sieur de Drueuil.
Me Nicolas de Nibat, conseiller du roy.
Me Vincent Leroy, prévost [296].
Me Pierre Watel.
François Gauguier.
Pierre de Louvencourt.
Jehan Blairye.
Raoul Forestier.
Pierre Carpentier.
Jehan Norquet.

Eschevins du lendemain :

Sire Claude d'Aynval, sieur de Donffront.
Jehan Dippre.
Jehan Normant.
Jehan Louvel.
Jehan de Saisseval.
Jehan de Mons.
Pierre Daiz.
Claude Croquoison.
Jehan le Maire.
Christofle des Essars.
Guillaume Davin.
Liénard Pièce.

Michel Franq, recepveur du domaine.
Jehan Picart, recepveur des aydes.
Nicolas Obry, Me des ouvrages.

POUR LANNÉE COMMENÇANT m v^e lij [297].

Sire FRANÇOIS DE CANTELEU maieur.

Eschevins du jour :

Sire Adrien Vilain.
Sire Jehan Du Gard.
Sire Firmin Le cat.
Charles de Raincheval.
Hierosme d'Aynval, prévost.
Me Jehan des Essars.
Me Jehan Du Bois.
Raoult Forestier.
Nicolas Boulanger [298].
René Langlois.
Claude Croquoison.
Pierre Carpentier.

Eschevins du lendemain :

Me Nicole de Nibat.
Jehan Blairye.
Jehan Demons.
Julien Legay.
Nicolas Achimel.
Anthoine Brassart.
Estienne Cardon.
Jehan Norquet.
Jehan le Maire.
Guillaume Davin.
Adrien Piquet.
François le Scellier.

Liénard Pièce, recepveur du domaine.
Grégoire Le scellier, recepveur des aydes.
Nicolas Obry, M^e des ouvrages.

POUR LANNÉE COMMENÇANT m v^c liij.

Sire ADRIEN VILAIN maieur [299].

Eschevins du jour :

Sire Jehan Du Gard.
Sire Firmin Lecat.
Sire François de Canteleu.
Hierosme D'Aynval.
Me François Hannique.
Me Jehan Du Bois.
Me Jehan des Essars.
René Langlois.
Anthoine Brassart.
François Gauguier.
Estienne Cardon.
Adrien Piquet.

Eschevins du lendemain :

Charles de Raincheval.
Me Jehan Leroy.
Me Anthoine Legrand.
Me Robert de Louvencourt.
Nicolas Achimel.
Raoul Forestier.
Jehan Blairye.
Julien Legay.
Claude Croquoison.
Pierre Carpentier.
Jehan le Maire.
Jehan Viénot.

Charles Gorain, recepveur du domaine.
Jehan Pinguerel, recepveur des aydes.
Nicolas Obry, continué Mo des ouvrages.

POUR LANNÉE COMMENÇANT m vc liiij.

Sire FIRMIN LECAT maieur.

Eschevins du jour :

Raoult Forestier, prévost.
François Gauguier.
Julien Legay.
Adrien Piquet.
Jehan Lemaire.
Jehan Picart.
Guillaume Danvyn.
Christofle des Essars.
Philippes le Clerc.
Robert Delattre[300].
Liénard Pièce.
Jehan Pinguerel.

Eschevins du lendemain :

Sire Anthoine Louvel.
Jehan Dippre.
Hierosme d'Aynval.
Pierre Watel.
Estienne Cardon.
Guillaume Gonnet.
Jehan Blairye.
Claude Croquoison.
Jehan de Louvancourt le joeune.
Richart de Monchy.
Regnault de Courchelles.
Nicolas Bellegambe.

Raoult Wateblé, recepveur du domaine.
Anthoine Lucas, recepveur des aydes.
Nicolas Henry, Me des ouvrages.

POUR LANNÉE COMMENÇANT m v^e lv.

Sire RAOUL FORESTIER maieur [301].

Eschevins du jour :

Sire Anthoine Louvel.
Hierosme d'Aynval.
Me Pierre Watel, prévost.
Pierre de Louvencourt.
Me François de Biencourt.
François Gauguier.
Jehan le Maire.
Renard Pièce.
Jehan Picart.
Robert Delattre.
Philipes Le clerc.
Jehan Pinguerel.

Eschevins du lendemain :

Jehan Dippre.
Jehan Murgalle.
Julien Legay.
Pierre Daiz [302].
Estienne Cardon.
Adrien Piquet.
Regnault de Courchelles.
Jehan Erard.
Vincent Judas.
François Riolan.
Michel Franq.
Grégoire Lescellier [303].

Nicolas Forestier, recepveur du domaine.
Mahieu Ledoulx, recepveur des aydes [304].
Me Jehan de Mailly, M^e des ouvrages.

POUR LANNÉE COMMENÇANT m v^e lvi.

Sire HIEROSME DAINVAL, escuier, seigneur du Cauroy, maieur [305].

Eschevins du jour :

Sire Anthoine Louvel.
Sire Raoul Forestier.
Jehan Dippre.
Me François de Biencourt, prévost.
Pierre de Louvencourt.
François Gauguier.
Adrien Piquet.
Robert Delattre.
Jehan Pinguerel.
François Riolan.
Raoult Watebled.
Nicolas Auxcousteaux.

Eschevins du lendemain :

Jehan Murgalle.	Jehan Picart.
Me Jehan Louvel.	Philippe Leclerc.
Julien Legay.	Vincent Judas.
Pierre d'Aiz.	Michel Franq.
Estienne Cardon.	Anthoine Lucas.
Guillaume Gonnet.	Jehan Roger.

Alexandre Joron, recepveur du domaine.
Anthoine Pinguerel, recepveur des aydes.
Me Jehan de Mailly, Me des ouvrages continué.

Pour lannée commençant m vc lvij [306].

Sire Anthoine Louvel maieur.

Eschevins du jour :

Sire Firmin Lecat.	Estienne Cardon.
Sire Raoult Forestier.	Robert Delattre.
François de Biencourt, prévost.	Jehan Pinguerel.
Anthoine des Essars.	François Riolan.
François Gauguier.	Raoul Watebled.
Julien Legay.	Nicolas Auxcousteaux.

Eschevins du lendemain :

Jehan Dippre.	Vincent Judas.
Pierre Watel.	Anthoine Lucas.
Pierre de Louvencourt.	Jehan Roger.
Guillaume Gonnet.	Nicolas de Barly.
Jehan Picart.	Robert de Collemont.
Philippe Leclerc.	Mathieu Deslaviers.

Jehan Erard, recepveur du domaine.
Pierre Roussel, recepveur des aides.
Anthoine Cardon, Me des ouvrages.

POUR LANNÉE COMMENÇANT m v^c lviii.

Sire FRANÇOIS DE BIENCOURT,
escuyer, s^r de Milly et Niblamont, maieur [307].

Eschevins du jour :

Sire Anthoine Louvel, escuyer, sieur de Fontaines-sur-Maye.
Sire Firmin Lecat, aussi escuyer, sieur de Fontaines.
Sire Raoult Forestier.
Sire Hierosme Daynval, escuyer seigneur du Cauroy.
Me Jehan Leroy.
Me Jehan Du bois, prévost.
François Gauguier.
Robert Delattre.
Nicolas Achimel.
François Riolan.
Nicolas Aux cousteaux.
Robert Langlès.

Eschevins du lendemain :

Sire Adrien Vilain.
Jehan Dippre.
Me Anthoine Legrand.
Julien Legay.
Guillaume Gonnet.
Robert du Beguin.
Me Anthoine Dardres.
Philippe Leclerc.
Vincent Judas.
Jehan Pingrel.
Anthoine Lucas.
Charles de Louvencourt.

Mahieu Cardon, recepveur du domaine.
Nicolas Croquoison, recepveur des aydes.
Anthoine Cardon, continué M^e des ouvrages.

POUR LANNÉE COMMENÇANT m v^c lix [308].

Sire JEHAN DIPPRE, escuier, sieur de Fluy, maieur [309].

Eschevins du jour :

Sire Firmin Lecat.
Sire François de Canteleu.
Sire Raoult Forestier.
Sire François de Biencourt.
Charles Gorain, prévost.
Me Jehan Du bois.
Me Pierre Du Gard.
Nicolas Pastureau.
Nicolas Achimel.
Pierre Langlès.
Jehan Picart.
Raoul Watebled.

Eschevins du lendemain :

Sire Adrien Vilain.
Me Jehan Le roy.
Pierre Watel.
Louis des Essars.
Robert Du Beguin.
François Gauguier.
Robert Delattre.
François Riolan.
Nicolas Aux cousteaux.
Jehan Erard.
Robert de Collemont.
Mahieu Ledoux.

Flourent le Noir, recepveur du domaine.
Nicolas de Bailly, recepveur des aydes.
Anthoine Cardon, Me des ouvrages continué.

POUR LANNÉE COMMENÇANT M Vc LX [310].

Sire PIERRE DU GARD, escuier, maieur [311].

Eschevins du jour :

Sire Anthoine Louvel.
Sire Firmin Lecat.
Sire Raoult Forestier.
Sire Hierosme d'Aynval.
Sire François de Biencourt.
Sire Jehan Dippre.
Me Jehan Du bois.
Nicolas Aux cousteaux.
Pierre Langlès.
Me Louis des Essars.
Mahieu Ledoux.
Me Nicole Judas.

Eschevins du lendemain :

Me Jehan Leroy.
Charles Gorain.
Jehan Picart.
François Riolan.
Me Anthoine Dardres, prévost.
Robert de Collemont.
Me Jacques Caron.
Me Jacques Mas.
Me Guillaume Legrand.
Augustin Deplanques.
Philippe Du Béguin.
Pierre Roussel,

Nicolas de Chaulnes, recepveur du domaine.
Thomas Joron, recepveur des aydes.
Anthoine Cardon, Me des ouvrages continué.

POUR LANNÉE COMMENÇANT m v^e lxi.

Sire FIRMIN LECAT, escuier, sieur de Fontaines, maieur [312].

Eschevins du jour :

Sire Raoult Forestier.
Sire Hierosme d'Aynval.
Sire François de Biencourt.
Sire Pierre Du Gard.
Me Guillaume Legrand, prévost.
Pierre Watel.
Me Anthoine Dardre.
Nicolas Aux cousteaux.
Robert de Collemont.
Me Nicole Judas.
Me Jacques Mas.
Me Bon Du feu.

Eschevins du lendemain :

Sire François de Canteleu.
Me Jehan Leroy.
Me Jehan Du Bois.
Nicolas de Fontaines.
Augustin de Planques.
Me Nicole de Louvencourt.
Me Nicole de Flandres.
Me Pierre Fournet.
Me Jehan de Saisseval.
Guy Pingré [313].
Jehan Legay.
Rolland Lefevre.

Vincent Cardon, recepveur du domaine.
Jehan de Collemont, recepveur des aydes.
Anthoine Cardon, M^e des ouvrages.

POUR LANNÉE COMMENÇANT m v^e lxii.

Sire ANTHOINE D'ARDRE, escuier, sieur Du Quesnoy, maieur [314].

Eschevins du jour :

Sire Anthoine Louvel.
Sire François de Canteleu.
Sire Jehan Dippre.
Jehan de Mons, prévost.
Me Jehan Leroy.
Me Jehan Du bois.
Charles Gorain.
Me Jacques Caron.
Jehan Flameng.
Nicolas Croquoison.
Me Jacques Vaquette.
Jehan le Borgne.

Eschevins du lendemain :

Nicolas de Fontaines.	Nicolas Auxcousteaux.
Robert Du Béguin.	Jehan Erard.
François Gauguier.	Jehan Bourgeois.
Jehan Ledieu.	Me Jehan De court.
Julien Legay.	Mathieu Ostren.
Jehan Picart.	Anthoine le Messier.

Nicolas Randon, recepveur du domaine.
Pierre Ledoulx, recepveur des aydes.
Anthoine Cardon, Me des ouvrages.

POUR LANNÉE COMMENÇANT m vc lxiij [315].

Sire ANTHOINE D'ARDRE maieur.

Eschevins du jour :

Sire Jehan Dippre.	Nicolas Aux cousteaux.
Jehan de Mons, prévost.	Jehan Erard.
Me Jehan Leroy.	Me Jacques Caron.
Me Jehan Dubois.	Jehan Flameng.
Charles Gorin.	Nicolas Croquoison.
Nicolas de Fontaines.	Jehan le Bourgeois.
Robert Du Béguin.	Me Jacques Vaquette.
François Gauguier.	Me Jehan Decourt.
Jehan Ledieu.	Jehan Leborgne.
Julien Legay.	Mathieu Ostren [316].
Jehan Picart.	Anthoine le Messier.

Lesdis maieur prévost et eschevins ont esté continuez esdites charges le second jour de novembre an mil cinq cens soixante trois par Monsieur le bailly d'Amiens à la voix et nomination de tout le peuple convoqué en halle d'icelle ville par continuation, survivance faiste par ledit sieur Bailly d'Amiens ou son lieutenant, au moien de certain arrest de la cour de Parlement à Paris, du sixiesme octobre dudit an, pour la forme de procedder audit renouvellement de la loy de ceste ville, et de certaines lettres patentes du roy du quinze dud. mois contraires audit arrest le tout sans préjudicier aux droictz franchises libertez et privillèges de lad. ville.

Eschevins du lendemain :

Robert Delattre. Anthoine Grebert.

Eschevins créés en l'eschevinage le troisiesme dud. mois, à la nomination desdicts vingt deux eschevins, au lieu et place de sire Anthoine Louvel et sire François de Canteleu qui estoient eschevins en lan passé et lesquels sont décédés pendant icelluy.

Me Robert Erard, recepveur du domaine.
Charles Du Vey, recepveur des aydes.
François Riolan, Me des ouvrages.

Créés led. jour esd. halles à la voix et nomination du peuple.

POUR LANNÉE COMMENÇANT Mil cincq cens soixante quatre [317].

Roole des personnes qu'il a pleu au roy choisir et ordonner pour maieur prévost et eschevins de la ville d'Amiens sur l'eslection faicte par les manans et habitans de ladicte ville, du nombre double de ses officiers, suivant l'ordonnance de sa Majesté.

Pour Maieur : ESTIENNE CARDON [318].

Pour prévost : Me Jehan Decourt.

Pour eschevins :

Jehan Dippre.
Anthoine Dardre.
Jehan Leborgne.
Mahieu Ledoulx.
François Riolan.
Robert Delattre.
Jehan Louvel.
Jehan Erard.
Charles Gorin.
Julien Legay.
Jehan Ledieu.
Me Jacques Vacquette.

François Gauguier.
Me Charles Piquet.
Me Jacques Caron.
Vincent Judas.
Me Melchior Fouache.

Faict à Tarascon le huictiesme jour de décembre m vc soixante quatre, signé Charles et plus bas de l'Aubespine.

Receuz et jurez pardevant le bailly d'Amiens ou son lieutenant en l'auditoire du bailliage de Amyens, en la présence du peuple y assemblé, le samedy vingt septiesme jour de janvier m vc soixante quatre.

Pierre Bidaire, recepveur du domaine.
Jehan Tancard, recepveur des aydes.
François Fournier, Me des ouvrages.

Créés par le peuple le vingt noeufviesme jour d'octobre m vc soixante quatre.

Pour lannée commençant m vc lxv.

Sire Jehan Dippre, escuier, sieur de Fluy, maieur.

Eschevins du jour :

Sire Anthoine Dardres.
Sire Estienne Cardon.
Me Jehan Decourt, prévost.
Me Charles Piquet.
Jehan Louvel.
Robert Delattre.
Jehan Erard.
François Riolan.
Mahieu Ledoulx.
Me Jacques Vacquette.
Jehan Le borgne.
Jehan Ledieu.

Eschevins du lendemain :

Me Anthoine Legrand.
François Gauguier.
Philippes Le clerc.
Vincent Judas.
Me Jacques le Caron.
Anthoine le Messier.
Jehan Jouglet.
Me Fussien de la Fosse.
Me François Bigant le joune.
Martin de Miraulmont.
Nicolas Hémart.
Jehan de Collemont.

Mathieu Deslaviers, recepveur du domaine.
Guillaume Delattre, recepveur des aydes.
François Fournier, maistre des ouvrages.

Pour lannée commençant m v^e^ lxvi [319].

Sire Charles Gorain, escuier, sieur de Bourdon, maieur [320].

Eschevins du jour :

Charles de Louvencourt, prévost.
Guillaume Lemattre.
Nicolas Aux cousteaux.
Jehan Legay.
Jehan le Bourgeois.
Anthoine Pingré.
Me Robert Erard.
Nicolas Randon.
Jacques Fournier.
Me François de Saisseval.
Jehan Thierry.
Pierre le Doulx.

Eschevins du lendemain :

Nicolas de Fontaines.
Nicolas Pastureau.
Claude Croquoison.
Anthoine le Messier.
Me François Bigant le Joeune.
Louis de Rely.
Jehan Tancard.
Me Guy de Mareuil.
Hector Pollet.
Vincent Boitel.
Fremin Ducroquet.
Pierre Boitel [321].

Nicolas Boulet le joeune, recepveur du domaine.
Guillaume Delattre, recepveur des aydes continué.
François Fournier, M^e^ des ouvrages continué.

Pour lannée commençant m v^e^ lxvij.

Sire Charles Le Normant,
escuier. seigneur de Brethencourt, maieur [322].

Eschevins du jour :

Sire Jehan Dippre.
Sire Anthoine d'Ardre.
Sire Estienne Cardon.
Nicolas Auxcousteaux, prévost.
Guillaume Lemattre.
Mahieu Ledoulx

Jehan le Bourgeois.
Nicolas Hémart.
Me François de Saisseval.
Anthoine Pingré [323].
Nicolas Randon.
Me Robert Erard.

Eschevins du lendemain :

Me Jehan de Court.
Nicolas de Fontaines.
Claude Croquoison.
Jehan Tancart.
Hector Paillet.
Vincent Boitel.
Nicolas Piot.
Jehan Pécoul.
Jehan de Mareuil.
Anthoine Martine.
Rolland de Villers.
Pierre Boitel [324].

Pierre Roze, receveur du domaine.
Guillaume de Lattre. recepveur des aydes.
François Fournier, Me des ouvrages.

POUR LANNÉE COMMENÇANT m vc lxviij [325].

Sire NICOLAS CROQUOISON, sieur de la Cour de Fieffes, maieur [326].

Eschevins du jour :

Sire Jehan Dippre.
Sire Anthoine Dardre.
Sire Estienne Cardon.
Sire Charles de Louvencourt.
Jehan Ledieu.
Jehan Erard.
François Riolan.
Nicolas de Bailly.
Mahieu Ledoulx.
Jehan de Collemont.
Me Guy de Mareuil.
Claude Marcel.

Eschevins du lendemain :

Me Robert Fournel, prévost.
Philippe le Clerc.
Anthoine Messier.
Martin de Miraulmont.
Nicolas Hémart.
Anthoine Martine.
Michel Randon.
François Fournier.
Jacques Le couvreur.
Jehan Fauquel.
Julien Gorain.
Anthoine Boullenger.

Guillaume Pingré, recepveur du domaine.
Jehan de Boves, recepveur des aydes.
Jehan de Mareuil, Me des ouvrages.

Pour lannée commençant m v^c lxix [327].

Sire Nicolas Aux cousteaux, bourgeois, maieur [328].

Eschevins du jour :

Sire Nicolas Croquoison.
Jehan de Collemont, prévost.
Me Robert Fournel.
Nicolas de Fontaines.
Jehan Ledieu.
Robert Delattre.
Jehan Erard.
François Riolan.
Nicolas de Bailly.
Me François Bigant.
Thomas Joron.
Jehan Brunel.

Eschevins du lendemain :

Sire Jehan Dippre.
Sire Estienne Cardon.
Philippe Le clerc.
Vincent Judas.
Jehan Lebourgeois.
Me Guy de Mareuil.
Pierre Ledoulx.
Michel Randon.
Jacques Couvreur.
Julien Gorain.
Anthoine Boullenger.
Nicolas Flameng.

Anthoine Trudaine, recepveur du domaine.
François de Louvencourt, recepveur des aydes.
Jehan de Mareuil, M^e des ouvrages.

Pour lannée commençant m v^c lxx.

Sire François Bigant, escuier, s^r de Festonval, maieur [329].

Eschevins du jour :

Sire Anthoine Dardre.
Sire Charles de Louvencourt.
Sire Nicolas Aux cousteaux.
François Gauguier, prévost.
Pierre Lenglès.
Mahieu Ledoulx.
Anthoine Pingré.
Me Robert Erard.
Claude Marcel.
Thomas Joron.
Nicolas Flameng.
Me Jehan des Essars.

Eschevins du lendemain :

Jehan Thierry.
Jehan Tancart.
Vincent Boitel.
Firmin Du Croquet.
Pierre Boitel.
Jehan Brunel[330].
Robert Picart.
Nicolas de Chaulnes.
Me Anthoine Senescal.
Philippes Roger.
Jehan Lhostelier.
Nicolas de Rocourt.

Anthoine le Messier, recepveur du domaine.
Robert Couvreur, recepveur des aydes.
Jehan de Mareuil, maistre des ouvrages.

POUR LANNÉE COMMENÇANT m vc lxxj.

Sire JEHAN DE COLLEMONT, bourgeois, maieur [331].

Eschevins du jour :

Sire Jehan Dippre.
Sire Anthoine Dardre.
Sire Estienne Cardon.
Sire Nicolas Croquoison.
Sire Nicolas Aux cousteaux.
Sire François Bigant.
Me François Gauguier, prévost.
Robert Delattre.
Mahieu Ledoulx.
Hector Paillet.
Claude Marcel.
Julien Gorin.

Eschevins du lendemain :

Me Robert Fournel.
Philippes Le clerc.
François Riolan.
Jehan Erard.
Jehan le Bourgeois.
Me Guy de Mareuil.
Vincent Boitel.
Pierre Boitel.
Anthoine Boullanger.
Nicolas de Rocourt.
Me Pierre de Louvencourt.
Me Jehan de Berny.

Nicolas Gorret, recepveur du domaine.
Jehan Boitel, recepveur des aydes.
Jehan de Mareuil, Me des ouvrages continué.

Pour lannée commençant m v^e lxij.

Sire Nicolas Croquoison, sieur de la cour de Fieffes, maieur.

Sire Jehan Dippre.
Sire Estienne Cardon.
Sire Jehan de Collemont.
Me Jaspard Fouache, prévost.
Me Robert Fournel.
Robert Delattre.

Jehan Erard.
Nicolas de Bailly.
Hector Paillet.
Philippes Le clerc.
Pierre Lenglès.
Vincent Judas.

Jehan de Mareuil.
Firmin Du Croquet.
Rolland de Villers.
Anthoine Martine.
Jacques Lecouvreur.
Michel Randon.

Julien Gorin.
Me Jehan des Essars.
Guichart Forestier.
Pierre de Louvencourt.
Anthoine Lefevre.
Jehan Courtois.

Raoul Guebin, recepveur du domaine [332].
Adrien Lagrené, recepveur des aydes.
Jehan Bourgeois, M^e des ouvrages.

Pour lannée commençant m v^e lxiij [333].

Sire François Gauguier,
licentié ès loix, sieur de Campreux, maieur [334].

Eschevins du jour :

Sire Anthoine d'Ardre.
Sire Nicolas Croquoison.
Sire Nicolas Auxcousteaux.
Sire François Bigant.
Sire Jehan de Collemont.
Gaspard Fouache, prévost.

Nicolas de Bailly.
Pierre Lenglès.
Mathieu Ledoulx.
Nicolas Hémart.
Jehan Tancart.
Claude Marcel.

Eschevins du lendemain :

Me Guy de Mareuil.
Vincent Boitel.
Fremin Du Croquet.
Anthoine Martine.
Jacques Couvreur.
Anthoine Boullanger.
Thomas Joron.
Nicolas de Chaulnes.
Jehan Courtois.
Nicolas Leroy.
Nicolas Boullet.
Pierre Gonnet.

Anthoine Lefeuvre, recepveur du domaine.
Pierre de Collemont, recepveur des aydes.
Jehan Le bourgeois, Me des ouvrages.

POUR LANNÉE COMMENÇANT III vc lxxiv.

Sire GASPARD FOUACHE, escuier, sieur de Boulan, maieur [335].

Eschevins du jour :

Sire Jehan Dippre.
Sire Anthoine d'Ardre.
Sire Charles de Louvencourt.
Sire Nicolas Aux cousteaux.
Sire François Bigant.
Sire François Gauguier.
Me Nicolas de Nibas, prévost.
Me Robert Fournier.
Mahieu Ledoux.
Hector Paillet.
Claude Marcel.
Julien Gorin.

Eschevins du lendemain :

Vincent Judas.
Anthoine le Messier.
Jacques Fournier.
Jehan Thierry laisné [336].
Jehan Tancart.
Vincent Boitel.
Pierre Boitel.
Jehan de Mareuil.
Thomas Joron.
Me Jehan de Berny.
Pierre Gonnet [337].
Philippes de Gueully [338].

Baptiste Bellot, recepveur du domaine.
Martin de Berny, recepveur des aydes.
Jehan le Bourgeois, Me des ouvrages continué.

Pour lannée commençant m v^c lxxv.

Sire François Gauguier, s[r] de Campreux, maieur [339].

Eschevins du jour :

Sire Jehan Dippre.
Sire Nicolas Croquoison.
Sire Jehan de Collemont.
Sire Gaspard Fouache.
Me Vincent Leroy, prévost.
Me Robert Fournel.
Me Nicolas de Nibas.
Robert Delattre [340].
Jehan Erard.
Nicolas Hémart.
Jacques Fournier.
Philippes de Gueuluy.

Eschevins du lendemain :

Nicolas de Bailly.
Pierre Lenglès.
Jehan Le bourgeois.
Anthoine le Messier.
Pierre Ledoulx.
Hector Paillet.
Firmin Du Croquet.
Jacques le Couvreur.
Julien Gorin.
Anthoine Lefeure.
Nicolas de Hangest.
Pierre Roze.

Eustache Carpentier, recepveur du domaine.
Jehan Pécoul, recepveur des aydes.
Julien Louvel, M[e] des ouvrages.

Pour lannée commençant m v[e] lxxvi.

Sire Nicolas de Nibat, escuier, s[r] de Bellevilers, maieur [341].

Eschevins du jour :

Sire Anthoine Dardre.
Sire Charles de Louvencourt.
Sire Nicolas Aux cousteaux.
Sire François Bigant.
Sire Jehan de Collemont.
Sire François Gauguier.
Me Claude Marcel, prévost.
Me Jehan Du Bois.
Mahieu Le doulx.
Vincent Boitel.
Pierre Roze.
Baptiste Bellot.

Eschevins du lendemain :

Charles de Raincheval.	Jacques Le couvreur.
Pierre Lenglès.	Me Anthoine le Seneschal.
Jehan le Bourgeois.	Guillaume De lattre.
Jehan Tancart.	Me Jacques de Montonvillers.
Fremin Du Croquet.	Robert Coureur.
Michel Randon.	Adrien Lagrené.

François Degrès, recepveur du domaine.
Jehan Pecoul, recepveur des aydes [342].
Julien Louvel, Me des ouvrages.

POUR LANNÉE COMMENÇANT m vc lxxvij.

Sire JEHAN DIPPRE, escuier, sieur de Fluy, maieur [343].

Eschevins du jour :

Sire Anthoine d'Ardre.	Me Claude Marcel, prévost.
Sire Charles de Louvencourt.	Me Robert Fournel.
Sire Nicolas Auxcousteaux.	Mahieu le Doulx.
Sire François Bigant.	Nicolas Hémart.
Sire Gaspard Fouache.	Thomas Joron.
Sire Nicolas de Nibat.	Robert Coureur.

Eschevins du lendemain :

Charles de Raincheval.	Jehan Fauquel.
Vincent Judas.	Baptiste Bellot.
Anthoine le Messier.	Guillaume Delattre.
Jehan Thierry.	Jehan de Vauchelles.
Jehan Tancart.	Martin de Berny.
Hector Paillet.	Jehan Boitel.

Jehan Picart, recepveur du domaine.
Jehan Pecoul, recepveur des aydes.
Julien Louvel, continué Me des ouvrages.

POUR LANNÉE COMMENÇANT m vc lxxviii.

Sire JEHAN DE COLLEMONT, bourgeois, maieur.

Eschevins du jour :

Sire Jehan Dippre.
Sire Gaspard Fouache.
Jehan Erard.
Pierre Lenglès.
Jehan le Bourgeois.
Nicolas Hémart.
Jacques le Fournier.
Pierre Ledoulx.
Hector Paillet.
Michel Randon.
Jehan de Vauchelles.
Me Jehan Bauduin.

Eschevins du lendemain :

Martin de Berny, prévost.
Philippes Le clerc.
Firmin Ducroquet.
Jacques Couvreur.
Jehan Faucquel.
Thomas Joron.
Me Anthoine Séneschal.
Robert de Sachy [344].
François Lebon.
Robert Delattre le joeune.
Jehan de Boves.
Fremin Rohault.

Nicolas de Blangy, recepveur du domaine.
Guillaume Lecaron, recepveur des aydes.
Vincent Cardon, Me des ouvrages.

POUR LANNÉE COMMENÇANT m vc lxxix.

Sire FRANÇOIS BIGANT, escuier, seigneur de Carroix, maieur.

Eschevins du jour :

Sire Jehan Dippre.
Sire Anthoine Dardre.
Sire Nicolas Aux cousteaux.
Sire Jehan de Collemont.
Sire François Gauguier.
Michel Randon, prévost.
Me Robert Fournel.
Jehan Ledieu.
Pierre Lenglès.
Mathieu Le doux.
Robert Coureur.
Me Jehan Bauduin.

Eschevins du lendemain :

Pierre Boitel.
Charles de Raincheval.
Jacques Lefournier.
Jacques Lecouvreur.
Nicolas Leroy.
Adrien Lagrené.
Robert de Sachy.
François Le bon.
Jehan de Boves.
Fremin Rohault.
Claude Lemattre.
François Degrez.

Nicolas de Louvencourt, recepveur du domaine.
Guillaume le Caron, recepveur des aydes continué.
Vincent Cardon, Me des ouvrages continué.

POUR LANNÉE COMMENÇANT LAN m v^c iiij^xx.

Sire JEHAN DE COLLEMONT, bourgeois, maieur.

Eschevins du jour :

Sire Anthoine Dardre.
Sire Nicolas Aux cousteaux.
Sire François Bigant.
Sire Gaspard Fouache.
Me Philippes Du Béguin, prévost.
Martin de Beruy.
Jehan Ledieu.
Nicolas Hémart.
Pierre Le Doulx.
Jehan Fauquel.
Guichard Forestier [345].
Jehan de Vauchelles.

Eschevins du lendemain :

Me Robert Fournel.
Charles de Raincheval.
Nicolas de Bailly laisné.
Anthoine le Messier.
Hector Paillet.
Fremin Du Croquet.
Anthoine Boulangier.
Pierre Gonnet.
Adrien Lagrené.
Jacques de Louvencourt.
Anthoine Dippre.
Guillaume De la Haye.

Fremin Rohault, recepveur du domaine.
Nicolas Flamen, recepveur des aydes.
Nicolas Choquet, Me des ouvrages.

Pour lannée commençant m vᵉ iiiiˣˣ i.

Sire Philippes Du Béguin, seigneur des Aleux, maieur [346].

Eschevins du jour :

Sire Jehan Dippre.
Sire François Bigant.
Sire Jehan de Collemont.
Sire Gaspard Fouache.
Pierre Le doulx, prévost.
Mᵉ Jehan Du bois.
Michel Randon.
Pierre Lenglès.
Nicolas Hémart.
Hector Paillet.
Guichard Forestier.
Guillaume de la Haye.

Eschevins du lendemain :

Anthoine Le Messier.
Jehan Tancart.
Jehan Pecoul.
Anthoine Boulenger.
Mᵉ Pierre de Louvencourt.
Nicolas Leroy.
Pierre Gonnet.
Jehan de Vauchelles.
Jacques de Morlancourt.
Mᵉ Jehan Postel.
Jehan Du Fresne.
Mᵉ François Blairie.

Jacques de Boyaval, recepveur du domaine.
Guillaume Cadot, recepveur des aydes.
Nicolas Choquet, Mᵉ des ouvrages continué.

Pour lannée commençant m vᵉ iiiiˣˣ ii.

Sire Jehan Du Bois, sieur de Thieulloye, maieur [347].

Eschevins du jour :

Sire Jehan Dippre.
Sire Anthoine d'Ardre.
Sire Nicolas Aux cousteaux.
Sire François Gauguier.
Sire Philippes de Béguin.
Mᵉ Jehan Bauduin, prévost.
Michel Randon.
Jehan Ledieu.
Jehan Pecoul.
Pierre de Louvencourt.
Robert Coureur.
Robert de Sachy.

Eschevins du lendemain :

Pierre Lenglès.
Jehan Tancart.
Jacques Couvreux.
Nicolas Flamen.
Fremin Rohault.
Jacques de Morlancourt.

François Blairie.
Jehan Du Fresne.
Jehan Le pot laisné.
Me Nicolas Du Bos.
Jehan Cordelois.
Philippe Matissart [348].

François Lebon, recepveur du domaine.
Jehan Tonnelier, recepveur des aydes.
Nicolas Choquet, M^e^ des ouvrages continué.

POUR LANNÉE COMMENÇANT m v^c^ iiii^xx^ iij.

Sire FRANÇOIS BIGANT, escuier, s^r^ de Carroix, maieur.

Eschevins du jour :

Sire Anthoine Dardre.
Sire Nicolas Aux cousteaux.
Sire Jehan de Collemont.
Sire Gaspard Fouache.
Sire Jehan Du Bois.
Robert Coureur, prévost.

Me Jehan Bauduin.
Jehan Ledieu.
Hector Paillet.
Guichart Forestier.
Jehan Cordeloys.
Me Jehan Martin.

Eschevins du lendemain :

Martin de Berny.
Charles de Raincheval.
Jacques le Couvreur [349].
Jehan Fauquel.
Robert de Sachy.
Jehan de Vauchelles.

Guillaume de la Haye.
Me Jehan Potel.
Jehan Le Pot laisné.
Philippes Matissart.
Guillaume Cadot.
François de Hollandres.

Baptiste Bourgeois, recepveur du domaine.
Jehan Tonnelier, recepveur des aydes continué.
Jehan Piart, M^e^ des ouvrages.

Pour lannée commençant m vᶜ iiiiˣˣ iiij.

Sire Jehan Dippre, escuier, sieur de Fluy, maieur.

Eschevins du jour :

Sire François Bigant.	Hector Paillet.
Sire Jehan de Collemont.	Jehan Fauquel.
Sire François Gauguier.	Nicolas Leroy.
Sire Gaspard Fouache.	Pierre Roze.
Sire Philippes Du Béguin.	Guillaume Delattre.
Mᵉ François Castelet, prévost[350].	Mᵉ Jehan Martin.

Eschevins du lendemain :

Charles de Raincheval.	François De hollandres.
Anthoine le Messier.	Mᵉ Anthoine de Berny.
Jehan de Vauchelles.	Nicolas de Bailly.
Guillaume Delahaie.	Mᵉ Jacques Le normant.
Mᵉ Jehan Potel.	Estienne Boullet.
Guillaume Cadot.	Louis Petit.

Josse de Flesselles, recepveur du domaine.
Anthoine Guillain, recepveur des aydes.
Jehan Piart, Mᵉ des ouvrages.

Pour lannée commençant m vᶜ iiiiˣˣ v[351].

Sire Philippes Du Béguin, seigneur des Aleux, maieur[352].

Eschevins du jour :

Sire Jehan Dippre.	Mᵉ Jehan Bauduin.
Sire Anthoine Dardre.	Robert Coureur.
Sire Nicolas Aux cousteaux.	Mᵉ François Castelet.
Sire François Bigant.	Mᵉ Jehan Ledieu.
Sire François Gauguier.	Robert de Sachy.
Sire Jehan Du bois.	Julien Louvel.

Eschevins du lendemain :

Guillaume Delattre, prévost.
Jehan Pecoul.
Nicolas Leroy.
Pierre Roze.
François Le Bon.
Jehan Dufresne[353].

Jehan Cordelois.
Nicolas de Bailly.
Me Jacques le Normant.
Estienne Boullet.
Pierre de Collemont.
Augustin de Louvencourt.

François Godière, recepveur du domaine.
Nicolas Dècle, recepveur des aydes.
Jehan De la croix, M^{e} des ouvrages.

Pour lannée commençant m v^{c} iiii^{xx} vi[354].

Sire François Bigant, escuier, sieur de Carroix, maieur.

Eschevins du jour :

Sire Anthoine Dardre.
Sire Nicolas Aux cousteaux.
Sire Jehan de Collemont.
Sire Gaspard Fouache.
Sire Nicolas de Nibat.
Sire Philippes Du Béguin.

Sire Jehan Du Bois.
Me Anthoine de Berny, prévost.
Me Robert Fournel[355].
Me Jehan Bauduin.
Jehan Ledieu.
Jehan Fauquel.

Eschevins du lendemain :

Sire Jehan Dippre.
Me Charles de Raincheval.
Pierre Lenglès.
Hector Paillet.
Robert de Sachy.
François Le bon.

Guillaume de la Haie.
Me Jehan Potel.
Philippes Matissart.
Guillaume Cadot.
Louis Petit.
Augustin de Louvencourt.

Anthoine de Halloy, recepveur du domaine.
Jehan Trudaine, recepveur des aydes.
Jehan de la Croix, M^{e} des ouvrages.

POUR LANNÉE COMMENÇANT m v^{e} iiii^{xx} vii [356].

Sire JEHAN DE COLLEMONT maieur.

Eschevins du jour :

Sire François Bigant.
Sire François Gauguier.
Sire Gaspard Fouache.
Sire Nicolas Dubois.
Me François Castelet, prévost.
Guillaume Delattre.
Me Anthoine de Berny.
Jehan Fauquel.
Jehan Le pot laisné.
Jehan Cordelois.
Me Jacques le Normant.
Jehan Sagnier.

Eschevins du lendemain :

Me Robert Fournel.
Robert Coureux.
Pierre Lenglès.
Jehan Tancart.
Nicolas Leroy.
Me Jehan Potel.
Philippes Matissart.
Estienne Boullet.
Louis Petit.
Me Anthoine Bernard.
Anthoine Trudaine.
Guillaume le Caron.

Anthoine Henry, recepveur du domaine.
Fremin Dufresne, recepveur des aydes.
Robert Obry, M^{e} des ouvrages.

POUR LANNÉE COMMENÇANT m v^{e} iiii^{xx} viii [357].

Sire JEHAN DE COLLEMONT, escuier, maieur [358].

Eschevins du jour :

Sire Jehan Dippre.
Sire Anthoine Dardre.
Sire François Gauguier.
Sire Philippes Du Béguin.
Me François Castelet, prévost.
Me Jehan Bauduin.
Guillaume Delattre.
Nicolas Leroy.
Robert de Sachy.
Jehan Le pot laisné.
Jehan Sagnier.
Me Anthoine Gougier.

Eschevins du lendemain :

Sire Nicolas Aux cousteaux.
Charles de Raincheval.
Jehan Tancart.
Me Jehan de Berny.
Jehan Boitel.
François Lebon.
Jehan Cordelois.
Guillaume Scellier.
Girard Collebert.
Me Nicolas Carette.
Me Philippes Patte.
Me Nicolas Pastureau.

Claude Le mattre, recepveur du domaine [359].
Jehan Ponnée, recepveur des aydes [360].
Mille Hurtault, Me des ouvrages.

POUR LANNÉE COMMENÇANT m vc iiiixx neuf [361].

Sire ANTHOINE GOUGIER,
seigneur de Seux, de Mares et de Butin, maieur [362].

Eschevins du jour :

Sire Jehan Dippre.
Me Claude Pécoul, prévost.
Me Anthoine de Berny.
Jehan Boitel.
Robert de Sachy.
Philippe Matissart.
Louis Petit.
Anthoine Trudaine.
Girard Collebert.
Me Adrien de Mareuil.
Jehan Delattre.
Me Charles Gorguette.

Eschevins du lendemain :

Sire Anthoine Dardre.
Sire Philippe Du Béguin.
Me Jehan Potel.
Pierre de Collemont.
Guillaume Le scellier.
Me Nicolas Carette.
Me Philippes Patte.
Me Nicolas Pastureau.
Anthoine De halloy.
Jehan Thierry le Joeune
Me Jehan de Morlancourt.
Nicolas Randon.

Louis Bruyant, recepveur du domaine.
Jehan Thomas, recepveur des aydes.
Hugues Panier, Me des ouvrages.

POUR LANNÉE COMMENÇANT M Vᶜ IIIIˣˣ DIX.

Sire ADRIEN DE MAROEUIL,
conseiller au siège présidial d'Amiens, maieur [363].

Eschevins du jour :

Sire François Bigant.
Sire Anthoine Gougier.
Philippe Matissart, prévost.
Me Jehan Bauduin.
Me François Castelet.
Me Anthoine de Berny.
Jehan Lepot laisné.
Jehan Cordelois.
Jehan Sagnier.
Anthoine Trudaine.
Nicolas Randon.
Josse de Sachy.

Eschevins du lendemain :

Guillaume Delattre.
Charles de Raincheval.
Nicolas Leroy.
François le Bon.
Me Jehan Potel.
Guillaume Cadot.
Louis Petit.
Pierre de Collemont.
Jehan Thierry le Joeune.
Fremin Du fresne.
Mathieu Certain,
Jehan Tonnelier.

Jehan Carpentier, recepveur du domaine.
Toussaint Baudeloque, recepveur des aydes.
Fremin Rohault, Me des ouvrages.

POUR LANNÉE COMMENÇANT M Vᶜ IIIIˣˣ UNZE.

Sire FRANÇOIS CASTELET, maieur [364].

Eschevins du jour :

Sire Jehan Dippre.
Sire Adrien de Mareuil.
Guillaume Delattre.
Me Jehan de Berny.
Jehan Boitel.
Robert de Sachy.
Jehan Cordelois.
Estienne Boullet.
Jehan Sagnier.
Me Jehan de Morlencourt.
Mathieu Certain.
Me Pierre de Famechon.

Eschevins du lendemain :

Sire François Bigant.
Sire François Gauguier.
Me Jehan Manessier, prévost.
Jehan Thierry laisné.
Nicolas Le roy.
Guillaume Cadot.
Girard Colbert.
Me Nicolas Carette.
Me Philippe Patte.
Jehan Tonnelier.
Me Florent de Louvencourt.
Louis de Villers [365].

Jacques Laloyer, recepveur du domaine.
Charles Poulain, recepveur des aydes.
Me Jehan Potel, Me des ouvrages.

POUR LANNÉE COMMENÇANT m vc iiiixx douze.

Sire ANTHOINE GOUGIER,
seigneur de Seux, de Marest et de Butin, maieur.

Eschevins du jour :

Sire Jehan de Collemont.
Sire François Gauguier.
Sire François Castelet.
Me Jehan Bauduin.
Me Anthoine de Berny.
Me Claude Pécoul.
Robert de Sachy.
Estienne Boullet.
Jehan Thierry le joeune.
Me Pierre de Famechon.
Me Adrien Du Souich.
Me Jehan Cousin.

Le xxvje jour daoust m vc iiiixx treize Jehan Boitel bourgeois de lad. ville a presté le serment deschevins pardevant Monsieur le lieutenant général, en vertu de l'arrest de la cour donné entre lui et Me Jehan Cousin, lequel avoit esté receu eschevin par provision en date du xxi de ce mois, confirmatif d'une sentence donnée par ledit sieur lieutenant général, par laquelle il a ordonné que ledit Cousin se deppartira de la charge d'eschevin et en son lieu entrera ledit Boitel pour faire la charge d'eschevin, le restant de ceste année.

Eschevins du lendemain :

Sire Jehan Dippre.
Sire Philipes Du Béguin.
Louis Petit, prévost.
Philipes Matissart.
Me Jehan Manessier.
Me Jehan Potel.
Me Philipes Patte.
Jehan Delattre.
Me Florent de Louvencourt.
Toussaint Baudeloque.
Jehan de Villers.
Jehan Carpentier.

Me François Joron, recepveur du domaine.
Guillaume Fauquel, recepveur des aydes.
Jehan . . . . . Me des ouvrages.

POUR LANNÉE COMMENÇANT m ve iiiixx xiii [366].

Sire ANTHOINE DE BERNY,
conseiller du roy, recepveur général du taillon, mayeur [367].

Eschevins du jour :

Sire Jehan de Collemont.
Sire Anthoine Gougier.
Nicolas Randon.
Me Jehan Bauduin.
Me Claude Pécoul.
Jehan Cordelois.
Augustin de Louvencourt.
Jehan Sagnier.
Jehan Delattre.
Mathieu Certain [368].
Jacques Cornet
Charles de Sachy.

Eschevins du lendemain :

Louis Petit.
François Lebon.
Me Jehan Potel.
Guillaume Cadot.
Girard Colbert.
Me Jehan de Morlancourt.
Louis de Villers.
Toussaint Baudeloque.
Jehan Carpentier.
François Aguesseau.
Jehan Du Croquet.
Jehan Hémart.

Melchior Guiron, recepveur du domaine.
Philippes Quignon, recepveur des aydes.
Nicolas Bourgeois, Me des ouvrages.

Pour lannée commençant m v^{c} iiii^{xx} xiiii.

Sire Pierre de Famechon maieur [369].

Eschevins du jour :

Sire Anthoine Gougier.
Sire Adrien de Maroeuil.
Augustin de Louvencourt, prévost.
Robert Coureux.
Philippes Matissart.
Jehan de Sachy.
François Lebon.
Jehan Cordeloys.
Guillaume Cadot.
Me Florent de Louvencourt.
Guillaume Aguesseau.
Vincent Voiture [370].

Eschevins du lendemain :

Me Nicolas Piot.
François Desgrez.
Jehan Tonnelier.
Jehan de Villers.
Jehan Du Croquet.
Me Jehan Daynval.
Me Guillaume Lhoste.
Me Claude De Herte.
Charles Poullain.
Baptiste Roche.
Me Michel de Suyn.
Charles Gaude.

Jehan Lepetre, recepveur du domaine.
Jehan Lucas, recepveur des aydes.
Christofle Hublée, M^{e} des ouvrages.

Pour lannée commençant m v^{c} iiii^{xx} quinze.

Sire Augustin de Louvencourt maieur [371].

Eschevins du jour :

Sire Jehan de Collemont.
Sire Adrien de Maroeuil.
Sire Pierre de Famechon.
Robert Coureux.
Philippes Matissart.
Robert de Sachy.
Anthoine Dippre.
Jehan Thierry le joeune.
Me Florent de Louvencourt.
Vincent Voiture.
Baptiste Roche.
Me Pierre Dubois.

Eschevins du lendemain :

Me Michel de Suin, prévost.
Me Nicolas Piot.
François Desgrez.
Jehan Tonnelier.
Toussaint Baudeloque.
Jehan de Villers.
Me Guillaume Lhoste.
Me Claude de Herte.
Charles Poullain.
Charles Gaude.
Guy de Bailly.
Me Noel Caron.

Jehan Deulin, recepveur du domaine.
Charles Quignon, recepveur des aydes.
Jehan Hublée, Me des ouvrages.

Pour lannée commençant m vc iiiixx xvi [372].

Sire Pierre de Famechon maieur [373].

Eschevins continuez suivant les lettres patentes du roy données à Rouen le xixe jour d'octobre et aultres patentes du xxiiij novembre m vc quatre vingt seize.

Sire Adrien de Maroeuil.
Sire Augustin de Louvencourt.
Me Michel de Suin, prévost, continué par vertu desd. lettres.
Robert Coureux.
Me Nicolas Piot.
Toussaint Baudeloque.
Vincent Voiture.
Me Guillaume Lhoste.
Me Claude de Herte.
Charles Poullain.
Robert de Sachy.
François Desgrez.
Anthoine Dippre.
Jehan Thierry le joeune.
Jehan Tonnelier.
Me Florent de Louvencourt.
Baptiste Roche.
Charles Gaude.
Me Pierre Du Bois.
Guy de Bailly.

Eschevins créés à la nomination du peuple au lieu de quatre décceddés et ce lan dernier an m vc iiiixx xvi suivant aultres patentes du roy du xxiiii du mois précédent.

Jehan Cordelois [374].
Guillaume Cadot [375].
Jehan d'Aynval.
Me Robert de Troy.

François Lefebvre, recepveur du domaine.
Nicolas Lucas, recepveur des aydes.
Robert Fournier, Me des ouvrages.

Créés en halle le jour de St Simon St Jude à la voix du peuple en la manière accoustumée.

Pour lannée commençant le mardi dix huitiesme jour de Mars m ve iiiixx xvij les personnes cy après nommez ont esté créés eschevins, ont faict et exercé lesdites charges jusques au xxve jour de septembre ensuivant.

Sire Claude Pécoul maieur[376].

Eschevins du jour :

Sire François Gauguier.
Sire François Castelet.
Me Jehan Bauduin.
Me Jehan Manessier.
Jehan Boitel.
Jehan Sagnier.
Jehan Delattre[377].
Me Charles Gorguette.
Jehan Carpentier.
Charles de Sachy.
Jehan Hémart.
Me Laurent Allart.

Eschevins du lendemain :

François Randon.
Me Claude Delattre.
Michel Randon[378].
Me Adrien Rohault.
Vincent de Séneschal.
Me Vincent Lefevre.
Pierre Liepart?
Me Louis le Marchand.
Me Jehan Guaidon.
Louis de Villers laisné.
Raulland d'Amiens.
Hugues Sagnier.

TROISIÈME PARTIE.

1597-1830.

La fatale surprise d'Amiens par les Espagnols devait entraîner l'abolition de son pouvoir municipal. Après la reprise de la ville par Henri IV, l'édit royal du 25 septembre 1597 ordonna que, dorénavant, au lieu d'un maire et de vingt-quatre échevins, il n'y aurait plus que sept échevins parmi lesquels, y est-il dit, « nous en choisirons un qui précèdera les six autres et portera le titre et la qualité de Premier Echevin, lequel, ainsi que les six autres, seront élus et renouvellés, chaque année, le vingt cinq septembre, auquel jour Dieu nous a fait la grâce de réduire ladicte ville en notre obéissance, et ce pour obvier aux menées qui se faisaient autrefois à la création du maieur et n'apportaient que trouble en la ville, scandale au public, mépris des ordonnances et arrêts de la cour sur ce intervenus. »

Le 24 septembre, les conseillers de ville, capitaines et chefs de portes réunis dans la grande salle du bailliage, après serment prêté entre les mains du bailli, devaient voter par bulletins dont le dépouillement était fait le jour même, et les échevins élus à la majorité des suffrages étaient mandés le lendemain dans le même local pour prêter serment.

N'étaient éligibles que les personnes notables, tant de justice, officiers du roi, que marchands non mécaniques, artisans ou vendant en détail, par eux ou par autrui, sans pouvoir choisir plus de deux officiers du roi ou de robe longue. L'incompatibilité était maintenue pour les pères et fils, beaux-pères et gendres, oncles et neveux, cousins germains et pour les comptables de la ville n'ayant point obtenu quitus de leur gestion.

Le roi nommait le Premier Echevin. En attendant son choix, la charge était provisoirement remplie par le plus ancien des échevins. Le Premier ne pouvait rester en exercice plus d'un an, les autres plus de deux sans l'exprès commandement du roi. Toutefois, deux échevins désignés par le gouverneur, le bailli, les échevins en charge et les conseillers de ville étaient *retenus* pour instruire les nouveaux élus des affaires de la ville.

Quatre conseillers de ville nommés par le roi pour la première fois seulement, ayant séance, voix et opinion délibérative avec les échevins, étaient créés à l'instar de ceux de la ville de Paris, avec le rang et l'ordre observés pour la capitale.

Un seul receveur était commis à la recette du domaine, des aides, des deniers communaux d'octroi et des revenus de la Maladrerie de Saint-Ladre, pour un an seulement, sous quelque cause ou occasion que ce fût.

Un contrôleur des ouvrages dut faire la charge du maître des ouvrages jusqu'au remboursement de la finance par lui payée. En cas de remboursement ou de vacation par décès, on élira chaque année, suivant la manière accoutumée, sans pouvoir être continué annuellement.

Mais l'édit de 1597 ne modifiait pas seulement la forme du corps municipal, il lui enlevait la plupart des privilèges et des prérogatives dont il jouissait depuis tant d'années. Pour lui cesse tout commandement militaire, qui passe au gouverneur de Picardie et au gouverneur d'Amiens; sa juridiction de police se restreint aux peines du fouet, du bannissement et des amendes jusqu'à 20 écus; la prévôté et tous les droits qui en dépendent sont réunis au domaine royal; les octrois autrefois concédés sont perçus par un receveur à la nomination du roi et employés aux fortifications; la ferme du huitième des vins est consacrée à la construction de l'hôtel-de-ville, à l'entretien des ponts et de la voirie. Quelques rares revenus lui sont seuls laissés pour subvenir aux charges ordinaires. Un prévôt royal institué en titre d'office connaîtra en première instance des arrêts et saisies opérés en vertu de la loi privilégiée de la ville, des frocs et des flégards, des poids et mesures. La justice civile et criminelle est, conformément à l'édit de Moulins, réunie au bailliage; en un mot tous les privilèges qui ne sont pas expressément mentionnés dans l'édit de 1597 sont abolis « d'autant plus, y est-il dit, que leurs anciens privilèges ont causé les abus dont s'en fut ensuivi leur totale destruction et ruine, si Dieu ne nous eut fait la grâce de les retirer du mal auquel ils s'étaient inconsidérément précipités, nous avons fait et faisons très expressément inhibitions et défenses auxdits échevins et manans et habitans de faire plus aucune mention desdits privilèges ny d'alléguer et de servir d'autres que ceux qui sont spécifiés cidessus, lesquels nous voulons et entendons que dorénavant ils ne tiennent que de nous, comme leur étant accordés de nouveau de notre spéciale grâce et libéralité. »

La municipalité d'Amiens avait vécu. Désormais amoindrie, réduite au rôle passif que lui accorde seul l'édit de 1597, soumise au contrôle des gens de justice, du gouverneur d'abord, ensuite à celui des intendants de la généralité qui annuleront et bifferont ses délibérations, rachetant en vain au prix d'énormes sacrifices son existence éphémère, chaque fois que la pénurie des finances de l'État bat monnaie par la création d'offices municipaux viagers ou héréditaires, elle se trouve complètement absorbée par la centralisation administrative, et ses maires sont désormais réduits au simple rôle d'agents du pouvoir exécutif.

Pour lannée commençant au jour sainct Firmin le Martir an m v^{c} iiii^{xx} xvii.

Monseigneur le comte de Saint Pol gouverneur et lieutenant général pour le roy de la province de Picardye, Boullenois Arthois et pays reconquis a mandé par devant luy les personnes cy aprez nommées auxquelles il a suivant l'eslection faite par sa Majesté ce jour, faict faire le serment d'eschevins de la ville d'Amyens en la manière accoustumée, assavoir :

Robert Coureux premier eschevin [379].

Augustin de Louvencourt.	Me Nicolas Piot.
Michel de Suin.	Me Anthoine Dippre.

Jehan Cordelois. Anthoine Pingré.
Me Jehan Daynval.

Fait à Amiens le xxvije jour de septembre m ve iiiixx xvij.

Me Pierre Boitel, recepveur.

POUR LANNÉE COMMENÇANT au jour de St Firmin le Martir m ve iiiixx xviii.

Sire AUGUSTIN DE LOUVENCOURT premier eschevin [380].

Me Michel de Suin. Jehan Cordeloye.
Robert de Sachy. Jehan Thierry.
Me Anthoine Dippre. Me Flourent de Louvencourt.

Me Nicolas Le franc, recepveur.

POUR LANNÉE COMMENÇANT au jour de St Firmin le Martir m ve iiiixx xix.

Sire ADRIEN DE MAROEUIL premier eschevin [381].

Robert de Sachy. Me Flourent de Louvencourt.
Louis Petit. Baptiste Roche.
Jehan Thierry. Anthoine Pingré.

Me Jehan Potel, recepveur.

POUR LANNÉE COMMENÇANT le jour de saint Firmin le Martir mil six cent.

ANTHOINE PINGRÉ premier eschevin [382].

Me Adrien de Maroeuil. Baptiste Roche.
Jehan Cordelois. Me François Moreau [383].
Louis Petit. Me Jehan de Mons [384].

Me Jehan Boullet, recepveur.

POUR LANNÉE COMMENÇANT au jour de saint Firmin le Martir 25 septembre m vi^e ung.

Me ANTHOINE DIPPRE, escuier, premier eschevin.

Sire Augustin de Louvencourt.
Robert de Sachy.
Jehan Cordelois.
Jehan Thierry.
Me François Moreau.
Me Jehan de Mons.

Me Jehan de Sachy, recepveur.

POUR LANNÉE COMMENÇANT au jour de St Firmin le Martir mil six cens deux.

Sire AUGUSTIN DE LOUVENCOURT premier eschevin.

Me Adrien de Maroeuil.
Me Anthoine Dippre.
Robert de Sachy [385].
Jehan Thierry.
Me Flourent de Louvencourt.
Baptiste Roche.

Me Raoult Chocquet, recepveur.

POUR LANNÉE COMMENÇANT au jour de saint Firmin le martir xxv septembre m vi^e iij.

Sire ADRIEN DE MAROEUIL premier eschevin.

Anthoine Pingré.
Jehan Cordelois.
Louis Petit.
Me Flourent de Louvenvourt.
Baptiste Roche.
Me Jehan de Mons.

Me Anthoine Daraynes, recepveur.

POUR LANNÉE COMMENÇANT au jour de saint Firmin m vi^e quatre.

Me JEHAN THIERRY premier eschevin [386].

Anthoine Pingré.
Me Anthoine Dippre.
Jehan Cordelois.
Louis Petit.
Guy de Bailly.
Me François Moreau.

Me Louis Dufresne, recepveur [387].

POUR LANNÉE COMMENÇANT au jour de saint Firmin m vi^e cincq.

Me JEHAN THIERRY premier eschevin.

Anthoine Dippre.
Jacques Cornet.
Baptiste Roche.
Guy de Bailly.
Me François Moreau.
Me Jehan de Mons.

Me Jehan de Court, recepveur.

POUR LANNÉE COMMENÇANT au jour de St Firmin m vj^e vi.

JACQUES CORNET, premier eschevin, sieur de l'Angle [388].

Jehan Cordelois.
Me Guillaume Lhoste.
Me Claude de Herte.
Baptiste Roche.
Me Jehan de Mons.
Me Jacques Vacquette.

Me Louis Artus, recepveur [389].

POUR LANNÉE COMMENÇANT au jour saint Firmin m vi^e vij.

Me FLOURENT DE LOUVENCOURT, premier eschevin.

Anthoine Pingré.
Jehan Thierry.
Jehan Cordelois.
Me Guillaume Lhoste.
Me Claude de Herte.
Me Jacques Vacquette.

Me Louis Boullet, recepveur.

POUR LANNÉE COMMENÇANT au jour saint Firmin le Martir m vi^e viii.

JEHAN THIERRY, premier eschevin, lequel tost aprez sa réception seroit déceddé et en son lieu institué et receu a esté

Me JEHAN DE MONS premier eschevin.

Me Anthoine de Berny.
Me Anthoine Dippre.
Me Flourent de Louvencourt.
Baptiste Roche.
Jehan de Bailly.

Me Noel Decourt, recepveur.

POUR LANNÉE COMMENÇANT le jour saint Firmin le Martir m vi^{c} noeuf.

Me FRANÇOIS LE SÉNESCHAL, premier eschevin, sieur de Blangy[390].

Me Anthoine de Berny.	Me Jehan de Mons.
Anthoine Pingré.	Jehan Cordelois.
Me Anthoine Dippre.	Guillaume Revelois.

Me Claude de Rouvroy, recepveur.

POUR LANNÉE COMMENÇANT au jour St Firmin le Martir m vi^{c} dix.

Me FRANÇOIS LE SÉNESCHAL premier eschevin.

Me Anthoine de Berny.	Me Jehan de Mons.
Anthoine Pingré.	Jehan Cordelois.
Me Anthoine Dippre.	Guillaume Revelois.

Me François Fauquel, recepveur [391].

POUR LANNÉE COMMENÇANT le jour saint Firmin le Martir m vi^{c} xi.

BAPTISTE ROCHE premier eschevin [392].

Anthoine Pingré.	Me François le Séneschal.
Jacques Cornet.	Jehan Cordelois.
Me Flourent de Louvencourt.	Me Jacques Vacquette.

Me Jehan Du fresne, recepveur.

POUR LANNÉE COMMENÇANT le jour saint Firmin le Martir m vi^{c} xii.

Sire AUGUSTIN DE LOUVENCOURT premier eschevin.

Me Anthoine de Berny.	Me Jehan de Mons.
Me Anthoine Dippre.	Baptiste Roche.
Jacques Cornet.	Me Jacques Vacquette.

Me Jehan Du Fresne, recepveur continué.

Pour lannée commençant le jour saint Firmin le Martir m v^c xiii.

Sire Anthoine de Berny premier eschevin [393].

Sire Augustin de Louvencourt.
Me Flourent de Louvencourt.
Me Jehan de Mons.
Me François le Séneschal.
Jehan Cordelois.
Jehan Lucas.

Me Pierre Cantherine, recepveur.

1614 est resté en blanc [394].

Pour lannée commençant le jour de saint Firmin le Martir m vi^c quinze.

Monsieur Anthoine Lequien,
conseiller d'estat, premier eschevin [395].

Me Jacques Gargant, prévost royal.
Sire Augustin de Louvencourt.
Me Anthoine Dippre.
Me Jacques Vacquette
Guillaume Revelois.
Louis Dufresne.

Me Jehan Potel, recepveur.

Pour lannée commençant le jour de saint Firmin le Martir, xxv septembre m vi^c xvi.

Me Jehan le Couvreur, conseiller du roy, lieutenant particulier, assesseur criminel au bailliage siège présidial de Amyens, premier eschevin [396].

Charles Gaude.
Me Charles Vacquette.
Guillaume Reveloys.
Me Melchior Fouache [397].
Me François de Louvencourt, sieur de Vauchelles.
Fremin Couvreux.

Me Adrien De Court, recepveur [398].

POUR LANNÉE COMMENÇANT le jour de saint Firmin le Martir m vi^e^ xvij.

Me FRANÇOIS HANNIQUE, escuier, conseiller et advocat du roy au bailliage d'Amiens, premier eschevin.

Me Jehan le Couvreur.
Charles Gaude.
Melchior Fouache.
Firmin Coureux.
Pierre Gonnet.

Me Adrien De court, recepveur continué.

POUR LANNÉE COMMENÇANT le jour de saint Firmin le Martir xxv septembre m vi^e^ xviii.

Me FRANÇOIS HANNIQUE, escuier, conseiller et advocat du roy au bailliage d'Amiens, premier eschevin [399].

Me Anthoine de Berny.
Me Jehan de Mons.
Jehan Cordelois.
Pierre Gonnet.
Nicolas de Camps.

Me Jehan de Parviller, recepveur.

POUR LANNÉE COMMENÇANT au jour de St Firmin le Martir m vi^e^ xix.

Sire ANTHOINE DE BERNY premier eschevin.

Jacques Cornet.
Me Jehan de Mons.
Me Jacques Vacquette.
Me Melchior Fouache.
Nicolas de Camps.
Jacques Dècle.

Me Adrien De Court, recepveur.

POUR LANNÉE COMMENÇANT au jour de St Firmin Martir m vi^e^ vingt.

M^e^ GUY DE MAROEUIL, conseiller au bailliage de Amiens, premier eschevin [400].

Jacques Cornet.
Charles Poullain.
Me Jacques Vacquette.
Me Melchior Fouache.
Pierre Gonnet.
Jacques Dècle.

Me Adrien De court, recepveur continué.

POUR LANNÉE COMMENÇANT au jour St Firmin Martir m vie xxi.

Me AUGUSTIN DE LOUVENCOURT premier eschevin [401].

Sire Anthoine de Berny.
Me Jehan de Mons.
Me Guy de Maroeuil.
Charles Poulain.
Pierre Gonnet.
Nicolas de Camps.

Me Jehan Pallyart, recepveur [402].

POUR LANNÉE COMMENÇANT au jour de St Firmin Martir m vie xxij.

JACQUES CORNET, sieur de l'Angle et de Coupel, a faict la charge de premier eschevin.

Me Jehan de Mons.
Nicolas de Camps.
Jacques Dècle.
François Hémart [403].
Jacques Bultel.

Me Jehan de Mons, recepveur.

POUR LANNÉE COMMENÇANT au jour de St Firmin Martir m vie xxiii.

FRANÇOIS DE LOUVENCOURT, escuier, sieur de Vauchelles, conseiller du roy, trésorier de France et général de ses finances en Picardie, premier eschevin [404].

Jacques Cornet.
Me Jacques Vacquette.
Pierre Gonnet.
Jacques Dècle.
François Hémart.
Me François Pastureau.

Me Adrien Decourt, recepveur.

Pour lannée commençant le jour saint Firmin Martir m vi^c xxiiij.

François de Louvencourt, escuier, sieur de Vauchelles, etc., premier eschevin continué.

Me Jacques Vacquette, déceddé ceste année.
Pierre Gonnet.
Jacques Bultel.
Me François Pastureau, déceddé ceste année.
Jacques Mouret [405].
Jehan Boullet.

Me Adrien Decourt, recepveur continué.

Pour lannée commençant le jour de saint Firmin Martir xxv septembre m vi^e vingt cinq [406].

Me François Hannique, escuier, conseiller et advocat du roy au bailliage d'Amiens, premier eschevin.

Sire Augustin de Louvencourt.
Jacques Cornet.
Me Jehan Couvreur, conseiller.
Jacques Dècle, décédé ceste année.
Jacques Bultel.
Jacques Mouret.

Me Pierre Cantheraine, recepveur.

Pour lannée commençant le jour de saint Firmin Martir m vi^e vingt six.

Me François Hannique, escuyer, conseiller et advocat du roy au bailliage d'Amyens, premier eschevin continué.

Sire Augustin de Louvencourt.
Jacques Cornet.
Me Jehan Lecouvreur assesseur criminel.
Pierre Gonnet.
Nicolas de Camps.
François Hémart.

Me Pierre Cantraine, recepveur continué.

Pour lannée commençant le jour St Firmin Martir xxv septembre m vi^e xxvij.

Me Anthoine Pingré, receveur général des gabelles en la province de Picardye, premier eschevin [407].

Florent de Louvencourt.
Me Guy de Maroeuil, conseiller.
Pierre Gonnet.
Nicolas De camps.
François Hémart.
Simon Lestoq.

Me Adrien De court, recepveur.

Pour lannée commençant le jour de saint Firmin Martir xxv septembre m vi^c vingt huict.

Me Anthoine Pingré, recepveur général des gabelles en la province de Picardye, premier eschevin continué.

Mêmes échevins et même receveur.

Pour lannée commençant le jour saint Firmin Martir xxv septembre m vi^c vingt neuf.

Mons Mc Guy de Maroeuil, conseiller du roy au bailliage d'Amiens, premier eschevin.

Me Anthoine Pingré, receveur général des gabelles.
Florent de Louvencourt.
Jacques Mouret.
Pierre d'Araynes.
Nicolas de Halloy.
David Quignon [408].

Me Philippes Andrieu, recepveur.

Pour lannée commençant le jour de saint Firmin le Martir xxv septembre m vi^c trente, l'eschevinage a esté continué.

Pour lannée commençant au jour de saint Firmin Martir xxv septembre m vi^e trente et ung.

Mons Me François Hannique, escuier, conseiller et advocat du roy au bailliage d'Amiens, premier eschevin [409].

Jacques Mouret.
Nicolas de Halloy.
Me Vincent Castellet [410].
Jehan Thierry.
Nicolas Dufresne.
Jean de Sachy.

Me Robert de Bailli, recepveur.

Pour lannée commençant le jour de St Firmin le Martir xxv septembre m vie trente deux.

Monsieur Me François Hannique, escuier, sieur de la Mairie, conseiller et advocat du roy au bailliage d'Amiens, premier eschevin continué.

Mêmes échevins et même receveur.

Pour lannée commençant le jour de saint Firmin m vie xxxiii.

Monsieur Me Jehan Le couvreur, escuier, sieur d'Ernencourt, conseiller, assesseur criminel au bailliage d'Amiens, premier eschevin.

Pierre Gonnét.
Me Pierre d'Araynes.
Nicolas de Halloy.
Me Vincent Castelet.
Nicolas Dufresne.
Adrien Correur.

Me Robert Lérityer, recepveur.

Pour lannée commençant le jour de saint Firmin le Martir m vie xxx quatre.

Monsieur Me Jehan Lecouvreur, escuier, sieur d'Ernencourt, conseiller, assesseur criminel au bailliage d'Amiens, premier eschevin.

Pierre Gonnet.
Jacques Mouret.
Pierre Daraynes.
David Quignon.
Adrien Correur.
Jehan Dumon.

Me Robert Léritier, recepveur continué.

1635.

Jacques Mouret a fait la charge de premier eschevin [411].

David Quignon.
Me Vincent Castelet, conseiller, esleu.
Jehan de Sachy.
Me Claude Demons, conseiller au bailliage [412].
Yvrenon Barré.
Anthoine Cornet.

Me Jehan Leroux, recepveur.

1636 [413].

Monsieur Me Guy de Mareuil, antien conseiller au bailliage de Amiens, premier eschevin.

Me Nicolas de Halloy.
Jehan de Sachy.
Adrien Correur.
Yvrenon Barré.
Anthoine Cornet.
Me Charles Lestoq.

Me Jehan Leroux, recepveur continué.

1637.

Jehan de Sachy premier eschevin [414].

Jacques Mouret.
Me Pierre Daraines.
David Quignon.
Yvrenond Barré.
Me Charles le Caron, advocat.
Louis Heuzet.

Me Estienne Fauquel, recepveur.

1638.

Me Jean de Sachy premier eschevin continué.

Jacques Mouret.
Me Jacques Bultel, président au grenier à sel d'Amiens.
Me Pierre d'Araynes.
David Quignon.
Me Charles le Caron, advocat.
Louis Heuzet.

Me Estienne Fauquel, recepveur.

1639.

Charles Lestocq, recepveur des consignations au bailliage d'Amiens, premier eschevin [415].

Me Jacques Bultel.
David Quignon.
Me Vincent Castelet.
Anthoine Cornet.
Gabriel de Sachy.
Anthoine Matissart.

Me Toussaint Fournier, recepveur.

1640.

Me Charles Lestocq, recepveur des consignations au bailliage d'Amiens, premier échevin continué.

Jean le Couvreur, escuier, sieur de Renancourt.
Me Pierre d'Araynes.
Charles Le caron.
Gabriel de Sachy.
Anthoine Matissart.
Claude de La Morlière.

Me Toussaint Fournier, recepveur.

1641.

Jehan le Couvreur, escuier, sieur de Renancourt, premier eschevin.

Me Pierre Daraynes.
David Quignon.
Me Vincent Castelet, conseiller esleu.
Louis Heuzet.
Claude de la Morlière.
Louis Artus.

Me Claude Léritier, recepveur.

1642.

Jehan de Sachy, premier eschevin.

Me Vincent Castelet, conseiller et esleu.
Louis Heuzet.
Louis Artus.
François Mouret.
Charles Scorion, sieur de la Houssoye.
Pierre Jourdain.

Me Claude Léritier, recepveur.

1643.

JEHAN DE SACHY, premier eschevin continué.

Me Pierre d'Araynes.
Anthoine Cornet.
François Mouret.
Pierre Jourdain.
François Lebon, escuier, sieur de la Chaussée, conseiller du roy, président au siège présidial d'Amiens [416].
Me Charles le Séneschal, advocat au bailliage et siège présidial d'Amiens.

Me Estienne Fauquel, recepveur.

1644.

VINCENT LEROY, escuier, sieur de Sérisy, conseiller du roy, trésorier de France et général de ses finances en Picardie, premier eschevin [417].

Me Pierre d'Araynes.
Anthoine Cornet.
François Mouret.
Pierre Jourdain.
François Lebon, escuier, sr de la Chaussée, etc.
Me Charles le Séneschal, advocat, etc.

Me Estienne Fauquel, recepveur.

1645 [418].

Me CHARLES LESTOCQ, conseiller du roy, etc., premier eschevin.

Me Pierre Daraynes.
Anthoine Cornet.
François Mouret.
Pierre Jourdain.
François Le bon, escuier, sieur de la Chaussée, etc.
Me Charles le Séneschal, advocat, etc.

Me Estienne Fauquel, recepveur.

1646.

Me CHARLES LESTOCQ, conseiller du roy, etc., premier eschevin.

Me Pierre Daraynes.
Anthoine Cornet.
François Mouret [419].
Pierre Jourdain.
François Le bon, escuier, etc.
Me Charles le Séneschal, advocat, etc.

1647.

Même liste.

1648.

Me Charles Lestocq, conseiller du roy, etc., premier eschevin.

Jehan Dumont.
Louis Heuzet.
Gabriel de Sachy.
Louis Artus.
Anthoine Matissart.
Charles Scorion, escuier, sieur de la Houssoie.

Me Anthoine Pièce, recepveur.

1649.

François Lebon, sieur de la Chaussée, etc , premier eschevin [420].

Louis Heuzet.
Gabriel de Sachy.
Jean Du Croquet.
Jean Hémart.
Me Gabriel Rogeau, advocat au bailliage et siège présidial d'Amiens [421].
Anthoine Mouret.

Me Anthoine Pièce, recepveur.

1650.

Me Anthoine Lestocq, conseiller, procureur du roy au bailliage et siège présidial d'Amiens, premier eschevin.

Jehan Du croquet.
Anthoine Mouret.
Me Guy Fournier, conseiller et esleu.
François Decourt.
Nicolas de Brecq.
Me Anthoine Gueudon [422].

Me Nicolas Guyot, recepveur.

La nomination cy dessus a esté annullée par arrest du ix janvier 1651, en exécution duquel et autres rendus en conséquence a esté proceddé à la retenue et nouvelle nomination par devant Me Jean Sévin conseiller de la cour à ce commis, des personnes dudict Me Anthoine Lestocq, conseiller, etc.

Dudict Jean Ducroquet.
De Jean Hémart.
Dudit Anthoine Mouret.
Dud. Me Guy Fournier.
Dudit François Decourt.
Et de Claude Lebon, escuier, s^r^ de Thionville.

Ledit Guiot, receveur.

1651.

Me ANTHOINE LESTOCQ, conseiller, etc., premier eschevin [423].

Gabriel Desachy, seigneur du Couldraye [424].
Me Anthoine Gueudon, greffier criminel.
François Decourt.
Claude Lebon, escuier, sieur de Thionville.
Nicolas de Brecq.
Jean Pingré, sieur du Quesnoy.

Me Claude Fournier, recepveur.

Sur l'opposition formée audit sieur Lestocq, de Sachy et Gueudon a esté ordonné que Me Guy Fournier conseiller du roy esleu en l'élection d'Amiens et Louis de Villers comme plus nommés aprez eulx presteroient le serment à surcis et la prestation de serment dudit Lestocq.

Par arrest provisoire rendu en la chambre des vacations, le xix octobre audit an, il a esté ordonné que par provision lesdits sieurs Lestocq, de Sachy et Gueudon exerceroient la charge et ledit sieur de Sachy celle de premier.

Et par arrest diffinitif du xxx janvier m vi^c^ cincquante deux, que ledit sieur de Sachy demeureroit et que ceux qui avoient le plus de voix après lesdis sieurs Lestocq et Gueudon exerceroient la charge ou lieu d'eulx sy bien que les eschevins de ceste année sont

Ledict sieur GABRIEL DE SACHY, seigneur du Couldraye, premier eschevin.

Ledict Me Guy Fournier, conseiller du roy, esleu en l'élection d'Amiens.
Ledict François Decourt.
Ledit Claude Lebon, escuier, sieur de Thionville.
Ledit Nicolas Debrecq.
Ledit Jehan Pingré, sieur du Quesnoy.

Et le plus nommé après a esté le sieur Anthoine Coreur quy a presté le serment.

Ledict Fournier, recepveur.

Du depuis led. Me Anthoine Gueudon s'est pourveu sur le susdit arrest et obtenu la déclaration des s^{rs} premier et eschevins conseillers de ville, de l'arrest de la cour du xix août 1652, et enregistré au registre aux chartres I.

1652.

Monsieur Gabriel Desachy, seigneur du Couldray, premier eschevin continué [425].

Me Guy Fournier, conseiller du roy, esleu en l'élection d'Amiens.
François Decourt.
Claude Lebon, escuier, sieur de Thionville.
Nicolas de Brecq.
Jean Pingré, s^{r} du Quesnoy.

Me Firmin Dehoge, receveur.

1653 [426].

Me Nicolas Leroy, seigneur de Jumelles, conseiller du roy en ses conseils d'estat et privé, premier [427].

Me Nicolas Debrecq.
Mons. Jean Pingré, sieur du Quesnoy.
Mons. Gabriel De sachy le fils.
Mons. Anthoine Gueudon.
Mons. Louis Pecquet.
Mons. Claude Petit.

Me Pierre Hennin, recepveur.

1654.

Me Nicolas Leroy, etc., premier eschevin.

Nicolas de Brecq.
Jean Pingré, s^{r} du Quesnoy.
Gabriel de Sachy, s^{r} du Coudray.
Me Antoine Gueudon.
Louis Pecquet, s^{r} de Ligny.

Me Pierre Hennin, recepveur.

1655.

ADRIEN PICQUET, escuier, sieur de Dourier, conseiller du roy et son lieutenant particulier au bailliage et siège présidial, premier [428].

François Decourt.
Claude Lebon, etc.
Me Anthoine Gueudon.
Claude Petyt, sr d'amy ?
Michel Du Fresne, sieur de la Brosse.
Jean Quignon [429].

Me Noel de Fontaine, receveur.

1656.

FRANÇOIS DECOURT, premier [430].

Adrien Picquet escuier, etc.
Claude Lebon, etc.
Michel Du Fresne, etc.
Jean Quignon.
Nicolas Pingré [431].
Estienne Delattre [432].

Me Noel de Fontaine, receveur.

1657.

JACQUES DE MONS, sieur d'Hédicourt, conseiller et magistrat au présidial, premier [433].

Nicolas Pingré.
Estienne Delattre.
Adrien Cornet.
Louis Roussel, sieur d'Argoeuvre, conseiller.
Mathieu de Flesselle.
Nicolas de Sachy, sieur de Maurepas.

Me Firmin de Troy, receveur.

1658.

JACQUES DE MONS, sieur d'Hédicourt, etc., premier.

Claude Petit, sieur de Amy.
Adrien Cornet [434].
Mathieu de Flesselle.
Nicolas de Sachy, sieur de Maurepas.
Anthoine Le Caron, escuier, sieur de Lamotte.
Antoine Delattre.

Me Nicolas Guyot, receveur.

1659.

ANTHOINE LE CARON, escuier, etc., premier [435].

François Mouret, sieur de la Mairie.
Claude Lebon, etc.
Antoine Delattre.
Jacques Le couvreur, escuier, sieur de Hennencourt, asses-seur au bailliage lequel a presté serment.
Nicolas Mouret.
Antoine Roussel.

Me Nicolas Guyot, receveur.

1660.

CLAUDE LEBON, etc., premier.

François Decourt.
François De Mons, sr de la Mairie.
Jacques Le couvreur, etc.
Nicolas Mouret.
Antoine Roussel.
François Correur.

Me Nicolas Quignon, recepveur.

POUR LANNÉE COMMENÇANT au jour saint Firmin le Martir vingt cincq septembre m vie soixante et ung, les cy après nommés ont faict et presté le serment d'eschevins en suicte de leurs nominations : François Decourt, Mathieu de Flexelles, François Correur, lequel n'a presté le serment, Jacques Roussel, François Mouret le jeune, sieur de Caulières, Louis de Villers, Laurent Caron, Me Nicolas Quignon, receveur.

Ladicte nomination a esté annulée par arrest du conseil d'estat en datte du vingt huictiesme octobre audict an m vie soixante et ung. Sa Majesté a ordonné par ledict arrest que les premier et eschevins de l'année précedente continueroient la fonction de leurs charges, le nom desquels premier et eschevins s'ensuivent.

(Voir ci-dessus la liste de 1660).

1662.

Me Louis Roussel, conseiller, magistrat au présidial, seigneur d'Argoeuve, premier [436].

François Decourt.
Mathieu Deflesselle.
Antoine Roussel.
François Correur.
Philippe de Flesselles, sr de Saveuse.
François Mouret, sieur de Caulières.

Me Antoine Cochepin, receveur.

1663.

Me Louis Roussel, etc., premier.

Mathieu de Flesselle.
François Correur.
Philippe de Flesselle [437].
François Mouret, etc.
François Famechon, escuier, sieur de Canteleu, advocat.
Jacques Roussel.

Me Antoine Cochepin, receveur continué.

1664.

François de Famechon, escuier, etc., premier [438].

Jacques Roussel.
Adrien Damiens.
Adrien Cornet.
Jean Artus.
Antoine Castelet.
Me Dufresne Ducange, trésorier.

Me Nicolas Filleul, receveur.

1665.

Mons. Me Michel Mannessier, seigneur de Maison Rolland, conseiller du roy, lieutenant criminel en l'eslection d'Amiens, premier [439].

Adrien Damyens.
Adrien Cornet.
Jean Artus [440].
Jean de Sachy, sr du Coudray.
Me Jean de Monmignon, conseiller du roy en l'eslection.
Jacques Morgan.

Ledit Filleul, receveur.

1666.

François Trudaine, escuier, seigneur d'Oissy, conseiller du roy au bailliage et siège présidial d'Amiens, premier [441].

François Mouret, etc.
Jean de Sachy, etc.
Me Jean de Monmignon, etc.
Jacques Morgan.
Louis Pingré.
Honoré Quignon, sieur de la Mairie de Freschencourt [442].

1667.

François Trudaine, etc., premier.

François Mouret, etc.
Louis Pingré.
Honoré Quignon, etc.
Me Jean Vacquette, sieur de Freschencourt, advocat audit siège présidial.
Michel Decourt.
François Cornet, n'a presté le serment.
Jehan Delattre, presté serment.

Tous lesquels ont esté nommés tant en la retenue qu'en la nomination. Par sentence du bailliage a esté ordonné que Me Anthoine Gueudon et Gabriel de Mons sieur d'Aumesmont presteroient le serment et feroient la charge d'eschevins par provision, au lieu desdits sieurs Mouret et Quignon et par arrest de la cour du 30 septembre 1667, lesdits sieurs François Mouret et Honoré Quignon ont esté rétablis en la charge d'eschevins, et ont presté le serment par devant le conseiller rapporteur dudit arrest [443].

Ledict Me Noel Ducrocq, continué receveur.

1668.

Jean Vacquette, sieur de Freschencourt, avocat au présidial, premier [444].

Claude Lebon, etc.
Me Antoine Gueudon.
Jean Delattre [445].
Robert de Sachy.
Me Adrien Ducroquet, docteur en médecine.
Nicolas Hémart, sieur de Bréviller.

Me Michel Martin, receveur [446].

1669.

Jacques de Mons, escuier, seigneur d'Hédicourt, etc., premier.

Me Antoine Gueudon.
Robert de Sachy.
Me Adrien Ducrocq.
Augustin Damyens.
Me Antoine Gontier, advocat au bailliage.
Me Claude Fournier, conseiller du roy esleu en l'élection d'Amiens.

Ledit Me Michel Martin, receveur.

1670.

Ledit sieur d'Hédicourt, continué premier.

Augustin Damyens.
Me Anthoine Gontier.
Nicolas Pingré.
Charles Gorguette, escuier, sr du Cloistre.
Me Claude Fournier, etc.
Me Charles de Rigauville [417].

Me Philippes Queleu, receveur.

1671.

Me Anthoine Dumoulin, docteur en médecine, premier [418].

Nicolas Pingré.
Jean Gorguette, escuier, sieur du Cloistre.
François Damiens.
Me Charles de Rigauville.
Paul Degrain.
Claude De court.

. . . . . receveur.

1672.

Ledict sieur Dumoulin, continué premier.

François Damiens.
Paul Degrain.
François de Villers.
Henry Pingré.
Charles Pinguet.
Jean de Brecq.

Me Pierre Audiquet, receveur en la place de Me Ph. Quesnu.

1673.

Me François Devillers, premier [449].

Claude Decourt.
Henry Pingré.
Charles Pinguet.
Jean de Brecq.
François Hémart.
François Cornet.

. . . . . receveur.

1674.

Mons. Me Jean de Monmignon, conseiller du roy, esleu en l'eslection d'Amiens, premier [450].

Me Charles de Rigauville, sieur de Ligny.
Claude Decourt.
François Cornet [451].
Gabriel de Villers.
Antoine Le Caron, escuier, sieur de Heurtevent, docteur en médecine.
Claude Grébert.

Ledit Quenu, receveur.

1675.

Mrs ledit Jean de Monmignon, continué premier.

Me Charles de Rigauville, etc.
Jean de Brecq.
Gabriel de Villers.
Antoine le Caron, etc.
Emanuel de Villers.
Antoine Vitasse.

Ledit Quenu, receveur.

1676.

Me Antoine Castelet, conseiller du roy, ancien élu d'Amiens, premier [452].

Jean de Brecq.
Antoine Vuitasse.
Charles de Lestocq, seigneur de Louvencourt, conseiller du roy, controlleur général de ses finances en Picardie [453].
Jehan Lefebvre de Machault.
Jacques Cornet, marchand.
Nicolas Petit, sr de Saint Martin.

Ledit Quenu, receveur.

1677.

Ledit sieur CASTELET, continué premier.

Jacques Morgan.
Ledit sieur de Lestocq, s^r etc.
Jean Lefebure, s^r de Machaux.
Me Nicolas Petit, s^r etc.
François Pingré.
Louis Debonnaire.

Ledit Quenu, receveur.

1678.

Me LOUIS DUFRESNE, sieur de Fredeval, conseiller du roy, prévost royal de Beauquesne, premier [454].

Jacques Morgan.
Antoine Le caron, s^r de Heurtevent, etc.
François Pingré.
Louis Debonnaire.
Me Nicolas de Lestocq, conseiller du roy, grenetier au grenier au sel d'Amiens.
Michel Simon laisné.

Me Pierre Audiquet le jeune, receveur.

1679.

Mondit sieur DUFRESNE, premier.

Me Antoine le Caron, etc.
Michel Simon laisné.
Michel Lebon, escuier, s^r de la Motte d'Aronde.
Nicolas de Lestocq, etc.
Nicolas Caron.
Claude François Pingré.

Ledit Me Pierre Audiquier, receveur.

1680.

Me CHARLES DE LESTOCQ, escuier, seigneur des Alleux et de Louvencourt, conseiller du roy, etc., etc., premier [455].

Me Michel Lebon, etc.
Nicolas Caron.
Antoine Du Rieux.
Charles Berthe.
Jean Quignon.
Jean Tallaud.

Ledit Philippes Quesnu, receveur.

1681.

Mondit sieur DE LESTOCQ, des Alleux, premier.

Me Antoine Durieux, marchand.
Charles Berthe, marchand.
Jean Quignon, marchand.
Jean Tallaud, marchand.
Nicolas Barré, marchand.
Me Claude de Dourlens, advocat.

Ledit Quesnu, receveur.

1682.

FRANÇOIS DE VITRY, escuier, seigneur des Auteulx, la Hestroye, Vuailly et autres lieux, premier [456].

Nicolas Barré, marchand.
Me Claude de Dourlens, advocat.
Robert Devismes.
François Hémart, marchand.
Pierre de Villers, marchand.
Jean Lefort, marchand.

Me Jean du Candas, receveur.

1683.

Me FRANÇOIS DE VITRY, etc., premier.

Mrs Robert de Vismes.
François Hémart.
Pierre De Villers.
Jean Lefort.
Antoine Boistel, marchand.
Claude Coppin, sr de Valanpuis.

Ledit Me Jehan du Candas, receveur.

1684.

Me LOUIS DUFRESNE, seigneur de Fredeval, etc., premier.

Mrs Nicolas Barré.
Antoine Boistel.
Claude Coppin.
Firmin de Leu.
E. Vattebled.

Me Jean Baillet, receveur.

1685.

Me Louis Dufresne, etc., premier de la dite ville.

Antoine Durieux. Firmin Caron.
Nicolas Barré. Charles Bernard.
Firmin de Lens? François Leseigne.

Me Jean Gaillet, receveur.

1686.

Me Claude Fournier, conseiller du roy, esleu et grenetier au grenier à sel d'Amiens, premier [457].

Antoine Durieux. François Leseigne.
Charles Bernard. Adrien Pingré.
Firmin Caron. Jean Baptiste Leroux.

Me Pierre Denis, receveur.

1687.

Me Claude Fournier, etc., premier.

Mrs Jean Delattre. Gilbert de Romanet.
Adrien Pingré. Damiens Lecointe.
Jean Baptiste Leroux. Jean Pellé.

Me Pierre Denis, receveur.

1688.

Monsieur Maistre François Pinguet, seigneur de Bellinguant, conseiller du roy, lieutenant criminel en l'eslection du grenier à sel d'Amiens, premier eschevin de ladite ville [458].

Mrs Gilbert Romanet. Jean Baptiste Artus.
Damiens Lecointe. Noel Roussel.
Jean Pellé [459]. Me Louis de Flocq.

Me Jean Gaillet, receveur.

1689.

Me François Pinguet, etc., premier eschevin de lad. ville.

Jean Baptiste Artus.
Noel Roussel.
Me Louis de Flocques.
Louis Lorel.
Me Antoine Piquet.
P. Lefebure.

Me Jean Gaillet, receveur.

1690.

Me Jean Baptiste le Caron, premier eschevin de lad. ville.

Messieurs Firmin De hen.
Jean Du Rieux.
Louis Lorel.
Pierre Lefebure.
Me Michel Ducastel.
Claude Alexis Du Pontreué.

Me Jean Gaillet, receveur.

1691.

Me Jean Baptiste le Caron, escuier, seigneur de Chocqueuse, Marieu et autres lieux, conseiller du roy au bailliage et siège présidial d'Amiens, premier.

Messieurs Firmin Dehen.
Jean Durieux.
Me Michel Du Castel.
Claude Alexis Du Pontreué.
Jean Leriche.
Me Jean Baptiste Poirel.

Me Jean Gaillet, receveur.

1692 [460].

Me François Damiens, seigneur de Longueval, premier, maire [461].

Messieurs Henri Pingré.
Damiens Lecointe.
Jean Le riche.
Me Jean Baptiste Poirel.
Pierre Durieux.
François Deschamps.

Maistre Jean Baptiste Gaillet, receveur.

1693.

Pour lannée commençant au 25 septembre 1693 il ne s'est fait de nominations, les dénommés ci-dessus ont fait les fonctions de maire et eschevins [462].

1694.

Monsieur Jehan Vacquette, escuier, seigneur de Cardonnoy, conseiller du roy au présidial d'Amiens, maire de la ville [463].

Messieurs Lecointe.
Pierre Durieux.
Jean Hochedé.
Estienne Lefebure.
Martin Galand.
Me Nicolas Leroux.

Me Jean Gaillet, receveur.

1695.

Mondit sieur de Cardonnoy, maire.

Messieurs Jean Hoschedé.
Estienne Lefebure.
Martin Galand.
Me Nicolas Leroux.
Firmin Pallyart.
Adrien Alavoine.

Ledit Gaillet, receveur.

1696.

Monsieur Pierre de Famechon, escuier, seigneur de Canteleu, conseiller et procureur du roy au bureau des finances de la généralité d'Amiens, maire de la ville [464].

Messieurs Louis Coppin, sieur de Valepuy.
Firmin Palyard.
Adrien Alavoine.
Estienne Pincepré.
Michel Simon le jeune.
Antoine Boitel, tous eschevins.

Me Jean Gaillet, receveur.

1697.

Mondit sieur DE FAMECHON, maire.

Lesdits sieurs de Vallepuy.
Estienne Pincepré.
Michel Simon le jeune.
Antoine Boitel [465].
Louis Debray.
Et Jean Baptiste Witasse, tous eschevins.

Ledit Gaillet, receveur.

1698.

Monsieur Me FIRMIN DUCROQUET, conseiller du roy, juge et magistrat au présidial d'Amiens, maire de la ville [466].

Les sieurs Louis Debry.
Jean Baptiste Witasse.
Estienne Doderel.
Jean Baptiste Morgan.
Louis Picquet.
Et François Delacourt, tous eschevins.

Ledit Gaillet, receveur.

1699.

Mondit sieur DUCROQUET, maire.

Estienne Doderel.
Jean Baptiste Morgan.
Louis Picquet.
François Delacourt.
Nicolas Leleu.
Nicolas Artus.

Ledit Gaillet, receveur [467].

Nota que lesd. srs Leleu et Artus n'ont presté serment et lesd. srs Debray et Witasse ont continué.

1700.

Monsieur LOUIS DUFRESNE, seignenr de Fredeval, maire.

Les sieurs Robert Devismes.
Estienne Doderel.
François Delacourt.
Nicolas Leleu.
Nicolas Artus.
Pierre Durieux, tous eschevins.

Me Jean François du Candas, receveur.

1701.

Ledit sieur DUFRESNE FREDEVAL.

Les sieurs Robert Devismes.
Nicolas Leleu.
Nicolas Artus.
Jean Baptiste Ribaucourt.
Adrien Ringard.
Philippe Lefebbure, tous eschevins.

Ledit Du Candas, receveur.

1702.

Monsieur ADRIEN VACQUETTE, seigneur de Freschencourt, conseiller du roy au présidial d'Amiens, lieutenant général de police et maire [468].

Les sieurs Jean de Ribaucour.
Adrien Ringard.
Philippe Lefevre.
Martin Debonnaire.
Noel Lhoste.
Jacques Du Pontreué.

Notta que ledit Du Pontreué n'a presté serment à cause de l'opposition formée par le sieur Pierre Durieux; du depuis ledit Dupontroué a presté le serment le 18 avril 1703.

Ledit Du Candas, receveur.

1703.

Ledit sieur VACQUETTE FRESCHENCOURT, maire.

Messieurs Pierre de Villers.
Martin Debonnaire.
Noel Lhoste.
Jacques Du Pontreué.
Jacques Morgan laisné.
Et Claude Decour, eschevins.

Ledit Du Candas, receveur.

1704.

Notta. N'a esté procceddé à l'eslection du maire et d'eschevins, les dénommés cy dessus ont continué suivant la lettre de Monsieur Bignon intendant de la province, du 23 septembre 1704.

Me Antoine Berquier, receveur.

1705.

Monsieur Martin Baron, seigneur de Noircin, conseiller du roy, prévost roial de la ville d'Amiens, maire [469].

Messieurs François Delacour.
Claude Decourt.
Jacques Morgan laisné.
Jean Baptiste Damiens de Bécourt.
Louis Trencard.
Jacques Boitard, eschevins.

Ledit Berquier, receveur.

1706.

Ledit sieur Baron de Noircin, maire.

Messieurs François Delacourt.
Jean Baptiste d'Amiens de Bécourt.
Louis Trencart.
Jacques Boitard.
Jean Duval.
Et François Morel, eschevins.

Ledit Berquier, receveur.

1707.

Notta. N'a esté proceddé à l'eslection de maire ny d'eschevins ceux de l'année précédente ont continué.

Me Antoine Berquier, receveur.

1708.

Me Adrien Dufresne, seigneur de Fredeval, conseiller du roy au présidial d'Amiens et prévost roial de Beauquesne, maire.

Messieurs Duval.
François Morel.
Jean Baptiste Filleux.
François Pallyart.
Boullenger d'Haultigny.
Et Picquet, eschevins.

Me Antoine Berquier, receveur.

1709.

Il n'a esté procédé à l'eslection de maire ny d'eschevins, ceux de l'année précédente ont continué.

Me Antoine Berquier, receveur.

1710.

Ledit sieur Dufresne Fredeval, maire.

Messieurs Jean Baptiste Filleux
Saron Boullenger sr d'Haultigny.
Adrien Dubois.
Firmin Mimerel.
Nicolas Avenaux.
Et François Pallyart, eschevins.

Ledit sieur Berquier receveur.

1711.

Me Adrien Vacquette de Freschencourt,
seigneur de Freschencourt, etc., maire.

Messieurs Adrien Dubois.
Firmin Mimerel.
Dangremelle.
Nicolas Avenaux.
François Durieux.
Jacques de Flexelles, eschevins.

Ledit sieur Berquier, receveur

1712.

Monsieur Martin de Bonnaire, marchand, ancien eschevin,
a esté nommé maire [470].

Messieurs François Durieux.
Dangremel.
Nicolas Artus.
Antoine Morelle.
Henry Ledieu Lamothe.
Charles Hochedé, eschevins.

Me Antoine Berquier, receveur.

1713.

Ledit sieur DE BONNAIRE, maire.

Messieurs Nicolas Artus.
Antoine Morelle.
Ledieu Lamothe.
Antoine Du Candas.
Antoine Destré.
Jacques François Cornet, eschevins.

Me Jean Baptiste Leleu, receveur.

1714.

Me ADRIEN DU FRESNE, seigneur de Fredeval, etc.

Messieurs Antoine Du Candas.
Antoine Destrées.
Jacques François Cornet.
Jean Baptiste Roussel.
François Galland láisné.
Pierre Augustin Damyens.

Me Jean Baptiste Leleu, receveur.

1715.

N'a esté procédé à l'élection des maire et eschevins, ceux de l'année dernière ayant continué [471].

Me Jehan Baptiste Leleu, receveur.

1716.

De même.

1717 [472].

Me ADRIEN CRETTON, escuyer, seigneur de Villainmerville, Prousel et autres lieux, président au présidial d'Amiens, premier eschevin de la ville.

Mrs Jean Baptiste Roussel.
Pierre Augustin Damyens.
Charles Delahaie.
Pierre de Flesselles.
Florimond Froment.
Antoine de Bonnaire.

Me Antoine Berquier, receveur.

1720 [473].

Me JEAN VACQUETTE, escuyer, seigneur de Cardonnoy, conseiller vétéran au bailliage d'Amiens et ancien maire de la ville, maire.

Monsieur Me ADRIEN DUFRESNE, escuyer, seigneur de Fresdeval, conseiller audit bailliage et ancien maire, n'a presté le serment.

Mrs Charles Delahaye.
Florimond Froment.
François Decourt.
Jean Baptiste Duval.
Noel Frenelet l'aisné, eschevins.

Me Antoine Berquier, receveur.

1721.

Me JEAN VACQUETTE, etc.

Mrs François Decourt.
Jean Baptiste Duval.
Alexandre Timbergue.
Jean Baptiste Lefort.
Nicolas Lequien.

Me Jean Baptiste Bultel, receveur.

1722.

Me PIERRE DEBONNAIRE, maire.

Mrs Alexandre Timbergue.
Jean Baptiste Lefort.
Nicolas Lequien.
Nicolas de Coisy.
Jean Baptiste Tavernier.

Me Jean Baptiste Bultel, receveur.

1723.

LOUIS PINGRÉ, escuyer, seigneur de Sourdon, Coullemel et autres lieux, conseiller du roy au bailliage et siège présidial d'Amiens, maire [474].

Mrs Nicolas de Coisy.
J. B. Tavernier.
Jean Galland.
Augustin Leullier.
Ant. Romanet.
Jean Pinspré.

Me J. B. Bultel, receveur.

1724.

Mondit sieur DE SOURDON, maire.

Mrs Jean Galland. — Jean Pinspré.
Augustin Leullier. — Nicolas Leriche.
Antoine Romanet. — Robert Jourdain le jeune.

Me J. B. Bultel, receveur.

1725.

Monsieur DE SOURDON continué maire.

Mrs Nicolas Leriche. — Gabriel Tubeuf.
Robert Jourdain. — Pierre Durieux.
Adrien Dubois.

Me Jacquin, receveur.

1726 [475].

Me FRANÇOIS DUFRESNE, escuier, seigneur de Fontaines, conseiller secrétaire du roy, président trésorier de France, maire.

Mrs Pierre Perdu. — François Galand.
Antoine Hennon. — Gabriel Tubeuf.
Adrien Dubois. — Pierre Durieux.

Me Jacquin, receveur.

Me Antoine de Lozières, Messieurs de Sachy, de Saint Aurin, et Picquet de Nojencourt, n'ont pas presté serment.

1727.

Mondit sr DUFRESNE DE FONTAINES, maire.

Mrs Dufresne de Lamotte, conseiller au bailliage d'Amiens. — Joseph Lelau.
Antoine Hennon. — Jean Baptiste Roux.
Pierre Perdu. — Firmin de Hen.
Me Adrien Cornet.

Me Bultel, receveur.

Messieurs de Lestocq, de Louvencourt et de Fieffes ont presté le serment en qualité d'eschevins nobles.

1728.

Me Robert de Halloy, seigneur de Gorges et de Domemont, maire, 476.

Eschevins :

Mrs Alexandre Dufresne de la Motte, conseiller au présidial.
Alexandre Legrand, commissaire.
Charles Antoine de Lestocq.
Vincent Pingré de Fief.
Joseph Lalau.
Jean Baptiste Roux.
Adrien Cornet.
Firmin Dehen.

Me Bultel, receveur.

1729.

Me Dhalloy, continué maire.

Eschevins :

Mrs Jean Antoine Palyart, éleu.
J. B. Emanuel Roland de Villers Berneuil.
Alexandre Legrand.
Antoine Berthe de Courtebonne
Jean Baptiste Fouache de Bouland.
Alexis Mathon.
Pierre Pincepré.
François Galand.
Gabriel Martin.

Me Lemarchant, receveur.

1730.

Me Charles Picard de Millencourt, eleu, maire 477.

Eschevins :

Mrs Jean Antoine Palyart.
Jean Baptiste Emanuel Roland de Villers Berneuil.
Adrien Picquet de Dourier.
Antoine Berthe de Courtebonne
Jean Bapt. Fouache de Boulan.
François Galand.
Gabriel Martin.
Pierre Pincepré.
Alexis Mathon.

Me Lemarchant, receveur.

1731.

Me Charles Picard, continué maire.

Eschevins :

Mrs Adrien Picquet de Dourier.
Jean Baptiste Gresset, commissaire [478].
Pierre Perdu, avocat en parlement.
Pierre Vacquet de Séricourt.
Jean Baptiste Bocquillon.
Jacques Mathon.
Guillaume Métifeu.
François Durieux le jeune.
Jean Baptiste Artus.

Me Lemarchant, receveur.

1732.

Monsieur Pierre Augustin Damyens, conseiller de ville, maire.

Eschevins :

Mrs Jean Baptiste Gresset, commissaire.
Charles Vicart, commissaire.
Pierre Perdu, avocat.
Pierre Vacquete de Séricourt.
Jean Baptiste Bocquillon.
Jacques Mathon.
Guillaume Métifeu.
François Durieux le jeune.
Jean Baptiste Artus.

Me Lemarchant, receveur.

1733.

Me Pierre Augustin Damyens, continué maire.

Eschevins :

Mrs Charles Vicart, commissaire.
Alexandre Jean Baptiste Du Liège, avocat.
François Maillart, commissaire aux saisies roialles.
Pierre Vacquet de Séricourt.
Nicolas Cannet.
Jacques Mathon.
Vincent de Wailly.
Jacques Dutilloy.
Jean Baptiste Durieux laisné.

Me Lemarchant, receveur.

1734, 1735, 1736, 1737. Il n'y a point eu de nominations attendu la suppression des charges municipales par édit du mois de novembre 1733 [479].

Dans le cours des quatre années ci dessus ont été nommés échevins par commission de la Cour : Messieurs Jean Baptiste Duval et Aveneaux laisné au lieu et place des sieurs Cannet et Mathon qui avoient fait leur démission.

En conséquence de l'arrêt du 4 décembre 1737 et de l'ordonnance de Monsieur l'Intendant [480] du 13 janvier 1738, il a été procédé à l'élection de Messieurs les maire et eschevins le 16 janvier 1738 jour indiqué par mondit sieur Chauvelin.

Pour lannée commencée au 16 janvier 1738.

Monsieur François Galand, conseiller de ville, maire [481].

Eschevins :

Mrs Jean Antoine Palyart, élu.
Alexandre Jean Baptiste Duliège, avocat.
François Aymard Desmery, avocat.
Jean Baptiste Duval.
Jean Baptiste Bocquillon.
Vincent de Wailly.
Léonor Dehée.
Nicolas Delahaie.
Antoine Berquier.

Le sr Bocquillon n'a pas presté le serment ny fait les fonctions.

Me Lemarchant, receveur.

1738.

Pour lannée commençant au 25 septembre 1738.

Me François Galand, continué maire.

Eschevins :

Mrs Jean Antoine Palyart, élu.
François Aymard Desmery, avocat.
Pierre Perdu, avocat.
Jean Baptiste Du Val.
François Romanet.
Léonor Dehée.
Nicolas Delahaye.
Antoine Berquier.
Pierre Fontaine.

Mr Lemarchant, receveur.

Par commission du 27 avril 1744, ont été nommés eschevins : Mrs Dominicq Trépagne, Guillaume François Perdu, Barthelemy Midy ; le neuf may, Mrs ont presté serment devant Monsieur l'Intendant.

Pendant les années 1739, 1740, 1741, 1742, 1743, 1744, 1745, 1746 et 1747 il n'y a point eu de nominations, attendu la suppression des charges municipales.

Pendant l'année 1748 il n'y a pas eu de nomination, les maire et échevins ayant été continués par ordre du roy expédié à Versailles le 20 septembre 1748.

Pour l'année commencée le 25 septembre 1749 et finie au 24 septembre 1750.

Me Alexandre Dufresne, escuyer, seigneur de la Motte, conseiller vétéran au bailliage présidial d'Amiens, maire.

Eschevins :

Mrs Dominique Trépagne, avocat.
François Aymard Desmery, avocat.
Guillaume François Perdu, avocat.
Charles Delatre, sieur d'Harseleine.
Joiron.
Léonor Dehei, retenu.
Barthelemy Midy.
Jean Baptiste Galand.
Alexandre Debray.

Me François Marchant, receveur de la ville.

1750.

Mr Alexandre Dufresne, continué maire.

Eschevins :

Mrs J. B. Emanuel Roland de Villers de Berneuil.
Guillaume François Perdu, avocat, retenu.
Etienne Maisnel, avocat.
François Joron, retenu.
Charles Delatre d'Arseleine, vivant noblement.

Alexandre de Bray.
Josse Galand.
Pierre François Joly.
Nicolas Joly, marchands.

Me François Lemarchand, receveur.

1751.

Me Gilbert Morel, écuyer, seigneur de Bécordel, Contay, Acquincourt, conseiller du roy au bailliage présidial d'Amiens, maire [482].

Eschevins de robbe :

Mrs Jean Baptiste Emanuel Roland de Villers Berneuil, avocat, retenu.
Etienne Maisnel, avocat, renommé.
Charles le Sellier, nottaire, nommé.

Eschevins nobles et vivans noblement :

Mrs Charles Delatre Darceleine, retenu.
Me Dubus d'Argoeuve.

Eschevins marchands :

Mrs Nicolas Joly, retenu.
Pierre François Joly, renommé.
Alexandre Cannet, nommé.
Georges Lefeuvre, nommé.

Me François Lemarchand, receveur.

1752.

Quoy qu'il y ait eu nomination, elle n'a pas eu lieu, attendu l'ordre du roy pour la continuation de Messieurs et eschevins de l'année précédente, arivé le vingt cinq septembre 1753 sur les neuf heures du matin, les eschevins nouvellement élus n'ayant pas encore presté le serment.

1753.

Il n'y a pas eu de nomination par ordre du roy.

1754.

Me Gilbert Morel, etc., maire.

Eschevins de longue robbe :

Messieurs Guillaume François Perdu, avocat.
Claude François Lecouvreur, avocat.
Estienne Maisnel le jeune, avocat, retenu, nommés.

Eschevins nobles ou vivant noblement :

Messieurs Charles Delattre, d'Arceleine, retenu.
Lenoir, écuyer, nommé.

Eschevins marchands :

Mrs Alexandre Cannet, retenu.
Georges Lefebure, renommé.
Charles Sallé.
François Poulain, nommés.

1755.

Me Firmin Antoine Ducroquet, escuyer, seigneur de Guyencourt, Estrées, le petit Bocquet et autres lieux, maire.

Eschevins de robbe :

Me Perdu, avocat, retenu.
Me Claude François Lemercier, avocat,
Me Jean Léonor Baron, avocat.

Eschevins nobles ou vivant noblement :

Me Jean Joseph Justin Lenoir.
Me Pierre Honnoré Cornet.

Eschevins marchands :

Me Charles Sallé.
Me François Poulin.
Me Lupien Florimont Poujol.
Me François Avenaux.

Me François Lemarchand, receveur.

1756.

Pour lannée commençant au 25 septembre 1756 finie au 24 septembre 1757, il y a eu continuation du magistrat par ordre du roy et sa majesté a nommé pour eschevins qui l'aideroient au nombre de six jusques à ce qu'il en ait esté autrement ordonné par sa Majesté.

PENDANT LANNÉE COMMENCÉE au 25 septembre 1756 et finie au 24 septembre 1757.

Me FIRMIN ANTOINE DUCROQUET, etc., maire.

Eschevins de robe :

Mrs Claude François Creton, etc.
Jean Thomas Bruyer d'Ablincourt, avocat.
Léonor Baron, avocat.

Eschevins nobles ou vivant noblement :

Honnoré Cornet.
Jean Jacques Govin.
François Aveneaux.
Lupien Florimon Poujol.
Gilbert Antoine Romanet.
François Frennellet.

Me François Lemarchand, receveur.

1757.

Me PIERRE FRANÇOIS DINCOURT, escuyer, seigneur d'Hangest, Hourges, Habancourt et autres lieux, maire [483].

Me Jean Thomas.
Me François Lecouvreur, avocat.
Me Augustin Ferdinand Haudiquier de Quesnoy, avocat.
Me Antoine Gilles Romanet, négotiant.
Me Joseph Leleu, négotiant.
Me Antoine de Bonnaire, négotiant, tous eschevins.

Me François Lemarchand, receveur.

Le nombre des eschevins a été réduit à six au lieu de neuf par ordre du roy, quoique lequel en soit autrement et ordonné par sa majesté, ledit ordre du 31 octobre 1757 qui porte nomination de Messieurs les maire, eschevins susnommés.

1758.

Le magistrat a été continué par ordre du roi.

1759.

Me PIERRE FRANÇOIS DINCOURT, escuyer, etc.

Mᵉ Claude François Creton, conseiller du roy, etc.

Nicolas Tripier, commissaire enquêteur, examinateur au bailliage.

Mᵉ Augustin Ferdinand Haudiquier de Quesnoy, etc., retenu.

Eschevins nobles ou vivant noblement :

Jean Jacque Gorin.

Boulenger de Luziere.

Eschevins marchands :

Firmin Lalau, retenu.

François Frennellet.

Jacques Jérome.

Jean Baptiste Leleu perre.

Mᵉ François Lemarchand, receveur de la ville.

Monsieur Gabriel Florent de Sachy, sieur de Carrouges, conseiller du roy, président trésorier général de France, commissaire des ponts et chaussées de la généralité d'Amiens par ordre du roy du 15 mai 1760, au lieu et place de Mᵉ Pierre François d'Incourt, escuyer, seigneur de Hangard, Hourges, Habancourt et autres lieux, décédé maire en charge de ladite ville le 9 dudit mois de may 1760.

1760.

Il n'y a pas eu de nomination de maire cette année.

Mᵉ Gabriel Florent de Sachy de Carouges, nommé maire par ordre du roy du 15 may 1760, etc., a continué d'en faire les fonctions [484].

Eschevins de longues robbes :

Claude François Creton, conseiller, etc., retenu.

Louis Arsenne Le marchand, conseiller du roy, élu en l'élection.

Nicolas Tripier, conseiller, etc.

Eschevins nobles ou vivant noblement :

Mʳˢ Jean Jacques Gorin.

Jean Baptiste Nicolas Boullenger de Luzière.

Eschevins marchands :

Mʳˢ Jean Baptiste Leleu, retenu.

François Frennellet.

Jacques Jérome.

Florimond Leroux.

Mᵉ François Lemarchand, receveur de la ville.

1761 [485].

M. Gabriel Florent de Sachy de Carouges, a été nommé maire.

Echevins de longue robe :

Mrs Louis Arsenne Le marchand, retenu.
Jean Baptiste François Morgan, avocat.
Augustin Ferdinand Haudicquier du Quesnoy, avocat.

Echevins nobles ou vivant noblement :

Mrs Jean Baptiste Joseph Bauduin, sieur de Divion.
Me Jean Baptiste Nicolas Boulanger, sr de Lusière, retenu.

Echevins marchands :

Mrs Jean Baptiste Galand.
Florimond Leroux, retenu.
Jacques Noel Roussel.
Joseph Sallé.

Me François Lemarchand, receveur de la ville.

1762.

Me Gilbert Morel, escuyer, seigneur de Bécordel, etc., a été nommé maire.

Echevins de longue robbe :

Mrs François Aymard Desmery, avocat.
Théodore Langlier, avocat.
Augustin Ferdinand Haudicquier du Quesnoy, retenu, avocat.

Echevins nobles ou vivant noblement :

J. B. Joseph Bauduin de Divion, écuyer, retenu.
Jean Germain François, vivant noblement.

Echevins marchands :

J. B. Galland, retenu.
Jacques Noel Roussel, retenu.
Joseph Sallé, retenu.
Firmin Dumoulin.

Receveur de la ville : Me François Lemarchand.

1763.

Me Gilbert Morel, écuyer, sieur de Bécordel, etc., a été nommé maire.

Echevins de longue robbe :

Mrs François Aymard d'Esmery, retenu, avocat.

Jean Baptiste Buron, avocat.

Théodore Lenglier, avocat.

Echevins nobles ou vivant noblement :

Mrs Jean Germain François, retenu.

Me Louis Adrien Benoist Hubert.

Echevins marchands :

Firmin Dumoulin, retenu.

Nicolas Leleu fils aîné.

Louis Palyart.

Jean Nicolas Allard le jeune.

Receveur : Me François Lemarchand.

1764.

Il n'y a pas eu de nomination attendu que Messieurs les maire et échevins de l'année précédente ont été continués par ordre du roi, en date du 12 septembre de ladite année 1764 [486].

Par édit du mois de may 1765, art. 3, il est ordonné que dans toutes les villes et bourgs dans lesquels il se trouvera quatre mille cinq cens habitans et plus, les corps de ville seront à l'avenir composés d'un maire, de quatre échevins, de six conseillers de ville, d'un sindic receveur et d'un secrétaire greffier.

Art. 4.

Que tous lesdits officiers seront élus par la voie du scrutin et par billets dans les assemblées des notables qui seront convoquées et tenues à cet effet.

Art. 29.

Que les assemblées des notables seront composées du maire et des échevins, des conseillers de ville et de quatorze notables.

ART. 32.

Que pour former le nombre des notables, il en sera choisi un dans le chapitre principal du lieu, un dans l'ordre ecclésiastique, un parmi les personnes nobles et officiers militaires, un dans le bailliage ou sénéchaussée, un dans le bureau des finances, un parmi les officiers des autres juridictions, en quelque nombre qu'elles soient dans le lieu, deux parmi les comensaux de la maison du roi, les avocats, médecins et bourgeois vivant noblement, un parmi ceux qui composent la communauté des notaires et procureurs, trois parmi les négociants en gros, marchands ayant boutique ouverte, les chirurgiens et autres exerçant les arts libéraux, et deux parmi les artisans.

ART. 34.

Que pour procéder à l'élection des susdits notables, il sera nommé un député par le chapitre principal, un par chaque autre chapitre séculier, un par l'ordre ecclésiastique, un par les nobles et officiers militaires, un par le bailliage, un par chacune des autres juridictions et un par chacun des corps et communautés du lieu, etc.

Suivent sur le registre F bis les procès-verbaux d'élection des notables par les députés des corps et communautés de la ville, l'élection par les notables des trois sujets à présenter au roi pour la place de maire, des six conseillers de ville, du sindic receveur et du secrétaire greffier conformément aux dispositions de l'ordonnance ci-dessus. Nous ne publierons point cette procédure électorale sans intérêt, nous contentant de copier les listes des élus.

POUR LANNÉE 1765 à 1766.

Maire :

Messire GILBERT MOREL, escuier, seigneur de Bécordel, Contay, Agnicourt et autres lieux, conseiller du roi au bailliage et siège présidial d'Amiens et maire du précédent exercice continué.

Echevins :

M. Louis Joseph Morel, escuier, seigneur d'Hérival, avocat.

M. Joseph René Boistel, escuier, seigneur de Belloy-sur-Somme, avocat [487].

M. Charles Nicolas Delahaye l'aîné, écuyer, negociant.

M. Jean Nicolas Allard le jeune, négociant.

Conseillers de ville :

M. Louis Antoine Petyst, escuier, seigneur de Neuville, conseiller du roi et son avocat au bailliage et siège présidial d'Amiens [488].

M. Claude Picquet, chevalier, seigneur de Belloy-sur-Somme, chevalier de l'ordre roial et militaire de Saint-Louis, ancien brigadier des gardes du roi.

M. Marie J. B. Morgan, écuier, seigneur de Belloy, chevalier de l'ordre roial et militaire de Saint-Louis, ancien capitaine d'infanterie au régiment d'Orléans.

M. Jean Baptiste Jourdain, écuier, seigneur de Thieulloy-la-ville et autres lieux, négociant, ancien consul.

M. Charles Florimond Leroux, négociant, ancien consul.

M. Louis Palyard, négociant, ancien échevin et consul.

Notables :

M. Jean Charles Trouvain, chanoine de la cathédrale.

M. Joseph Lalau, curé de Saint-Firmin le confesseur.

M. Jean Marc Pingré, chevalier, seigneur du Fay.

M. François Leblanc, seigneur du Meillard, conseiller au bailliage.

M. Jean Baptiste Robert Boistel d'Welles, trésorier de France.

M. Claude François Creton, président au grenier à sel.

M. Gabriel Joseph de Lacourt, officier de la maison du roi.

M. Jean Baptiste Buron, avocat.

M. Louis Varlet, notaire.

M. Lupien Florimond Poujol, négociant [489].

M. Jean Baptiste Galand, négociant.

M. Nicolas Daveluy, négociant.

M. François Cucu, fabricant.

M. Jean Madaré, fabricant.

Sindic receveur :

M. Marie Hyacinthe Laurent Bernard, sieur de Cléry.

Secrétaire greffier :

M. Antoine Picard de Boucacourt, conservé en considération de ses infirmités.

Secrétaire greffier adjoint pour exercer en place du sieur Picard de Boucacourt : M. Louis François Janvier.

SUITE DE LANNÉE 1766 à 1767 [490].

Maire :

M. JEAN BAPTISTE JOURDAIN, écuier, seigneur de Thieulloy-la-ville et autres lieux, négociant, ancien consul [491].

Echevins :

M. Louis Joseph Morel, écuier, seigneur d'Hérival, avocat.

M. Marie Jean Baptiste Morgan, écuier, seigneur de Belloy, chevalier de l'ordre royal et militaire de Saint-Louis, ancien capitaine d'infanterie au régiment d'Orléans.

M. Charles Florimond Leroux, négociant, ancien consul.

M. Jean Nicolas Allard le jeune, négociant, ancien consul.

Conseillers de ville :

M. Claude Piquet, chevalier, seigneur de Belloy, etc.

M. Jean Marc Pingré, écuier, seigneur du Fay.

M. Jean Baptiste Buron, avocat.

M. Lupien Florimond Poujol, négociant, ancien consul.

M. Jean Baptiste Galand, négociant, ancien consul.

Notables :

Mrs Trouvain.

Lalau.

Adrien Creton, chevalier, seigneur d'Herville.

François Le Blanc.

Boistel d'Welles.

François Creton.

Gabriel Joseph Delacourt.

René Boistel.

Louis Varlet.

Nicolas Daveluy l'aîné.

M. Charles Miné.

M. Jacques Antoine Degand, négociants.

M. François Cucu.

M. Jean Madaré, fabricans.

Sindic receveur, secrétaire greffier, secrétaire greffier adjoint sans changement.

1767 à 1768.

Maire :

M. Jean Baptiste Jourdain, écuyer, seigneur de Thieulloy-la-ville, etc.

Echevins :

M. Louis Antoine Petyst, écuier, etc.
M. Marie Jean Baptiste Morgan, etc.
M. Charles Florimond Leroux, etc.
M. Louis Palyart, etc.

Conseillers de ville :

M. Claude Picquet, chevalier, etc.
M. Jean Marc Pingré, etc.
M. Jean Baptiste Buron, etc.
M. Joseph René Boistel, escuier, seigneur de Belloy, etc.
M. Lupien Florimond Poujol, négociant, etc.
M. Jean Baptiste Galand, négociant, etc.

Notables :

Messieurs Trouvain.
Lalau.
Adrien Creton.
Leblanc.
Boistel d'Welles.
François Creton.
Delacourt.
M. Aimard Jacques Isidore Desmeri le jeune, avocat [492].
Louis Varlet.
Nicolas Davelui l'aîné.
Miné.
Degand.
Cucu.
Madaré.

Sindic receveur, secrétaire greffier, secrétaire greffier adjoint sans changement.

1768 à 1769.

Maire :

M. Louis Antoine Petyst, écuier, etc., ancien conseiller de ville et eschevin du précédent exercice [493].

Echevins :

M. Claude Picquet, chevalier, etc.
M. Jean Baptiste Buron, avocat, etc.
M. Louis Palyart, négociant, etc.
M. Jean Baptiste Galand, id.

Conseillers de ville :

M. Lalau, curé de St Firmin le confesseur.
M. Joseph René Boistel, écuier, seigneur de Belloy-sur-Somme, avocat.
M. Louis Varlet, notaire.
M. Nicolas Daveluy, négociant, etc.
M. Charles Miné, négociant, etc.
M. François Cucu, fabricant.

Notables :

M. Trouvain, etc.
M. François Bruno Guérard, curé de Saint-Firmin le Martir dit en Castillon.
M. Adrien Creton, etc.
M. François Leblanc, etc.
M. Jean Baptiste Robert Boistel d'Welles, etc.
M. Claude François Creton, etc.
M. Gabriel Joseph Delacourt, etc.
M. Aimard Jacques Isidore Desmery le jeune, etc.
M. Pierre Fleur, procureur [494].
M. Jacques Antoine Degand.
M. Charles Langevin, négociant, ancien consul [495].
M. Charles Philibert Desprez, Me apoticaire.
M. Jean Madaré.
M. Guillaume Desvignes, maître maçon.

Sindic receveur sans changement.

Secrétaire greffier : M. Louis François Janvier [496].

Pour lannée 1769 à 1770.

Maire :

M. Louis Antoine Petyst, écuier, etc.

Echevins :

M. Claude Picquet, chevalier.
M. Jean Baptiste Buron, etc.
M. Louis Varlet, etc.
M. Charles Miné.

Conseillers de ville :

M. Joseph Lalau, chanoine théologal.
Joseph René Boistel, écuier, seigneur de Belloy, etc.
M. Aimard Jacques Isidore Desmery, etc. [497].
M. Jacques Antoine Degand, etc.
M. Nicolas Daveluy, etc.
M. François Cucu, etc.

Notables :

Mrs François Roussel, prêtre, chanoine de la cathédrale.
M. François Bruno Guérard, etc.
M. Adrien Creton, etc.
M. Jacques de Sachy, écuier, seigneur Dollincourt, conseiller au bailliage.
M. Pierre Etienne Antoine Benoist Doderel, président en l'élection [498].
M. Louis Nicolas Debacq, avocat [499].
M. Louis Varlet, avocat.
M. Denys Isidore Desmery, médecin [500].
M. Pierre Fleur, procureur.
M. Charles Langevin, etc.
M. Charles Philbert Desprez, etc.
M. Jacques Rivery le jeune, négociant.
M. Guillaume Desvignes, etc.
M. Claude Jamet, charpentier.

Sindic receveur, secrétaire greffier sans changement.

Pour lannée 1770 à 1771.

Maire :

M. Louis Antoine Petyst, etc.

Echevins :

M. Joseph René Boistel, écuier, seigneur de Belloy.
M. Louis Varlet, notaire.
M. Charles Miné, etc.
M. Nicolas Daveluy, etc.

Conseilters de ville :

M. Joseph Lalau, etc.
M. Louis Nicolas Debacq, etc.
M. Aimard Jacques Isidore Desmery, etc.
M. Jacques Antoine Degand, etc.
M. Charles Philbert Desprez, etc.
M. François Cucu, etc.

Notables :

M. François Roussel, etc.
M. François Bruno Guérard, etc.
M. Jacques de Sachy, etc.
M. Doderel, etc.
M. Louis Varlet, avocat.
M. Jean Baptiste François Charles Boulet de Varennes, avocat [501].
M. Denys Isidore Desmery, etc.
M. Pierre Fleur, etc.
M. Jacques Riveri fils, négociant
M. Louis Claude Tondu, épicier.
M. Aubert Vast, brasseur.
M. Guillaume Desvignes, etc.
M. Claude Jamet.

Sindic receveur, secrétaire greffier sans changement.

Pour lannée 1771-1772.

Maire :

M. Jean Baptiste Jourdain, écuier, seigneur de Thieulloy, Bacouelle, Mametz et autres lieux, ancien conseiller de ville, ancien eschevin, ancien maire [502].

Echevins :

M. Joseph Lalau, etc.
M. Joseph René Boistel de Belloy, etc.
M. Jacques Antoine Degand, écuier, négociant.
M. Nicolas Daveluy l'aîné, etc.

Conseillers de ville :

M. François Bruno Guérard, etc.
M. Louis François Debacq, etc.
M. J. A. J. Desmery, etc.
M. Charles Philbert Desprez, etc.
M. Jacques Rivery fils, etc.
M. François Cucu, etc.

Notables :

M. François Roussel, prêtre, chanoine de la cathédrale.
M. Roussel, curé de la paroisse Saint-Jacques.
M. Jacques Alexandre Vacquette, chevalier, seigneur de Mofflers, chevalier de Saint-Louis.
M. Jacques de Sachy Dollincourt, etc.
M. Doderel, etc.
M. Louis Varlet, avocat.
M. Jean Baptiste François Charles Boullet, escuier, s^r^ de Varennes, etc.
M. Denis Isidore Desmery, etc.
M. Pierre Fleur, etc.
M. Hubault, épicier.
M. Louis Claude Tondu, etc.
M. Aubert Vast, etc.
M. Guillaume Desvignes, etc.
M. Claude Jamet, etc.

Sindic receveur, secrétaire greffier sans changement.

Par édit de novembre 1771, registré en Parlement le 15 janvier 1772, et au bailliage le . . . . ., le roy a ordonné que la forme de l'administration établie par les édits d'août 1764 et de may 1765 cesseroit d'avoir lieu.

Par ordonnance du roy du 18 février 1772, sa Majesté veut que le corps de la ville d'Amiens soit provisoirement composé d'un maire, d'un lieutenant de maire, de six échevins, d'un procureur du roi, d'un secrétaire greffier, d'un trésorier receveur.

Et par lad. ordonnance, Sa Majesté a nommé provisoirement ceux qui suivent pour parachever l'année 1771-1772.

Maire :

M. Jean Baptiste Jourdain, écuier, seigneur de Thieuloy, etc.

Lieutenant de maire :

M. Jean Baptiste Marie Morgan, chevalier de l'ordre de Saint-Louis, ancien eschevin.

Echevins :

M. Jacques de Sachy d'Ollencourt, etc., ancien notable.

M. Jacques Alexandre Vacquette, chevalier de l'ordre de Saint-Louis, ancien notable.

M. Jean Baptiste François Charles Boullet, etc., s[r] de Varennes, avocat, ancien notable.

M. Augustin Ferdinand Haudiquier du Quesnoy, avocat, ancien échevin.

M. Antoine Degand, écuier, négociant, échevin actuel.

M. Nicolas Daveluy, écuier, négociant, échevin actuel.

Procureur du roy :

M. Joseph René Boistel, écuier, seigneur de Belloy, avocat, échevin actuel.

Secrétaire greffier :

M. Louis François Janvier.

Trésorier receveur :

M. Marie Hyacinthe Laurent Bernard, sieur de Cléry.

Pendant l'année de 1772 à 1773 il y a eu continuation aux termes de l'ordonnance du roy du 18 février 1772, mais les officiers municipaux créés par l'édit de novembre 1771 aiant été réunis par la ville suivant l'arrêt du 13 octobre 1772 par le règlement attaché audit arrêt, l'administration municipale d'Amiens a été composée d'un maire, d'un lieutenant de maire, de six échevins, d'un procureur du roy, d'un secrétaire greffier, d'un trésorier receveur et de quatre conseillers de ville qui ne font pas partie du corps municipal.

Les officiers municipaux en charge ont été continués par l'article 25 de ce règlement pour exercer jusqu'au 25 septembre 1773 jour auquel il y aura nouvelle élection [503].

Pour lannée 1772 à 1773.

Maire :

M. Jean Baptiste Jourdain, écuier, seigneur de Thieuloy, etc.

Lieutenant de maire :

M. Marie Jean Baptiste Morgan, chevalier de l'ordre de St-Louis.

Echevins :

M. Jacques Alexandre Vacquette, chevalier, seig^{r} de Mofflers, etc.
M. Jacques de Sachy d'Ollencourt, etc.
M. Jean François Charles Boullet, écuier, etc.
M. Auguste Ferdinand Haudicquier du Quesnoy, etc.
M. Antoine Degand, etc.
M. Nicolas Daveluy l'aîné, etc.

Procureur du Roy à vie :

M. Joseph René Boistel, écuier, seigneur de Belloy.

Secrétaire grefier à vie :

M. Louis François Janvier.

Trésorier receveur à vie :

M. Marie Hyacinthe Laurent Bernard de Cléry [504].

Conseillers de ville, ne font pas partie du corps municipal :

M. Jean Baptiste Jourdain, écuier, seigneur de Thieuloy, maire, nommé par l'article 26 du règlement.
M. Louis Antoine Petyst, etc., ancien maire.
M. Firmin Antoine Ducroquet, secrétaire du roy, ancien maire.
M. Alexandre de Bray, écuier, sieur de Flesselles, ancien échevin.

Pour lannée du 24 septembre 1773 à 1774.

Maire :

M. Jean Baptiste Jourdain, seigneur de Thieulloy-la-ville, etc.

Lieutenant de maire :

M. Marie Jean Baptiste Morgan, etc.
Tous deux continués par lettre de cachet du 11 septembre 1773.

Echevins :

M. Jean Baptiste Godard de Saint-Germain, chevalier de l'ordre de Saint-Louis.
M. Pierre Ogier, chevalier de l'ordre de Saint-Louis.

M. Jean François Charles Boullet, écuier, s^r de Varennes, avocat.

M. Augustin Ferdinand Haudicquier, sieur du Quesnoy, avocat.

M. Antoine Degand, etc.

M. François Debray Lalau, écuier, négociant.

Conseillers de ville ne faisant pas partie du corps municipal suivant l'article 4 du règlement du 13 octobre 1772.

M. Jean Baptiste Jourdain de Thieulloy, maire en charge.

M. Louis Antoine Petyst, etc.

M. Jacques de Sachy d'Ollencourt, etc.

M. Alexandre Debray, etc.

POUR LANNÉE DU 23 juin 1774 au 23 juin 1775 [505].

Maire :

M. J. B. JOURDAIN DE THIEULLOY, etc.

Lieutenant de maire :

M. Morgan, etc.

Echevins :

M. Jean Baptiste Godard, chevalier, sieur de Saint-Germain, chevalier de l'ordre royal et militaire de Saint-Louis.

M. Pierre Ogier, écuier, id. id.

M. Théodore Lenglier, etc.

M. François Debray Lalau, etc.

M. Alexandre Vincent Gresset de Bussy, vivant noblement [506].

M. Jacques Nicolas Huart Duparc, négociant.

Conseillers de ville :

M. J. B. Jourdain, maire en charge.

M. Louis Antoine Petyst, etc.

M. Jacques de Sachy d'Ollencourt, etc.

M. Alexandre de Bray, etc.

POUR LANNÉE DU 23 juin 1775 au 23 juin 1776.

Maire :

M. J. B. JOURDAIN, écuyer, seigneur de Thieulloy-la-ville, Bacouelle, Mametz, Carnoy, Méraucourt, etc.

Lieutenant de maire :

M. Jean Baptiste Morgan, etc.

Echevins :

M. Jacques de Mons, chevalier, seigneur de Meigneux, Hédicourt, Saint-Sauveur et autres lieux.
M. Jean Léonor Baron, avocat au Parlement et au bailliage.
M. Théodore Lenglier, etc.
M. Jacques Nicolas Huart Duparc, etc.
M. Alexandre Vincent Gresset de Bussy.
M. François Nicolas Cornet, négociant.

Conseillers de ville :

Comme l'année précédente.

POUR LANNÉE DU 23 juin 1776 au 23 juin 1777.

Maire :

M. MARIE JEAN BAPTISTE MORGAN, écuier, chevalier de l'ordre roial et militaire de Saint-Louis [507].

Lieutenant de maire :

M. Pierre Ogier, etc.

Echevins :

M. Jacques De Mons, etc.
M. Antoine Honoré Haudicquier de la Mairie, chevalier de l'ordre roial et militaire de Saint-Louis.
M. Jean Léonor Baron, etc.
M. Jean Baptiste Gossart, avocat au parlement et au bailliage.
M. François Nicolas Cornet, négociant.
M. Jean Baptiste Leleu, id.

Conseillers de ville : Les mêmes.

1777 à 1778.

Maire ; M. MORGAN, etc.

Lieutenant de maire : M. Ogier, etc.

Echevins :

M. Jacques François Paul Morel, chevalier, seigneur de Boncourt.
M. Antoine Honoré Haudicquier de la Mairie.
M. Pierre Marie Delahaye, écuier, négociant.
M. Gossart.
M. Leleu.
M. J. B. Dottin, négociant.

Conseillers de ville : Les mêmes, sauf le maire, M. Morgan, remplaçant M. Petyst décédé le 5 février 1777.

1778 à 1779.

Maire : M. M. J. B. Morgan, etc.

Lieutenant de maire : M. Ogier, etc.

Echevins :

M. Jacques François de Paul Morel, etc.
M. Jean Baptiste Marie Demons, chevalier, seigneur d'Havernas.
M. Pierre Marie Delahaye, écuier, seigneur de Moliens-le-Vidame.
M. Aimard Jacques Isidore D'Esmery, avocat.
M. Jean Baptiste Dottin, négociant.

Conseillers de ville :

M. J. B. Jourdain, sieur de Thieulloy, etc.
M. Marie Jean Baptiste Morgan, maire.
M. Jacques de Sachy d'Ollencourt, etc.
M. J. B. Leleu, etc.

1779 à 1780.

Maire : M. Charles Florimond Leroux, négociant [508].

Lieutenant de maire : M. Charles Nicolas Delahaie, écuier.

Echevins :

M. J. B. Delestocq, chevalier, seigneur de Beaufort, chevalier de l'ordre roial et militaire de Saint-Louis.
M. J. B. Demons, etc.

M. Aimard Jacques Isidore Desmery, etc.

M. J. B. Augustin Joseph André Duval, avocat au parlement et au bailliage d'Amiens.

M. Pierre Fleur, etc.

M. Jean Baptiste Laurent, fabricant.

Conseillers de ville : Les mêmes.

1780 à 1781.

Maire : M. Florimond Leroux [509].

Lieutenant de maire : M. Charles Nicolas Delahaie, etc.

Echevins :

Messire Jean Baptiste de Lestocq, etc.

Messire Florent de Sachi de Carouges, chevalier, seig^{r} de Riencourt.

M. Pierre Charles François Lesellyer, avocat.

M. Nicolas Leleu, ancien juge consul.

M. Pierre Fleur, etc.

M. Jean Baptiste Laurent, etc.

Conseillers de ville : Les mêmes.

1781-1782.

Maire : M. Ch. F. Leroux.

Lieutenant de maire : M. Ch. Nicolas Delahaie, etc.

Echevins :

M. François Galand de Longuerue, écuier, ancien capitaine de cavalerie, chevalier de l'ordre de Saint-Louis.

M. Florent de Sachi de Carouges, etc.

M. Pierre Charles François Lesellyer, etc.

M. François Joseph Carrey, maître particulier des eaux et forêts.

M. Nicolas Leleu, etc.

M. Alexandre Laurent, négociant fabricant.

Conseillers de ville : Les mêmes, M. Delahaie depuis le décès de M. de Sachy d'Ollencourt.

1782-1783.

Maire : M. CH. NICOLAS DELAHAIE, etc.

Lieutenant de maire : Messire Jean Baptiste de Lestocq, etc.

Echevins.

M. Charles Victor Pingré, chevalier, seigneur de Thiepval, chevalier de l'ordre roial et militaire de Saint-Louis.

M. François Galand de Longuerue, etc.

M. Louis Nicolas Debacq, avocat.

M. François Joseph Carrey, etc.

M. François Nicolas Caron le jeune, négociant, ancien consul.

M. Alexandre Laurent, etc.

Conseillers de ville : Les mèmes qu'en 1781.

1783-84.

Maire : M. CH. NICOLAS DELAHAIE.

Lieutenant de maire : Messire Jean Baptiste de Lestocq, etc.

Echevins :

Messire Charles Victor Pingré, etc., seigneur de Thiepval, etc.

Messire Antoine François Lecaron de Choqueuse, chevalier, seigneur de Chocqueuse.

M. Louis Nicolas Debacq, etc.

M. Jean Baptiste Augustin Joseph André Duval, etc.

M. François Nicolas Caron le jeune, etc.

M. Augustin Laurent, négociant fabricant.

Conseillers de ville : Les mêmes.

1784-1785.

Maire : M. CH. NICOLAS DELAHAIE.

Lieutenant de maire : Messire Jean Baptiste de Lestocq, etc.

Echevins :

Messire Antoine François Lecaron de Chocqueuse, etc.

M. Jean Baptiste Augustin Joseph André Duval [510].

M. Louis Antoine Maisnel, avocat.

M. Gabriel Joseph Delacourt, ancien gentilhomme servant chés le roi.

M. François Boucher, négociant, ancien consul.

M. Augustin Laurent, etc.

Conseillers de ville : Les mêmes.

1785-1786.

Maire :

Messire ANTOINE FRANÇOIS LE CARON DE CHOCQUEUSE, chevalier, seigneur de Chocqueuse, Marieu, Fresne, La Boissière et autres lieux.

Lieutenant de maire : M. François Galand de Longuerue, etc.

Echevins :

M. Firmin J. B. Ducroquet, écuier, seigneur de Guyencourt.

M. Louis Antoine Maisnel, etc.

M. Louis Marien Varlet, avocat.

M. Gabriel Joseph Delacourt, etc.

M. François Boucher, etc.

M. Félix Eric Bellencourt, négociant, ancien consul.

Conseillers de ville : Les mêmes.

1786-1787.

Maire : M. LECARON DE CHOCQUEUSE.

Lieutenant de maire : M. François Galand de Longuerue.

Echevins :

M. Firmin Jean Baptiste Ducroquet, etc.

M. Louis François Maillard, avocat, président de l'élection [511].

M. Louis Marien Varlet, etc.

M. Félix Eric Bellencourt, etc.

M. Louis Lefebvre Dubourg, négociant, ancien consul.

M. Fuscien Gosselin.

Conseillers de ville :

M. Marie Jean Baptiste Morgan.
M. Charles Nicolas Delahaie.
M. Louis Antoine Maisnel, avocat, ancien échevin.
M. Jean Baptiste Leleu le jeune, négociant, ancien échevin.

1787-1788.

Maire : M. ANTOINE FRANÇOIS LE CARON DE CHOCQUEUSE, etc.

Lieutenant de maire : M. François Galand de Longuerue.

Echevins :

M. Adrien Florimond Poujol, écuier.
M. Louis François Maillard, etc.
M. Jean Baptiste Michel Saladin, avocat [512].
M. Louis Lefebvre Dubourg, etc.
M. Hubert Gabriel Deshayes, négociant, ancien consul.
M. Fuscien Gosselin, décédé en fonctions.

Conseillers de ville : Les mêmes.

1788-1789.

Maire :

M. FRANÇOIS GALAND DE LONGUERUE, presté serment le 30 juillet 1788, nommé le 20 juillet [513].

Lieutenant de maire : M. Adrien Florimond Poujol.

Echevins :

Aimard Jacques Isidore Desmery.
Ambroise Lefebvre, notaire.
Jean Baptiste Frennelet, négociant.
J. B. Michel Saladin, ancien consul.
Hubert Gabriel Deshayes, ancien consul.
M. Boistel de Villers, écuier, nommé le 26 août 1788 en remplacement de M. Poujol nommé lieutenant de maire.

1789-1790.

Maire : M. GALAND DE LONGUERUE.
Lieutenant de maire : M. Poujol.

Echevins :

MM. Desmery.
Ambroise Lefebvre.
J. B. Frennelet.
Messire Alphonse de Vayssé d'Allonville, chevalier, seig^r^ dudit lieu.
Alexandre Guillaume Mitiffeu, avocat en parlement, conseiller du roi en l'élection d'Amiens.
Alexandre Fidèle Amand Poullain Cotte, négociant, ancien consul.

La municipalité de 1789 allait traverser des jours orageux. Deux pages ont suffi à Dusevel pour écrire l'histoire d'Amiens sous le règne de Louis XVI. Il les consacre au discours, qu'au nom de l'Académie française, Gresset adressa au roi et à la reine lors de leur avènement au trône en 1774, à la naissance du dauphin, au passage du comte et de la comtesse du Nord. Le mariage du comte d'Agay, le succès des arquebusiers amiénois au concours de Cambrai, la pompe funèbre du prince de Tingry, la tenue de l'assemblée provinciale de Picardie, la réception du prince de Condé sont les seuls événements qui fixèrent, dit-il, l'attention publique et qui, pour l'histoire, n'offrent guère d'intérêt. L'intérêt en effet était ailleurs. Il était dans les longues souffrances de la ville, dans la charge accablante de ses impôts, les frais de garnison qu'il fallait entretenir chaque hiver pour assurer la sécurité publique, la disette, suite des mauvaises récoltes et du grand hiver de 1788, les sacrifices faits pour entretenir à grands frais et avec l'aide de la commisération publique les ateliers de charité, car la misère, conséquence de la crise aiguë qui avait frappé le commerce par suite du désastreux traité conclu en 1783 avec l'Angleterre jetait sur le pavé de trop nombreux ouvriers sans travail. La convocation des États généraux, en appelant la nation à faire valoir les justes griefs de ses droits méconnus, devait fatalement donner le signal de récriminations violentes dictées par des souffrances longtemps aigries. Malgré les efforts de l'association civique pour assurer l'alimentation de la ville, on pillait les magasins de blé. La municipalité se sentit impuissante devant les lourdes responsabilités qui lui incombaient, et il lui fallut faire un suprême appel au patriotisme de tous les bons citoyens. Le 3 août 1789, dans une réunion où avaient été convoqués les députés des corps et corporations, ainsi que les députés de la noblesse, des habitants non corporés et les électeurs de 89, l'on fit lecture d'un projet de réorganisation de la milice bourgeoise et, sur la motion de plusieurs membres de l'assemblée aux officiers municipaux de se constituer en conseil permanent en s'adjoignant un nombre suffisant de députés des trois ordres, il fut arrêté de statuer à une prochaine réunion. Le lendemain on décida que tous les anciens maires, lieutenants de maires et anciens échevins se réuniraient le 5 à l'effet de convenir du nombre d'adjoints choisis par eux pour assister au conseil de ville. Pareille invitation fut adressée aux curés des paroisses et aux trente-six députés du Tiers.

Mais l'assemblée ne put avoir lieu, une émeute ayant éclaté sur le marché; le maire, Galand de Longuerue, malade depuis plusieurs jours fut arraché de son domicile, amené sous escorte à l'hôtel-de-ville où, pendant que s'instruisait l'affaire du sergent de ville Hardi, cause ou prétexte de cette émeute, plusieurs bourgeois armés décrochèrent de la salle le portrait de l'intendant d'Agay que d'autres jetèrent par la fenêtre sur la place. Les temps étaient bien changés depuis la soirée du 2 août 1786, où la ville entière célébrait son retour à la santé.

Le lendemain enfin, le calme étant rétabli, l'on décida que les électeurs des trois ordres, se rendant à l'invitation qui leur avait été faite, se réuniraient au conseil de ville pour administrer avec lui, et que tous les actes de cette administration seraient intitulés : les électeurs des trois ordres, officiers municipaux et conseil de ville réunis.

Ces électeurs des trois ordres étaient :

Pour le clergé : MM. Dugard et Rose, chanoines de la cathédrale, les prieurs des abbayes de Saint-Jean et de Saint-Martin,

M. Lucas pour l'université des chapelains, M. Decoisy pour le chapitre de Saint-Martin, et les curés de la ville.

Pour la noblesse : MM. Damiens Dacheux, Brunel, Ogier, Morgan Duchaussoy, Petyst d'Authieulle, de Thieulloy, de Gomer, Lecaron de Chocqueuse, Pingré de Guimicourt, Guilbon de Beauvoir, le chevalier d'Argœuve, Delahaie Demolien, le chevalier de Querrieu, le chevalier de Louvencourt, Pingré de Cavillon, Boullet de Varennes, le chevalier Dufresne de Fontaine, MM. Louis Delahaie, Lenoir, de Cannessières, Boistel d'Welles, le vicomte de Saisseval. MM. Blin de Bourdon, de Sachy de Marcelet, Marié de Toulle, Galand l'aîné, Poujol d'Avankerque.

Pour le tiers : Florimond Leroux, ancien maire, Laurendeau, avocat au parlement et au bailliage, Desprez, docteur en médecine, Anselin, doyen des chirurgiens, Berville, procureur au bailliage, secrétaire de l'assemblée provinciale, Massey, entrepreneur de manufactures royales, Daire, négociant, Maret, fabricant, Machart, procureur au bailliage, Pauquy, apothicaire, Boucher, ancien échevin, juge consul, administrateur de l'hopital, Maressal de la Houssoye, greffier de la monnaie, Navel, négociant, Patin, greffier principal de la maréchaussée, Maisnel, avocat, ancien échevin, conseiller de ville, Lefebvre, négociant, ancien consul, Thierry, procureur au bailliage, Florimond Cordier, négociant, D'Hervillez, médecin de l'hôpital militaire, Harmanville, teinturier, Lecaron Crépin, négociant, ancien consul, Palyart, ancien consul, ancien échevin, administrateur de l'hôpital, Denamps, médecin, Lamy Tranel, négociant, ancien consul, Jérome l'aîné, négociant, ancien consul, Delaporte, avocat, lieutenant de la maîtrise des eaux et forêts, Desjardins, fabricant, Guidé, orfèvre, Lefebvre le jeune, notaire, Baron, garde marteau des eaux et forêts, De Saint Riquier, négociant, consul en exercice, Lesellier, avocat, bailli du temporel de l'évêché, administrateur de l'hôpital, Scellier Joiron, négociant, consul en charge, Scribe, notaire, Pierre Beaucousin, négociant, ancien consul.

C'est ce conseil permanent qui, de concert avec l'ancienne administration, va administrer la ville (ses délibérations sont contenues dans deux registres cotés D) jusqu'au moment où l'application du décret du 14 décembre 1789 sur la constitution des municipalités fit procéder à de nouvelles élections. Par l'article 3 de ce décret, le nombre des membres des corps municipaux fut fixé, le maire y compris, à quinze dans les villes de 25 à 50,000 âmes. Un nombre double de notables nommés au scrutin de liste et à la pluralité des voix formait, avec le corps municipal, le conseil général de la commune. Ces notables cependant n'étaient appelés que pour les affaires d'importance dont l'article 54 déterminait la nature.

En vertu de ce décret, les élections eurent lieu et donnèrent les résultats suivants :

1790.

Maire : M. JACQUES ANTOINE DEGAND, écuier.

Officiers municipaux :

MM. Dautremer, brasseur.
Cordier, négociant.
Gensse Duminy, id.
Lefebvre Lenglet, id.
Navel père, id.
Godard l'aîné, id.
Clément, id.
Delaroche l'aîné, id.
Bettefort, procureur.
Guérard l'aîné, écuier, négociant.
Flesselles, entrepreneur des manufactures.
Dupont, tainturier.
Gaudefroy, négociant.
Baudelocque, notaire.

Notables :

Delamarre, charpentier.
Delambre, notaire.
Fauchon, épicier.
Thierry, marchand de vin.
Tondu, notaire.
J. B. Laurent, négociant.
Asselin, commissaire enquêteur.
Brandicourt, curé de St-Firmin le confesseur.
Gaudin, fabricant.
Dottin fils aîné, négociant.
Le chevalier de Moyenneville de Dours.
Delamorlière, tainturier.
Despréaux, procureur du roy de la mairie.
Barbier père, négociant.
Rigolo, médecin.
Fontaine, grossier de poisson.
Poullain Cotte, négociant.

Blandin, huissier.
Ogier, chevalier de Saint-Louis.
Joron Laurent, négociant.
Darras, menuisier.
Du Gard, chanoine de la cathédrale.
Lesellyer, avocat.
Janty, maçon.
Leroux fils, négociant.
Gérard Dupetit, fabricant.
Degoves Caron, épicier.
Lecaron Crépin, négociant.
Poirion, négociant.
M. Morgan de Belloy, chevalier de Saint-Louis.

Procureur de la commune : Saladin.
Substitut : Poulain.

---

18 novembre 1791.

Maire : M. Florimond Leroux, ancien maire et représentant à l'assemblée nationale constituante.

Officiers municipaux restants :

MM. Augustin Louis Asselin.
Louis Antoine Lecaron Crépin.
Pierre Berthe.
Antoine François Dautremer.
Marc Edme Rigollot.
Augustin Desjardins.
François Liévin Thierry.

Officiers municipaux entrants :

MM. Jérosme l'aîné, négociant.
Devismes Grenier, id.
Laurendeau, ci-devant représentant à l'assemblée nationale constituante.
Dottin fils aîné, notable.
Anselin fils, négociant.
Brunel, ci-devant avocat du roi au ci-devant bailliage.
Blandin, huissier et notable.

Procureur de la commune : M. Jacques Philippe Hiacinte Poullain, réélu.

Notables restants :

MM. Saladin, représentant à l'assemblée nationale.
Delamorlière.
Delambre.
Leroux fils.
Grandin.
Gérard Dupetit.
Naudé Tattegrain.

Lebrun, avoué.
Boucher père.
Desmery, homme de loi, élu président du tribunal criminel.
Pauquy, apoticaire.
Degoves Caron.
Biberel Laurent.

Entrants :

MM. Delaroche l'aîné, officier municipal sortant.
Froidure, cultivateur au faubourg Saint-Pierre.
Azéronde, cultivateur à la Neuville.
Baudelocque, notaire, officier municipal sortant.
Loyer, receveur des domaines.
Vallet Dumanoir, cultivateur du faubourg de Noyon.
Stanislas Fouré, cultivateur de Longpré.
Bellegueule, principal du collège.
Antoine Lebel, cultivateur du faubourg de Hem.
Charles Hubinet, cultivateur du faubourg de Beauvais.
Bellegueule, brasseur.
Flesselles, entrepreneur de manufacture.
Grainville, curé de Saint-Leu.
Guidée, orfèvre.
Lefevre, brasseur.
Louis Martin, fabricant.
Picard l'aîné, négociant.

---

18 janvier 1793.

En exécution de l'article 12 du décret du 19 octobre 1792 [514] :

Lecouvé, maire.

Galand de Longuerue.
Thierry, savonnier.
Bernard, fripier.
Eloy, agent de change.
Pascaut Villeroy.
Lebel.
Delacroix.
Ranson.
Demailly.
Carpentier.
Hareux Sénéchal.
Martin.
Morand Boucher.
Mallet Dessomes.

Procureur de la commune : Rigollot.
Substitut : Damay fils.

Notables :

Thuillart.
Baudelot.
Lefebvre, tabletier.
Brandicourt, vicaire épiscopal.
Malpart.
Mutinot.
Montaigu, vicaire épiscopal.
Hénocq.
Desmoulins, brodeur.
Danel.
Guichart.
Grenier père.
Fauchon, épicier.
Bergeron.
Thibeauville, officier.

De la Roche Mailly.
Laurent, professeur.
Delaroche l'aîné.
Warmé, négociant.
Jérome Guidée.
Lamarre Solmon.
Mille père.
Bourgeois fils.
Joron Delarue.
Denamps, médecin.
Debonnaire, fabriquant.
Sauval, marchand de vin.
Lavault, rentier.
Ducasse, appréteur.
Delahaye, épicier.

1793.

15 pluviôse l'an deux de la république une et indivisible, arrêté d'André Dumont, représentant du peuple dans les départements de la Somme et de l'Oise : Considérant qu'il est urgent de faire connaître aux habitans de la commune d'Amiens les noms des membres qui, d'après l'épurement fait en assemblée générale des citoyens réunis en société populaire, doivent composer le conseil général de la commune et les cinq comités de surveillance, etc., etc.

Noms des membres composant le conseil général de la commune :

LESCOUVÉ, maire.

Grenier père.
Fauchon.
Balesdent Blondelle.
Anselin père.
Blandin, huissier.
Carpentier.
Hareux.
rtin.

Thuillars.
Morand Boucher.
Baudelot.
Dely.
Delacroix.
Dupont l'aîné.
Radiguet Vautour.

Agent national de la commune : Damay.
Substitut : Joiron Delarue.

Conseil général de la commune :

Prudhomme.
Delaroche Demailly.
Warmé.
Delaroche l'aîné.
Debonnaire.
Ducasse.
Hénocque.
François, marchand.
Degand, patissier.
Migez.
Delarosière.
Cozette Blondel.
Poirion.
Louis Martin.
Decharure?
François Devisme.
Herbert Dupont.
Jobart.
Legendre Demailly.
Boulle.
Augustin Desjardins.
Croquoison.
Dècle, commis chez Pierre Gonse.
Bretagne.
Petit fils.
Magnier, ci-devant juge de paix.
Lepage, confiseur.
Vacossin.
Lefebvre Giroux.
Brézin père.
Pierre Aidé.
Aubry père.

Secrétaire greffier : Janvier.

Suivent les noms des soixante membres et des trente membres suppléants composant les comités de surveillance de la commune d'Amiens. Nous ne jugeons pas utile de les reproduire; voir registre D, aux procès-verbaux des fonctionnaires municipaux et autres, 1791-1831, f° 28 et suiv.

MUNICIPALITÉ D'AMIENS.

Amiens le 5 brumaire an 3 de la République française Une et Indivisible,

Sautereau représentant du peuple dans les départements de la Somme et de la Seine-Inférieure,

Après avoir procédé à l'épuration et réorganisation des autorités constituées du district d'Amiens,

Vu les options et démissions données,

Arrête que la municipalité d'Amiens sera composée des citoyens ci-après :

Maire : Devismes, commerçant à Amiens.

Officiers municipaux :

Jean François Fauchon, épicier au grand marché aux herbes.
Joseph Balesdent Blondel, marchand, rue des Tripes.
Roch Augustin Hareux, vivant de son bien, rue de la Hautoye.
Eloi Martin, marchand, rue des Vergeaux.
Dumoulin, commerçant, officier municipal, rue du Séminaire.
Baudelot, cordonnier, rue des fossés Méry.
Antoine Nicolas Morand Boucher, épicier, petite rue de Beauvais.
Charles Delys, marchand, rue du Beaupuits.
Ch. Delacroix, fabricant, rue des francs muriers.
François Nicolas Dupont Roussel, marchand, rue Leu.
Joseph Prudhomme, ex-notable, rue Hautoye.
Louis Croquoison, ex-notable, rue de Noyon.
Charles François de la Roche, 1er né, id., vis-à-vis le temple.
Lamy Tranel, commerçant, rue au Lin.
Mathieu, ci-devant employé au Salpêtre, Marché aux herbes.
Michel Ducasse, ex-notable, rue Sulpice.
Lefebvre Bouchon, commerçant, rue Martin.
François, commerçant, Marché au blé.
Jean Baptiste Poirion, ex-notable, rue des Vergeaux.
Pierre François Herbet Dupont, ex-notable, rue Leu.
Joseph Legendre Demailly, marchand, rue des Vergeaux.
Jean Baptiste Boulle, ex-huissier, petite rue de Beauvais.
Augustin Desjardins, fabricant, rue des francs muriers.
Pauquy, apothicaire, rue Leu.
Delamorlière père, teinturier.
Fontaine, vivant de son bien, Marché au feurre.
Mathieu Mille, id., rue du Don.

Joiron Delarue, commis marchand, rue au Lin.
Vallois, libraire, basse rue Martin.
Dervillez Laurent, commerçant, marché au foeur.
Butard, brasseur, au pont de Croix.
Fouache, épicier, rue des Sergents.
Fagard, id., rue des Vergeaux.
Lucas Biberel, commerçant, id.
Jourdain, épicier, rue Leu.
Dautrevaux Pécheux, commerçant, rue basse Martin.
Saumont père, id., place Martin.
Macron, boulanger, rue des Trois Cailloux.
Morel, commerçant, petite rue Remy.
Maillot, id., au Bloc.
Berthe père, tainturier rue Maurice.
Belhomme, commerçant, rue des Orfèvres.
Le Marchand, vivant de son bien, rue des Rabuissons.

Agent national : Falise, ex-avoué, petite rue de Beauvais.
Substitut : Radiguet, fabricant, rue du Don.
Secrétaire greffier : Janvier, ex-greffier à la municipalité.

Met en effet les maire, officiers municipaux et notables énoncés dans la liste cy-dessus en réquisition.

Ordonne qu'ils entreront en fonctions sans délai et charge en conséquence l'administration du district de choisir des commissaires dans son sein pour les installer en présence de l'agent national. Signé : Sautereau.

LIBERTÉ, ÉGALITÉ.

A Amiens le 16 ventose, troisième année de la République française Une et Indivisible,

Le représentant du peuple envoié dans les départements du Nord, du Pas-de-Calais et de la Somme,

Arrête que le Conseil général de la commune sera composé ainsi qu'il suit :

Maire : Devismes, négociant, rue Leu.

Officiers municipaux :

Fauchon, épicier, grand Marché.
Dumoulin, rue du Vieux Séminaire.
Morand, épicier, petite rue de Beauvais.
Delys, marchand, rue du Beaupuits.
Dupont, négociant, rue Leu.
Prudhomme, épicier, rue d'Hautoye.
Crocquoison, rentier, rue du Loup.
Bastard Laroche, id., rue du Temple.
Lamy Tranel, négociant, rue au Lin.
Lesellyer, homme de loi, rue Remi.
Massey, négociant, rue de Beaupuits.
Tondu, notaire, petite rue de Beauvais.
Dargent, épicier, place au fil.
Belhomme, huissier, rue de Metz.

Agent national : Laurendeau, homme de loi, rue des Jacobins.
Substitut : Radiguet, fabricant, rue du Don.

Notables :

Mathieu, rue du Puit Vert.
Lefebvre Bouchon, négociant, rue basse Martin.
Poirion, drapier, rue des Vergeaux.
Herbet Dupont, négociant, rue Leu.
Legendre Demailly, rentier, rue des Vergeaux.
Desjardins, fabriquant, rue Martin Bleu dieu.
Delamorlière, teinturier, rue des Majots.
Mille père, fabriquant, rue du Don.
Fagard, épicier, rue des Vergeaux.
Dautrevaux, négociant, rue basse Martin.
Macron, boulanger, rue des Troix Cailloux.
Berthe, rentier, rue Maurice.
Bussitot, négociant, rue des Orfèvres.
Lemarchant, rentier, rue de Noyon.
Augustin Debray, négociant, rue de Metz.

Florimond Leroux, négociant, rue des Sergents.
Beaudelocque, notaire, grande rue de Beauvais.
Leleu fils, négociant, rue des Vergeaux.
Lefebvre, notaire, rue des Crignons.
Delambre père, rue Méry.
Vallet Dumanoir, faubourg de Noyon.
Harnepont, épicier, rue Méry.
Isnard, entrepreneur, rue Sulpice.
Poullain l'aîné, rentier, à la Barette.
Bonvallet, manufacturier, à Saint-Maurice.
Cordier Jérome, négociant, rue des Sergents.
Pierre Beaucousin, rue Verts Aulnois.
Saint Riquier l'aîné, négociant, Grand marché.
Cornet Houzé, id., rue Martin.
Fontaine, rentier, rue Beauvais.

Les fonctionnaires publics en exercice qui ne se trouvent pas compris dans le tableau ci-dessus n'ayant été remplacés, les uns pour avoir fait des démissions motivées, les autres à raison de ce que leurs affaires ne leur permettaient point de se livrer aux fonctions publiques avec l'assiduité nécessaire, les autres enfin comme ne possédant point les talents administratifs, mais tous étant des citoyens probes et vertueux, la loi concernant les fonctionnaires publics destitués et notamment celle du 5 de ce mois ne leur seront point applicables, sous aucuns de leurs rapports.

L'agent national près le district d'Amiens demeure chargé de l'exécution du présent arrêté. Signé : Florent Guyot.

Pour copie conforme, l'agent national près le district d'Amiens : signé : Magnier.

---

13 Prairial, an 3.

Maire : le citoyen Antoine Denis François Chamont.

Officiers municipaux :

Lefebvre, notaire.
Busillot.
Bastard l'aîné.
Croquoison.

Morand Boucher.
Delys.
Massey.
Lamy Tranel.
Dumoulin.
Harnepont.
Dargent.
Florimond Leroux.
Delamorlière.
Augustin Debray.

Notables :

Mathieu.
Mathon.
Porion.
Desjardins.
Mille.
Fagard.
Dautrevaux.
Berthe.
Macron.
Dubois fils.
Lemarchant.
Delambre père.
Etienne Joly.
Beaudelocque.
Maret Dottin.
Vallet.
Pauchet.
Isnard.
Hesse.
G. Delacroix.
Pierre Beaucousin.
Cornet.
Fontaine.
Auguste Jourdain.
Auguste Joron Bontemps.
Navel fils aîné.
Becquerel-Debray.
Delarue.
Honoré Lognon.
Joiron Maret.

Agent national : Crépin Bertin. *Substitut :* Belhomme.

Les élections faites en vertu de la loi du 21 fructidor, en exécution des dispositions du titre VII de l'acte constitutionnel de l'an III, n'amenèrent pas de résultats. Sur les sept officiers municipaux élus, six avaient refusé. Les administrateurs du département considérant qu'il importait aux intérêts des 40,000 habitants de la ville d'Amiens que les officiers municipaux continuent d'exercer leurs fonctions jusqu'à ce qu'il ait été pourvu à leur remplacement, le commissaire du directoire exécutif entendu, les maintient dans ces fonctions par arrêté du 11 frimaire an IV.

29 frimaire an IV, Laurendeau, Chamont, Debrai Valfrene, Doresmieulx, Somont fils et Bertrand Laroche nommés administrateurs municipaux de la commune, conformément à l'article 39 de la loi du 19 vendémiaire.

Du 14 pluviôse, l'an 4 de la république française une et indivisible,

Le Directoire Exécutif, sur le rapport du ministre de la police générale,

Considérant que l'esprit contre-révolutionnaire qui se montre dans la commune d'Amiens provient en partie : 1° de la protection dont les membres de l'administration municipale semblent favoriser les manœuvres criminelles des ennemis de la république, en y souffrant une foule de jeunes gens de la première réquisition qui osent s'y montrer dans un costume justement odieux aux républiquains ; 2° à la négligence coupable qu'ils ont manifestée en ne prenant aucune mesure pour préserver et arrêter les scènes scandaleuses qui ont eu lieu durant plusieurs jours dans les spectacles et mis dans le plus grand danger la vie des citoyens.

Arrête ce qui suit :

ARTICLE PREMIER.

Les membres de l'administration municipale sont destitués.

ARTICLE 2.

Les citoyens Delaroche et Morand, officiers municipaux actuels de la commune d'Amiens, Rigolot, médecin, Blandin, huissier, Leroux fils, négociant, Anselin fils, négociant et Lefebvre Lenglet, négociant, remplaceront dans l'administration municipale d'Amiens les membres ci-dessus destitués et seront installés conformément à la loi.

ARTICLE 3.

Les ministres de l'intérieur et de la police générale sont chargés etc.

Arrêté du 28 pluviôse an IV du Directoire Exécutif nommant, en remplacement des citoyens Blandin, Lefebvre Lenglet, Ancelin fils et Leroux fils non acceptant, les citoyens Berthe père, Thierry père, Prudhomme et Arsenne Lemarchand.

9 germinal an V. Loi du 19 vendémiaire.

Officiers municipaux :

Jean Charles Laurendeau.
Alexandre Joseph de Brai Valfresne.
Denis François Chamont.
Nicolas Joseph Doresmieux.
Pierre Somont fils.
François Florimond Cordier.
Albert François Parisot.

22 prairial an V. Nomination de Marie Hiacinte Laurent Bernard de Cléry, comme administrateur temporaire, au lieu du citoyen Debrai Valfrène, démissionnaire, comme promu au grade de chef de brigade de la garde nationale.

La loi du 19 fructidor, par l'article I, considérait illégitimes et nulles les opérations des assemblées primaires de plusieurs départements y compris celui de la Somme, un arrêté du directoire du deuxième jour complémentaire de l'an V de la république rétablit les citoyens Rigollot, Baudelot, Prudhomme, Berthe, Morand-Boucher, Delaroche l'aîné et Thierry, ex-administrateurs, pour continuer de composer l'administration municipale d'Amiens.

---

23 vendémiaire an VI. Lecaron Crépin, nommé administrateur municipal au lieu du citoyen Rigollot, démissionnaire.

15 floréal an VI.

Ch. François Bastard La roche.
Ant. Nicolas Morand Boucher.
Pierre Berthe.
Joseph Prudhomme.
Nicolas Baudelot.
Jean Baptiste Wallet, à la place du citoyen Guidée, orfèvre, non acceptant.
Lecaron Crépin.

Radiguet, commissaire du Directoire Exécutif, par arrêté du 15 prairial an VI, en remplacement du citoyen Barbier-Jenty élu au Corps législatif.

---

16 ventôse an 7, en exécution de l'art. 185 de la constitution de l'an III, tirage au sort des administrateurs sortants.

Morand Boucher.
Berthe.

Prudhomme, restants.

Wallet.
Bertrand Laroche.

Lecaron Crépin.
Baudelot.

Réélus le 7 germinal an 7, installés le 1er floréal.

15 thermidor an 7. Jean Baptiste Auguste Dieudonné Dumoulin, au lieu du citoyen Prudhomme, démissionnaire.

---

28 frimaire an VIII.

Arrêté du citoyen Desprez (de l'Orne), délégué des Consuls de la République dans la 15e division militaire, du 27 de ce mois.

Article premier.

Les citoyens Baudelot, Wallet, Berthe et Dumoulin, membres de l'administration municipale d'Amiens, sont suspendus de leurs fonctions d'administrateurs.

Article 2.

Les citoiens Delamorlière, Grenier père, Leleu fils et Augustin Debrai, sont appelés provisoirement à remplir les fonctions d'administrateurs de lad. municipalité.

Article 3.

Le citoien Florimond Leroux est appelé à remplir les fonctions d'administrateur au lieu et place du citoien Morand, administrateur démissionnaire.

Décadi, 10 prairial an VIII [516].

Maire : le citoien Augustin Debrai, par arrêté des Consuls du 24 floréal, en remplacement du citoien Lemarchant, non acceptant.

Adjoints : Leleu, Florimond Leroux, Soyer Marchand, au lieu de MM. Demaux, Marotte et Berville, non acceptant.

Conseillers municipaux, arrêté préfectoral du 8 prairial :

Lecaron Crépin.
Grenier père.

Delamorlière père.
Debrai Valefrêne.

Louis Delahaie.
Massey.
Ch. Jourdain, négociant.
Martin Beaucousin, négociant.
Berville, négociant.
Morgan, négociant, sur le port.
Nicolas Cornet, négociant, rue Saint Martin.
Poujol Lefort, négociant.
Jourdain de Thieulloye.
Sellier, homme de loi.
Laurendeau, id.
Becquerel, négociant.
Devismes Grenier.
Cannet Perdu, homme de loy.
Dargent, négociant.
J. B. Robert Jourdain fils.
Tondu, notaire.
François Lamy, négociant.
Galhault, id.
Baudelocque, notaire.
Blandin.
Guidée, marchand orfèvre.
Abraham Faton, négociant.
Laurent Pinchon, fabriquant.
Warmé Galhault.
Godart l'aîné, ancien négociant.

Arrêté du Ier Consul, du 25 prairial an 8, nommant adjoints en remplacement des citoyens Florimond Leroux et Soyer, démissionnaires, les citoyens Grenier père, négociant, Sénart Frennelet, fabricant.

Arrêté du préfet, du 3 messidor, nommant le citoyen Bastard Laroche membre du conseil municipal.

Id. du . . . . le citoyen Fauchon, conseiller municipal, en place du citoyen Grenier nommé adjoint.

Arrêté du Ier Consul, du 22 frimaire an 9, nommant le citoyen Dargent, négociant, adjoint en remplacement du citoyen Leleu, décédé.

Arrêté du préfet, du 13 pluviôse an 9, nommant conseiller municipal le citoyen Bonvallet, en place de M. Dargent, nommé adjoint,

Id. du 5 ventôse an IX, du citoyen Marie Hiacinthe Laurent Bernard de Cléry, conseiller municipal.

Décret impérial du quartier impérial à St-Polten du 22 brumaire an 14, nommant conseillers municipaux en remplacement de ceux sortis en exécution des articles 71 et 72 du règlement du 19 fructidor an XII.

MM. de Virgille Pierre, membre de l'académie.
Davelluy Bellancourt Nicolas, négociant.
Delamorlière père Jean Baptiste Jacques, teinturier.
Picart l'aîné Florent François.
Blandin Pierre Anne François Jean Baptiste, rentier.
Aclocque l'aîné Noel Pierre J. Ch., négociant.
Jourdain d'Eloge fils aîné Charles Léopold, négociant.
Lefebvre Dubourg Louis Charles Honoré, commerçant.
Langevin Dargent Joseph J. B. Michel, commerçant.
Maret Dottin Louis Jean Baptiste, commerçant.
Louis Antoine Isidore Debonne Daveluy, commerçant.
Hubault Delaroche J. B. Nicolas Firmin, membre de la commission de secours.
Pauquy Charles François Antoine, apotiquaire.
Joly Renard J. B. Théodore, négociant.
Demailly Stanislas, négociant.

Décret impérial du palais des Tuileries, le 16 mars 1808, nommant en remplacement de l'administration qui cesse ses fonctions au terme fixé par la loi :

Maire : M. Morgan l'aîné Adrien Jean Baptiste.

Adjoints : MM. Dargent Nicolas Antoine Charles.
Daveluy Bellancourt Nicolas.
Fauchon Alexandre Joseph.

Décret impérial du palais impérial de Bayonne, du 17 juillet 1808, nommant adjoint M. Debray François Antoine, en remplacement de M. Dargent non acceptant.

Décret impérial du 28 décembre 1809 nommant conseillers municipaux :

MM.

Laurendeau, propriétaire, en remplacement de M. Morgan, maire.

Delaporte, propriétaire, en remplacement de M. Daveluy, adjoint.

Fontaine Jourdain, en remplacement de M. Berville, secrétaire général.

Hourier, receveur des domaines, en remplacement de M. Poujol,

Pingré de Thiepval, en remplacement de M. Beaucousin,

Dubois, rentier,	id.	Tondu,
Poujol d'Avankerque,	id.	Hubaut,
Delamorlière,	id.	Baudelocque,
Lennel Cornet,	id.	Becquerel,
Jourdain Thieulloy fils,	id.	Pauquy,
Pruvost, négociant,	id.	Maret Dottin,
Vaysse de Rainneville,	id.	Jourdain,

Debray (M. François Eugène), négociant[517], en remplacement de M. Blandin, tous appelés à d'autres fonctions ou décédés.

Décret impérial des Tuileries, 25 mars 1813, nommant :

Maire : M. le chevalier MORGAN l'aîné, Adrien Jean Baptiste Marie Joseph Rose.

Adjoints : MM. Debray l'aîné François Antoine.
Poujol d'Avankerque Noel Joseph.
Jourdain de Thieuloy fils Adéodat.

Ordonnance royale, du 30 décembre 1814, portant nomination de sept conseillers municipaux pour compléter la première moitié du conseil municipal :

MM.

Leroy Poullain Romain, propriétaire, en remplacement de M. de Virgile, infirme.

Caumartin, Bernard, électeur, en remplacement de M. Delamorlière, décédé.

Petyst d'Authieulle Antoine, propriétaire, en remplacement de M. Picart aîné, démissionnaire.

Beaucousin Charles, négociant, en remplacement de M. Poujol d'Avankerque, nommé adjoint.

Herbet de Saint Riquier Jean François, en remplacement de M. Jourdain de Thieulloy fils aîné, démissionnaire.

Hullot Jacques Auguste, receveur des domaines, en remplacement de M. Debray, changé de domicile.

Autre ordonnance de la même date, nommant pour renouveler la seconde moitié du conseil :

MM.

Boistel Belloy, propriétaire.

Cannet Alexandre, négociant.

Cannet de Selincourt J. B. Nicolas, avocat.

Dargent Nicolas, ancien négociant.

Daveluy Bellancourt, négociant.

Debray Augustin, propriétaire.

Dubois Jean François, rentier.

Ducroquet de Bécordel, propriétaire, non acceptant.

MM.

Fontaine Jourdain J. B. Ant. Marie, conseiller en la cour royale.

Godefroy Lefevre, négociant.

Hourier Charles, contrôleur des hypothèques.

Galhaut Jean Pierre, négociant.

Laurendeau Jean Charles, conseiller en la cour royale,

Massey Pierre Fr., négociant.

Pingré Thiepval, propriétaire.

Nota. Il a été arraché du registre les feuillets 115, 116 et 117, qui concernaient les actes des Cent Jours.

Arrêté préfectoral du 31 août 1815, nommant provisoirement adjoint M. Herbet de Saint Riquier, confirmé par ordonnance royale du 21 septembre 1815.

Ordonnance royale du 24 octobre 1815, nommant adjoint M. Antoine Firmin Ducroquet de Bécordel.

Ordonnance royale du 13 mai 1816, nommant :

Maire : le s[r] de Blin de Bourdon Louis Alexandre, propriétaire, en remplacement du s[r] Morgan.

Adjoints : MM. Herbet de Saint Riquier.
Ducrocquet de Bécordel.
Poujol d'Acqueville Marie Auguste, négociant, en remplacement de M. Poujol d'Avankerque.

Ordonnance du 21 juin 1816, nommant quatrième adjoint :
M. le sr Petyst d'Authieulle.

Ordonnance royale du 27 juin 1816, nommant conseillers mucipaux :

MM.

Claude Jean Baptiste Jourdain Herbet, négociant, en remplacement de M. Beaucousin, décédé.

François Nicolas Dupont Roussel, juge d'instruction, en remplacement de M. Debonne Daveluy, décédé.

Claude Augustin de Tercier, maréchal de camp, chevalier de Saint-Louis, en remplacement de M. Herbet de Saint Riquier, adjoint.

Charles François de Calonne, directeur de la poste aux lettres, chevalier de Saint-Louis, en remplacement de M. Delaporte, décédé.

Etienne Claude Louis Cavé d'Haudicourt, commandant de la garde nationale, en remplacement de M. Ducrocquet de Bécordel, adjoint.

Ordonnance du roi du 27 août 1817, nommant maire d'Amiens : M. Nicolas Antoine Charles Dargent, chevalier de la légion, en remplacement de M. Marie Louis Alexandre vicomte Blin de Bourdon, ayant opté pour les fonctions de chef d'état-major de la garde nationale [518].

Ordonnance royale du 10 janvier 1818, nommant conseillers municipaux : MM. le vicomte Blin de Bourdon et Alexandre Joseph Fauchon, juge au tribunal de première instance, en remplacement de MM. Dargent, nommé maire, et Petyst Dauthieulle, démissionnaire.

Ordonnance royale du 1er septembre 1819, nommant conseillers municipaux : MM. Thuillier de Beaufort J. B., ancien colonel du génie, Fouanet Dubourg J. B. Hilarion, président de la cour royale, en remplacement de MM. Cannet de Selincourt et Massey, décédés, et Charles Lemerchier, médecin, de M. Galhaut, démissionnaire.

Ordonnance royale du 18 juillet 1821, continuant MM. Dargent [518], Herbet de Saint Riquier, Ducrocquet de Bécordel et Poujol d'Acqueville dans leurs fonctions de maire et d'adjoints.

Ordonnance du 22 mai 1822, nommant conseillers municipaux, en remplacement de MM. Fontaine, décédé, et Pruvost, n'habitant plus la ville :

MM. Hesse Aclocque Jean Jacques.
Dupuis Louis Charles Théodore.

Ordonnance du 16 avril 1823, nommant conseillers municipaux, en remplacement de MM. Gaudefroy Lefebvre, démissionnaire, et Tercier, décédé :

MM. Morgan de Béthune Louis Alexandre.
Ducrocquet d'Omécourt Gilbert.

Ordonnance royale du 11 juin 1823, nommant maire de la ville d'Amiens M. Nicolas Daveluy Bellencourt, membre de la chambre des députés.

Ordonnance royale du 17 septembre nommant conseiller municipal au lieu de . . . . . M. Honoré Joseph Guérard Roux.

Id. du 15 octobre, nommant conseiller municipal M. Gossart Adrien Jean Baptiste Louis Joseph François.

Ordonnance du 28 avril 1824, nommant conseillers municipaux :

MM. Jourdain de Thieulloy Adéodat.
Faton de Favernay Marie Hippolyte.

Ordonnance royale du 19 janvier 1825, nommant M. Thiérion de Chipilly Alexandre Marie Henry, adjoint au maire de la ville d'Amiens.

Ordonnance du 26 janvier, nommant conseillers municipaux :

MM. Delattre Nicolas Stanislas François.
Dompierre Rouillard Pierre François.

Ordonnances des 5 et 9 octobre 1825, nommant conseillers municipaux :

MM. Duliège de Beaumont Augustin Hyacinthe.
Beaucousin Henry.
Facquez Honoré Henry Nicolas.
Baillet Morel Antoine Florimond.

Ordonnance royale du 9 mars 1826, continuant les maire et adjoints dans leurs fonctions et nommant adjoint M. Jacques Fouache d'Halloy, en remplacement de M. Herbet de Saint Riquier, démissionnaire.

Ordonnance du 11 juillet 1827, nommant conseiller municipal M. Lapostolle Alexandre Ferdinand Léonce.

Id. 11 juillet 1827, nommant conseiller municipal M. Herbet de Saint Riquier, en remplacement de M. Hourier, décédé.

1830.

Après les journées de juillet, M. Daveluy et ses adjoints ayant donné leur démission, le préfet de la Somme, par lettre du 2 août, charge M. Thiérion de Chipilly d'exercer provisoirement les fonctions de maire.

Ici s'arrête la tâche que nous nous étions imposée. Il ne nous reste, pour terminer, qu'à indiquer les modifications que le régime municipal a encore subies depuis cette date.

La loi des 21-23 mars 1831 constitua les conseils municipaux de 36 membres, dans les communes de plus de 30,000 âmes.

Ces membres étaient élus par l'assemblée des électeurs communaux, dans les conditions déterminées par les articles 11 à 16 de cette loi. Ils devaient avoir vingt-cinq ans accomplis, étaient nommés pour six ans et le conseil était renouvelé par moitié tous les trois ans. Le maire et les adjoints étaient nommés par le roi.

La révolution de 1848 substitua le suffrage universel au suffrage restreint des électeurs censitaires. Un décret des 3-11 juillet décida le renouvellement intégral des conseils municipaux de toutes les communes de la république. Les maire et adjoints sont choisis par le pouvoir exécutif pour les villes de plus de 6,000 âmes, ou chefs-lieux d'arrondissement ou de département, dans le sein des membres élus du conseil municipal.

La loi des 7 et 8 juillet 1852 modifia cette législation, en accordant au président de la république la nomination des maires et adjoints dans les villes de plus de 3,000 âmes, et la faculté de les prendre partout en dehors du conseil municipal. Mais les adjoints ont seulement droit de siéger avec voix consultative. Leur voix est prépondérante en cas de partage, lorsqu'ils sont appelés à présider le conseil.

Enfin la dernière loi, du 5 avril 1884, sur l'organisation municipale, compose le corps municipal de chaque commune du conseil municipal, du maire, d'un ou de plusieurs adjoints. Le conseil municipal se compose de 36 membres pour les villes de 60,000 habitants et au dessus (art. 10, titre II). Pour être élu il faut, au premier tour de scrutin, réunir la majorité absolue des suffrages exprimés et un nombre de suffrages égal au quart des électeurs. En cas de second tour, l'élection a lieu à la majorité relative, quel que soit le nombre des votants. Les articles 32, 33, 34, 35 règlent les conditions d'éligibilité. Les conseillers sont nommés pour quatre ans et renouvelés intégralement le premier dimanche de mai, même en cas d'élection dans l'intervalle de cette période. Il y a dans chaque commune un maire et un ou plusieurs adjoints élus parmi et par les membres du conseil, au scrutin secret, et à la majorité absolue.

NOTES ET ADDITIONS

NOTES ET ADDITIONS

(1) Cocquerel, canton d'Ailly-le-Haut-Clocher (Somme).

(2) La Morlière se trompe, Firmin de Cocquerel ne fut évêque de Noyon que de 1349 à 1350 époque de sa mort.

(3) La famille Cocquerel portait d'azur à trois cocquelets d'or, crêtés, membrés et becqués de gueules, à la bordure componée, d'argent et de gueules, supporté par deux anges vêtus de dalmatiques. (Pagès, édition Douchet, I, 72). Outre à la rose de la cathédrale, ces armes se voyaient encore sur l'ancien autel du pilier rouge, aliàs de Notre-Dame du Puy, et sur un vitrail de l'église Saint-Martin au Bourg ou aux Waides. Villers de Rousseville ne parle pas de la bordure componée.

(4) Saint-Fuscien, canton de Boves (Somme). Coisy, canton de Villers-Bocage. Saint-Fuscien doit son origine à l'abbaye de Saint-Fuscien-au-bois, fondée au commencement du XIIe siècle par Enguerran de Boves, comte d'Amiens. L'importante famille des Saint-Fuscien portait de gueules semé de trèfles d'or à trois coupes couvertes de même. (Pagès, I, 77. Villers de Rousseville).

(5) Tronville, annexe de Blangy-Tronville, canton de Boves, (Somme). — Les descendants duquel ont pris le nom de cette seigneurie avec permission du roi. Il portait de synope au lyon d'argent. (La Morlière).

(6) Voir *Les Clabault, famille municipale amiénoise,* 1349-1539 (in-4°, Amiens, 1889, page 8).

(7) St-Nicolas aux pauvres clercs, le premier collège d'Amiens, connu sous le nom de Maison des Grandes Ecoles, qui fut détruit en 1358, lors du sac des faubourgs, et reconstruit ensuite du tiers des biens de Guillaume le Barbier, chanoine pénitencier et official de N.-D. d'Amiens.

(8) Archives des Hospices d'Amiens, carton 365, série B. — Toutes les indications citées plus haut, des Archives hospitalières, sont, comme celle-ci, dues à l'obligeance de mon collègue, M. Boudon, qui les a particulièrement étudiées et en a dressé un inventaire exact.

(9) Bonneville, canton de Domart (Somme).

(10) Audeluye portait d'azur écartelé de gueules, à l'aigle éployée d'or brochant sur le tout. (Pagès).

(11) Poix (Somme).

(12) Rue (id.)

(13) Hangard, canton de Moreuil (Somme).

(14) Conty (Somme).

(15) Corbie (id.)

(16) Floxicourt, canton de Molliens-Vidame (Somme).

(17) Fransures, canton d'Ailly-sur-Noye (Somme).

(18) Mareuil-Caubert, canton Sud d'Abbeville (Somme).

(19) Abbeville (Somme).

(20) Poulainville, canton N.-E. d'Amiens.

(21) Revelles, canton de Molliens-Vidame.

(22) Rivières, commune de Bettencourt, canton de Molliens-Vidame.

(23) Quesnoy; il existe trois communes de ce nom dans le département: Le Quesnoy, Quesnoy-le-Montant, Quesnoy-sous-Airaines.

(24) Oisemont (Somme).

(25) Bettembos, canton de Poix (Somme).

(26) Cottenchy, canton de Boves.

(27) Ravin portait d'azur à cinq merlettes d'or mises en sautoir, celle du centre accompagnée de deux trèfles de même. Il avait épousé Côlaie la Monnière. (Comptes de 1385).

(28) Augustin Thierry dit qu'en 1346 et 1347 les noms des corporations ne sont pas indiqués après ceux des maires de bannières. C'est, comme on le voit, une erreur.

(29) Hourges, canton de Moreuil (Somme).

(30) Hornoy (Somme).

(31) Le Candas, canton de Bernaville (Somme).

(32) Vaux. Il y a trois communes de ce nom dans la Somme. C'est sans doute Vaux-en-Amiénois.

(33) Envermeu (Seine-Inférieure).

(34) Fontaine. Il existe cinq localités de ce nom dans la Somme.

(35) Rumaisnil, canton de Conty (Somme).

(36) Maucourt, canton de Rosières (id.)

(37) Rumigny, canton de Boves (id.)

(38) Rogy, canton d'Ailly-sur-Noye.

(39) Bailleul, canton d'Hallencourt.

(40) Cavillon, canton de Picquigny.

(41) Clairy, probablement Clairy-Saulchoix, canton de Molliens-Vidame.

(42) Naours, canton de Domart.

(43) Hanchy, commune de Coulonvillers, canton d'Ailly-le-Haut-Clocher.

(44) Calais (Pas-de-Calais).

(45) Sous sa mairie, en 1344, Jean du Cange avait fait construire en bois le pont qui porte son nom et qui fut ensuite réédifié en pierre après sa ruine, en 1421. (Daire, *Hist. d'Amiens*, I, 482).

(46) La Morlière s'est trompé dans sa liste des maires de 1346 à 1360, en faisant Gille Ravin maire de nouveau en 1347, tandis que ce fut Jean Ducange, qu'il ne fait figurer qu'en 1348, reculant ainsi ses successeurs d'une année. Il ne redevient exact qu'en

1360, grâce à l'omission de la mairie de Jean d'Ippre en 1359. Le P. Daire a reproduit littéralement les erreurs de La Morlière.

(47) Le Hocquet, quartiers d'Amiens et d'Abbeville.

(48) Le Rossignol, annexe de Machiel, canton de Rue.

(49) Tournay (Belgique). Cette ville eut au moyen âge d'importantes relations commerciales avec Amiens.

(50) Creuse, canton de Molliens (Somme).

(51) La Chapelle-sous-Poix (id.)

(52) Plachy, canton de Conty (id.)

(53) Dury, canton de Boves (id.)

(54) Villers. Il existe dix localités de ce nom dans la Somme.

(55) Aubvillers. Est-ce Ovillers-la-Boisselle, canton d'Albert?

(56) Bonneuil (Oise).

(57) Lignières. Il y a trois Lignières dans la Somme.

(58) La famille Picquet portait de sable semé de trèfles d'or, à la bande de gueules chargée de trois coupes d'or, accompagnée de six trèfles d'or mis en orle. (Pagès). — D'autres membres de cette famille portaient pour brisure une molette d'argent au haut de la bande. — Villers de Rousseville, manuscrit appartenant à M. Caumartin, conseiller à la cour d'Amiens, donne ainsi ses armes : d'azur à la bande de gueules chargée de trois coupes d'or, accompagnée d'une étoile de même à dextre du champ.

Jacques Picquet mourut en exercice. On élut Jacques du Blancfossé qui mourut aussi. Simon de Mès paracheva. Cette mort successive des deux premiers magistrats de la cité en moins d'une année s'explique par les ravages de la fameuse peste noire, de 1346 à 1350, qui causa une si grande mortalité à Amiens qu'en 1349 il devint indispensable d'y agrandir les cimetières.

(59) Simon de Mès portait d'argent au chevron de gueules, sommé d'une rose de sinople.

(60) Jacques du Blancfossé portait écartelé au 1 et 4 de gueules, au 2 et 3 d'argent, au lion issant de sable.

(61) Montdidier (Somme).

(62) Breilly, canton de Picquigny (Somme).

(63) Simon de Mès avait épousé D[lle] Maroye de Lourseignol. (Comptes de 1385).

(64) Tilloy (Somme). Il existe deux communes de ce nom, l'une près de Conty.

(65) Le Bosquel, canton d'Amiens (Somme).

(66) Hailles, canton de Moreuil (Somme).

(67) Camps-en-Amiénois, canton de Molliens (Somme).

(68) Ce titre de maître indique plus qu'un artisan ordinaire. Pierre Roussel était sans doute un architecte. Pour être électeur et avoir droit de participer à la nomination des officiers municipaux, il fallait être admis sous une bannière quelconque. (Note manuscrite de M. Janvier, secrétaire greffier de l'hôtel-de-ville. — Dusevel, *Histoire d'Amiens,* 2e édition, p. 237).

(69) Raincheval, canton d'Acheux (Somme).

(70) Saveuse, canton N.-O. d'Amiens (Somme).

(71) Voir les armoiries de Simon de Mès, note 51.

(72) Le Barillet, enseigne rue Saint-Leu. (*Rues et enseignes d'Amiens,* par A. Dubois, Amiens, 1889).

(73) Esserteaux, canton de Conty.

(74) Vergies, canton d'Oisemont (Somme).

(75) Ce titre de maître désigne sans doute encore un architecte. Nous le verrons encore plus loin accolé au nom de quelques-uns des maires de la corporation des maçons. (V. plus haut, note 60).

(76) Croissy, canton de Crèvecœur (Oise).

(77) Voir note 65.

(78) Mailly. Il existe dans le département deux communes de ce nom.

(79) Choqueuse, canton de Crèvecœur (Oise).

(80) Grimaut portait d'azur à trois poissons d'argent.

(81) Les Rouges Caperons, enseigne d'une taverne rue des Sergents.

(82) Yzeux, canton de Picquigny (Somme).

(83) Bécourt-Bécordel, canton d'Albert (Somme).

(84) Philippe de l'Abaye était, en 1371, marié à Marie de Saint-Fuscien. (Registre aux Chartes A, f° 237).

(85) Les Porcelets, enseigne rue Saint-Leu.

(86) Moreuil (Somme).

(87) Cagny, canton de Boves (Somme).

(88) Beauval (Somme).

(89) Oissy, arrondissement d'Amiens (Somme).

(90) Saleux, id. (id.)

(91) Escohier : pelletier, fourreur.

(92) Courcelles. Il y a trois communes de ce nom dans la Somme.

(93) Namps. Il existe Namps-au-Mont et Namps-au-Val communes presque limitrophes, canton de Conty (Somme).

(94) Cottenchi, voir note 26.

(95) A la suite de la tentative faite sur Amiens par les partisans du roi de Navarre, Charles le Mauvais, Gui de Chatillon, comte de Saint-Pol, suspendit le maire et l'échevinage accusés de complicité et fit procéder à de nouvelles élections. Il reconnut par lettres du mois de novembre 1358 que cette élection ne pouvait tourner pour l'avenir au préjudice des statuts, usages, loi et privilèges de la commune. — Voir notre livre : *Les Clabault, famille municipale amiénoise 1349-1539* et les différentes histoires d'Amiens sur cet événement et ses suites. — Nous avons montré que le maire, Firmin de Coquerel, fut au nombre des dix-sept coupables exécutés à cette occasion. Parmi les nouveaux échevins, quatre furent choisis par l'élection dans la corporation des waidiers dont nous avons indiqué l'importance dans ce même ouvrage, p. 5.

Suivant Villers de Rousseville, ce maire avait à son écusson une bordure componée d'argent et de gueules de seize pièces.

(96) Jean Boitoire avait épousé Maroie Du Cange. (Comptes de 1389).

(97) Jean d'Ipre portait de gueules à trois lions d'or, posés deux et un, accompagné de six fleurs de lys et de deux quintefeuilles de même. Villers de Rousseville ajoute qu'il fut tué en Angleterre en 1367.

(98) Oudart de Luilli avait épousé Maroie du Blancfossé. (Comptes de la Ville, T. VI).

(99) La famille Auxcousteaux, dont on retrouve souvent le nom, est une des plus anciennes de l'Amiénois et du Beauvaisis. Elle doit exister peut-être encore aujourd'hui, car un de mes oncles, M. Auxcouteaux de Couvreuil, ancien juge de paix à Amiens, avait des cousins dans le département de l'Oise.

Cette famille portait des armes parlantes, de gueules à trois couteaux d'argent garnis ou emmanchés d'or, mis en pal. (Pagès, T. V, p. 325).

(100) Par suite des stipulations du traité de Brétigny, quarante otages choisis dans la bourgeoisie des bonnes villes du royaume durent être envoyés en Angleterre pour y prendre la place du roi Jean et y demeurer jusqu'à la complète exécution de ce traité. La ville d'Amiens, tant pour elle que pour les communes de Corbie, Saint-Riquier, Montreuil et Doullens, fournit deux de ses plus notables citoyens qui s'embarquèrent pour l'Angleterre au mois d'octobre 1360. Des titres de 1361 et 1368, publiés par Augustin Thierry (I, pp. 618 et 826), font connaître que ces notables étaient Jean Dippre et Pierre de Cocquerel. Ce dernier étant mort fut remplacé, en 1368, par Guillaume le Mercier.

(101) Colart de Ricquebourg avait épousé Jeanne de Santy. (Voir Comptes de la Ville 1386).

(102) La Rose, enseigne devant la cathédrale d'Amiens, autre au Marché-aux-herbes.

(103) Jean de Saint-Fuscien, fils de Liénart, acheva après sa mort. (Daire). — Daire doit se tromper, car Jean de Saint-Fuscien

ne fait pas partie de l'échevinage en 1361; le successeur de Firmin de Coquerel fut évidemment Jean Dugard, le premier des échevins sur la liste.

(104) Jehan Picquet avait épousé demoiselle Maroie de Pois. (Comptes de 1385).

(105) Jean Boileau avait déjà été maïeur de bannière des cambiers en 1352, 1356, 1358. Au mois de juillet 1360 il reçut pour lui, sa femme et ses enfants légitimes nés et à naître, des lettres de noblesse du régent, en raison des services qu'il avait rendus en s'opposant aux menées des partisans de Charles le Mauvais, et en faisant preuve dans la guerre d'une expérience qui ne le cédait en rien à celle des nobles et des hommes d'armes de profession. (Archives nationales, Trésor des Chartes, registre 88. — A. Thierry, I, p. 611).

(106) Esquennoy, canton de Breteuil (Oise).

(107) Coisy, arrondissement d'Amiens (Somme).

(108) Gouy-l'Hôpital, canton d'Hornoy (id.)

(109) Jean Dippre, seigneur d'Ippre et de Fluy en partie, portait de gueules à trois lions d'or, à l'orle de fleur de lys d'or. (Daire, I, 77).

(110) Robert de Hangart avait épousé demoiselle Jacques de Labbaye. (Comptes de 1385).

(111) Jean des Rabuissons, époux de demoiselle Aelips de Poix. (Comptes de 1386).

(112) C'est la vieille prononciation picarde de Quevauvillers, canton de Molliens-Vidame, arrondissement d'Amiens. Beaucoup de campagnards, d'ouvriers disent encore aujourd'hui Quauvillers, comme ils disent Longuieu pour Longueau, Abbleville pour Abbeville.

(113) Wille de Conti portait d'or à trois bandes de vair, qui est de Conty. (La Morlière, Villers Rousseville). — Il avait épousé Jeanne Du Gard. (Comptes de 1385).

(114) Robert de Hangart aurait été marié aussi, il paraîtrait, à Anne de Saint-Fuscien. (Comptes de la Ville).

(115) La Bourse, enseigne de la rue des Vergeaux.

(116) Est-ce Renancourt, banlieue d'Amiens?

(117) Les Escos, enseigne de la rue des Vergeaux.

(118) Mirvaux, canton de Villers-Bocage (Somme).

(119) Allonville, canton d'Amiens.

(120) Jacques de Hangest portait de gueules à trois molettes d'argent. (Daire).

(121) Le Berch, Berch d'or ou Berceau d'or, enseigne place de la Mairie. Jacques Lecomte avait épousé demoiselle Jehanne de Clermont. (Comptes de 1382).

(122) L'ancre, enseigne au quai.

(123) Voir les notes 60, 67.

(124) Gille Beaupigne avait épousé demoiselle Jehanne de Saint-Fuscien. (Comptes de 1382).

(125) Thibaut Auxcousteaux avait épousé Jehanne Lermite. (Ibid.)

(126) Pierregot, canton de Villers-Bocage, Somme.

(127) Jean du Gard, écuier, sieur de Fresneville. (La Morlière). — Il portait d'azur à trois jars d'argent, becquetés et membrés de gueules. (Daire, I, 77).

(128) St-Aubin-Montenoy ou Rivière, arrondissement d'Amiens?

(129) Hardicourt-au-Bois, canton de Combles (Somme).

(130) La Faloise, canton d'Ailly-sur-Noye (id.)

(131) Chepy, canton de Moyenneville (Somme).

(132) Cornehotte, écart de Brailly-Cornehotte, canton de Crécy, (Somme).

(133) Pierre de Talmas avait épousé Jehanne Lecomte. (Comptes de 1385).

(134) Il y avait à Amiens le Moulin Baiart. Baiart est peut-être aussi une enseigne représentant le fameux coursier des quatre fils Aymon.

(135) Perrousel, Prouzel? canton de Conty.

(136) Sire Honoré Dippre avait épousé D[lle] Jehanne Boynavelle. (Comptes de 1386). — Suivant Villers de Rousseville il portait, comme Jean Dippre, avec un franc quartier d'argent chargé d'une étoile d'azur. On a vu plus haut, p. 21, un Vincent Boinnavel maire en 1332.

(137) La Kayère, enseigne rue des Doubles-Chaises.

(138) Métigny, canton de Molliens-Vidame (Somme).

(139) Les Sarrazins, enseigne chaussée Saint-Pierre.

(140) On trouve aux Registres aux Comptes, Y, 3, 1403-1404, D[lle] Marie de Hangard, veuve de feu Jehan de Saint-Fuscien (des Porcelets). — Sire Jean de Saint-Fuscien avait épousé D[lle] Isabelle Josse. (Ibid.)

(141) Colart du Gard avait épousé Mlle Maroie de Morvillers. (Comptes de 1385).

(142) Sire Jehan l'Orfèvre portait d'or à la bande d'azur, chargée de trois fleurs de lys d'argent.

(143) L'Aguillier, enseigne de taverne rue des Vergeaux.

(144) L'Andouille, enseigne rue des Verts-Aulnois.

(145) Séry, commune de Bouttencourt, canton de Gamaches, (Somme).

(146) A partir de cette époque les maires des bannières ne figurent plus sur les listes d'élections. Cette mesure est le résultat de la part active qu'à Amiens comme à Rouen, les corporations des métiers et leurs chefs avaient prise aux événements politiques, à la suite de la révolte des Maillotins à Paris. L'histoire ne nous apprend pas quelle en fut l'importance, mais la capitale désarmée et réduite au silence, la royauté ou plutôt les régents s'en prirent alors aux villes de province ; à Rouen, qui avait eu sa révolte connue sous le nom de la Harelle, la répression fut terrible et le

drapier Simon Le Gras, que les mutins avaient de force placé à leur tête, partagea vraisemblablement le supplice qui leur fut infligé.

Pour Amiens, des lettres de Charles VI, du 20 juillet 1385, rappellent que « *les mayeurs de bannière et plusieurs autres* » *gens de la commune et de petit estat meues de mauvaises* » *volontés et contre le consentement des maire et échevins* » *avaient commis et perpétré plusieurs rébellions, désobéis*- » *sance, abus, assemblées, monopoles, séditions et autres excès* » *et délits contre la majesté royale et le bien de la chose pu*- » *blique.* » Des condamnations à mort furent prononcées, ainsi que le bannissement, la prison et des amendes considérables contre plusieurs maires de bannière par les commissaires réformateurs généraux députés en la province de Reims. Les mairies de bannière furent abolies par eux et les corporations industrielles, tout en conservant leur organisation ancienne mais sans chefs particuliers, désormais sous l'autorité immédiate des magistrats municipaux, cessèrent dès lors de jouer le rôle d'assemblées primaires et de conférer, par leurs suffrages, l'élection des représentants officiels de la commune. La querelle entre l'échevinage et les maïeurs de bannière avait commencé en 1380. Ces derniers avaient dénoncé au Parlement les abus divers qui s'étaient introduits depuis une vingtaine d'années dans la gestion municipale, notamment dans celle des finances. Les délégués du Parlement reconnurent que ces plaintes n'étaient pas sans fondement et que, pour obvier au déficit constaté, il y avait lieu de lever une taille sur chaque habitant, ou une assise ou taille sur les marchandises. La majorité, composée des classes populaires, optait pour la taille, l'échevinage pour l'assise. L'échevinage l'emporta. Le Roi lui accorda six années pour payer le capital de sa dette, mais accorda aussi, par compensation, aux maïeurs de bannières qui avaient sollicité auprès du Parlement l'arrêt qui terminait le différend, le remboursement de leurs frais et dépens. Pour le cas où le Maire d'Amiens négligerait ou ferait difficulté de faire les poursuites nécessaires au recouvrement des finances municipales, l'arrêt déférait ce soin à huit personnes désignées dans le Corps des maïeurs de bannière qui devraient élire deux d'entre elles pour exercer les poursuites.

Malgré cette décision, la guerre entre l'Echevinage et le Corps des métiers n'en subsista pas moins. En 1383, époque de leur abolition, les maires de bannière, malgré leurs réclamations, n'avaient encore rien touché du remboursement que leur promettait l'arrêt du Parlement, mais il faut reconnaître aussi qu'ils avaient mésusé des garanties que leur accordait cette sentence. L'Echevinage finit enfin par obtenir du roi remise de cette dette, en faisant valoir que, durant les derniers troubles, il avait lutté contre les rébellions des maires de bannière et soutenu, à ses risques et périls, l'honneur et les droits de la couronne.

Comme on a pu le voir, les mairies de bannière varièrent souvent comme nombre. Elles n'étaient que de 16 en 1348, de 20 en 1345 et 1347, de 22 en 1358, de 23 en 1349 et 1362, de 25 en 1350, de 24 les autres années jusqu'à 1382, date de leur suppression. C'étaient alors celles des waidiers, des taverniers, des tanneurs, des bouchers, des fèvres, des waigneurs (cette corporation eut deux bannières, celle des waigneurs de delà la ville, et celle des waigneurs de dechà la ville en 1346, cette dernière cesse d'être représentée à partir de 1363, des boulangers, des fourniers, des poissonniers de mer, des drapiers, des cordonniers, des cambiers ou brasseurs, des maçons, des merciers, des poissonniers d'eau douce, des pareurs, des tisserans, des viésiers, des sueurs, des pelletiers, des teinturiers, des charpentiers, des porteurs, des telliers de linge.

Les statuts primitifs de la riche corporation des waidiers ne sont pas parvenus jusqu'à nous.

Les premiers statuts de celle des taverniers datent du 31 août 1484.

Les statuts des tanneurs du 21 septembre 1349.

Les bouchers avaient des réglements du 1er avril 1282, 8 avril 1317, 22 juin 1327.

Les fèvres ou ouvriers en métaux, de 1374.

Les waigneurs, date inconnue.

Les boulangers, du 23 mars 1408.

Les fourniers ; leurs statuts ne nous sont pas connus.

Les poissonniers de mer ; id.

Les drapiers, dès le XIIe siècle l'industrie de la draperie florissait à Amiens, les premiers statuts connus datent du 30 mai 1308, mais ils révèlent l'existence d'un chirographe antérieur qui contenait le bref de leur métier.

Les cordonniers, statuts du 18 juillet 1407.

Les cambiers, 19 septembre 1498.

Les maçons, date inconnue.

Les merciers, 24 mars 1405.

Les poissonniers d'eau douce, 8 février 1348.

Les pareurs, 30 mai 1308.

Les tisserans de draps; cette corporation était unie alors aux pareurs.

Les teinturiers, 7 février 1345.

Les viésiers, fripiers ou revendeurs, du 7 février 1428; le nom de rue Delambre a remplacé celui de la rue de la Viéserie.

Les sueurs, du 2 décembre 1345.

Les pelletiers, de septembre 1311; c'est à partir de 1352 qu'ils figurent sous cette dénomination dans les listes d'élections municipales. On les dénommait antérieurement escohiers ou vairiers.

Les charpentiers, statuts inconnus.

Les porteurs, on n'a pas leurs statuts. Cette profession était exercée à Amiens à titre d'office.

Les telliers de linge, 17 décembre 1345.

Le registre aux chartes, coté N, commencé en 1482 et continué jusqu'en 1748, contient plus de 300 statuts, brefs, ordonnances municipales, dont le plus ancien date de 1257. A. Thierry en a donné plusieurs extraits dans son recueil des Monuments inédits de l'histoire du Tiers-État; l'histoire des anciennes corporations amiénoises attend encore un historien.

J'ai indiqué dans les *Clabault*, page 14, l'augmentation de ces corporations qui, en 1762, dépassaient le nombre de 64.

Dans le quatrième volume des bulletins de la *Société des Antiquaires de Picardie*, M. A. Bouthors, dans une étude sur l'état politique de la ville d'Amiens au xve siècle, d'après un travail inachevé de M. Lavernier, secrétaire en chef de la Mairie, a montré que de 1345 à 1383, les 24 bannières de la ville qui nommaient chacune deux maïeurs avaient eu 1783 élections, se répartissant sur 753 noms dont 352 ne paraissent qu'une fois, 142 deux fois, 107 trois fois, 51 quatre fois, 44 cinq fois, 19 six fois, 138 sept fois et plus. Un seul maïeur a été élu 12 fois, 2 onze, 3 neuf, 4 huit, 101 comptent plus de quatre élections.

Les maïeurs de bannière sortants ne pouvaient être renommés qu'après deux années d'intervalle. Du travail de M. Bouthors il résulterait que 14 bannières sur 24 virent seules leurs maïeurs promus à l'échevinage, les dix autres n'eurent jamais de représentants dans le conseil de la commune ; la bannière des waidiers, dans les 37 années dont nous avons les listes, fournit 8 maires à la cité.

Quels sont les noms de Wautier, Vinchent, Gille, Martin, Clément, Kignon, etc., qu'on voit accolés aux listes des mairies de bannières et que j'ai jugé inutile de reproduire. C'est une énigme historique dont j'ai vainement cherché la solution. Bouthors établit, dans le travail que je viens de citer, que les bannières n'étaient pas astreintes à choisir leurs maïeurs dans leur propre sein et qu'elles se les empruntaient quelquefois les unes aux autres ; c'est peut-être tirer de faits accidentels une conclusion générale. « Cela devait être, dit-il, car pour gérer les affaires de la corporation et surtout pour contrôler le compte des recettes et des dépenses des deniers communaux, il fallait au moins un maïeur sur deux qui sût lire et écrire. Cette double condition ne devait pas se rencontrer fréquemment chez les sueurs, les boulangers, les fourniers, les viésiers et les tisserands. » Les noms que j'ai signalés seraient-ils donc ceux d'agents municipaux chargés d'une certaine surveillance administrative des corporations.

En effet la seconde coutume d'Amiens rédigée au xiiie siècle dit que *li mestier de le vile doivent estre wardé par les eswar-*

deurs du mestier ki i sont assigné et se li eswardeur n'en faisaient leur devoir le maire i puet bien mettre deus eskevins avec aus ou autre boene gent sil veut. Dans cet ordre d'idées j'inclinerai volontiers à penser que ces noms pourraient être ceux de boene gent, ou de sergents à masse spécialement affectés à cette mission de suppléer aux connaissances qui pouvaient faire défaut aux eswardeurs et maïeurs des bannières.

(147) A partir de 1383, la nomination directe du Maire et des douze premiers échevins passe aux notables bourgeois chefs de famille, qui représentent, suivant une expression du temps, *la plus grande et la plus saine partie de la commune* et constituent une oligarchie qui se perpétue dans les charges et en exclue le bas peuple.

(148) Jehan de Beauval avait épousé D[lle] Jehanne Leureuse. (Comptes de 1385).

(149) Adam Du Croquet, époux de D[lle] Maroie Roussel. (Comptes de 1390).

(150) Jehan Piquet, écuyer, seigneur du Quesnel portait d'azur à la bande de gueules chargée de trois vases d'or accompagnés de six trèfles de même. (Daire, I, 78). — Villers de Rousseville lui donne échiqueté d'argent et d'azur de 25 pièces à la bande de gueules chargée de trois vases d'or.

(151) Fils de Philippe de Morviller, décédé en 1390.

(152) Les Flagos, enseigne de la rue des Vergeaux.
Colart Clabault avait épousé D[lle] Jehanne Jouglette. (Comptes 1409-1410).

(153) Cette mention s'explique par les faits suivants : En 1387, la ville n'avait point acquitté les aides quelle devait au roi. Les magistrats municipaux et certains notables furent arrêtés et gardés comme cautions du paiement de cette dette, ainsi que le prouve l'indication suivante :

« Pour bos (bois) accaté au mois d'octobre pour l'Oeürieul des Cloquiers quand MM[rs] mayeur et eschevins d'Amiens furent prisonniers du roy pour les restes que la ville devoit au roy nostre sire à cause de cest an XVIII s 6 deniers. (Comptes de 1387).

« Pour les despens de sire Willaume de Conti, maïeur, Pierre de Morviller, Jehan Beaupigne, Pierre Daoust, Robert Pinguet, Fremin de Labbeie et plusieurs autres lesquels étaient prisonniers as Cloquiers, détenus pour la justiche, que le receveur des aides faisoit faire sur la ville de iiij c livres qui estoient deu pour le remain de l'aide du roy nostre sire pour la garnison des forteresses pour ce lxxii sols. »

Il y avait donc urgence pour la liberté des cautions de faire rentrer promptement les sommes dues à la commune.

(154) Sire Pierre Darras époux de D^lle^ Anne de Saint-Fuscien. (Comptes de 1425-1426). — Il portait de gueules au chef d'hermine, comme le maire du même nom de 1266.

(155) Le 26 juin 1390 l'on posa la première pierre de la reconstruction de la porte Montrécu. (Reg. aux Comptes 1389-1390).

(156) Jehan Beaupigne époux de D^lle^ Philippe de Poulainville. (Registre aux Comptes Y, 12).

(157) Pierre de Thalemars époux de D^lle^ Jehanne Lecomte. (Comptes de la Ville).

(158) Sire Jehan Lorfevre avait épousé Isabelle de Saint-Fuscien et en eut une fille, Paquette Lorfevresse. (Registre aux Comptes Y, 3, 12).

(159) Sire Firmin Piédeleu portait d'or à trois molettes à six pointes d'azur.

(160) A partir de cette année le registre F commence, comme nous l'avons dit plus haut, p. 23, à enregistrer les nominations de certains officiers de la commune, ou des fermiers de certains offices, vendeurs de poisson, déchargeurs de vins, les réceptions de maîtrises, etc. La première mention, du 26 avril 1401, est la nomination de Périnot des Guardins dit Affiquet « né de Bouigniez en le chastelerie de Tournehen, comme waite du beffroi aux drois gages et profis acoustumés. » Les ventes d'offices de courtage

annoncées au son de la cloque aux ouvriers, se faisaient au devant de l'église Saint-Martin-aux-Waides, au plus offrant et dernier enchérisseur. Cet enregistrement était une des conséquences du procès survenu entre l'administration municipale et les mairies de bannières. Commencé en 1382, il durait encore dans les premières années du xve siècle. Sur de nouvelles plaintes formulées contre cette administration, le Parlement nomma de nouveaux commissaires enquêteurs. Nous savons peu de chose de ce qui se passa alors. Il résulte des rares documents que l'on puisse interroger, qu'Aléaume Cachemarée, substitut du procureur général, fit opérer la saisie de tous les titres de la commune, sommant, sous peine d'amende de 1,000 marcs pour la ville, les magistrats municipaux de fournir la déclaration et la situation des rentes à vie depuis 1371 jusques en 1402. Ils refusèrent d'obéir à cette sommation disant qu'ils ne pouvaient répondre pour un aussi long laps de temps. Sur l'incident qui s'éleva à cette occasion, un arrêt du Parlement donna raison aux magistrats municipaux en ce qu'Aléaume Cachemarée avait outrepassé les pouvoirs que lui avaient donné les commissaires enquêteurs, le président Henri de Marle et le conseiller Nicole de Biencourt, mais l'enquête n'en avait pas moins donné un résultat sérieux en substituant à la collation directe de la magistrature municipale l'adjudication publique et aux enchères des offices de courtage, la vente publique des denrées et marchandises aux halles, et en réglant enfin les attributions des officiers de la ville. (Voir Augustin Thierry, II, 2, 8, 12, 13, 16 et suiv.).

(161) Le maire, Jehan Piquet, maria, cette année, sa fille Catherine à Nicolas Accart que nous avons vu échevin en 1398. « A Jehan Malivore dit le Sage pour le paiement d'une kane de vin de Maconnois à lui accatée de par le ville d'Amiens et lequel par l'ordonnance et déliberacion de nos seigneurs maieur et eskevins faite en leur eskevinage a esté donnée et présentée de par icelle ville à dame Katrine Piquette fille de sire Jehan Piquet à présent maieur d'icelle ville aux noches de mariage, qui au plaisir dieu a esté fais et solempnisés en sainte église, d'icelle demoiselle

Katrine et de Nicolle Accart bourgois d'Amiens ; pour ce comprins le sallaire des descarkeurs de thirer ladicte kane hors du chellier dudit Jehan le Sage, et le manège à poullain et de raavaler à bout de poullain en l'ostel dudit maieur, Jau desdites noches ont esté fais et par semblable mandement xvii livres. » (Reg. aux Comptes Y, 3).

(162) Sire Jacques d'Embremeu avait épousé Isabelle Du Gard. (Comptes de la Ville). — Il portait d'azur à trois branches de laurier d'or.

(163) Jehan Plantehaie mari et bail de D^{lle} Jehanne de Hangard sa femme. (Reg. aux Comptes Y, 3, XII).

(164) Hue d'Aut avait épousé D^{lle} Guillaume de May. (Comptes de 1435). — Les kanes de la ville déposées dans l'hôtel du grand compteur et la suppression de l'office de faiseur des présents de vins sont encore un résultat de l'enquête de 1402. Ces présents avaient en effet pris un développement exagéré, et puisque le nom de grand compteur se rencontre ici sous notre plume, il ne nous paraît pas inutile de montrer le rôle que jouaient les quatre principaux officiers de la ville dans la manipulation des recettes et des dépenses communales.

Le grand compteur est, comme le dit fort bien Augustin Thierry, le ministre des finances de la cité ; les autres comptables ne sont guère que ses agents, ils reçoivent de lui les sommes nécessaires pour remplir les obligations de leur charge.

La ville d'Amiens possède 451 registres de ses comptes municipaux, source des plus intéressantes et des plus indispensables à consulter pour l'histoire de la cité. Divisés par chapitres, d'après une règle fixe que les comptables ont toujours rigoureusement observée jusqu'en 1789, ils sont, on le voit, faciles à consulter dès que l'on en a étudié un seul.

Les recettes du grand compteur se composent :

De la recette des compteurs de la ville d'Amiens, c'est-à-dire du reliquat de l'exercice de son prédécesseur ;

Des deniers mis en garde, tels que biens des mineurs et orphelins ou dépôts librement effectués ou résultant d'autorité de justice;

Des rentes et revenus de la Ville versés entre ses mains par le receveur spécial commis à cette fonction;

Des droits d'entrée des nouveaux bourgeois;

Du prix des rentes à vie ou perpétuelles créées par l'échevinage, en vertu d'une autorisation spéciale du souverain;

Du droit d'issue sur toutes les ventes immobilières faites dans la circonscription de la ville. Ce droit était du 20e du prix.

Des arrérages des cens, tailles, assises et aides dus à la commune;

De la taille des cens, des louages des maisons et des rentes à vie perçue en vertu de concessions spéciales du roi;

Des deniers prêtés pour emprunts temporaires;

De la recette commune, ou recettes de tous genres;

Du produit des aides accordées par le roi sur certaines denrées ou marchandises.

Ses dépenses se composent:

De l'arriéré des arrérages des rentes à vie;

De la restitution aux mineurs lors de leur majorité;

Des arrérages des boutés de deniers, c'est-à-dire des intérêts des sommes déposées entre les mains des officiers municipaux;

Des vieilles dettes pour travaux et ouvrages;

Du remboursement des prêts temporaires;

Des vieilles dettes communes; dans ce chapitre sont comprises les aumônes hospitalières;

Du paiement des redevances annuelles dues pour certains droits féodaux achetés ou pris à ferme;

De la redevance de la ferme de la prévôté.

Des aumônes de la ville et de l'acquit des fondations pieuses;

Des dépenses pour fait de guerre;

Des deniers fournis aux autres comptables pour le service de leurs fonctions spéciales;

Des émoluments dus au bailli d'Amiens ou à ses subalternes à l'occasion de certains actes de leur ministère, des frais des procès au bailliage ou en cour de parlement et de voyages nécessités par ces instances, des gages payés aux pensionnaires de la ville, aux sergents à masse de la mairie, aux divers fonctionnaires et agents de la commune, des frais de justice, des dons aux messagers, des frais des présents, du salaire des collecteurs de taille, des frais d'exécution des arrêts, des dépenses communes de l'hôtel-de-ville, des paiements d'immeubles acquis par la commune.

Le receveur des rentes placé sous ses ordres comprend dans sa recette tous les revenus de la ville, les cens et les rentes, les produits des halles et des marchés, celui des propriétés territoriales, soit qu'ils lui appartiennent à cause de la mairie ou commune, soit à cause de la prévôté. Ses dépenses se composent des arrérages dus sur les comptes précédents, des cens dus par la ville, des frais de sa gestion, des versements qu'il fait entre les mains du grand compteur.

Les comptes du maître des présents de vin et payeur des rentes à vie sont moins compliqués. L'argent qu'il a reçu des mains du grand compteur forme l'unique chapitre de ses recettes. Ses dépenses se bornent à l'acquit des rentes à vie et aux sommes payées pour les présents. Cette comptabilité est classée sous douze chapitres correspondant à chacun de l'un des douze mois de l'année. Mais dans cette comptabilité que de renseignements précieux ne rencontre-t-on pas à chaque ligne, soit sur les fortunes privées de certaines familles, soit sur les usages, les coutumes, les mœurs, les fêtes, les beaux-arts du moyen âge. Les présents de vin peuvent se diviser en deux classes bien distinctes. Ceux qu'Augustin Thierry appelle honorifiques sont offerts aux souverains, aux princes du sang, aux ambassadeurs, aux grands personnages, à l'occasion de leur entrée ou de leur passage dans la ville. Les autres sont donnés à titre de salaire ou de gratification. Ce sont, par exemple, ceux accordés aux ménestriers et trompette du beffroi qui jouent de leurs instruments au beffroi le jour de la saint Simon et saint Jude à l'occasion du renouvellement de la loi, ou la nuit de Noël, anniversaire de la naissance du Rédempteur, aux hérauts d'armes Saint-Omer, Artois, Franchevie héraut du comte d'Evreux, qui viennent annoncer les fêtes et tournois, à ceux qui apportent la bonne nouvelle du décès d'un rentier de la ville, aux ouvriers qui ont pris part à certains travaux d'utilité publique ou contribué par leurs peines à éteindre un feu de meschief, aux corporations à l'occasion de leurs fêtes patronales, aux congrégations religieuses, aux prédicateurs, aux joueurs de mystères, aux sergents qui ont accompagné le corps municipal dans les cérémonies, aux maïeurs, aux échevins des cités voisines qui passent ou viennent pour leurs affaires.

On les offre en mille occasions et la prodigalité dans ce genre de dépenses arrive à un tel développement que l'abus s'en fait sentir et qu'il devient nécessaire un jour d'y mettre un frein en 1405.

Malheureusement, à partir du XVIe siècle, ces registres aux comptes ne nous donnent plus que la somme totale par trimestre des dépenses occasionnées par les présents de vin ; le détail en était sans doute inscrit sur des registres particuliers aujourd'hui perdus, nous privant ainsi des renseignements si intéressants que contenaient leurs devanciers.

Simple aussi est la comptabilité du maître des ouvrages et des cauchies. Sa recette se borne à trois articles, les avances du grand compteur, le produit de la ferme des chaussées, la vente des vieux matériaux. La dépense comprend tous les frais occasionnés par les travaux exécutés pour le compte de la ville et classés sous différents chapitres relatifs à chacun des matériaux employés, mairien et aisselin, pierres, chaux, terres, sablons, corderie, soudure, etc., aux travaux à la tâche ou à la journée. On trouve, dans ces comptes, la valeur du salaire à toutes les époques, et toute l'histoire de la construction des édifices communaux.

Les comptes de ces quatre fonctionnaires étaient rendus annuellement en présence du receveur du bailliage, du maire et des échevins en charge, du maire de l'année à laquelle le compte se rapportait et des bourgeois convoqués à son de cloche à la Malemaison, local ordinaire des assemblées solennelles de l'échevinage.

Cette reddition de comptes était encore l'occasion de présents de vin distribués aux auditeurs.

Nous donnons ici une courte analyse des comptes de la ville d'Amiens à trois époques différentes, 1589, 1789, 1889, pour montrer quelles étaient alors les dépenses municipales.

Comptes de 1589-1590, sire Jehan Pèredieu, maieur.

Pensionnaires de ladite ville d'Amiens.

A sire Jehan Piédeleu, maieur, à cause de son palefroy	xx^{l}		
Jehan du Drac, advocat et conseiller de la ville en la court de parlement.	x^{l}		
Me Robert Lalemant, procureur et conseiller d'icelle ville en lad. court de parlement . .	xv^{l}		
Et pour ses clercs demi escu d'or valissant en la manière accoustumée		xvii^{s}	vi^{d}
Me Jehan Caignet, aussi procureur d'icelle ville en lad. cour de parlement	vii^{l}	xv^{s}	
Me Jacques Groul, advocat, conseiller d'icelle ville au siège du bailliage d'Amiens . . .	xii^{l}		
Me Jehan de Machy, aussi advocat et conseiller d'icelle ville audit lieu	x^{l}		
Jacques Lenglet, clerc de la ville et communauté d'Amiens	iiii$^{xx\,l}$		
Jehan de Bailli, clerc des comptes	xxx^{l}		
Guy de Talmas, procureur et conseiller d'icelle ville au siège du bailliage d'Amiens . . .	x^{l}	x^{s}	
Jehan Harlé, aussi conseiller d'icelle ville . .	x^{l}	x^{s}	
Anne Dainval, procureur d'icelle ville au siège et auditoire des Cloquiers	viii^{l}	x^{s}	
Linard Leclerc, aussi procureur d'icelle ville.	x^{l}	x^{s}	
Me Jehan du Bosquel, advocat et conseiller d'icelle ville en la court espirituelle d'Amiens.		c^{s}	
Baugois Loste, procureur et conseiller d'icelle ville en lad. court espirituelle	iiii^{l}		

Pierre Delessau, clerc de la prévôté d'Amiens.		lx^s	
Jehan Mahieu trompette d'icelle ville . . .		c^s	
Robert Parent, fermier et gouverneur de l'horlorge du beffroy de lad. ville	xii^l	vi^s	viii^d
Jehan Ogé, artilleur	xii^l		
Pierre de Dury, clerc des ouvrages de lad. ville, pour la penne de sa robe de livrée. . . .		v^s	
Pierre Tarisel, maçon, id.		v^s	
Jehan le Messier, maistre carpentier de lad. ville, id.		v^s	
Jehan Hargon, fondeur de lad. ville, id. . .		v^s	
Pierot Doyen, maistre paveur d'icelle ville, id.		v^s	
Sergens à mache de la prévosté d'Amiens . .		ccccxxxx^s	
Sergens à mache de la mairie d'Amiens, 4 à x^l x^s.	xl^l	xl^s	
Sergens des kanes, 4 à 30 sols		cxx^s	
Jehan Ostren, sergent à vergue de la compaignie M^r le maieur, gages et penne de sa robe.	xviii^l	xi^s	vi^d
Jehan de Lusières dit Maressal, sergent messier de lad. ville ès marets St-Pierre, Longpré et ès marets de le Karuée		lx^s	
Maistre Hacquin de Bergues, exécuteur de la haulte justice de lad. ville	xii^l	xii^s	vi^d
Commis aux présents de vin, au passage des waides, aux cervoises et goudales, aux blés, au licencié ès lois commis à connaître des causes touchant les aides mises sur la ville et la banlieue	xx^l	ccx^s	
Monsieur de Monsurres, capitaine de la ville.	viii$^{xx\,l}$		
Jehan Ostren, sergent à vergue pour la clôture et ouverture des portes	viii^l		
Robert Ringuet, pour l'ouverture et la clôture de la Barbacane et de rivière de Somme. .		lvi^s	
Jehan le Fournier, sergent du guet, pour avertir chaque jour les connétables et dizainiers à faire le guet et le resveil de nuit sur la for-			

teresse	iiij^{l}	xii^{s}	
Jacques Doblé, procureur, pour faire chacun jour les brevets que on baille aux sergents à mache, pour adjourner les portiers à garder les portes de jour et faire le réveil de nuit sur la forteresse	iiii^{l}		
Pierre de Gamache, Colart Canu, Jehan du Cange pour ouvrir au vespre et clore au matin les tours où l'on fait le guet. . . .	viii^{l}		
Aux guetteurs du beffroi d'Amiens, le jour. .		v^{c} xxxiv^{s}	
Id. id. de nuit. .		iii^{c} lx^{s}	
Id. de la porte Montrescu. . . .		iiii^{c} xxviii^{s}	
Portiers petits, veillans de nuit au pourche mond. s^{r} le Maire	xviii^{l}	viii^{s}	viii^{d}
Aux 24 sergents de nuit.	clxxx^{l}	cxx^{s}	

Total : 489^{l} 18^{s}.

Compte de 1789 :

	livres. sols.
M. Galand de Longuerue, maire, pour toque et palefroy de son cheval	120
M. Poujol, lieut^{t} de maire, pour robe et palefroy de son cheval	110
Droit de robe et toque à 6 échevins	600
Droits de confection de rôles de log^{t} et de capitation aux maire et échevins	540
M. Boistel, procureur du roi de la ville	600
Le Receveur comptable : néant; ses appointements étant assignés sur la caisse des octrois de l'eau-de-vie de la généralité.	»
M. Janvier, secrétaire greffier de la ville, appointements et frais de bureaux	2,400
M. Boulet, avocat de la ville	600
M. Janvier, comme archiviste, suivant délibérations des 12 février et 15 décembre 1786.	400
M. Dequen, procureur de la ville	60

M. Demailly, contrôleur des ouvrages	62^{l}	
M. Sellier, architecte de la ville	600	
Le Directeur des pompes de la ville (payé sur la caisse des octrois)	»	
M. Sellier, professeur à l'école de mathématiques. .	300	
M. Collignon, chirurgien des pauvres.	210	
Marguerite Préfontaine, veuve Brasseur, délib. du 4 septembre 1771, pension viagère et alimentaire.	200	
Quignon, commis à la capitation	600	
Wallet, commis aux billets de logement, 50 l. par mois.	600	
Duméril, maître des présents	100	
Duval, greffier des portes	63	
Glène, inspecteur de police	1,000	
Jacob, huissier de la ville	215	
Hoyer, horloger de la ville	150	
Aux 8 sergents à masse	162	
Bernaut, sergent messier	24	
Aux sergents de caisne	45	
Briquet, trompette de la ville	120	
12 sergents de ville	2,400	
Jean Dufossé, jardinier de la ville.	400	
Ch. Firmin Petit, geolier du beffroi	100	
Aux deux guetteurs du beffroi	400	
Concierge du logis du roy	Mémoire.	
Au guichetier du beffroi pour sonner la cloche de la retraite	24	
François Cahon, garde des portes de l'hôtel-de-ville.	300	
Portier de la porte Saint-Pierre	9	4
Id. de Beauvais	7	4
Id. de Noyon	9	4
Id. du Cours	7	4
Au chaînier du pont Ducange	12	
Au portier de la porte de la Barette	7	4
Total.	13,997	

Mais le total des charges municipales pour 1789 se montait en réalité à 15,759 livres, puisque 1,702 livres ne figurent pas dans le compte du receveur, soit par défaut de mandement en temps opportun, soit par vacances d'emplois.

Comptes de 1889 :

En 1889, les traitements et appointements payés par la ville d'Amiens aux secrétaire général et employés des bureaux de la mairie, architecte, inspecteur-voyer, directeur des plantations et leurs employés, commissaires de police, secrétaires, brigadiers et agents, gardes-champêtres, guetteurs du beffroi, employés d'octroi, du bureau de conditionnement, de la halle aux grains, de la poissonnerie, du marché Lanselles, du conseil des prud'hommes, des cimetières, du bureau d'hygiène, des inspecteurs des marchés, du balayage, pavage, trottoirs, macadam, chemins d'intérêt communal et ruraux, employés du service photométrique et hydraulique, sapeurs pompiers, professeurs et employés de l'école secondaire de médecine et de pharmacie, inspecteur, employés et professeurs des écoles supérieures de filles, de garçons, des écoles primaires des deux sexes, de l'école des beaux-arts, des cours communaux, de l'école de musique, les conservateurs et employés de la bibliothèque communale et du musée de Picardie dépassent le chiffre de *un million trente-cinq mille huit cent soixante-quatre francs vingt-cinq centimes.*

(165) Epoux de D^lle^ Ysabel de St-Fuscien. (Comptes de 1425-26). — Suivant Villers de Rousseville, veuve de Raoul de Morviller. Lenormand portait de sinople au lion d'argent.

En cette année 1407, l'échevinage sollicita de la cour le rétablissement des maires de bannière « veu que si les mairies de » bannière estoient remises et rendues à ladicte ville, ce seroit le » bien et profit d'icelle ville, et que les mayeurs de bannière » *se facent par mayeur et eschevins.* » Mais les demandes de la ville ne furent pas écoutées. En vain deux ans après, le 12 décembre 1409, adressa-t-elle une nouvelle requête, la royauté cherchait déjà à museler les tendances démocratiques des grandes villes manufacturières, en restreignant le rôle électoral des corporations des métiers, et la part qu'elles avaient prise aux mouvements de 1358 et de 1382 était encore trop présente à sa mémoire pour donner satisfaction à ce vœu. (Reg. aux délib., T. I, 18, T. III, 22, 23, 70, 78. A. Thierry, II, 41). — Contrairement à ce qui avait eu lieu autrefois, l'échevinage eût été nommé par des électeurs à sa dévotion, puisqu'il aurait eu le pouvoir d'élire les maires des nouvelles bannières suivant son bon plaisir et d'y mettre des hommes à sa dévotion.

(166) Sire Jean de Hangart avait épousé D[lle] Jehanne de Saint-Fuscien. (Comptes de 1425-26).

(167) En 1410 l'on réédifia le beffroi d'Amiens.

(168) Jean de Dours, receveur de la baillie d'Amiens, voulut retenir sire Fremin Piédeleu prisonnier à l'échevinage, sous prétexte de sommes dues au roi. Le procureur du roi s'opposa à cette prétention, les réclamations du receveur n'étant pas fondées, exigeant plus qu'il n'était réellement dû. C'était de sa part un acte de vengeance personnelle, ayant été démis par ce maire de ses fonctions de sergent à masse. (Délib., T. I, 85).

(169) Sire Jacques Clabault, fils de Pierre Clabault, époux de Jeanne Waquette. Il portait de sinople à la chaîne d'escarboucles pommetée d'or, comme Navarre, au franc quartier de sable, à la croix ancrée d'argent. (Voir *Hist. des Clabault*).

(170) Simon Mile, époux de Jeanne de Moreuil. (Comptes de 1425-1426).

(171) Sire Mile de Beri portait d'argent à la fasce denlelée de sable, à trois têtes de lévriers au collier d'or, deux et une, qui est d'Escharteau (Esserteaux). (La Morlière) — A la feuille de scie, mise en fasce, de sable, d'après Villers de Rousseville, qui lui donne pour épouse Alix de Conti.

(172) Jean de Courcelles, époux de D[llo] Clémence Lemairesse. (Comptes de 1435).

(173) Jean de Beauval portait de gueules à la fasce d'argent, chargée d'un lion passant de sable. (Villers de Rousseville).

(174) Wille de Saint-Aubin, époux de Dlle Guille Lemairesse. (Comptes de 1435).

(175) Henri Lemaître, époux de Dlle Jacques de Fontaine. (Comptes de 1425-1426).

(176) Sire Jacques du Carrel, époux de Dlle Guillaume de May. (Comptes de 1435).

(177) Michel de Hainaut, époux de Dlle Jehanne Ducrocquet. (Ibid.)

(178) Sire Jean de Morviller, fils de Philippe de Morviller et Dlle Thibaude Lenormant, avait épousé Dlle Gille Piédeleu. (Comptes de 1425). — La famille de Morviller portait d'or, à trois merlettes de sable, à la bordure engrêlée de gueules. (Villers de Rousseville). — Dans son *Catalogue des Maires* Daire l'appelle, par erreur, Jacques.

(179) Jacques de Gouy, époux de Dlle Marie Galete. (Comptes de 1435).

(180) Sire Pierre Clabault, fils de sire Jacques Clabault, maire en 1415, épousa, le 23 janvier 1422, Isabelle de Morviller, fille de Jean de Morviller, maieur en 1421. (Voir mon *Hist. des Clabault*, p. 28).

(181) Robert Lejeune, artésien, était natif de Lens ou d'Arras. Venu à Amiens vers 1380, il était entré au service d'un chanoine, Jacques le Petit, qui, lui reconnaissant de l'aptitude aux affaires, le plaça chez un praticien. Après avoir étudié le droit à Paris et pris ses degrés, de retour à Amiens, il fut nommé avocat et conseiller de la ville, il touchait pour cette fonction une pension annuelle de 40 livres parisis. Pourvu plus tard de celle de bailli de l'évêché, il sut, dans divers voyages en cour, se faire bien venir du roi d'Angleterre, Henri V, et du duc de Bourgogne. S'attachant à la fortune de ce puissant feudataire, il détermina en 1417, suivant le récit de Monstrelet, la ville de Beauvais à prendre le parti de Jean sans Peur qui, cette même année, lors de son séjour à Amiens, vint descendre chez lui. Au mois d'août

1420, le roi d'Angleterre, de concert avec le duc Philippe le Bon, le nomma son conseiller et bailli d'Amiens. En 1424 la ville, désireuse de se mettre bien dans les bonnes grâces d'un si puissant personnage, lui fit don de six tasses d'argent du poids de 9 marcs 7 estrelins. (Reg. aux Comptes, 20, Y, 3). Plus tard, pour lui aider à parfaire son chastel et forteresse de Contai, elle lui accorda encore un généreux don. (Reg. aux délib., T. 3, f° 69).

Homme dur et avare, suivant le témoignage de Monstrelet, La Morlière rapporte en outre qu'il se comporta dans sa charge « tellement à la faveur de ses deux maîtres, l'Anglais et le Bourguignon, qu'il fit bien que noyer, que pendre ou décapiter près de deux mille personnes trop plus de françois que l'on nomoit Armaignacs à cause de notre connestable de ce nom, que du party contraire. » Robert le Jeune exerça ses fonctions de bailli jusqu'à la conclusion du traité d'Arras, époque à laquelle Philippe le Bon lui donna le gouvernement de cette dernière ville. Connaissant la haine des habitants d'Amiens pour son autorité et ses extorsions, il dut accepter avec bonheur ce changement. Il vécut jusqu'à l'âge de 92 ans.

Robert le Jeune avait à Amiens son hôtel à l'enseigne du Leu, dans la rue Aux Fromages, au coin de la ruelle de l'église Saint-Remy. De son mariage avec Jeanne de Beauvoir, il laissa, entre autres, deux fils : Guillaume, tige de la maison de Contay, Jean, d'abord évêque de Mâcon en 1431, évêque d'Amiens en 1433, puis de Thérouanne et cardinal de la sainte Eglise romaine, mort en 1451.

La Morlière décrit ainsi ses armoiries : « Il porta quelque temps de gueules fretté d'argent, semé de fleurs de lys d'or, faveurs qui ne coûtaient guères à deux Henrys d'Angleterre couronnez roys de France dans Paris, et depuis écartelé au premier et quatrième, fascé d'argent et de gueules à la bordure d'azur, au second et troisième de gueules à deux bars adossez d'or, accompagnés de quatre trèfles de même, sur le tout d'argent au chef d'azur.

(182) Jean Lorfevre avait épousé une fille de Jacques Clabault l'aîné, maire en 1411, 1415.

(183) Cette année 1425, le 12 juillet, l'on posa la première pierre du pont de Baraban.

(184) La Maison de Saint-Ladre destinée à recevoir les habitants atteints de la lèpre avait des revenus assez considérables. Il était nécessaire de constater l'état de ses biens. L'échevinage, chargé de l'administration de cet hôpital, fit, à cette époque, renouveler l'inventaire des possessions de cet établissement. Les archives municipales d'Amiens conservent encore ce document. Il porte pour titre : « Registre et Cartulaire des cens, rentes, » louages de maisons, revenues et appartenanches appartenans à » la maison de Saĩt-Ladre d'Amiens, renouvellé par Pierre de » Le Planque, sergent à mache de la ville d'Amiens, comiz par » messs maïeur et eschins d'icelle ville d'Amiens au gouvernemet » d'icelle maison encommenchie à renouveller le lundi xv jour » d'avril l'an mil cccc et vint six, sire Pierre Clabault, maïeur, » oudit an. »

(185) Lors de son élection, sire Mile de Bery était en voyage à Bruges pour ses affaires. Pierre Clabault le substitua jusqu'au 7 novembre, jour de son retour.

(186) Il y a, à cette époque, deux échevins du même nom, Jean Lecarpentier et Jean Lecarpentier l'aîné. Je ne sais auquel des deux attribuer pour femme D^{lle} Philippe Bachelière. (Comptes de 1435).

(187) Nous avons déjà vu, sans pouvoir en expliquer la cause, la dérogation faite aux usages de la ville par la continuation comme maire de Bertremieu du Caurel en 1256, de Nicole Bernier en 1263, de Liénart le Sec en 1309. Nous allons voir une nouvelle dérogation en faveur de Mile de Beri qui, élu en 1429, est continué en 1430, 1431, 1432. Mais ici le fait s'explique par la gravité des événements. La domination anglaise entre dans une période de décadence, le sacre de Charles VII, les dissentiments qui règnent déjà entre le duc de Bourgogne et le duc de Bedford, régent de France pour le roi Henri VI, les succès des armes françaises sapent la puissance de l'envahisseur ; le duc de

Bourgogne, qui déjà convoite la possession des places fortes de la Somme, faisait faire aux Amiénois des offres de service et leur demandait d'être ses bons et loyaux voisins. Aussi par crainte d'élections qui pourraient mettre à la tête de la cité des hommes nouveaux, le régent décida-t-il de continuer la loi de la ville dans son état actuel pour un an. En 1430, on agit encore par persuasion auprès des représentants élus de la ville, les années suivantes on leur imposera, par contrainte, l'acceptation du mandat impératif qu'on leur donne.

(188) Mile de Bery s'était, si l'assertion de Villers de Rousseville, note 171, est exacte, remarié en 1424 ; il avait épousé D[lle] Guillaume Demay, veuve de sire Jacques Du Quaurel et de feu Hue Daut. (Reg. aux Comptes, 20, Y, 3, Y, 6, 1435).

(189) Comme les échevins négligeaient trop souvent de venir aux Cloquiers pour assister le maire et le prévôt dans la tenue des plaids, pour obvier au préjudice que le retard des jugements pouvait causer aux droits des parties, il fut arrêté, le 29 décembre, que trois échevins seraient par semaine entière à tous les jours de plaids, tant qu'ils seraient expédiés, et que les amendes des défauts donnés en mairie et en prévôté seraient dorénavant perçues au profit de ceux qui auraient tenu les audiences, autant pour le maire que pour les échevins.

(190) Hue de Lesmes avait épousé D[lle] Marguerite de Berneux. (Comptes de 1435).

(191) Picquet, dit Archembault, époux de D[lle] Jehanne de Hangard. (Comptes de 1424-25).

(192) Aussitôt après le traité d'Arras (septembre 1435) qui scellait la réconciliation du roi légitime de France, Charles VII, et du duc de Bourgogne, Philippe le Bon, et donnait à ce prince la possession si ardemment convoitée par lui des villes de la Somme, Jean de Brimeu, seigneur d'Humbercourt, chambellan et conseiller du duc, avait remplacé dans le bailliage Robert le Jeune devenu odieux à la population amiénoise.

La prise de possession des villes de la Somme en 1435 par

Philippe fut, à Amiens, marquée par une violente insurrection. Les habitants, qui lui avaient député leur avocat, Tristan de Fontaines, pour obtenir la remise de leurs tailles, voyant qu'il ne les soulageait en rien du fardeau des subsides, commencèrent à dire que le bon roi Charles ne voulait point qu'ils fussent ainsi chargés d'impôts et que les villes restées sous son obéissance étaient beaucoup plus heureuses. Animée par les réponses que Tristan de Fontaines rapportait de son infructueuse ambassade, la plus grande partie des bouchers et de la populace ayant élu pour capitaine un nommé Honoré Cokin et forcé le maire, Jean de Conti, à se mettre à leur tête, coururent chez Pierre Leclerc, prévôt du Beauvaisis, qui de même que Robert le Jeune, bailli pour les Anglais et les Bourguignons, s'était fait en Picardie une grande renommée de rudesse et d'avarice, pillèrent sa maison, burent son vin, le saisirent dans le poulailler d'un pauvre homme chez lequel il s'était réfugié et lui coupèrent le hatrel (la gorge) en plein marché avec un sien neveu. A cette nouvelle, le duc expédia en hâte le sire de Brimeu et le sire de Saveuse, qu'il venait de nommer bailli et capitaine de la ville. Le comte d'Etampes et le sire de Croy les suivirent de près avec les archers de sa garde. On commença par amuser les mutins avec de belles paroles; quand on fut en force, on se saisit du Beffroi et des principales places. Le comte d'Etampes fit publier au nom du roi et du duc d'avoir à payer l'impôt, faisant grâce aux habitants, hormis aux chefs de l'insurrection. Vingt ou trente furent décapités, une cinquantaine bannis.

(193) Sire Jehan Delabbye, seigneur de Taisny et de la Mairie en Estouvy. Il portait de gueules à la bande d'azur, chargé de six bars adossés d'or, accompagnés de trois trèfles de même. (La Morlière).

(194) Sire Guillaume de Conty avait épousé D^lle^ Marie Accart, fille de Nicole Accart.

(195) Alphonse Lemire, ancien valet de chambre du roi Charles VI, receveur des aides, et sa femme, Massine de Hainaut,

avaient donné des sommes considérables de leurs biens pour la construction des orgues de la cathédrale d'Amiens. Le chapitre, en reconnaissance, leur accorda les honneurs de la sépulture dans son église; leur tombe de cuivre, placée au milieu de la nef, sur laquelle ils étaient représentés tenant tous deux le modèle du buffet d'orgue qu'ils avaient donné, fut détruite en 1793. L'inscription qu'on y lisait faisait connaître que Lemire était né à Béthencourt en Beauvoisis.

(196) Sous cette mairie de Pierre Clabault, pour mettre un terme aux litiges trop souvent élevés sur l'authenticité des chirographes par des débiteurs ou des parties de mauvaise foi, il fut arrêté que, dorénavant, les lettres contenant transports, baux à cens, ventes ou achats de cens, rentes, maisons, jardins, terres et héritages, seraient enregistrées sur un registre en parchemin, signées du clerc de la ville et renouvelées par année de mairie, et que les expéditions qu'en pourraient demander les parties leur seraient délivrées signées de ce scribe et revêtues du petit scel de la commune. Commencés en 1441 et s'étendant jusques à l'année 1621, les registres aux contrats forment une série de 144 volumes dans lesquels on retrouve les renseignements les plus précieux sur la fortune et la situation des anciennes familles amiénoises.

(197) Pierre De May, seigneur de Saint-Gratien (Daire). — Il portait d'or au chevron d'azur. (Villers de Rousseville).

(198) Isabel de Hangard, vesve de feu Simon Dipre. (Reg. aux délib., T. IX, 65).

(199) Armoiries comme Jean de Saint-Fuscien, en 1270, avec un lambel d'azur à trois pendants. (Villers de Rousseville, v. note 4).

(200) Aubert Fauvel portait d'azur à la croix ancrée d'argent, cantonnée de quatre étoiles d'or. Il avait épousé Isabelle Dippre. Il mourut le 20 mars 1485 et fut inhumé avec sa femme dans la chapelle qu'il avait fait ériger dans le cimetière Saint-Denis pour leur servir de sépulture et à tous ceux de sa famille et postérité. (Pagès, T. I, p. 144). — Aubert Fauvel était l'un des plus riches

bourgeois d'Amiens, ainsi que le prouvent les nombreux actes inscrits sur les registres aux contrats.

(201) Philippe de Morviller. (Voir ses armoiries déja données, note 178).

(202) Cette famille avait adopté des armes parlantes : d'azur à trois perdrix d'or, deux en chef, une en pointe. (Pagès).

(203) Il fut tué par sa faute, dans l'exercice de ses fonctions, par la chute d'une poutre qui l'écrasa. (Reg. aux délib., T. VIII, f° 70).

(204) « Le jeudy xiii[e] jour de janvier l'an mil iiij[c] lvi, vers vi heures du matin, sire Pierre Demay maieur d'Amiens ala de vie à trespas pour laquelle cause ledit sire Guille de Bery que ledit feu sire Pierre de May avoit ordonné son lieutenant, fist assembler ledit jour au matin en l'ostel des Cloquiers, sire Jehan Lorfevre, sire Philippe de Morviller, Jaque Clabaut, Nicole de Lully, Aubert Fauvel, Pierre Lecomte, Jaque de Gouy, Thomas de Hénaut, Pierre du Gard, Jehan Warnier, Jehan Lecarpentier, Jehan Murgale, eschevins, sire Guille de Conti, maistre Jehan de Fontaines, maistre Jehan Ducaurel, Me Jehan du Bosquel, Guy de Talmas, Jehan Dobé, conseillers, et Colart le Rendu, grant compteur de ladite ville pour avoir advis et conseil que bon seroit à faire et comment ledit eschevinage se gouverneroit sur le fait dud. trespas et quel honneur ils feront audit feu maieur, lesquels conclurent et délibérèrent que c'estoit bien raison que on fist audit maieur le plus d'onneur que on porroit, considéré qu'il représentoit la personne du roy et estoit en son office chief de la cité et pour ce seront faites aux despens de la ville xii torses de chire à chacune desquelles aroit un escuchon des armes de la ville pour accompaigner le corps honnorablement, lesqueles torses seront portées par les compaignons porteurs des canes et officiers vestus des petis draps de la ville, et si porteront ledit corps dudit maieur en terre viii eschevins vestus de manteaux noirs et tous les autres eschevins aront aussy, revenus dudit enterrement chacun mantel noir vestu, sans en ce touchier en riens aux torses que les

parens et amis dud feu aront, et ainsy fut faict et ordonné et le portèrent en terre Jehan le Séneschal, Jehan Warnier, Butor de Coquerel, Nicole de Lully, Jehan Murgale, Jehan de Vaulx, Aubert Fauvel et Pierre Lecomte, eschevins, et fu enterré au chimentière saint Denis avec ses autres parens et amis et oultre ordonnèrent lesd. eschevins et conseillers que ils impétreront un mandement du roy sy adreschant à Mons. le bailly d'Amiens pour renouveler ledit office de maieur et que celuy que l'eschevinage esliroit serait maieur sans faire assembler le peuple en hale et leur sembloit qu'il porroit souffrir que ledit eschevinage esleut leur maieur pour exercer l'office jusques au jour saint Simon et saint Jude prochain venant, et prestement lors fu faite une minute pour impétrer ledit mandement et fu chargié ledit Guy de Talmas procureur de la ville pour l'aler impétrer à Paris, mais pendant que ledit Guy demourra tans qu'il ait apporté ledit mandement, mesdis sieurs ordonnèrent que ledit sire Guillaume exerceroit ledit office et contenoit ledit mandement que le roi autorisoit ledit exercice, pour ce que ledit office ne peut vaquiez pour les grans affaires qui de jour en jour porroient sourvenir et sourvenneront à ladite ville. » (Reg. aux délib., T. VIII, 48).

(205) « Et pour ce led. s[r] Philippe maieur estoit absent et alé en pèlerinage à Notre-Dame de Liesse, lesd. eschevins délibérèrent de le envoier quérir et furent faire lettres closes à lui adréchans adfin qu'il retournast le plus brief qu'il porroit en lad. ville et y envoièrent Jehan le Bourgois clerc des comptes de lad. ville porter lesd. lettres aud. mons[r] le maieur et oultre délibérèrent que lendemain ils yroient en l'eschevinage faire les xii eschevins et le prévost en la manière acoustumée. Mais quant au disner que chacun est acoustumé faire lendemain de le St Simon, ils dirent qu'ils surceoiroient jusques à la venue de mondit sieur le maieur. » (Reg. aux délib., T. VIII, 70).

(206) Reg. aux délib., T. IX, f° 1.

(207) Hue de Courchelles portait écartelé au un et quatre d'or à trois roues de gueules, au deux et trois d'azur, à un pélican

d'argent dans son aire ensanglantée de gueules. (Villers de Rousseville).

(208) Philippe de Morviller, cousin du chancelier de France Philippe de Morviller, ayant offert aux magistrats municipaux de s'employer auprès de lui « de tout son pooir, comme pour soy mesme pour le bien de la ville » fut, avec Jean Harlé, chargé de solliciter un mandement qui permît aux habitants de renouveler la loi, chaque année, à perpétuité, sans avoir besoin d'en solliciter un spécial tous les ans, comme d'imposer les aides nécessaires et l'autorisation de tenir une franche foire annuelle, de huit jours, à la Saint-Firmin, en septembre, que l'on dit au Barat. (Reg. aux délib., T. IX).

(209) Me Jehan Jouglet, licencié en droit et conseiller au siège du bailliage d'Amiens. (Reg. aux Comptes, Y, 3, 1470-71).

(210) Me Jehan de Fontaines, conseiller de la ville. (Ibid).

(211) Le 21 novembre, Jean, seigneur de Lannoy et de Rume, chevalier, conseiller et chambellan du roi, bailli et capitaine d'Amiens, vint dans cette ville et montra ses lettres de provision du roi, pour y exercer ses emplois. Le 23 février il choisit pour son lieutenant Philippe de Morviller. La ville d'Amiens ainsi que les autres villes de la Somme venaient, suivant les stipulations du traité d'Arras, d'être rachetées par Louis XI, qui y remplaça les fonctionnaires bourguignons par des serviteurs à sa dévotion ou des membres de la famille de Croy qui avaient facilité cette rétrocession du vieux duc Philippe le Bon, malgré l'opposition de son héritier, le comte de Charolais. Jean de Lannoy appartenait à cette famille. Les commissaires royaux avaient pris possession de la ville le 3 novembre 1464. (Reg. aux Chartes, E, fos 110, 119).

(212) Au moment où les membres de l'échevinage, réunis à la Malemaison, allaient procéder aux élections municipales, un bourgeois, Hue de Lesmes, remit aux mains du maïeur sortant, Jehan de May, une lettre du roi, datée de Novion, du 13 septembre précédent, par laquelle il annonçait que « duement adverti du

» sens, loyauté, prudhomie et bonne diligence de son amé et féal » conseiller et échanson, Philippe de Morviller, écuyer, et pour » certaines autres causes à ce le mouvant, il l'avait nommé comme » maïeur d'Amiens pour trois ans, ainsi qu'il avoit exercé cette » fonction ès années qu'il avoit été déjà maïeur de cette ville. » Après avoir entendu la lecture de cette missive et délibéré sur la conduite à tenir, on arrêta de s'adresser à Philippe de Morviller lui-même, pour le prier de renoncer au privilège dont il était l'objet, lui certifiant que ses services passés et sa popularité lui assuraient d'avance la nomination. C'était, on le voit, un moyen détourné de sauvegarder le principe de la liberté d'élection. Jehan de Fontaines, Jehan du Quaurrel, Jacques Clabault, Jehan Lenormand, Colard le Rendu et Gilles de Laon lui furent députés. Mais il leur répondit que puisque telle était la volonté du roi, il devait se montrer content et voulait lui obéir. Devant cette décision, et pour consacrer les droits de la cité, l'assemblée conclut à élire comme par le passé trois candidats, mais en proposant en première ligne celui choisi par le roi Les noms de Philippe de Morviller, de Jehan Lenormand et de Jacques Clabault furent donc présentés au peuple réuni à la Halle. Philippe de Morviller fut naturellement élu. Alors sur la demande qui lui en fut faite, Jacques du Vinage, lieutenant du bailli d'Amiens, donna lecture des lettres royales qui lui avaient été adressées au sujet de la nomination du maire. Par cet écrit, Louis XI affirmait nettement qu'à cause de sa souveraineté et majesté royale « à lui » seul compétoit et appartenoit le gouvernement général et admi- » nistration de son royaume, soit en offices, juridictions ou autre- » ment et aussi en toutes bonnes villes et cités et mairies, lois et » échevinages, lesquels mairies, loys et échevinages, il pouvoit » renouveler, créer, ordonner à son bon plaisir et volonté sans » que nul y eut à voir et congnoitre, qu'en la ville d'Amiens ses » prédécesseurs avoient dès longtemps ordonné maire, échevins, » loy, corps et communauté, laquelle loy se renouvelait d'an en » an et par grâce au jour Saint-Simon-Saint-Jude, par lettres » royales obtenues chaque année de ses prédécesseurs comme de

» lui-même depuis son avènement à la couronne, et qu'usant de » ses droits et prérogatives royales, il donnait pour trois ans la » mairie à Philippe de Morviller. » Celui-ci fut donc, bon gré mal gré, reçu maire pour cette durée, et l'élection des échevins et des officiers de la commune fut ensuite régulièrement faite en la manière accoutumée.

(213) Simon Pertrisel, marchand ou tavernier, maître de la confrérie de Notre-Dame du Puy, avait en 1452, année de sa maîtrise, donné le tableau annuel représentant la vision de Jacob et portant le refrain palinodial : *Digne eschielle de terre où ciel l'adresse.*

(214) Quels motifs déterminaient Philippe de Morviller à résigner si vite son mandat triennal? de graves circonstances politiques. Le 29 octobre, à la suite de la guerre de la Ligue du Bien public, Louis XI avait signé l'humiliant traité de Saint-Maur qui restituait au comte de Charolais les villes de la Somme. Amiens fut remis à ses commissaires le 25 novembre. L'homme de confiance du roi ne pouvait rester maire du Bourguignon. Il déclara qu'il était content que nouvelle élection fût faite, nonobstant ses lettres desquelles « il ne se voloit aidier néant plus avant que ladite première année ». Jacques Clabault fut élu maïeur, au scrutin secret. Ensuite l'assemblée présidée par Jean du Caurel, bailli d'Amiens, arrêta des dispositions en vue des élections futures, portant qu'à l'avenir l'échevinage serait renouvelé régulièrement chaque année, en se conformant aux anciennes règles sur les liens de parenté ou de consanguinité des magistrats municipaux, que les administrateurs ou percepteurs des deniers communaux ne pourraient exercer les fonctions d'échevins sans avoir rendu et fait arrêter leurs comptes, que pour entrer dans l'échevinage on serait tenu de manifester l'intention de résider en ville durant toute la durée du mandat qu'on recevait, et que le maître des présents, renouvelé tous les ans, ne pourrait désormais offrir les vins de la ville sans l'autorisation écrite du Maire. Le scrutin secret que nous voyons paraître en cette occasion, constitue une importante

modification dans la procédure des usages électoraux. La désignation des trois candidats à la mairie, par les échevins sortants, avait amené de regrettables abus. Dans le principe, chacun des échevins émettait hautement son opinion, mais ce mode, en raison des compétitions de famille ou de position et d'influence plus ou moins prépondérante de celui qui émettait son avis, donnait lieu souvent à d'orageux débats. Aussi en 1460 « afin de demourer toujours l'un avec l'autre *en plus grande fraternité* », fut-il décidé qu'au lieu de donner son avis de vive voix, l'on déposerait en un brevet par écrit les trois noms, et que le dépouillement de ces bulletins, fait par le clerc de la ville, serait porté en la Halle suivant l'usage.

(215) Jacques Clabault, fils de l'ancien maire de 1411 et 1414, avait épousé D^lle^ Jehanne Postelle en 1453.

(216) Depuis 1407, c'est la première fois que le nom du maître des présents reparaît sur la liste des officiers de la ville, après cinquante-huit ans de suppression de cet office, mais il n'y figure pas en 1468, reparaît en 1470 et disparaît en 1472 définitivement.

(217) Jehan Lenormant, seigneur de Trouville et de Briquemesnil. (La Morlière).

(218) Sire Guillaume de Bery mourut en exercice le 22 mai 1471, à Paris, au cours d'un voyage qu'il y avait fait. Il fut enterré dans le couvent des Cordeliers de cette ville. Jean Ducaurel le suppléa. (Lamorlière; Reg. aux délib., T. XI, 17).

(219) Le 28 novembre 1470, M. de Crévecœur présenta les lettres du duc de Bourgogne qui l'établissaient capitaine d'Amiens, en place du seigneur de Monsures qui l'était auparavant « *et qui s'est absenté et party de ladite ville et du pays et s'en est alé où bon lui a semblé.* »

Le 2 février la ville d'Amiens étant rentrée volontairement sous la puissance du roi, le 15 du même mois, Antoine de Chabannes, grand maître d'hôtel de France, lieutenant du roi au pays de Beauvoisis et aux marches de Picardie, nomma pour capitaine

Messire Antoine de Rivery, chevalier, seigneur dudit lieu et de Villers.

(220) Antoine, fils de sire Pierre Clabaut, époux en premières noces d'Isabelle Fauvel, et en secondes d'Eléonore Ducaurel, veuve de Jehan Dugard. (Voir mes *Clabault*).

(221) Antoine Caignet portait d'argent à trois aigles de sable. (Villers de Rousseville).

(222) Firmin Lenormant, déjà maire une première fois en 1469, était, d'après La Morlière, seigneur de Hourges et de Longpré-lès-Amiens. Maître de la confrérie de N.-D. du Puy en 1479, il fit don du tableau portant pour devise : *Médicinalle et fructueuse olive.*

(223) Après l'avortement de l'expédition anglaise d'Edouard IV et les trèves de Soleure conclues avec le duc de Bourgogne, Louis XI avait mandé près de lui le Maire d'Amiens, pour lui expliquer ses vues ultérieures ; la lettre suivante les fait connaître.

« A NOS TRÈS HONORÉS SEIGNEURS, MESSIEURS LES ESCHEVINS
» DE LA VILLE ET CITÉ D'AMIENS,

» Très honorés seigneurs, nous nous recommandons à vous
» tant plus que povons et vous plaise savoir que jeudy dernier le
» roy arriva à Compiègne, auquel nous parlâmes et nous recheut
» très bénignement de sa grâce et nous dit et déclaira comment
» il avoit treuves l'espace de ix ans avec les Bourguignons, et
» qu'il voloit que durant iceulx ix ans, nous trouvissions manière
» de nous garder de nous-mesmes sans avoir aucune garnison et
» que meissions tèle police et provision entre nous que par notre
» faulte ou négligence, aucun dangier ou inconvénient ne s'en
» puist ensuivre et nous semble par ce que nous avons oy de lui,
» que son bon plaisir est de deschargier du tout sa ville d'Amiens
» de gens de guerre, et pour ce, Messeigneurs, que la chose
» touche à ung chacun, nous vous prions que veuillez aviser par
» delà quelque bon expédient et la manière comment nous y
» porrions parvenir de nous-meismes et nous rescripre votre avis,
» le plus brief que faire porroit. Le roy se délogea hier dudit

» Compiègne et s'en ala à Senlis et nous commanda que le suis-
» sions et que illec ils nous expédieroit et à nous intencion que
» Monsr de Saint-Pierre et Monsr Du Bouchage retournent par
» deça, il nous expédiera. Nos très honorez seigneurs, notre sei-
» gneur soit garde de vous et vous doint accomplissement de vos
» bons désirs, bonne vie et longue et Paradis enfin. Escript à
» Paris, ce samedy viie jour d'octobre. Et au-dessoux estoit escript:
» leurs tous vostres: Anthoine Clabault, Aubert Fauvel, Jaque
» Groul. »

Au retour de ce voyage Clabault fit connaître que l'intention du roi était que la ville fût bien et diligemment gardée et que les plus grands et notables s'entretinssent ensemble pour la garde d'icelle et l'entretènement de la loi. Le maire avait répondu à ce prince que la loi ne permettait pas de mettre dans l'échevinage deux frères, deux cousins-germains, l'oncle et le neveu ensemble, ni le gendre d'un échevin avec son beau-père, et ainsi de lignage en lignage. Mais Louis XI avait alors déclaré qu'il n'entendait plus que cette ordonnance fût continuée en cette manière, mais bien que tous les gens notables de la ville fussent de la loi, autant que ladite loi pourrait monter, sans avoir égard au lignage en quelque manière que ce fût, qu'il voulait que sa ville fût bien gardée, et que les gens de bien commis pour la gouverner fussent « chacun jour ensemble à boire et manger comme estoient ceux de Metz en Lorraine qui chaque jour buvaient et mangeaient ensemble, et par ainsi ils savoient quelles nouvelles venroit en ville. »

En conséquence de ce désir furent choisis pour échevins sire Philippe de Morviller, sire Jacques Clabault, sires Fremin et Jean Lenormant, Jehan Murgale l'aîné, Aubert Fauvel, Me Jehan Leclerc, Jehan du Gard, receveur, Nicole de Lully, Riquier de Saint-Fussien, Simon Pertrisel, Jehan Warnier et Jehan Crochet. Jacques Clabault est le cousin germain et Aubert Fauvel le beau-père du maïeur.

Par lettres datées du Plessis-du-Parcq-lès-Tours, le 24 janvier 1475, Louis XI reconnaissant, pour l'avoir vu à l'œil et de l'avis de ses chefs de guerre, que les vieilles murailles et les vieux fossés de la ville étaient préjudiciables et dommageables à sa sûreté, en ordonna la démolition et le comblement, « et confiant dans leur sens, loyauté, grant diligence et expérience en pareille matière, » commit le maire Antoine Clabault et le greffier Pierre de Machy pour l'exécution de cette décision et M. Jehan de Machy pour faire le paiement des deniers nécessaires pour ces travaux. Etienne Chambellan, sieur de la Millandres, conseiller du roi et contrôleur général de son argenterie, fut bientôt envoyé à Amiens, porteur de lettres missives à ce sujet.

Antoine Clabault mena à bonne fin la démolition de la vieille forteresse et l'on poussa activement les travaux de la nouvelle enceinte qui n'avaient été qu'ébauchés en 1346. Aussi un poète anonyme du XVIe siècle, célébrant les vertus de la famille Clabault, a-t-il pu dire avec raison :

Par leur songneuze cure
Se dressa la ceynture
Qui enferme dedans
Cette ville frontyère
Notre beau cymetière
Et les trois mandians.

Voir pour cet agrandissement d'Amiens : La Morlière, Daire, Goze, Dusevel et A. Thierry, T. II, p. 368 et suiv.

(224) Robert Auxcousteaux était docteur en médecine. (Voir mes *Clabault*, p. 204).

(225) Le 20 octobre 1479, les trois candidats pour la mairie étaient Clabault, Lenormant et Caignet, mais on vint dire aux électeurs de la part de Jehan Harlé, lieutenant du bailli, et des gens du roi qu'ils ne procédassent pas plus avant à l'élection. Ces officiers descendus des Halles étaient venus avec plusieurs habitants à la Malemaison. Là, par la bouche de maître Jehan Vilain, avocat et conseiller du roi notre sire en ladite ville d'Amiens, « fut dit parlant audit sire Anthoine Clabault comment ledit jour » ils avoient esté assemblés avec lesdits habitants en ladite halle

» pour procéder au renouvellement de ladite loy comme il estoit » accoustumé faire chacun an, là où de l'advis et consentement » de tous lesdits habitants pour le bien et honneur de sa personne » et aussy pour le bon et louable service qu'il avoit fait au roy en » ladite ville ou gouvernement et bonne police de la chose publi- » que d'icelle ville l'année de ladite mairie dernière et paravant » en autres années qu'il avoit esté maire, ils avoient continué » icelluy sire Anthoine Clabault maïeur d'icelle ville pour un an » commençant ledit jour Saint-Simon-Saint-Jude, aussi lesdits » prévôt, eschevins, le grant compteur, le receveur de rentes et » le maître des ouvrages qui y avoient esté ladite année passée, » en requérant audit sire Anthoine que ce il volsist accepter, ce » que par luy après aucunes remonstrances et excusation fut fait » et fist le serment en tel cas accoustumé comme pareillement » firent lesdits eschevins et officiers et au lieu de feu Jehan Héren- » gier qui estoit eschevin en ladite année passée fut nommé » Nicolas le Rendu bourgeois de ladite ville, mais comme pour » ce qu'il estoit proche parent et de lignage dudit Godefroy de » Chaulnes eschevin, il fut dit que mesdits sieurs en feraient un » autre en leur échevinage. » (Reg. aux Délib.).

(226) Jean Dugard, dit petit Gard, licencié ès-lois, élu pour le roi, maître du Puy, en 1484, donna le tableau portant pour devise: *Isle de mer, d'aménité remplie.* Il portait d'azur chargé de trois jars d'argent, becqués et membrés de gueules, 2 et 1, à la bordure componée d'argent et de gueules.

(227) « Ledit jour en procédant par mesdis sieurs oudit esche- » vinage à l'ellection de ceulx qui en icelluy eschevinage auroient » esté portez pour de l'ung d'iceulx estre fait maieur ceste année » présente et ainsy qu'on regardoit les brifnefs baillés en la ma- » nière accoustumée lesquels desdits portés ausdis avoient le plus » de voix est assavoir sur sire Anthoine Clabault, sire Jehan » Lenormant et sire Fremin Lenormant, sire Jehan de May et » sire Anthoine Caignet qui estoient ceulx qui avoient le plus » grand nombre de voix pour les trois d'iceulx estre portez en la

» halle ainsi qu'il est accoustumé faire, Jehan Harlé lieutenant de
» Monsr le bailly d'Amiens, maistre Jehan de Saint-Delis licencié
» ès loix, avocat, et plusieurs autres, vinrent oudit eschevinage
» par devers mesdits sieurs par lequel lieutenant fust, dit et
» remonstré parlant oudit sieur Anthoine, comment ledit jour,
» mondit sieur le bailly d'Amiens, les avocats et conseillers du
» roy et les bourgeois, manans et habitans de lad. ville en grant
» nombre, avoient esté assemblez en la Halle d'icelle ville en la
» manière accoustumée pour par icelluy mons^r le bailly procéder
» au renouvellement de la loy, et que par l'advis et du consente-
» ment de tous lesd. habitans, led. sieur Anthoine Clabault pour
» le bien et honneur de sa personne, et aussy pour le bon et loable
» service qu'il avoit fait au roy notre dit seigneur et à lad. ville
» et habitans, au gouvernement et bonne police de la chose public-
» que d'icelle ville l'année de sa mairie dernière et paravant en
» autres années qu'il avoit esté maïeur, avoit esté continué maïeur
» d'icelle ville avec lesd. prévost, échevins, le grant compteur, le
» receveur des rentes, le maistre des ouvrages, ainsy qu'ils avoient
» esté l'année passée, en requérant audit s^r Anthoine que ce il
» volsist accepter et aler en lad. halle pour faire avec lesdits offi-
» ciers les sermens que tel cas requiert. A quoy par icelluy sire
» Anthoine a esté respondu qu'il remerchioit mondit sieur le bailly,
» lesdits lieutenant, officiers du roy et lesd. habitans de l'honneur
» qu'ils lui faisoient et avoient fait, mais toutes voies pour ce qu'il
» avoit esté oudit office de maïeur par trois années continuelles,
» où il avoit eu de grandes peines et travaux et aussy qu'il y avoit
» de gens notables oudit eschevinage qui porroient estre oudit
» office comme il avoit esté, il n'estoit point délibéré de accepter
» ne emprendre lad. mairie et en ceste estat se sont lesdis lieu-
» tenant, maïeur et eschevins, partis dud. eschevinage et alés en
» lad. Halle où estoit led. mons^r le bailly, lesdits gens du roy et
» lesdits habitans en grand nombre, et eulx illecq venus ont esté
» faits audit sire Anthoine Clabault maïeur, par mondit sieur le
» bailly et lesdits gens du roy autelles remonstrances que faites
» avoient esté oud. eschevinage par ledit lieutenant aux quelles

» ledit sire ne s'est volu condeschendre en faisant autelles refus » et excusacions que fait avoit oudit lieutenant, mais néanmoins » depuis et assez tost après aux remonstrances de rechief à luy » faites touchant ceste matière par lesd. habitans, icelluy sire » Anthoine Clabault s'est condeschendu de accepter et a accepté » lad. mairie, pour ledit an et a fait en lad. halle, le serment en » tel cas accoustumé comme pareillement ont fait lesd. eschevins, » grant compteur, receveur des rentes et maistre des ouvraiges. » (Reg. aux délib., t. XIV, f°s 70-71).

(228) Sire Nicolas Le Rendu portait d'azur au chevron d'argent accompagné en chef de deux étoiles d'or et en pointe d'une rose d'argent. (Villers de Rousseville).

(229) Jean Delattre, procureur, maître du Puy en 1476, avait donné le tableau portant pour devise : *Du feu d'amour, colonne lumineuse.*

(230) Robert Faverel, marchand, maître du Puy en 1473 ; son tableau représentant Moïse faisant jaillir l'eau du rocher portait la devise : *Pierre au désert produisant iaue vive.*

(231) Sire Nicolas Fauvel, fils d'Aubert Fauvel, seigneur d'Estrées, de Lannoy et Villers-Bocage, licencié ès-lois. Il portait d'azur à la croix d'argent cantonnée de quatre étoiles d'or. Ces armoiries se voient encore sculptées sur la maison du Blanc Pignon, connue aujourd'hui sous le nom de passage Gossart, rue des Chaudronniers. (Voir les planches II et II *bis* de mes *Clabault*). Il avait épousé D^lle N. Levasseur d'une famille municipale d'Abbeville.

(232) Peredieu portait d'or à cinq fasces ondées de sable, à un cottice d'argent brochant sur le tout. (Pagès). — Suivant de Rousseville, d'or à quatre fasces ondées d'azur à un cottice de gueules brochant sur le tout.

(233) Jean Dugard mourut en 1493 et fut enterré dans l'église de Saint-Firmin-en-Castillon.

(234) Robert de Fontaines, maître du Puy en 1498, donna le tableau : *Au genre humain consolable fontaine.* Il était licencié

ès-lois, seigneur de Montrelet, conseiller du roi et bailli temporel de l'évêché d'Amiens; il portait d'or à la fasce ondée de sable, accompagnée d'une merlette de même, posée en cœur et de trois étoiles de gueules, deux et un.

(235) Maître du Puy en 1487, donateur du tableau : *Vierge assenech du vray saulveur espeuse.*

(236) Saisseval portait d'azur à deux bars adossés d'argent. Maître du Puy en 1486. Tableau : *Lavoir rendant parfaicte purité.*

(237) Vincent Lecat, marchand, maître du Puy, avait donné le tableau : *Plaisant Hester (sic) du roy des cieulx eslute.*

(238) Martin Martin, marchand, maître du Puy en 1478, donateur du tableau portant pour refrain palinodial : *Terre portant fruict de grâce et de gloire.* Il était neveu d'Alphonse Lemire.

(239) Etienne le Vasseur, marchand, maître du Puy en 1489. La devise de son tableau était : *Le jardin clos où crust le vray laurier.* Il portait d'argent à trois oiseaux de sinople becqués et membrés de gueules.

(240) Antoine Louvel, marchand, maître du Puy en 1515. Tableau : *Mère de grâce et de miséricorde.* Il portait d'or à trois têtes de louve de sable posées deux et une.

(241) Pierre de May portait d'or à un chevron d'azur. Il avait épousé Marguerite Ducaurel.

(242) Jean Bertin, maître de la confrérie de N.-D. du Puy en 1480, avait donné le tableau : *Grenier rempli du sel de sapience.* Il portait d'azur au chevron de gueules accompagné de trois étoiles de même, deux et une, et avait épousé D^lle Marie Lenormant. (Villers de Rousseville).

(243) Louis Dequen avait épousé Marie Pèredieu, fille de Pierre Pèredieu et d'Isabelle de Morviller, veuve de sire Pierre Clabault.

(244) Me Pierre Vilain portait d'azur à trois fasces de sable accompagnées en chef de trois merlettes de même. (Goze). — Suivant Villers de Rousseville, les fasces seraient de gueules.

(245) Avocat, bailly du Chapitre, Pierre Vilain fut maître du

Puy en 1503. Son tableau portait comme devise : *Cour souveraine administrant justice.* Il était alors conseiller du roi, juge et garde de la prévôté de Beauvaisis.

(246) Les Sacquespée portaient de sinople à un aigle d'or chargé sur l'estomac d'une épée d'argent en bande qu'il tirait du fourreau avec le bec par la poignée.

(247) Jean Matissart, marchand, maitre du Puy en 1482. Tableau: *Mont auquel Dieu s'apparut aux humains.*

(248) Antoine de Saint-Delis, seigneur d'Heucourt et d'Havernas, lieutenant général du bailliage d'Amiens et conseiller du roi en 1517, année de sa maîtrise du Puy. Son tableau avait pour devise : *Humble ancelle du Haut Seigneur prévue.* Il portait de sinople à l'aigle d'argent becqué et membré de gueules, tenant un perroquet d'or dans ses serres, becqué et membré de même. Il avait épousé Marie de May, fille de Pierre de May et de Marguerite Ducaurel.

(249) Le 28 octobre 1503, lors du renouvellement de la loi, les procureurs et conseillers de ville, au nom des magistrats municipaux, requérirent le lieutenant du bailli, Nicolas le Rendu, seigneur de Quiry, de faire mettre à exécution dans les élections qui allaient avoir lieu, un édit royal donné à Mâcon au mois de septembre 1503 rappelant de n'appeler à l'échevinage que des gens ayant loisir, commodité et faculté de bien et loyaument conduire les affaires de la ville, et blâmant comme préjudiciable et contraire à la bonne administration de la justice, l'introduction de certains officiers royaux dans le corps municipal décidait que dorénavant aucun de ces officiers ne serait et ne pourrait être nommé maïeur, ni échevin de la ville et cité d'Amiens, « mais seront yceulx maire et eschevins prins, nommez et esleuz de gens suffisans et ydoines qui ne soient abstraintz ni occupez en aucuns offices royaulx ni autres charges qui les puisse empêcher de vaquer et entendre aux affaires et police de la ville, ainsy qu'ilz ont esté le temps passé par les octrois et ordonnances sur ce faictes par nos prédéces-

seurs. » (Reg. aux Chartes E, 224 à 226; A. Thierry, II, 495 et suiv.).

Le même jour, Nicolas le Rendu déclarait par une autre ordonnance que dorénavant le maire et les échevins jureraient, à leur entrée en charge, d'élire trois personnes au nombre desquelles ne serait point le maire actuel et dont l'une serait promue par une autre élection aux fonctions de maire l'année suivante. (Ibid.).

On le voit, le vieil esprit municipal tend à réagir contre l'absorption que Louis XI a voulu faire par les prorogations de pouvoir accordées à Philippe de Morvillers et à Antoine Clabault. Continuer un maire était effectivement fermer les portes de la mairie à un autre candidat. Les oligarchies comme les démocraties recherchent le pouvoir. Louis XI, monarque absolu, aimait les oligarques, Louis XII avait des vues politiques moins élevées.

Élu encore une fois maire, Antoine Clabault présida pour la dernière fois l'échevinage le 13 juin 1504 et mourut quelques jours après. Les registres aux délibérations donnent ainsi le procès-verbal de ses obsèques :

« Ouquel hostel a esté mis en termes par ledit sire Nicolas » Fauvel qui étoit lieutenant de feu sire Anthoine Clabault, comment le jourd'huy environ heures de huit heures du soir ledit » sire Anthoine estoit allé de vie à trespas, qui avoit ordonné » estre inhumé et porté en terre en habit de cordelier par lesd. » cordeliers au couvent des frères mineurs oudit Amiens et savoir » comment mesdits s^rs^ pour l'honneur de la ville et aussy dudit » feu estoit à faire en ceste partie, et sur ce eu conseil et advis, » ont ordonné et advisé de faire tout l'honneur que possible sera » audit feu qui représentoit la personne du roy, chef de mairie et » justice d'icelle ville et cyté d'Amiens et que il y ara douze torses » nœufves à chacune desquelles aura ung escusson armoyé des » armes de lad. ville que porteront autour du corps dudit feu les » sergents de nuyt de lad. ville. Et seront mesdis sieurs qui yront » audit enterrement vestus de noir et sera mis ung drap noir » autour dudit corps et lesdits sire Nicolas le Rendu, sire Pierre » de May, sire Jehan Bertin et sire Richier de Saint-Fuscien

» assisteront ledit corps et tiendront les quatre cornets dudit drap » noir et yront les sergens à mache et Jehan de Fourdrinoy hérault » au devant dudit corps aprez les torses et Jehan Ostien sergent » à vergue yra et suivra aprez ledit corps sa vergue bas et au » surplus ledit sire Nicolas Fauvel et mondit sieur le prévôt méne- » ront le dueil aprez ledit corps et mesdits sieurs les eschevins et » partiront ensemble de l'hostel de la ville pour aller jusques à » l'ostel dudit feu en la rue au Lin où il estoit demourans. Du » second jour de juillet l'an mil cinq cens et quatre en l'ostel de » la ville où estoient sire Nicolas Fauvel, sire Nicolas le Rendu, » sire Pierre de May, sire Jehan Bertin, sire Richier de Saint- » Fuscien, Pierre le Senescal prévôt, maistre Anthoine Leclerc, » Anthoine l'Orfèvre, Anthoine Lomme, Nicole de Rocourt, Hue » de Canesson, Jehan de Cesseval, maïstre François Fasconnel, » maistre Jehan le Rendu, Guille Le Mattre, Jehan le Chirier, » Raoul Sacquespée, Fremin Parmentier, Colart d'Ainval esche- » vins, maistre Jehan du Gard, maistre Loys Scourion advocatz, » Anne d'Ainval, Liénard le Clerc et Andrieu de Machy procu- » reurs et conseillers de la ville. »

Amiens perdait ce jour-là un grand citoyen, car Antoine Clabault, seize fois maire, fut le plus brillant représentant de cette grande famille municipale qui, entrée aux affaires dès 1368, devait disparaître, trente-cinq ans à peine après sa mort, de la haute position qu'elle avait si longtemps occupée.

Son beau-frère, Nicolas Fauvel, le remplaça suivant la décision de l'échevinage prise le 4e jour de juillet 1504.

(250) Jean D'ardre, conseiller en la cour du roi, bailli de la chatellenie et baronie de Picquigny, maître du Puy en 1493, avait donné le tableau : *Aube du jour qui le monde illumine*. Il portait d'azur au chevron d'or accompagné de deux glands aussi d'or posés en chef et d'un limaçon d'argent aux cornes de gueules posé en pointe.

(251) Dans une des séances de l'échevinage une vive discussion s'éleva entre le maire Pierre de May et l'échevin Nicolas Fauvel.

Celui-ci ayant proféré des paroles injurieuses à l'encontre du maire, Me Raoul Lecouvreur, avocat de la ville, fut délégué pour obtenir condamnation de ce dernier à déclarer en échevinage qu'il avait eu tort et à désavouer ses paroles, sous peine d'être privé de l'échevinage et condamné en 200 livres parisis d'amende à employer aux fortifications de la ville. (Reg. aux délib. T, 1508-1513).

C'est par erreur que La Morlière et Daire appellent le maire de cette année Jacques de May.

(252) Jean de Saisseval, seigneur de Pissy, portait d'azur à deux bars adossés d'argent. (Lamorlière, Daire).

(253) Jean Leprévost, procureur et conseiller à la cour du roi à Amiens, fut maître du Puy en 1504. Son tableau a pour devise: *Au souverain Moyse humble fiscelle.* Il portait d'azur à la bande d'or accompagnée d'une étoile de même posée au côté senestre du chef et d'une coquille d'argent au côté dextre de la pointe, d'or suivant de Rousseville.

(254) Philippe Clabault, fils du maire de 1465, et Pierre de May prétendaient chacun avoir été appelé à remplir cette fonction. Louis XII, qui se trouvait à Corbie, s'émut de cette contestation inopportune, Pierre de May avait été maire en 1504, 1507, 1508, 1511, Philippe Clabault n'avait encore exercé aucune fonction publique. François d'Aligre, seigneur de Précy, Pierre de Saint-André, premier président du parlement de Toulouse, Pierre Legendre, trésorier de France et Jean Marnac, conseiller au grand conseil, furent immédiatement envoyés à Amiens pour procéder à une enquête que nécessitait le point délictueux de l'élection faussée du 28 octobre. Les commissaires s'acquittèrent en hâte de l'exécution de leur mandat, et quatre jours après le renouvellement de la loi, le 1er novembre 1513, le roi « pour le bien de » nous et seureté de ladite ville attendu la disposition du temps » et émynent péril qui porroit estre par tel différend, il n'est pas » requis que icellui différend tombe en langueur mais qu'il y soit » promptement pourveu », décidait que Philippe Clabault serait investi pour l'année des fonctions de maire à l'exclusion de Pierre

de May, « nonobstant opposicions ou appellacions quelconquez, » et prêterait serment en cette qualité entre les mains des com- » missaires qui nommeraient ensuite aux fonctions d'échevins, en » présence de Philippe Clabault et après avoir soumis les noms » et s'ilz sont agréables auxdis habitans et par eulx acceptés, six » personnes de la ville pour remplacer les six échevins que le » lieutenant du bailli, d'accord avec Pierre de May son beau-père, » avait illégalement institués, sans les avoir fait agréer par l'as- » semblée électorale comme il est requis. » Pierre de May cité à comparaître le 2 novembre, deux heures de l'après-midi, en l'auditoire du bailliage royal devant les commissaires, répondit que ce délai était bien court et qu'il se rendrait au bailliage s'il le pouvait. Renvoyé une seconde fois auprès de lui, François Desbarres, huissier ordinaire du grand conseil, le somma cette fois, au nom du roi, sous peine de mille marcs d'argent et d'être déclaré traître et rebelle, de restituer les sceaux de la mairie qu'il avait entre ses mains. Devant cette injonction formelle, Pierre de May dut se rendre et les sceaux, remis entre les mains de Jean Marnac, furent donnés au maire comme seul représentant légal de la mairie, en vertu des lettres royales. (Reg. aux Chartes E, 236-237; A. Thierry, II, 553 et suiv.).

(255) Laurent Judas avait épousé Mlle Marie le Sénescal. (Daire, *Hist. litt. de la ville d'Amiens*, p. 65). — De cette union naquit le R. P. Jean Judas qui devint procureur général de l'ordre des Minimes. Au mois de janvier 1564, étant venu à Amiens, le corps de ville résolut de lui rendre honneur en déflaschant, dit La Morlière, le canon de dessus les remparts à son entrée; ce qu'ils ne faisaient guère qu'aux princes ou gouverneurs du pays.

(256) Antoine Louvel, marchand, maître du Puy en 1515, donateur du tableau : *Mère de grâce et de miséricorde*. Il portait d'or à trois têtes de louve de sable, deux et une.

(257) Voir ses armoiries, note 253. En 1530 il fonda quatre messes hautes dans la chapelle Saint-Jacques du cimetière Saint-Denis. (Daire, I, p. 80).

(258) Jean de Saint-Fuscien, sieur de Gouy. (La Morlière). Voir plus haut ses armoiries, note 199.

(259) Gille Damourettes, marchand, receveur de Rubempré, maître du Puy en 1510, avait donné le tableau : *Seur boulevert contre tous ennemis*. Dans les *Monnaies inconnues des Evêques des innocents*, le Dr Rigollot a donné la reproduction d'un méréau représentant : d'un côté la Vierge portant son enfant, auprès d'elle un puits ; de l'autre, une enseigne de marchand où l'on distingue les lettres G D et la légende Gille Damourette, maître du Puis. Le savant antiquaire a donc à tort, suivant nous, classé dans ce qu'il appelle les monnaies des évêques des innocents, une pièce appartenant à la confrérie de N.-D. du Puy. (V. ci-après note 266).

(260) Des désordres et des confusions ayant occasionné plusieurs séditions, divisions et discortz, dont nous ignorons les causes, François Ier, après une enquête faite à ce sujet par Louis de Hangest, seigneur de Monmort, gouverneur de Mouson, et Jehan Hurault, sieur de Vibraye, maistre des requêtes ordinaires de son hostel, réglementa à nouveau, par un édit rendu le 23 octobre 1520 à Milly-en-Gastinois, le mode des élections municipales d'Amiens, en substituant à la plus grande et saine partie du commun des habitans que nous voyons figurer dans les élections antérieures, un nouveau corps électoral composé des portiers, au nombre desquels étaient compris les gentilshommes et officiers tant du roi que de la ville et marchands avec les trois compagnies d'archers, d'arbalétriers et de couleuvriniers et pour le commun peuple seulement les diziniers.

Le maire sortant et six échevins désignés par le sort présentèrent seuls, dorénavant, les trois candidats à la charge de maire. (Reg. aux Chartes E ; A. Thierry, II, 565 et suiv.).

(261) François Bidare, licencié ès-lois, avocat, maître du Puy en 1533. Tableau : *Du vrai amant la toute belle amie.*

(262) Hugues de la Rue, avocat au siège du bailliage, écuyer, seigneur de la Motte-en-Beauvaisis, portait écartelé au 1er et 4e de gueules à trois fasces d'argent, au 2e et 3e d'azur, chargé de

six boucles d'or, 3, 2 et 1. Maître du Puy en 1524. Tableau : *Rets sans fracture au fils de Dieu propice.*

(263) Philippe de Conty, licencié ès-lois, seigneur du Forestel, du Quesnoy, de Damery, capitaine des arbalétriers d'Amiens, maître du Puy, en 1525. Tableau : *Pour notre loy militante comtesse.* Il portait d'or au lion de gueules, non rampant, comme le dit Pagès, mais debout comme dans les armes de Guillaume de Conty. Son tableau est encore conservé à l'évêché d'Amiens. Il a été reproduit par Du Sommerard, planche IX de son *Album des Arts au moyen âge.* Une bonne copie faite par les soins et aux frais de Mme Auguste Breuil a été donnée par elle au Musée de Picardie.

(264) La famille de Rély portait d'or à trois chevrons d'azur.

(265) Voir ses armoiries ci-dessus, note 242.

(266) Pierre Vilain, avocat, bailli du chapitre, puis conseiller du roi et garde de la prévôté de Beauvaisis, dont les notes 244 et 245 ont déjà fait mention, était, on l'a vu, maître du Puy. Le comte De Marsy, président de la Société française d'archéologie, possède une médaille de plomb à ses armes, c'est sans doute un méreau de sa maîtrise.

(267) Jean le Caron, seigneur de Bouillancourt-sur-Miannay, receveur des aides, maître du Puy en 1501, donateur du tableau : *Sacrée ampoule à l'onction royale.* Les deux volets de ce tryptique, représentant le sacre de David et celui de Louis XII, font aujourd'hui partie du Musée de Cluny. (Breuil, les *Œuvres d'art de N.-D du Puy,* p. 52 et suiv.). Il portait d'argent au chevron de gueules accompagné d'un trèfle de sinople posé en pointe.

(268) Nicolas Leroy avait épousé D^lle^ Marie Judas. (Grand Nobiliaire de Picardie).

(269) Voir ci-dessus les notes 244-45 et 266.

(270) Simon, fils de Jacques Clabault et de Marie Truquet ou Turquette, neveu de sire Antoine Clabault, épousa Jacqueline de Soissons, sœur de Jean de Soissons, seigneur de Bellegarde, qui fut aussi maire d'Amiens en 1536.

(271) Pierre Louvel portait d'or à trois hures de sanglier de sable à la dent d'argent.

(272) Laurent Boulanger, maître du Puy en 1521. Tableau : *Le vrai support de toute créature.* Suivant Breuil, *op. citat.* c'est la même personne que Laurent Georges qu'on a vu figurer dans la liste de 1518.

(273) Bernard d'Aut, sieur de Francière et de Franqueville, portait de sable à trois gerbes d'or. (La Morlière).

(274) Voir la note ci-dessus.

(275) Pierre de Sacquespée portait de sinople à l'aigle d'or becqué et membré de gueules, à l'épée, posée en bande, d'argent, la garde d'or, le fourreau de sable, que l'aigle dégaîne avec son bec. Suivant Villers, il était seigneur de Selincourt.

(276) Jean de Soissons, sieur de Bellegarde-lès-Bougainville. (La Morlière; Villers). — Il portait d'or au lion de gueules. (Voir mes *Clabault*, p. 265).

(277) Guillaume Lemattre, sieur d'Oméricourt, époux de Jeanne Leberquier, dame d'Hédicourt, fille de Jean Leberquier, seigneur de Verneuil près Breteuil, et de Jacqueline Clabault. (Voir mes *Clabault*, p. 266).

(278) Plusieurs officiers royaux, au mépris de l'édit de 1503, avaient cherché à se faire nommer maire ou échevins le 28 octobre 1538; le procureur du roi au bailliage d'Amiens dut rappeler à l'exécution de cet édit. (Reg. aux délib., T. XXIII; A. Thierry, II, 601).

(279) Aubert Fauvel avait épousé D^lle^ Marie Judas. (Reg. aux délib., T. XXVI, année 1549).

(280) Gaudefroy Ledieu mourut en 1565, à l'âge de 88 ans. Le P. Daire a reproduit son épitaphe au cimetière Saint-Denis. (*Hist. litt.*, p. 452).

(281) Adrien Vilain, sieur de Quiry, (La Morlière.) fils de Pierre Vilain.

(282) J'ai déjà parlé, sous la note 99, de cette famille nombreuse

qui, au XVIe siècle, de 1500 à 1541, fournit encore à l'échevinage les médecins Robert et Jean Auxcousteaux, l'avocat du même nom, Pierre, François et Simon Auxcousteaux, dont les noms figurent vingt-deux fois en quarante ans sur les listes municipales et dont l'un des membres arrivera en 1569 à la mairie.

(283) Malgré les prescriptions défendant aux officiers royaux l'entrée des fonctions municipales, Adrien Vilain, procureur du roi, avait été élu maire d'Amiens. Le 5 octobre 1542 le duc de Vendôme, gouverneur de Picardie, rappela en vain à l'exécution de l'édit de 1503. Les nouvelles élections qui suivirent furent l'occasion de scènes tumultueuses. Sans avoir égard aux lettres du gouverneur, plusieurs bourgeois crièrent à haute voix le nom de Vilain qu'ils voulaient, malgré son incapacité légale, faire continuer dans ses fonctions. Cinq des plus turbulents furent à cette occasion arrêtés et mis en prison et, le 15 novembre 1542, le duc de Vendôme condamna les coupables, Adrien le Berquier à 20 livres parisis d'amende au profit du couvent des Saintes-Claires, Jehan Daine, Thomas Prévost et François De la ville à chacun 100 sols parisis pour être aumônés par égale portion aux mendiants de la ville (c'est-à-dire aux trois ordres mendiants). Quant au cinquième, Huchon Voultdieu, il fut relaxé faute de charge relevée contre lui. (Reg. aux délib., T. XIV; A. Thierry, II, 615 et suiv.).

Le 4 février 1542, François Ier, par un édit donné à Paris « aians bonne et parfaite confiance du bon ordre et pollice qui se tient en la ville d'Amiens, » confirme les maire, prévôt et échevins dans la juridiction, connaissance, regard et supérintendance du fait de la police et garde d'Amiens. L'échevinage, d'après certaines rumeurs, s'étant cru menacé dans la jouissance paisible de ce droit, avait demandé au pouvoir royal de le consacrer à nouveau par une déclaration solennelle. (Reg. aux Chartes P, f°s 11-12; A. Thierry, II, 618 et suiv.).

(284) Jean de Rely, sieur de Rochefort et de Framicourt-en-Santerre. (La Morlière; Daire). — Au lieu de Rochefort il faut

lire Rollepot. Il portait d'or à trois chevrons d'azur et avait épousé Dlle Marie Forestier. (Grand Nobiliaire de Picardie).

(285) Jean Du Gard, sieur de Fresmeville (La Morlière), avait épousé, le 8 octobre 1533, Catherine Lefèvre de Caumartin, suivant Villers.

(286) François Louvel, sieur de Glisy. (La Morlière; Daire).

(287) En 1554, on trouve comme maître du Puy, Michel Laloyer le jeune, bourgeois et marchand, donateur du tableau : *Vierge honorée en majesté royale.*

(288) Jean Forestier, sieur de Saissemont (La Morlière), portait d'argent à trois tourteaux de gueules. D'or à trois tourteaux d'azur, d'après le manuscrit de Villers, qui le dit seigneur de Frettemeule-en-Vimeu et époux de Marie Gauguier.

(289) Claude Dainval, seigneur de Domfront, le Cauroy et Pronier-Val, fils de Nicolas Dainval et d'Antoinette de Bery. Il portait d'argent à la bande d'azur, accostée de deux cottices de même, au chef emmanché de gueules, à une molette d'azur accompagnant la bande vers ledit chef. (La Morlière). Villers ne mentionne pas cette molette. Il avait épousé Mlle Marguerite de Wallon. (Grand Nobiliaire).

(290) Antoine Louvel, seigneur de Fontaine-sur-Maye. (La Morlière).

(291) Claude de Fontaine, sieur de Montrelet. (La Morlière). Il portait d'or à la fasce vivrée de sable, accompagnée de trois étoiles à six rayons de gueules, 2 et 1.

(292) Louis Dufresne, marchand drapier, maître du Puy en 1539. Tableau : *Dame de paix où toute joie abonde.*

(293) Firmin Lecat, sieur de Fontaines. (La Morlière). Il portait d'argent à trois merlettes de sable.

(294) Jean De Mons avait épousé Dlle Antoinette Lemattre. (G. N.).

(295) François de Canteleu, sieur d'Orbendas, receveur général des finances en Picardie. (La Morlière). Il portait d'argent à la fasce de gueules chargée d'une gerbe d'avoine d'or, liée de gueules.

(Pagès). Dans son Catalogue des Maires, Daire lui donne par erreur le prénom de Firmin.

(296) Vincent Leroy avait épousé Madeleine Lequien. (G. N.).

(297) Un édit de Henri II en date de Châlons, du 8 mai 1552, considérant que les maire et échevins choisis exclusivement parmi les marchands et autres gens de robe courte, manquaient de la connaissance des lettres, droits et coutumes nécessaires pour l'administration de la justice, permet de les choisir dorénavant de tous états honorables, tant officiers, gens de justice, gentilshommes, marchands ou autres indifféremment. (Voir A. Thierry, II, 632).

(298) Nicolas le Boulanger, bourgeois et marchand, maître du Puy en 1538. Tableau : *Trône excellent pour le roi pacifique.* Il portait d'or au chevron de sable accompagné de trois marteaux de même, deux et un.

(299) Adrien Vilain était procureur du roi. (La Morlière). — Bien que l'édit du 8 mai 1552 eût été enregistré, le lieutenant général du bailliage, Jean de Térouane, fit opposition à l'élection d'Adrien Vilain et fit appel au parlement. Le conseil du roi évoqua l'affaire et, le 16 avril 1554, cassa la nomination, condamna les échevins à une amende et à des dommages intérêts envers le lieutenant général qu'ils avaient cité à comparaître devant eux et même fait emprisonner. Malgré la résistance des échevins, cet arrêt reçut enfin son exécution le 8 mai par la désignation de Firmin le Cat, écuyer, s[r] de Fontaines, pour remplir les fonctions de maire. Seulement, comme on craignait des troubles, l'on ne sonna pas la grosse cloche et le peuple ne fut pas convoqué à la Halle. (A. Thierry, II, 638 et suiv.).

(300) Robert Delattre avait épousé D[lle] Françoise Boitel. (Comptes de la ville).

(301) Raoul Forestier, seigneur de Saisemont, époux en 1555 de Marie Tarisel. (Villers).

(302) Pierre Daiz, procureur et notaire.

(303) Grégoire Le Sellier, bourgeois et marchand brasseur, donna en 1551, comme maître du Puy, le tableau dont la devise

fait allusion à sa profession : *Bras seur et fort pour défense et victoire.*

(304) Mathieu Ledoux, bourgeois, maître de la même confrérie en 1564. Tableau : *Le doux issu du fort pour nourriture.*

(305) Hiérosme Dainval, fils puîné de Claude d'Ainval, sieur du Cauroy et de Quesnel près Outrebois. (La Morlière). Il avait épousé Marguerite de Canteleu. (G. N.).

(306) Les élections de 1557 offrent une nouvelle preuve du peu de fixité du bon plaisir royal et de la jurisprudence du conseil. Le roi ayant manifesté le désir de voir Jérôme d'Ainval maintenu dans ses fonctions de maire, il avait été porté le premier des trois candidats soumis aux suffrages des électeurs. Mais depuis sa nomination en 1556, étant devenu garde du scel royal, le procureur du roi condamna les échevins à l'amende et raya son nom de la liste, présentant à sa place Antoine Louvel. Un arrêt du conseil privé, du 4 novembre 1557, ratifia cette élection, bien que, par une contradiction qu'il est impossible d'expliquer, il reconnût que l'intention du roi était que la ville d'Amiens pût élire tant officiers royaux que autres, ratifiant ainsi l'édit de 1552. (A. Thierry, II, 652).

(307) Seigneur de Nieulemont. (La Morlière). François de Biencourt portait de sable au lion d'argent.

(308) Le 29 octobre 1559, le procureur général au présidial d'Amiens déclara s'opposer à ce qu'on fît entrer dans le corps municipal des officiers comptables ou des membres de la même famille, ajoutant que depuis douze ans des échevins avaient été indûment continués en fonctions. Après lecture et vérification des anciens règlements sur la matière, l'échevinage statua qu'ils seraient observés de point en point, touchant l'exclusion des officiers comptables et des membres d'une même famille, mais que, aucun statut ne s'opposant àl a continuation des échevins, on laisserait au peuple, comme par le passé, la faculté d'élire qui lui conviendrait. (Reg. aux délib., T. 33).

(309) Jean Dippre, écuyer, sieur de Fluy, époux de D^{lle} Marie de Revelois. Il portait de gueules à trois lions d'or, à l'orle de

huit fleurs de lys de même, supports deux sauvages, cimier un sauvage naissant. (G. N.).

(310) Une délibération du 29 octobre 1560 fait défense aux échevins d'entrer à l'échevinage où à la chambre du conseil avec leurs épées; ils devront les laisser à la porte. Déjà les discussions religieuses qui existaient dans la ville paraissaient avoir dicté cette mesure de prudence; ce n'était plus le temps où les registres municipaux qualifiaient nos édiles de *frères* et *compaignons* d'échevinage. (Voir Reg. aux Comptes, année 1517).

(311) Pierre Dugard, seigneur de Maucreux et de Fosse Bluet, prévôt du Beauvaisis. (La Morlière). Armes des Du Gard avec un lambel d'argent.

La déclaration suivante, du 29 octobre 1560, modifie celle de l'année précédente : « L'ordonnance portant que nulz frères, serouges, pères et fils, gendres ne cousins germains ne poeuvent estre eschevins en une année, paraissant fort rigoureuse pour ce que à grand difficulté, on pourroit trouver par chacun an, pour gouverner la ville d'Amiens 24 eschevins du moins que deux d'yceulx ne soyent des parents dessus ditz, on décida qu'elle ne sera pas observée quant à présent, et se observera seulement en ce que les pères, fils et gendres et les frères germains ne poulront estre eschevins ensemble en une année. (Reg. aux délib., T. XXXIV; A. Thierry, II, 667).

(312) Le roi, se méfiant de Firmin Lecat qu'il soupçonnait de favoriser les hérétiques, ordonna que la garde des clefs de la ville lui fût retirée et qu'elles fussent confiées à François de Canteleu. (La Morlière; Pagès; Daire).

Le 5 mai 1562 il lui écrivait pour lui enjoindre de continuer cette charge et d'exercer celle de maire de la ville en attendant qu'il ait été ordonné sur les faits de Firmin Lecat et, attendu que le prévôt Guillaume Legrand était allé, sans congé ni licence, retrouver les protestants réunis à Orléans après la surprise de cette ville par le prince de Condé, confiait sa charge à Antoine Dardre.

Là ne devaient pas s'arrêter les mesures prises par la royauté. Un édit rendu à Vincennes le 3 juin 1562, « considérant les grands charges et empêchements qui étaient alors en l'échevinage d'Amiens et voulant pourvoir au soullagement des habitans d'icelle, à la sureuté et bien de nous et transquilité de ladite ville ordonna qu'entre le maire et les vingt-quatre échevins il y en aurait dix autres qu'il désignait : Jacques le Caron, conseiller au siège présidial, Antoine Louvel, seigneur de Fontaines, Jean Dippre, sgr de Fluy, Jean Flameng, sgr de Poulainville, Nicolas Croquoison, sgr de la Court, Charles Garyn, sgr de Bourdon, Jean Ledieu, Jean Erart, Pierre Roussel et Jean Lebourgeois investis des mêmes pouvoirs, voix et opinion délibérative et élective et ce par provision seulement et sans tirer à conséquence et préjudicier pour l'avenir aux droits, privilèges et libertés de la ville. » (Reg. aux Chartes E ; A. Thierry, II, 716).

La situation d'Amiens en 1562 était grave en effet et le protestantisme y levait hautement la tête. La surprise d'Orléans par le prince de Condé avait eu lieu le 2 avril. Le 23, aucun des nouveaux échevins ne voulut, suivant l'antique usage, porter la châsse de saint Firmin. On en proposa deux, Antoine Louvel et Jean Dippre, il en fallait huit. Jean de Saisseval fut l'un des refusants et opina qu'il valait mieux ne pas la porter. (Dom Grenier). — Le roi fait enjoindre dans les premiers jours de mai « de souffrir aucuns ministres et prédicans, presches, assemblées ni administration de sacrements. » Le 17, l'échevinage défend aux habitants de s'injurier en se traitant de huguenots ou de papistes, de s'assembler tumultueusement après les processions. Le 22, l'on chasse sous trois jours les ministres et l'on défend aux maîtres d'école d'enseigner aux enfants la nouvelle doctrine. Enfin l'on en vient aux mains à l'occasion des processions et du refus des religionnaires de tendre les maisons sur leur passage. Il y a mort d'homme, blessures, maisons saccagées et même démolies. Au mois de juillet le cardinal de Bourbon fut nommé à la place de son frère, le roi de Navarre, comme gouverneur de Picardie, et Antoine d'Estourmel remplaça Philippe de Morviller comme capitaine de la ville. Sous le gouvernement du futur roi de la Ligue, les persécutions reprirent de plus belle contre les religionnaires. (*Histoire d'Amiens*, Dom Grenier; A. Thierry, II, 711 et suiv.).

Si l'incendie qui consuma le beffroi d'Amiens le 13 août 1562 ne fut pas allumé par la malveillance, cet événement fut l'objet d'actes de cruauté qui montrent bien jusqu'à quels excès peuvent conduire les passions politiques et religieuses. Quelques malheureux prisonniers détenus sous l'inculpation d'un meurtre commis à Conty sur la personne d'un religieux cordelier, s'étant réfugiés sur une des gargouilles de cet édifice, y furent arquebusés sans pitié par de trop zélés catholiques.

(313) Guy Pingré, licencié ès-lois, conseiller au siège présidial, époux de Jeanne de Raincheval.

(314) Antoine Dardre, écuyer, licencié ès-lois, seigneur de Pissy et du Quesnoy, portait d'azur au chevron d'or accompagné de trois glands ou pommes de pin aussi d'or.

(315) Dès le 20 octobre 1562, le procureur du roi au bailliage avait présenté requête que, depuis quelque temps, des brigues avaient lieu dans les élections, qu'on s'était habitué à nommer les candidats *avec clamace par certains gens atitrez,* privant ainsi plusieurs citoyens de leur droit de vote. L'échevinage émet l'avis qu'à l'avenir, sous peine de cent sols parisis d'amende, les chefs des portes, maîtres des compagnies privilégiées et plus anciens dizainiers de chaque paroisse, assembleraient chacun de leur côté et sans communication entre ces diverses assemblées, leurs portiers, compagnons et dizainiers l'avant-veille de la Saint-Simon Saint-Jude pour procéder à l'élection de douze échevins, gens notables, n'exerçant pas de profession mécanique et *non suspects d'hérésie,* apporteraient les résultats le lendemain à midi à l'hôtel de ville où ils seraient renfermés dans un coffre fermant à trois clefs et qu'après la nomination du maire, du receveur du domaine des aides et du maître des ouvrages, il serait procédé à la proclamation des douze échevins élus qui prêteraient alors le serment entre les mains du bailli et le lendemain éliraient les douze autres.

Qu'en cas de partage le bailli déciderait et que, conformément aux anciens statuts, les règles pour la consanguinité seraient strictement appliquées.

Cet avis fut adopté le 27 mai 1563 par l'échevinage et ratifié de nouveau le 3 juin, malgré l'opposition de quelques intéressés. Le 6 juillet, le bailli Guillaume Du Caurel rendit un arrêté presque entièrement conforme aux vues de l'échevinage, mais des difficultés de détail, oiseuses chicanes d'amour-propre, s'étant élevées, le bailli ayant refusé d'y faire droit, il y eut appel au parlement qui, le 6 octobre, mit l'appel à néant et régla les détails objet du litige. (A. Thierry, T. II, 728 et suiv.; Reg. aux délib. T. 1561-1563).

(316) Mathieu Ostren, marchand, maître du Puy en 1561. Tableau : *De mère et fils sibylles ont prédit.*

(317) Les élections de 1564 méritent de s'y arrêter un instant à raison de leur singularité. Le 11 octobre le roi Charles IX écrivait d'Avignon au bailli d'Amiens pour lui enjoindre de veiller à la stricte exécution de la sentence du 6 juillet et de l'arrêt du 6 octobre 1563. Le 27, veille des élections, le bailli était absent, par une singulière coïncidence le lieutenant général était malade. Elles furent donc, sur la demande de l'échevinage et du procureur du roi, renvoyées au 29. Ce jour-là, au lieu de désigner comme d'habitude trois candidats, on en présenta six sur lesquels le peuple en choisit deux. Le lendemain les vingt-quatre échevins, à leur tour, nommèrent vingt-quatre autres personnes afin que le roi choisît entre les quarante-huit élus. Enfin les magistrats municipaux dressèrent une liste de six personnes chargées d'exercer la justice de la prévôté, le roi se réservant de nommer aux fonctions de prévôt celui des deux qui aurait le plus de suffrages. (Reg. aux délib., T. XXXVII).

Le 25 janvier 1564 l'on reçut du prince de Condé, lieutenant général de la province et pays de Picardie, des lettres royales, datées de Tarascon du 8 décembre précédent, contenant la désignation des personnes que Charles IX avait choisies pour remplir les fonctions municipales : « Vous priant fort, disait Louis de

Bourbon, d'advertir les dénommez en ladite élection, chacun en son regard et en sa charge, de faire si bien leur debvoir, qu'en allant en mon gouvernement, je n'y trouve point de plaintes, ains que j'en puisse recevoir contentement, et que les affections qu'ils peuvent avoir ne les transportent point à faire chose qui contrevienne en rien à l'édit de paciffication, vous asseurant que je suis bien résolu de closturer ceux qui yront au contraire et en faire punition exemplaire, sans en espargner aucun. » (A. Thierry, II).

Ce mode électoral qui dura peu, puisque l'année suivante l'on revint aux anciens errements, était le résultat de la déclaration de Crémieu, du 14 juillet 1564, portant que dans les villes sièges d'archevêchés et d'évêchés ou de cours de parlement l'élection des prévôts des marchands, mayeurs, échevins et autres officiers municipaux serait double à l'avenir. (Isambert, T. XIV, p. 172).

(318) Etienne Cardon, sieur d'Argenlieu. (La Morlière). Il portait d'argent à trois chardons tigés au naturel. Il mourut le 24 août 1574. L'épitaphier manuscrit de Picardie mentionne sa sépulture au cimetière Saint-Denis.

(319) Malgré les édits, les officiers royaux s'infiltrent dans l'échevinage, un acte en date du 12 octobre 1566 affirme qu'ils font la moitié de ce corps. Dans un nouvel édit, rendu à Boulogne-lès-Paris, Charles IX arrête que les dispositions de celui de 1547 recevront plein et entier effet en ce qui concerne leur exclusion. Un mois après à peine, le 8 novembre, à Saint-Maur-les-Fossés, un arrêt du conseil revient sur cette inhibition et sur les réclamations des maires, prévôt et échevins de la ville, les modifie en statuant qu'on ne pourrait nommer à ces fonctions plus d'un ou deux officiers de justice ou gens de longue robe, les comptables n'ayant pas rendu leurs comptes et soldé leurs reliquats, exercer du delà de deux ans, qu'enfin l'administration des deniers communs appartiendrait dorénavant à des receveurs qui rendraient compte devant le bailli d'Amiens ou les gens de la chambre des comptes à Paris. (A. Thierry, II, 762 et suiv.).

(320) Charles Gorain mourut le 6 janvier et fut inhumé dans le

cimetière Saint-Denis. (Epitaphier de Picardie). Charles de Louvencourt, prévôt royal, paracheva l'année. Gorain portait écartelé au 1er d'argent à trois croissants de sable contournés, au 2e d'argent à une hure de sanglier, au 3e de Créqui, au 4e d'argent à une anille de sable. Il laissa, pour distribuer des petits draps aux pauvres, le jour de la Saint-Pierre, un écu vingt sols à prendre annuellement sur la maison de Jehan Machuart, boulanger, rue de la Hautoie.

(321) Pierre Boitel, bourgeois et marchand, maître du Puy en 1571. Tableau : *Du peuple serf l'entière délivrance.* Il portait d'azur à une patte de griffon d'or posée en chef et à une croix recroisetée aussi d'or posée en pointe, à la fasce d'argent chargée de trois merlettes de sable.

(322) Charles Lenormant. C'est une erreur de copie, il faut lire Charles de Louvencourt, comme le disent les listes de La Morlière et de Daire. Charles de Louvencourt portait d'or à trois têtes de louve de sable.

(323) Antoine Pingré, bourgeois et marchand, maître du Puy en 1574. Tableau : *Victoire en main d'une forte pucelle.*

(324) Voir note 321 ci-dessus.

(325) Le 14 octobre 1567, Charles IX écrivait à la mairie d'Amiens que la ville étant dépourvue de chef et de conduite, il y envoyait Charles d'Halewyn, s[r] de Piennes, chevalier de ses ordres, avec sa compagnie d'ordonnance pour la mettre à l'abri des tentatives qu'on pourrait faire sur elle. La ville réclama énergiquement contre cette infraction au privilège qu'elle avait de se garder elle-même. Guillaume Delesseau, avocat de la ville, chargé de porter en cour cette réclamation, revint bientôt avec une réponse favorable, et Charles IX, par une autre lettre du 19 du même mois, déclara qu'il voulait qu'elle demeurât sous la garde de ses habitants, n'ayant d'autre envie que de les conserver dans leurs privilèges et autorité. (Reg. aux délib., T. XXXVIII; A. Thierry, II, 273).

(326) Nicolas Croquoison portait d'azur à une oie d'argent surmontée d'un croc de même. Il avait épousé Mlle Marie de Louvencourt. Il mourut au mois d'octobre 1578 et fut inhumé au cimetière Saint-Denis. (Epitaphier de Picardie).

(327) Les élections de 1568 avaient donné lieu à une scission entre les membres de l'échevinage. Le prévôt et six échevins, arguant de l'obscurité de l'édit de 1566, demandèrent au bailli d'interpréter cette ordannance avant le renouvellement de la loi. Obtempérant à cette requête, ce magistrat demanda communication de l'ordonnance de François Ier en 1520 et des anciens statuts d'élection. Par contre, leurs collègues et le maire répondirent qu'ils savaient fort bien se régler pour la prochaine élection du maire. Nous ignorons quelles suites eut ce désaccord, mais le 19 octobre 1567 un arrêt du conseil privé, contradictoire de celui du 8 novembre 1566, décida que pour cette fois et sans tirer à conséquence les échevins seraient libres d'élire d'anciens maires, même ayant siégé deux années entières dans le corps municipal. (A. Thierry, II, 779).

(328) Nicolas Auxcousteaux, sieur de Pierreville. (La Morlière). Voir ses armoiries note 99.

(329) François Bigant, sieur de Festonval et de Carroix, époux de D[lle] Jehanne de Camousson. (Comptes de 1595-1596). Il portait d'azur à la fasce d'argent chargée de trois coquilles de sable et accompagnée de trois besans d'or.

(330) Brunel, marchand, maître du Puy en 1565 ou 1566 nouveau style. Tableau : *Brune je suis, toutefois douce et belle.*

(331) Jean de Collemont, bourgeois et marchand, deux fois maître du Puy en 1563 et 1592, donna les tableaux : *Des cieux rosée en toison descendue* et le *Mont prévu du sage avant tout âge*. Il s'était fait représenter dans ce dernier en robe de maïeur avec l'écu de ses armes au bas. Il portait d'azur à trois coquilles d'or, à la fasce d'argent chargée de trois tourteaux de sable, supports deux licornes, au cimier de son casque une demi-licorne. (Pagès). — Villers fait les tourteaux d'or et les coquilles de sable.

— Jean de Collemont avait épousé D[lle] Louise Pingré. (Comptes de 1595-96)

(332) Raoul Guebin était marchand drapier, maître du Puy en 1572. Tableau : *Vigne plantée au mont de sauvegarde.*

(333) Le 6 octobre 1573, la paix de la Rochelle mit une trêve entre les catholiques et les protestants. Charles IX, pour fermer les plaies de la guerre civile, indiqua une réunion des Etats à Compiègne et ordonna une enquête dans les provinces. Le 6 décembre l'échevinage arrêta le cahier des doléances qu'il se proposait d'adresser. Au nombre des désidérata très intéressants de ce document figure la question de l'introduction des officiers royaux et gens de robe longue dans l'échevinage, se plaignant des arrêts du conseil privé « donné, dit-il, au pourchas d'aucuns de la prétendue religion réformée et durant les troubles qui limitaient leur présence à deux au plus, ce qui était incommode et dommageable au public. Suppliant lesdits habitans qu'il plaise au roy qu'ils demeurent en liberté de nommer pour eschevins telles personnes que bon leur semblera, gens de justice, bourgeois, marchands ou aultres, pourvu qu'ils ne soient mécaniques, du moins jusqu'à six de longue robe et de justice, attendu qu'il y a vingt-quatre eschevins dudit corps de ville et que ceulx qui seront plus nommez par les habitans y demeureront anchoires qu'ils aient été audit eschevinage les années précédentes et nonobstant ledit arrêt. (A. Thierry, II, 816 et suiv. ; Dom Grenier, XIVe paquet, n° 8).

Les Etats projetés à Compiègne n'eurent pas lieu. La guerre civile recommençait le mardi-gras de 1574. Un arrêt du 25 mars de cette année maintint les décisions du conseil privé sans tenir compte des vœux du cahier de doléances; puis en 1575 des actes émanés de l'autorité royale facilitèrent de nouveau l'entrée des officiers royaux jusqu'à ce qu'un nouvel arrêt du 27 mars 1577 replaça les élections sous le régime de celui de 1566.

(334) François Gauguier, licencié ès-lois, avocat au bailliage et siège présidial, portait des armes parlantes : d'or au noyer de

sinople (en picard gauguier). Il avait épousé Anne Lefranc. (Villers de Rousseville). — Il possédait la belle maison renaissance de la rue des Vergeaux, connue sous le nom de Maison du Sagittaire.

(335) Gaspard Fouache portait d'azur au lion d'or, armé et lampassé de gueules, accompagné de trois étoiles d'or à six raies.

(336) Jean Thierry avait épousé une D^lle Forestier. (Reg. Y, 3, 249).

(337) Pierre Gonnet, bourgeois et marchand, maître du Puy en 1615. Tableau : *D'un tel trespas, parangon n'est au monde.* Il portait d'argent à trois fasces ondées de gueules. Breuil l'appelle Jean et le qualifie d'ancien échevin. Il n'y a pas d'autre échevin du nom de Gonnet que Pierre.

(338) Philippe de Gueully, époux de Mlle Jeanne Lesellier. (Grand Nobiliaire).

(339) La Morlière, Daire et Villers qui le copient, indiquent comme maire en 1575 Nicolas de Nibat. C'est une erreur. (Voir A. Thierry, II, 851, délibération du 30 août 1576).

(340) Voir ci-dessus note 300.

(341) Nicolas de Nibat, écuyer, licencié ès-lois, avocat au bailliage et siège présidial, sieur de Bellevilers, avait épousé D^lle Marie Leroy. (Comptes de 1596, Y, 3). — Il portait de gueules à trois épées, la pointe en bas, d'argent à la garde d'or, rangées en face et posées en pal. (La Morlière et Daire indiquent comme maire Jean Dippre).

(342) Jean Pécoul, bourgeois et marchand, maître du Puy en 1585. Tableau : *Sujet certain de la foi toujours vive.*

(343) La Morlière et Daire font encore François Gauguier maire en 1577, au lieu de Jean Dippre.

(344) Robert de Sachy, sieur de Haudvillers, bourgeois, marchand drapier, maître du Puy en 1568. Tableau : *Chassis où luit le soleil de justice.*

(345) Guichard Forestier, époux de D^lle Marie Judas. (Comptes de 1596).

(346) Philippe Du Béguin portait d'azur à un chevron d'or, accompagné en chef de deux étoiles et en pointe d'un lion d'or.

(347) Jean Dubois portait d'argent au lion de sable armé et lampassé d'azur. — Suivant Villers, d'argent à trois arbres de sinople sur une terrasse de même, mouvant de la pointe, accompagnés en chef de deux étoiles de gueules.

(348) Un Philippe Matissart, son père? marchand de vins aux Verts cercles, sur le grand Marché, avait été maître du Puy en 1526. Tableau : *Cercle au vaisseau de vin de sapience.*

(349) Jacques Le couvreur, écuyer, seigneur de Vraignes, époux de dame Marie De Mons, mort des suites de ses blessures à la surprise d'Amiens par les Espagnols. Il fut inhumé dans le cimetière Saint-Denis.

(350) François Castelet, époux de Jeanne de Louvencourt.

(351) L'édit de Nemours, du 7 juillet, consacra la prépondérance de la Ligue et l'abaissement du parti protestant. En vertu de cet édit, les religionnaires furent expulsés d'Amiens et le 4 octobre Henri III écrivit aux habitants pour leur recommander de n'élire pour maire et échevins que les plus anciens, les plus sages et les plus avisés citoyens, bons catholiques, agréables au peuple et pouvant s'acquitter dignement de ces charges pour le repos et utilité de cette ville et pour le bien de son service. (Reg. aux délib. T, 47, 248 *bis*; A. Thierry, II, 941 et suiv.).

(352) Auteur des Ordonnances politiques *imprimées en 1586,* dit Daire dans son *Hist. littéraire,* p. 72. C'est une erreur ou tout au moins une étrange confusion. Sous la mairie de Du Béguin, en effet, fut fait le cartulaire R, dit le Livre Noir, de la couleur de sa reliure, mais qui ne fut imprimé qu'en 1658, comme nous le dirons plus loin à cette date. Dusevel, qui a suivi Daire, avoue lui-même n'avoir jamais rencontré un exemplaire de ces Ordonnances.

(353) Jean Dufresne, bourgeois et marchand, maître du Puy en 1581. Tableau : *Fresne élevé par dessus toute plante.*

(354) Le 19 décembre 1586, un nouvel arrêt du conseil d'Etat prescrit l'entière exécution du règlement de 1566 au bailli d'Amiens qui, aux élections, avait reçu par provision un troisième échevin de robe longue qui est une ouverture pour admettre indéfiniment toute personne de justice et de robe longue. (A. Thierry, II, 950).

(355) Robert Fournel, époux de D[lle] Marguerite Gorin. (Comptes Y, 3, 250).

(356) En raison de la situation des esprits, Henri III avait écrit le 16 octobre 1587, pour enjoindre de nommer pour maire l'une des trois personnes qu'il désignait et de faire élire d'une seule fois, par le peuple, les vingt-quatre échevins. Pour obéir au roi et sauvegarder les intérêts de la ville, on arrêta que les six échevins électeurs présenteraient les sujets choisis par le roi. L'élection se fit ainsi et Jean de Collemont fut proclamé maire. Quant à celle des échevins, comme moyen de conciliation, on convint de faire ratifier par les douze premiers les douze autres élus par le peuple à condition qu'ils prêteraient serment devant le maire et non devant le lieutenant général comme les premiers. Le 8 novembre suivant, de son camp de Jargeau, le roi se déclara satisfait de ce qui avait été fait, toujours sans préjudicier en rien pour l'avenir aux privilèges de la ville (Reg. aux délib., T. 48; A. Thierry, II, 952 et suiv.).

(357) Le 29 mai 1588, dans une assemblée tenue à l'hôtel de ville, sous la présidence de Jean de Collemont, Amiens avait fait adhésion solennelle à la Ligue. (A. Thierry, II, 956 et suiv.). — Toutefois ce fut contre l'opinion de ce magistrat, car il désapprouvait cette mesure. Cette conduite modérée lui aliéna son ancienne popularité; après l'assassinat des Guises, on se défia de lui et les clefs des portes de la ville lui furent retirées et déposées à l'hôtel de ville, tout le reste de sa mairie, où cinq ou six échevins allaient tous les jours les garder à tour de rôle. (Pagès).

(358) Toutefois, en octobre 1588, Jean de Collemont fut continué comme maire par la volonté du peuple. Avant de procéder au renouvellement de la loi, le procureur fiscal de la ville avait

reçu mission, au cas où le lieutenant criminel procèderait à ce renouvellement, de déclarer que le maire ne prêterait serment devant lui en tant qu'il ne serait question que de crime, et que si le bailli voulait faire prêter serment aux échevins électeurs, lorsque les élus lui seraient présentés, de s'y opposer formellement, attendu que ces électeurs prêtent serment sur les saints évangiles devant M. le Maire.

Quand les noms des trois candidats proposés : Jean Dippre, Nicolas Auxcousteaux et Gaspard Fouache furent présentés « le peuple n'a voulu passer pour porter sa ballote en la manière accoustumée et aurait crié plusieurs fois : *rien, rien* et aprez *continué*, tellement que ledit sieur bailly d'Amiens, pour éviter sédition et tumulte du poeuple, auroit decretté que sire Jehan de Collemont seroit continué maieur pour cette année, et ce sans tirer à conséquence et sans préjudicier aux privilèges de ladite ville, lequel de Collemont a faict le serment par devant led. bailly d'Amiens. (Reg. aux délib., T. XLIX, 28 octobre 1588; A. Thierry, II, 974).

Par lettres du 15 septembre 1588, Henri III avait conféré la noblesse à Jean de Collemont pour le récompenser de ses services et l'engager à les continuer. (Bibl. Nat., collection Béthune, vol. 8914).

Au f° 133 de ce volume se trouve un très curieux mémoire sur les moyens à pratiquer pour amener des choix favorables à la cause de la royauté, en un mot pour faire triompher ce qu'on nomme aujourd'hui les candidatures officielles, et sur la conduite du lieutenant général Vincent Leroy, l'un des plus fougueux ligueurs de la ville. Ce manuscrit est des plus intéressants pour l'histoire d'Amiens à cette époque. On y trouve le complément de ce que taisent les documents officiels. On y voit les progrès de la Ligue, l'agitation des populations, le trouble des esprits, les bravades des uns, les terreurs des autres. Déjà la capitale a absorbé l'esprit provincial; que fait-on à Paris? tel est le cri général à chaque incident de cette vie troublée par les passions politiques et religieuses. Au f° 138 se trouve un mémoire pour instruire le roi de ses bons et fidèles serviteurs dans la ville d'Amiens : Jean de Collemont, représenté comme l'instrument du fanatique curé de Saint-Leu Wyart, François Bigant, Vincent Leroy, Gaudefroy de Baillon, Scourion, François Gauguier, Gaspard Fouache tous ligueurs. Le portrait de ce dernier est assez plaisamment tracé : « Homme aimant à demeurer audict eschevinage pour y faire ses affaires, qui néantmoins en parolles se promect bon serviteur de sa majesté. Je ne sçay si a l'effaict il se rendroit tel, estant homme assez aisé à persuader, » etc. Les feuillets précédents donnent la liste des élus de 1587-1588 et y constatent que sept échevins seulement : Fouache, Lenormant, Lenglès, Matissart, Coureux, Bernard et Lecaron sont fort affectionnés au service du roi ; ils n'arrivent sur la liste qu'aux 10e, 12e, 13e, 15e, 16e, 21e et 22e rangs.

(359) Claude Lemattre, conseiller au bailliage, est l'auteur de divers mémoires présentés à l'échevinage, dans lesquels il indique minutieusement les précautions à observer pour mettre la ville d'Amiens à l'abri des surprises de l'ennemi. Ses sages avis ne furent pas écoutés, et il fut du petit nombre des courageux citoyens qui, le 18 mars 1597, tentèrent de défendre la cité contre les soldats d'Hernan Tello. « Les ennemis étant venus en son quartier, raconte Pagès, il vint avec ses armes sur la porte de sa maison et s'y estant deffendu durant quelque temps il y fut tué par les ennemis, durant que Madame son épouse, digne d'un tel mary, estoit dans la rue criant : aux armes ! aux armes ! chers amis, que ceux qui n'en ont pas viennent chez nous et nous en fournirons pour se deffendre. »

Les manuscrits de Lemattre sont aujourd'hui en la possession de la Société des Antiquaires de Picardie.

(360) On trouve en 1546, un bourgeois, Jean Ponné, maître du Puy, donateur du tableau : *Reine régnante en liesse éternelle.* Il portait d'azur au chevron d'or accompagné en chef de deux oiseaux et en pointe d'un trèfle de même. Un autre Jean Ponée, vicaire de la collégiale de Saint-Firmin-le-Confesseur, est égale-

ment maître en 1558 et donne le tableau : *Vierge fleurie à Joseph espousée.*

(361) En 1589 les ligueurs avaient bien pris leurs précautions pour qu'aucun choix ne tombât sur des gens hostiles à l'Union. Le lieutenant général Vincent Leroy présida lui-même à toutes les opérations. Les bornes de ce travail ne nous permettent pas de publier le curieux procès-verbal de ces curieuses élections. Qu'il nous suffise de dire que le 27 octobre on vota pour les échevins, que les bulletins déposés dans un coffre furent dépouillés le lendemain à midi, qu'on procéda au préalable à la nomination des receveurs du domaine, des aides et du maître des ouvrages, puis à celle du maire, et le lieutenant général ayant nommé les douze premiers échevins en statuant sur tous les cas de réclamations qui s'étaient présentés au sujet des gens de robe longue, de Jean de Collemont, naguère maïeur, et de Robert Delattre et Antoine Henry, marchands de vins en détail qui était chose mécanique, qui s'étaient présentés, admit, nonobstant la jurisprudence, les gens de longue robe qui y figuraient en grand nombre « et leur fit faire le serment en tel cas requis et accoustumé et pour la deffense de la cause de Dieu et de la relligion catholique, apostolique et romaine, suivant la saincte unyon qui a esté jurée, et de nommer par chacun d'eulx un eschevin non suspect à la cause et qu'ils jugeront en leur conscience estre ydoines et capables de ladicte charge d'eschevins, ce qu'ils ont juré, et plus avant n'a esté procédé. » L'histoire des dissensions politiques et religieuses sur laquelle nos historiens ont glissé légèrement est encore à faire ; puisse-t-elle trouver la plume judicieuse d'un Dupont-White qui a si bien décrit la Ligue à Beauvais.

(362) Antoine Gougier, seigneur de Seux (La Morlière), annobli en 1594. Il portait d'azur au chevron d'or accompagné de trois étoiles de même soutenues chacune d'un croissant d'argent. Il avait épousé Isabeau Auxcousteaux.

(363) Adrien de Mareuil. La Morlière et Daire le nomment Antoine. Il portait d'azur à la fasce d'argent accompagnée de trois

étoiles d'or suivant Villers, d'argent suivant Haudicquier de Blancourt. Il fut annobli en 1594.

(364) François Castelet, sieur de Thérouenne. (La Morlière). Il portait d'or au castel de gueules accompagné en chef de deux étoiles d'azur ; suivant Villers, de deux roses d'aznr. Il avait épousé Jeanne de Louvencourt.

(365) Louis Devillers avait épousé Marie Dufresne.

(366) Le journal de Jacques Cornet, bourgeois d'Amiens, donne une idée des élections de 1593. En violation de la loi municipale, une partie des habitants demanda tumultueusement la continuation de Antoine Gougier, maire en charge, qui fut assez subitement mené dans l'auditoire du bailliage par le lieutenant général Vincent Leroy qui lui fit immédiatement prêter serment. Mais la majorité des habitants ayant réclamé l'élection d'un des trois candidats proposés suivant l'usage, et étant allé trouver en sa maison le duc d'Aumale pour le prier de conserver les privilèges de la ville, « celui-ci se transporta aux halles sur les onze heures à midy, commanda de sonner la cloche, disant qu'il ne partirait que l'un des trois ne fut nommé, ce qui fut fait sans délai et Antoine de Berny ayant obtenu la majorité fut mené prêter le serment de maieur. Est icy à noter (nous copions Jacques Cornet) » que le sieur Gougier qui jà l'avoit pretté au matin ne mit aucun » empêchement à la réception dudit de Berny, afin qu'il n'en vint » à naître aucune sédition qui jà paroissoit fort, laquelle par ce » moyen fut assoupie. A raison de ces troubles lesdits douze » eschevins qui doivent être créés par la nomination du poeuple, » par les billets qui pour cet effet sont baillés par chacune porte » pour estre lus ledit jour, furent différés au lendemain. Au nombre » desquels Jacques Cornet fut admis, non pour être désiré par lui, » la charge ny autre employ pour y parvenir, mais par le moyen » de ses amis qui lui avoient fait nommer. Or d'autant qu'exerçant » ladite charge pendant ladite année, il a reconnu infinies parti- » cularités très dangereuses qui seroient trop longues à réciter, » il prie ses enfans se donner garde surtout d'aspirer jamais aux

» charges publiques et se contenter de négocier tout doulcement
» leurs petites affaires, sans chérir ni caresser l'ambition quelque
» offre qui leur soient présentées par les premiers et grands ou
» bien par un publicq et communauté, se souvenir aussi qu'un
» poeuple est merveilleusement sujet à l'inconstance et variété,
» lorsqu'il se voit affligé et privé de quelque vain espoir. » A. Thierry, T. II, 1041.

Ces conseils de Jacques Cornet à ses enfants peuvent être taxés de pusillanimité, mais il faut reconnaître que ce sont ceux d'un homme honnête et sensé, connaissant bien le cœur humain, et surtout la versatilité des masses et l'inconstance de la popularité.

(367) De Berny portait d'argent à trois bandes de gueules chargées chacune de trois roses d'or, annobli en 1594, époux de Dlle Catherine de Bailly, décédé le 16 juin 1626, inhumé au cimetière Saint-Denis. (Epitaphier de Picardie).

(368) Mathieu Certain, marchand drapier, rue des Vergeaux, à l'enseigne de Saint-Chistophe, fut blessé d'une arquebusade à l'épaule dans l'émotion populaire du 25 juin 1594. Il succomba onze jours après et fut inhumé dans le cimetière Saint-Denis, où son épitaphe se voyait encore en 1825, dit une note de l'éditeur de Pagès. Il avait épousé Jeanne Scellier. (Epitaphier de Picardie).

(369) Pierre de Famechon, procureur du roi, seigneur d'Estouvy, époux de Marguerite Carette. (G. N.). Il portait d'azur au chevron d'or accompagné de trois trèfles de même, surmonté d'un cornet lié aussi d'or. Dans Villers il porte: écartelé au 2e et 3e de Canteleu, au 1er et 4e d'azur, au chevron d'or surmonté d'un oiseau de même, accompagné de trois fleurs de lys d'or, deux et une.

(370) Vincent Voiture, époux de Jeanne de Collemont, père du célèbre Vincent Voiture le littérateur.

(371) Maître du Puy en 1595. Tableau : *Toujours la Vierge on loue en cour céleste.* Il y était représenté avec son épouse, Barbe Gamin.

(372) Les élections de 1596 ne se firent pas non plus sans agitation. Les lettres du 19 octobre portaient que le roi voulait le

maintien des échevins en charge, laissant aux habitants la faculté de proroger ou de remplacer le maire actuel. Mais à la lecture qu'en fit le lieutenant général au bailliage, le corps municipal déclara qu'il n'avait pas sollicité cette continuation de pouvoir et qu'il était prêt à se démettre si Sa Majesté le permettait. Le procureur fiscal démontra que les lettres royales étaient subreptices et sollicitées seulement par quelques amiénois, au mépris des règlements et privilèges de la ville, et requit le lieutenant général de surseoir à leur exécution, jusqu'à ce qu'on se fût assuré de la volonté royale. Il fut décidé que les échevins seraient provisoirement maintenus et que l'élection du maire et des trois receveurs et maître des ouvrages aurait lieu suivant la forme accoutumée. Cette élection fut tumultueuse; des placards injurieux contre les magistrats et officiers du roi avaient été affichés dans les carrefours. Le lieutenant général, malgré l'opposition du fiscal qui demandait le vote pour les échevins, ordonna la continuation de leur exercice. Le peuple, criant les noms de Famechon et de Correux, suivant ses préférences particulières, avait envahi la salle; il fallut mettre des gardes aux portes et procéder à quelques arrestations. Enfin les échevins électeurs apportèrent les noms des trois candidats présentés au suffrage du peuple, et Pierre de Famechon ayant réuni la pluralité des voix, fut élu et prêta serment.

Le procureur fiscal de la ville, rappelant ses protestations contre le maintien de l'échevinage, se présenta devant lui pour obtenir les pièces nécessaires et l'argent de son voyage pour aller en cour faire des remontrances au roi et soutenir l'appel de la ville; les échevins le chargèrent de porter au roi la déclaration que nous avons mentionnée plus haut de leur intention de se démettre s'il lui plaisait.

(373) Pierre de Famechon, procureur du roi au bailliage d'Amiens en 1595, seigneur d'Estouvy, annobli par Henri IV le 8 octobre 1594, ne paraît pas s'être montré à la hauteur de ses fonctions de maire lors de la surprise de la ville par les Espagnols. Il fut accusé alors d'avoir été de connivence avec l'ennemi et

d'avoir salué le vainqueur en ces termes : *Desiderio desideravi hoc Pascha manducare tecum.* Une tradition veut toutefois qu'il se soit, à la nouvelle de l'entrée des Espagnols, enfui précipitamment à cheval jusqu'à Clermont, emportant avec lui les clefs de la ville ; mais quelques mois après sa reprise par Henri IV, étant revenu à Amiens, sa présence y fut mal vue des habitants qui rejetaient sur lui les causes de leur malheur, et le 24 janvier 1599 l'échevinage présenta une requête au roi pour qu'il lui plût lui interdire d'y résider.

« Sire,

» Ayant plu à votre Majesté permettre à Me Pierre Famechon naguères mayeur de votre ville d'Amiens d'y rentrer et séjourner pour quelque temps, plusieurs habitans, vos très humbles sujets et serviteurs, l'ayant vu se promener par les rues et en la grande église prendre hardiment dans le chœur l'un des lieux plus éminens et honorables, ont reçu un renouvellement de douleur, non qu'ils ne soient entièrement disposés d'obéir à la volonté de votre Majesté, mais le principal souvenir de leurs misères passées et de voir à leurs yeux le sujet principal de leur désastre, dont s'en est presque ensuivi celui de toute la France, est la seule cause, Sire, qu'eux et nous vous supplions très humblement si tant est qu'il plaise à votre Majesté que ledit Famechon participe au bien que nous recevons de votre grâce et clémence, au moins il soit tenu se retirer ailleurs et non point dans votre dite ville d'Amiens afin que sa présence n'altère le repos de vos sujets, protestans néanmoins, Sire, que nous sommes préparés d'exécuter votre commandement et plutôt souffrir la mort que de jamais penser à faire chose désagréable à votre Majesté. Sur cette vérité, nous allons prier Dieu, Sire, qu'il lui plaise conserver en longues années Votre Majesté en tous heur, prospérité et santé.

» De votre ville d'Amiens ce 24 janvier 1599,

» Vos très humbles, très obéissans et très fidèles sujets les échevins de votre ville d'Amiens.

» De Lesseau. »

(Daire, I, 557).

Malgré cette démarche, il fut maintenu dans sa charge de procureur du roi le 20 septembre 1599, pour avoir, disent les manuscrits du temps, suivant le P. Daire, prêté 6,000 livres au roi. Le 8 août ce prince écrivait encore cette lettre au comte de Saint-Pol, raconte le même auteur : « Au reste il y a longtemps que je suis importuné de Famechon pour le remettre en l'état de mon procureur à Amiens, ce que j'ai différé de faire tant que la vérité de ses actions auroit été connue, maintenant qu'il ne s'est trouvé aucune perfidie en lui et que j'ai scu que son rétablissement ne peut apporter aucun préjudice à mon service, je veux qu'il soit rétabli en ladite charge n'est que ceux de ma justice, lesquels vous ferez appeler, ne le voulussent accuser de quelque acte indigne d'un sujet envers son prince, qui ne fut encore venu à ma connaissance. » En conséquence le parlement le réhabilita le 1er février 1600, et le bailliage d'Amiens le déclara innocent le 17. (Daire, I, 399). L'on verra plus loin sa famille figurer encore dans les charges municipales.

Elle portait d'azur au chevron d'or accompagné de trois trèfles de même, surmonté d'un cor de chasse aussi d'or, supports deux lions, cimier un mufle de lion. (G. N.).

(374) Cordelois, époux de Dlle Barbe Sagnier.

(375) Guillaume Cadot périt le 10 mars 1597 en défendant la ville contre les Espagnols. Les historiens d'Amiens citent encore parmi les morts de cette journée François de Blairye, échevin en charge. C'est une erreur, quant à la qualité. Son nom ne figure pas dans la liste de 1597, il ne fut échevin qu'une seule année en 1582. Je ferai la même observation à propos de Claude Lemattre que Pagès qualifie du titre d'échevin bien qu'il n'ait jamais été que receveur de la ville. François de Blairye avait épousé une Dlle Jacqueline d'Achery de Saint-Quentin. Il fut inhumé au cimetière Saint-Denis. (Epitaphier de Picardie).

(376) Claude Pécoul portait d'azur à trois chevrons de vair. Les Espagnols, maîtres de la ville, en renouvelèrent la loi le 18 mars. Suivant la coutume, on présenta trois candidats pour la

mairie : Charles Gorguette, élu en l'élection, François Gauguier, ancien maïeur et Claude Pécoul. Ce dernier, qui avait obtenu la majorité, fut élu. Avocat au bailliage et siège présidial, bailli du chapitre de la cathédrale, il l'était encore de la seigneurie de Boves appartenant au duc d'Aumale. La Morlière, par patriotisme, n'a pas inscrit le nom de ce maire agent de l'étranger, et dans Villers de Rousseville son écusson figure renversé.

(377) Delattre fut nommé prévôt en remplacement de Charles de Suin.

(378) Michel Randon avait épousé D^{lle} Françoise Gauguier, fille de l'ancien maïeur. Il avait été député aux Etats de Blois en 1588.

(379) Robert Coureux ou Correur annobli par Henri IV à l'occasion des services qu'il avait rendus durant les troubles de la Ligue, époux de D^{lle} Marie Carpentier. Il portait d'azur au chevron d'or accompagné de trois étoiles de même, surmonté d'un soleil aussi d'or, supports deux cygnes, cimier un soleil (G.N.). — Il fut inhumé dans l'église Saint-Séverin de Paris. (Bibl. Nat., Epitaphier de Picardie).

(380) Le 15 mai 1598 le comte de Saint-Pol, gouverneur de Picardie, pour décorer les magistrats politiques de la ville d'Amiens et faire qu'ils soient reconnus et respectés ainsi que le service du roi et la dignité du magistrat le méritent, ordonna que les échevins assistant aux processions et assemblées publiques porteraient une robe de drap noir garnie de velours, avec chacun un bonnet de velours ras pour les distinguer du premier échevin qui en aurait un de velours plein, et mettant aux dépenses de la ville la fourniture de ce costume délivré à chacun de ceux appelés à remplir cette charge. Le 18 février 1614 la cour des comptes fixa les robes et bonnets à 60 livres pour chaque échevin. (A. Thierry, II, 1102).

(381) Adrien de Mareuil avait été annobli par Henri IV en 1594. Lors de l'occupation espagnole en 1597, il dirigea le complot du capitaine Sireuil, mais il put s'échapper de la ville et se réfugier au camp de Henri IV lorsque la conspiration fut découverte à

Hernan Tello par deux traîtres, le poissonnier Hugues Leroux et le religieux Augustin Louis de Laboulle.

(382) Antoine Pingré, s[r] de Genouville, portait d'argent au pin de sinople fruité d'or et sommé d'une grive de sable.

(383) Moreau portait d'or à la tête humaine de sable bandée d'argent. Il avait épousé Claire Pécoul. (Pagès).

(384) Jean Demons, sieur d'Hédicourt, époux en secondes noces d'Honorée de Villers. (G. N.).

(385) Robert de Sachy, époux de Madeleine Mouret, décédé le 31 mars 1612, inhumé au cimetière Saint-Denis. (Epitaphier de Picardie).

(386) Jean Thierry, sieur du Candas. Il portait d'azur au chevron d'or, accompagné de trois étoiles de même, et avait épousé Marie Pingré, fille unique d'Antoine Pingré. (Villers).

(387) Louis Dufresne, bourgeois et marchand, maître du Puy en 1613. Tableau : *Don de l'époux qui l'épouse console.* Il portait d'or au frêne arraché de sable.

(388) Jacques Cornet, seigneur de l'Angle, de Coupel et du fief d'Ynval en Artois, époux d'Anne Rabache. La famille Cornet portait d'azur au chevron d'or accompagné d'un cornet d'or lié de même posé en pointe et deux étoiles d'or en chef. (Pagès). — Cornet d'argent lié d'or. (Villers). — Jacques Cornet a laissé un registre, mémorial de famille, qui renferme des particularités intéressantes sur la surprise d'Amiens. Le P. Daire en a donné un fragment dans son *Histoire littéraire.* Il est le père de Nicolas Cornet, grand maître du collège de Navarre à Paris, né de son union avec Anne Rabache.

(389) Louis Artus, marchand teinturier, maître du Puy en 1609. Tableau : *Portrait qui rend celui qui le voit chaste.*

(390) François le Séneschal portait d'azur au chevron et à trois trèfles d'or. Décédé en 1623, âgé de soixante-cinq ans. (Villers de Rousseville).

(391) François Fauquel, bourgeois et marchand, maître du Puy en 1610. Tableau : *Fleur la beauté des célestes campagnes.*

(392) Baptiste Roche portait d'azur au chevron d'or, accompagné de trois poissons (roches) d'argent.

(393) Voir ses armoiries ci-dessus, note 367.

(394) « Le jour de saint Firmin le Martir xxve jour de septembre mil six cent quatorze, à la nomination des habitans de ceste ville, joinct la retenue de deux eschevins de l'an passé Antoine Pingré, M. Antoine Dippre, M. Florens de Louvencourt, M. François le Séneschal, M. Jacques Vacquette, Jehan Lucas et M. Jehan de Herte trésorier de France ont esté reçus eschevins de lad. ville pour la présente année. Lesquels comparans, ledit jour ont faict le serment en tel cas requis et accoustumé pardevant Monseigneur le lieutenant général, sauf ledit sieur de Herte qui n'y est comparu et lequel n'a esté trouvé en sa maison. Delesseau. » (Reg. aux délib., T. 9, f° 192 v°).

Le 30 septembre M. de Herte n'avait pas encore prêté serment. Etait-ce diplomatie de sa part? peut-être, si l'on en croit la délibération de ce jour, arguant « qu'il y a apparence qu'il ne désire pas d'entrer dans cette charge pour estre le dernier de la compagnie ainsy qu'il seroit s'il y entroit, mais que sy, sur la lyste envoiée au roy pour faire élection du premier eschevyn, il estoit choisi et nomé pour estre le premier, alors il pourroit accepter la charge, laquelle à présent il ne refuse pas et n'accepte pas. » Aussi, considérant qu'il n'était pas natif d'Amiens et que de tout temps les officiers municipaux avaient rempli cette condition, l'échevinage se rendit-il en corps auprès du duc de Longueville, gouverneur de Picardie, pour obtenir la conservation de cet usage qui, s'il n'était pas inscrit authentiquement dans les privilèges de la commune, était observé depuis si longtemps qu'il était passé en force de loi, l'édit de 1597 ayant décidé que le corps échevinal était créé à l'instar de celui de la ville de Paris, le prévôt des marchands et les échevins de la capitale étaient toujours choisis de personnes natives de cette ville. (Délib. T, 59; A. Thierry, III, 10).

(395) Lequien, trésorier de France en la généralité d'Amiens, portait d'azur au chevron d'or accompagné de trois gerbes de blé de même, deux et une. (Pagès, I, 160).

(396) Lecouvreur, sieur de Hervencourt en partie. (La Morlière). — Epoux en premières noces d'Adrienne Picquet, en secondes de Marie Creton. (G. N.). Il portait d'argent à un petit bois de sinople traversé par un sanglier de sable.

(397) Melchior Fouache, époux de Mlle Marie Auxcousteaux.

(398) Adrien Decourt, marchand, maître du Puy en 1623. Tableau : *Astre en décours après pleine lumière.*

(399) François Haunique, sieur de la Mairie. (La Morlière). Il portait d'or à la fasce d'azur accompagnée de trois roses de gueules, deux et une (ibid.), supports deux lévriers, cimier un lévrier naissant. Il avait épousé Mlle Barbe Dugard. (G. N.).

(400) Guy de Mareuil, sieur de Belloy, avait épousé Mlle Louise Dufresne. (Daire, *Hist. litt.*, 565). — Armoiries d'azur à la fasce d'or accompagnée de trois étoiles de même, supports deux lévriers, cimier un lévrier naissant. (G. N.).

(401) L'ordonnance du 15 mai 1598 nous a fait connaître le costume officiel des échevins. Une délibération échevinale de mai 1621 indique les couleurs des robes d'apparat des officiers de la ville : le procureur fiscal, l'avocat, le greffier, le maître des présents, le greffier des portes et fourrier, le greffier des comptes, le contrôleur des ouvrages porteront une robe de drap violet cramoisi, l'huissier de drap moitié rouge et bleu ainsi que le sergent messier, les deux sergents des quennes, les douze sergents de la suite des échevins, les huit sergents à masse de drap bleu pers, le chirurgien des pestiférés de drap violet ou bleu pers.

(402) Jean Palyart, brasseur, maître du Puy en 1622. Tableau : *Rameau de paix et foudre de justice.*

(403) François Hémart, époux de Marguerite Mouret. Il était seigneur de Bréviller. (Pagès).

(404) François de Louvencourt, sieur de Vauchelles et de Bourseville. (La Morlière). Portait d'or à trois têtes de loup de sable. Fils de Jean de Louvencourt, conseiller au bailliage, et de Marie Sacquespée. Ce magistrat cultiva les belles-lettres. La Morlière et le P. Daire en font un grand éloge. Il mourut en 1638 et fut inhumé ainsi que son épouse, Charlotte Clapisson, dans la nef de l'église du couvent des Ursulines.

(405) La famille Mouret portait d'azur à trois étoiles d'argent, deux en chef une en pointe, accompagnées d'un bouquet d'amourettes posé en pal. (Pagès).

(406) Au mois de juin 1625, quelque temps après le départ des trois reines, Marie de Médicis, Anne d'Autriche et Henriette de France, mariée à Charles Ier roi d'Angleterre, l'échevinage saisit l'occasion de leur séjour à Amiens pour solliciter la révocation de l'édit de 1597 et du blâme qu'il déversait sur la conduite des habitants, réclamant le rétablissement du titre de maire « ainsy qu'ès autres villes et moindres bourgades du royaume, noméement en la province de Picardie et la concession de certains droits pécuniaires, se basant sur des promesses faites, disait-il, par Henri IV lui-même. » Mais malgré la brillante réception faite aux trois reines, la cour fit la sourde oreille et la requête du 21 juin 1625 demeura sans réponse. (A. Thierry, III, 33).

(407) Antoine Pingré, sieur de Genouville. (La Morlière). Maison seigneuriale dans le Santerre, sur l'Avre, paroisse de Moreuil. Cette année 1627, il fut maître du Puy et donna le tableau : *Vierge à plein gré rayonnante de gloire.* Il portait d'argent au pin de sinople chargé de plusieurs pommes de gueules et surmonté d'une grue de sable. Il avait épousé Marie Correur.

(408) David Quignon, bourgeois, marchand, maître du Puy en 1616. Tableau : *Gloire à celui qui nom sur tous noms porte.*

(409) François Hannique, déjà premier échevin en 1625 où il fit recouvrir le puits du marché au blé d'un dôme ou couronnement de fer soutenu par six colonnes, le tout d'ouvrage si exquis et

élabouré, dit La Morlière, en 1626, fut de nouveau appelé à cette fonction en 1631 et 1632. Il avait épousé Barbe Dugard.

(410) Vincent Castelet, époux de Marie Vaquette, décédé le 28 février 1652.

(411) Nous avons donné ci-dessus, note 405, ses armoiries. Jacques Mouret, décédé le 6 décembre 1641, fut inhumé dans le cimetière Saint-Denis. (Epitaphier de Picardie).

(412) Claude de Mons, époux de Marie de Villers. (G. N.).

(413) Les élections de 1636 donnèrent lieu à des débats orageux. Louis XIII, par lettres de Senlis du 18 septembre, demandait la nomination de Mareuil, Lestocq, Sachy et d'Halloy. De son côté le duc de Chaulnes, gouverneur de Picardie et de la ville d'Amiens, exigeait le maintien d'Antoine Cornet. Les chefs de portes protestèrent en vain aux termes de l'édit de 1597. Le roi répondit qu'il voulait que ses lettres fussent exécutées et qu'il fallait obéir. Mareuil, Lestocq, Desachy et d'Halloy furent donc élus par les lettres de cachet du roi sans préjudice pour l'avenir, ainsi que Cornet retenu par le duc de Chaulnes, et Correur et Barré seuls par les suffrages des électeurs. (A. Thierry, III, 58 et suiv.). Le choix du roi paraît avoir été dicté par la conduite qu'avaient tenue, durant la dernière épidémie de peste qui avait ravagé la ville, les quatre personnes par lui désignées. (Ibid.).

En 1636 (Reg. aux délib., T. LXIII) l'échevinage sollicita encore en vain l'abrogation d'une partie de l'édit de 1597 et l'extension du nombre des échevins à douze. A. Thierry (III, 63) donne, d'après un manuscrit de la Bibliothèque nationale (fonds St-Germain français), une pièce sans date et sans signature (en date de novembre 1636, d'après Daire). Il ne paraît pas, dit A. Thierry, que ce règlement ait été exécuté d'une manière complète et suivie. Nous ne croyons pas qu'il ait jamais reçu la sanction de l'autorité, du reste le nombre des échevins ne fut jamais augmenté.

(414) Jean de Sachy portait échiqueté d'argent et de sable de vingt-cinq pièces à la bordure d'azur. Les anciennes armes de la

famille étaient, suivant Goze, d'azur à trois sachys (miroirs) d'or, le troisième dans un croissant d'argent surmonté d'un soleil d'or.

Jean de Sachy, sieur d'Haudvillers, marchand, avait épousé Mlle Marie Revelois qui portait de gueules, bandé d'argent de trois pièces chargées chacune de trois fleurs de lys renversées. (A. Breuil). Il mourut le 9 février 1644 et sa femme le 25 février 1662. Maître du Puy en 1601, il avait donné le tableau : *Terre d'où part la vérité naissante,* très curieux par les portraits de Henri IV, de Marie de Médicis, de Louis XIII enfant couché dans son berceau, de Mgr de la Marthonie, évêque d'Amiens, du duc de Caumont-Laforce, etc.

De tous les maîtres du Puy, de Sachy est le seul qui soit pour ainsi dire parvenu tout entier jusqu'à nous. Son tableau est au Musée de Picardie. Son chant royal, dont Breuil a fait ressortir l'inintelligibilité, l'emphase, le mauvais goût et l'indécence, nous a été conservé par Pagès et par Daire. Enfin son mausolée, œuvre remarquable du sculpteur Blasset, décore le pilier du bas-côté gauche de la nef de la cathédrale, entre les chapelles de N.-D. de la Paix et de Saint-Firmin. L'artiste le représente agenouillé en robe d'échevin, la toque à la main. L'auteur de la prétentieuse épitaphe de ce magistrat l'y qualifie de : *Civitatis hujus ambianensis, quater quondam primi moderatoris sapientissimi.*

(415) Charles Lestocq, époux de Jeanne de Rouvroy. Il portait d'azur semé de billettes d'or à une bande d'argent semée de trois molettes de gueules, supports deux licornes, cimier une licorne naissante dans un vol chargé des armes de l'écu. (G. N.).

(416) François Lebon, sieur de la Chaussée, président au bailliage et siège présidial d'Amiens, conseiller d'état et privé en 1647, époux de Marie Courtois. (Daire, *Hist. litt.,* 552).

(417) Vincent Leroy, époux de Marie Lecouvreur, fille de Jean Lecouvreur, sr de Renancourt, et d'Adrienne Picquet. Il portait d'azur à l'aigle éployée d'or accompagnée de trois roses de même,

une en pointe, deux en chef, support deux lions, cimier un aigle éployé d'or. (G. N.).

(418) Cette année encore, l'échevinage fut maintenu d'autorité royale; le roi trouva bon seulement que M. de Serisy, mal portant, fût remplacé par Charles Lestocq. (Archives de la Ville, liasse D 12, 77; A. Thierry, III, 76).

(419) François Mouret de la famille ci-dessus citée qui, quelques années après, fournira encore à l'échevinage Antoine et Nicolas Mouret.

(420) François Lebon portait de sinople à trois grues d'argent becquées et membrées de gueules tenant leur vigilance d'or, à un écusson échiqueté d'or et d'azur de vingt-cinq pièces, en cœur.

(421) Rogeau était en outre bailli du temporel de l'évêché. Les fonctions d'échevin lui avaient été conférées d'office par le gouverneur bailli d'Amiens au mépris de l'édit de 1597, qui en excluait les personnes gagées ou pensionnaires des princes, seigneurs et communautés. L'élection fut attaquée. Le 14 février 1650, le parlement décida que les élections futures seraient faites conformément aux termes de l'édit et que les pensionnaires sus-visés ne pourraient faire partie de l'échevinage et, en fin de compte, que Rogeau resterait toutefois en charge jusqu'à cette époque, sans tirer à conséquence.

(422) Antoine Gueudon, greffier du bailliage, était par cela même pensionnaire d'une communauté. Cette irrégularité jointe à d'autres amena scission et procès entre les membres de l'échevinage, tranché par les arrêts des 9 janvier, 10 mars et 20 avril 1651, transcrits sur les registres aux chartes de la ville pour y avoir recours si besoin était. (Reg. aux délib. T, 1650, f° 30; A. Thierry, III, 82 et suiv.).

(423) Antoine Lestocq, époux de Marie Parmentier. (Villers de Rousseville). Armoiries, voir note 415.

(424-425) Gabriel de Sachy, seigneur du Couldraye, Abancourt et autres lieux. Il avait épousé Anne de Villers, décédée le 19 mai 1628. (Pagès). Armoiries, voir note 414 ci-dessus. — Il fut continué dans ses fonctions par lettres royales de Compiègne du 10 septembre 1652. (Reg. aux délib. T. 65, f°s 121, 124).

(426) « En l'échevinage tenu à Amiens le 3 juillet 1653, le premier eschevin ayant représenté que le livre manuscrit appelé le Livre noir contenant plusieurs règlements, ordonnances et enseignements politiques utiles à tous les habitants est déchiré en plusieurs endroits et hors d'état de pouvoir servir et qu'il seroit à propos de le rendre commun et pour cet objet le faire imprimer; l'affaire mise en délibération, il a été resolu que ledit livre sera imprimé par Robert Hubault auquel la compagnie en a donné la permission. Cet imprimeur l'édita cette année même sous le titre de Recueil des dernières et principales ordonnances qui concernent principalement l'honneur de Dieu, la garde et seureté de la ville d'Amiens, etc., etc., mises par ordre et par chapitres séparez suivant les matières au long déclarées en la table estant à la fin du présent recueil qui a esté fait en l'année 1586 de l'ordonnance de Messieurs les mayeur, prévost et eschevins d'icelle, juges royaux ordinaires et politiques ayant soubz le roy la garde, force, gouvernement et superintendance de ladite ville. A ce temps sire Philippes du Béguin, sieur des Alleux, mayeur et M. Nicolas Delesseau, greffier d'icelle. » Amiens, 1653, R. Hubault, 1 vol. in-4°.

(427) Il portait d'azur à l'aigle à deux têtes éployé d'or accompagné de trois roses de même, deux et une. Il était fils de Vincent Leroy, lieutenant général au bailliage d'Amiens, échevin et prévôt royal en 1575, petit-fils de Vincent Leroy, aussi lieutenant général au même siège, mort d'apoplexie dans l'exercice de ses fonctions, en prononçant une sentence.

(428) Adrien Picquet portait d'azur à la bande d'or chargée de trois merlettes de sable.

(429) Jean Quignon, marchand, époux de Madeleine Boullet, maître du Puy en 1632, avait donné la vierge de Blasset écrasant le serpent, avec cette devise : *Dessus l'enfer agréable victoire.* Il portait d'argent à la bande de gueules de quatre pièces. (Breuil).

(430) François Decourt portait d'azur à un croissant contourné d'argent accompagné de trois étoiles d'or. — Suivant Villers, d'azur au chevron d'or accompagné de trois croissants contournés d'argent.

(431) Nicolas Pingré avait épousé Marguerite Dufresne.

(432) La famille Delattre portait d'azur à trois aiglons d'or, deux et un.

(433) Jacques De Mons, époux de D^lle^ Catherine Pillon. Armoiries d'azur au chevron d'or accompagné en chef de deux molettes de même, en pointe d'une rose aussi d'or, supports deux lions, cimier une merlette. (G. N.). La famille de Mons porte écartelé au 1er de Clabault, au 2e de Morvillers, au 3e de Lemattre, au 4e de Mons comme dessus.

(434) Adrien Cornet, époux de D^lle^ Anne Artus. (Pagès). Voir ses armoiries, note 388.

(435) Antoine Lecaron avait épousé, en 1627, Mlle Elisabeth Vacquette. (G. N.). Il portait d'argent au chevron de gueules accompagné en pointe d'un trèfle de sinople.

(436) Louis Roussel portait écartelé aux un et quatre d'argent à la bande fuselée de gueules, aux deux et trois de sinople à la fasce d'hermine sur le tout d'or au cœur de gueules traversé par une épée de sable la garde en bas — une flèche la pointe en bas. (Villers de Rousseville).

(437) Philippe de Flesselle, époux de Marguerite Hémart.

(438) Fils de Pierre de Famechon, maïeur de 1597, époux de Catherine de Vréchot. (G. N.).

(439) Michel Manessier, époux de Jeanne Dehollande. Armoiries d'argent à trois hures de sanglier, supports deux tigres, cimier une hure de sanglier dans un vol banneret chargé des armes de l'écu. (G. N.). Une annotation manuscrite donne sa devise : *Aut mors aut vita decora.*

(440) Jean Artus portait d'or au cœur de gueules embrasé. (Pagès).

(441) Trudaine portait d'azur à trois daims d'or, deux et un. (Pagès). — D'or à trois daims passant de sable. (Villers).

(442) Honoré Quignon, avocat, maître du Puy, époux de Madeleine D'Araynes, donna les sculptures de marbre blanc qui surmontent les tables de marbre noir portant les noms des maitres du Puy dans le transept droit de la cathédrale. Sa devise était : *Fils de David à bon droit honoré.*

(443) Mouret et Quignon avaient été exclus par le lieutenant civil sous prétexte de prétendues brigues faites par ces derniers pour obtenir les fonctions municipales. La cour jugea que cette procédure n'était qu'un moyen détourné des officiers du bailliage pour se rendre maîtres des élections. François Mouret, décédé le 31 décembre 1674, et sa femme, Honorée de Villers, ont eté inhumés au cimetière Saint-Denis. (Epitaphier de Picardie).

(444) Vacquette de Freschencourt nommé par le roi. Il portait partie au premier d'azur à trois fasces d'argent, au second d'or fretté de sable au chef d'argent chargé de trois roses de gueules. — Au chef d'or, dit Villers.

(445) Jean Delattre, bourgeois et marchand, maître du Puy en 1659, époux de Marguerite Ducroquet. Il donna en cette qualité une sculpture représentant la nativité du Christ.

(446) Michel Martin, procureur et notaire en 1671, époux de Marie Bauduin. (Daire, *Hist. litt.*). Maître du Puy en 1679 avec la devise : *Michel Martin accompagne Marie.* Il donna la statue en marbre blanc, de grandeur naturelle, de la Vierge attribuée à Blasset, qui se voit dans la chapelle de l'Incarnation du bas-côté droit de la cathédrale.

(447) Maître du Puy en 1671. Sa devise était : *Des claires eaux du puits j'arrose cette ville.* Il avait épousé D^lle Marie Brasseur.

(448) Antoine Dumoulin portait d'azur à un fer de moulin d'argent.

(449) François Devillers, contrôleur des guerres, écuyer, fils de Louis de Villers et de Marie Gonnet, dame de Rousseville. (Daire, I, 83). Mort le 8 juillet 1694. Il avait épousé Françoise de Lestocq. Armoiries d'argent à la bande de sable, chargée de trois fleurs de lys d'or, supports deux perroquets, cimier une

couronne de roses dans un cercle d'or. (G. N.). Les armes de cette famille étaient, avant, d'or à trois roses de gueules tigées et feuillées de sinople, comme l'indique Pagès au sujet de Louis de Villers, son grand père, au cimetière Saint-Denis. De son mariage avec Mlle de Lestocq il laissa un fils, Nicolas Villers de Rousseville, établi en 1696 procureur du roi pour la recherche de la noblesse.

(450) Montmignon portait d'azur au chevron d'or accompagné de trois cœurs de même.

(451) François Cornet, mêmes armoiries qu'Adrien. Il avait épousé Catherine Pièce. (Pagès).

(452) Antoine Castelet portait d'argent au castelet de gueules et deux roses d'azur. Décédé le 4 novembre 1692, veuf de D[lle] Françoise Picquet. Il était fils de Vincent Castelet et de Marie Vacquette.

(453) Charles de Lestocq avait épousé Marie-Anne de Louvencourt.

(454) Dufresne de Fredeval, époux d'Antoinette Lecaron. (G.N.). Il portait d'or au frêne de sinople.

(455) Armoiries, voir note 415.

(456) De Vitry portait d'or à trois roses de gueules, boutonnées de cinq points de sinople, posées deux et une, supports deux licornes, cimier une licorne naissante.

(457) Fournier portait d'or à trois tourteaux d'azur. Il était seigneur de Lumbre et, suivant Villers, qui donne ses armes d'azur à trois serres d'or, deux et une, époux de Marie Lebon.

(458) Pinguet de Ballingant portait d'azur à l'aigle d'argent.

(459) Pellé est le dernier maître de Notre-Dame du Puy dont les tables de marbre de la cathédrale donnent la devise : *Marie pleine de grâce fut par l'ange appelée.*

(460) Un édit royal du mois d'août 1692 créa des offices de maires perpétuels, d'assesseurs et de commissaires aux revenus des hôtels de ville et communautés du royaume, Paris et Lyon

exceptées. Moyennant la somme de 96,800 livres qu'elle offrit au roi, la ville d'Amiens obtint un arrêt du conseil du 18 novembre suivant d'après lequel les offices nouvellement créés devaient être incorporés à la communauté de la cité et le corps politique, outre les officiers subalternes, composé d'un maire, de six échevins élus chaque année, comme l'ancien échevinage, que le maire jouirait des mêmes attributions que l'ancien premier échevin, qu'il pourrait convoquer à l'hôtel de ville des assemblées générales et particulières, recevoir le serment du procureur du roi et du greffier de la ville, assister à la reddition des comptes des deniers patrimoniaux, jouir des fonctions et droits semblables à ceux du maire qui eût été nommé par le roi, sans être tenu en entrant en charge de prendre lettres de provision ou de confirmation.

Pour payer cette somme de 96,800 livres, qu'elle acquitta en 1693, la ville fut autorisée à emprunter les deniers nécessaires et à aliéner, pour le remboursement de cet emprunt, la ferme des droits levés sur les vins, eaux-de-vie et tabacs, et de plus *à surseoir au paiement* des dettes communales, en payant seulement les arrérages courants. (A. Thierry, III, 163 et suiv.).

(461) Damiens portait de gueules au chevron de vair accompagné de trois têtes de léopoard d'or, deux et une.

(462) L'arrêt du conseil du 18 novembre 1692 devait amener un nouveau conflit. Le 22 septembre 1693, trois jours avant les élections, l'échevinage ayant pris une délibération sur les formes à suivre pour ces élections, qui excluait le lieutenant général de toute participation au renouvellement de la loi, celui-ci, par sentence du 23 septembre, ordonna que conformément à l'édit de 1597 les élections auraient lieu devant lui dans l'auditoire du bailliage et non dans la grande salle de l'hôtel de ville. M. de Chauvelin, intendant de la généralité d'Amiens, fit provisoirement surseoir aux élections et adressa, sur le débat qui venait de s'ouvrir, un rapport au conseil d'État qui, le 22 décembre, rendit un arrêt conforme aux vues de l'échevinage en décidant que les élections auraient lieu dans la maison commune, dans les formes de l'édit

de 1597 sous la présidence de la personne qui aurait rempli, l'année précédente, les fonctions de maire, et que le serment des nouveaux magistrats serait le lendemain reçu par le bailli ou son lieutenant ou le plus ancien officier du siège.

(463) Jean Vacquette portait d'or fretté de sable à trois roses de gueules sur argent. — D'or à trois roses de gueules au chef d'argent. (Villers de Rousseville).

Né en 1658, marié en 1688 à Mlle Marie Cordier, mort en 1739. Il avait cultivé, comme beaucoup de magistrats de son temps, les belles-lettres. En 1709 il conçut la première idée d'une réunion qui, sous le nom de Société de littérature, se réunissait tous les lundis dans son hôtel de la rue des Jacobins. Composée de huit ecclésiastiques et de huit laïques, elle cessa par suite des défenses du roi à ses sujets de se réunir sans lettres patentes et fut plus tard remplacée par une nouvelle société littéraire qui fut le premier noyau de l'Académie d'Amiens. Grand amateur de poésie, de musique, de numismatique, outre l'*Exilé à Versailles*, *les Religieuses qui voulaient confesser*, *le Singe libéral* et *la Précaution inutile*, il a donné des observations sur la bibliothèque historique du P. Lelong, insérées dans le supplément de cet auteur; dans *le Mercure*, des remarques sur une dissertation de l'abbé De Camps sur le sacre des rois; il avait laissé des Mémoires historiques sur la ville d'Amiens demeurés inédits (Daire, *Hist. litt.*) et peut-être aujourd'hui perdus.

(464) Fils du maire François de Famechon et époux de Thérése Dufresne. (G. N.).

(465) Antoine Boitel, époux de Marguerite Delahaye, mort le 15 septembre 1697 et inhumé dans la collégiale de Saint-Firmin le Confesseur. Il portait d'azur à une patte de griffon d'or posée en chef et à une croix recroisetée aussi d'or en pointe, la fasce d'argent chargée de trois merlettes de sable. (Pagès). Son monument, œuvre du sculpteur Crescent, fut élevé en 1711 par les soins de ses fils François et Louis, chanoines de la cathédrale, et Antoine, seigneur d'Welles. (Ibid.).

(466) Ducrocquet portait d'or à la bande de gueules chargée de trois coupes couvertes d'or et semées de trèfles d'argent et accompagnées de deux écureuils (en picard croquets) assis et contournés d'azur.

(467) La durée extraordinaire du sieur Gaillet comme receveur est une preuve des expédients financiers auxquels les villes devaient avoir recours pour conserver leurs privilèges. Louis XIV, en juillet 1689, avait créé en titre d'office des receveurs d'octroi dans toutes les villes du royaume. Au mois de décembre suivant les villes d'Amiens, Bordeaux et autres furent autorisées à unir ces charges à leurs corps. L'argent manquait pour cette opération. Par un expédient autorisé par arrêt du conseil du 14 février 1690, cet office et celui de receveur des deniers patrimoniaux, créé également en 1694, fut levé au nom et en partie des deniers dudit sieur Gaillet auquel on en laissa l'exercice jusqu'à ce qu'il fût remboursé de ses avances. (A. Thierry, III, 198 et suiv.).

(468) Cette qualification de lieutenant général de police s'explique par ce fait que cet office et ceux de procureurs du roi, commissaires greffiers et huissiers de police avaient été créés dans toutes les villes du royaume par édit des mois d'octobre et novembre 1699. Le gouvernement du grand roi battait monnaie de tout. La ville, que cette invention privait de la juridiction qui lui était restée après l'édit de 1597, fit encore un sacrifice de 20,000 livres pour la réunion de ces nouvelles charges. Un arrêt du conseil d'État du 11 mai 1700 consacra cette nouvelle extorsion financière et l'impôt sur les vins, eaux-de-vie et tabacs fut encore attribué comme garantie de l'emprunt que la ville dut contracter pour fournir cette somme de 20,000 livres.

(469) Martin Baron portait d'or au lion de gueules, au chef d'azur chargé de trois étoiles d'argent.

(470) Martin De Bonnaire époux de Jeanne Galand. Il portait d'azur au dextrochère au naturel vêtu d'argent tenant une épée de même, à la garde d'or, à deux croissants en chef.

(471) Cette prorogation s'explique par ce fait que, s'appuyant sur un édit de septembre 1714 portant suppression des offices de maires créés par celui de 1692, le bailli avait prétendu faire faire devant lui les élections dans l'auditoire du bailliage. Un arrêt du conseil du 19 novembre le débouta, l'édit de 1714 ne portant suppression que des offices non réunis aux échevinages. (A. Thierry, III, 235).

(472) Cette année l'on supprima encore le titre de maire.

(473) Il manque sur le registre les années 1718 et 1719 où Adrien Creton fut encore premier échevin. Un nouveau conflit s'était élevé entre le bailli et la municipalité au sujet de la mairie dont il prétendait présenter le candidat. Rappelant que déjà, quinze ans avant, elle avait acheté la charge de maire, elle offrit encore au roi 15,000 livres pour continuer à procéder librement aux élections et à être exceptée de la suppression édictée par l'édit royal de juin 1717 des offices de maire. Un arrêt du conseil d'État du 16 août 1718 accepta l'offre pécuniaire et décida qu'à partir du 1er septembre la mairie rentrerait dans les droits que lui avaient conférés les arrêts de 1692 et 1693.

La famille Creton portait d'azur à la croix engrelée d'argent, supports deux lions, cimier un lion naissant. (Pagès).

(474) Louis Pingré était encore seigneur de Guignemicourt et de Saveuse. Il avait épousé Mlle Rose Morgan. Armoiries, voir note 407.

(475) Le 7 septembre 1726 une décision du conseil d'Etat à Fontainebleau, le roi y étant, réglementa de nouveau la nomination du maire et des échevins d'Amiens dont elle porta le nombre à neuf, et prescrivit de faire l'inventaire des archives de l'hôtel de ville. C'est cet inventaire qui, interrompu par la mort du greffier Michel Fouanet-Dubourg, fut achevé en 1732 par l'échevin Gresset.

(476) M. Robert de Halloy portait d'azur au lion d'argent.

(477) Picard de Millencourt portait de gueules à trois chausse-trapes d'argent.

(478) Jean-Baptiste Gresset, conseiller du roi, commissaire enquêteur, examinateur au bailliage et siège présidial d'Amiens par provision du 17 mars 1708, époux de Catherine Rohaut et père du poète. Suivant ses historiens, cette famille serait originaire d'Angleterre. Jean-Baptiste Gresset, qui lui-même était poète, fut appelé, nous l'avons dit note 475, à continuer l'inventaire des archives municipales entrepris par le greffier Fouanet-Dubourg; profitant des travaux de ses prédécesseurs, il le rédigea en un gros volume in-f°. (V. sur cet inventaire A. Thierry, I, 830).

(479) Au mois de novembre 1733 le gouvernement de Louis XV rétablit la vénalité des offices abolie en 1724. En 1735 le corps de ville racheta encore au prix de 50,000 écus, payables en huit termes, les offices créés par cet édit. (A. Thierry, III, 274). Ils avaient été taxés en conseil à 207,600 livres. Personne ne s'empressa de les lever et ils restèrent vacants jusqu'en 1747, c'est-à-dire durant quatorze ans. Au bout de ce temps intervint un arrêt du 21 novembre par lequel le roi réunit aux villes de la généralité d'Amiens les offices municipaux de la création de 1733 qui n'avaient pas été levés, et aliéna, à l'effet de cette réunion, les droits réservés aux hôpitaux et qui se percevaient en vertu d'un arrêt du conseil de novembre 1731. Ils furent même augmentés suivant le tarif convenu dans l'arrêt de 1747 et furent connus sous le nom d'octrois municipaux. Ils ne devaient être perçus que pendant le temps nécessaire pour fournir les sommes auxquelles la ville était taxée pour le rachat de ces offices. (A. Thierry, III, 274 et suiv.).

(480) Jacques Bernard Chauvelin de Beauséjour, maître des requêtes, intendant de la généralité d'Amiens en 1731.

(481) François Galand portait d'azur au chevron alaisé d'or accompagné de deux roses d'argent en chef, d'un cœur d'or enflammé de gueules en pointe, soutenu d'un croissant d'argent.

(482) M. Gilbert Morel de Bécordel portait d'azur à trois glands mal ordonnés d'or à une fleur de lys de même en cœur.

(483) M. D'Incourt portait de gueules au daim passant d'argent. — D'or, suivant Villers.

(484) De Sachy de Carouges portait échiqueté de vingt-cinq pièces, argent et sable, à la bordure de gueules.

(485) Voir, A. Thierry, III, 284 et suiv., lettres du roi du 24 août 1761 relatives aux fonctions conférées à M. de Carouges par l'ordonnance du 15 mai 1760.

(486) Par ordonnance du mois d'août 1764, Louis XV, supprimant les offices municipaux créés par l'édit de 1733, rétablit la liberté des élections. Dans toutes les villes les officiers municipaux furent tenus, sous le délai d'un mois, de remettre un mémoire sur la forme des assemblées municipales afin d'approprier les nouvelles dispositions aux besoins des citoyens. Les archives de la Somme, C, liasse 558, renferment celui présenté par l'hôtel de ville d'Amiens. Sa longueur, malheureusement, ne nous permet pas d'en donner le texte complet et nous ne pouvons que renvoyer le lecteur à l'analyse que lui a consacrée A. Thierry (III, 27).

(487) M. Boistel de Belloy, membre, dès la fondation, de l'Académie des sciences, belles-lettres et arts d'Amiens, créée par lettres patentes de Compiègne, de juin 1750.

(488) M. Petyst, membre de l'Académie, dès sa fondation.

(489) M. Poujol avait épousé Mlle Marie-Anne Cornet.

(490) M. de Bécordel étant décédé le 31 octobre 1766, il fut, le 24 novembre, fait une réunion des notables pour présider au choix des candidats appelés à lui succéder et, le 16 janvier 1767, un brevet du roi fit choix de M. Jourdain de Thieulloye pour achever les trois années de la mairie du défunt. Cette désignation amena dans le corps municipal les modifications indiquées par la liste de 1766-67.

L'échevinage n'assista pas en corps aux funérailles de M. de Bécordel, le deuil devant être conduit par l'un des chefs du bailliage.

(491) M. de Thieulloye portait d'or au daim naturel passant sur une terrasse de sinople sur laquelle pousse à dextre un arbre au naturel, à l'angle senestre en chef de l'écusson un nuage d'azur chargé d'une étoile d'argent.

(492) M. Desmery, époux de Marie-Madeleine Jérosme.

(493) M. Petyst portait d'azur au pélican dans son aire d'argent ensanglantée de gueules accompagné de deux étoiles d'or et d'un croissant de même en chef.

(494) M. Fleur, par sentence du bailliage du 26 octobre 1768, au lieu du sieur Turbert, notaire.

(495) M. Langevin, par la même sentence, au lieu du sieur Aubert Vast, brasseur.

(496) Unanimement nommé par l'assemblée des notables du 24 septembre 1768, Louis François Janvier, né à Bray-sur-Somme le 15 septembre 1735, mort le 25 février 1807, secrétaire en chef de la mairie d'Amiens, après quarante-deux années d'exercice et doyen des notaires dans la compagnie desquels il était entré le 15 avril 1771. La ville a donné son nom à l'une des rues nouvellement ouvertes dans le quartier d'Henriville.

Citons à son occasion ceux de ses prédécesseurs dont nous avons pu retrouver les noms : Jehan Bargoul, clerc de la ville, 1318, qui, cette année, sous la mairie de Pierre Lemonnier, transcrivit les chartes, privilèges et lettres de la commune dans le cartulaire E, orné de lettres ornées d'or sur fonds d'azur. Le premier feuillet de la table des matières est décoré d'enluminures. Dans le corps de la première lettre figure, debout, un clerc vêtu d'une robe verte, coiffé d'un chaperon, qui présente, à deux personnages près de lui, une bande de parchemin sur laquelle se lit le mot *Chirographe*. C'est évidemment Jean Bargoul qui s'est représenté venant de passer un acte. Jean Estocart; Mahieu Leclercq, 1425-1426; Enguerran de Noyelles, 1434; Pierre de Machy, 1462; Jacques Lenglès le jeune, 1484; Nicolas de Saisseval, 1512; Pierre Delesseau, 1551; Nicolas Delesseau, 1586; Charles Delesseau, 1596; Nicolas Delesseau, 1620, par démission de son père, Charles; Robert de Bailly, 1636, après la mort de Nicolas Delesseau. Le roi avait créé cette charge en titre d'office par édit du mois de juin 1635; de Bailly en eut la provision par lettres du mois de décembre 1636; Nicolas Delesseau, 26 avril

1651, par résignation de de Bailly; un nouvel édit de décembre 1665 ayant prononcé la suppression de l'hérédité de l'office de greffier, Delesseau qui, déjà en 1659, avait transigé avec la ville sur le montant des droits qu'il pouvait prélever, ayant offert de ne pas prendre le remboursement de sa charge, par dérogation à cet édit, un autre du 3 mars 1667, de Saint-Germain-en-Laye, décida que lui, ses successeurs et ayants cause, jouiraient héréditairement de cet office en payant les droits seigneuriaux à chaque mutation de titulaire; Nicolas Picard, sieur de Boucacourt, provisions du 11 juin 1691; Antoine Baul, 1719; André Picard, sieur de Boucacourt; un édit du mois d'août 1722 ayant créé des charges de greffiers anciens et mi-triennal des hotels de ville et communautés, Nicolas Godefroy, conseiller du roi, receveur général des finances de Bourges, qui s'en était rendu acquéreur moyennant 36,900 livres, présenta, pour remplir cette fonction, André Picard, notaire en 1709, demeurant à Amiens, fils de noble homme Nicolas Picard, conseiller du roi, receveur des épices du bureau des finances de Picardie et greffier en chef de l'hotel de ville; Michel Fouanet-Dubourg, 1727; Antoine Picard de Boucacourt, notaire en 1736 par le décès de son père, exerça en titre jusqu'en 1768. Ce fonctionnaire qui, en raison de ses infirmités, avait été conservé dans cette place en 1765, entama contre la ville un procès en raison de ses droits qu'il trouvait lésés par la décision qui attribuait au secrétaire adjoint le partage des émoluments. (Reg. aux délib. 1765-72). Il avait été reçu en 1732, mais n'ayant pas encore atteint l'âge de vingt-cinq ans, sa mère fut tenue de choisir pour exercer ses fonctions jusqu'à cet âge, M. François Hénin, notaire royal et procureur au bailliage et siège présidial d'Amiens, qui les remplit jusqu'au 28 août 1737, date de la réception d'Antoine Picard.

(497) M. Isidore Desmery, né à Amiens le 29 avril 1732, mort le 7 décembre 1811, a publié un choix de lectures intéressantes ou recueil de notices et anecdotes, 1 vol. in-8° s. l. n. d. 1769.

(498) Doderel, membre de l'Académie dès sa fondation, époux de Marie-Anne Dizengremel.

(499) Debacq, membre de l'Académie dès sa fondation.

(500) Le docteur d'Esmery, mort en 1783, membre de l'Académie en 1750, auteur de quarante-deux mémoires et discours sur la botanique, l'histoire naturelle, l'art de guérir, et des recherches historiques sur Fernel, médecin d'Henri II, et le physicien Rohault.

(501) Membre de l'Académie en 1763.

(502) M. Jourdain de Thieulloye nommé par brevet du roi du 29 octobre 1771.

(503) La ville d'Amiens venait encore de faire le sacrifice de 70,000 livres pour le rachat de ses offices municipaux. Mais elle ne déboursa pas cette somme très onéreuse pour ses finances par suite de l'incendie de la halle.

La halle d'Amiens, construite dans les premières années du XIVe siècle contre la Malemaison, détruite en partie en 1550 et reconstruite en 1551 sur les dessins de Zacharie de Celers, peintre, était un grand bâtiment de pierre et de charpente soutenu par quarante colonnes carrées de bois portant une grande salle haute dont une partie était occupée par la halle aux draps. Dans le bas étaient les balances et les poids de la ville. C'était là que se tenaient les deux foires franches de la Saint-Nicolas d'été et de la Saint-Martin d'hiver, concédées par Henri IV par l'édit de 1597. L'incendie de 1772 éclata dans la nuit du 5 au 6 décembre, sur les neuf heures du soir, sans qu'on pût en préciser la cause, et sa rapidité fut telle qu'on craignit pour l'hôtel de ville et les maisons derrière la salle de spectacle de la rue des Verts-Aulnois. Sa lueur se voyait à dix lieues à la ronde. Vers deux heures du matin la charpente entière s'abîma dans les flammes avec un horrible fracas; le danger était passé, mais il fallut un travail incessant, le surplus de la nuit et les jours suivants, pour achever d'éteindre les débris fumants. Les pertes et les dégâts occasionnés par ce sinistre furent évalués à plus d'un million. Par un hasard miraculeux, les cloches de Saint-Germain qui avaient été apportées à la halle pour y être pesées, sortirent seules saines et sauves de cet effrayant incendie. (Voir *Hist. d'Amiens*, année 1772; Affiches de Picardie, décembre 1772; Notice sur les halles d'Amiens par deux membres de la Société des Antiquaires de Picardie, 1856).

La nécessité de reconstruire sans délai cet édifice indispensable, amena la ville à solliciter la remise des 70,000 livres pour les appliquer à ces travaux urgents. Sa demande ayant été favorablement accueillie par le contrôleur général des finances, l'abbé Terray, elle obtint, le 22 décembre 1773, quitus de cette somme, et le 26 janvier 1774 il lui fut expédié des lettres patentes, en forme, de provisions de ses offices municipaux. (A. Thierry, III, 318 et suiv.).

(504) Article 27 du règlement du 13 octobre 1772. « Le procureur du roy, le secrétaire greffier et le trésorier receveur exerceront leurs fonctions pendant six années, à l'expiration desquelles ils pourront être continués, et cependant le sieur Boistel continuera d'exercer pendant sa vie les fonctions de procureur du roy et le sieur Janvier continuera aussy d'exercer pendant sa vie celles de secrétaire greffier, et, ce, pour récompenser lesdits sieurs Boistel et Janvier des services par eux rendus à la commune, et le sieur Bernard de Cléry, trésorier receveur actuel, continuera d'en exercer aussy les fonctions pendant sa vie, pour, par eux tous en jouir aux honneurs, gages et attributions qui y sont attachés. » Ces services auxquels il est fait allusion étaient les nombreux mémoires rédigés et les fréquents voyages faits par eux pour soutenir les droits litigieux de la commune. Ces trois fonctionnaires nommés à vie, ayant exercé jusqu'à la Révolution, nous ne reproduirons plus leurs noms chaque année.

(505) Par arrêt du conseil du 22 janvier 1774, sur la demande du conseil de ville, la date des élections fut fixée dorénavant au 23 juin de chaque année. La lettre de cachet portant continuation de M. le Maire et du lieutenant de maire n'étant pas censée avoir été levée, ils sont restés en place.

(506) Gresset de Bussy, fils de Jean-Baptiste Gresset et de Catherine Rohaut, frère du poète, directeur des postes à Amiens;

avait épousé en 1776 Mlle de Nampty, dont il eut cinq enfants. Deux d'entre eux, Jean Charles Alexandre et Louis Joseph Alexandre, en qui s'est éteint le nom de Gresset, vivaient encore en 1844.

(507) M. Morgan portait d'or à trois rencontres de bucranes de sable lampassés de gueules.

(508) Le registre d'ordre de l'intendance C9 contient une lettre de M. l'abbé de Narbonne à l'intendant d'Agay, réclamant ses bontés pour M. Leroux qui désirait ne pas être choisi pour maire d'Amiens. Répondu que cela n'est pas possible parce que le roi l'a nommé.

(509) « De par le roy,

» Sa Majesté a interdit et interdit le sieur Florimond Leroux, maire de la ville d'Amiens, des fonctions de laditte place de maire, lui faisant défense de s'immiscer directement ou indirectement dans lesdittes fonctions jusqu'à nouvel ordre de sa Majesté et, ce, sous peine de désobéissance. Fait à Versailles, le 12 août 1780. Signé : Louis. Plus bas : Amelot. »

La cause de cette suspension était due à la conduite digne qu'avait tenue ce magistrat dans l'incident arrivé au théâtre le 23 juillet précédent entre des spectateurs et les gardes du corps de la compagnie de Luxembourg en garnison à Amiens. Ayant pris parti pour ses administrés, Florimond Leroux devait nécessairement encourir le blâme du ministre du roi, toujours prêt à tolérer les écarts de MM. les gardes. (Voir sur cet incident : *MM. les Gardes du corps de la compagnie de Luxembourg,* Amiens, Douillet et Cie, 1887, 1 vol. in-8°).

Une lettre de l'intendant d'Agay, du 7 octobre, annonça à l'échevinage que l'interdiction de Florimond Leroux durerait, suivant la volonté royale, jusqu'à l'époque fixée par les règlements pour l'élection de son successeur et que M. Delahaie le remplacerait jusqu'à ce moment dans toutes ses fonctions.

(510) M. Duval, né à Oisemont le 26 septembre 1770, mort à Amiens le 30 août 1811, conseiller à la cour, proposa le premier d'utiliser l'emplacement de l'ancien hôpital de St-Ladre pour y

créer un cimetière général, en suppression du cimetière Saint-Denis et des onze cimetières des paroisses qui étaient autant de foyers d'infection au milieu de la ville. Il fallut de longues années pour que cet utile projet pût réussir, et ce ne fut que le 1er septembre 1811 que le cimetière de la Madeleine vit la première inhumation qui eut lieu dans son enclos. Ce fut celle de M. Duval, qui avait voulu y être enseveli pour faire tomber les répugnances que la population manifestait encore pour le nouveau cimetière.

(511) Membre de l'Académie en 1787. (Daire, *Hist. litt.*).

(512) Saladin, avocat à Amiens, puis juge au tribunal, député de la Somme à la Législative, réélu à la Convention, partagea la captivité des soixante-treize députés exclus. Rentré dans cette assemblée à la suite du 9 thermidor, membre du conseil des Cinq-Cents, condamné à la déportation après le coup d'Etat du 18 fructidor, rappelé par arrêté des consuls en 1799, interné à Amiens, puis à Paris où il acheta, sous l'empire, une charge d'avocat à la cour de cassation et mourut dans cette ville vers la fin de 1813.

(513) M. Galand de Longuerue fut le dernier maire de la monarchie. A ce titre il nous paraît curieux de reproduire le procès-verbal de son installation.

« Cejourd'hui jeudi trente un juillet 1788, sur le midi, M. François Galand de Longuerue, écuier, ancien capitaine de cavalerie, chevalier de l'ordre roial et militaire de Saint-Louis, l'un des trois nommés pour la charge de maire en l'assemblée générale de la commune du vingt-trois juin dernier, ayant été choisi par sa Majesté suivant le brevet du 20 de ce mois, a presté le serment (prescrit) par l'édit de novembre 1597, par devant M. Pierre François Dufresne, chevalier, seigneur de Marcelcave, conseiller d'Etat, lieutenant général au grand bailliage, pour l'absence de M. le gouverneur de la ville et la vacance de la charge de bailli d'Amiens.

» Il a été observé les cérémonies accoutumées dont a été dressé la relation qui suit. M. le marquis de Laferrière, gouverneur de la ville, auquel le brevet de sa Majesté avait été remis par M. le baron de Breteuil, ministre et secrétaire d'Etat au département de la province, a envoié ce brevet à M. le lieutenant général par le s[r] Brian, son secrétaire, qui est venu exprès à Amiens.

» M. le baron de Breteuil avait prévenu M. l'intendant de cette réunion et M. l'intendant en avait fait part aux officiers municipaux.

» MM. les officiers municipaux ayant désiré que la prestation de serment de M. le Maire eût lieu aujourd'hui, firent prier M. le lieutenant général de vouloir bien y consentir, ce qu'il agréa.

» Le huissier de la ville fut chargé d'avertir le corps de ville et tous les officiers du cortège, ce qu'il fit par billets portés hier.

» Le corps de ville s'étant assemblé aujourd'hui à l'hôtel de ville sur les unze heures du matin, le secrétaire grefier et le trésorier receveur furent députés pour aller chercher M. de Longuerue en son hôtel rue des Fossés-Saint-Méri, ils y allèrent précédés et suivis du cortège et revinrent à l'hôtel de ville.

» M. le Maire était entre le secrétaire grefier et le trésorier receveur.

» Ils entrèrent par la grande porte, traversèrent la cour et montèrent par le grand escalier.

» MM. les officiers municipaux, ayant M. Poujol lieutenant de maire à leur tête, reçurent M. le Maire à la porte de la grande salle du conseil, M. Poujol complimenta M. le Maire qui lui répondit.

» Messieurs se mirent en marche pour se rendre au bailliage.

» M. le Maire était à la tête du corps de ville, ayant M. Poujol le lieutenant de maire à sa gauche; le cortège accompagnait.

» Ils entrèrent dans la chambre du conseil par la galerie.

» M. le lieutenant général avec MM. les conseillers, l'avocat du roi et M. le procureur du roi y étaient. Les deux corps se saluèrent.

» Aussitôt M. le lieutenant général et MM. du bailliage sortirent par la salle d'audience, le corps de ville suivit.

» Ils allèrent se placer sur le théâtre élevé à cet effet dans la salle de la Mallemaison, le bailliage à la droite de M. le lieutenant général et le corps de ville à la gauche.

» Au bas du théâtre étoit M. Jean-Baptiste Roger, greffier civil du bailliage.

» M. Brunel avocat du roi s'étant levé a fait un discours relatif à la cérémonie, dans lequel il a exposé l'importance des fonctions de la charge de maire et fait l'éloge de M. de Longuerue, de ses prédécesseurs et du corps municipal, et a requis lecture du brevet du roi, son enregistrement et la prestation de serment de M. de Longuerue.

» M. le lieutenant général ayant prononcé, conformément au réquisitoire, le greffier du bailliage fit lecture du brevet du roi.

» Après quoy M. de Longuerue se leva seul et levant la main presta le serment accoutumé.

» Le peuple cria aussitôt : Vive le Roi, et la trompette de la ville sonna.

» M. le lieutenant général et MM. du bailliage se levèrent et se retirèrent.

» Le corps de ville descendit ensuite et retourna directement à l'hôtel de ville au son de la trompette, de la musique des compagnies priviligiées et d'autres instruments.

» De là M. le Maire fut reconduit à son hôtel par le secrétaire, par le trésorier et par tout le cortège au son des instruments.

» Dès le matin, la grosse cloche du befroi avait annoncé la cérémonie du jour, elle fut sonnée pendant la prestation de serment.

» Le grefier du bailliage ayant registré le brevet du roi, le remit au secrétaire grefier qui le registra sur le présent registre et le rendit au grefier du bailliage. »

(514) Décret du 19 octobre 1792. Article Ier : Il sera, dans la forme et dans les délais ci-après fixés, procédé au renouvellement de tous les corps administratifs et municipaux, ainsi que de leurs secrétaires et greffiers.....

(516) La loi du 28 pluviôse an VIII, § IV, décide que le premier consul nomme les maires et adjoints des villes de plus de 5,000 habitants. Les préfets nommeront et pourront suspendre de leurs fonctions les membres des conseils municipaux. Ces

membres seront nommés pour trois ans et pourront être continués. (Art. 18 et 20).

(517) Né à Amiens le 11 juin 1779, a publié à Paris, de 1814 à 1832, divers ouvrages de politique. A partir de 1816, il signe le chevalier Eugène de Bray, et en 1832, le baron Eugène de Bray. (Voir Catalogues de la Bibl. communale, sciences et arts).

(518) M. Dargent mourut en fonctions le 21 mai 1823. Le compte rendu de ses funérailles peut se lire dans le numéro du 24 mai du *Journal de la Somme* de cette année.

TABLES

TABLE CHRONOLOGIQUE

des Maires et premiers Échevins d'Amiens (1).

1140 Bernard.
1152 Bernard.
1153 Rainier.
? Milon.
1159 Arnoul.
1166 Firmin.
1170 Bernard de la Croix.
1177 Roger.
1186 Bernard de la Croix.
1191 Bernard de la Croix.
1195 Bernard de la Croix.
1209 Gérold.
1228 Firmin le Mongnier.
1229 Firmin le Roux.
1230 Firmin le Mongnier.
1231 Firmin de Sorchy.
1232 Firmin le Roux.
1233 Mathieu de Croy.
1234 Firmin le Roux.
1235 Firmin de Sorchy.
1236 Firmin le Roux.
1237 Mathieu de Croy.
1238 Firmin le Roux.
1239 Mathieu de Croy.
1240 Firmin le Roux.
1241 Jean de Cocquerel.

(1) Dans son *Histoire littéraire*, p. 437, le P. Daire a écrit ces lignes : « Charles est renseigné l'an 1124 en qualité de consul ou maire, dans le Cartulaire du prieuré de Lihons. » On y trouve en effet, à cette date, une charte se terminant ainsi : *Actum est hoc anno ab incarnatione Domini M° C° XXIV, indictione II calendas novembri, in ecclesia majore ambianensi, episcopatus Ingelranni VIII, Ludovico Philippo in Gallia regnante, Carolo Ambianensi consule, feliciter. Amen.* Daire traduit librement consul par maire. Ducange qui, dans son *Histoire des Comtes d'Amiens*, cite une charte, antérieure de trois ans, du doyen et du chapitre d'Amiens, où se trouve la même mention : *Carolo consule*, la traduit : Charles étant comte. Ducange a raison, car en 1124 Charles de Danemarck, aliàs Charles le Bon, comte de Flandre, possédait le comté d'Amiens comme gendre de Renaud et d'Adèle de Vermandois, héritière légitime de ce comté. Il ne s'agit donc pas d'un maire s'appelant Charles qui n'a existé que dans l'imagination du P. Daire. C'est pourquoi, pas plus dans cette liste que dans ma première partie, je ne fais figurer ce nom.

1242 Firmin de Sorchy.
1243 Firmin le Roux.
1244 Mathieu Lemongnier.
1245 Mathieu de Croy.
1246 Jean de Cocquerel.
1247 Firmin le Roux.
1248 Mathieu de Croy.
1249 Firmin le Roux.
1250 Jean de Cocquerel.
1251 Mathieu le Mongnier.
1252 Jean de Croy.
1253 Firmin le Roux.
1254 Mathieu le Mongnier.
1255 Bertremieu Ducaurel.
1256 Continué.
1257 Jean de Croy.
1258 Mathieu le Mongnier.
1259 Jean de Croy.
1260 Firmin le Roux.
1261 Jean Prieux le Roux.
1262 Nicole le Bergnier.
1263 Continué.
1264 Jean Prieux le Roux
1265 Jean de Croy.
1266 Pierron d'Arras.
1267 Prieux le Roux.
1268 Firmin le Roux.
1269 Jean Prieux le Roux.
1270 Jean de Saint Fuscien.
1271 Jean Godris.
1272 Jean de Cocquerel.
1273 Jean Prieux le Roux.
1274 Nicholon du Caurel.
1275 Jean Prieux le Roux.
1276 Jean de Saint Fuscien.
1277 Nicholon du Caurel.
1278 Jean Godris.
1279 Nicholon du Caurel.
1280 Jean Godris.
1281 Jean de Saint Fuscien.
1282 Jean le Normant.
1283 Jean Godris.
1284 Nicolas du Caurel, décédé en fonctions.
Simon du Gard (1).
1285 Jean le Normant.
1286 Andrieu le Mongnier.
1287 Jean de Saint Fuscien.
1288 Jean Godris.
1289 Andrieu Lemongnier.
1290 Robert du Caurel.
1291 Jean Godris.
1292 Andrieu Malherbe.
1293 Jacques de Saint Fuscien.
1294 Jean Godris.
1295 Jacques le Mongnier.
1296 Liénard Lesecq.
1297 Jean Godris.
1298 Jacques de Saint Fuscien.
1299 Liénard le Secq.
1300 Jean Godris.
1301 Jacques de Saint Fuscien.
1302 Firmin de Cocquerel.
1303 Liénard le Secq.
1304 Jean le Borgne.
1305 Jean le Fruictier.

(1) Les noms en italique indiquent ceux des personnes appelées à remplir par intérim les fonctions de maire pour le reste de l'année.

1306 Pierre d'Arras.
1307 Jean le Borgne.
1308 Liénard le Secq.
1309 Continué.
1310 Jean le Fruictier.
1311 Liénard le Secq.
1312 Jean des Rabuissons.
1313 Jean le Fruitier.
1314 Milon de Bonneville.
1315 Jean de Faukenbergue.
1316 Jacques de Saint Fuscien, décédé en fonctions.
Jean le Borgne.
1317 Jean des Rabuissons.
1318 Pierre le Mongnier.
1319 Jean de Cocquerel.
1320 Jean des Rabuissons.
1321 Pierre le Mongnier.
1322 Mathieu Boivin.
1323 Jean de Sorchy.
1324 Jean des Rabuissons.
1325 Pierre le Mongnier.
1326 Mathieu Boivin.
1327 Jean des Rabuissons.
1328 Pierre le Mongnier.
1329 Mathieu Boivin.
1330 Jean de Sorchy.
1331 Jean Ducange.
1332 Vincent Boinnavel.
1333 Jean de Sorchy.
1334 Jean Ducange.
1335 Mathieu Boivin.
1336 Jean de Sorchy.
1337 Jean Ducange.
1338 Jean de Croy.
1339 Jean de Saint Quentin.
1340 Jean de Sorchy.
1341 Pierre de Saint Fuscien.
1342 Jean de Saint Quentin.
1343 Jean de Sorchy.
1344 Jean Ducange.
1345 Pierre de Saint Fuscien.
1346 Gille Ravin.
1347 Jean Du cange, décédé en fonctions.
Jacques Picquet.
1348 Jacques Picquet, décédé en fonctions.
Simon de Mès.
1349 Simon de Mès.
1350 Gille Ravin.
1351 Firmin de Coquerel.
1352 Firmin Grimaut.
1353 Simon de Mès.
1354 Firmin de Coquerel.
1355 Gille Ravin.
1356 Simon de Mès.
1357 Firmin de Coquerel.
Jean du Gard.
1358 Firmin de Coquerel fils de Jacques de Coquerel.
1359 Jean Dippre.
1360 Clément Grimaut.
1361 Firmin de Coquerel.
1362 Jean de Saint Fuscien.
1363 Jean Dippre.
1364 Jean des Rabuissons.
1365 Jean de Saint Fuscien.
1366 Guillaume de Conty.
1367 Jean des Rabuissons.

1368 Jean de Saint Fuscien.
1369 Jacques de Hangart.
1370 Jean des Rabuissons.
1371 Wille de Conty.
1372 Jean Dugard.
1373 Jean des Rabuissons.
1374 Jean de Saint Fuscien.
1375 Jean Dugard.
1376 Jean des Rabuissons.
1377 Wille de Conty.
1378 Honoré Dippre.
1379 Jacques de Hangart.
1380 Wille de Conty.
1381 Jean Lorfevre.
1382 Honoré Dippre.
1383 Wille de Conti.
1384 Jean Picquet.
1385 Jacques de Hangart.
1386 Wille de Conty.
1387 Jean Lorfevre.
1388 Pierre Darras.
1389 Wille de Conty.
1390 Jean Lorfevre.
1391 Pierre Darras.
1392 Wille de Conty.
1393 Jean Picquet.
1394 Pierre Darras.
1395 Wille de Conty.
1396 Jean Dippre.
1397 Jean Picquet.
1398 Wille de Conty.
1399 Jean Dippre.
1400 Firmin Pié de Leu.
1401 Jean Picquet.
1402 Jacques Dembremeu.
1403 Firmin Piédeleu.
1404 Jean Dippre.
1405 Jean de Hangart.
1406 Firmin Piédeleu.
1407 Clément Lenormant.
1408 Jean de Hangart.
1409 Firmin Piédeleu.
1410 Clément Lenormant, décédé en exercice.
Jacques Clabault.
1411 Jacques Clabault,
1412 Firmin Piédeleu.
1413 Jean de Hangart.
1414 Jacques Clabault.
1415 Firmin Piédeleu.
1416 Jacques Ducaurel.
1417 Mile de Béry.
1418 Jean de Beauval.
1419 Jacques Ducaurel.
1420 Mile de Béry.
1421 Jean de Morviller.
1422 Pierre Clabault.
1423 Mile de Béry.
1424 Jean Lorfevre.
1425 Pierre Clabault.
1426 Mile de Béry.
1427 Jean Lorfevre.
1428 Pierre Clabault.
1429 Mile de Béry.
1430 Id.
1431 Id.
1432 Id.
1433 Pierre Clabault.
1434 Jean de Conti.
1435 Jean Delabie.

1436 Jean Lorfevre.
1437 Pierre Clabault.
1438 Guillaume de Conty.
1439 Jean Lorfevre.
1440 Guillaume de Béry.
1441 Pierre Clabault.
1442 Jean Lorfevre.
1443 Guillaume de Béry.
1444 Pierre De May.
1445 Jean de Conty.
1446 Jean Lorfevre.
1447 Pierre De May.
1448 Guillaume de Conty.
1449 Jean Lorfevre.
1450 Pierre de May.
1451 Jean de Saint Fuscien.
1452 Guillaume de Conty.
1453 Pierre de May.
1454 Philippe de Morviller.
1455 Guillaume de Béry.
1456 Pierre de May, décédé en exercice.
Guillaume de Bery.
1457 Philippe de Morviller.
1458 Guillaume de Béry.
1459 Philippe de Morviller.
1460 Philippe de Morviller.
1461 Hue de Courchelles.
1462 Jean de Saint Fuscien.
1463 Jean de May.
1464 Philippe de Morviller.
1465 Jacques Clabault.
1466 Jean de Saint Fuscien.
1467 Jean Lenormant.
1468 Philippe de Morviller.
1469 Firmin Lenormant.
1470 Guillaume de Béry, décédé en exercice.
Jean Ducaurel.
1471 Antoine Clabault.
1472 Antoine Caignet.
1473 Firmin Lenormant.
1474 Antoine Clabault.
1475 Id.
1476 Antoine Caignet.
1477 Jean de May.
1478 Antoine Clabault.
1479 Id.
1480 Id.
1481 Id.
1482 Id.
1483 Jean Lenormant.
1484 Antoine Clabault.
1485 Nicolas Lerendu.
1486 Id.
1487 Antoine Clabault.
1488 Nicolas Fauvel.
1489 Jean Peredieu.
1490 Nicolas Lerendu.
1491 Antoine Clabault.
1492 Id.
1493 Id.
1494 Id.
1495 Id.
1496 Pierre de May.
1497 Jean Bertin.
1498 Pierre de May.
1499 Id.
1500 Id.
1501 Richer de Saint Fuscien.

1502 Nicolas Fauvel.
1503 Antoine Clabault.
Nicolas Fauvel.
1504 Pierre de May.
1505 Antoine Lorfevre.
1506 Nicolas Fauvel.
1507 Pierre de May.
1508 Id.
1509 Id.
1510 Jean de Saisseval.
1511 Pierre de May.
1512 Antoine Lorfevre.
1513 Philippe Clabault.
1514 Nicolas Caignet.
1515 Robert Dugard.
1516 Jean le Prévost.
1517 Philippe Clabault.
1518 Jean de Saint Fuscien.
1519 Id.
1520 Pierre Dugard.
1521 Jacques Demay.
1522 Philippe de Conty.
1523 Pierre Dugard.
1524 Antoine de Saint Delys.
1525 Id.
1526 Pierre Vilain.
1527 Simon Clabault.
1528 Jean le Prévost.
1529 Pierre Louvel.
1530 Aubert Fauvel.
1531 Bernard Daut.
1532 Jean de Saint Fuscien.
1533 Simon Clabault.
1534 Bernard Daut.
1535 Pierre Sacquespée.
1536 Jean de Soissons.
1537 Simon Clabault.
1538 Aubert Fauvel.
1539 Pierre Louvel.
1540 Bernard Daut.
1541 Adrien Vilain.
1542 Jean de Rely.
1543 Jean Dugard.
1544 François Louvel.
1545 Jean Forestier.
1546 Jean Dugard.
1547 Claude Dainval.
1548 Antoine Louvel.
1549 Claude de Fontaines.
1550 Firmin Lecat.
1551 François de Canteleu.
1552 Id.
1553 Adrien Vilain.
1554 Firmin Lecat.
1555 Raoul Forestier.
1556 Hierosme Dainval.
1557 Antoine Louvel.
1558 François de Biencourt.
1559 Jean Dippre.
1560 Pierre Du Gard.
1561 Firmin Lecat.
1562 Antoine Dardre.
1563 Id.
1564 Etienne Cardon.
1565 Jean Dippre.
1566 Charles Gorain, décédé en exercice.
Charles de Louvencourt.
1567 Charles de Louvencourt.
1568 Nicolas Croquoison de la Cour de Fieffes.

1569 Nicolas Auxcousteaux.
1570 François Bigant.
1571 Jean de Collemont.
1572 Nicolas Croquoison.
1573 François Gauguier.
1574 Gaspard Fouache.
1575 François Gauguier.
1576 Nicolas de Nibat,
1577 Jean Dippre.
1578 Jean de Collemont.
1579 François Bigant.
1580 Jean de Collemont.
1581 Philippe du Béguin.
1582 Jean Dubois.
1583 François Bigant.
1584 Jean Dippre.
1585 Philippe du Béguin.
1586 François Bigant.
1587 Jean de Collemont.
1588 Id.
1589 Antoine Gougier.
1590 Adrien de Mareuil.
1591 François Castelet.
1592 Antoine Gougier.
1593 Antoine de Berny.
1594 Pierre de Famechon.
1595 Augustin de Louvencourt.
1596 Pierre de Famechon.
1597 Claude Pécoul.
1597 Robert Coureux.
1598 Augustin de Louvencourt.
1599 Adrien de Mareuil.
1600 Antoine Pingré.
1601 Antoine Dippre.
1602 Augustin de Louvencourt.
1603 Adrien de Mareuil.
1604 Jean Thierry.
1605 Id.
1606 Jacques Cornet.
1607 Flourent de Louvencourt.
1608 Jean Thierry.
1608 Jehan de Mons.
1609 François le Séneschal.
1610 Id.
1611 Baptiste Roche.
1612 Augustin de Louvencourt.
1613 Antoine de Berny.
1614 Antoine Pingré.
1615 Antoine Lequieu.
1616 Jean Lecouvreur.
1617 François Hannique.
1618 Id.
1619 Antoine de Berny.
1620 Guy de Mareuil.
1621 Augustin de Louvencourt.
1622 Jacques Cornet.
1623 François de Louvencourt.
1624 Id.
1625 François Hannique.
1626 Id.
1627 Antoine Pingré.
1628 Id.
1629 Guy de Mareuil.
1630 Id.
1631 François Hannique.
1632 Id.
1633 Jean Lecouvreur.
1634 Id.
1635 Jacques Mouret.
1636 Guy de Mareuil.

1637 Jean de Sachy.
1638 Id.
1639 Charles Lestocq.
1640 Id.
1641 Jean Lecouvreur.
1642 Jean de Sachy.
1643 Id.
1644 Vincent Leroy.
1645 Charles Lestocq.
1646 Id.
1647 Id.
1648 Id.
1649 François Lebon.
1650 Antoine Lestocq.
1651 Gabriel de Sachy.
1652 Id.
1653 Nicolas Leroy, sieur de Jumelles.
1654 Id.
1655 Adrien Picquet, sieur de Dourier.
1656 François Decourt.
1657 Jacques Demons s^r^ d'Hédicourt.
1658 Id.
1659 Antoine Lecaron, s^r^ de La Motte.
1660 Claude Lebon, sieur de Thionville.
1661 Id.
1662 Louis Roussel, s^r^ d'Argœuvres.
1663 Id.
1664 François de Famechon, s^r^ de Canteleu.
1665 Michel Manessier, s^r^ de Maison Rolland.
1666 François Trudaine, sieur d'Oissy.
1667 Id.
1668 Jean Vacquette, sieur de Freschencourt.
1669 Jacques de Mons, s^r^ d'Hédicourt.
1670 Id.
1671 Antoine Dumoulin.
1672 Id.
1673 François Devillers, s^r^ de Rousseville.
1674 Jean de Montmignon.
1675 Id.
1676 Antoine Castelet.
1677 Id.
1678 Louis Dufresne, sieur de Fredeval.
1679 Id.
1680 Charles Delestocq, s^r^ des Alleux.
1681 Id.
1682 François de Vitry, s^r^ des Aulteux.
1683 Id.
1684 Louis Dufresne, sieur de Fredeval.
1685 Id.
1686 Claude Fournier.
1687 Id.
1688 François Pinguet, s^r^ de Bellingant.
1689 Id.
1690 J. B. Lecaron, s^r^ de Chocqueuse.

1691 J. B. Lecaron, sr de Chocqueuse.
1692 François Damiens, sr de Longueval.
1693 Id.
1694 Jean Vacquette, sieur du Cardonnoy.
1695 Id.
1696 Pierre de Famechon, sr de Canteleu.
1697 Id.
1698 Firmin Ducrocquet.
1699 Id.
1700 Louis Dufresne, sieur de Fredeval.
1701 Id.
1702 Adrien Vacquette, sr de Freschencourt.
1703 Id.
1704 Id.
1705 Martin Baron, sieur de Noircin.
1706 Id.
1707 Id.
1708 Adrien Dufresne, sr de Fredeval.
1709 Id.
1710 Id.
1711 Adrien Vacquette, sr de Freschencourt.
1712 Martin Debonnaire.
1713 Id.
1714 Adrien Dufresne.
1715 Id.
1716 Id.
1717 Adrien Creton, sr de Villameville.
1718 Id.
1719 Id.
1720 Jean Vacquette, sieur du Cardonnoy.
1721 Id.
1722 Pierre Debonnaire.
1723 Louis Pingré, sr de Sourdon.
1724 Id.
1725 Id.
1726 François Dufresne, sr de Fontaine.
1727 Id.
1728 Robert de Halloy, sr de Gorges.
1729 Id.
1730 Charles Picard de Millencourt.
1731 Id.
1732 Pierre Augustin Damiens.
1733 Id.
1734 Id.
1735 Id.
1736 Id.
1737 Id.
1738 François Galand.
1739 Id.
1740 Id.
1741 Id.
1742 Id.
1743 Id.
1744 Id.
1745 Id.

1746 François Galand.
1747 Id.
1748 Id.
1749 Alexandre Dufresne, sr de la Motte.
1750 Id.
1751 Gilbert Morel, sr de Bécordel.
1752 Id.
1753 Id.
1754 Id.
1755 Antoine Ducrocquet, sr de Guyencourt.
1756 Id.
1757 Pierre François d'Incourt, sr d'Hangest.
1758 Id.
1759 Id.
1760 Id., décédé en exercice, le 9 mai 1760.
M. Gabriel Florent de Sachy de Carouges.
1761 Id.
1762 Gilbert Morel, sr de Bécordel.
1763 Id.
1764 Id.
1765 Id.
1766 Id., décédé en exercice.
M. J. B. Jourdain, sr de Thieulloye.
1767 M. J. B. Jourdain, sr de Thieulloye.
1768 Louis Antoine Petyst.
1769 Id.
1770 Id.
1771 J. B. Jourdain de Thieulloye.
1772 Id.
1773 Id.
1774 Id.
1775 Id.
1776 Marie Jean Bapte Morgan.
1777 Id.
1778 Id.
1779 Ch. Florimond Leroux.
1780 Id.
1781 Id.
1782 Ch. Nicolas Delahaie.
1783 Id.
1784 Id.
1785 Antoine François Lecaron de Chocqueuse.
1786 Id.
1787 Id.
1788 François Galand de Longuerue.
1789 Id. (1).
1790 Jacques Antoine Degand.
1791 Ant. Florimond Leroux.
1792 Lescouvé.
1795 Devismes.

(1) M. de Guyencourt a relevé que les maires d'Amiens depuis 1228 jusqu'à 1789, sans compter MM. Leroux et Delahaie qui n'avaient pas d'armoiries, appartiennent à 122 familles ayant 122 écussons, plus 8 écussons avec brisures des mêmes familles.

1795 Antoine Denis François Chamont.

1796, 1797, 1798, 1799 Sous la constitution de l'an III, il n'existe plus de maires. L'administration est aux mains de sept officiers municipaux, dans les villes de 10 à 50,000 âmes, l'un deux fait les fonctions de président.

1800 Augustin Debray, maire.

1808 Morgan, Adrien J.-B.

1816 Blin de Bourdon.

1817 Dargent, mort en exercice.

1823 Daveluy-Bellencourt.

1830 Thiéron de Chipilly (1).

(1) Les Maires d'Amiens depuis 1830 ont été : 1833 MM. Boistel-Duroyer, 1835 Lemerchier, 1839 Boistel-Duroyer, 1848 Porion, 1851 Allard, 1860 comte Léon de Chassepot, 1861 Allou, 1865 Dhavernas, 1868 Albert Dauphin, 1874 Louis Dewailly, 1875 Charles Dubois, décédé en exercice, 1876 René Goblet (du 29 juin au 25 décembre 1877 la Ville fut administrée par une commission municipale ayant pour président M. Ch. Dufour), 25 décembre 1877 René Goblet, 1879 Alphonse Delpech, 1881 Alphonse Fiquet, 1884 Frédéric Petit.

TABLE ALPHABÉTIQUE

des Maires et premiers Échevins d'Amiens.

A

ARNOUL.

Arnoul, 1159.

AUXCOUSTEAUX.

Nicolas Auxcousteaux, 1569.

B

BARON.

Martin Baron, sieur de Noircin, 1705, 1706, 1707.

BEAUVAL.

Jean de Beauval, 1418.

BÉGUIN.

Philippe du Béguin, 1581, 1585.

BERNARD.

Bernard, 1140, 1152.

BERNARD DELACROIX.

Bernard Delacroix, 1170, 1186, 1191, 1195.

BERTIN.

Jean Bertin, 1497.

BERY.

Mile de Bery, 1417, 1420, 1423, 1426, 1429, 1430, 1431, 1432.

Guillaume de Bery, 1440, 1443, 1455, 1456 intérim, 1458, 1470.

BIENCOURT.

François de Biencourt, 1558.

BIGANT.

François Bigant, 1570, 1579, 1583, 1586.

BLIN DE BOURDON.

Blin de Bourdon, 1816.

BOINNAVEL.

Vincent Boinnavel, 1332.

BOIVIN.

Mathieu Boivin, 1322, 1326, 1329, 1335.

BONNEVILLE.

Milon de Bonneville, 1314.

C

CANTELEU.

François de Canteleu, 1551, 1552.

CARDON.

Etienne Cardon, 1564.

CASTELET.

François Castelet, 1591.
Antoine Castelet, 1er échevin, 1676, 1677.

CHAMONT.

Antoine Denis François Chamont, 1795.

DE CHIPILLY.

Thiérion de Chipilly, 1830.

CAIGNET.

Antoine Caignet, 1472, 1476.
Nicolas Caignet, 1514.

CLABAULT.

Jacques Clabault, 1410 intérim, 1411, 1414.
Pierre Clabault, 1422, 1425, 1428, 1433, 1437, 1441.
Jacques Clabault, 1465.
Antoine Clabault, 1471, 1474, 1475, 1478, 1479, 1480, 1481. 1482, 1484, 1487, 1491, 1492, 1493, 1494, 1495, 1503.
Philippe Clabault, 1513, 1517.
Simon Clabault, 1527, 1533, 1537.

COCQUEREL.

Jean de Cocquerel, 1241, 1246, 1250.
Jean de Cocquerel, 1272.
Firmin de Cocquerel, 1302.
Jean de Cocquerel, 1319.
Firmin de Cocquerel, 1351, 1354, 1357.
Firmin de Cocquerel fils de Jacques, 1358, 1361.

COLLEMONT.

Jean de Collemont, 1571, 1578, 1580, 1587, 1588.

CONTY.

Guillaume ou Wille de Conty, 1366, 1371, 1377, 1380, 1383, 1386, 1389, 1392, 1395, 1398.
Jean de Conty, 1434, 1445.
Guillaume de Conty, 1438, 1448, 1452.
Philippe de Conty, 1522.

CORNET.

Jacques Cornet, 1er échevin, 1606, 1622.

COURCHELLES.

Hue de Courchelles, 1461.

COUREUR.

Robert Coureur, 1er échevin, 1597.

CRETON.

Adrien Creton de Vilainneville, 1717, 1718, 1719.

CROCQUOISON DE LA COUR DE FIEFFES.

François Crocquoison, 1568, 1572.

CROY.

Mathieu de Croy, 1233, 1237, 1239, 1245, 1248.
Jean de Croy, 1252, 1257, 1259, 1265
Jean de Croy. 1338.

D

DAINVAL.

Claude Dainval, 1547.
Hierosme Dainval, 1556.

DAMIENS.

François Damiens, s^r de Longueval, 1692, 1693.
Pierre Augustin Damiens, 1732, 1733, 1734, 1735, 1736, 1737.

DARDRE.

Antoine Dardre, 1562, 1563.

DARGENT.

Dargent, 1817, 1818, 1819, 1820, 1821, 1822, 1823.

DARRAS.

Pierron d'Arras, 1266.
Pierre d'Arras, 1306.
Pierre d'Arras, 1388, 1391, 1394.

D'AUT.

Bernard d'Aut, 1531, 1534, 1540.

DAVELUY-BELLENCOURT.

Daveluy - Bellencourt, 1823, 1824, 1825, 1826, 1827, 1828, 1829, 1830.

DE BERNY.

Antoine de Berny, 1593, 1er échevin, 1613, 1619.

DE BECORDEL.

Gilbert Morel, s^r de Bécordel, 1751, 1752, 1753, 1754, 1762, 1763, 1764, 1765, 1766.

DE BONNAIRE.

Martin De Bonnaire, 1712, 1713.
Pierre Debonnaire, 1722.

DE BRAY.

Augustin Debray, 1800, 1801, 1802, 1803, 1804, 1805, 1806, 1807.

DECOURT.

François Decourt, 1er échevin, 1656.

DEGAND.

Jacques Antoine Degand, 1790.

DELABIE.

Jean Delabie, 1435.

DELAHAIE.

Ch. Nicolas Delahaie, 1782, 1783, 1783.

DE MAY.

Pierre de May, 1444, 1447, 1450, 1453, 1456.

Jean de May, 1463, 1477.

Pierre de May, 1496, 1498, 1499, 1500, 1504, 1507, 1508, 1509, 1511.

Jacques de May, 1521.

DEMBREMEU.

Jacques Dembremeu, 1402.

DE MONS.

Jacques de Mons, 1er échevin, 1608 intérim, 1657, 1658, 1669, 1670.

DE NIBAT.

Nicolas de Nibat, 1576.

DE SACHY.

Jean de Sachy, 1637, 1638, 1642, 1643.

Gabriel de Sachy, 1651, 1652.

Gabriel Florent de Sachy de Carouges, 1760, 1761.

DE SAINT DELYS.

Antoine de Saint Delys, 1524, 1525.

DEVISMES.

Devismes, 1795.

DINCOURT.

Pierre François Dincourt, sr de de Hangest, 1757, 1758, 1759.

DIPPRE.

Jean Dippre, 1359, 1363.

Honoré Dippre, 1378, 1382.

Jean Dippre, 1396, 1399, 1404.

Jean Dippre, 1559, 1565, 1577, 1584.

Antoine Dippre, 1er échevin, 1601.

DUBOIS.

Jean Du bois, 1582.

DUCANGE.

Jean Ducange, 1331, 1334, 1337, 1344, 1347.

DU CAUREL.

Bertremieu Ducaurel, 1255, 1256.

Nicholon Ducaurel, 1274, 1277, 1279, 1284.

Robert Ducaurel, 1290.

Jacques Ducaurel, 1416, 1419.

Jean Ducaurel, 1470 intérim.

DUCROCQUET.

Firmin Ducrocquet, 1698, 1699,

Antoine Ducrocquet de Guyencourt, 1755, 1756.

DUFRESNE.

Dufresne de Fredeval, 1er échevin 1678, 1679, 1684, 1685, maire 1700, 1701.

Adrien Dufresne de Fredeval, 1708, 1709, 1710, 1er échevin 1714, 1715, 1716.

François Dufresne, sr de Fontaine, 1er échevin 1726, 1727.

Alexandre Dufresne, sr de la Motte, 1er échevin 1749, 1750.

DU GARD.

Simon Dugard, 1284 intérim.

Jean Dugard, 1357 intérim, 1372, 1375.

Robert Dugard, 1515.

Pierre Dugard, 1520, 1523.

Jean Dugard, 1543, 1546,

Pierre Du Gard, 1560.

DUMOULIN.

Antoine Dumoulin, 1671, 1672.

F

FAMECHON.

Pierre de Famechon, 1594, 1596.

François de Famechon, 1er échevin 1664.

Pierre de Famechon, sr de Canteleu, 1696, 1697.

FAUKENBERGUE.

Jean de Faukenbergue, 1315.

FAUVEL.

Nicolas Fauvel, 1488, 1502, 1503, intérim 1506.

Aubert Fauvel, 1530, 1538.

FIRMIN.

Firmin, 1166.

FONTAINES.

Claude de Fontaines, 1549.

FORESTIER.

Jean Forestier, 1545.

Raoul Forestier, 1555.

FOUACHE.

Gaspard Fouache, 1574.

FOURNIER.

Claude Fournier, 1686, 1687.

G

GALAND.

François Galand, 1738, 1739, 1740, 1741, 1742, 1743, 1744, 1745, 1746, 1747, 1748.

François Galand de Longuerue, 1788, 1789.

GAUGUIER.

François Gauguier, 1573, 1575.

GÉROLD.

Gérold, 1209.

Godris.

Jean Godris, 1271, 1278, 1280, 1283, 1288, 1291, 1294, 1297, 1300.

Gorain.

Charles Gorain, 1566.

Gougier.

Antoine Gougier, 1589, 1592.

Grimaut.

Firmin Grimaut, 1352.

Clément Grimaut, 1360.

H

Halloy.

Robert de Halloy, s[r] de Gorges, 1728, 1729.

Hangart.

Jacques de Hangart, 1369, 1379, 1385.

Jean de Hangart, 1405, 1408, 1413.

Hannique.

François Hannique, 1er échevin, 1617, 1618, 1625, 1626, 1631, 1632.

J

Jourdain de Thieulloye.

J. B. Jourdain de Thieulloye, 1766, 1767, 1771, 1772, 1773, 1774, 1775.

L

Le Bergnier.

Nicolas Le Bergnier, 1262, 1263.

Lebon.

François Lebon, 1649.

Claude Lebon, 1660, 1661.

Le Borgne.

Jean Le Borgne, 1304, 1307, 1316 intérim.

Le Caron.

Antoine Lecaron, 1659.

Jean Baptiste Lecaron de Choqueuse, 1690, 1691.

Antoine François Lecaron de Choqueuse, 1785, 1786, 1787.

Lecat.

Firmin Lecat, 1550, 1554, 1561.

Lecouvé.

Lecouvé, 1792.

Lecouvreur.

Jean Lecouvreur, 1er échevin 1616, 1633, 1634, 1641.

Le Fruictier.

Jean Le Fruictier, 1305, 1310, 1313.

Leroy.

Vincent Leroy, 1644.

LEMONNIER OU LEMONGNIER.

Firmin Lemongnier, 1228, 1230.
Mathieu Lemongnier, 1244, 1251, 1254, 1258.
Andrieu Lemongnier, 1286, 1289.
Jacques le Monnier, 1295.
Pierre Lemongnier, 1318, 1321, 1325, 1328.

LENORMANT.

Jean Lenormant, 1282, 1285.
Clément Lenormant, 1407, 1410.
Jean Lenormant, 1467, 1483.
Firmin Lenormant, 1469, 1473.

LE PREVOST.

Jean le Prevost, 1516, 1528.

LEQUIEN.

Antoine Lequien, 1er échevin, 1615.

LERENDU.

Nicolas Lerendu, 1485, 1486, 1490.

LEROUX.

Firmin Leroux, 1229, 1232, 1234, 1236, 1238, 1240, 1243, 1247, 1249, 1253, 1260, 1268.
Jean Prieux Leroux, 1261, 1264, 1267, 1269, 1273, 1275.
Ch. Antoine Florimond Leroux, 1779, 1780, 1781, 1791.

LEROY.

Vincent Leroy, 1644.
Nicolas Leroy, 1653, 1654.

LE SECQ.

Liénard le Sec, 1296, 1299, 1303, 1308, 1309, 1311.

LE SENESCHAL.

François le Seneschal, 1er échevin, 1609, 1610.

LESTOCQ.

Charles de Lestocq, 1639, 1640, 1645, 1646, 1647, 1648.
Antoine Lestocq, 1650.
Charles de Lestocq, sieur des Alleux, 1680, 1681.

LORFEVRE.

Jean Lorfevre, 1381, 1387, 1390, 1424, 1427, 1436, 1439, 1442, 1446, 1449.
Antoine Lorfevre, 1505, 1512.

LOUVEL.

Pierre Louvel, 1529, 1539.
François Louvel, 1544.
Antoine Louvel, 1548, 1557.

LOUVENCOURT.

Charles de Louvencourt, 1566 intérim, 1567.

Augustin de Louvencourt, 1595, 1er échevin 1598, 1602, 1612, 1621.
Florent de Louvencourt, 1er échevin, 1607.
François de Louvencourt, 1er échevin, 1623, 1624.

M

MALHERBE.

Andrieu Malherbe, 1292.

MANESSIER.

Michel Manessier, 1er échevin, 1665.

MAREUIL.

Adrien de Mareuil, 1590, 1er échevin 1599, 1603.
Guy de Mareuil, 1er échevin, 1620, 1629, 1630, 1636.

MÈS.

Simon de Mès, 1349, 1353, 1356.

MONTMIGNON.

Jean de Montmignon, 1er échevin, 1674, 1675.

MORGAN.

Marie Jean-Baptiste Morgan, 1776, 1777, 1778.
Morgan, 1808, 1809, 1810, 1811, 1812, 1813, 1814, 1815.

MORVILLER.

Jean de Morviller, 1421.
Philippe de Morviller, 1454, 1457, 1459, 1460, 1464, 1468.

MOURET.

Jacques Mouret, 1er échevin, 1635.

P

PÉCOUL.

Claude Pécoul, 1597.

PÈREDIEU.

Jean Pèredieu, 1489.

PETYST.

Louis Antoine Petyst, 1768, 1769, 1770.

PICARD.

Charles Picard de Millencourt, 1730, 1731.

PICQUET.

Jacques Picquet, 1347 intérim, 1348.
Jean Picquet, 1384, 1393, 1397, 1401.
Adrien Picquet, 1er échevin, 1655.

PIÉDELEU.

Firmin Pié de Leu, 1400, 1403, 1406, 1409, 1412, 1415.

Pingré.

Antoine Pingré, 1er échevin, 1600, 1614, 1627, 1628.

Louis Pingré, sr de Sourdon, 1723, 1724, 1725.

Pinguet.

François Pinguet de Bellingant, 1688, 1689.

R

Rabuissons.

Jean des Rabuissons, 1312, 1317, 1320, 1324, 1327.

Jean des Rabuissons, 1364, 1367, 1370, 1373, 1376.

Rainier.

Rainier, 1153.

Ravin.

Gille Ravin, 1346, 1350, 1355.

Rely.

Jean de Rely, 1542.

Roche.

Baptiste Roche, 1er échevin, 1611.

Roger.

Roger, 1177.

Roussel.

Louis Roussel, 1er échevin, 1662, 1663.

S

Sacquespée.

Pierre Sacquespée, 1535.

Saisseval.

Jean de Saisseval, 1510.

Saint Fuscien.

Jean de St Fuscien, 1270, 1276, 1281, 1287.

Jacques de St Fuscien, 1293, 1298, 1301, 1316.

Pierre de St Fuscien, 1341, 1345.

Jean de St Fuscien, 1362, 1365, 1368, 1374.

Jean de St Fuscien, 1451, 1462, 1466.

Jean de St Fuscien, 1518, 1519, 1532.

Richer de St Fuscien, 1501.

Saint Quentin.

Jean de St Quentin, 1339, 1342.

Soissons.

Jean de Soissons, 1536.

Sorchy.

Firmin de Sorchy, 1231, 1235, 1242.

Jean de Sorchy, 1323, 1330, 1333, 1336, 1340, 1343.

T

Thierry.

Jean Thierry, 1er échevin, 1604, 1605, 1608.

Trudaine.

François Trudaine, 1er échevin, 1666, 1667.

V

Vacquette.

Jean Vacquette de Frechencourt, 1668.

Jean Vacquette, sr du Cardonnoy, 1694, 1695, 1720, 1721.

Adrien Vacquette de Frechencourt, 1702, 1703, 1704, 1711.

Vilain.

Pierre Vilain, 1526.

Adrien Vilain, 1541, 1553.

Villers.

François de Villers de Rousseville, 1er échevin, 1673.

Vitry.

François de Vitry, sr des Aulteux, 1682, 1683.

ERRATA, OMISSIONS ET ADDITIONS

Dans un volume composé presque exclusivement de noms propres quelques erreurs devaient nécessairement se glisser. Nous relevons ici celles qu'une révision scrupuleuse nous a permis de rencontrer.

Page 46, année 1360 : Au lieu de sire Fremin Grimaut, *lire :* Sire Clément Grimaut.

Page 67, année 1374 : Aux maires de bannières, après Jean Leureux, *ajouter :* Simon du Manoir, des carpentiers ; Jehan Denis, Andrieu Des Marez, des porteurs.

Page 128, année 1441 : Le scribe a omis les noms des comptables de la commune. Les registres aux comptes de cette année manquant aux archives ne nous ont pas permis de les rétablir.

Page 138 : année 1454 : La liste ne donne que onze échevins du lendemain. Le nom du vingt-quatrième échevin est Jean de Saint Fuscien le jeune, d'après le registre aux délibérations de cette année.

Page 169, année 1499 : *Ajouter* comme douzième échevin du jour : Simon Leclerc.

Page 180 et suivantes, années 1515, 1516 et 1517 : Le registre F *bis* a omis les noms des comptables ; nous les rétablissons d'après les registres aux comptes :

1515 Jacques Dainval, procureur, receveur des rentes ; Pierre Louvel, grand compteur ; Jean Laloyer, maître des ouvrages.

1516 Fremin Lecat, receveur des rentes ; Andrieu de Monssures, grand compteur ; Jehan le Forestier le jonne, maître des ouvrages.

1517 Jehan le Seneschal, receveur des rentes ; Leurens Boulengier dit George, grand compteur ; Leurens Judas, maître des ouvrages.

Page 182, année 1518 : Le registre ne donne que huit noms d'échevins du lendemain. Les registres aux délibérations manquent de 1513 à 1518. Le tome XXII, qui commence en novembre 1518 et finit au 27 mai 1527, est illisible par l'humidité qui a fait pâlir ou a enlevé totalement son encre aux endroits qui auraient pu me fournir les quatre noms manquants.

Page 200, année 1546 : Le registre F *bis* ne donne que onze échevins du lendemain. Les délibérations de 1546 nous font connaître le nom de l'échevin omis, c'est François Gauguier.

Page 214, année 1567 : Au lieu de sire Charles Lenormant, *lire :* Charles de Louvencourt.

Page 217, année 1570 : Senescal, *lire* : Seneschal.

Page 218, année 1572 : Une transposition dans la composition a interverti l'ordre des échevins de cette année, ceux du jour sont, après Paillet : Gorin, Des Essars et Forestier. Leclerc, Lenglès et Judas sont des échevins du lendemain et prennent rang avant Jean de Marcuil.

Page 221, année Jean Pécoul, receveur, *lire :* Jean Pécoul, continué receveur.

Page 223 : Anthoine Boulangier, *lire :* Boulenger.

Page 224 : Flamen, *lire :* Flameng.

Page 228 : Louis Petit, *ajouter en note:* Bourgeois, marchand, maître du Puy. Tableau : *Du plus petit et plus grand fille et mère.*

Page 229 : Hugues Panier, *lire :* Hugues Pangnier.

Page 239 : Jehan . . . . ., maître des ouvrages, *lire :* Jehan Gect, maître des ouvrages.

Page 232, année 1593 : Melchior Guiron, *lire :* Melchior Guérin.

Page 234, année 1596 : A la nomination du peuple, *lire :* A la nomination du peuple pour fournir le nombre au lieu de quatre déceddés et ce le vi^{e} jour de mars audit an, etc. — Il y a eu dans la composition transposition des noms des vingt échevins continués en fonctions. La liste en doit être donnée dans cet ordre : Marcuil, Louvencourt, Suin, Coureux, Piot, de Sachy, Degrez, Dippre, Thierry, Tonnelier, Louvencourt, Baudeloque, Voiture, Lhoste, Deherte, Poullain, Roche, Gaude, Dubois et de Bailly.

Page 248, année 1633 : Sieur d'Ernencourt; et plus loin, *lire :* sieur de Renancourt.

Page 254, ligne 7 : Registres aux chartes I, *supprimer* l'I.

Page 254, année 1654 : Après Louis Picquet, *ajouter :* Claude Petit, sieur d'Amy.

Page 255, année 1657 : Me Firmin de Troye, receveur, est le même que j'ai appelé à tort, en 1652, Me Firmin Dehoge. En tout cas ces deux noms sont difficiles à déchiffrer.

Page 256, année 1659 : Lecouvreur, écuyer, sieur de Hennencourt, *lire :* Renancourt, comme plus haut.

Page 258, année 1668 : Me Adrien Ducrocquet, *lire :* Adrien Ducrocq.

Page 259, année 1671 : *Ajouter :* Ledit Queleu, receveur.

Page 260, année 1673 : *Ajouter :* Ledit Quenu, receveur. On l'appelle indifféremment Queleu, Quesnu, Quenu.

Page 262, année 1685 : Baillet, *lire :* Gaillet.

Page 266, année 1698 : Louis Debry, *lire :* Louis Debray.

Page 267, année 1702 : Ribaucour, *lire :* Ribaucourt.

Page 273, année 1729 : Villers Berneuil, *ajouter :* Avocat.

Page 274, année 1733 : Saisies roiales, *lire :* Saisies réelles.

Page 276, année 1749 : Léonor Dehei, *lire :* Dehée.

Page 279, année 1756-57 : Echevins nobles ou vivant noblement : Les deux premiers noms seuls sont ceux de ces échevins; les quatre autres sont échevins marchands.

Page 284, année 17 : Du Meillard, *lire :* Des Meillards.

Page 287, année 1768 : Philibert Desprez, *lire :* Philbert Desprez.

Page 289, année 1770-71 : Entre MM. Guérard et de Sachy, dans la liste des notables, *intercaler :* M. Vacquette de Fréchencourt Saint-Ouen.

Pages 291 et 292 : Haudiquier, *lire :* Haudiquer.

Page 295, année 1778-79 : Avant M. Dottin, *intercaler :* M. Jean Baptiste Augustin Joseph André Duval, avocat.

Page 298 : Marien Varlet, *lire :* Marieu Varlet.

Page 298, année 1785-86 : M. Antoine François Lecaron de Choqueuse, de même que Jean-Baptiste Lecaron de Chocqueuse, premier échevin en 1690-91, portait d'argent au chevron de gueules, accompagné d'un trèfle de sinople en pointe.

Page 306, année 1793 : Après Hareux, *lire :* Martin.

Page 311 : Par arrêté du représentant du peuple Blaux sont nommés : Poullain Cotte, maire, en remplacement du citoyen Devismes, démissionnaire, officiers municipaux : Lefebvre Bouchon, Bussillot, Harnepont, Florimont Leroux, en remplacement des citoyens Fauchon, Prudhomme, Tondu et Belhomme. Agent national : le citoyen Chamont, rentier, rue de Metz, par démission de M. Laurendeau. Substitut : Belhomme, en remplacement de Radiguet, démissionnaire, et comme notables : Mathon, défenseur officieux, Dubois fils, Etienne Joly et Pauchet; arrêté du 2 floréal an 3.

Un autre arrêté du même représentant Blaux, du 5 floréal, nomma officier municipal Lefebvre, notaire, en remplacement de Lesellyer nommé administrateur du district, et comme notable, Maret Dottin au lieu de Lefebvre.

Poullain Cotte se refusa obstinément à accepter les fonctions de maire, ainsi que plusieurs officiers municipaux nommés par les arrêtés des 2 et 5 floréal. Un arrêté du 3 prairial révoqua ces nominations, autorisant le conseil général, sauf ratification, à choisir lui-même les huit membres qui lui manquaient. Le 8 prairial furent nommés : maire : le citoyen Chamont; officiers municipaux : Delarue et Navel fils; notables : Joron Bontems, Becquerel, Debray, Leroy Poullain, Augustin Jourdain, Honoré Lognon.

Page 319 : Après M. Petyst d'Authieulle, *intercaler :* Genet Alexandre, propriétaire, en remplacement de M. Langevin Dargent, décédé.

Page 354, note 178 : Morviller : Le nom de cette famille est bien diversement donné. Les historiens français l'écrivent Morvilliers, les historiens picards Morvillers, les registres municipaux Morviller. C'est l'orthographe que nous avons naturellement adoptée.

TABLE DES MATIÈRES

AMIENS. — IMPRIMERIE PITEUX FRÈRES.

AMIENS. — IMPRIMERIE PITEUX FRÈRES.